Anna Romer

Das Rosenholzzimmer

Roman

Deutsch von pociao
und Roberto de Hollanda

GOLDMANN

Die Originalausgabe erschien 2013 unter dem Titel
»Thornwood House« bei Simon & Schuster Australia, Sydney.

Dieses Buch ist auch als E-Book erhältlich.

MIX
Papier aus verantwortungsvollen Quellen
FSC® C014496

Verlagsgruppe Random House FSC® N001967

1. Auflage
Taschenbuchausgabe August 2016

Published by Arrangement with Anna Romer
Dieses Werk wurde vermittelt durch die
Literarische Agentur Thomas Schlück GmbH, 30827 Garbsen
Umschlaggestaltung: UNO Werbeagentur München
Umschlagfoto: getty images/carla lisinski;
FinePic®, München
Redaktion: Kerstin von Dobschütz
BH · Herstellung: Str.
Druck und Einband: GGP Media GmbH, Pößneck
Printed in Germany
ISBN: 978-3-442-48442-3
www.goldmann-verlag.de

Besuchen Sie den Goldmann Verlag im Netz

Liebe deutschsprachige Leserinnen und Leser,

ich freue mich sehr, dass mein Roman »Das Rosenholzzimmer« bei Ihnen veröffentlicht wird. In den Achtzigerjahren habe ich selbst kurz in Deutschland gelebt; an diese Zeit habe ich sehr schöne und noch sehr lebendige Erinnerungen.

Wie Sie sehen werden, sind es gerade Erinnerungen und vergangene Ereignisse und außerdem Orte wilder landschaftlicher Schönheit, die mich am meisten inspirieren. In meinem Roman »Das Rosenholzzimmer« habe ich diese Elemente zu einer Geschichte von Liebe, Mut und Obsessionen verwoben, die Ihnen hoffentlich sehr viel Freude beim Lesen bereiten wird.

Mit herzlichen Grüßen

Ihre

Anna Romer

Die folgenden Zeichnungen von Thornwood House und Umgebung hat Anna Romer exklusiv für die deutschsprachige Ausgabe ihres Romans angefertigt.

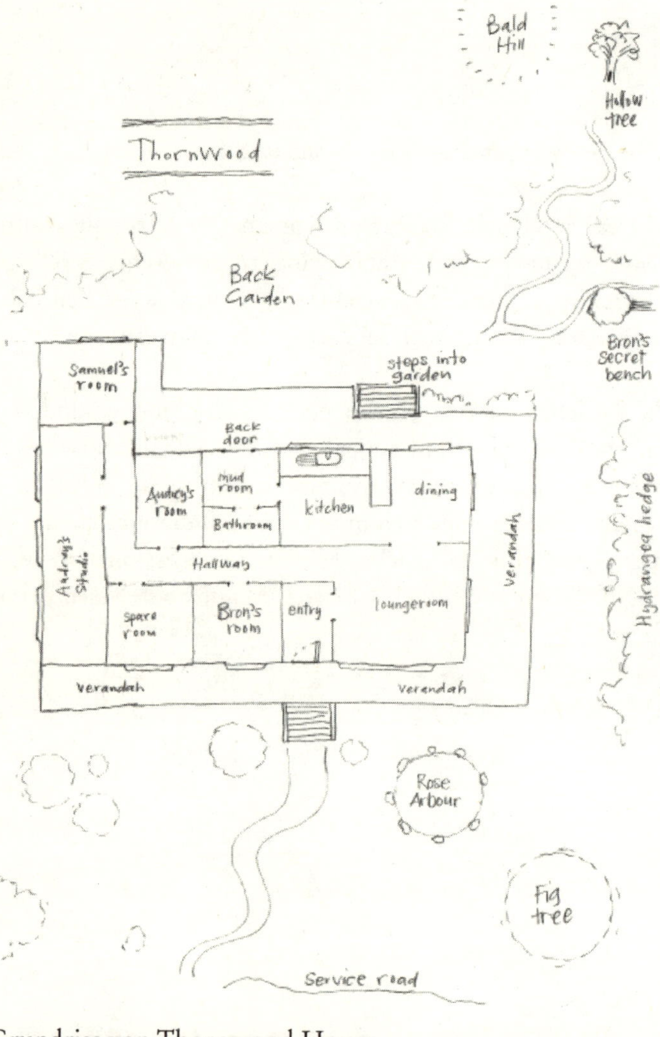

Grundriss von Thornwood House

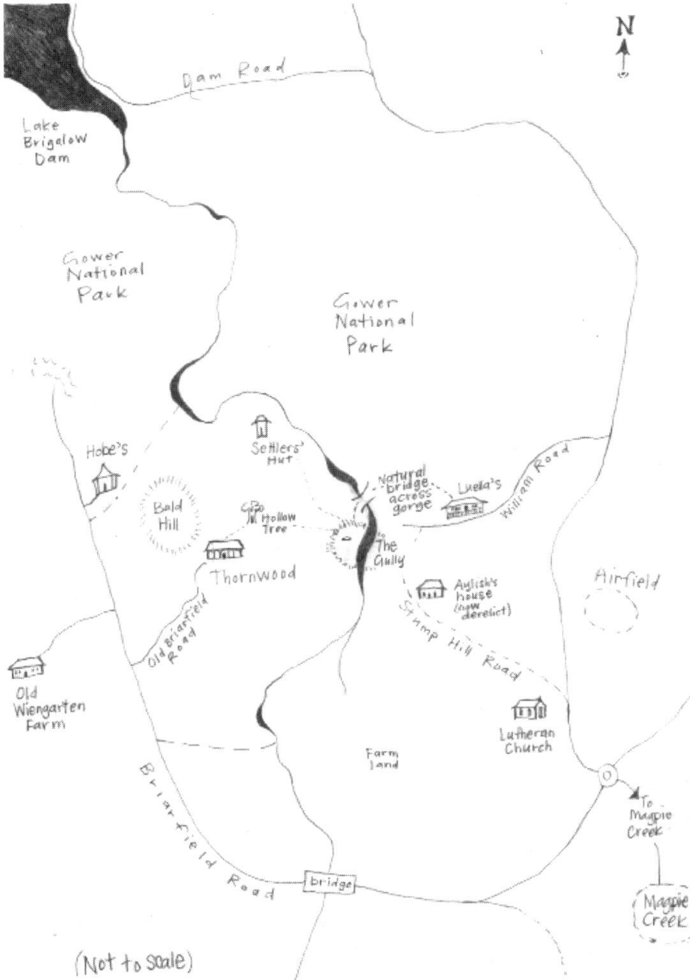

Die Umgebung von Thornwood House

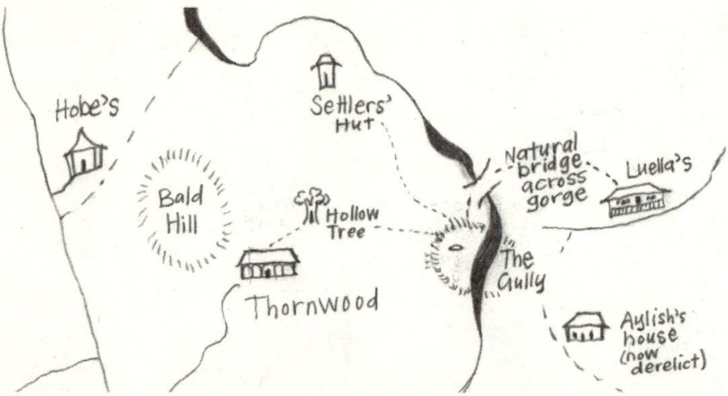

Die nähere Umgebung von Thornwood House

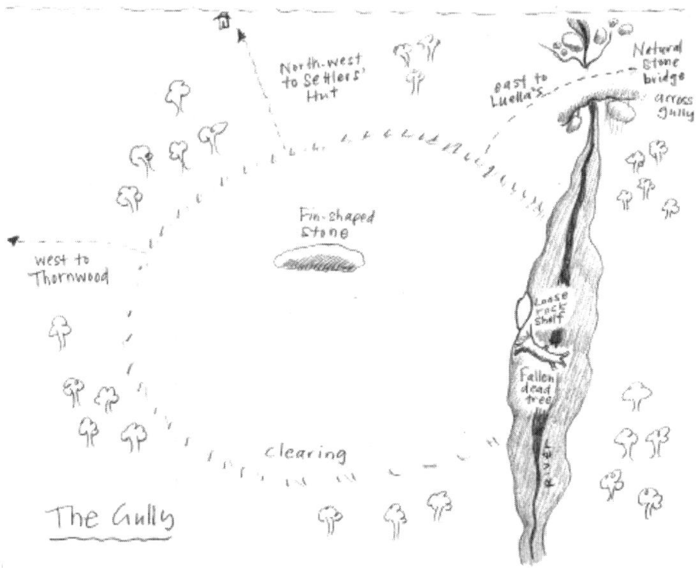

Die Schlucht

Für Sarah

Für ein Leben voller Liebe, Freundschaft und Vertrauen …
Ich bin so froh, dass du meine Schwester bist!

Wer seine Geheimnisse dem Wind anvertraut,
darf sich nicht wundern,
wenn die Bäume sie kennen.

Khalil Gibran

Vorwort

An sonnigen Nachmittagen erinnert die Lichtung am Rand der Schlucht an eine verzauberte Märchenlandschaft. Goldene Lichtstreifen flattern durch die Baumwipfel, Glockenvögel erfüllen die Luft mit ihren hellen Stimmen. Der würzige Duft von Wildblumen treibt auf einer warmen Brise, und aus der Tiefe der schattigen Schlucht hört man das Murmeln eines Bachs, der seinem uralten Lauf folgt.

Doch wenn es Abend wird, verdunkelt sich der Himmel rasch. Schatten schwärmen um die Bäume und vertreiben das Licht. Die Sonne schwindet. Vögel suchen in dichten Akazien und Schlehdorn Schutz, während vom Westen her eine Heerschar dunkelvioletter Wolken heraufzieht und Regen bringt.

Im hellen Mondlicht verwandelt sich die Landschaft erneut und wird zu einem Albtraum aus einer anderen Welt. Das weite Feld mit silbernem Rispengras wird von den schwarzen Stämmen der Ironbarks begrenzt. Mittendrin erhebt sich ein großer Felsen in Form einer Flosse.

Der Felsen zieht mich magisch an. Es ist, als würde er mir etwas zuflüstern und sich Schatten um seinen Sockel versammeln. Ich gehe näher heran. Mir läuft es kalt den Rücken hinunter. In der Dunkelheit stolpere ich und bleibe stehen, um zu horchen, strenge mich an, um eine Stimme zu erkennen, einen erstickten Schrei oder ein Schluchzen – doch ich höre nur das Prasseln des Regens auf den Blättern und das unregelmäßige Keuchen meines Atems. Weiter unten am Hang donnern unsichtbare Wallabys durch das Dickicht, und über mir erklingt ein dunkler Ruf, wahrscheinlich ein Kuckuckskauz.

»Bron ... bist du da?«

Ich erwarte keine Antwort, doch als sie ausbleibt, verschärft sich die Angst. Ich taste nach einem abgebrochenen Ast, suche einen Pfad aus niedergetrampeltem Gras, ein vertrautes Wäschestück am Boden ... finde jedoch weder eine Spur von meiner Tochter noch von dem Mann, der sie mitnahm.

Ich spähe in die Schatten, versuche, die Silhouetten der Bäume zu durchdringen, die um mich herum schwanken und wogen. Ein Blitz erhellt den Weg, der durch das Unterholz bergauf führt. Ich gehe darauf zu und bleibe erneut stehen. Wieder läuft mir ein Schauer über den Rücken, ich spüre, dass ich nicht allein bin. Irgendwer ist in der Nähe, es muss der Mann sein. Er versteckt sich hinter den Bäumen. Er beobachtet mich. Ich stelle mir vor, wie sein Blick über mich schweift und er überlegt, wie er am besten zuschlagen soll.

Aber ich bin vorbereitet.

Das zumindest rede ich mir ein, doch in Wahrheit habe ich das Gefühl, dieses Szenario schon tausendmal erlebt zu haben: in dieser einsamen Lichtung zu hocken und darauf zu warten, dass der Tod mich findet, um dann jedes Mal im entscheidenden Augenblick nicht weiterzuwissen.

Mit einem Mal ist es kalt. Der Regen rinnt über mein Gesicht. Die Bäume biegen sich unter einer feuchten Windböe, Eukalyptusblüten wirbeln durch die Luft und verbreiten ihren durchdringenden Duft.

Das Knacken eines Zweiges übertönt den Regen, es hört sich an wie das Brechen eines kleinen Knochens. Ich fahre herum. Ein Blitz reißt die Wolken auf und taucht die Lichtung in Helligkeit. Auf der anderen Seite sehe ich einen einzelnen Schatten. Er löst sich aus der Dunkelheit und kommt auf mich zu.

Ich erkenne ihn sofort wieder.

Er ist groß, die bleichen Züge verschwimmen in der Dunkelheit. Seine feuchte Haut glänzt, und beim Anblick des Gesichts gefriert mir das Blut in den Adern.

»Hallo, Audrey.«

Erst dann sehe ich den Axtgriff in seiner Hand.

1

Audrey, September 2005

Der Himmel über dem Friedhof hing voller Gewitterwolken. Es war erst Nachmittag, doch es wurde bereits dunkel. Eine große Schar von Trauergästen stand im Schutz einer alten Ulme auf dem grasbewachsenen Abhang. In den oberen Ästen wuselte ein unruhiger Schwarm schwarzer Vögel, deren Schreie die Stille durchbrachen.

Krähen. Dunkelheit. Tod.

Das hätte Tony gefallen.

Ich schluckte und wünschte, ich wäre woanders, nur nicht hier, im Regen, in einem geliehenen schwarzen Kleid, und nähme schweigend Abschied von dem Mann, den ich einmal zu lieben glaubte.

Bronwyn stand neben mir. Vor dem dunkelblauen Kleid hoben sich ihr blondes Haar und die helle Gesichtshaut umso stärker ab. Sie war elf, groß für ihr Alter, und auffallend hübsch. Sie hielt einen Regenschirm über unsere Köpfe, mit schmalen blassen Fingern umklammerte sie den Griff.

Trotz des Regens, der Blicke und der gedämpften Stimmen hinter uns war ich froh, dass wir gekommen waren. Egal, was sie sagten, Tony hätte es gewollt.

Der Sarg schwebte an unsichtbaren Drahtseilen über dem Grab. Seitlich davon lag ein Teppich aus Kunstrasen über einem Haufen Erde, mit der man anschließend das Loch wieder zuschütten würde. Riesige Kränze aus weißen Lilien und scharlachroten Flamingoblumen bedeckten den Boden. Sie sahen teuer aus; daneben wirkten meine selbst gepflückten Rosen irgendwie unpassend.

Alles glänzte im Regen: die Messinggriffe des Sargs, die Lilienkränze, die zusammengedrängten Schirme, ja sogar die Glatze des Priesters, der jetzt die Bibel zitierte: »Tief drunten vom Boden her sollst du reden und gebeugt aus dem Staub hervor sprechen, deine Stimme soll der eines Gespenstes aus der Erde gleichen und deine Rede aus dem Staub hervorflüstern.«

Diese uralten Worte wurden durch den Regen gedämpft und mit einer derartigen Feierlichkeit ausgesprochen, dass sie aus einer anderen Zeit zu kommen schienen. Wäre es doch nur wahr! Könnte Tony jetzt zu mir sprechen und erzählen, was ihn in diesen letzten verzweifelten Tagen gequält hatte.

Ein Blitz zuckte quer über den Himmel, dann folgte ein grollender Donner. Die Krähen flogen von den Zweigen auf und flatterten davon.

Bronwyn drückte sich an mich. »Mum?« In ihrer Stimme erkannte ich Panik.

Der Flaschenzug, der den Sarg hielt, setzte sich in Bewegung. Die lange schwarze Kiste senkte sich. Ich ergriff Bronwyns Hand, und wir rückten enger zusammen.

»Alles wird wieder gut, Bron«, versuchte ich, sie zu beruhigen, doch meine Worte klangen schrill und falsch. Wie sollte je wieder alles gut werden?

Ich brauchte etwas, woran ich mich klammern konnte. Tonys Gesicht, wie ich es am liebsten in Erinnerung behalten würde – seine erhitzten Wangen, sein dunkles Haar, das nach allen Seiten abstand, seine leuchtenden saphirblauen Augen, als er das winzige Bündel seiner neugeborenen Tochter auf dem Arm anstarrte.

»Sie ist so schön«, hatte er gemurmelt. »So schön, dass ich mich nicht traue, den Blick von ihr abzuwenden.«

Bronwyn zog mich näher an den Rand des Grabes, und zusammen sahen wir auf den Sarg herab. Es war unfassbar, dass ein Mann, der das Leben so sehr liebte, nun im Regen auf dem morastigen Grund lag. Undenkbar, dass ausgerechnet er so leicht aufgegeben hatte.

Bronwyn küsste das Päckchen, das sie für ihren Vater gemacht hatte, und ließ es auf den Sargdeckel fallen. Darin befanden sich ein Brief an ihn, eine Schachtel mit seinen Lieblingslakritzen und der Schal, den sie ihm zum Geburtstag gestrickt hatte. Ich hörte, wie sie etwas flüsterte, doch ihre Worte gingen im Regen unter. Als ihre Schultern bebten, wusste ich, dass sie weinte.

»Komm.« Wir wandten uns ab und gingen den Hang hinunter zu der Stelle, an der ich meinen alten Celica geparkt hatte. Einige Köpfe wandten sich nach uns um, als wir vorbeigingen, blasse Gesichter vor der grauen Kulisse des Friedhofs.

Ich ignorierte sie, legte den Arm um Bronwyn und ging weiter. Ihr Ärmel war feucht, und durch den Stoff fühlte ich die Kälte ihres Körpers. Sie musste nach Hause, in die vertraute Geborgenheit eines warmen Nests. Sie brauchte Suppe und Toast, einen Schlafanzug und flauschige Pantoffeln …

»Audrey?«

Ich blickte auf und ließ vor lauter Schreck Bronwyn wieder los. Meine Nerven spielten verrückt, mein Mund war wie ausgetrocknet. Diese Angst war albern. Ich holte tief Luft und sagte: »Hallo, Carol.«

Ihr Gesicht war versteinert, man sah ihr die Anspannung an den Augen an. Sie hatte das Haar im Nacken zu einem Knoten geschlungen, und wie üblich war ich überwältigt von ihrer Schönheit.

»Ich freue mich, dass ihr gekommen seid«, sagte sie leise.

»Tony hätte es sich gewünscht. Hallo, Bronwyn, Kleines … wie wirst du damit fertig?«

»Gut, danke«, antwortete Bronwyn abweisend und mit gesenktem Blick.

Ich kramte meine klimpernden Wagenschlüssel hervor. »Würdest du bitte im Auto auf mich warten, Bron?«

Sie nahm die Schlüssel und stapfte mit dem auf und ab tanzenden Schirm den nassen Abhang hinunter. Am Fuß des Hügels schlängelte sie sich durch die parkenden Wagen bis zu unserem Celica. Kurz darauf war sie darin verschwunden.

»Wie geht es ihr wirklich?«, wollte Carol wissen.

»Sie kommt schon klar«, erklärte ich, ohne zu wissen, ob es wirklich stimmte.

Wir standen am Abhang, allein. Die Trauergäste eilten durch den Regen zu ihren Autos zurück. Der Friedhof war fast menschenleer. Carol blickte zum Hügel hinauf, sodass ich sie verstohlen betrachten konnte – ihr vollkommenes Gesicht, die teure Garderobe, die aufrechte Haltung. Sie trug ein schwarzes Kleid, eng und elegant, und einen funkelnden Stein am Hals, wahrscheinlich ein Diamant. Feine Krähenfüße umgaben ihre Augen, doch sie schienen ihre strahlende Schönheit nur zu verstärken. Kein Wunder, dass Tony alles für sie aufgegeben hatte.

Als Carol meinen Blick sah, runzelte sie die Stirn. »Ich weiß, was du denkst. Dasselbe wie alle anderen auch … Aber du täuschst dich. Tony und ich waren glücklich, unsere Ehe …« Sie holte zittrig Luft. »Unsere Ehe war genauso stark wie am Anfang. Es ging uns gut, so wie immer.«

»Du solltest nichts merken, Carol.«

Sie schüttelte den Kopf, ihre Augen waren feucht. »Aber das ist es ja gerade, nicht wahr, Audrey? … Gerade ich hätte es spüren müssen.«

»Niemand trägt Schuld für das, was Tony getan hat. Du kannst dich dafür unmöglich verantwortlich machen.«

»Ich sage mir nur ständig, dass ich mehr hätte tun müssen… besser aufpassen. Aufmerksamer sein. In der Nacht, als er fortging, wusste ich, dass etwas nicht in Ordnung war, verstehst du?«

Ich zog die Augenbrauen hoch. »Wie meinst du das?«

»Na ja… wir waren zu Hause im Wohnzimmer. Ich sah fern, Tony blätterte in der Zeitung. Einmal warf ich einen Blick hinüber zu ihm, und er starrte vor sich hin… Sein Gesicht war ganz blass. Dann stand er auf, faltete die Zeitung zusammen, ging auf die Tür zu und sagte: ›Sie haben ihn gefunden. Sie haben ihn gefunden.‹ Anschließend verließ er das Haus. Ich hörte, wie der Motor ansprang und die Reifen auf den Kieselsteinen in der Auffahrt knirschten. Es war das letzte Mal, dass ich ihn sah.«

»Was meinte er damit? Wen hatten sie gefunden?«

Carol schüttelte den Kopf. »Keine Ahnung. Später blätterte ich durch die Zeitung, die er gelesen hatte, und suchte nach einem Hinweis, fand aber nichts. Nichts, was einen Sinn ergeben hätte. Du kannst dir vorstellen, wie verzweifelt ich war.«

»Hat er nicht angerufen?«

»Nein, das tat die Polizei, zehn Tage später.« Carol kam näher, ihr Blick suchte den meinen. »Es war der schlimmste Schock meines Lebens. Tony war tot, von einem auf den anderen Tag. Als sie mir sagten, man hätte seine Leiche in Queensland gefunden, außerhalb einer kleinen Stadt namens Magpie Creek, glaubte ich, sie meinten jemanden anders. Aber er… er – Herrgott, es kam so unerwartet, so plötzlich. Ich hatte nicht einmal gewusst, dass er eine Waffe besaß.«

Ich zuckte zusammen, und Carols Augen weiteten sich. Eine einsame Träne hing zitternd an ihrer Wimper.

»Tut mir leid, ich hätte es nicht sagen sollen, aber es ist das, was mich am meisten verwirrt. Tony hatte schreckliche Angst vor Waffen. Er hasste jegliche Art von Gewalt, nicht wahr?«

Seit ich über einen gemeinsamen Freund von Tonys Tod erfahren hatte, stellte ich mir dieselbe Frage. Ich fragte mich, warum Tony, ein glühender Verfechter von Gewaltlosigkeit und Liebe, seinem Leben auf so grausame Art ein Ende gesetzt und uns, die ihn liebten, dies angetan hatte.

Zu meiner Überraschung ergriff Carol mein Handgelenk. »Warum hat er das getan, Audrey? Wie konnte er so egoistisch sein?«

Ihre plötzliche Heftigkeit erschreckte mich. Ich suchte nach Worten des Trosts – für mich ebenso wie für Carol –, doch sie bohrte mir die Finger in den Arm und sagte: »Du warst ihm immer so nah, früher jedenfalls. Hat er dir jemals etwas erzählt – von einem Trauma in der Kindheit, von irgendetwas, das ihn bedrückte? War er jemals krank, während ihr zusammen wart? Er hat nichts genommen, jedenfalls weiß ich nichts davon … Aber vielleicht wollte er mich nicht beunruhigen. Könnte eine andere Frau dahinterstecken? Ach Audrey, egal, wie ich es drehe und wende, ich kann einfach nicht verstehen, warum er das getan hat.«

Ihre gequälten Augen waren von blassrosa Ringen umgeben, die Haut um den Mund war fahl. Ich wusste, was sie meinte. Nach außen wirkte Tony viel zu ausgeglichen, um in eine selbstzerstörerische Depression zu fallen. Trotzdem musste ich an die Zeit denken, als wir zusammen gewesen waren, an glückliche Tage, die urplötzlich von wiederkehrenden Albträumen überschattet wurden, an seine wechselnden Stimmungen, an Phasen düsteren Schweigens. Seine beinahe panische Angst vor Gewalt, Blut. Und seinen abgrundtiefen Hass auf Waffen jedweder Art.

»Tony hat nie über seine Vergangenheit gesprochen«, antwortete ich. »Falls er Geheimnisse hatte, dann hat er sie auch vor mir verborgen.«

Carol wandte den Blick ab. »Weißt du, Audrey, wenn wir uns unter anderen Umständen kennengelernt hätten, wären du und ich vielleicht Freundinnen geworden.«

Ich rang mir ein Lächeln ab, denn ich wusste, dass aus ihr nur die Trauer sprach. Carol Jarman und ich waren viel zu verschieden, als dass wir etwas anderes hätten sein können als Fremde. Wir bewegten uns in verschiedenen Kreisen, kamen aus verschiedenen Welten. Sie war selbstsicher, elegant, schön und hatte einen Lebensstil, von dem ich nur träumen konnte. Ohne Tony hätten sich unsere Wege niemals gekreuzt.

Carol steckte die Hand in ihre Umhängetasche und holte ein kleines, in Stoff eingewickeltes Päckchen heraus. »Das hier habe ich unter seinen Sachen gefunden. Ich dachte, dass du es vielleicht gern haben würdest.«

Ich erkannte den Stoff sofort wieder. Es war ein Schal, den Tony von einer Italienreise mitgebracht hatte, als er zum ersten Mal zur Biennale nach Venedig geflogen war. Er umhüllte einen Briefbeschwerer aus Muranoglas mit einem stahlblauen Schmetterling in der Mitte.

»Danke.« Ich spürte, wie Wärme mich überrollte, umklammerte mit den Fingern den kühlen Gegenstand und erinnerte mich an jene Tage, als Tony und ich glücklich gewesen waren.

»Es könnte sein, dass wir uns nicht wiedersehen«, sagte Carol, »also will ich es dir lieber selbst sagen, als dass du es von der Anwältin erfährst.«

Ich sah zu ihr auf, ganz erfüllt von bittersüßen Erinnerungen. »Was meinst du?«

»Tony hat verfügt, dass das Haus in Albert Park verkauft wird. Ich sage es dir ungern, Audrey, aber ihr müsst innerhalb von vier Wochen ausziehen. Ich würde dich natürlich nicht vor die Tür setzen, wenn du länger brauchst... Trotzdem möchte ich gern so schnell wie möglich mit der Renovierung anfangen, damit ich das Haus zum Verkauf anbieten kann.«

Ich konnte sie nur anstarren. »Innerhalb von vier Wochen?«

»Mach dir keine Sorgen. Tony hätte euch nie im Stich gelassen. Für dich und Bronwyn ist gesorgt«, erklärte sie rätselhaft. Sie schien noch etwas hinzufügen zu wollen, doch dann drückte sie nur kurz meinen Arm, sacht diesmal, drehte sich um und ging.

Ich beobachtete, wie sie den Hang hinunterschlitterte. Ihre Freunde scharten sich um sie, einige warfen mir einen flüchtigen Blick zu. Anschließend bugsierten sie sie zu den parkenden Wagen. Dort setzte sie sich in einen schimmernden Mercedes und verschwand.

Vier Wochen.

Ich umklammerte den Briefbeschwerer. Tony hatte mich nie wirklich über seine Vergangenheit belogen, doch seine hartnäckige Weigerung, darüber zu reden, hatte mich verletzt; es war immer so, als vertraute er mir nicht. Als ich jetzt auf den Hang blickte, spürte ich die Last seines Schweigens, das all meine Zweifel und Unsicherheit erneut aufwirbelte. In diesem Augenblick wäre ich am liebsten wieder hinaufgegangen und hätte den Briefbeschwerer in sein Grab geschleudert, als letzten bitteren Gruß. Aber es hatte erneut angefangen zu regnen, der Boden war durchnässt, und der Hang machte einen rutschigen Eindruck.

Ich steckte das Päckchen in meine Tasche. Als er noch lebte, hatte mir Tony nur Probleme gemacht; jetzt war er tot, und ich wollte ihm nicht die Gelegenheit geben, mir weiterhin zuzusetzen. Während ich mir das fest vornahm, stieg ich vorsichtig den Hang hinab zum Wagen, wo meine Tochter auf mich wartete.

In den anderen Landesteilen kündigte der September den Beginn des Frühlings an. Hier in Melbourne fühlte er sich noch an wie das verlängerte Ende des Winters. Wochenlanger Regen, kalte Nächte und kalte Morgen. Ein endlos grauer Himmel. Es gab Tage wie heute, an denen man den Eindruck hatte, als würde diese trostlose, trübe Hölle nie ein Ende haben.

Albert Park, das beliebte Viertel am Stadtrand mit seinen denkmalgeschützten Häusern, wo wir wohnten, wirkte kälter und düsterer als alles andere. Tonys Beerdigung hatte uns traurig gemacht. Vor Kälte zitternd traten wir durch das Vorgartentor und schlossen die Haustür auf. Im Innern war es dunkel. Ich schaltete alle Lichter an und drehte die Heizung auf, bis das Haus wie ein Backofen glühte. Bronwyn wollte weder Suppe noch Toastbrot, blieb aber in der Küche, während ich ihr eine Tasse heißen Kakao machte. Danach flüchtete sie sich in die Geborgenheit ihres Zimmers.

Meins war eisig. Ich vergrub den venezianischen Briefbeschwerer unter einem Haufen Wäsche in der untersten Schrankschublade und warf das feuchte Kleid in den Wäschekorb. Dann zog ich eine weiche Jeans und ein altes T-Shirt an, ging ins Wohnzimmer und starrte aus dem Fenster.

Silberner Regen prasselte auf die Dächer der Nachbarhäuser und zeichnete Lichtkegel um die Straßenlampen. Die erleuchteten Fenster der nahe gelegenen Gebäude glänzten wie Leuchtfeuer, doch draußen in der Bucht verlor sich das Wasser hinter dem Schleier vorzeitiger Dunkelheit.

Ich zog die Vorhänge zu und umschlang den Oberkörper mit beiden Armen, während ich an Tony dachte. Zum x-ten Mal fragte ich mich, was ihn dazu bewogen haben mochte, eine Waffe zu laden und seinem Leben auf so entsetzliche Weise ein Ende zu setzen. Er hatte viele Gesichter gehabt. Er war ein charmanter und erfolgreicher Künstler gewesen, ein fürsorglicher Vater für Bronwyn, aber er hatte auch an Albträumen gelitten. Und gegen Ende war er ein egoistischer, treuloser Mistkerl gewesen, doch ich hätte ihn nie für jemanden gehalten, der Menschen, die ihm wichtig waren, absichtlich zerstören wollte.

Ich ging ins Esszimmer. Nun war er endgültig fort, sagte ich mir. Keine Spekulationen würden ihn zurückbringen. Es gab keinen Grund, sich von einem Mann im Stich gelassen zu fühlen, der einen vor Jahren verlassen hatte. Trotzdem flammte meine alte Verbitterung jetzt wieder auf. Man würde Bronwyn und mich aus unserem Haus vertreiben, einem Haus, von dem Tony einmal gesagt hatte, dass wir es behalten könnten, so lange wir wollten. Er hatte es am Anfang unserer Beziehung gekauft, nachdem er mehrere sehr erfolgreiche Ausstellungen im Ausland gehabt hatte. Später hatte ich mich nicht mit ihm streiten wollen, als er vorschlug, dass das Haus auf seinem Namen eingetragen bleiben sollte. Ich war froh, weiter dort wohnen zu können, ohne Miete zu zahlen. Damals war ich noch jung und stolz. Ich war wütend auf Tony gewesen und wollte um nichts auf der Welt in seiner Schuld stehen.

Doch jetzt bereute ich es … bereute es um meiner Tochter willen und des Schmerzes, den sie ein Leben lang mit sich herumschleppen würde. Auch Tony tat mir leid, der sehr gelitten haben musste, und Carol, deren Welt sich nur um ihn gedreht hatte. Ich selber tat mir leid wegen meiner egoistischen Sehnsucht, die mir in einsamen, unbedachten Augenblicken zugeflüstert hatte, er würde eines Tages vielleicht wie durch ein Wunder zu mir zurückkehren. Und ich kämpfte mit der Last der Fragen, die er uns hinterlassen hatte. Warum war er in jener Nacht verschwunden, warum war er tagelang bis zu diesem einsamen Nest mitten im Nichts gefahren? Und was hatte ihm schließlich den letzten Anstoß gegeben?

Carol hatte gesagt, sie hätte in der Zeitung nach einem Hinweis gesucht, aber wahrscheinlich war sie zu verzweifelt gewesen, um sich richtig zu konzentrieren. Ich erinnerte mich, dass Tony ein geradezu fanatischer Leser des *Courier-Mail* gewesen war. Er war in der Nähe von Brisbane aufgewachsen – eins der wenigen Details aus seiner Vergangenheit, die ich ihm hatte entlocken können – und hatte sich über Queensland immer auf dem Laufenden gehalten.

Ich schaltete meinen Laptop ein und ging ins Netz.

Es dauerte eine Weile, bis ich die Suchergebnisse für den *Courier-Mail* kurz vor Tonys Tod gesichtet hatte. Nichts stach hervor. Ich starrte so angestrengt auf den Bildschirm, dass mein Nacken verkrampfte, und wollte den Computer gerade ausschalten, als ich in einem letzten Versuch den Namen der Stadt eingab, in der sie Tonys Leiche gefunden hatten: »Magpie Creek«.

Es gab nur einen einzigen Eintrag.

DÜRRE LÖST ZWANZIG JAHRE ALTES RÄTSEL.

BRISBANE; FREITAG: Für die meisten Menschen ist Australiens augenblickliche Dürre – angeblich die schlimmste seit tausend Jahren – ein Grund zu großer Sorge. Für die kleine Gemeinde von Magpie Creek im Südosten von Queensland jedoch hat sie unerwartet ein Rätsel gelöst, das die Stadt seit zwanzig Jahren beschäftigte.

Am letzten Mittwoch nahm eine Gruppe von Agrarwissenschaftlern Wasserproben aus dem nahe gelegenen, fast ausgetrockneten Lake Brigalow Staudamm, vierund-

> zwanzig Kilometer außerhalb der Stadt, als sie auf ein im Schlamm vergrabenes Fahrzeug stieß. Die Feuerwehr und andere Rettungsmannschaften bargen es und fanden darin die Überreste einer menschlichen Leiche.
> Der Polizei von Magpie Creek zufolge gehörte der Wagen einem Mann, der im November 1986 von seiner Familie als vermisst gemeldet wurde. Die Ergebnisse der Identifizierung werden erst nach einer forensischen Untersuchung und einer Obduktion der Leiche feststehen.

Ich lehnte mich zurück und starrte so lange auf den Bildschirm, bis ich nicht mehr klar sehen konnte. Vielleicht klammerte ich mich an einen Strohhalm, trotzdem schwirrten mir zahllose Fragen durch den Kopf. Hatte Tony den Vermissten gekannt? War er ein Freund oder Verwandter gewesen? Jemand, dessen Tod ihm so viel bedeutet hatte, dass er seine Frau ohne ein Wort verlassen hatte und sechzehnhundert Kilometer weit in eine Vergangenheit gefahren war, die er doch so offensichtlich hinter sich gelassen hatte?

1986 war Tony vierzehn gewesen. Sein Vater vielleicht? Von der Familie als vermisst gemeldet – Tonys Familie? Eine Familie, über die er in den zwölf Jahren, in denen ich ihn kannte, nie hatte sprechen wollen. Ich schloss die Augen und versuchte, meine Gedanken zu ordnen. Es war unwahrscheinlich, bestimmt nur ein Zufall. Wahrscheinlich nichts als das Gedankenspiel eines erschöpften und traurigen Gehirns.

Ich schaltete den Computer aus, ging in die Küche und warf einen Blick in den Kühlschrank. Er war vollgestopft mit Essen, doch meine Hand griff automatisch nach einem Crown Lager. Das Bier war eiskalt und fühlte sich in meiner von Schmerz zugeschnürten Kehle wunderbar an. Während ich trank, fiel mein Blick auf die schwarze Fensterscheibe, in der ich die Frau erkannte, zu der ich in den letzten fünf Jahren geworden war: hohläugig und abgemagert, mit Schatten unter der blassen Haut, die eigentlich frisch und rosig hätte sein müssen. Dieses Jahr würde ich dreißig, doch mein Gesicht spiegelte die graue Resignation eines viel älteren Menschen.

Ich rieb mir die Wangen und strich das Haar glatt. Für die Beerdigung hatte ich mir einen ordentlichen Pferdeschwanz gemacht, der sich inzwischen gelöst hatte. Jetzt sah mein Haar wieder wie immer aus, ein zerzauster Bob aus den Siebzigern. Ich dachte an Carols dezente Eleganz und schnitt der jungenhaft schmalen Person, die sich in der Scheibe spiegelte, eine Grimasse. Das verhärmte Gesicht starrte missmutig zurück, als klagte es mich schweigend an: Begreifst du jetzt, warum er dich verlassen hat? Verstehst du, warum er sie und nicht dich wollte?

Ich wandte mich vom Fenster ab, ging zu Bronwyns Zimmer und klopfte leise an die Tür. Keine Antwort, also öffnete ich sie einen Spaltbreit. Das Licht brannte. Bronwyn war auf der Bettdecke eingeschlafen, das Haar lag fächerförmig auf dem Kopfkissen ausgebreitet, das Gesicht war fleckig vom Weinen. Sie hatte den Schlafanzug angezogen, den ihr Vater ihr vor einem Jahr geschenkt hatte. Inzwischen war er zu eng und vom übermäßigen Tragen ausgeblichen.

»Bron?«, flüsterte ich und strich ihr übers Haar. »Komm, wir decken dich zu, Kleines.«

Bis vor einem halben Jahr hatte Tony sie regelmäßig jeden Sonntag abgeholt. Kaum erklangen die Kirchenglocken über der erwachenden Stadt, bog er mit seinem schwindelerregenden schwarzen Porsche in die Auffahrt und hupte, aber da lief Bronwyn schon auf ihn zu. Ich stand im vorderen Zimmer des Hauses und beobachtete sie mit zusammengepressten Lippen durch die Jalousien. Sechs oder sieben Stunden später hörte ich das vertraute Hupen erneut, und dann kam Bronwyn ins Haus gerannt, erzählte strahlend, wie toll es gewesen war, und zeigte mir mit leuchtenden Augen und vor Freude geröteten Wangen die Geschenke, die er für sie gekauft hatte.

Doch dann waren seine Besuche plötzlich abgebrochen.

Tony ließ sich sonntags nicht mehr blicken. Er vergaß anzurufen und schickte teure Geschenke, statt selbst vorbeizukommen. Ohne jede Erklärung hatte er sich aus ihrem Leben gestohlen. Hilflos sah ich zu, wie der Kummer sich in ihr ausbreitete wie eine Krankheit und mein fröhliches kleines Mädchen in ein Häufchen Elend verwandelte, das durch das Haus geisterte, als würde es nicht dort wohnen, sondern nur darin herumspuken.

Bronwyn seufzte und drehte sich auf die andere Seite. Ich stopfte die Decke um sie fest und hauchte ihr einen Kuss auf die Stirn. Sie roch nach Kakao und Honig, nach frisch gewaschener Wäsche und Zitronenshampoo. Angenehme, vertraute Düfte. Gerade als ich auf Zehenspitzen gehen wollte, fiel mein Blick auf ein Foto, das an ihrer Nachttischlampe lehnte. Ich hatte es seit Jahren nicht gesehen, und es versetzte mich mit einem Stich von Traurigkeit in die Vergangenheit zurück.

Tony saß auf einem niedrigen Mäuerchen, im Hintergrund sah man die Wasserspiele vor der National Gallery von Melbourne. Hinter der Sonnenbrille funkelten seine Augen, und er lächelte auf seine berühmte, hinreißende Art. Er war nicht im üblichen Sinn schön gewesen, sein Gesicht war zu knochig, seine Nase zu lang, die Zähne ein bisschen schief, aber er hatte etwas, das einen fesselte, eine Intensität, die zurückhaltend und betörend zugleich war.

Ich schaltete die Nachttischlampe aus, nahm das Foto mit in die Küche und lehnte es gegen ein Glas Erdnussbutter auf dem Küchentresen, um es im hellen Licht besser betrachten zu können. Es war tröstlich, sein Gesicht anzusehen und so zu tun, als sei er immer noch irgendwo da draußen, mitten im Leben, und nähme sich vielleicht einen Augenblick Zeit, um zu den Sternen aufzusehen und an mich zu denken.

Fast hätte es funktioniert.

Doch dann fiel mir der Sarg ein, der schlammige Hang und das offene Grab unter der Ulme.

Obwohl ich Tony seit Monaten nicht mehr gesehen hatte, vermisste ich ihn plötzlich unsäglich. Mit ihm war ich eine andere gewesen – stark, kompetent. Ich hatte mehr gelacht, mir nicht so viele Sorgen gemacht, war offen und hatte mich an fremden Orten wohlgefühlt. Nachdem er gegangen war, hatte ich mich in mein Schneckenhaus zurückgezogen – war in meine Arbeit geflüchtet, hatte meine Freunde vernachlässigt und mir nichts mehr gewünscht, als mich zu verlieren. Ich verzweifelte an der Gewissheit, dass der Mann, den ich liebte, mich nicht mehr wollte.

Das einzige Licht in dieser düsteren Zeit war Bronwyn gewesen. Obwohl Tonys Auszug sie in Verwirrung gestürzt hatte, war sie nach wie vor ein aufgewecktes kleines Mädchen, beinahe weise mit ihren gerade mal sechs Jahren. Ich fing an, sie zu bemuttern, und wurde von Augenblicken intensiver Nähe belohnt, die wir bis dahin nur selten zusammen erlebt hatten. Schon als Baby hatte Bronwyn eine starke Bindung zu ihrem Vater gehabt. Sie war der winzige Mond, der ständig und inbrünstig um den Planeten Tony kreiste. Wenn sie sich das Knie aufgeschlagen hatte, ein Pflaster oder einen Verband brauchte, kam sie zu mir. Doch anschließend humpelte sie zu Tony, denn sie wusste, dass er der einzige Mensch war, der sie mit einem Kuss trösten und wieder zum Lachen bringen konnte.

Erst nachdem Tony weg war, fanden wir zueinander. Bronwyn kicherte wie eine kleine Verrückte, schlang die Arme um meine Hüften und erklärte, ich sei die schönste und die beste Mummy auf der Welt… Diese Augenblicke hatten mich gerettet.

Ich seufzte. »Verdammt, Tony. Warum musstest du hingehen und dich umbringen?«

Ich hatte ihn auf der Kunsthochschule kennengelernt. Mit siebzehn war ich furchtbar schüchtern gewesen, aber fest entschlossen, Fotografin zu werden. Ich war bei meiner Tante Morag aufgewachsen. Nach ihrem Tod fand ich eine Brownie-Boxkamera unter ihren Hinterlassenschaften. Es dauerte nicht lange, bis ich davon besessen war, und als mir klar wurde, dass es Menschen gab, die sich mit Fotografieren ihren Lebensunterhalt verdienten, hatte ich beschlossen, ihrem Beispiel zu folgen. Da ich nicht wusste, wo ich anfangen sollte, schrieb ich mich in der Kunsthochschule von Victoria ein.

Tony studierte Malerei und war mir um ein paar Jahre voraus. Er hatte Talent, war geheimnisvoll, beliebt und komisch, aber auf seltsame und verführerische Weise auch verletzlich. Fast sechs Monate lang waren wir Stammgäste in derselben Kneipe, ehe ich mir ein Herz fasste und ihn ansprach. Zu meiner Verwunderung verliebte auch er sich sofort in mich. Nach einem Jahr war ich schwanger. Ich verschob mein Studium, da ich an nichts anderes als an Tony und das Baby denken konnte. Je mehr unser Kind in meinem Bauch wuchs, umso größer wurde meine Zuversicht. Tony liebte mich, und ich war glücklich auf dieser Welt. Dann bekam ich nach und nach Aufträge und hatte zum ersten Mal im Leben das Gefühl, wirklich irgendwohin zu gehören.

Tony hatte schnell Erfolg. Er fand eine erstklassige Galerie, die seine Bilder gut verkaufte. Er machte sich einen Namen als Künstler und arbeitete härter als jemals zuvor. Man lud ihn nach Venedig zur Biennale ein, damals ein Meilenstein in seiner Karriere, aber auch in unserer Beziehung. Bronwyn kam kurz nach seiner Rückkehr zur Welt, und es schien, als könnte das Leben nicht besser sein. Es war so traumhaft, so märchenhaft schön, dass ich nervös wurde. Und dann begann der Niedergang. So langsam, dass ich es anfänglich gar nicht bemerkte.

Tony blieb nun immer öfter weg. Er werde im Atelier arbeiten, sagte er, müsse eine große Gruppenausstellung für die National Gallery vorbereiten. In den nächsten Jahren bildete sich eine Art Muster heraus. Je mehr Tony sich in seine Arbeit vertiefte, desto stärker klammerte ich mich an ihn – und je stärker ich mich an ihn klammerte, umso mehr zog er sich zurück.

Ich kaute an den Fingernägeln, wanderte nachts durchs Haus und fand keinen Schlaf. Meine Fotos wurden düster und trist: Kinder mit leeren Augen; einsame alte Menschen, die Tauben fütterten oder aufs Meer hinausstarrten. Kahle Bäume, verfallene Gebäude, menschenleere Spielplätze. Die Angst nagte an meinem Glück, riss Löcher, die ich nicht zu füllen vermochte. Äußerlich ging das Leben weiter wie üblich. Wir fuhren mit Bronwyn zum Strand oder machten lange Ausflüge aufs Land; wir halfen bei der Organisation von Schulkonzerten, nahmen an Ballettveranstaltungen und Korbballspielen teil, liebevolle Eltern, die wir waren. Doch insgeheim waren wir beide unglücklich.

Ständig gab es Streit. Auf einmal war Geld ein Thema. Wir schliefen nicht mehr miteinander. Als Tony dann immer später nach Hause kam – und schließlich gar nicht mehr –, spürte ich, dass es zu Ende ging.

Wie falsch ich lag! Ohne dass ich es wusste, war das Ende längst da.

Plötzlich klingelte das Telefon auf dem Küchentresen und riss mich aus meinen Gedanken. Ich ließ es klingeln und wartete darauf, dass der Anrufbeantworter ansprang. Eine Nacht voller Selbstmitleid lag vor mir, und ich wollte sie auskosten. Doch in der letzten Sekunde griff ich in Panik nach dem Hörer.

»Hallo?«

»Miss Kepler? Margot Fraser, Tonys Anwältin. Entschuldigen Sie bitte den späten Anruf, aber es ist sehr wichtig, und ich müsste dringend etwas mit Ihnen besprechen. Hätten Sie morgen Zeit?«

Ich erstarrte. Tonys Anwältin? Meine Gedanken rasten und wühlten ein schaumiges Gemisch von Schuldgefühlen und Angst auf. Mein Überlebensinstinkt, der so lange eingeschläfert gewesen war, brach hervor. Sag was, warnte er mich: Lass dir irgendeine Entschuldigung einfallen, um Zeit zu gewinnen.

»Morgen ist Samstag«, entgegnete ich leise.

»Es geht um Tonys Testament«, erklärte die Frau. »Und es ist sehr dringend. Ich bin morgen bis vier Uhr im Büro, könnte aber auch zu Ihnen kommen, wenn Ihnen das lieber ist.«

Mein Magen verkrampfte sich. Ein offizieller Besuch war das Letzte, was ich wollte. Es war verrückt, aber ich hatte das Bedürfnis, ihr von dem Gästezimmer zu erzählen – den vielen mit Büchern vollgepackten Kisten, die ich dort untergebracht hatte, Bronwyns altem Fahrrad und dem liegen gebliebenen Nähzeug, das seit Jahren dort verstaubte. Dann würde sie bestimmt nicht mehr darauf bestehen, dass wir sofort auszogen.

»Miss Kepler, sind Sie noch da?«

»Ja, morgen passt schon. Ich komme im Büro vorbei.«

Sie gab mir die Anschrift und sagte: »Irgendwann nach dem Mittagessen? Sagen wir, gegen zwei? Es dauert nicht lange, aber wenn Sie Fragen haben, hätten wir genügend Zeit.«

»Prima«, erwiderte ich hastig und feige wie immer. »Bis dann.«

»Hier ist eine.«

Am Samstagmorgen duftete die Küche nach Toast und frischem Kaffee. Draußen goss es in Strömen. Die beschlagenen Fenster schirmten uns vom Rest der Welt ab. Normalerweise hörte ich gern dem Regen zu, wie er auf das Dach prasselte und durch die Regenrinnen rauschte. Heute jedoch war das Geräusch beunruhigend und erinnerte mich daran, dass es die sichere kleine Welt, die wir uns aufgebaut hatten, bald nicht mehr geben würde.

Bronwyn stieß mich mit dem Ellbogen an und zeigte auf eine Wohnungsanzeige in der Zeitung, die sie auf dem Tisch aufgeschlagen hatte. »Guck doch mal.«

Ich warf einen Blick auf ein Meer von gedruckten Buchstaben. Der Schlaf hatte mich letzte Nacht wieder mal reingelegt und an den Rand der so dringend benötigten Bewusstlosigkeit gelockt, nur um sich dann, als ich gerade wegdösen wollte, wieder aus dem Staub zu machen. Ständig sah ich Tonys Grab vor mir, das von aufgeweichten Blumen umgeben war und sich rasch mit Wasser füllte ... Und immer wieder hörte ich Carols aufgebrachte Worte: »Warum hat er das getan, Audrey, warum?«

Ich nahm einen Schluck Kaffee. »Wie viel?«

»Dreihundertneunzig die Woche«, sagte Bronwyn anerkennend. »Zwei Badezimmer. Klingt nicht schlecht.«

Der Kaffee versengte mir die Kehle, und ich hustete schwach. Zwei Badezimmer klang gut, aber dreihundertneunzig? Unser riesiges altes Haus hatte seine Nachteile, aber die Miete war umsonst. Tony hatte nie Unterhalt für seine Tochter bezahlt, die Genugtuung hatte ich ihm nicht geben wollen.

Stattdessen war ich in unserem Haus geblieben, nachdem er zu Carol gezogen war. In den fünf Jahren, die Bronwyn und ich hier allein lebten, hatte ich ein hübsches Sümmchen auf die hohe Kante gelegt, mit der ich uns eines Tages ein eigenes Zuhause kaufen wollte. Ich brauchte nur noch ein paar Jahre mehr.

»Gibt es etwas, das billiger ist?«

»Das ist das Billigste, Mum. Es sei denn, wir quetschen uns in ein Einzimmerapartment.«

Ich rieb mir die Augen und sah, wie meine Ersparnisse im Nu von der Hypothek eines Fremden aufgesogen wurden. »Vielleicht steht morgen was in der Zeitung.«

»Morgen ist Sonntag.« Bronwyns Finger glitt fachmännisch über die Seite. »Sonntags gibt es keine Wohnungsanzeigen.«

Ich starrte sie an und fragte mich, woher ein elfjähriges Mädchen so etwas wusste. Wie sie so ruhig sein konnte, während ich Magenkrämpfe hatte. Ich warf einen Blick auf die Uhr über dem Kühlschrank. Nur noch ein paar fürchterliche Stunden. Die Muskeln in meinem Nacken waren angespannt wie Gummibänder. Ich rollte die Schultern, um die Verkrampfung zu lindern, und versuchte anschließend, mich auf den Finger meiner Tochter zu konzentrieren, der sich im Schneckentempo durch das Labyrinth potenzieller neuer Domizile bewegte.

Dann hielt ihr Finger abrupt inne. Bronwyn sah mich aufmerksam an. »Du siehst ständig auf die Uhr. Wollen wir irgendwohin?«

»Die Anwältin deines Vaters will mich heute Nachmittag sprechen. Es dauert nicht lange. Ich bringe dich zum Korbballspielen und hole dich anschließend wieder ab.«

Bronwyns Augen weiteten sich. »Hat er uns was hinterlassen?«

Ich zuckte die Achseln, um ihr keine falschen Hoffnungen zu machen. »Vielleicht hat Carol ihre Meinung geändert, was die vier Wochen angeht. Vielleicht möchte sie, dass wir schneller ausziehen.«

»Ich komme mit.«

Ich zögerte. An den Sonntagen, die Bronwyn einst mit ihrem Vater verbracht hatte, blieb sie nun in ihrem Zimmer – schloss die Tür ab, sah sich Fotos von ihnen beiden an, schwelgte in ihren Erinnerungen und weigerte sich, irgendetwas zu essen, bis sie am frühen Abend mit geröteten Augen und ernst wie eine Priesterin wieder auftauchte. Sie hatte schon lange vor seinem Tod um ihn getrauert, das ging mir jetzt auf.

»Bitte, ja, Mum?« Sie blickte mich an, ihre Augen waren so blau wie Quellwasser.

»Du wirst dich langweilen.«

»Bitte.«

Ich seufzte. Carol hatte durchblicken lassen, dass für Bronwyn gesorgt wäre. Doch egal, was Tony ihr hinterlassen hatte, es würde nicht den Verlust aufwiegen können, den sein plötzliches Verschwinden in ihrem Leben hinterlassen hatte. Andererseits könnte es ein Trost sein. Ich betete, dass er ihr irgendwas Tolles hinterlassen hätte, damit sie wusste, dass er sie wirklich geliebt hatte.

»Na gut«, gab ich nach. »Aber mach dir nicht allzu viele Hoffnungen.«

»Magpie Creek?«

Mir blieb das Herz stehen. Dort war Tony gestorben, und mir war augenblicklich klar, dass die kleine Stadt mehr für ihn gewesen sein musste als nur ein zufälliger Zwischenhalt. Ich räusperte mich. »Das ist in Queensland, nicht wahr?«

Die Frau hinter dem Eichenholzschreibtisch – Margot – lächelte mitfühlend. »Es liegt etwa eine Stunde südwestlich von Brisbane. Soll ganz nett sein, habe ich gehört. Hauptsächlich Ackerland, aber es gibt dort viele vulkanische Überbleibsel, die eine Menge Touristen anlocken. Es ist eine kleine Stadt mit einer florierenden Kunstszene, mehreren preisgekrönten Cafés und den üblichen Annehmlichkeiten.«

Bronwyn, die auf dem Ledersessel neben mir saß, beugte sich vor und sah die Anwältin gespannt an. Sie wirkte älter als elf, möglicherweise wegen des dunkelblauen Kleids und der schicken schwarzen Sandalen, die sie unbedingt hatte anziehen wollen. Aber vielleicht lag es auch nur daran, dass ihre Stimmung sich aufgehellt hatte, als sie vom Nachlass ihres Vaters erfahren hatte. Ein beträchtlicher Treuhandfonds, auszahlbar an ihrem einundzwanzigsten Geburtstag, und ein riesiges Aquarell von einem Rotkehlchen, das sie seit Langem bewundert hatte.

Am überraschendsten aber war das, was Tony mir zugedacht hatte.

»Ein Haus«, staunte ich und rutschte unbehaglich auf meinem Sitz hin und her. Wo war der Haken? »Und was ist mit Tonys Ehefrau?«

Margot nickte. »Carol ist mit Tonys Entscheidung einverstanden. Sie hat uns wissen lassen, dass sie das Testament nicht anfechten wird. Nun, Tony hat die Schlüssel in unserer Kanzlei deponiert. Bis zur Testamentseröffnung wird es etwa einen Monat dauern, danach werden Ihnen Schlüssel und Papiere übergeben werden. Möchten Sie vielleicht noch etwas mehr über die Immobilie erfahren?«

»Ja, bitte.«

Margot öffnete ein Kuvert. »Thornwood gehörte ursprünglich einmal Tonys Großvater; ich nehme an, dass Ihnen das bekannt war.«

Ich schüttelte den Kopf. »Ich höre zum ersten Mal davon.«

»Tja, Sie haben wirklich das große Los gezogen«, erklärte sie, nahm ein Farbfoto aus dem Umschlag und legte es auf den Tisch vor uns. »Das ist das Gebäude – fantastisch, nicht wahr? Es wurde 1936 erbaut, ein klassisches Queensland-Haus mit vier Schlafzimmern. Voll möbliert – ich gehe davon aus, dass Tony aus sentimentalen Gründen nichts verändert hat. Dazu gehören ein Gemüsegarten, ein Obstgarten, Zugang zu einem Bach. Und oben auf den Hügeln, die das Grundstück umgeben, steht noch eine Hütte, vermutlich von den ersten Siedlern. Sie muss gegen Ende des 19. Jahrhunderts entstanden sein.«

Auf dem Foto sah man ein imposantes Gebäude mit einer schattigen Veranda, die um das ganze Haus verlief. Zwei Erkerfenster aus Buntglas und Traufen, die mit filigranen schmiedeeisernen Gittern verziert waren. Der umliegende Garten war ein Labyrinth aus Hortensien- und Lavendelsträuchern mit einem Backsteinpfad, der sich über den grasbewachsenen Hang bis zu einer einladenden Treppe schlängelte. Sonnensprenkel tanzten über den Rasen und eine alte Rosenlaube, die unter purpurfarbenen Blüten erstickte.

»Das Haus allein ist schon sehr beeindruckend«, fuhr Margot fort, »aber wie immer liegt der eigentliche Wert in dem Grundstück. Es umfasst insgesamt zweitausendfünfhundert Morgen – also knapp über eintausend Hektar. Zwei weitere große Farmen befinden sich in der Nachbarschaft, doch der größte Teil Ihres Landes grenzt an den Nationalpark von Gower. Zweihundert Morgen fruchtbares Weideland mit Dämmen, Zäunen und einem Bach, der nicht austrocknet. Den Unterlagen zufolge ist der Blick einmalig.«

Bronwyn seufzte. »Mum, das ist ja toll.«

»Wir werden nicht da hinziehen«, erklärte ich hastig.

»Aber Mum ...«

»Wir werden es verkaufen und uns hier in Melbourne etwas Neues suchen.«

Bronwyn warf mir einen kummervollen Blick zu, doch ich ignorierte sie und sah mir das Foto genauer an. Nach Tonys Tod hatte ich mir geschworen, ihn zu vergessen – Bronwyn zuliebe, aber auch meinetwegen. Wie sollte ich das schaffen, wenn wir in das Haus seines Großvaters zogen? Das alte Anwesen wirkte riesig und zugleich rätselhaft. Wahrscheinlich war es voller Geheimnisse, Gespenster und Erinnerungen anderer Leute.

Tonys Erinnerungen.

Margot zog ein weiteres Foto aus dem Kuvert. Eine Luftaufnahme, auf der das herzförmige Grundstück zu sehen war. Ein Stück gerodetes Grasland erstreckte sich über das südlichste Viertel, ein grüner Flickenteppich, der von Zäunen und braunen Dämmen durchzogen wurde. In der Mitte des Fotos befand sich das Haus – ein rechteckiges Eisendach, umgeben von weitläufigen Gärten, die sich über den Hügel erstreckten und im Buschland verloren. Im Nordwesten sah man eine Reihe dicht bewaldeter Hügel, aber es gab auch seltsam kahle Stellen, wo der rostrote Boden von Steinformationen durchzogen war.

»Wenn Sie Ihre Meinung ändern und sich doch entschließen sollten, in Thornwood zu wohnen«, sagte Margot, »gäbe es nicht wirklich viel zu tun. Die Felder unterstehen zum größten Teil dem Weiderecht, das heißt, Sie hätten ein zusätzliches Einkommen von den Farmern, die ihre Herden auf Ihrem Grundstück grasen lassen. Der Rest besteht aus natürlichem Buschland, sodass Sie sich, abgesehen von der üblichen Instandhaltung des Hauses, zurücklehnen und das Leben genießen könnten.«

Sie sammelte die Fotos wieder ein und steckte sie in das Kuvert. »Vermutlich würde es Sie interessieren, was das Grundstück wert ist.«

Schatten krochen durch den Raum. Das Licht, das durch das Fenster drang, hatte eine graue Färbung angenommen. Als ich mich bewegte, knarzte mein Stuhl. Ein verfallenes Haus mitten in der Wildnis, weit abgelegen von allem. Bestimmt kein Grund, Luftsprünge zu machen.

Ich nickte.

Margot kritzelte etwas auf einen Notizblock, riss das Blatt ab und legte es auf den Tisch vor uns.

Bronwyn hielt die Luft an.

Die Anwältin lächelte. »Durchaus eine Besichtigung wert, meinen Sie nicht?«

2

Anfang Oktober kamen wir auf dem Flughafen von Brisbane an. Während wir über den schimmernden Asphalt gingen, schmolz das winterliche Grau in meinen Knochen. Ich schwitzte unter der dicken Strickjacke. Bronwyn hatte ihre Trainingsjacke bereits ausgezogen und die lilienweißen Arme der Sonne ausgesetzt. Ich wusste, dass sie innerhalb von wenigen Minuten krebsrot sein würden, doch die Wärme nach der monatelangen Kälte war so verführerisch, dass ich beschloss, ihr diese kleine Freude zu lassen.

Schließlich waren wir nur für einen Tag hier.

Ich wollte das Anwesen, das Tony mir hinterlassen hatte, ansehen und eine Bestandsaufnahme dessen machen, was restaurierungsbedürftig war. Danach wollte ich einen Makler aus der Gegend damit beauftragen, das Haus zu verkaufen. Laut Tonys Anwältin war Thornwood mehr wert, als ich mir jemals hätte vorstellen können, doch das war nicht der Grund, weshalb ich es unbedingt loswerden wollte. Natürlich wäre das Geld ein Segen, der unser Leben verändern würde. Als freiberufliche Fotografin hatte ich ein unregelmäßiges Einkommen, und so hatte ich an meine Ersparnisse gehen müssen, um mit Bronwyn hierherzukommen. Es war nicht leicht, meine Skrupel in Worte zu fassen, doch ich wusste, was sich dahinter verbarg. Tony hatte meiner Tochter in ihrem kurzen Leben viel Freude bereitet – aber auch viel Kummer. Bronwyn und auch mir zuliebe war es Zeit, sich aus Tonys Schatten zu lösen.

Kurz nach Mittag hatten wir den Stadtverkehr hinter uns gelassen und fuhren im Schutz der Klimaanlage über breite Landstraßen. Der hochmoderne Mietwagen flog wie ein Vogel über die Fahrbahn, ohne sich von Schlaglöchern oder Kiesbetten beirren zu lassen, in südwestlicher Richtung nach Magpie Creek.

Bronwyn hatte den ganzen Weg vom Flughafen wie ein Wasserfall geredet, doch kaum hatten wir die trostlosen, eintönigen Randbezirke von Brisbane verlassen, verstummte sie. Jetzt starrte sie gebannt durch die Windschutzscheibe, als wolle sie den Wagen dazu bewegen, uns noch schneller an unser Ziel zu bringen.

Sie trug die üblichen Jeans mit Tanktop und versteckte ihr helles Haar unter einem Kopftuch mit Pünktchenmuster, das Tony ihr letztes Jahr zum Geburtstag geschenkt hatte. Ich wusste, warum. Sie trug es seinetwegen, und allein sein Anblick um ihr erhitztes Gesicht gab mir ein ungutes Gefühl. Ich fragte mich, was sie in Thornwood zu finden hoffte. Relikte aus der Kindheit ihres Vaters oder vielleicht einen Hinweis darauf, weshalb er sich in den letzten sechs Monaten aus ihrem Leben zurückgezogen hatte? Oder war sie wie ich neugierig auf die Welt, die Tony so lange vor uns versteckt hatte?

Die Straße führte über steile Hügel und stürzte sich dann kopfüber in ausgedehnte Täler. Wir passierten einige kümmerliche Flecken Buschland – doch die Landschaft bestand hauptsächlich aus Farmen. Aus frisch gepflügten Äckern mit rostbrauner Erde, grünen Wiesen mit schläfrigen Rinderherden vor einer Kulisse hoher Gipfel und zerklüfteter Berge. Meine spärlichen Recherchen vor der Reise hatten ergeben, dass die Formationen rund um Magpie Creek einst zu einem aktiven Vulkan gehört hatten, der aber seit fünfundzwanzig Millionen Jahren erloschen war. Die ersten Siedler, die in den

Siebzigerjahren des 19. Jahrhunderts gekommen waren, hatten ihre Hütten und Städte aus dem Holz der umliegenden Wälder gebaut. Die Holzfällerei war zu einem wichtigen Industriezweig geworden – ganze Wälder von Pinien, Virginischer Zeder, Palisander und Eukalyptus wurden gerodet und an ihrer Stelle Gras für die Rinderherden gepflanzt. Jetzt waren die Hügel zumeist kahl, und ihre vulkanischen Ursprünge ragten aus dem samtenen Wiesenmantel hervor, als wären es die knochigen Knie und Ellbogen von Riesen, die unter der Oberfläche schliefen.

»Warum hat Daddy nie darüber gesprochen, wo er aufgewachsen ist?«, fragte Bronwyn plötzlich.

»Vielleicht wollte er sein früheres Leben vergessen.«

»Warum?«

»Manchmal wachsen die Menschen aus den Orten heraus, aus denen sie stammen. Wenn sie älter werden, fühlen sie sich eingeengt, dann gehen sie fort und suchen sich Orte, an denen sie freier sein können.«

»Meinst du so wie ein Einsiedlerkrebs aus seinem Haus herauswächst?«

»Ja, so ähnlich.«

»Aber er ist nicht wirklich fortgegangen, nicht wahr, Mum?«

»Wie meinst du das, Schätzchen?«

»All das«, sie zeigte auf die Windschutzscheibe. »Diese spitzen Hügel und die grauen alten Bäume, der weite Himmel. Es ist, als würden wir durch eins von seinen Bildern fahren.«

Sie verstummte, und ich schaute mir die vorbeifliegende Landschaft mit anderen Augen an. Plötzlich spiegelte alles, was ich sah, Tonys vertraute Palette wider: staubige Lavendelhügel, Straßengräben mit roter Erde, aschfahle Baumstämme, grün gerändertes Laub, ein wolkenloser blauer Himmel.

Tony musste diese Landschaft sehr geliebt haben. Die vulkanischen Überbleibsel, die stacheligen Grasbäume, das mit Palmen und hohen River-Gum-Bäumen gesprenkelte Buschland, die wogenden grünen Felder. Und trotzdem hatte er nie von seinem alten Zuhause gesprochen, seiner Familie, seiner Schulzeit, Freunden oder der Landschaft, die sein Lebenswerk so offensichtlich inspiriert hatte. Ich konnte mir den Grund nicht vorstellen, doch eins war klar. In Tonys gut verborgener Kindheit lauerten böse Erinnerungen, Bilder, die so schmerzlich waren, dass er sich ihnen nicht einmal als Erwachsener hatte stellen können.

Ich dachte an den Artikel im *Courier-Mail*, den ich gefunden hatte: menschliche Überreste, die in einem Staudamm gefunden worden waren, vermutlich die Leiche eines Mannes, der seit zwanzig Jahren als vermisst galt. In Melbourne hatte ich das Ganze als Zufall abgetan, doch als ich jetzt durch diese flimmernde Landschaft fuhr, die solche Ähnlichkeit mit Tonys Gemälden hatte, stellte ich mir Fragen. *Sie haben ihn gefunden*, hatte Tony gesagt. *Sie haben ihn gefunden.* Hatte er den Mann in dem Staudamm gekannt?

Ich nahm die Hand vom Lenker und fasste in meine Jeanstasche. Der große eiserne Schlüssel darin war eine handfeste Erinnerung daran, dass wir direkt in die Vergangenheit fuhren. Tonys Vergangenheit. Plötzlich hielt ich es nicht mehr für eine gute Idee, und wäre Bronwyn nicht gewesen, hätte ich wahrscheinlich gewendet und wäre wieder nach Hause gefahren.

Kurz nach zwei Uhr nachmittags erreichten wir die staubigen Straßen von Magpie Creek. Wir fuhren an der riesigen Skulptur eines Pferdes aus Drahtgeflecht vorbei, in einen Kreisel und bogen von da in eine Allee ein. Auf der Veranda einer klassischen Kneipe saß ein in die Jahre gekommenes

Paar, ansonsten wirkte die Stadt menschenleer. Ich zählte zwei Getränkeläden, eine BP-Tankstelle, eine Caltex-Tankstelle, vier winzige Cafés und ein malerisches kleines Postamt. Es gab sogar ein historisch anmutendes Kino, auf dessen Fassade sich alte Kinoplakate wellten, und einen räudigen Hund, der den Eingang beschnüffelte. Schwärme von pinkfarbenen Sittichen, deren schrilles Geschrei die allumfassende Stille zerriss, flatterten in den Ästen eines ausladenden Feigenbaums.

»Eine Geisterstadt«, sagte Bronwyn.

»Es ist bloß zu heiß für draußen«, entgegnete ich. »Wahrscheinlich kommen sie in Scharen aus ihren Häusern, sobald die Sonne untergeht.«

»Ja, wie blutrünstige Zombies.«

Ich grinste. »Da drüben gibt es einen Fish-and-Chips-Laden. Sollen wir was essen?«

»Ich hab keinen Hunger.« Sie starrte unverhohlen ungeduldig aus dem Fenster. Offensichtlich hatte sie keine Lust, unsere Reise wegen einer Belanglosigkeit wie Essen zu unterbrechen, ganz gleich, ob sie Hunger hatte oder nicht.

Bald lag die Stadt hinter uns. Tonys Anwältin hatte die Straße, die wir nehmen mussten, auf der Landkarte gekennzeichnet, trotzdem brauchte ich fast fünf Minuten, bis ich das verbogene alte Schild entdeckte. Es hing, von Einschüssen zerlöchert, gefährlich dicht über der Straße. Die Buchstaben waren kaum zu erkennen.

»Da!«, rief Bronwyn aufgeregt. »Briarfield Road.«

Wir kamen an grünen Feldern und Streifen von dichtem Buschland vorbei, nahmen scharfe Kurven und holperten über Brücken und Viehroste. Schließlich passierten wir ein großes Holztor, hinter dem eine Schotterstraße den Hügel hinauf zu einem zerfallenen Haus führte. Ich fuhr weiter, entdeckte aber nichts, das wie Tonys altes Zuhause aussah. Nach etwa einer

Meile ging die Schotterstraße in einen Feldweg über, der unvermittelt vor einer Wand aus Buschland endete.

Ich hielt an und studierte die Karte. Dann drehte ich mich auf dem Fahrersitz um und warf einen Blick zurück.

Hohe Bäume standen am Wegesrand und warfen spärliche Schatten auf den Boden. Jenseits des Hitzeschleiers erstreckten sich prähistorische Hügel bis zum Horizont. Ich sah nichts, das ich wiedererkannte. Keine Gebäude, keine vertrauten Felsformationen. Es war so, als wären wir auf dem Mond gelandet.

Bronwyn sah mich mit zusammengekniffenen Augen an. »Haben wir uns verfahren, Mummy?«

»Aber nein.«

»Wo sind wir dann?«

Ich faltete die Karte wieder zusammen und steckte sie in meine Tasche, dann startete ich den Motor und wendete auf dem Feldweg.

»Wir fahren zur Hauptstraße zurück«, entschied ich. »Und diesmal halt die Augen auf. Wahrscheinlich sind wir einfach dran vorbeigefahren.«

Ich raste den Feldweg zurück und wirbelte ein ganzes Staubuniversum auf, so ungeduldig wartete ich darauf, etwas zu entdecken, das ich wiedererkannte. Dann sah ich zu meiner Erleichterung das Haus auf dem Hügel, an dem wir vorher vorbeigefahren waren.

Ich hielt an und ließ das Fenster herunter. Auf den ersten Blick wirkte der kleine, mit Schindeln gedeckte Bungalow verlassen, doch dann machte ich untrügliche Zeichen von Leben aus. Vor der Fassade standen zwei Wagen, und auf der Wäscheleine hingen ein paar traurige Unterhemden.

Ich stieg aus und zog mühsam das Tor auf, während ich die vom Duft der Wildblumen geschwängerte Luft einsog.

Im Gras neben der Straße zirpten die Zikaden, in der Ferne hörte man Ochsenfrösche quaken. Sonst waren nur das Knacken des überhitzten Motors und das Murmeln des im Wind raschelnden Laubs zu vernehmen.

Ich folgte dem Weg und parkte hinter den beiden anderen Wagen. Der eine war ein einwandfrei restaurierter, pfauenblauer Valiant. Daneben stand ein uralter Geländewagen, eine richtige Schrottkiste mit abgefahrenen Reifen und zerbrochener Windschutzscheibe.

Ich ging schnurstracks auf den Bungalow zu. Von der alten Fassade blätterte die Farbe ab. Keins der Fenster hatte Vorhänge. Das Blechdach bog sich auf einer Seite nach oben wie bei einer Sardinendose. Nur eine üppige Weinrebe, die über der Tür Schatten spendete, rettete es. Ihre großen Blätter nahmen die sengende Sonne auf und tauchten den Vordereingang in kühlen Schatten.

Als ich die Stufen hinaufstieg, schlug irgendwo im Innern des Hauses ein Hund an.

»Gib Ruhe, Alma!«, grölte jemand, woraufhin das Bellen verstummte.

Das Fliegengitter sprang scheppernd auf. Ein großer Mann, der aussah wie eine Vogelscheuche, trat auf die Veranda. Er war um die sechzig und hatte nur noch einen dünnen Kranz von schneeweißem Haar. Seine schäbige Arbeitshose war mit schwarzen Flecken übersät, das Flanellhemd zerschlissen. Eine Hälfte seiner Brille war mit Leukoplast verklebt.

»Tut mir leid, wenn ich störe«, sagte ich, »aber wir haben uns verfahren.«

»Wohin wollen Sie?«, fragte der Mann.

»Ich suche ein Anwesen, das Thornwood heißt. Es soll an der Briarfield Road liegen, aber ich bin die Straße auf- und abgefahren und habe es nicht gefunden.«

Wieder schepperte das Fliegengitter, und ein zweiter Mann steckte den Kopf durch den Spalt. Er sah dem anderen sehr ähnlich, war nur etwas größer und schmaler. Er hatte die Jeans an seinen knochigen, dünnen Beinen bis zu den Knien hochgekrempelt und war barfuß. Das spärliche weiße Haar stand von seinem Kopf ab, und auf seinem Gesicht lag ein Ausdruck der Verwunderung. Er musterte mich unsicher.

»Was ist los?«, krächzte er, und da erkannte ich die Stimme wieder, die den Hund beruhigt hatte.

»Alles in Ordnung«, erklärte der andere Mann. »Sie hat sich verfahren.«

»Wo will sie denn hin?«

Pause. »Thornwood.«

Der größere Mann zuckte zusammen und warf mir einen erschrockenen Blick zu. Ohne ein weiteres Wort verschwand er wieder im Inneren des Hauses.

»In Thornwood wohnt keiner«, meinte der andere. Sein Tonfall hatte sich geändert, die Worte klangen knapp und schneidend. »Das Haus steht seit Jahren leer. Sind Sie sicher, dass Sie dahin wollen?«

»Ja.«

Er sah mich mit zusammengekniffenen Augen an, vielleicht erwartete er eine Erklärung. Als er keine erhielt, trat er näher und musterte mich misstrauisch.

»Sie sind zu weit gefahren. Thornwood liegt an der Old Briarfield Road, aber die ist auf keiner Karte verzeichnet. Sehen Sie den Hügel dort?« Er zeigte auf eine steile Anhöhe hinter dem Haus, deren Fuß mit Ironbarks bewaldet war. Der kahle Gipfel bestand aus einer Ansammlung von Felsbrocken. »Thornwood liegt auf der anderen Seite. Sehen Sie das Glitzern zwischen den Bäumen dahinten? Das ist das Dach.«

Ich kniff die Augen zusammen, sah aber nur endlose graue

Stämme und Blätter, die in der Sonne glänzten. Ich wandte mich wieder dem Mann zu. Er starrte immer noch mit zusammengekniffenen Augen zum Hügel hinauf, sodass ich ihn genauer mustern konnte. Er hatte ein kantiges Gesicht und wettergegerbte Haut; sein dünnes weißes Haar schien einen eigenen Willen zu haben. Möglich, dass dieses Gesicht einmal freundlich gewesen war, doch mit der Zeit war es verhärmt geworden. Tiefe Falten hatten sich um seinen Mund eingegraben, selbst die Wangen waren voller Runzeln. Hinter dem Leukoplast auf seiner Brille erkannte ich vernarbtes Gewebe.

»Zu Fuß ist es nur eine halbe Stunde«, sagte er. »Mit dem Wagen mehrere Meilen. Fahren Sie Richtung Stadt zurück. Die erste Straße links ist die Old Briarfield Road.«

Ich bedankte mich und ging zum Wagen zurück. Hinter mir knallte das Fliegengitter zu, und in der darauf folgenden Stille drang ein leiser Wortwechsel aus dem Innern des Hauses. Ich konnte nicht verstehen, was sie sagten, doch die gedämpften Stimmen klangen eindringlich, fast panisch vor Angst.

Ich stieg in den Wagen.

»Haben wir uns übel verfahren?«, wollte Bronwyn wissen.

»Nein, überhaupt nicht«, entgegnete ich und fuhr los. »In ein paar Minuten sind wir da.«

Sie stieß einen erstickten Schrei aus, rutschte tiefer in den Beifahrersitz und trommelte aufgeregt mit den Absätzen auf den Boden.

Am Fuß des Hügels stieg ich aus und zog das quietschende Tor wieder zu. Als ich die Kette einhakte, warf ich noch einen Blick auf den Bungalow, entdeckte aber keine Spur von den beiden Männern. Hinter dem Haus hingen tintenschwarze Schatten über dem Hang und färbten die kahlen Felsvorsprünge purpurgrau.

Bronwyn plapperte glücklich und ungeduldig. Irgendetwas

über eine Familie von schwarzen Wallabys, die am Straßenrand hockte und beobachtete, wie wir vorbeifuhren. Doch ihre Worte flogen über meinen Kopf hinweg. Plötzlich hatte ich das Gefühl, völlig fehl am Platz zu sein, als wäre ich ein Eindringling in einer Welt, die zu betreten ich kein Recht hatte. Ein Stadtkind in einer endlosen Landschaft, die nicht unbedingt feindselig war, mich jedoch eindeutig nervös machte.

Die Reifen holperten abermals über Schlaglöcher und Viehroste, und ich umklammerte das Lenkrad so fest, dass meine Fingerknöchel weiß hervortraten. Es wäre eine Erleichterung, das alte Haus zu verkaufen, sagte ich mir. Tony endlich loszulassen und nach vorne zu blicken. Trotzdem wurde ich das Gefühl nicht los, dass das Schicksal längst die Kontrolle übernommen hatte – und dass trotz all meiner Anstrengungen, mich loszureißen, etwas auf mich zukam, auf das ich nicht vorbereitet war.

»Was für ein Drecknest!«

Noch ehe ich den Motor ausgeschaltet hatte, öffnete Bronwyn die Wagentür. Sie rannte über den Rasen und den Backsteinpfad auf die Vordertreppe des Anwesens zu. Ich hörte, wie sie gegen die Tür hämmerte, und einen Augenblick später verschwand sie in den tiefen Schatten der Veranda.

Ich stieg aus, stand auf dem federnden Rasen und betrachtete das Haus, das Tony mir hinterlassen hatte. Von seiner Anhöhe aus schien es in der blendenden Sonne schwach zu leuchten; trotz seiner Schäbigkeit, seines Zerfalls und seines vernachlässigten Glanzes wirkte es prachtvoll. Die Farbe blätterte ab, einige Regenrinnen hingen lose herab, und die Veranda erstickte unter blühenden Weinreben, die sich an den Wänden emporrankten. Im Garten wucherten Unkraut und Kriechpflanzen, die alte Rosenlaube lag verlassen da, die

Rosen selbst waren längst verblüht. Thornwood war alles andere als das wohlerhaltene Haus aus der Akte der Anwältin, es würde weit mehr benötigen als ein paar Arbeitstage, um es auf dem Markt anbieten zu können.

Dennoch war es wunderschön. Schmiedeeisernes Gitterwerk säumte die Traufen, rechts und links der Eingangstür gab es Fenster mit Scheiben aus satiniertem Glas. Eine breite Treppe und riesige Bleiglasfenster, die rot, blau und bernsteinfarben in der Sonne schimmerten, lockten mich näher.

Während ich dem holprigen Backsteinpfad folgte, streiften Löwenzahnblüten meine Beine, und ich hatte das seltsame Gefühl, in eine vergangene Zeit zurückversetzt zu werden. Ein Hauch des alten Weihnachtsgefühls aus meiner Kindheit wehte mich an, eine brodelnde Mischung aus Vorfreude und Sehnsucht.

Ich stieg die Treppe hinauf, zog den Schlüssel aus der Tasche und steckte ihn mit zitternden Fingern in das Schloss. Die Tür tat sich knarrend auf, und ein modriger Geruch schlug mir entgegen. Ich nahm meinen letzten Rest von Mut zusammen, strich die Spinnweben beiseite und trat ein.

Eine schmale Diele führte in ein großzügiges Wohnzimmer. Über die hohe Decke zogen sich Spinnweben, die teilweise bewohnt waren. Die Sonne fiel durch die schmutzigen Fensterscheiben und warf unheimliche Lichtstreifen über einen alten Perserteppich. Die Dielen waren glanzlos, schmutzig und bedeckt mit toten Insekten, vertrockneten Blättern und großen verwehten Knäueln, die aussahen wie Katzenhaar.

Das Mobiliar war überwiegend antik, aber nicht überladen wie in englischen Wohnzimmern, sondern vom Kolonialstil geprägt. Es hätte ganz gut in unser Haus in Albert Park gepasst. Es gab Anrichten aus schwarzem Akazienholz mit geschwungenen Beinen, Geschirrschränke mit Glasfenstern und riesige Ledersessel, die trotz der Staubschichten, die auf ihnen lagen, so verlockend waren, dass ich mich am liebsten mit einem spannenden Buch in die weichen Polster gekuschelt hätte.

Ein kunstvoll geschnitzter Torbogen führte in eine geräumige Küche. Durch das unterteilte Sprossenfenster über der Spüle fielen goldene Lichtflecken auf die Holzdielen. Auch die Küchenschränke waren aus Holz; in der Mitte stand ein rechteckiger Tisch mit exakt drum herum arrangierten Stühlen. Ich drehte den Hahn der Spüle auf und schöpfte Wasser aus dem Strahl. Nachdem ich erst daran geschnuppert hatte, nahm ich vorsichtig einen Schluck. Es war kalt und süß.

Durch das Fenster sah ich die Wölbung eines Wassertanks aus Wellblech, der zum größten Teil von Kletterpflanzen überdeckt war. Dahinter erstreckte sich ein Durcheinander aus Obstbäumen und Grevilleen. Ein weiterer Backsteinpfad führte durch ein Dickicht aus wild wuchernder Kapuzinerkresse und verlor sich dann hinter einem dichten Vorhang schattiger Bäume.

»Ein schöner Garten«, sagte ich, als Bronwyn in die Küche polterte.

Sie trat zu mir ans Fenster, und wir beide standen da und blickten hinaus. Das Haus in Albert Park besaß einen kleinen gepflasterten Hinterhof, in dem nicht einmal Unkraut gedieh. Der Blick auf den Streifen von Port Phillip Bay hatte uns für die Schande entschädigt, in einem heruntergekommenen Haus zu wohnen, doch bis jetzt war mir nie bewusst gewesen, wie sehr ich mich nach etwas Grünem sehnte.

Neben der Küche befand sich ein riesiges Badezimmer einschließlich geräumiger Badewanne mit Klauenfüßen. Vertrocknete Blüten lagen auf dem Boden unter dem Fenster, durch dessen zerbrochene Scheibe die Ranken eines wilden

Jasminstrauchs drangen. Im Frisierspiegel erblickte ich Bronwyns Augen.

»Hier gibt es eine Menge zu tun. Sauber machen, reparieren. Aber ansonsten ist es doch ein schönes altes Haus, oder?«

Mit finsterem Blick drängte sich Bronwyn an mir vorbei. Verdutzt folgte ich ihr in das Wohnzimmer zurück. Ein schmaler Gang führte in einen anderen Flügel des Hauses; der uralte Läufer dämpfte meine Schritte. An der Wand hing eine Serie von Schwarz-Weiß-Fotos. Ich blieb stehen und betrachtete sie. Eindrucksvolle Bilder von windzerzausten Bäumen, einer winzigen, mit Schindeln gedeckten Kapelle und etwas, das wie ein altes Schulgebäude aussah. Bronwyn stöhnte gelangweilt und stampfte davon.

Ich fand sie im ersten Schlafzimmer, wo sie herumpolterte. Es war kaum möbliert, ein Bett, eine Frisierkommode, ein gigantischer Schrank. Bronwyn machte ein Getue, als suche sie nach einem versteckten Schatz, zog die Schubladen auf und steckte den Kopf in den Schrank, als erwarte sie, eine verzauberte Geheimtür in dessen Rückwand zu finden.

»Was suchst du denn?«

Sie starrte mich an und eilte dann ohne ein Wort ins Wohnzimmer zurück. Ich war verwirrt. Nachdem sie erst so sehnsüchtig hierher hatte kommen wollen, benahm sie sich nun, als könne sie es kaum erwarten, wieder zu verschwinden.

Die nächsten beiden Zimmer waren ähnlich, nur wenige einfache Möbel. Das kleinere, das zum Vorgarten hinausging, hatte ein Erkerfenster mit einer Sitzecke.

»Wie hübsch«, sagte ich und drehte mich zu Bronwyn um. »Mit ein paar gemütlichen Kissen könntest du hier sitzen und lesen. Sieh dir nur den Blick an!«

»Ich werde nicht hier sitzen«, erklärte Bronwyn, »weil ich nicht hier wohnen werde. Wenn überhaupt jemand hier sitzen und lesen wird, dann die Leute, die uns das Haus abkaufen.« Noch ehe ich antworten konnte, machte sie auf dem Absatz kehrt und verließ das Zimmer.

Verdattert sah ich ihr nach. Wochenlang hatte sie von nichts anderem als Thornwood geredet, wollte unbedingt herkommen und es ansehen, hatte mich sogar gedrängt hierherzuziehen – was nicht infrage kam, da unser Leben zu sehr in Melbourne verwurzelt war. Schließlich hatte sie aufgehört zu quengeln, und ich hatte vermutet, sie hätte sich damit abgefunden, dass wir das Anwesen verkauften. Offenbar hatte ich mich getäuscht.

Ich versuchte, das Haus mit Bronwyns Augen zu betrachten. Geräumig mit unzähligen Geheimverstecken und Schlupfwinkeln, luftigen Zimmern und einem wunderschönen Garten, den man erforschen konnte. Und noch aufregender, ihr Vater hatte hier als kleiner Junge sehr viel Zeit verbracht. Es war leicht zu verstehen, warum Thornwood ihr gefallen könnte, aber konnte es sein, dass sie wirklich hier leben wollte?

Ich folgte ihr durch die Diele und einen weiteren Flur, der von großen Fenstern erhellt wurde. An dessen Ende fanden wir ein viertes Schlafzimmer. Im Gegensatz zu den anderen war es voll mit persönlichen Gegenständen, als würde hier noch jemand wohnen.

An einer Wand stand ein altes Schlittenbett aus Rosenholz mit durchgelegener Matratze, Kopf- und Fußende waren mit einer dicken Staubschicht bedeckt, daneben ein Nachttisch ebenfalls aus Rosenholz. Gegenüber davon gab es einen Rosenholzschrank mit elegant geschwungenen Türen und neben dem Fenster einen dazu passenden altmodischen Frisiertisch mit einem ovalen Spiegel. Mein Spiegelbild huschte darüber hinweg, als ich näher trat. Auf dem Tisch lag eine

Sammlung von Gegenständen: Haarbürste und Kamm, ein verstaubtes Buch, das sich bei näherer Betrachtung als Bibel entpuppte, und in einer Schale ein Paar Manschettenknöpfe, die einmal sehr schön gewesen sein mussten, doch nun stark angelaufen waren. Vergessen.

Ich wollte mich bereits abwenden, als ich ein gerahmtes Foto an der Wand neben dem Fenster entdeckte. Darauf war ein Mann zu sehen, der im Garten vor der Rosenlaube stand. Als die Aufnahme gemacht wurde, hatten die Rosen geblüht, große dunkle Blüten, fast zu schwer für die im Laub versteckten Halterungen, die sie stützten.

Es war eine rechteckige Aufnahme, so groß wie ein Taschenbuch, die schief in ihrem silbernen Rahmen steckte. Die Ränder waren unregelmäßig, als wäre es hastig mit einer Schere ausgeschnitten worden. Eine kleine Krabbenspinne hatte ihr Nest in einer der Ecken gebaut, am unteren Rand des Rahmens hingen ein paar alte Fliegenkadaver wie Troddeln.

Ich sah mir das Foto genauer an. Der Mann musste Tonys Großvater sein, aber sicher war ich mir nicht. Er hatte gar keine Ähnlichkeit mit Tony – trotzdem befiel mich das seltsame Gefühl, ihn schon einmal gesehen zu haben. Das war unmöglich, denn Tony hatte niemals über seine Familie gesprochen, geschweige denn uns irgendwelche alten Fotoalben gezeigt. Trotzdem, die eindringlichen Augen, der strenge Schwung seiner vollen Lippen, das auffallend hübsche Gesicht brachten bei mir etwas zum Klingen – als hätte ich ihn irgendwo, vor langer Zeit gekannt.

»Mum?«

»Hm?«

»Können wir jetzt gehen?«

Ich riss mich von dem Foto los und sah Bronwyn an, die

am Fußende des Bettes stand und ihre Initialen in den Staub malte.

»Wir sind doch gerade erst angekommen, Schätzchen.«

»Ist mir egal. Ich will jetzt gehen.«

»Du hast dir nicht einmal den Garten angesehen.«

»Nichts als alte Bäume, stinklangweilig.«

Ich seufzte. »Jetzt haben wir den ganzen weiten Weg gemacht, Bronwyn. Du hast dich so auf das Haus gefreut. Warum willst du auf einmal wieder weg?«

»Warum soll ich es mir noch weiter ansehen, wenn wir es am Ende doch nur verkaufen werden, damit jemand anders darin wohnt?«

»Ach, Bron«, entgegnete ich und legte ihr den Arm um die Schultern. »Das haben wir doch alles schon besprochen. Wir können nicht hierherziehen. Was soll aus unserem Leben in Melbourne werden? Aus deinen Freunden und der Schule ... und meinen Arbeitskontakten? Wir müssten doch verrückt sein, wenn wir all das aufgeben würden, um in ein altes Haus mitten im Nichts zu ziehen.«

Bronwyn zuckte die Schultern und verließ den Raum mit den Worten: »Und wenn schon.«

Nachdem ich die Haustür abgeschlossen hatte, stieg ich die Stufen hinunter und ging zurück zum Wagen. Das Gras reichte mir bis zu den Schenkeln und war voller Unkraut, doch es roch nach Sonne, und in den Ähren flatterten Schmetterlinge.

Ich machte einen Umweg an der Rosenlaube vorbei. Sie sah uralt aus, war teilweise eingestürzt und von Rost zerfressen; knorrige Überbleibsel der Weinreben klammerten sich noch an die schmiedeeisernen Stützen. Ich dachte an den Mann auf dem Foto. Tonys Großvater. Er hatte genau hier gestanden,

Gesicht und Schultern waren vom Licht der Sonne gesprenkelt, die dunklen Augen auf den Fotografen gerichtet. Und erneut fragte ich mich, warum er mir bekannt vorkam. Hatte er vielleicht doch irgendeine Ähnlichkeit mit Tony?

Ein Hupen riss mich aus meiner Träumerei.

Als ich zum Wagen zurückkehrte, saß Bronwyn bereits angeschnallt auf dem Beifahrersitz. Sie starrte mit verschränkten Armen aus dem Fenster, ihre Wangen waren gerötet, der Haaransatz verschwitzt. Ich spürte, wie sie schmorte, wahrscheinlich war sie kurz vor einem Wutanfall.

Ich warf einen Blick zurück auf das Haus.

Es schwebte im blendenden Licht des Nachmittags, eine blasse Insel in einem Meer aus sanft wogendem Gras, gespenstisch und still. Wie aus einer anderen Zeit, das einsame Überbleibsel einer vergangenen Ära. Sogar die Insekten, die im Gras summten, und die Krähen mit ihrem klagenden Krächzen gehörten zu einem Ort, der nicht ganz von dieser Welt zu sein schien.

Hätte mich jemand gebeten, in Worte zu fassen, was ich in diesem Augenblick fühlte, so hätte ich es nicht vermocht. Ich versuchte, mich an ein anderes Mal zu erinnern, bei dem ich ein solches Prickeln auf den Armen gespürt und eine ähnliche wunderbare Stille des Herzens mir die Sprache verschlagen hatte – doch um ehrlich zu sein, hatte ich noch nie ein solches Gefühl von Zugehörigkeit gehabt.

Am liebsten wäre ich den Backsteinpfad entlang durch Löwenzahn und Grasähren zurückgelaufen, durch die summenden Bienen und tanzenden Schmetterlinge, und hätte mich in den Schutz dieses schattigen Hauses geflüchtet. Am liebsten hätte ich die Hemdsärmel aufgekrempelt und mich darangemacht, die Spinnweben und den Staub wegzuwischen, und den Nachmittag damit verbracht, durch die Schätze zu stöbern, die sich in den vergessenen Ecken und Abstellkammern verbargen. Mich in dem Labyrinth der Zimmer verloren, mich von dem uralten Staub zudecken und von Erinnerungen aufsaugen lassen, die nicht mir gehörten. Und wäre erst dann wieder aufgetaucht, wenn mein Bedürfnis, diesen Ort besser zu erforschen, befriedigt war. Ich malte mir bereits aus, wie ich das Haus renovieren würde: wen ich anrufen, was ich selbst machen könnte …

Bronwyn drückte erneut auf die Hupe. »Mach schon, Mum.«

Mit einem Mal verflog meine glühende Freude. Die Realität hatte mich wieder im Griff. Ich hatte Auftraggeber in Melbourne, für deren Vertrauen ich fast ein Jahrzehnt geschuftet hatte, und Bronwyn hatte ihre Schule. Ganz zu schweigen von den diversen Netzwerken unserer Freunde und der angenehmen Eintönigkeit unseres städtischen Lebens. In einen anderen Staat, in ein abgelegenes Haus zu ziehen, einen sauberen Schlussstrich zu ziehen und ein neues Leben zu beginnen … Nun ja, allein der Gedanke daran war Furcht einflößend.

Ich ließ mich in den Fahrersitz fallen und knallte die Tür zu. Dann steckte ich den Schlüssel ins Zündloch. Der Motor sprang an und summte leise vor sich hin, während ich wie versteinert dasaß und mit gerunzelter Stirn durch die Windschutzscheibe blickte.

Tante Morag hatte immer behauptet, sie hätte die Ruhelosigkeit im Blut. Deshalb waren wir nie lange an einem Ort geblieben. Sie hatte sich als Künstlermodell ein bescheidenes Leben aufgebaut, das ihr die Freiheit ließ weiterzuziehen, sobald sie Lust hatte, und das war praktisch ständig der Fall. Als ich noch ein Kind war, wohnten wir in einer nicht enden wollenden Reihe von Souterrains, Lagerhäusern, maroden Hütten in schmutzigen Vorstädten, in winzigen muffigen

Wohnungen oder imposanten alten Häusern, die baufällig waren und zu einem Spottpreis vermietet wurden. Wir verbrachten sogar ein ganzes Jahr im Atelier eines Bildhauers, wo wir zwischen Gipsbüsten und pudrigen Marmorblöcken schliefen, umgeben von baumähnlichen Blumenarrangements und Sockeln mit halb fertigen, in Plastikfolie gehüllten Tonköpfen. Dort hausten wir, bis meine Tante sich mit dem Künstler überwarf, und anschließend zogen wir weiter.

Erst als Teenager erfuhr ich den Grund für die Rastlosigkeit meiner Tante. Nach einem Telefongespräch, das ich zufällig mithörte, fiel der Groschen. Meine Mutter war drogenabhängig und lag Tante Morag ununterbrochen wegen Geld in den Ohren. Unser Nomadenleben hatte weniger mit Tante Morags künstlerischen Ambitionen zu tun als dem Wunsch, den tränenreichen Konfrontationen mit meiner Mutter aus dem Weg zu gehen.

Als Tante Morag wenige Wochen vor meinem siebzehnten Geburtstag starb, folgte ich dem einzigen Muster, das ich kannte. Ich zog von Ort zu Ort und richtete mich vorübergehend in Wohngemeinschaften, besetzten Häusern und zwielichtigen Einzimmerapartments ein. Ich schlief auf Sofas oder auf dem Fußboden; eines Sommers hauste ich sogar mehrere Wochen auf der belaubten Dachterrasse einer Stadtwohnung.

Als ich Tony kennenlernte, hatte sich all das geändert. Er nahm eine Hypothek auf das alte Reihenhaus aus Naturstein in Albert Park auf, und dann war Bronwyn gekommen. Zum ersten Mal im Leben hatte ich ein echtes Zuhause, eine Familie und einen Grund, lange genug an einem Ort zu bleiben, um festzustellen, dass ich es mochte. Nicht nur mochte, sondern *brauchte*.

»Mum?« Bronwyn musterte mich. Der Schweiß stand ihr

auf der Stirn, Haarsträhnen klebten an der Haut. »Lass uns losfahren.«

Ich blickte auf mein Handgelenk, obwohl die Uhr mit dem gerissenen Armband auf dem Grund meiner Umhängetasche lag. »Wir haben noch viel Zeit«, erwiderte ich. »Warum hast du es so eilig?«

»Ich hab es nicht eilig. Ich langweile mich bloß.«

Besorgt über das Ausmaß ihrer Sturheit musterte ich ihr Profil und fragte mich, inwieweit sie mit Tony zu tun hatte.

»Du kannst ruhig über deinen Vater sprechen«, sagte ich. »Du weißt schon – Fragen stellen und so weiter, es würde mir nichts ausmachen.«

Sie seufzte. »Ich bin okay, Mum.«

»Wenn du …«, *reden willst*, wollte ich sagen. *Wenn du jemals über ihn reden willst, höre ich dir zu.* Doch dann sah ich ihre zusammengezogenen Schultern, die zu abwehrenden Fäusten geballten Hände, das blasse Gesicht und beschloss, den Mund zu halten.

Der Schotter unter den Reifen schlug gegen die Kotflügel, als wir zurücksetzten und in eine rote Staubwolke gehüllt die Anliegerstraße hinunterfuhren. Links von uns ging der Garten in einen Wald aus jungen Eukalyptusbäumen über. Rechts stürzte der Hügel steil in ein rundes Tal hinab, wo Gummibäume lange Schatten auf die Felder warfen. Weiße Pünktchen, wahrscheinlich Rinder, suchten dort Zuflucht.

Das Tal verschwand, während die Straße zu beiden Seiten von hohen Ironbarks, büschelweise Zylinderputzern, Akazien und stacheligen Schwarzdornhecken verschluckt wurde. Als der Feldweg immer dunkler wurde, kehrten meine Gedanken zu Tante Morag zurück, zu ihrem rundlichen, wächsernen Gesicht, das von dünnem, mit Henna gefärbtem Haar umrahmt war, ihren braunen Augen, deren Funkeln das des Diamantrings an ihrer schmalen sommersprossigen Hand übertraf. Sie hatte geredet wie ein Wasserfall und war wie ein gewaltiger dunkelroter Tornado durchs Leben gefegt.

Tante Morag war der Ansicht gewesen, das Herz der Menschen sei so etwas wie ein Barometer. Statt den Luftdruck zu messen, half es dem Menschen, mit den verschlungenen Pfaden seines Lebens zurechtzukommen. »Eines Tages wirst du diesen Schmerz spüren«, sagte sie und klopfte mit den Fingern auf den hohlen Brustkasten einer Zehnjährigen. »So eine Art Krampf in der Mitte der Brust, direkt hinter deinem Brustbein. Und rede dir bloß nicht ein, dass es eine Magenverstimmung sein könnte, Mädchen. Es ist dein inneres Barometer, das dich davor warnt, dein Leben einem Dingo zum Frühstück vorzuwerfen.«

Ich trat auf die Bremse und würgte den Motor ab. Den Blick auf die Straße geheftet tastete ich mein Inneres ab. Ja, kein Zweifel, das waren die Symptome. Ein Schmerz in der Brust. Das seltsame Beben einer Vorahnung. Atemnot, das Gefühl, dass mir gleich etwas Kostbares entgleiten würde. Mein Barometer äußerte sich klar und deutlich. Du willst es, also greif zu. Aber wie sollte ich die Entscheidungen, die ich in Melbourne getroffen hatte, einfach über Bord werfen? Statt Tony dem Grab der Geschichte zu übergeben und nach vorne zu blicken, überlegte ich tatsächlich, mich selbst – und meine Tochter – in eine Vergangenheit zu stürzen, vor der sogar Tony geflüchtet war.

Und doch …

Im Geiste sah ich das hintere Schlafzimmer mit dem Frisiertisch aus Rosenholz vor mir, die durchgelegene Matratze in dem Schlittenbett und das Foto in seinem verstaubten silbernen Rahmen. Der Mann vor der Rosenlaube starrte mich an, sein Gesichtsausdruck war verführerisch, die dunklen Augen gebieterisch, beinahe hypnotisch, als wolle er, dass ich zu ihm zurückkehrte.

»Ich habe eine Entscheidung getroffen.«

Bronwyn drehte sich zu mir um und musterte mich mit hochgezogenen Brauen. In diesem Augenblick sah sie ihrem Vater geradezu unheimlich ähnlich. Ja, sie hatte blondes Haar und er dunkles, doch die hohen Wangenknochen, die weit auseinanderstehenden saphirblauen Augen, die kantigen Züge, die sie so auffallend machten, all das hatte sie eindeutig von ihm geerbt.

Ich hüstelte, war seltsam nervös. »Was, wenn wir doch hierherziehen?«

»Hierher?«, wiederholte Bronwyn ungläubig.

Ich sah, wie ihre Augen vor Hoffnung aufleuchteten, die sie aber augenblicklich wieder verbarg. Ich begriff, dass sie sich nur hatte schützen wollen, und ein Stich fuhr mir durchs Herz. Ich warf einen verstohlenen Blick durch die Heckscheibe. Irgendwo hinter uns schlummerte das alte Haus in dem zeitlosen Meer aus grünem Gras. Ich stellte mir vor, wie ich in dem höhlenartigen Wohnzimmer unsere Umzugskisten auspackte. Ich malte mir aus, wie ich in der dunkelsten Stunde der Nacht aufwachte und dem Ächzen und Seufzen des Hauses ringsum lauschte. Ich erinnerte mich an den überraschend kalten und süßen Geschmack des Regenwassers, das aus dem Küchenhahn kam. An die riesige Badewanne, die Jasminzweige, die durch das kaputte Badezimmerfenster drangen. An die sonnendurchfluteten Zimmer mit ihren eleganten handgeschnitzten Möbeln, an die Stille, die über dem Ort lag wie ein sanft angehaltener Atem. Und – so intensiv, als stamme es aus einem Traum – das Bild eines dunkelhaarigen Mannes, der von einem alten Schwarz-Weiß-Foto lächelte.

Plötzlich packte mich eine alles überwältigende Sehnsucht.

Ich sah meine Tochter an. »So ein altes Haus, wahrscheinlich bräuchten wir Jahre, um es zu verkaufen«, erklärte ich. »Man müsste es streichen und komplett renovieren. Wenn wir einziehen, können wir es selbst sauber machen und so renovieren, wie wir wollen. Außerdem brauchen wir tatsächlich ein Zuhause. Und denk an die gute Luft auf dem Land. Keine Autoabgase mehr oder neugierige Nachbarn, keine Staus in der Rushhour. Hier können wir frei atmen, es wäre wie ein Neuanfang, ein völlig neues Leben.«

Bronwyn starrte mich mit aufgerissenen Augen an. »Meinst du das ernst, Mum? Willst du wirklich, dass wir hierherziehen?«

Ein kalter Schauer lief mir über den Rücken. Ich nickte.

Bronwyn schrie vor Freude los. Plötzlich lag sie in meinen Armen, ein kicherndes Häufchen aus spitzen Ellbogen und schmalen Schultern, das mich so heftig wie noch nie zuvor umarmte.

»Du wirst in eine neue Schule gehen müssen«, warnte ich sie.

Sie machte sich von mir los, schnallte sich wieder an und lachte vergnügt. »Und wenn schon!«

»Und all deine Freunde zurücklassen.«

»Ich suche mir neue.«

»Und was ist mit dem Korbballspiel?«

Sie sah mich verwundert an. »Hier gibt es bestimmt auch Korbball.«

»Und was ist mit …«

Sie schenkte mir ein strahlendes Lächeln und klopfte mit den Knöcheln auf das Armaturenbrett. »Los, Mum. Gib Gas. Je früher wir zurück in Melbourne sind und unsere Sachen packen, umso schneller sind wir wieder hier.«

3

Anfang Dezember beendeten wir unser Leben in Melbourne, kündigten Energieverträge und Abonnements, packten eine Unmenge von Kisten, beauftragten ein Umzugsunternehmen, meldeten Bronwyn in der alten Schule ab und für das kommende Schuljahr in der neuen an, gingen zu den Abschiedspartys, die man für uns gab, und aßen ein allerletztes Mal in unseren Lieblingsrestaurants.

Ich hatte erwartet, dass ich mit Wehmut Albert Park verlassen würde, doch als wir unsere letzten Habseligkeiten in den alten Celica stopften und rückwärts aus der Auffahrt setzten, empfand ich nur Erleichterung – und eine erregende Vorfreude, die fast genauso groß war wie die meiner Tochter.

Drei Tage lang waren wir unterwegs. Der Newell Highway verlief zum größten Teil schnurgerade, wie ein zerfetztes schwarzes Band ohne Anfang oder Ende. Die Sommerhitze waberte über dem Asphalt, die Luft schien zu glühen, doch das bekamen wir kaum mit. Während wir immer weiter Richtung Norden rasten, wichen die fruchtbaren Ackerböden und vereinzeltes Buschland erst flachem ausgetrocknetem Ödland und dann dunstigen blauen Hügeln und dichten Eukalyptuswäldern. Wir fuhren durch eintönige Städte, übernachteten auf Campingplätzen und brachen in der frühen Morgendämmerung wieder auf.

Als wir schließlich die Grenze zu Queensland überquerten, stieß Bronwyn einen Freudenschrei aus. Bei Goondiwindi wechselten wir auf den Cunningham Highway und fuhren nordöstlich über den Great Dividing Range. Bald waren wir von Wäldern umgeben, in denen tropische Palmen zwischen den roten Eukalyptusbäumen und den Ironbarks standen und das Unterholz von riesigem Adlerfarnkraut überwuchert war. Die Straße führte in unzähligen Haarnadelkurven aufwärts. Als wir den Main Range National Park durchquerten, ließen wir die Scheiben herunter und lauschten entzückt dem hellen Klang unzähliger Glockenvögel.

Verschwitzt, verstaubt und völlig ausgetrocknet erreichten wir Thornwood, doch der Anblick unseres neuen Heims war wie eine Bluttransfusion. Wir schrien, tanzten und tollten wie zwei Verrückte durch die großen Zimmer. Es war einfach zu schön, um wahr zu sein.

Die folgenden Wochen verbrachten wir damit, das alte Haus wieder auf Vordermann zu bringen. Wir besorgten uns einen Staubsauger, beseitigten die Spinnweben, wischten die Holzdielen, reinigten die Kacheln in den Badezimmern, polierten die schönen alten Messingarmaturen, bis sie golden glänzten, und wienerten die Fenster mit Essig und Zeitungspapier blitzblank. Als unsere Sachen aus Melbourne eintrafen, machten wir uns ans Auspacken. Da ich nicht wusste, was wir mit den alten Möbeln anstellen sollten – sie waren viel zu gut, um sie zu verkaufen oder wegzugeben –, stellte ich meine eigenen Art-déco-Möbel einfach dazwischen.

Wir feierten ein typisches Tante-Morag-Weihnachten – mit Geschenken am Morgen und einem riesigen Festessen zu Mittag. Knusprig gebackene Kartoffeln, in Honig glasierte Zwiebeln und Karotten, gegrilltes Hähnchen mit Kräutern, Biersauce, grüner Salat, gefolgt von Plumpudding mit einem darin versteckten Sixpencestück, reichlich Vanilleeis und Sahne. Dann machten wir es uns im Wohnzimmer gemütlich, lasen

Zeitschriften und naschten Schokolade, und später schlenderten wir durch den Garten.

Den Jahreswechsel bekamen wir kaum mit. Bronwyn zählte die letzten freien Tage vor dem neuen Schuljahr – einundzwanzig –, und ich streckte die Fühler nach Auftragsarbeiten aus. Wir ließen uns treiben, entsorgten die letzten Umzugskisten, veranstalteten Picknicks auf dem Rasen und fanden perfekte Plätze für unsere diversen Schätze. Das Endergebnis war – zumindest für uns – umwerfend. Die Stammesmasken, die Tante Morag während ihrer Kindheit in Neuguinea gesammelt hatte, hingen neben Bronwyns schwungvollen Schmetterlingszeichnungen an der Wand. Ihre Sammlung von Vogelnestern, Muscheln, Kristallgeoden und hohen, mit toten Käfern vollgestopften Einmachgläsern stand zwischen meinen regenbogenfarbenen Glaskunstvasen, bunten Dillybags, historischen Teetassen und uraltem Fotozubehör. Patchworkkissen vom Flohmarkt schmückten die tiefen Ledersessel, und den mottenzerfressenen Läufer im Flur ersetzte ich durch einen leuchtenden Kelim. In der ersten Januarwoche hatte sich das traurige alte Anwesen in ein richtiges Zuhause verwandelt, unser neues Heim.

Ein einziger Wermutstropfen trübte meine überschwängliche Freude. Seit wir vor vier Wochen in Thornwood angekommen waren, konnte ich kein Auge mehr zutun. Jede Nacht, wenn meine Tochter friedlich in ihrem Bett lag und schlief, wanderte ich wie ein Poltergeist durch das Haus – öffnete Schränke, stöberte in Schubladen und wühlte in verstaubten Kisten, als würde ich etwas suchen, doch was genau, hätte ich nicht zu sagen vermocht.

Je müder, umso vergesslicher und zerstreuter wurde ich, und auch ungeschickter: Ich stolperte über Möbel, bis meine Arme und Beine mit blauen Flecken übersät waren. Ich benahm mich wie ein Tollpatsch und machte alles kaputt, aber am sonderbarsten war, dass ich plötzlich seltsame Schatten aus den Augenwinkeln sah. Vögel, Echsen. Und einmal eine schlanke dunkelhaarige Frau. Im Großen und Ganzen war das alles nichts Besonderes, wahrscheinlich dem Stress des Umzugs geschuldet. Also pumpte ich mich voll mit Koffein und redete mir ein, es würde schon wieder vergehen.

In einer schlaflosen Nacht Anfang Januar stand ich vor der Tür des hinteren Zimmers und versuchte, ein Gähnen zu unterdrücken.

Trotz meiner gewissenhaften Putzerei war das Zimmer wie eine Zeitkapsel. Ich hatte den Boden gewischt, das Bett neu bezogen, die alte Steppdecke gewaschen und die Rosenholzmöbel von den hartnäckigen Schichten der Vernachlässigung befreit – ansonsten aber war der Raum so geblieben, wie Tonys Großvater ihn hinterlassen hatte.

Schließlich übermannte mich das Gähnen, und ich trat müde ein. Das Schlittenbett wirkte trotz der durchgelegenen Matratze und der verblichenen Steppdecke verlockend. Der Vollmond schien ins Zimmer und warf hauchdünne Lichtmuster auf die Wand. Das alte Haus ächzte und stöhnte im Schlaf, und draußen im Garten rief eine Eule nach ihrem Partner.

Ich trat an den eleganten Frisiertisch aus Rosenholz und tastete mit den Fingern über die Haarbürste, den Kamm, die kleine Bibel, die silberne Schale mit den Manschettenknöpfen und den goldenen Siegelring mit den Initialen S. R.

Tonys Großvater, Samuel Riordan. Ich hatte seinen Namen im Grundbucheintrag des Hauses gelesen, und bis zu diesem Augenblick war er nur das gewesen, ein Name. Doch als ich jetzt im Mondlicht in seinem Zimmer stand, spürte ich seine

Gegenwart, die mich so deutlich streifte wie die eines Mannes aus Fleisch und Blut. Ich bekam eine Gänsehaut, allerdings nicht vor Angst: Es war eher ein Gefühl von Erwartung, doch worauf?

Der Frisiertisch besaß nur eine einzige Schublade. Ich zog an dem Griff, aber sie ließ sich nicht öffnen. Ich glaubte, dass sie klemmte, und zog noch fester, sorgte aber nur dafür, dass die Manschetten in der silbernen Schale klirrten und der Spiegel heftig schwankte, sodass ein Schwarm wilder Lichtsplitter über die Wände huschte.

Dann entdeckte ich das Schlüsselloch. Ich strich mit den Fingern unter dem Spiegel entlang, tastete den Boden um die Beine des Frisiertischs ab, fand aber keinen Schlüssel. Ich überlegte, ob ich versuchen sollte, die Schublade mit einem Schraubenzieher zu öffnen, doch das kam mir zu gewalttätig vor. Außerdem enthielt sie wahrscheinlich nur mottenzerfressene alten Socken und Unterhosen. Das konnte warten.

Schließlich trat ich ans Bett, schaltete die Nachttischlampe an und sah mir das alte Foto an der Wand an. In einer anderen schlaflosen Nacht hatte ich wie besessen den angelaufenen Rahmen poliert und das Glas geputzt. Wahrscheinlich, um den Mann besser betrachten zu können.

Samuel musste Mitte zwanzig gewesen sein, als die Aufnahme gemacht worden war. Sein kurz geschnittenes dunkles Haar betonte die breite Stirn und die schwungvollen Brauen über den durchdringenden Augen. Das Hemd spannte sich über der breiten Brust, die Ärmel schmiegten sich eng um die muskulösen Arme. Er blickte eindringlich in die Kamera, um seine Lippen spielte der Anflug eines Lächelns, der Blick schien fast zu brennen. Erneut hatte ich das seltsame Gefühl, ihn zu kennen.

Ich suchte in seinen Gesichtszügen nach einer Ähnlichkeit

mit Tony, doch dessen Gesicht war knochig gewesen, offen und freundlich, ganz anders als das des grüblerischen, dunkeläugigen Mannes, der mich aus dem Foto anblickte.

Ich trat ans Fenster.

Wieder wollte eine schlaflose Nacht vergehen, und das von Spinnweben verhangene Räderwerk meines Bewusstseins arbeitete nur noch träge und schwerfällig. Die Augen fielen mir zu; mir war, als hätte ich Drogen genommen. Ich dachte an die durchgelegene Matratze mit der schönen Steppdecke. Ein kurzes Nickerchen würde mir sicher guttun. Nur fünf Minuten, bis ich wieder zu Kräften gekommen war und in mein Schlafzimmer zurückkehren konnte.

Ich knipste die Nachttischlampe aus und legte mich auf das Bett. Meine Glieder wurden schwer. Die Spannung löste sich. Nach einer Weile verschwand das Zimmer um mich herum, und meine Gedanken entglitten mir.

Samuel. Der Name ging mir nicht aus dem Kopf. Wie als Antwort auf mein Rufen tauchte er in der Dunkelheit meines Bewusstseins auf, und seine Erscheinung wirkte so echt – das zerknitterte alte Hemd, das auffallend hübsche Gesicht mit den grüblerischen Augen, das verführerische Lächeln – und so lebendig, dass es mir den Atem verschlug. Er kam näher, jetzt stand er so dicht vor mir, dass ich ihn hätte berühren können. Seine Haut war warm von der Sonne, sommersprossig und weich wie Samt, die Muskeln darunter straff. Wenn ich mich auf dem Bett ausstreckte, könnte er mich im Schlaf umarmen, und ich würde von der Sonne und frisch gepflanzten Rosen träumen. Plötzlich flüsterte mir eine melodische Stimme ein einziges Wort ins Ohr, wieder und wieder, ein Wort, das klang wie …

Eyelash.

Erschrocken fuhr ich hoch. Mein Puls raste, und alles drehte sich vor meinen Augen. Ich muss endlich schlafen, sagte ich mir. Wenn meine Fantasie so verrücktspielte, mir einen derartigen Schrecken versetzte, war es höchste Zeit, in mein eigenes Bett zu gehen, statt hier im Dunkeln herumzugeistern.

Doch mein Zimmer schien schrecklich weit weg zu sein. Ich lehnte mich an das Kopfende des Bettes und rutschte dann langsam wieder in das Kopfkissen.

Meine Augen schlossen sich.

Die Deckenbalken knarzten. In den Bäumen draußen fiepte eine Fledermausfamilie. Belaubte Äste kratzten an den Fenstern. In der Ferne bellte ein einsamer Hund. Die Nacht fühlte sich an wie eine schwere Decke, und dann senkte sich die Dunkelheit über mich herab.

Irgendwie schlief ich endlich ein.

Etwas später wachte ich wieder auf. Zumindest fühlte es sich so an. Ein durchdringender, süßer Duft hing in der Luft: Eukalyptusblätter, die Blüten der Schmuckzypresse. Irgendwo über mir rief ein Eulenschwalm, dann hörte ich ein leises Flattern, als er aufflog. Die Welt draußen schien so nah. Ich versuchte, mich daran zu erinnern, ob ich direkt unter dem Fenster eingeschlafen war – doch als meine Augen sich der Dunkelheit angepasst hatten, sah ich hohe, baumartige Schatten um mich herum, und mir wurde klar, dass ich auf der feuchten Erde im Freien lag.

Irgendetwas stimmte nicht.

Steine bohrten sich in meinen Rücken, meine Knochen schmerzten, mein Kopf lag in einem unnatürlichen Winkel nach hinten gestreckt, und meine Lunge war unbeweglich, als wäre die Luft darin erstarrt. Ich versuchte zu schreien, aber mein Mund war voller warmer Feuchtigkeit.

Eine schwere Vorahnung pulsierte in meinem Innern. War

ich gestürzt und hatte mich verletzt? Ich konnte mich nicht richtig erinnern.

Verschwommene Umrisse und wirre Gefühle schwirrten mir durch den Kopf. Ich hatte Geschrei gehört. Ein Arm hatte sich erhoben und dann wieder und wieder gesenkt. Etwas hatte meine Schulter getroffen, meine erhobenen Hände und meinen Kopf. Ich hatte ein grässliches Geräusch gehört, das wie das Bersten von Knochen klang.

Ich blinzelte, um richtig aufzuwachen. Die Dunkelheit verzog sich. Weit oben zwischen den Wipfeln der Bäume über mir wurde der Himmel lichter. Ich wollte mich bewegen, doch Arme und Beine gehorchten mir nicht. Sie lagen grotesk verdreht und nutzlos unter mir. Meine Haut strömte einen seltsamen Geruch aus, einen widerlichen Gestank nach Kupfer, der mir Angst machte. Und dass die Angst berechtigt war, stand außer Frage.

Ich spitzte die Ohren und hörte das Plätschern eines Bachs, das Quaken von Fröschen, das leise Rauschen des Winds in den Zweigen.

Eine Stimme durchbrach die Dunkelheit.

Eyelash… Eyelash.

Ich versuchte, mich zu ducken, ich hatte Angst, mein Angreifer würde zurückkommen, um mir den Todesstoß zu versetzen, doch ich konnte mich nicht bewegen. Ich lag hilflos auf der feuchten, steinigen Erde und wartete… auf den Tod oder die Bewusstlosigkeit – was immer zuerst kam.

Dann wachte ich erneut auf, dieses Mal wirklich. Der kalte Schein des Mondes fiel ins Zimmer, und als ich mich aufrichtete und umsah, lösten sich formlose Umrisse aus der Dunkelheit und nahmen Gestalt an. Der Nachttisch, der Frisiertisch, der wuchtige Kleiderschrank, die dunkle Tür.

Noch dämmerte es nicht, der Himmel draußen war beinahe schwarz. Ich konnte nur die Bäume im Garten erkennen – alle vom Licht des untergehenden Mondes gedämpft, unscharf wie Gespenster.

Ich hatte geträumt, wusste aber nicht mehr, warum der Traum so bedrückend gewesen war. Ich erinnerte mich nur an verschwommene Schatten, die über mir schwankten und sich herabbeugten – erst ein vom Wind zerzauster Baum, dann eine mörderische Erscheinung.

Ich schwang die Beine über die Bettkante, schlüpfte in die Pantoffeln und schlurfte zur Tür. Dort blieb ich kurz stehen und versuchte, vernünftig zu denken. *Die Ängste, die du gerade spürst, sind bloß Nachwehen eines Albtraums… Um Gottes willen, vergiss es und schlaf wieder ein.*

Doch alte Gewohnheiten sind hartnäckig. Ich schlich auf Zehenspitzen zum Zimmer meiner Tochter, öffnete die Tür und trat ein. Ihre Wangen waren gerötet von der drückenden Hitze, ihre Augen zuckten unter den durchscheinenden Lidern, aber sie atmete, sie war am Leben. Intakt. Hilflos strich ich ihr eine unsichtbare Locke aus der Stirn und beugte mich vor, um sie auf das feuchte Haar zu küssen. Anschließend begab ich mich beruhigt und halb bewusstlos in mein eigenes Bett.

4

Ich will aber nicht im Wagen warten«, grummelte Bronwyn. Sie stand an die Küchenspüle gelehnt, stippte mit einem Stück Toastbrot den letzten Rest Himbeermarmelade auf und trank Kakao direkt aus der Packung. Wie üblich trug sie ihre Uniform aus abgeschnittenen Jeans und Tanktop, das Haar hing in zwei Zöpfen über den Schultern.

»Der Flug dauert nicht lange«, erklärte ich. »Höchstens eine halbe Stunde. Danach können wir was Schönes unternehmen. Hättest du Lust, in der Stadt ein Eis zu essen?«

Ich stellte die Kaffeekanne auf die Herdplatte und sammelte meine Kameratasche und ein paar zusätzliche Objektive zusammen. Vor ein paar Tagen hatte ich von einem örtlichen Makler einen Auftrag bekommen. Ich sollte Luftaufnahmen von Farmen machen, die sein Büro kürzlich übernommen hatte. Der Flug fand an diesen Morgen um halb elf Uhr statt.

Ich steckte das Teleobjektiv in seinen Köcher, schloss den Reißverschluss der Tasche und bemerkte die plötzlich eingetretene Stille. Ich warf Bronwyn einen Blick zu. Sie starrte auf die ungegessenen Toastreste; ein rosa Marmeladenfleck klebte am Kinn. Bis zum Schulanfang waren es nur noch vier Tage, und ich wusste, dass sie allmählich nervös wurde.

»Hast du keine Angst?«, fragte sie.

»Ich fliege doch nicht zum ersten Mal. Manchmal ist mir ein bisschen mulmig, aber Angst habe ich nie.«

Die Kanne begann zu brodeln. Ich schenkte mir eine Tasse ein, gab zwei Zuckerwürfel und Milch dazu und fuhr zusammen, als der heiße Kaffee meine Zunge verbrannte.

»Aber Mum, dieses Mal ist es anders.« Bronwyn stellte ihren Teller in die Spüle und warf die leere Kakaopackung in den Abfalleimer. Dann trat sie ans Fenster und sah besorgt zum Himmel auf. »Wir sind an einem neuen Ort, du kennst den Piloten nicht. Er könnte unvorsichtig sein. Vielleicht hat er sein Flugzeug nicht richtig gewartet. Irgendetwas könnte schieflaufen.«

»Es wird nichts schieflaufen. Ich bin schon so oft geflogen, dass ich eine Cessna selbst steuern könnte.«

»Ich will mit«, platzte sie plötzlich heraus. »Ich meine mitfliegen.«

»Du wirst dich langweilen.«

»Das sagst du immer.«

»Bron, das geht nicht. Fluggäste sind nicht versichert. Außerdem bin ich ruhiger, wenn ich weiß, dass du unten in Sicherheit bist.«

Sie drehte den Kopf zu mir um und sah mich aufmerksam an. »Dann ist es also *doch* gefährlich, nicht wahr?«

»Das meinte ich nicht …«

»Und wenn doch was schiefläuft, Mum? Wenn das Flugzeug abstürzt? Oder wenn ihr gegen einen Berg prallt? Was, wenn er ein Spinner ist wie die Typen in Amerika?«

»Das Flugzeug stürzt nicht ab. In einem Kleinflugzeug ist man sicherer als in einem Wagen, sogar sicherer, als wenn man nur in der Stadt über die Straße geht.«

Ich hatte sie beruhigen wollen, aber meine Stimme hatte mich verraten. Die Traumsequenzen liefen mir durch den Kopf. Verschwommene Umrisse und Baumschatten, jemand, der schrie. Eine undeutliche Gestalt mit erhobenen Armen.

Dunkelheit, Angst und Schmerz. Und die Ahnung einer unmittelbar bevorstehenden Gefahr …

Ich vertrieb die irrationalen Gefühle. »Es wird nichts passieren, Bron, ich verspreche es dir.«

Bronwyn warf mir einen besorgten Blick zu. »Was soll aus mir werden, wenn du stirbst?«, fragte sie schließlich mit zitternder Stimme. »Wir sind nur zu zweit, Mum. Wenn einer von uns stirbt, wäre der andere ganz allein. Ich habe keine Tante, die sich um mich kümmern könnte, wie Morag damals um dich. Ich habe niemanden.«

Mir schwirrte der Kopf. Zu wenig Schlaf, zu viel Kaffee und vielleicht auch der unerwartete Stich von Angst, den ihre Worte in mir ausgelöst hatten. Gleich nach Tonys Tod hatte ich mit dem Psychologen in Bronwyns alter Schule gesprochen, und er hatte mir erklärt, dass sie vermutlich mit Angst, Tränen, Wutanfällen und atypischem Verhalten reagieren würde. Kindliche Trauer zeige sehr unterschiedliche Formen und sei unberechenbar. Dagegen könne nur das Gefühl von Geborgenheit helfen und sehr viel Zeit.

»O Bron«, sagte ich sanft. »Niemand wird sterben.« Ich ging zu ihr und wischte ihr mit dem Daumen die Marmelade vom Kinn, doch als ich sie umarmen wollte, wich sie mir aus und flüchtete ins Wohnzimmer. Ich schulterte die Kameratasche und folgte ihr, beschloss aber, nichts zu erzwingen. Stattdessen sammelte ich meine restliche Ausrüstung ein: zusätzliche Speicherkarten und Drahtauslöser. Ein Tuch, um die Linsen zu reinigen, Ersatzbatterien. Schließlich warf ich einen Blick auf mein Handgelenk und sah mich nach der Wanduhr um. Hatte ich sie überhaupt schon ausgepackt?

»Weißt du, wie viel Uhr es ist, Schätzchen?«

Bronwyn hob ihren Arm lächerlich nah an die Augen und starrte auf die Uhr.

»Fünf nach zehn. Morgens.«

Ich griff nach einem Apfel aus der Schale, um ihn unterwegs zu essen, und noch einem für Bronwyn. »Komm schon, ich will zu meinem ersten Auftrag nicht zu spät kommen.«

»Warum darf ich nicht hierblieben?«

»Darum nicht.«

»Ich will aber nicht im Wagen warten.«

Ich spürte einen Anflug von Ärger. »Dann hast du eben Pech gehabt.«

»Mir passiert nichts, Mum. Ich mache niemandem die Tür auf.« Sie stand aufrecht vor mir und stemmte die Hände in die Hüften, wie um Kraft für eine Auseinandersetzung zu sammeln.

Ich seufzte. Aus Erfahrung wusste ich, dass ich nervös sein würde, wenn ich zu spät zu einem Auftrag käme. Und wenn ich nervös war, zitterten meine Hände. Und wenn meine Hände zitterten, wären die Aufnahmen unbrauchbar. Schlimmer noch, ich wäre unkonzentriert und würde alle guten Aufnahmewinkel verpassen. Im Flugzeug muss man schnell sein – nicht nur mit den Fingern, nicht nur mit den Augen, sondern vor allem mit dem Kopf. Man wird selbst zur Kamera, löst sich von allem, außer den Motiven, die vor dem Objektiv erscheinen. Man vergisst seinen Körper aus Fleisch und Blut und fokussiert auf das Wichtige: Form, Raum, Farben – und am allerwichtigsten auf das Licht. Alles hängt davon ab, dass man im richtigen Augenblick auf den Auslöser drückt.

»Bron, wir müssen jetzt los.«

»Du hast selbst gesagt, dass es nicht lange dauert. Lass mich hierbleiben. Ich kann lesen, meine Listen machen. Mich auf die Schule nächste Woche vorbereiten.«

»Du weißt doch, dass ich dich nicht gern allein lasse. Ich werde nervös.«

»Mum. Ich bin elf. Mir passiert nichts.«

Ich zögerte. Es war verlockend. Es war einfacher. Und es würde unnötigen Streit vermeiden. Ich vermutete, dass ich mit der Hin- und Rückfahrt zum Flughafen, Flugzeit und dem Ausfüllen der Formulare in etwas weniger als zwei Stunden zurück wäre.

»Du hast mir selbst gesagt, dass du als kleines Mädchen ständig allein warst, Mum.«

»Damals war das Leben anders.«

Sie zog eine Grimasse. »Du meinst damals im finsteren Mittelalter?«

»Bronwyn, ich habe jetzt keine Zeit, mit dir zu streiten.«

»Dann fahr doch.«

Das machte sie extra. Um mich zu bestrafen. Um mir alles heimzuzahlen, was ich in den elf Jahren unseres Zusammenlebens falsch gemacht hatte. Ich seufzte resigniert.

»Na schön! Unter einer Bedingung. Du musst im Haus bleiben.«

»Aber Mum ...«

»Sonst nimm deine Sachen und steig ins Auto.«

»Okay, okay. Ich bleibe im Haus.«

»Und schließ die Tür ab.«

»Auch das noch!«, grummelte sie.

»Bronwyn?«

»Mum, wenn ein Einbrecher reinwill, braucht er nur durch das kaputte Badezimmerfenster zu steigen. Die Pappe, die du ans Fenster genagelt hast, wird niemanden abschrecken.«

Ich klimperte bedrohlich mit den Autoschlüsseln.

Sie stöhnte. »Na gut, ich schließe die blöde Tür ab.«

»Wehe, wenn nicht.« Ich schwankte unentschlossen hin und her. »Es sind nur zwei Stunden, vielleicht auch weniger. *Und geh nicht aus dem Haus!*«

Ohne weiter auf mich zu achten, ließ sich Bronwyn in einen Sessel fallen, griff nach der Fernbedienung und schaltete den Fernseher an. Sie verschränkte die Arme vor der knochigen Brust und starrte demonstrativ auf den Bildschirm. Als ich mich von der Diele aus verabschiedete, gab sie keine Antwort, sondern drehte nur die Lautstärke auf.

Zwanzig Minuten später bog ich in den Parkplatz des Flughafens von Magpie Creek ein.

Es war ein typischer Feldflughafen. Jede Menge Platz, Windsäcke, die am Ende der Rollbahn halbherzig an ihren Stangen flatterten. Endlose Pisten und verbrannter Rasen, mehrere Schuppen rings um einen riesigen Wellblechhangar und ein Bungalow mit Flachdach, der als Hauptquartier diente.

Schrilles Gejaule empfing mich, als ich über den betonierten Weg ging, der zum Büro führte. Als ich näher kam, nahm der Lärm eine deutlichere Gestalt an, und ich erkannte die Aufnahme einer Frauenstimme, die eine Oper sang. Das Orchester schmetterte gerade die letzten Takte und verstummte.

Im Büro stand eine hochgewachsene Frau an einer vollgestopften Werkbank und nahm eine Platte von einem uralten Plattenspieler.

»Auf die Minute«, rief sie fröhlich und reichte mir die Hand. »Sie müssen Audrey sein. Hallo, ich bin Corey Weingarten.«

Sie trug eine abgewetzte Bomberjacke aus Leder, enge Jeans und schmutzige Arbeitsstiefel. Eine prächtige rotblonde Lockenmähne umrahmte ihr gebräuntes Gesicht und ergoss sich wie ein Wasserfall über ihre Schultern.

»Würden Sie das hier bitte unterschreiben?« Sie legte ein Flugformular auf eine leere Stelle der Werkbank und reichte mir einen Stift. »Ich habe es bereits ausgefüllt. Aber werfen Sie noch einen flüchtigen Blick darauf, falls ich etwas vergessen haben sollte.«

»Scheint alles in Ordnung zu sein«, antwortete ich und unterschrieb auf der gestrichelten Linie.

Ohne weiteres Aufheben gingen wir in Richtung Startbahn.

»So«, rief sie über die Schultern. »Sie sind also Cossarts neue Fotografin? Ich hoffe, dass man Sie ordentlich bezahlt.«

»Doch, es ist ganz okay«, gab ich zu.

Corey summte vor sich hin, als sie mich zu dem Flieger brachte. Wir kamen an mehreren aufgeräumten Schuppen vorbei, wo die Flugzeuge gewartet wurden, und dem weit offen stehenden walförmigen Gebäude, das als Hangar diente. Die Maschine wartete auf einem Betonstreifen neben der Rollbahn. Es war eine dreisitzige Cessna, etwa dreißig Jahre alt.

Wir schnallten uns an, dann heulte der Motor auf. Corey ging die Instrumente durch, ihre Finger flogen behutsam über Tasten und Anzeigen, als könne sie sie durch eine bloße Berührung lesen. Sie strich sich das Haar aus dem Gesicht, sodass es wie ein Krake über ihre Schultern fiel, und steuerte die Maschine in einem weiten Bogen zum Start. Kurz darauf rumpelten wir über die Rollbahn. Die Fenster klapperten in ihren Rahmen, und die Tragflächen ächzten, als könnten sie es kaum abwarten, sich in die Luft zu erheben.

Corey lächelte. »Fotografieren Sie schon lange?«

»Solange ich mich erinnern kann. Meine Tante hatte eine alte Brownie-Kamera«, erzählte ich ihr. »Am Anfang war ich nur neugierig. Die ersten Aufnahmen, die ich machte, waren grauenhaft. Abgeschnittene Köpfe, geheimnisvolle, verschwommene Motive, manchmal nur schwarz. Aber es hatte mich gepackt. Von da an wollte ich nur noch fotografieren. Ich habe unendlich viel Zeit meines Lebens in der Dunkelkammer verbracht, bis die digitale Fotografie aufkam. Heute noch wache ich manchmal mitten in der Nacht auf und habe den Geruch von Entwicklerflüssigkeit in der Nase.« Ich sah Corey an. »Und Sie? Fliegen Sie schon lange?«

»Mir geht es wie Ihnen.« Sie grinste mich an, und auf ihren Wangen erschienen zwei Grübchen. »Dad hatte ein altes Sprühflugzeug auf der Farm, als ich noch ein Kind war. Es war völlig verrostet, seit er in den Siebzigerjahren auf biologischen Anbau umgesattelt hatte. Die alte Maschine faszinierte mich, ich spielte darunter und dachte mir Geschichten darüber aus. Ich ging meiner Familie so lange auf den Wecker, bis sie es satthatte und Dad mich im Cockpit sitzen ließ, wo ich dann Pilotin spielte. Mit siebzehn nahm ich Flugstunden und arbeitete zwei Jahre lang an den Wochenenden im Swan, um sie zu finanzieren. Ich war eine miserable Kellnerin, aber in der Luft …« Sie strahlte. »Na, dann wollen wir mal.«

Sie fummelte an den Schaltern und justierte den Steuerknüppel. Die Cessna nahm Geschwindigkeit auf, ratterte und stöhnte, während die Rollbahn unter uns wegflog. Das kleine Flugzeug hob die Nase, ruckelte leicht, als das Fahrwerk die Bodenhaftung verlor, und erhob sich in die Luft. Durch das offene Fenster heulte eine eisige Brise, die nach Diesel und Gras roch.

»Sie sind neu in Magpie Creek, stimmt's?«, schrie Corey. Sie drehte den Kopf und sah mich lächelnd an. Ihre Zähne strahlten so weiß wie die eines Filmstars, als sie mich mit zusammengekniffenen Augen musterte.

Ich musste ebenfalls schreien, damit sie mich über den Lärm des Motors hinweg hörte. »Ja, ich bin vor sechs Wochen mit meiner Tochter aus Melbourne hierhergezogen.«

»Sie sind also diejenige, die Thornwood gekauft hat.« Sie lachte, als sie meine Überraschung sah. »Hier im Busch spricht sich alles rasend schnell herum, Audrey. Sie werden bald dahinterkommen. Was hat Sie denn ausgerechnet nach Magpie Creek verschlagen? Liegt ganz schön weitab vom Schuss. Haben Sie etwa von unserem aufregenden Nachtleben gehört?«

Ich bestückte meine Kamera mit dem schweren Teleobjektiv und genoss ihre harmlose Neugier. Ich wünschte, ich hätte eine amüsante Geschichte erfinden können, wie das Schicksal oder eine Laune oder ein zufälliges Ereignis mich hierher verschlagen hatte. Ich hätte auch lügen können. Die Sache einfacher machen. Aber ich fand Corey sympathisch und wollte ihr vertrauen.

»Bis vor einigen Monaten hatte ich noch nie von Magpie Creek gehört«, verriet ich ihr. »Thornwood war eine Erbschaft. Ich kam hierher, um das Anwesen zu verkaufen, doch es war Liebe auf den ersten Blick.«

Coreys Lächeln erstarb. »Erbschaft? Dann kannten Sie Tony?«

»Wir waren eine Weile zusammen. Bevor er heiratete.«

»Und er hat Ihnen Thornwood vermacht?«

Ich nickte. Die kalte Luft und der Lärm drangen durch das Fenster. Der Kragen meiner dünnen Jacke flatterte gegen meinen Hals. Ich wusste, dass Corey auf eine Erklärung wartete, doch mir fehlten die Worte. Wie sollte ich ihr von dem komplizierten Gebilde aus Lügen und gebrochenen Versprechen erzählen, das meine Jahre mit Tony ausgemacht hatte? Wie eine Besessenheit schildern, die eher auf Einsamkeit als echter Zuneigung basiert hatte? Wie einer wildfremden Person gestehen, dass ich einen Fehler begangen und nur aufgrund meiner Angst vor dem Alleinsein daran festgehalten hatte … und dass das einzig Gute, was daraus entstanden war, meine Tochter war?

Corey ersparte mir die Mühe. »Seit fünfundzwanzig Jahren hat niemand mehr in Thornwood gewohnt«, schrie sie über das Dröhnen der Cessna hinweg. Sie überprüfte die Instrumente und warf mir dann einen neugierigen Blick zu. »Sie hatten bestimmt alle Hände voll zu tun, ehe Sie einziehen konnten.«

Ich nahm den Deckel vom Teleobjektiv ab. »Na ja, die Spinnweben und der Staub hatten sich ganz schön ausgebreitet, und einige alte Fensterscheiben waren kaputt, aber ansonsten war das Haus in einem überraschend guten Zustand. Ich habe ein paar Wochen gebraucht, um es auf Vordermann zu bringen, aber jetzt sieht es wunderbar aus. Trotzdem könnte ich einen guten Handwerker gebrauchen. Bislang habe ich niemanden gefunden, der Zeit hatte. Sie kennen nicht zufällig jemanden, oder?«

Corey kramte bereits in ihrer Tasche. Wie ein Magier aus dem Hut zauberte sie eine eselsohrige Visitenkarte hervor.

»Hobart Miller«, las ich. »Wartungsarbeiten, Baumpflege, allgemeine Reparaturen, kein Job ist zu klein.«

»Ich kann ihn persönlich empfehlen«, schrie Corey. »Er ist vertrauenswürdig, pünktlich und leistet gute Arbeit. Er ist zwar kein Glaser, aber wie ich Hobe kenne, wird er darauf bestehen, Ihre Fenster selbst zu reparieren und auch alles andere, was anfallen sollte. Er mäht den Rasen, fängt Beutelratten und baut die stabilsten Hühnerställe weit und breit. Letztes Jahr hatte ein heftiger Sturm einen meiner Gummibäume ramponiert. Hobe bohrte eine Schlossschraube durch den Stamm und winschte ihn wieder zusammen. Man kann den Spalt nicht einmal mehr sehen, die Rinde ist darübergewachsen. Der Mann ist Gold wert. Ich kann ihn ja vorwarnen, ich bin heute Nachmittag ohnehin mit ihm verabredet.«

»Ist er ein Freund von Ihnen?«

»Könnte man sagen. Er ist ein exzentrischer Bursche, aber lassen Sie sich nicht von seiner verlotterten Erscheinung abschrecken. Er ist klug und kennt sich praktisch mit allem aus. Ein wandelndes Lexikon, so nennt ihn mein Vater.«

Ich horchte auf. »Mich würde interessieren, was er über Thornwood weiß.«

»Wahrscheinlich die ganze Geschichte, bis hin zu der Holzart, mit der es gebaut wurde.«

Ich steckte die Visitenkarte nachdenklich in meine Tasche. »Wie haben Sie Tony kennengelernt, Corey?«

Sie war auf der Hut. »Wir sind zusammen aufgewachsen. Nach der Schule hingen wir immer zusammen herum und auch während der Ferien.«

»Sind Sie ihm kurz vor seinem Tod begegnet?«

»Nein.« Sie sah mich an. »Lieber Himmel, es muss furchtbar für Sie gewesen sein, ihn zu verlieren … Es war schon schlimm genug für mich, und wir hatten uns seit unserer Kindheit nicht mehr gesehen.«

»Ja, es war ein Schock. Tony und ich waren acht Jahre zusammen. Dann heiratete er eine andere, aber wir haben eine gemeinsame Tochter, Bronwyn. Sie ist erst elf. Sein Tod hat sie sehr mitgenommen.«

Corey sah mich eindringlich an, ihre Sommersprossen tanzten wie goldene Teeblätter auf der gebräunten Haut. »Armes Kind. Sie ist bestimmt sehr traurig.«

»Ja, sie vermisst ihn«, gab ich zu. »Sie war sechs, als uns Tony verließ, aber die beiden standen sich sehr nahe. Jeden Sonntag gingen sie zusammen aus, und er machte immer viel Wirbel um ihren Geburtstag oder Weihnachten. Er war ein fantastischer Vater. Zumindest bis vor Kurzem«, setzte ich hinzu.

Corey hob die Augenbrauen. »Wieso?«

»Vor mehr als einem halben Jahr zog er sich plötzlich zurück. Er rief an, um Treffen abzusagen, oder ließ sich gar nicht erst blicken, solche Sachen. Ich hatte den Eindruck, dass er Bronwyn aus dem Weg ging.«

»Hat er jemals gesagt, warum?«

»Das ist ja das Traurige. Jedes Mal, wenn ich ihn damit konfrontierte, redete er einfach weiter, als hätte er nichts mitgekriegt. Bronwyn war tapfer, aber ich wusste, dass sie sehr darunter litt.«

Corey murmelte etwas wie »verdammter Tony«, aber ihre Worte gingen im Lärm der Cessna unter. Abwesend schlang sie ihr Haar zu einem Knoten im Nacken und blickte auf den Himmel. Das Haar blieb ein paar Sekunden so liegen, doch dann löste sich Strähne um Strähne und ringelte sich wieder wie vorher über die Schultern.

»Ein Glück, dass sie Sie hat«, rief sie schließlich. »Ein Mädchen braucht seine Mutter, es gibt keine bessere Schulter, um sich auszuweinen. Ich wüsste nicht, wie ich es ohne meine Mutter durch die Pubertät geschafft hätte.«

Es war nett gemeint, doch es weckte Schuldgefühle in mir. Als ich versuchte zu lächeln, fühlte sich mein Gesicht steif wie eine Maske an.

»Im Augenblick ist unsere Beziehung etwas angespannt«, erklärte ich mit lauter Stimme. »Bronwyn weint nur selten über den Verlust ihres Vaters, jedenfalls nicht vor mir. Sie flüchtet sich in ihr Zimmer, als wäre Trauer etwas, für das man sich schämen muss. Manchmal denke ich, dass es ihr gut geht, und an anderen Tagen mache ich mir ernsthaft Sorgen.«

»Jeder trauert auf seine Art. Ich selbst habe keine Kinder, jedenfalls noch nicht, also bin ich keine Autorität, aber lassen Sie ihr Zeit, Audrey. Wahrscheinlich wird sie von selbst damit klarkommen.«

Weit unter uns folgte uns der Schatten der Cessna, wie ein pfeilschneller Geist, der über Hügel und Täler huschte, über braune Dämme und ein Geflecht aus grünen und goldenen Feldern, die mit Drahtzäunen aneinandergeheftet waren. Er glitt über gelbe Heuballen und ärgerte die Rinder, die auf den ruhigen Wiesen grasten.

Corey klopfte gegen die Scheibe. »Das da rechts ist das erste Grundstück. Wir nähern uns von Südwesten, die Baumreihe markiert die nördliche Grenze. Gleich drehen wir nach Osten ab und fliegen anschließend von Nordosten darauf zu, sodass wir die Sonne im Rücken haben. Ich kann es auch ein zweites Mal überfliegen, wenn Sie es wollen.«

Ich lehnte mich gegen die Tür an der Passagierseite, stützte die Kamera mit dem Handballen auf dem Fensterrand ab und spähte durch den Sucher.

Rostfarbene Erde lugte unter einem zerschlissenen goldenen Grasteppich hervor, und in dem Wellblechdach brach sich die Sonne.

Ich hielt die Kamera ruhig, schaltete den Autofokus aus und drückte ab, ehe das Grundstück meine Linse völlig füllte. Abwesend registrierte ich, dass Corey eine gute Pilotin war. Ich würde erstklassige Aufnahmen machen. Wir flogen ganz sanft trotz des starken Windes, der mir von unten ins Gesicht peitschte.

Jetzt schwebten wir mitten über das Grundstück. Der Motor der Cessna dröhnte im Einklang mit dem metronomischen Surren meiner Kamera. Die mit Kies bedeckte Einfahrt der Farm bildete eine Schleife und führte dann ostwärts zu einem Asphaltstreifen, der in die Straße mündete. Kurz darauf glitt das Grundstück davon, und wir rasten über einen mit dunklen Bäumen bewaldeten Bergkamm.

»Noch mal?«, rief Corey über den Lärm hinweg.

»Nein, das war super.«

»Gut, dann halten wir uns jetzt Richtung Nordwest. Bis zum nächsten Grundstück ist es nicht weit.«

Corey gelang es, mit der Sonne im Rücken zu fliegen, was meine Arbeit kinderleicht machte. Im Nu hatten wir alle vier Grundstücke abgelichtet.

Während sie eine weite Kurve flog, machte ich noch ein paar Schnappschüsse. Ich fotografierte einen zerklüfteten Kreis aus spitzen Hügeln, der sich unter uns ausbreitete, grün und üppig, von Rinnen und schattigen Schluchten schraffiert. So etwas hatte ich noch nie gesehen. Von hier oben sah die Welt friedlich aus, aber man konnte sich unschwer vorstellen, dass dieser gewaltige Ring aus erloschenen Vulkanresten früher einmal ein chaotischer Ofen voller Asche und Lava gewesen war.

»Sehen Sie mal nach unten«, schrie Corey und zeigte auf mein Fenster.

Als das Flugzeug nach Westen abbog, richtete sich die Pilotenseite auf, während meine Seite fast vertikal unter mir wegkippte. Der Boden stieg steil vor mir auf, und für einen schwindelerregenden Augenblick stellte ich mir vor, wie ich die Hand ausstreckte und über die Baumwipfel strich.

Dann begriff ich, was Corey meinte.

»Das ist ja Thornwood.« Ich musste lachen. »Ich erkenne den Hügel da unten hinter dem Haus wieder und die sichelförmige Felswand. Alles ist so grün und schön.«

Ich nahm den Objektivdeckel wieder ab und drückte ab. Es war ein erhebendes Gefühl, als mir bewusst wurde, dass die hüglige Landschaft darunter mir gehörte. Meine Kamera fing die bewaldeten Hügel und flachen Felder ein, die zerklüfteten Felsnasen und die Schluchten mit ihren steilen Hängen. Ich fotografierte den dunkelgrünen Garten und das silberne Dach, unter dem meine Tochter ahnungslos ihr Alleinsein genoss.

Der eisige Wind, der durch das winzige Fenster drang, hatte mein Gesicht und meine Finger erstarren lassen, und ich spürte erste Symptome von Flugkrankheit. Meine Kehle war rau vom vielen Schreien und mein Gehör dumpf von dem unablässigen Dröhnen des Motors. Trotzdem konnte ich mich nicht daran erinnern, wann ich das letzte Mal so glücklich gewesen war.

»Ein wunderschönes Grundstück«, rief Corey. »Ich bin froh, dass es jemand geerbt hat, der es zu schätzen weiß. Es gibt nichts Traurigeres, als zuzusehen, wie ein so herrliches Fleckchen Erde verkommt.«

»Kennen Sie das Haus gut?«

»Ich bin auf einer benachbarten Farm aufgewachsen, aber meine Eltern haben sie Anfang der Neunziger verkauft. Sehen Sie die Reihe von grünen Hügeln dort? Das war die Grenze zu unserem alten Grundstück.«

Wir blickten auf die zerklüftete Landschaft herab, während der Schatten der Cessna über die Hügel holperte und anschließend in grüne Täler tauchte.

»Ich habe schöne Erinnerungen an Thornwood«, schrie Corey. »Als Kinder haben wir oft dort gespielt. Es war verwildert und zugewachsen, unendlich viel magischer als die biologische Obst- und Gemüsefarm meiner Eltern. Im Bach gab es Bunyips, unter den Hügeln Kobolde und so weiter. Wir hatten eine tolle Zeit, futterten Limonen, Bananen und Mangos, knackten Macadamianüsse, versteckten uns in den Baumzweigen, schwammen nackt im Bach. Selbst nach dem Tod des alten Mannes konnte uns niemand daran hindern, trotz vieler Warnungen.«

Ich wusste nicht, ob ich sie in dem Lärm richtig verstanden hatte. »Warnungen?«

Corey schob ihr Fenster zu und deutete an, ich solle es auch tun. Da ich zu Ende fotografiert hatte, war ich erleichtert, den kalten Wind aussperren zu können. Auch das Dröhnen der Cessna war nun etwas gedämpfter.

»Was meinten Sie mit Warnungen?«, fragte ich.

Corey blickte auf den blauen Horizont. »Unsere Eltern wollten nicht, dass wir hingingen, wahrscheinlich wegen der Art, wie Tonys Großvater gestorben war. Aber das machte alles nur noch aufregender. Wir taten so, als sei es ein verwunschenes Haus, und erfanden Geschichten von einem geheimen Zimmer voller menschlicher Skelette. Wir forderten uns gegenseitig heraus, eine Nacht dort zu verbringen, aber dazu kam es nie.« Sie sah mich von der Seite an. »Keine Sorge, Audrey, alles nur Geschichten.«

»Wie ist er denn gestorben?«

Sie zog die Brauen hoch. »Hat Tony es Ihnen nicht erzählt?«

Ich schüttelte den Kopf.

Sie warf einen Blick auf ihre Instrumente. »Einige Wanderer aus dem Nationalpark kamen zufällig an Thornwood vorbei. Sie fanden ihn unter einem Baum, tot. Seine Leiche war von Tieren zerfleischt worden. Offensichtlich war er eines Nachts da draußen herumgegeistert. Er war gestürzt und hatte sich die Hüfte gebrochen. Armer alter Mann, man nimmt an, dass er verhungert ist.«

»Wie schrecklich.«

»Kann man wohl sagen. Aber daran lässt sich die Größe des Landes ermessen. Thornwood ist riesig, man könnte tagelang wandern, ohne einer Menschenseele zu begegnen. Nur wenige Grundstücke hier oben in den Bergen sind so groß, vor allem wenn sie an den Nationalpark grenzen. Ein wunderschönes Stück Land«, schloss sie wehmütig. »Aber man muss aufpassen, wohin man geht.«

»Hat ihn denn niemand vermisst?«

»Der alte Samuel war ein echter Einsiedler. Soweit ich mich entsinne, hat er selbst seine Familie kaum gesehen. Er mochte wohl die Einsamkeit. Kein Wunder, er war ja nicht besonders beliebt.«

»Warum nicht?«

Wieder sah sie mich verwundert an. »Hat Tony Ihnen das auch nicht erzählt?«

»Er hat überhaupt nie von seiner Familie gesprochen. Es machte ihn traurig, deshalb habe ich irgendwann nicht mehr gefragt.«

Corey sah aus, als wäre ihr das unangenehm. »Nun, ich weiß nicht, ob ich es Ihnen sagen sollte, schließlich sind Sie erst vor Kurzem hierhergezogen, und anscheinend fühlen Sie sich wohl. Ich will Ihnen den Spaß nicht verderben.«

Ich starrte sie an und wartete.

Sie seufzte. »Er wurde angeklagt, jemanden ermordet zu haben.«

»Wen?«

»Eine junge Frau, Tonys Großmutter. Armes Ding. Das war in den Vierzigerjahren, gleich nach dem Krieg. Es gab einen Prozess. Er wurde zwar eingestellt, doch der Schaden war angerichtet. Die Leute hielten ihn für schuldig, sie vermuteten, man hätte das Verfahren deshalb eingestellt, weil sein Vater ein Freund des Richters war. Die ganze Stadt stand unter Schock. Damals war noch jeder mit jedem verwandt, die Leute kannten sich untereinander, und wenn eine Familie von einer Tragödie betroffen war, hatte das Folgen für den ganzen Bezirk. Das ist normal in kleinen Gemeinden wie Magpie Creek. Jeder steckt seine Nase in anderer Leute Angelegenheiten, und alle haben ein langes Gedächtnis.« Sie blickte mich an. »Tut mir leid, wenn ich Sie erschreckt habe. Sie sind plötzlich ganz blass um die Nase.«

Ich schüttelte den Kopf – es war keine Angst. Doch ihre Offenbarung hatte meine Erinnerung geweckt… Ein Traum, der zu verschwommen war, als dass ich mich genau an ihn entsinnen konnte, doch der Kern kam wieder. Ich lag in einer Lichtung, konnte mich nicht bewegen, mit verrenkten Gliedmaßen, der Schatten von etwas Großem, Schwerem erdrückte mich unter seinem Gewicht.

»Mord«, sagte ich ein wenig atemlos. »Es kommt mir so…«

Coreys Augen weiteten sich, als sie mir beipflichtete: »Ja so dramatisch vor, ich weiß.«

»Als wir einzogen«, erklärte ich ihr, »waren die Sachen des alten Mannes noch da. Nicht nur die Möbel, auch seine Kleidung und seine Schuhe standen im Schrank, Zahnbürste und Rasierzeug im Badezimmer. In der Vorratskammer lagerten alte Dosen mit Keksen. Man hatte nach seinem Tod nichts weggepackt oder weggeworfen. Alles war so geblieben wie zu seinen Lebzeiten.«

Corey tat so, als fürchte sie sich. »Wie gruselig! Sie müssen einen tüchtigen Schreck bekommen haben.«

»Es mag seltsam klingen, aber es war überhaupt nicht erschreckend. Tatsache ist, und das ist ja das Verrückte daran, dass ich mich trotzdem wohl in dem alten Haus fühle, das noch bewohnt zu sein schien. Die Atmosphäre, wissen Sie? Traurig, aber auch irgendwie fröhlich. Ich hatte das seltsame Gefühl, ich käme nach einer langen Zeit heim.«

»Meinen Sie aus einem vergangenen Leben?«

»Nicht unbedingt, es war eher wie eine sehr starke Verbindung.« Ich winkte ab, da mir bewusst war, wie absurd das alles klang. »Wahrscheinlich war es nur die Erinnerung daran, einen so herrlichen Besitz geerbt zu haben. Als würde man in die Vergangenheit zurückgehen und eine ruhigere und schönere Welt betreten. Mir kam es vor, als hätte das Haus den

Atem angehalten und darauf gewartet, ins Leben zurückzukehren. Als würde es irgendwie mit mir rechnen.«

Corey sah mich besorgt an. »Sie werden also jetzt nicht nach Hause zurückfahren und Ihre Sachen packen?«

»Aber nein«, erwiderte ich und lachte. Doch insgeheim raste mein Herz. Ich wollte nicht nach Hause zurückfahren und meine Sachen packen, aber ich hatte das unwiderstehliche Gefühl, dass ich *irgendetwas* tun müsste.

Plötzlich krächzte das Funkgerät, es hörte sich an wie ein Eindringling. Corey drehte an einem Schalter und lauschte der Stimme des Towers. Sie meldete sich ab und regulierte ihre Instrumente. Dann schob sie den Steuerknüppel vorsichtig nach vorn, woraufhin sich die Cessna fast unmerklich Richtung Erde neigte.

»Es kommt ein Sturm auf«, informierte sie mich. »Wir fliegen jetzt zurück. Sie sind doch fertig, nicht wahr?«

»O ja, alles bestens.«

Ich legte die Kamera mit dem Objektiv nach unten auf meine Beine und scrollte durch die Bilder, die ich geschossen hatte, wobei ich mit einer Hand den Bildschirm vor der Sonne abschirmte, die sich in den Tragflächen der Cessna spiegelte. Die Aufnahmen waren gut. Satte Farben, starke Kontraste, eine gleichmäßige Belichtung und ausreichende Schärfentiefe.

»Sind Sie zufrieden?«, wollte Corey wissen.

»Und ob! Sie fliegen sehr sanft, das ist schon die halbe Miete.«

»Süßholz raspeln macht sich immer gut«, kicherte sie. »Die meisten Einheimischen, die ich fliege, beschweren sich, dass es zu langsam geht, diese Trottel. Sie haben keinen Sinn für Geschicklichkeit.«

Ich kicherte mit ihr, und als die Cessna rumpelnd auf der Landebahn aufsetzte, fiel mir noch einmal auf, wie sehr ich den Flug genossen hatte. Trotz der Enthüllungen über Tonys Großvater und der Schatten, die sie über Thornwood geworfen hatten, war ich bester Dinge.

Ich fasste in die Tasche, in die ich die Visitenkarte gesteckt hatte, betastete die ausgefransten Ränder und dachte an den Handwerker.

Hobe Miller: Baumfäller, Beutelrattenfänger, Hühnerstallbauer, wandelndes Lexikon. Er würde sich mit der Geschichte von Thornwood bestens auskennen, hatte Corey behauptet. Vielleicht wusste er ja auch über Tonys Großvater Bescheid, Einzelheiten über das Verfahren in den Vierzigern – und warum man ihn des Mordes an einer Frau angeklagt hatte.

Gleich danach fuhr ich bei Cossart's vorbei, übergab ihnen meine Speicherkarte und füllte hastig das Auftragsformular aus. Anschließend raste ich nach Thornwood zurück, ohne den Blick von der Uhr auf dem Armaturenbrett zu nehmen. Das morgendliche Abenteuer hatte weniger als zwei Stunden gedauert.

Ich erwartete, Bronwyn auf der Couch zusammengerollt zu finden, so wie ich sie verlassen hatte, vielleicht über einem Film eingeschlafen. Der Fernseher plärrte, doch das Wohnzimmer war leer.

»Bronny?«

Ich sah in ihrem Zimmer nach, dann in den übrigen Räumen. Auch sie waren leer. In der Küche war sie nicht, dann trat ich auf die hintere Veranda und warf einen Blick in den Garten, entdeckte jedoch keine Spur von ihr. Mein Herz schlug schneller, meine Hände waren feucht. Nur die Ruhe, sagte ich mir. Sie kann nicht weit sein. Wahrscheinlich sitzt sie auf ihrer Bank neben der Jakaranda oder ist im Gemüsegarten.

Der hintere Teil des Hauses ging nach Westen hinaus, von dort hatte man einen weiten Blick auf das bewaldete Tal und die rot schimmernde Bergkette dahinter. Die nördliche Seite des Gartens stieg steil an und endete am Fuß eines kleinen Hügels. Er war mit Ironbarks und dichten Teebäumen bewachsen, der Gipfel bestand aus einer kahlen Felsnase. Es war erst Mittag, doch die Schatten hatten bereits die südliche Hälfte des Hügels eingehüllt, während der nördliche Hang derart von Licht überflutet war, dass jedes Blatt und jeder braune Grashalm deutlich sichtbar waren. Es gab keine weiteren Häuser, keine Spur von Zivilisation, nur Hügel, Bäume und einen endlosen Himmel.

Am fernen Horizont türmte sich eine riesige graue Wand auf, Vorbote des aufkommenden Sturms, vor dem Corey gewarnt hatte. Noch wirkten die Wolken harmlos und näherten sich ganz langsam, fast unmerklich. Doch die unruhigen Schatten im Garten schienen die bevorstehende Verwüstung zu erahnen.

Trotz der drückenden Hitze lief es mir kalt den Rücken herunter. War dieser malerische Ort tatsächlich der Schauplatz eines brutalen Mordes gewesen? Und Thornwood das Heim eines kaltblütigen Mörders? Ich dachte an die geräumigen Zimmer, die gemütlichen Sessel, die glänzenden Möbel, die so gut zu meinen eigenen passten. Und plötzlich war das Haus nicht mehr der sichere Hafen, für den ich es gehalten hatte.

»Bron, wo steckst du?«

Ich polterte die schwarzen Stufen hinunter und lief über den Backsteinpfad, vorbei an den vernachlässigten Hortensien und den überwucherten Granatapfelbäumen. Die Sitzbank neben der Jakaranda war leer.

Ich versuchte, über meinen rasenden Herzschlag hinwegzulauschen.

Am Anfang erschien meinen Stadtohren die dröhnende Stille ringsum allumfassend. Doch dann entfaltete sich eine Kakofonie von Geräuschen: Zikaden zirpten, in den Blumenbeeten summten Bienen, in den Bäumen kreischten und plapperten Kakadus. Unzählige Vogelgattungen sangen in ihren unsichtbaren Verstecken, und darunter, wie der Grundton eines riesigen Orchesters, erklang im Bach das kehlige Quaken der Ochsenfrösche.

Inmitten dieses Lärms hörte ich jetzt erneut Bronwyns Worte.

Wenn einer von uns stirbt, wäre der andere ganz allein.

»Bronwyn!«

Immer noch keine Antwort. Jetzt packte mich die Panik. Ich rannte den Hang hinunter, meine Schritte hallten dumpf auf dem trockenen Boden wider. Die knorrigen Stämme der Grevilleen und die Zylinderputzer waren von einer undurchdringlichen Wand aus Brombeerbüschen eingekeilt, und dahinter erkannte ich ein Feld, auf dem vereinzelte Zitrusgewächse standen. Etwas tiefer am Hang rauschte irgendwo Wasser. Ich stellte mich auf die Zehenspitzen und ließ den Blick über das Feld schweifen. Ein heller Fleck an einem dunklen Ufer: Das musste der Bach sein. Offenbar lag dort jemand reglos am Boden.

Fetzen aus einem Traum. Baumschatten und hektisch wirbelnde Umrisse. Schreie und eine verschwommene Gestalt mit einem erhobenen Arm, der immer wieder herabstieß, die zerrissene Dunkelheit, in der es vor Angst knisterte.

Wenn einer von uns stirbt…

Mit rasendem Puls stolperte ich weiter den Hang hinab auf der Suche nach einer Lücke in der Wand aus ineinander verschlungenem Gebüsch. Jeder Brombeerstrauch war mit unzähligen scharfen Dornen gespickt, die Spitzen glänzten scharlachrot in der Sonne und versperrten mir den Weg wie eine Mauer aus Stacheldraht.

Ich verlor die Gestalt aus den Augen. Ohne nachzudenken warf ich mich durch die erste Lücke, die ich sah. Die langen Ranken der Brombeersträucher und ihre stacheligen Widerhaken rissen meine Kleider auf, bohrten sich in meine Haut, wickelten sich in mein Haar. Ich verfing mich, spürte die Dornen in den Armen und im Rücken. Und dann sah ich das offene Feld. Mit einer letzten Anstrengung brach ich durch das Gestrüpp und taumelte auf das Feld.

Bronwyn fuhr herum, das Gesicht von der Sonne gesprenkelt, die Augen vor Schreck geweitet. Ich registrierte nur ihren Schock und rannte von einem Urinstinkt getrieben los, um sie zu beschützen. Doch im gleichen Moment blieb ich mit dem Fuß in einem Strauch hängen, und ehe ich meinen Schwung abbremsen konnte, stürzte ich zu Boden. Ich stöhnte vor Schmerz und blieb reglos liegen.

»Mum?«

Ich konnte mich nicht bewegen. Bekam keine Luft. Dann erholte sich meine gepresste Lunge mit einem heiseren keuchenden Stoß, und die Welt kam langsam wieder ins Lot. Vorsichtig drehte ich den Kopf und blinzelte in den trüben Himmel. Ein Gesicht sah auf mich herab, zog die hellen Augenbrauen hoch und rümpfte die Nase.

Ich befreite den Fuß aus der Brombeerschlinge, stand taumelnd auf und klopfte meine Kleider ab. Alles drehte sich, ich stützte die Hände auf die Knie und versuchte zu atmen. Als meine Stimmbänder wieder funktionierten, keuchte ich: »Was zum Teufel machst du hier?«

Die Augen, blauer als der Himmel, weiteten sich. »Mum, sieh dir deine Arme an!«

Ich starrte sie an. Sie hatte gerötete Wangen trotz ihres

Sonnenhutes und hielt einen Krug mit schmutzigem Wasser in der Hand. Darin wimmelte es nur so vor kleinen schwarzen Dingern. Kaulquappen.

»Habe ich dir nicht gesagt, dass du das Haus nicht verlassen sollst?«, erwiderte ich heiser. »Ich hätte fast einen Herzschlag bekommen.«

Sie blinzelte, zuckte dann hastig die Achseln und täuschte Gleichgültigkeit vor. »Es wird gleich regnen, deshalb habe ich die Wäsche hereingeholt.« In ihrem Tonfall schwang der Hauch einer Anklage mit. »Du warst so lange weg, dass ich dachte, du hättest mich vergessen. Außerdem bin ich nicht weit gegangen.«

»Bron, du weißt nicht, wer sich alles hier herumtreiben könnte. Irgendwelche Spinner oder Gott weiß wer.«

Sie reckte den Hals und sah sich um. Dann zog sie demonstrativ die Brauen hoch. »Nur wir.«

»Das nächste Mal hältst du dich gefälligst an das, was ich sage, hast du verstanden?«

»Mum, du siehst schrecklich aus. Deine Arme …«

Ich blickte an mir herab. Mein ganzer Körper war zerkratzt und blutig. Auf dem T-Shirt klebten Brombeerblätter, und meine Lieblingsjeans waren an den Knien aufgerissen.

Dann kamen die Tränen.

Bronwyn runzelte die Stirn. »Mum?«

Ich schniefte und wischte mir mit dem Handrücken über die Nase, bevor ich den Dreck von den ruinierten Jeans abklopfte.

Bronwyn holte ein sauberes Taschentuch aus der Tasche und entfaltete es. Ich schnäuzte mich, tupfte die Tränen von den Augen und gab es ihr zurück. Sie starrte mich an, als wären mir Hörner gewachsen, und ich wusste, dass ich ihr zumindest eine Erklärung schuldig war. Doch wie soll man einer

Elfjährigen erklären, dass sie alles ist, was man hat, und die Vorstellung, sie zu verlieren – allein diese Vorstellung –, einen um den Verstand bringt?

Es war eine viel zu schwere Last für ein Kind, daher hielt ich den Mund und verbarg meine Ängste hinter den Schatten, wo sie hingehörten.

»Zeit fürs Mittagessen«, sagte ich stattdessen. »Wir können eine Pizza bestellen, wenn du magst. Oder willst du lieber Fish and Chips?«

Bronwyn wich meinem Blick aus. Dann rührte sie so schnell in dem schmutzigen Wasser, dass die Kaulquappen mit rasender Geschwindigkeit durch ihr gläsernes Gefängnis wirbelten.

»Fish and Chips wären okay.«

»Prima«, sagte ich leise und humpelte den Hügel wieder hinauf auf das Haus zu. Und dieses Mal nahm ich den malerischen Weg durch die Jasminbüsche.

Abends blieb ich, nach Desinfektionsmittel stinkend und mit Pflastern bedeckt, vor Samuels Schlafzimmertür stehen.

Ich sog den Geruch nach Regen ein, der in der Luft hing, und fragte mich, warum so viele Geräusche von draußen hereindrangen. In den Regenrinnen gurgelte das Wasser, Regentropfen trommelten auf das nasse Laub. Die einsame Serenade eines Ochsenfroschs hallte von den Wänden wider.

Dann merkte ich, dass ich das Fenster offen gelassen hatte.

Ich schaltete das Licht an und begutachtete den Schaden. Der Vorhang war durchnässt, auf den Dielen hatten sich Pfützen gebildet. Alles andere schien intakt zu sein … bis ich den Nagel an der Wand sah, an dem das Foto gehangen hatte.

Verrückt, aber plötzlich überwältigte mich nackte Angst. Ich schoss durch das Zimmer, mit wackligen Beinen, zu Tode erschrocken. Warum hatte ich das Foto nicht irgendwo in

Sicherheit gebracht? Wieso hatte ich vergessen, das Fenster zu schließen? Ich stellte mir Samuels aufgeweichtes Porträt vor, wie sich die Emulsion vom Rest des Kartons löste und wellte und das Bild wegen eines dummen Versehens für immer verloren war…

Der Rahmen lag mit dem Foto nach unten auf dem Boden. Als ich ihn aufhob, sah ich, dass das Glas zerbrochen war. Die zersplitterten Scherben waren wie die Zähne eines Hais auf den Dielen verstreut. Doch das Foto war intakt. Ich hob die Scherben auf, trug den Rahmen zur Nachttischlampe und hielt ihn ins Licht. Ohne das Glas sah ich nun Details, die mir zuvor entgangen waren. Kaum erkennbare Falten auf der Stirn und Lachfältchen um die Augen. Ein Anflug von Bartstoppeln verdunkelte das Kinn, und auf einem Wangenknochen sah man einen Flecken, eine Sommersprosse oder ein Muttermal unter dem Auge, vielleicht auch eine Narbe.

Ich drehte den Rahmen um, entfernte den gewellten Fotokarton und nahm das Foto heraus, um es an einem sicheren Ort zu verstauen, bis ich es neu gerahmt hatte.

Und da entdeckte ich den Papierstreifen.

Er war hinter dem Foto versteckt gewesen, doch mit der Zeit war er an dem Karton festgeklebt. Als ich ihn löste und mit zittrigen Fingern auf meinen Knien auseinanderfaltete, sah ich, dass es ein Brief war.

Mittwoch, 13. März 1946

Liebster Samuel,

viereinhalb Jahre lang fürchtete ich, dass du mich vergessen hattest, oder schlimmer – dass du in einem fremden Land gestorben warst. Dich am Leben zu wissen ist so, als wäre ein Gebet erhört oder ein Traum wahr geworden. Der heutige Streit auf der Straße tut mir leid, du musst wissen, dass es nicht meine Absicht war – ich war einfach überwältigt, als ich dich lebendig vor mir sah. Verzeihst du mir, Liebling?

Ich muss dich wiedersehen. Bis morgen kann ich nicht warten. Ich muss dich noch heute Abend sprechen, irgendwo, wo uns niemand sieht. Ich muss dir so vieles berichten und so vieles wissen. Über deine Reisen, wie es dir im Krieg ergangen ist, welche Pläne du hast, jetzt, da du zurückgekehrt bist, und vor allem, obwohl ich schreckliche Angst vor dieser Frage habe, ob du mich nach all diesen Jahren des Schweigens immer noch heiraten willst?

Bitte komm heute Abend zu unserem geheimen Treffpunkt. Neun Uhr? Ich werde ein großes glückliches Lächeln für dich aufsetzen. Und obgleich ich weiß, dass du Überraschungen hasst, bereite dich auf eine vor, mein allerliebster Samuel. Ich werde jemand mitbringen, den du kennenlernen musst, jemand Besonderen.

Für immer dein,

Aylish

Die schwungvollen Zeilen sahen aus, als wären sie hastig hingekritzelt worden. Manche Wörter flossen ineinander, andere waren auf dem vergilbten Papier so verblasst, dass man sie kaum entziffern konnte.

Ich strich den Brief auf den Knien glatt und versuchte, zwischen den Zeilen zu lesen.

Irgendetwas sagte mir, dass Aylish Tonys Großmutter sein musste – die junge Frau, die Samuel angeblich umgebracht hatte. Natürlich konnte ich es nicht mit Sicherheit sagen, denn es gab keine konkreten Beweise. Aber ich vermutete, dass dieser besondere Mensch ein Kind gewesen war und dass Aylish Samuel immer noch liebte, obwohl er so viele Jahre im Krieg gewesen war.

Was war zwischen ihnen vorgefallen, warum hatten sie sich

gestritten? Hatten sie sich in jener Nacht an ihrem geheimen Treffpunkt getroffen, war alles verziehen worden? Oder hatte Samuel den Brief missverstanden und angenommen, Aylish sei eines noch abscheulicheren Verbrechens schuldig? Vielleicht hatte Samuel dort, wo er gewesen war, keine Briefe schreiben oder empfangen können – das hätte Aylishs Angst erklärt, dass er sie vergessen haben könnte oder gar getötet worden war. Trotzdem fragte ich mich, ob nicht noch mehr – viel mehr – dahintersteckte.

Verzeihst du mir, Liebling?

Ich las den Brief noch mehrere Male, hob ihn an die Nase und roch daran. Staub und altes Papier. Bittere Tinte. Und ein ganz schwacher Hauch von Rosen. Ich faltete ihn wieder zusammen und steckte ihn in die Nachttischschublade. Dann betrachtete ich erneut das Foto im Schein der Lampe.

Ja, die Aufnahme hatte eine Frau gemacht, das sah ich an Samuels Augen. Sein verführerisches Lächeln galt nur ihr, vorsätzlich und wild, als gäbe es in der Welt niemanden anders.

Vor vielen Jahren war ich in Tony verliebt gewesen, doch er hatte mich nie so angelächelt. Ich hatte mich an seine Zuneigung geklammert wie eine ertrinkende Ratte an ein Stück Treibholz, verzweifelt und ängstlich, entschlossen wie ein Mensch, der die Einsamkeit kennt und nicht dorthin zurückwill. Tony hatte mich geliebt, das wusste ich. Und trotzdem hatte er mich nie *wirklich* geliebt.

»Samuel«, hauchte ich, und der Klang seines Namens auf meinen Lippen war innig und traurig zugleich. Ich sah genauer hin. Er hatte schräg stehende Augen wie eine Katze, sie waren sehr dunkel, vielleicht sogar schwarz. Die breiten Wangenknochen und der kräftige Unterkiefer sahen aus wie aus Stein gemeißelt, doch jeder kantige Anflug wurde durch den vollkommenen Mund mit den vollen weichen Lippen abgeschwächt.

Ich war wie berauscht vom Hinsehen.

Vielleicht war es aber auch nur der fehlende Schlaf. Ich war entsetzlich müde. Mein träges Gehirn schwankte am Rand des Vergessens, mein Körper fühlte sich plötzlich viel zu schwer an, um sich noch länger aufrecht zu halten. Die Kratzer der Brombeeren brannten und schmerzten, und ich sehnte mich nach Schlaf.

In den Dachsparren grummelte eine Beutelratte und verschwand dann geräuschvoll in ihrem Nest. Der Ochsenfrosch draußen nahm seinen einsamen Gesang wieder auf. Ich knipste die Nachttischlampe aus. Im Schein des Mondes leuchteten die Wände und die Decke in einem weichen, perlfarbenen Grau wie das Innere einer Muschel, wie ein Traum, in dem ich allmählich versank.

Irgendwie endete ich auf dem Bett. Der Staub kitzelte in meiner Nase, sodass ich niesen musste. Der Raum neigte sich, ich streckte mich aus, legte den Kopf auf das Kissen, seufzte vor Müdigkeit, und dann fielen mir die Augen zu …

5

Aylish, September 1941

Atemlos lief ich über den schattigen Pfad, durch Farne und das feuchte Dickicht des Wongagrases, wich den Glockenblumen und wilden Orchideen aus, die sich aus dem Dunkel reckten. Ich rannte den Berg hinauf, hastete durch die Flecken von Abendsonne, die durch den Pflanzenbaldachin fielen. Mein Körper war leicht wie der eines Vogels, mein Herz jubilierte.

Samuel, Samuel …

Als ich die grasbewachsene Lichtung erreichte, blieb ich stehen und schnappte nach Luft. In der Mitte stand die zerfallene Hütte. Sie war vor achtzig Jahren von Pionieren gebaut worden, aus dem Holz des umliegenden Waldes und Steinen für das Fundament, die sie aus der Schlucht herbeigeschafft hatten. Die rauen Wände bogen sich nach innen. Die Dachschindeln aus Eukalyptusholz hatten sich mit der Zeit schwarz verfärbt, doch alles zusammen strahlte etwas Fröhliches, Einladendes aus, das mich anzog.

Wilde Blumen wuchsen durch die Brüstung der Veranda, Flanellblumen, Hovea, wilder Jasmin und immergrüne Kräuter. Die langen Stiele des kirschroten Rittersterns bogen sich im Wind, Rosen sprossen aus einem Ableger an der Laube von Thornwood, und ihre Ranken waren bis auf das von der Sonne gewärmte Dach geklettert. Der Duft ihrer blutroten Blüten hing süß wie Parfüm in der Luft.

Ich lief die Stufen hinauf, trat durch die Tür und blinzelte in das kühle Halbdunkel. Spärliches Licht drang durch die winzigen Fenster und fiel auf die unverputzten Wände, den kleinen Tisch, die Stühle, den hohen Schrank und die Vase mit Hagebutten. Es gab ein schmales Bett, das mit dem Kopfende an der Wand stand; darauf lag ein einziges Kissen und eine einfache graue Decke, die um die Matratze festgesteckt war.

Samuel saß auf der Bettkante. Das Hemd spannte um Arme und Brust, und seine Hände lagen so fest zusammengeballt auf den Knien, dass die Knöchel weiß im Halbdunkel glänzten. Er stand auf. In seinem Gesicht spiegelte sich Freude, aber die gerunzelte Stirn zeugte auch von Nervosität.

»Aylish, mein Schmetterling. Ich dachte schon, du kämst nicht mehr.«

Er war am anderen Ende der Welt, in Irland, geboren worden und als kleiner Junge nach Australien gekommen, zu spät, um den Akzent zu verlieren, der seine Worte versüßte. Wenn er meinen Namen aussprach, klang es immer wie »Eyelash«.

Zögernd trat ich einen Schritt auf ihn zu. »Du hast deinen Entschluss nicht geändert?«

Er runzelte die Stirn. »Und du? Ich meine… Es wäre nicht schlimm, wir müssen nicht…«

»Natürlich nicht.«

Keiner von uns rührte sich.

Samuel räusperte sich. »Was ist mit Jacob, ist er…?«

»Poppa ist mit Klaus Jarman nach Ipswich gefahren, um eine Kiste Bibeln abzuholen, die irgendwer gespendet hat. Er kommt erst morgen Nachmittag wieder.«

»Da bin ich schon unterwegs.«

»Ja, aber…«

Samuel neigte den Kopf zur Seite und warf mir einen durchdringenden Blick zu.

»Aber«, fuhr ich tapfer fort, auch wenn ich das Zittern in

meiner Stimme nicht unterdrücken konnte, »zumindest wirst du mit einer süßen Erinnerung gehen.«

Samuels Ausdruck schmolz dahin. Die Falte auf der Stirn verschwand, er schloss einen Moment die Augen, und dann bewegte er sich so schnell, dass sich mir der Kopf drehte. Ohne aufzustehen, packte er mich an der Hand und zog mich an sich, im nächsten Moment saß ich auf seinem Schoß, eingehüllt von seiner Wärme. Diese neue – und intime – Nähe überwältigte mich.

»Aylish«, flüsterte er mir ins Haar, »weißt du denn nicht, dass ich *nur* süße Erinnerungen an dich habe? Und sobald dieser abscheuliche Krieg zu Ende ist, brauchen wir keine Erinnerungen mehr. Dann sind wir verheiratet, und ich werde dich nie wieder verlassen.«

»Wirst du mich auch nicht vergessen, während du weg bist?«

»Dich vergessen?« Er zog mich noch stärker an sich und küsste mich auf die Schläfen. »Es ist Krieg, mein Schmetterling, und doch kann ich nicht daran denken. Wie soll ich dich vergessen, Liebling? Mein dummer Kopf denkt nur an ein Lächeln, das mein Blut in Bewegung versetzt, an Beine, die mich taub, stumm und blind für alles andere machen.«

Ich schnaubte. »Was könnte denn auch wichtiger sein als meine Beine?«

»Das ist ja genau das Problem. Für mich gibt es nichts Wichtigeres als deine Beine. Nicht Wichtigeres als deine Finger, deine hübschen Arme, deinen verführerischen Mund. Das kleinste Haar auf deinem Kopf bedeutet mir mehr als alles andere in dieser oder der nächsten Welt. Nichts ist wichtiger als dieses wundervolle, aufregende, berauschende Du.«

Ich hatte das Gefühl, dass mir das Blut in den Adern kochte. Sein warmer Atem streifte meine Wange, ich spürte die Hitze seiner Haut. Schwindlig vor Verlangen wandte ich ihm das Gesicht zu, wenn ich ihm auch nur einen Zentimeter näher käme, würden sich unsere Lippen vereinen …

Dann schreckte ich zurück. »Hast du denn gar keine Angst?«

Er seufzte. »Nein, jedenfalls nicht um mich. Aber mach dir keine Sorgen, mein Liebling. Ich werde zurückkehren, für dich, ich verspreche es dir hoch und heilig. Und dann heiraten wir und beginnen unser wundervolles gemeinsames Leben.«

Seine Worte sollten mich trösten, trotzdem spürte ich, wie die alte Finsternis in mir aufstieg. Feuchtkalter Schweiß breitete sich auf meinen Schultern aus. In meinen Ohren summte es, als wäre ein Bienenschwarm in meinem Innern aus seinem bösen alten Stock ausgebrochen, um mir das Herz auszusaugen.

Samuel flüsterte weiter beruhigend auf mich ein, doch meine Gedanken schweiften ab. Das sechste Jahr seines Medizinstudiums an der Universität von Sydney neigte sich dem Ende zu. Die letzten zehn Monate hatte er damit verbracht, am Morgen zu lernen und am Nachmittag in verschiedenen Stationen des Vincent's Public Hospital sein Praktikum zu absolvieren. In allen Ferien war er für mehrere Wochen mit dem Zug nach Magpie Creek gekommen, hatte seinem Vater in dessen geschäftiger Arztpraxis geholfen und seine freie Zeit mit mir verbracht.

Wir hatten bereits Zukunftspläne geschmiedet – dann war vor zwei Jahren der Krieg ausgebrochen. Er und auch andere Studenten seines Jahrgangs hatten darum gebeten, ihr Studium verkürzen zu dürfen, damit sie vorzeitig zum Examen zugelassen werden konnten. Kaum hatte Samuel seinen Abschluss in der Tasche, meldete er sich als Freiwilliger bei der Second Australian Imperial Force. Ich hatte gehofft, der Krieg wäre beendet, bevor er seine Ausbildungszeit hinter sich gebracht hatte. Wir hatten im Dezember heiraten wollen, das wäre in sechs Wochen gewesen, doch gestern hatte er die Nachricht bekommen, dass sein Bataillon verlegt würde.

Samuel musste meine Verzweiflung gespürt habe, denn er zog mich an sich, vergrub sein Gesicht an meinem Hals und flüsterte mir etwas zu. Ich konnte seine Worte nicht verstehen, aber nach einer Weile begann sein Atem mich zu kitzeln. Ich versuchte, mich aus seinen Armen zu winden, doch er hielt mich fest. Er lachte über mein Gezappel, warm, träge, dunkel – ein Klang, bei dem mir wohlige Schauer über den Rücken liefen. Und bald kicherte auch ich. Unsere Nervosität ließ nach, und ich vergaß meine Ängste. Es gab nur noch Samuel, meinen geliebten Samuel, und die unvergleichliche Nähe, die wir erlebten.

Ich schmiegte mich wie eine Schlingpflanze an und um ihn, bis er uns beide auf das Bett fallen ließ und mich unter seinem Gewicht erdrückte. Mein Rock rutschte bis zu den Hüften hoch und verlor sich dann ganz. Irgendwie landete auch die Bluse auf dem Boden, danach meine Unterwäsche, zusammen mit seiner Hose und seinem Hemd. Seine Haut war weich wie Samt, seine Muskeln hart wie Eisen.

»Was, wenn ich träume?«, murmelte ich. »Was, wenn ich aufwache und du bist schon fort?«

Samuel fuhr mit dem Daumen über meine Wange und küsste mich auf den Mund. Als er sein Gewicht verlagerte und sich neben mich legte, quietschte das Bett.

»Ist das nicht wirklich genug?«, fragte er, und seine Hand glitt über meine Schulter zu meiner Brust. »Ist das kein Beweis dafür, dass ich Wirklichkeit bin?«

»Ach, ich glaube, dass ich träume«, entgegnete ich lächelnd, schlang den Arm um seinen Hals und hob ihm meine Hüften entgegen. »Es ist ein wunderschöner Traum, aus dem ich niemals erwachen will.«

»Dann werden wir nicht wach werden«, versprach er. »Wir bleiben einfach hier, für immer zusammen.«

Ich liebte diese Worte und wollte noch ein wenig in der Glut verweilen, die sie in mir entfachten, doch dann küsste Samuel mich mit einer solchen Leidenschaft, dass ich alles vergaß, was er gesagt hatte, seine Schwüre, das süße Versprechen unserer gemeinsamen Zukunft. Ich sah nur das schwindende Sonnenlicht, das durch das Fenster fiel, die langsamen Schatten, während der Tag zur Nacht wurde, hörte das leise Quietschen der Bettfedern, als Samuel, mein geliebter Samuel, Besitz von mir nahm, in einem Traum, der niemals enden sollte.

Später, viel später, wie es mir erschien, lag ich wach, während Samuel neben mir schlief. Irgendwann in der Hitze unserer Vereinigung hatte sich die alte Aylish aufgelöst und war abgestreift worden wie die Haut einer Schlange. Ich war immer eine Außenseiterin gewesen, gefangen zwischen der väterlichen Welt der Bücher, der Bibel und der Gebete und dem Missionsdasein meiner Mutter und ihres Volkes mit seinen einfachen Lebensaufgaben. Ich war weder hell noch dunkel, sondern ein Schattenmädchen zwischen den beiden. Doch jetzt gehörte ich zu Samuel – und er zu mir. Ich lächelte und fühlte mich vollkommen eins mit mir. Wir würden uns, wie er mir so oft versprochen hatte, unsere eigene Welt aufbauen, in der die Unterschiede zwischen Menschen geschätzt wurden und ihre Talente und Fähigkeiten wichtiger waren als Belanglosigkeiten wie Abstammung oder Hautfarbe.

Plötzlich huschte ein Schatten über das Fenster.

Eine Eule oder Nachtschwalbe, dachte ich. Sie flatterte vorbei und durchbrach den fragilen Schein des Mondes, der in unser Zimmer fiel. Ich wollte diese Störung ignorieren, und es gelang mir eine Zeit lang, doch dann fing meine Haut zu kribbeln an, als hätte ich einen Sonnenbrand, und da bekam ich das merkwürdige Gefühl, dass wir nicht allein waren.

Mein Blick wanderte über das Durcheinander von Wäschestücken, die im Mondlicht auf dem Boden lagen, und den länglichen Schatten, den die Tür warf, zu der Kommode und der Vase mit den Hagebutten. Er glitt über die raue Wand, bis er schließlich am schwachen Schein des Fensters stehen blieb.

Ein Gesicht spähte durch die unverglaste Öffnung, das Gesicht eines Kindes, das körperlos in der Luft schwebte, ein rastloser Geist, der aus der Nacht aufgetaucht war. Ein rundes Gesicht, das wie weißer Alabaster leuchtete und mit großen neugierigen Augen das Zimmer betrachtete. Eine Sekunde lang begegnete ich seinem Blick und wurde von nackter Angst gepackt. Ich blickte ins Gesicht des Todes. Meinen Tod – oder den von Samuel. Mir stockte der Atem. Mein Mund öffnete sich, doch ich brachte keinen Ton heraus. Das Gesicht hatte mir die Stimme geraubt, sie in einem Brunnen der Stille ertränkt und mich verstummen lassen.

Doch nur für einen Augenblick.

Dann holte ich tief Luft und stieß einen Schrei aus.

Samuel fuhr hoch, fand mich im Halbdunkel und hielt mich fest, bis ich mich beruhigt hatte. Als ich wieder sprechen konnte, sagte ich: »Da, am Fenster ein Gesicht, es war schrecklich, Samuel, es war gespenstisch.« Er sprang aus dem Bett und schlüpfte in die Hose. Dann zog er ein Stoffbündel unter dem Bett hervor, wickelte einen schwarzen Gegenstand aus und stürzte hinaus. Ich hörte seine Schritte auf den Stufen, dann neben der Hütte, im Farnkraut. Kurz darauf kehrte er zurück, stapfte die Stufen hinauf und kam fluchend zurück in die Hütte.

»Wer war das?«, fragte er.

»Ich weiß es nicht.«

Er schob den schwarzen Gegenstand wieder unter das Bett und nahm mich in die Arme.

»Wer immer es war, er ist weg«, sagte er, während er mir über das Haar strich und mich auf die Stirn küsste. »Ich schwöre, wenn ich den Mistkerl zu fassen kriege …« Er löste sich von mir und musterte mein tränenverschmiertes Gesicht. »Ist dir jemand hierher gefolgt? Hast du ihn wirklich nicht erkannt?«

»Es war kein Mensch, Samuel. Das habe ich dir doch schon gesagt. Es war ein Gespenst.«

Er seufzte und sah sich aufmerksam im Raum um. »Gespenster spionieren Menschen nicht durch Fenster nach, Aylish.«

»Dieses doch.«

Da verdüsterte sich Samuels Blick, und er zog mich fest an sich. Stumm flüchteten wir uns wieder ins Bett. Der Vorfall hatte den Zauber zerstört. Wir waren nicht länger allein auf der Welt, eingesponnen in unserem Traum. Die Außenwelt hatte den Kokon unserer Liebe durchdrungen und sie mit Ungewissheit und Zweifeln vergiftet. Die Nacht verging, wir mussten wieder eingeschlafen sein, denn schon bald darauf tauchte viel zu früh das erste Licht am Horizont auf. Der Sonnenaufgang färbte den Himmelsrand zuerst blassgrün, dann malvenfarben und schließlich golden.

Ich zitterte, denn ich hatte den Tod gesehen, und der Tod hatte mich gesehen. Wie ein schwarzer Pilz keimte die Angst in meinem Herzen auf, stieß und drängte, bis sie die Fassade meiner Entschlossenheit zerriss.

»Ich will nicht, dass du gehst. Ich habe Angst, dass du da draußen stirbst.«

Samuel nahm mich in seine Arme. »Niemand wird sterben.

Ehe du dichs versiehst, bin ich zurück. Wir werden heiraten und den Rest unseres Lebens zusammen verbringen. Wir werden den Krieg überleben und wieder zusammen sein, Aylish, keine Angst.«

»Ach, Samuel.« Ich wollte mich wie ein Kätzchen an ihn kuscheln, doch da hatte er sich bereits aufgerichtet und griff nach seinem Hemd. Er küsste mich ein letztes Mal, erhob sich und zog den eingewickelten Gegenstand unter dem Bett hervor.

»Ich möchte, dass du dich sicher fühlst, solange ich fort bin, und um dich sicher zu fühlen, musst du lernen, dich zu verteidigen.«

Er durchquerte das Zimmer, blieb an der Tür stehen und drehte sich noch einmal zu mir um. Das Licht war stärker geworden, die Ränder des Himmels hatten sich tiefblau gefärbt wie wilde Veilchen. Samuel sog die feuchte Luft ein und schloss die Augen, als wolle er den Augenblick einfangen – mich, die zerzaust und nackt auf dem Bett lag, die Sehnsucht in meinen Augen, die Vase mit den Hagebutten, unsere am Boden verstreuten Kleider, den Duft nach Jasmin und das dunkle Fenster im Schatten des Baums.

»Samuel?«

Er zwinkerte mir zu und forderte mich mit einem Lächeln, das eher traurig als fröhlich war, auf, ihm zu folgen.

Ich zog mich hastig an, hielt aber dann auf der Veranda inne. Samuel stand zehn Schritte von der Hütte entfernt und fuchtelte mit dem Gegenstand herum, den er unter dem Bett versteckt gehabt hatte. Mit einem Klick klappte er die Waffe in der Mitte auf und steckte sechs Messingpatronen in die Trommel. Dann bedeutete er mir, zu ihm zu kommen.

»Nein, Samuel.«

»Komm schon, Aylish, es dauert nicht lange.«

»Ich kann nicht … Du weißt doch, wie sehr Poppa gegen Feuerwaffen ist. Allein der Gedanke, dass ich mit einem Revolver herumhantiere, würde ihm das Herz brechen … Aber schießen lernen … Bei Gott, Samuel, er würde tot umfallen!«

Samuel zog eine Braue hoch. »Noch ein Grund mehr, dich zu bewaffnen. Wenn Jacob dich nicht mehr beschützen kann, dann musst du lernen, es selbst zu tun. Außerdem«, fügte er mit einem verschmitzten Zwinkern hinzu, »was der alte Herr nicht weiß, macht ihn auch nicht heiß.«

Ich wollte nicht, dass das meine letzte Erinnerung an Samuel sein sollte. Ich wollte mich an die Augenblicke der Leidenschaft klammern, die wir in der nach Rosen duftenden Dunkelheit genossen hatten, doch das gespenstische Gesicht hatte diese Erinnerung gestohlen und für sich beansprucht. In diesem Moment fühlte ich mich betrogen, ich war erschüttert. Poppas friedliche Welt aus Gebeten und Hingabe schien so weit weg zu sein, und jene Welt aus Krieg und jungen Männern, die zu den Waffen griffen und weggingen, um sich gegenseitig umzubringen, eine Welt voller Zeitungen mit Landkarten und Listen von Toten und Vermissten war plötzlich so nah.

Ich lief zu ihm. Die großen Eukalyptusbäume warfen Schatten über das Gras, ihre Blätter zitterten in der Morgenluft, während die Vögel – Wippflöter, Zaunkönige, Lachende Hanse und Loris – den Sonnenaufgang feierten. Ich sog das durchdringende Aroma der Kräuter, den herben Duft der Eukalyptusbäume und den süßen Hauch der Rosen ein … und kam zu dem Schluss, dass Samuel recht hatte.

Er legte mir die Waffe in die Hand und achtete darauf, dass ihr Lauf auf den Rand der Lichtung gerichtet war. »Leg den Zeigefinger auf die Spitze des Abzugs und halte den Revolver fest in der Hand. Stütze ihn mit der anderen Hand ab, ja so, und jetzt streck den Arm aus.«

Die Waffe war groß und zu schwer, um sie so zu halten, wie er mir gezeigt hatte. Sie roch nach Pulver und Metall, vermischt mit Nelken und Schweiß, grässlich deplatziert an diesem vom Duft der Blumen geschwängerten Morgen. Ich versuchte, sie Samuel zurückzugeben, doch er schüttelte den Kopf.

»Nein, halt sie gerade. Siehst du den Baum dort?«

»Ich kann nicht, Samuel.«

»Hier.« Er stellte sich hinter mich, schlang den Arm um mich und legte seine Finger auf die meinen. »Du hältst ihn ja, als wäre er eine tote Ratte. Er muss so sicher in der Hand liegen, als wäre er Teil deines Körpers. Die Verlängerung deines Arms.«

Ich zitterte. »Er ist zu schwer. Ich kann ihn nicht gerade halten.«

Samuel korrigierte seine Position. Sein Körper fühlte sich warm an meinem Rücken an, seine Brust war kräftig, die Arme stark und beruhigend.

»Halt ihn mit beiden Händen fest und spann dann mit dem Daumen den Hahn. So, ja, bis er mit einem Klick einrastet.«

Die Lektion war reine Zeitverschwendung. Ich wusste, dass ich niemals eine Waffe auf einen Menschen richten, geschweige sie auslösen würde, nicht einmal, wenn es darum ging, mein eigenes Leben zu retten. Mein Vater mochte altmodisch und verbohrt sein, aber er war auch – abgesehen von Samuel – der weiseste Mann, den ich kannte. »Liebling«, sagte er oft, »jedes Mal, wenn wir auch nur die kleinste Kreatur Gottes töten, versperren wir uns den Weg zu ihm.«

Doch während ich mich jetzt an Samuel schmiegte, erkannte ich, wie wertvoll seine Lektion war. Sein Hemd roch nach dem frischen Schweiß auf seiner Haut, und der Duft seiner Haarpomade war stärker als der ölige Gestank der Waffe. Seine Nähe machte mich kribblig und ein bisschen zittrig. Ich warf ihm einen verstohlenen Blick zu, bewunderte seine schräg stehenden Augen, die hohen, breiten Wangenknochen, den vollen Mund, der mich in einen Rauschzustand versetzte. Ich presste mich an ihn, drückte meinen Hintern gegen ihn, dachte an seine weichen Lippen.

»Konzentrier dich«, sagte er schroff.

Ich schmollte.

Er seufzte und schüttelte stirnrunzelnd den Kopf. »Du weißt doch, gegen wen wir Krieg führen, nicht wahr?«

»Natürlich.«

»Dann weißt du auch, dass die Regierung alle Einwohner, die sie für gefährlich hält, wegsperren wird. Im letzten Krieg war es so, und dieses Mal wird es wieder so kommen. Wenn man deinen Vater wegen seiner Nationalität ins Gefängnis steckt, bist du ganz allein. Du musst deshalb lernen, dich zu verteidigen. Also pass gut auf. Versuch den alten Stamm dort zu treffen.«

Ich spürte den Rückstoß in der Hand, der laute Knall hallte in meinen Ohren nach. Ich senkte den Revolver.

Natürlich hatte ich daneben geschossen. Absichtlich, weil Samuel mir dann noch einmal zeigen musste, wie ich den Hahn zu spannen hatte, wie ich zielen, den Atem anhalten und sachte den Abzug drücken musste. Ich beschloss, mich dumm zu stellen, damit ihm nichts anderes übrig blieb, als sich weiterhin alle Mühe mit mir zu geben. Beim dritten Versuch flog ein Stück Rinde durch die Luft. Samuel jubelte. Ich erschauerte vor Glück, weil ich ihm eine Freude gemacht hatte. Doch als ich den Schaden begutachtete, den ich an dem unschuldigen Baum angerichtet hatte, überkam mich ein ganz anderes

Gefühl. Es war ein so heftiger Schmerz, dass ich keine Luft mehr bekam. Die Waffe, die ich in den Händen hielt, war ein mörderisches Ding, das dazu erfunden und gebaut worden war, Leben zu nehmen.

Im Krieg war es das Leben eines Menschen.

Eines Menschen wie Samuel.

6

Audrey, Januar 2006

Vier Tage nach dem Brombeermalheur nahm ich das letzte Pflaster ab und begutachtete den Schaden. Meine Haut war immer noch mit schorfigen Kratzern übersät, ich hatte blaue Flecken und obendrein Schmerzen, aber ich hatte meine Lektion gelernt. In Zukunft würde ich mich nicht mehr von irgendwelchen verrückten Träumen mürbemachen lassen.

Ich nahm eine Dusche, zog mich an und ging in die Küche. Seit ich am Donnerstag Aylishs Brief gefunden hatte, waren meine Nächte noch ruheloser geworden. Wahrscheinlich war es auch nicht gerade hilfreich, dass ich mich jede Nacht in Samuels Bett verkrochen hatte. War es nicht pervers, Trost in der Privatsphäre eines Mannes zu finden, der des Mordes angeklagt gewesen war? Doch sosehr ich mich dagegen wehrte, irgendwas zog mich immer wieder dorthin zurück.

Ich stellte das Frühstück auf ein Tablett und machte mich auf die Suche nach Bronwyn. Heute fing die Schule an, und ich hatte den leisen Verdacht, dass ich nervöser war als sie. Ich hatte ihr nichts von Samuel erzählt, um sie nicht vor dem großen Tag unnötig zu belasten – und natürlich machte ich mir Sorgen, dass es inzwischen schon zu spät dafür sein könnte.

Ich ging die Treppe hinunter und folgte dem Pfad in den Garten. Es war noch früh, nicht einmal sieben Uhr. In Melbourne hätten wir immer noch unter der Decke gelegen, um uns vor der hartnäckigen Kälte zu schützen, und wären dann viel zu spät zum Schulbus gerannt. Doch in Queensland wurde es in dieser Jahreszeit schon früh hell, und die Morgen waren viel zu schön, um sie zu vergeuden.

Bronwyn saß auf ihrer Bank unter der Jakaranda, die sie zu ihrem schattigen Geheimplatz erkoren hatte. Sie war über eine verbeulte Keksdose gebeugt, das Gesicht vom blassen Vorhang ihres Haars verdeckt, und versuchte, den Deckel zu lösen.

Ich stellte das Tablett ab und rückte den Becher mit dem dampfenden Kakao zurecht. »Und? Freust du dich auf deinen ersten Schultag?«

»Ja.«

»Hast du deinen Schulranzen gepackt?«

»Ja.«

»Ich muss dir was sagen, Schatz.«

Sie sah nicht einmal auf. »Okay.«

»Es betrifft den Großvater deines Vaters. Den alten Mann, dem das Haus hier gehörte. Er … nun, die Leute sagen, er hätte vor vielen Jahren etwas Böses getan.«

Sie horchte auf und sah mich mit aufgerissenen Augen an. »Was denn?«

»Sie glauben, dass er jemanden getötet hat.«

Sie riss die Augen weit auf. »Wow! War er ein Buschräuber? Wir haben in der Schule die Buschräuber durchgenommen. Cool, dass ein Vorfahre von mir einer war.«

»Er war kein Buschräuber.«

Sie machte ein enttäuschtes Gesicht. »Ach so.«

»Die Leute denken, dass er deine Urgroßmutter umgebracht hat. Aber ich glaube das natürlich nicht. Außerdem ist es schon lange her, da war dein Dad noch gar nicht geboren.«

»Du meinst vor Ururzeiten.«

»Hm … Na ja, ich will nur, dass du Bescheid weißt, falls dich jemand in der Schule darauf anspricht. Du weißt ja, wie grausam Kinder manchmal sein können.«

Sie zuckte die Achseln und wandte sich wieder ihrer Keksdose zu. »Wahrscheinlich werden sie eher neidisch auf mich sein, weil ich jetzt hier wohne, Mum«, erwiderte sie und versuchte, die Fingernägel unter den Deckel zu klemmen. »Guck mal, was ich gefunden habe.«

Ich blinzelte und erinnerte mich zum x-ten Mal daran, dass Bronwyns Generation dem Rest des Planeten um Lichtjahre voraus war. Also warf ich mein Gerede über Tonys Großvater in den Korb mit der Aufschrift »Öde« und tat so, als interessierte ich mich für ihre Dose.

»Schön, was? Auf dem Deckel sieht man eine kleine Stadt im Schnee wie die Postkarten, die uns Dad aus Übersee geschickt hat.«

Es war eine verrostete, rechteckige Dose, leicht verbeult, aber ansonsten intakt. Auf dem Deckel war eine Schneelandschaft abgebildet. Schneeflocken, ein kleines Dorf in den Bergen.

»Wo hast du sie gefunden?«

»Ach, in einem Baum auf dem Hügel da drüben. Der Stamm hat ein Loch, wirklich cool. Sie lag unter einem Haufen Panzern von toten Zikaden. Eine Unmenge. Ich habe einen ganzen Beutel voll. Na ja, und als ich runterklettern wollte …«

»Du bist auf den Baum geklettert?«, fragte ich missbilligend.

»Nicht besonders hoch«, entgegnete sie. »Die Äste waren wie eine Leiter, es war ganz leicht. Jedenfalls, als ich runterklettern wollte, habe ich das Loch entdeckt, es war wie ein Schornstein in dem leeren Stamm. Auf einer Seite hatte jemand ein Versteck gebaut. Und darin lag, ganz hinten, damit niemand ihn fand, ein alter Rucksack aus Stoff, mit ein paar Kleidungsstücken, Schminksachen, einer Haarbürste und der Dose. Der Rucksack mit dem Zeug drin war verfault, also habe ich ihn weggeworfen. Aber die Dose ist noch gut, findest du nicht?«

»Ein bisschen ramponiert. Was willst du damit machen?«

Sie hielt die Dose zwischen den Schenkeln fest und presste abermals die Nägel unter den Deckel. »Wenn ich sie aufkriege, kann ich meine Zikadenpanzer reinlegen. Wenn ich sie sauber mache – oh!« In diesem Moment glitt ihr die Dose aus den Händen und fiel zu Boden.

Ich hob sie auf und drehte sie um. Im Innern klapperte etwas.

»Was wohl drin ist?«, sagte ich.

»Geld?«

»Magische Bohnensamen?«

»Eine Karte von einem Schatz?« Ich lächelte.

Trotz einer halben Dose Nähmaschinenöl, mit der wir die Dose bearbeiteten, ließ sie sich nicht öffnen. Ich klopfte den Rand mit einem Hammer ab, und als auch das nicht half, schlug ich sie gegen die Zedernholzbank. Schließlich gab ich auf, doch Bronwyn versuchte es noch ein letztes Mal mit den Fingernägeln. Und tatsächlich sprang der Deckel plötzlich auf.

Neugierig warfen wir einen Blick hinein.

»Puh!«, rief Bronwyn enttäuscht. »Nur ein Haufen muffiges altes Papier.«

In Wahrheit war es ein Buch. Nicht irgendeins, sondern ein Tagebuch.

Einen elektrisierenden Augenblick lang hoffte ich, dass es etwas mit Aylish zu tun hätte, doch dann kam mir die Realität in die Quere. Auf dem Deckel prangte ein modernes, vielleicht fünfzehn oder zwanzig Jahre altes Bild, auf dem ein weißes Kätzchen vor einer Schale mit Rosen hockte. Ich versuchte, darin zu blättern, aber die Seiten waren feucht und zu einem festen Klumpen zusammengeklebt.

Es wäre lustig gewesen, darin zu lesen, aber ich hätte Stunden gebraucht, um die Seiten zu trennen, Zeit, die ich nicht hatte, zumindest nicht, bevor ich Bronwyn in die Schule gebracht hatte.

»Mach die Dose mit dem restlichen Öl sauber«, sagte ich. »Aber vertrödele nicht zu viel Zeit damit, du musst dich noch für die Schule fertig machen.«

Sie stöhnte, um mir zu zeigen, dass sie verstanden hatte, verkniff sich aber eine Antwort. Sie war zu sehr damit beschäftigt, das Innere ihrer Schatztruhe sauber zu kratzen, die Scharniere einzuölen und die verkrusteten Ecken mit einem Tuch zu reinigen.

Ich war froh zu sehen, wie versunken meine Tochter war. Ihre Haut war cremefarben und ohne Sommersprossen, und ihr Haar, das ihr bis zu den Hüften reichte, hatte die Farbe von Papierasche. Ich dachte einen Augenblick lang, wie hübsch sie war – und wie viel hübscher sie bald sein würde.

Sie warf mir einen finsteren Blick zu. »Was ist?«

»Du musst dich noch umziehen.«

»Ich weiß.«

»Ich habe deine Schuluniform gebügelt, sie hängt hinter deiner Schlafzimmertür.«

»Das hast du mir schon zehn Mal gesagt.«

Ich ging den Pfad entlang und drehte mich um. »Und vergiss nicht, deinen Toast zu essen.«

Bronwyn musterte mich mit zusammengekniffenen Augen, dann wandte sie sich kopfschüttelnd und seufzend wieder der Dose zu. »Mum, hör endlich auf, dir Sorgen zu machen. Es ist mein erster Schultag, nicht deiner.«

Die Primary School von Magpie Creek lag auf der hügeligen Nordseite der Stadt und bestand aus einer Reihe von rustikalen Gebäuden, die hinter einer Wand aus schattigen Pfefferbäumen verborgen waren. Auf einer Seite war der betonierte Schulhof mit einem hohen Drahtzaum geschützt, auf der anderen lag ein von Bänken gesäumter Rasenspielplatz.

Bronwyn hatte sich ohne Probleme in ihre neue Klasse eingefügt und überhaupt nicht nervös gewirkt. Während die Lehrerin sie vorstellte, hatte sie geduldig gelächelt, sich dann auf ihren Platz gesetzt und mich kaum eines Blickes gewürdigt, als ich an der Tür stehen blieb und ihr zum Abschied winkte.

Ich verließ die Schule und folgte dem lichtgesprenkelten Weg bis zur Hauptstraße. Die Sonne wärmte mein Gesicht und die Arme und half mir, die Sorgen zu vertreiben, die mich immer packten, wenn ich Bronwyn irgendwo allein ließ. Auf der Hauptstraße ging ich Richtung Bäcker. In meinem kleinen Universum gab es nur eine Medizin, um Trennungsangst zu lindern: Kuchen. Nach langer Überlegung entschied ich mich für ein Stück Sandkuchen und eins mit Pekannüssen, außerdem kaufte ich einen Kokoswürfel als Belohnung für Bronwyn, wenn sie von der Schule zurückkehrte. Mit den Tüten in der Hand ging ich zu meinem Celica zurück, als auf halbem Weg jemand meinen Namen rief.

Als Erstes sah ich das Haar: golden in der Morgensonne, mit einem Stich von Bronze. Corey Weingarten kam aus dem Schulhof mit großen Schritten auf mich zu, ihr breites Gesicht war von der Sonne erhitzt. Wir strahlten uns an und unterhielten uns wie zwei alte Freundinnen.

»Dachte ich doch, dass ich Ihnen heute Morgen begegnen würde, Audrey. Darf ich Du sagen? Wie ist es gelaufen? Hat Bronwyn sich gut eingefügt?«

»Alles okay. Was machst du hier?«

»Ich habe Jade in die Schule gebracht, sie ist die Tochter meines Bruders und hat bei mir gewohnt, solange ihr Dad in

Townsville war. Danny ist heute Morgen zurückgekommen, doch dann bekam er einen Anruf wegen eines Notfalls. Er ist unser Tierarzt hier, kümmert sich um alles, von kalbenden Zeburindern bis zur Rettung von Kätzchen, die sich auf einen Baum verirrt haben. Wegen seiner Arbeit kommt er viel herum, besucht Seminare und so weiter, also springen meine Mutter und ich abwechselnd ein und kümmern uns um Jade. Sie ist ein tolles kleines Mädchen, aber sie wird immer ein bisschen trübsinnig, wenn ihr Vater nicht da ist. Seit ihre Mutter vor ein paar Jahren gestorben ist, klammert sie sich förmlich an ihn.«

»Arme Kleine. Ich kann sie gut verstehen.«

»Aber sie ist zäh. Die Kids von heute sind viel vernünftiger als wir früher.«

»Stimmt, Bronwyn ist auch so.«

Corey sah mich prüfend an. »Wie hast du es gemacht, nachdem Tony dich verlassen hatte? Habt ihr euch das Sorgerecht geteilt?«

»Als Tony heiratete, haben wir darüber gesprochen, aber er war ständig mit Vorbereitungen für irgendwelche Ausstellungen im Ausland beschäftigt. Es schien viel einfacher, dass Bronwyn bei mir blieb.«

Eine Würgerkrähe landete auf einem Ast über uns und begann zu flöten, ihr glucksendes Lied hing in der Luft.

»Hat deine Familie dich dabei unterstützt?«

Ich schüttelte den Kopf. »Mein Vater starb, als ich noch klein war, er wurde überfahren. An ihn habe ich gar keine Erinnerungen. Meine Mutter konnte nicht für mich sorgen, deshalb wuchs ich bei meiner Tante Morag auf.«

»Warum konnte deine Mutter nicht für dich sorgen?«

Die Frage war unangenehm. Instinktiv wollte ich lügen, eine Geschichte erfinden, die ein besseres Licht auf mich warf.

Doch Corey hatte etwas, das es mir leicht machte, ihr zu vertrauen und offen zu sein. Sie wirkte aufrichtig interessiert, und ihre braunen Augen waren freundlich und intelligent – doch es war mehr als das. So verrückt es klang, ich spürte eine Verbindung mit ihr, als wären wir seit Langem befreundet und hätten uns nicht erst vor Kurzem kennengelernt.

Ich holte Luft. »Meine Mutter war … nun ja, sie hatte viele Probleme. Mit Drogen und so. Wahrscheinlich hat sie den Tod meines Vaters nie verwunden.«

»Siehst du sie gelegentlich?«

»Nein, ich weiß nicht einmal, ob sie noch lebt. Meine Familie war Tante Morag, sie hat die Lücke gefüllt, die meine Eltern hinterlassen hatten. Sie war einmalig, ich hatte großes Glück. Trotzdem frage ich mich manchmal, ob sie mich nicht allzu sehr beeinflusst hat. Dass ich nicht nur so bin wie sie, sondern praktisch in ihre Haut geschlüpft bin.«

»Wieso denn das?«

Ich zuckte die Achseln und fühlte mich entspannt trotz meines unerwarteten Geständnisses. »Als Tony gegangen war, gab es nur noch Bronwyn und mich. Ich hatte Freunde, aber niemand stand mir wirklich nahe. Ich glaube, dass ich immer allein war, genau wie Tante Morag.«

»Deine Tante hat nie geheiratet?«

»Sie hielt nichts von der Ehe. Sie arbeitete als Modell, sogar mit siebzig noch. Sie behauptete immer, ein Ehemann hätte sie nur eingeengt. Das Kostbarste, was sie hätte, erklärte sie einmal, sei ihre Unabhängigkeit. Sie verabscheute die Vorstellung, an einen Mann gekettet zu sein.«

»Und du?«

Ich zuckte erneut die Achseln. »Als Tony uns verließ, habe ich Tante Morags Einstellung übernommen. Mir schien es vernünftig, eigenständig zu sein, zumindest habe ich es mir immer wieder gesagt. Aber in Wahrheit bin ich nie wieder jemandem begegnet.«

Corey musterte mein Gesicht. In ihren Augen lag keine Verurteilung, nicht einmal ein Funken von falscher Sympathie. Nur Neugier.

»Lebt deine Tante noch?«

»Sie ist gestorben, als ich sechzehn war.«

»Schade. Ich hätte sie gern kennengelernt.«

Corey stand ziemlich dicht vor mir, doch ich fand diese Nähe nicht unangenehm. Ich sah sie gern an, ich fand sie sympathisch, weil ihr Gesicht offen und leicht zu lesen war. Und ich fragte mich, welcher Gesichtszug diesen Eindruck vermittelte, die freundlichen teefarbenen Sommersprossen auf der Nase, die neugierigen braunen Augen, die exotischen Wangenknochen oder der breite Mund, der immer kurz vor einem Lächeln zu sein schien.

»Hast du Hobe schon angerufen?«, wollte sie plötzlich wissen.

»Ich habe überlegt, ob ich ihm nicht einen Besuch abstatten und mich vorstellen sollte. Ich würde ihn vielleicht nach der Geschichte von Thornwood fragen. Glaubst du, dass es ihm etwas ausmachen würde?«

»Aber nein, er wäre geschmeichelt. Außerdem seid ihr Nachbarn. Von Thornwood sind es nur fünf Minuten die Straße hinauf. Ein kleines Holzhaus auf dem Hügel. Du kannst es gar nicht verpassen. Ein bisschen rustikal, aber er wird darauf bestehen, dich auf eine Tasse Tee einzuladen. Er unterhält sich gern, vor allem mit jemandem, der neu hier ist.«

Ich runzelte die Stirn. »Ich glaube, ich kenne das Haus. Am Tag, als ich nach Thornwood kam, hielt ich dort an, um nach dem Weg zu fragen. Der Mann, mit dem ich sprach, hatte eine Brille, die zur Hälfte mit Leukoplast verklebt war.«

»Das war Hobe, der arme Alte.«

»Was hat er denn am Auge?«

»Keine Ahnung.«

»Hm, nach dem, was du mir letzte Woche erzählt hast, würde ich jedenfalls gern mehr über Tonys Großvater erfahren.«

Corey hob die Augenbrauen. »Ich hoffe, du hattest keine Albträume.«

Ich spürte, wie mir das Blut ins Gesicht schoss, als ich mich an Aylishs Brief und die schlaflose Nacht erinnerte, die er mir bereitet hatte. »Nein«, versicherte ich ihr. »Aber wenn ich ehrlich sein soll, dieser Samuel macht mich neugierig.«

Wir blickten uns ernst an. Ich hatte das Gefühl, dass wir dasselbe dachten, unsere Gedanken parallel nebeneinander herrasten und wir dann dieselbe Schlussfolgerung zogen.

Corey sagte es als Erste. »Du willst wissen, ob er schuldig war.«

Ich nickte.

»Dann muss ich dich warnen. Hobe glaubt, ja.«

»Kannte er Samuel?«

»Ja, und er hat ihn von ganzem Herzen gehasst. Ich würde gern wissen, was er dir erzählt. Du wirst es mir doch verraten, oder?«

»Mit Vergnügen.«

Wir unterhielten uns noch eine Weile, dann musste Corey weiter.

»Ein Rundflug«, erklärte sie. »Ein Mann und sein älterer Vater haben in der Kirchentombola gewonnen, oje! Und du, Audrey, wann fliegst du wieder mit mir?«

»Ungefähr in einer Woche. Die Leute bei Cossart's waren ganz begeistert von den Aufnahmen, deshalb werde ich wahrscheinlich eine deiner Stammkundinnen.«

»Das wäre schön.«

Ihr warmherziges Lächeln inspirierte mich zu einer Idee. »Komm doch mit Jade mal nachmittags nach Thornwood. Wir könnten zusammen grillen. Die Mädchen spielen im Garten, und ich zeige dir das Haus. Von der hinteren Veranda hat man eine wunderbare Aussicht.«

»Ja, ich erinnere mich daran«, entgegnete Corey mit strahlenden Augen. »Tolle Idee. Wie wäre es am Wochenende?«

»Abgemacht. Samstagnachmittag, sagen wir, gegen vier?«

»Super. Bis dahin.«

Sie drückte meinen Arm und eilte davon. Ich wartete, bis ihr wippendes rotblondes Haar um die Ecke verschwand. Danach lief ich zum Wagen zurück. Ich wollte unbedingt wissen, was Hobe Miller mir über Samuel erzählen könnte.

In der Vormittagssonne machte Millers Haus einen weniger schäbigen Eindruck, wirkte gemütlicher und einladender als beim letzten Mal. Der Eukalyptushain ringsum war kein Schattenland voller unsichtbarer Bedrohungen mehr. Das Meer schimmernder graugrüner Blätter wirkte fast freundlich.

Als der Celica die mit Schotter bedeckte Auffahrt hinaufrumpelte, sah ich, dass ein dritter Wagen vor dem Haus parkte. Neben dem alten Pick-up und dem tadellosen Valiant stand ein schnittiger schwarzer Toyota. Ich stellte mich daneben und schaltete den Motor aus. Die Stille war vollkommen, bis auf das Knirschen der Kieselsteine unter meinen Sandalen, das Krächzen der Raben und den unermüdlichen Gesang der Zikaden. Während ich auf den Bungalow zuging, fiel mir ein weiteres Geräusch auf: das melodische Plätschern fließenden Wassers.

Ich blickte über den Hof und entdeckte den Wassertank. Er

stand halb verborgen hinter einer Wand aus Grevilleen und blühenden Zylinderputzern, die einen tiefen Schatten warfen.

Neben dem Tank stand ein Mann.

Er beugte sich mit nacktem Oberkörper über den Hahn und wusch sich mit einer Tasse und einem Eimer. Im Moment war er dabei, sich Achseln und Brust einzuseifen; sie waren mit rosafarbenem Schaum bedeckt. Er war etwa Mitte dreißig, hatte dunkles Haar, kräftige Muskeln und trug ausgefranste Jeans, die an den Knien zerrissen waren und den braun gebrannten Bauch frei ließen.

Dann wurde mir bewusst, warum der Schaum so rosa war: Brust und Unterarme waren offenbar mit Blut beschmiert. Ob er sich verletzt hatte? Hatte er mich deshalb nicht bemerkt? War er so sehr in sein Tun versunken, dass er weder meinen Wagen noch meine Schritte auf den Kieselsteinen gehört hatte? Oder ignorierte er mich einfach?

Ich blieb reglos stehen. Der vage Schmerz in meiner Brust verriet mir, dass ich den Atem anhielt, sodass ich nicht wusste, warum er schließlich aufblickte. Vielleicht lag es an dem leisen Knirschen der Steine, als ich mein Gewicht verlagerte, oder dem Knacken des sich abkühlenden Motors. Vielleicht aber hatte er auch nur beschlossen, dass ich lange genug gewartet hatte.

Er war von Schatten umgeben, doch das gesprenkelte Licht reichte aus, um seine dunklen Augen und den breiten ernsten Mund zu erkennen.

»Hi«, sagte ich. Als er nicht antwortete, räusperte ich mich und versuchte es erneut. »Ich suche Hobe Miller, ist er da?«

Der Mann griff nach einem braunen T-Shirt neben dem Wassertank und trocknete sich damit ab, während er auf mich zukam. Er nahm sich Zeit, sodass ich ihn genauer ansehen konnte. Die zerrissene Jeans, die verstaubten Arbeitsstiefel, ein echter Bursche vom Land. Doch die dunkle Masse wilder Locken und die intensiven smaragdgrünen Augen verliehen ihm einen unfairen Vorteil gegenüber einem gewöhnlichen Bauern. Er wäre sogar hübsch gewesen, hätte er nicht so finster dreingeblickt.

Aus der Gesäßtasche seiner Jeans nahm er einen kleinen Notizblock, kritzelte etwas darauf, riss die Seite ab und reichte sie mir.

Verwundert nahm ich sie entgegen – bis ich las, was darauf stand.

Ich bin taub. Können Sie Gebärdensprache?

Ich spürte, wie meine Augen sich weiteten, und sah auf. Er beobachtete mich mit hochgezogenen Brauen, sein Blick war auf meine Augen geheftet.

»Nein«, entgegnete ich, »leider nicht.«

Erneut kritzelte er etwas auf ein Blatt und riss es aus.

Zum Glück kann ich von den Lippen ablesen. Sprechen Sie langsamer.

Im harten Sonnenlicht sah ich den grauen Rand um seine Pupillen, die blassen Sommersprossen auf seiner Nase. Er war unrasiert, das Haar stand verschwitzt und strähnig von seinem Kopf ab. Mit einer Hand schirmte er seine Augen ab, um mich dann unverschämt neugierig zu betrachten.

»Ich bin auf der Suche nach Hobe Miller«, sagte ich vorsichtig, während ich versuchte, so deutlich wie möglich zu sprechen. »Ich wollte ihn fragen, ob er bei mir zu Hause ein paar Dinge reparieren könnte.«

Der Mann blinzelte mich an, dann schrieb er schnell wieder etwas auf.

Sie müssen nicht schreien. Hobe ist da.

Noch ehe ich das Blatt gelesen hatte, marschierte er auf den Bungalow zu. Währenddessen steckte er das Notizbuch wieder in die hintere Jeanstasche und trocknete sich mit seinem nassen T-Shirt zu Ende ab. Als ich ihn einholte, hämmerte er bereits so laut gegen die Fliegengittertür, dass der Lärm von den Hängen jenseits der Schlucht widerzuhallen schien.

Hinter der Tür erschien eine schäbige Gestalt.

Ich erkannte ihn sofort wieder. Hobe Millers knochiges Gesicht war von weißem Haar gesäumt, und als er stirnrunzelnd durch das Fliegengitter blickte, blitzte das eine Glas seiner verklebten Brille in der Sonne auf.

»Was ist los?«, fragte er und warf mir einen unverhohlen misstrauischen Blick zu.

Noch ehe ich etwas erwidern konnte, machte der Mann ihm Zeichen mit den Fingern.

Hobe sah ihn aufmerksam an und nickte. Er öffnete die Gittertür und trat auf die Veranda hinaus. Mehrere Sekunden lang musterte er mein Gesicht, als sei er verwirrt von dem, was er sah.

»Sie haben etwas zu reparieren?«, fragte er schroff. »In Thornwood?«

»Ja, ich …«

»Kannten Sie Tony Jarman?«

Von seiner abrupten Art überrascht nickte ich. Er war überhaupt nicht so, wie Corey ihn beschrieben hatte. Statt sich über mein Erscheinen zu freuen, schien er sich bedroht zu fühlen. Laut Corey hatte Hobe Tonys Großvater gehasst. Ob sich dieser Hass auch auf Tony ausgeweitet hatte? Und würde er sich nun auf mich richten?

»Tut mir leid, wenn ich ungelegen komme«, sagte ich und warf einen Blick auf den tauben Mann. »Vielleicht sollte ich lieber später vorbeischauen, das heißt, wenn Sie nicht zu beschäftigt sind.«

Da sackte Hobe zusammen; es schien, als wolle er sich in seinem zerschlissenen Hemd verkriechen. Ich registrierte die Flecken auf dem abgetragenen Stoff, sie wirkten feucht, als hätte er vor Kurzem etwas Blutiges an die Brust gepresst. Und während ich noch darüber nachdachte, drang ein Geräusch aus dem Innern des Hauses. Es hörte sich an, als winselte dort jemand vor Schmerz.

Hobes Kopf fuhr herum. Er warf dem tauben Mann einen besorgten Blick zu, woraufhin der ins Haus lief.

Hobe musterte mich erneut mit zusammengekniffenen Augen.

»Es ist nicht eilig«, erklärte ich und ging unauffällig auf die Verandatreppe zu. »Nur ein zerbrochenes Fenster und ein alter Baumast, der zu nah am Hausdach hängt, wahrscheinlich ist es gar nicht nötig, sich darüber Gedanken zu machen.«

Hobe blickte durch die Gittertür ins Innere des Hauses. »Wann wäre es Ihnen recht?«

»Morgen?«

Er presste die Lippen zusammen, um darüber nachzudenken. »Wäre acht Uhr zu früh?«

»Nein, das wäre prima.« Murmelnd verabschiedete ich mich und trat hastig den Rückzug an. Meine Beine zitterten, während ich die Stufen hinunterstieg und versuchte, nicht zum Wagen zu laufen. Als ich einstieg, konnte ich der Verlockung nicht widerstehen und sah zurück zum Haus. Hobe hatte meine Flucht verfolgt und stand nun an der Brüstung der Veranda, um auf mich herabzuspähen.

Ich winkte ihm spontan zu, gab Gas und raste davon.

Zu Hause zog ich die verschwitzten Klamotten aus, warf sie in den Wäschekorb und stieg in die Badewanne mit den Klauenfüßen. Die alte Brause war ein Relikt aus der Vergangenheit, breit wie ein Teller mit erbsengroßen Löchern. Der Strahl war kräftig und herrlich erfrischend.

Ich senkte den Kopf und ließ das Wasser auf meine Schultern prasseln. Es war ein wohliges Gefühl zu merken, wie Staub, Hitze und Schweiß weggespült wurden. Als die Haut meiner Finger und Zehen runzlig wurde, stieg ich aus der Wanne, trocknete mich ab und schlüpfte in Jeans und ein altes T-Shirt.

In der Küche machte ich mir eine Kanne Kaffee. Dann stand ich am Fenster, sah hinaus in den Garten und stocherte an meinem Stück Pekannusstorte herum. Hitzeschleier schimmerten in den Bäumen, der Himmel war wolkenlos blau. Nur ein einsamer Lori flitzte immer wieder hin und her, auf der Suche nach einem geeigneten Ast, auf dem er sich niederlassen konnte.

Ich wusste, wie sich das anfühlte.

Meine Gedanken rasten ebenfalls, als ich über meinen desaströsen Besuch bei Miller nachdachte. Doch sosehr ich mich auch anstrengte, die Episode blieb ein Rätsel. Der Mann am Wassertank, sein mit rosa Schaum bedeckter Oberkörper. Blut, ich war mir sicher. Doch wessen Blut? Hobes? Erklärte das die roten Flecken auf seinem zerschlissenen Hemd, hatten sie gekämpft? Und was war mit dem Winseln, das ich im Haus gehört hatte, als ich auf der Veranda stand? Hatte da nicht jemand furchtbare Schmerzen gehabt?

Und Hobe… Er war ganz anders gewesen, als Corey ihn beschrieben hatte. Ganz und gar nicht darauf aus, sich mit einer Nachbarin zu unterhalten. Er hatte mich unverhohlen feindselig empfangen. Ich dachte an unsere erste Begegnung und wie verstört er gewesen war, als ich mich nach dem Weg zum Thornwood House erkundigt hatte. Wieder fragte ich mich, ob er seine Abneigung für Samuel Riordan irgendwie auf mich übertragen hatte, nur deshalb, weil ich in dessen Haus gezogen war.

So weit zu meinem Plan, ihn über Samuel auszufragen. Nach diesem Auftritt konnte ich mir nicht vorstellen, dass er mir irgendwelche Informationen über ihn geben würde. Und das hieß, dass ich selbst Nachforschungen anstellen musste.

Doch wo anfangen?

Ich hatte bereits das ganze Haus durchstöbert. Samuel war ein echter Sammler gewesen; er hatte alles gehortet. Seine wunderschönen alten Schränke und Anrichten quollen über vor Strandgut aus der Vergangenheit. Es gab Schuhkartons voll mit prähistorischen Zetteln, leeren Schuldscheinen, Rechnungen für Wartungsarbeiten im Haus, mit Schreibmaschine getippten Briefen von verschiedenen ärztlichen Organisationen, mit angelaufenen Münzen und Gürtelschnallen gefüllten Dose, ganze Holzkisten mit vergilbten Hemdkragen, Schnürsenkeln, Baumwollbändern und Ersatzknöpfen. Eine umfassende Sammlung von Relikten, aber keinerlei Hinweise darauf, was ihn bewogen haben könnte, einen Mord zu begehen.

Ich ging ins hintere Zimmer.

Dicke Vorhänge sperrten die blendende Sonne aus und tauchten das Zimmer in Dämmerlicht mit einladenden Schatten in den Ecken. Hier herrschte ein tiefes Gefühl von Ruhe, was mir wie so oft in diesem Haus den Eindruck vermittelte, ich stünde an der Schwelle zu einer viel früheren Zeit. Die Vergangenheit schien aus den Flecken an den Wänden zu sickern, aus den Dielen im Boden und der Ritze in der Kleiderschranktür zu flüstern. Die Zeit schlängelte sich träge rückwärts, übte jedoch einen derart unwiderstehlichen Sog aus, dass sie mich förmlich verschlang.

Wenn ich die Augen zusammenkniff, konnte ich fast sehen,

wie Samuel in einem eleganten schwarzen Anzug und einem kontrastierenden weißen Leinenhemd am Fenster stand. In meinen Augen war er nicht mehr der junge Mann vor der Rosenlaube, sondern in mittleren Jahren, das Haar war länger und von ersten silbernen Strähnen durchsetzt, das Gesicht härter, von Trauer gezeichnet, die hohe Gestalt schlanker. Er hatte den Kopf gesenkt, und seine Lippen bewegten sich. Er las in einem Büchlein, hielt es schräg ins Licht, das durch das Fenster fiel, um besser zu sehen. Nach einer Weile griff er in die Tasche und nahm einen kleinen Gegenstand heraus, den er zwischen die golden geränderten Seiten des Buches steckte.

Ein schrilles Läuten schreckte mich auf.

Mit heftig pochendem Herzen fuhr ich herum. Das Telefon.

Ich lief zur Küche und griff nach dem Hörer. Meine Stimme klang hohl und weit weg, wie das Echo aus einer anderen Zeit. Die Frau am anderen Ende stellte sich als Koordinatorin einer Event-Agentur vor und wollte wissen, ob ich am nächsten Tag bei einer Hochzeit fotografieren könne. Ihr üblicher Fotograf hatte sich das Bein gebrochen – sie bräuchten kurzfristig Ersatz.

»Ja«, antwortete ich und kritzelte die Einzelheiten auf die Rückseite eines Briefumschlags. »Ja, ja… bis morgen dann.«

Nachdem ich aufgehängt hatte, stand ich eine Ewigkeit da und blickte auf das, was ich gerade aufgeschrieben hatte. Doch ich sah nicht den mit meiner Krakelschrift verunstalteten Briefumschlag, sondern die kleine Bibel, die jahrzehntelang auf Samuels Frisiertisch aus Rosenholz gelegen und die ich anscheinend gedankenverloren in die Hand genommen hatte.

Der Ledereinband der Bibel war rissig vom Alter, die Ecken geknickt, auf den golden geränderten Seiten hatte sich jahrelang Staub abgesetzt. Sie passte in meine ausgestreckte Handfläche, war aber überraschend schwer. Auf dem Vorsatzblatt stand eine saubere Inschrift in blassblauer Tinte: »Für Samuel James Riordan an der St Joseph's Primary School in Dublin, 1925«. Als ich durch die Seiten blätterte, fiel etwas heraus und landete auf den Dielen zu meinen Füßen.

Ein winziger Schlüssel.

Er war sehr alt mit hohlem Bart und einem fein gearbeiteten, herzförmigen Kopf, schwarz vom Alter und rostfleckig. Ich wusste sofort, wohin er gehörte.

Ich kehrte ins Rosenholzzimmer zurück und öffnete die Schublade des Frisiertisches in der Erwartung, nicht mehr als eine Sammlung vergilbter Unterhosen und Socken zu finden.

Und erstarrte mitten in der Bewegung.

Als ich das letzte Mal eine Waffe in der Hand hatte, war ich vierzehn gewesen. Einer von Tante Moragss Liebhabern war ein Waffennarr mit einer Vorliebe für seltene alte Handfeuerwaffen gewesen. Seine größte Freude bestand darin, seine umfangreiche Sammlung neuen Bewunderern zu zeigen. Ich hatte viele Stunden damit verbracht, mir seine Stücke anzusehen, sie hatten mich abgestoßen – und zugleich fasziniert.

Ich griff in die dunkle Schublade und nahm den Revolver heraus.

Er war groß und schwer. Ich inspizierte die Trommel. Sie war nicht geladen, enthielt nicht einmal leere Patronenhülsen. Ich umklammerte den Griff und richtete die Visierlinie mit ausgestreckter Hand auf das Fenster. Eine Waffe im Haus zu haben verstieß gegen das Gesetz, wenn man keinen Waffenschein besaß. Zu Samuels Zeiten war Waffenbesitz nicht illegal gewesen; auf dem Land hatte jeder eine Waffe gehabt, ob Farmer, Viehzüchter oder Landbesitzer. Aber heute nicht. Laut Gesetz müsste ich sie der Polizei übergeben oder riskierte eine Strafe.

Ich umfasste den Griff fester. Samuels Hände hatten einst dort gelegen, wo nun meine waren. Vielleicht hafteten noch Spuren von seiner Haut – zumindest aber Fingerabdrücke – auf der glanzlosen Oberfläche. Ein Teil von ihm in meiner Hand. Ich hob die Waffe an die Nase. Sie verströmte einen dunklen Geruch – nach Schweiß und Öl, Schießpulver und Asche, das berauschend herbe Aroma von gebläutem Metall und Reinigungsflüssigkeit. Sie roch so, als wäre sie lange Zeit unter der Erde vergraben gewesen, außerhalb der heilenden Wärme der Sonne. Sie roch nach Geld, nach Geschichten, die in schäbigen Kneipen erzählt wurden, nach Rauch und abgestandenem Parfüm. Sie roch, als wäre sie von Hand zu Hand gegangen und hätte dabei den eigentümlichen Geruch jedes einzelnen Menschen angenommen, so wie eine Biene Pollen von vielen Blumen sammelt – nur, dass der Stachel dieser Waffe viel tödlicher war.

Laut Corey hieß es in der Stadt, dass Samuel einer Strafe entgangen sei, weil sein Vater den alten Richter kannte. Aber was, wenn die Gerüchte nicht stimmten? Was, wenn Samuel nicht wegen eines entgegenkommenden Richters davongekommen war, sondern weil es keine eindeutigen Beweise gegeben hatte? Beweise, die möglicherweise nun ich in der Hand hielt?

Ich sah in der Schublade nach und entdeckte eine kleine Schachtel mit zwölf Messingpatronen. Ich müsste sie zusammen mit der Waffe der Polizei übergeben. Und zwar am besten jetzt gleich, solange Bronwyn noch in der Schule war. Ich legte den Revolver zusammen mit der Patronenschachtel auf den Boden und wollte die Schublade gerade schließen, als ich etwas bemerkte.

Der Rand eines gelben Blattes lugte unter dem mit Blumen gemusterten Schubladenpapier hervor. Ich hob das Einlegepapier hoch und zog das Blatt heraus. Es entpuppte sich als großer, mit Flecken übersäter Umschlag, der mit einem Stück brüchigen Klebebands verschlossen war.

Darin befanden sich zwei Farbfotos.

Auf einem stand ein dunkelhaariger, etwa zehnjähriger Junge im Schatten eines riesigen Bunya-Bunya-Baumes. Er hatte Tonys Augen und Tonys freches Grinsen und winkte in die Kamera. Neben ihm erkannte ich das aufblasbare Schwimmbecken eines Kindes, in dessen Wasser sich der makellose Himmel spiegelte. Am linken Rand war eine Frau vor einer Wäscheleine zu sehen. Sie war groß und schwer, das Haar streng aus dem Gesicht gekämmt. Sie war dabei, ein Männerhemd aufzuhängen, und warf einen Blick über die Schulter, als wäre sie überrascht worden. Neben der Frau, im Schatten ihres erhobenen Arms, stand ein Mädchen mit langem hellblondem Haar. Ringsum sah man eine Wiese voller Gänseblümchen und einen dunklen Fleck in der Mitte: der Schatten des unsichtbaren Fotografen.

Ich drehte das Foto um. Auf der Rückseite stand: »Luella, Glenda und Tony. Magpie Creek, 1980«.

Die zweite Aufnahme war ein verwischtes, körniges Polaroid, dessen Fläche zerknickt und dessen Ränder knittrig waren, als hätte es lange in einer Tasche oder Brieftasche gesteckt. Darauf sah man vier Kinder, zwei Jungen und zwei Mädchen. Alle lachten und sahen sich an, als hätten sie gerade einen Insiderwitz gehört. Der Junge auf der linken Seite hatte lockiges Haar und kam mir vage vertraut vor. Der andere – ich erkannte ihn sofort – war Tony, ungefähr im Alter von acht Jahren. Eins der Mädchen hatte zerzaustes rotblondes Haar und ein breites sommersprossiges Gesicht; das strahlende Lächeln wurde nur von einer Zahnlücke vorn getrübt. Abgesehen von diesem fehlenden Zahn hatte sich Corey kaum verändert.

Doch es war das Mädchen in der Mitte der Gruppe, das meine Aufmerksamkeit weckte. Es grinste breit, das Gesicht war von weißblonden Zöpfen eingerahmt. Einen verwirrenden Augenblick lang meinte ich, meine Tochter Bronwyn zu sehen. Natürlich war es nicht Bronwyn, die Kleine auf dem Foto war vermutlich ein paar Jahre älter als Tony, als die Aufnahme gemacht worden war. Mittlerweile würde sie Mitte dreißig sein und eigene Kinder haben.

Erneut betrachtete ich das Foto mit Tony unter dem Bunya-Bunya-Baum und vor allem das Mädchen neben der Wäscheleine. Dann wandte ich mich wieder den vier Kindern zu, überzeugt, dass das blonde Mädchen auf beiden Fotos dasselbe war. Wer war es? Und wieso war es meiner Tochter wie aus dem Gesicht geschnitten?

Der Revolver musste warten. Ich legte ihn zusammen mit der Schachtel Patronen wieder in die Schublade, schloss sie ab und versteckte den Schlüssel wieder in der Bibel. Bronwyn würde sie vermutlich nie aufschlagen, die Gefahr, dass sie den Revolver fand, war also sehr gering. Dann nahm ich die Fotos, rannte durch den Flur in die Küche und griff nach meinen Wagenschlüsseln.

7

Der Parkplatz des kleinen Flughafens war verlassen – nur ein anderer Wagen stand dort, ein laubgrüner Mercedes. Ich stellte mein Auto daneben ab und lief auf das Büro zu.

Die Tür war offen, doch der mit allem möglichen Zeug vollgestopfte Raum war leer. Ich folgte einem schmalen Weg zur Landepiste. Zwei kleine Maschinen befanden sich auf der Rollbahn, von Coreys Cessna keine Spur. Ich blickte zum Himmel auf: ein weites stilles Nichts – keine Flugzeuge, keine Wolken, nicht einmal ein verirrter Vogel.

»Hallo!«

Ich drehte mich um. Corey war aus der Dunkelheit des Hangars aufgetaucht und kam breit grinsend auf mich zu. Sie trug einen schmuddeligen Blaumann und eine Baseballmütze, die jedoch ihr üppiges Haar kaum bändigen konnte. Als sie näher kam, musste ihr etwas aufgefallen sein. Sie drückte sanft meinen Arm und musterte mein Gesicht.

»Was ist denn los?«

»Ich habe ein paar alte Fotos gefunden«, erzählte ich ohne weitere Einleitung. Ich hielt sie bereits in der Hand und zeigte sie ihr. »Tony habe ich sofort erkannt, und auch du bist mit drauf. Ich hoffte, du könntest mir sagen, wer die anderen sind.«

Während sie die Fotos betrachtete, erstarb ihr Lächeln. Sie versuchte, es wiederzugewinnen, doch es wirkte nun etwas aufgesetzt. Dann bedeutete sie mir, ihr in den Hangar zu folgen.

Das riesige Gebäude war dunkel und kühl. In der Mitte stand die Cessna mit weit offenen Türen, sodass sie aussah wie eine groteske Libelle. In der Luft hing ein Geruch nach Sägemehl und Diesel, und als ich ihn einatmete, beruhigte ich mich.

Corey wischte sich die Hände an einem ölfleckigen Geschirrtuch ab und griff nach den Fotos. Eine warme Brise blies ihr Haarsträhnen ins Gesicht, der Schirm ihrer Mütze verbarg ihre Augen. Sie sah sich jede Aufnahme lange Zeit wortlos an.

Ich wurde ungeduldig. »Tonys Großvater hatte sie in einer Schublade versteckt«, erklärte ich. »Ich kann verstehen, dass er ein Foto von Tony aufbewahrte. Aber die der anderen Kinder …«

»Ja. Der Junge mit den Locken ist mein Bruder, Danny. Die Frau ist Luella.«

»Und das blonde Mädchen?«

Corey warf mir einen seltsamen Blick zu. »Das ist Glenda.«

»Sie sieht aus wie Bronwyn. War sie mit Tony verwandt?«

Corey musterte mich. Es kam mir vor wie eine Ewigkeit. Sie runzelte die Stirn, als versuche sie, eine komplizierte mathematische Gleichung zu lösen. Dann ließ sie die Schultern fallen. »Er hat es dir nie gesagt?«

Ich war leicht irritiert. »Was nicht gesagt?«

»Verdammt, ich hatte gehofft, dass er dir wenigstens *irgendwas* erzählt hätte, zumindest das Wesentliche.«

»Was denn?« Meine Stimme überschlug sich beinahe, und ich spürte einen ersten Anflug von Angst.

»Komm mit. Hier kann man nicht reden.« Sie packte mich am Arm und zerrte mich aus dem Hangar in die sengende Sonne und über den schmalen Pfad Richtung Büro.

Wir traten in den Raum mit seinen überquellenden Aktenschränken, dem Pult mit der Funkleitstelle und den mit

Büchern und Karten gefüllten Regalen. Corey ging zu ihrem Schreibtisch und suchte eine alte Schallplatte heraus. Sie zog sie aus der Hülle und legte sie auf den Plattenspieler. Die Ouvertüre eines lauten Orchesters erfüllte den Raum, gefolgt von einer schrillen männlichen Baritonstimme, die die Fenster zum Klirren brachte. Corey zeigte auf zwei verlotterte Ledersessel. Ich setzte mich auf den Rand eines der Sessel, während sie sich in den anderen fallen ließ.

»Verdammter Tony«, sagte sie über die laute Musik hinweg. Dann nahm sie ihre Baseballmütze ab und drehte sie beim Reden hin und her. »Wie konnte er dir das verheimlichen? Glenda war seine Schwester.«

»Schwester?« Ich wollte sie schon berichtigen. Tony hatte keine Schwester, das wusste ich, denn wenn er eine gehabt hätte, hätte er sie erwähnt – oder etwa nicht?

Natürlich nicht.

In diesem Augenblick wurde mir bewusst, dass ich mir ein Bild von Tonys früherem Leben gemacht hatte, das auf Vermutungen basierte. Da er nie über seine Eltern gesprochen hatte, nahm ich an, dass sie tot waren. Da er nie Geschwister erwähnt hatte, war ich davon ausgegangen, dass er keine hatte. Und all das hatte sich jetzt blitzartig verändert.

»Und wer ist Luella?«, fragte ich Corey. »War sie seine …?«

»Mutter.«

Ich sah mir den Schnappschuss an. Die große Frau an der Wäscheleine war überrascht worden, und man sah, dass sie verstimmt darüber war. Doch trotz ihres ärgerlichen Ausdrucks hatte sie ein freundliches Gesicht – oval mit kleinen, ein wenig schräg stehenden Augen und einem großzügigen Mund. Sie hatte keine Ähnlichkeit mit Tony und noch weniger mit dem blonden Mädchen, Glenda. Doch als ich sie näher betrachtete, spürte ich, wie mich eine seltsame Erregung ergriff.

»Bronwyns Großmutter«, sagte ich staunend. »Wo ist sie jetzt? Lebt sie hier in der Gegend? Und was ist mit Glenda? Sie ist Bronwyns Tante. Ich kann es kaum fassen. Bronwyn wird sich so freuen, wenn sie erfährt, dass sie Verwandte hier hat.«

Corey wandte den Blick ab und schaute aus dem Fenster. »Glenda ist vor zwanzig Jahren umgekommen.«

»Oh.«

»Bei einem Erdrutsch in der Rinne.«

»In der Rinne?«

»Du kennst doch den Bach, der durch dein Land fließt? Einige Meilen nördlich davon mündet er in eine Schlucht. Die Einheimischen nennen sie Rinne, aber das ist etwas untertrieben für ein derartig spektakuläres Stück Natur. Außerdem ist es gefährlich. Es hat schon mehrere Unfälle dort gegeben.«

Die Musik brauste um uns herum wie ein Meer aus flüssigem Klang.

»Und Luella? Lebt sie noch?«

Corey nickte. »Sie wohnt hier in Magpie Creek, nicht weit vom Flughafen. Direkt nach der Abzweigung, in der William Road. Doch sie könnte genauso gut tot sein.«

»Warum sagst du das?«

Corey hatte sich vorgebeugt und das Gesicht von mir abgewandt. Sie wirkte kleiner, als hätte sie die schützende Hülle einer Erwachsenen abgelegt und wäre nun verletzlich wie ein Kind.

»Luella Jarman spricht seit dem Tod von Glenda mit niemandem mehr. Sie war … verdammt! … Luella war damals diejenige, die Glendas Leiche gefunden hat.«

»Mein Gott, wie grauenhaft.«

»Sie weigert sich, ihre alten Freunde zu sehen, und macht nicht einmal dem Pastor die Tür auf. Ich kann dir gar nicht sagen, wie oft ich schon bei ihr war und abgewiesen wurde. Soweit ich weiß, fährt sie ein Mal im Monat nach Brisbane, um einzukaufen, aber davon abgesehen geht sie nie aus dem Haus. Und jetzt, nachdem auch Tony tot ist, hat sie sich sicher noch tiefer in ihrer Höhle verkrochen.«

»Aber sie wird doch bestimmt ihre Enkelin kennenlernen wollen, oder?«

Coreys Gesicht war düster. »Luella hat so viel durchgemacht – und sie war so lange allein –, dass ich nicht einmal weiß, wie es ihr psychisch geht. Sie hat alle verloren, verstehst du. Alle, die ihr wichtig waren. Selbst wenn du mit Bronwyn hingehst, würde ich nicht die Hand dafür ins Feuer legen, dass sie die Tür aufmacht.«

Ich nickte. Corey hatte recht. Ich wusste, wie sehr Verluste Menschen brechen können, bis sie jeden Bezug zur Außenwelt verlieren. Meine Vernunft sagte mir, dass ich die Niederlage akzeptieren und das Ganze vergessen sollte, doch mein Herz wehrte sich dagegen. Es raste und pumpte Hoffnung in meine Adern. Plötzlich konnte ich nur noch daran denken, wie viel es Bronwyn bedeuten würde, ihre Großmutter kennenzulernen.

»Ich will es trotzdem versuchen.«

Coreys Gesicht war voller Mitgefühl. »Ach, Audrey, ich kann dich verstehen, wirklich. Trotzdem musst du Luella vergessen. Es ist den Schmerz nicht wert, weder für dich noch für Bronwyn. Luella war schon immer sehr zurückhaltend, auch als es ihr noch gut ging. Sie hatte eine schwere Kindheit, soweit ich weiß, und ich glaube nicht, dass sie dieser neuen Situation gewachsen ist.«

Auf meinen fragenden Blick erklärte sie: »Samuel war ihr Vater. Als die Sache mit ihrer Mutter passierte, war sie noch ein Kind. Es war alles so furchtbar traurig.«

»Du glaubst, dass ein weiterer Schock nach Tonys kürzlichem Tod sie endgültig an den Rand des Abgrunds bringen würde?«

»Genau.«

Ich speicherte die Information ab, um später darüber nachzudenken, da ich jetzt den roten Faden nicht verlieren wollte. Ich wusste, dass Corey recht hatte und Luella um Tony trauerte. Trotzdem wollte ich nicht aufgeben, jedenfalls noch nicht.

»Ich bin neulich über einen Zeitungsartikel gestolpert«, sagte ich. »Aus einem Staudamm hier in der Nähe wurde die Leiche eines Mannes geborgen. Stimmt meine Vermutung, dass es Tonys Vater war?«

Corey seufzte. »Ich habe mich schon gefragt, ob du davon gehört hast. Es ist eine komplizierte Geschichte. Ich muss ein wenig ausholen.«

Ich nickte.

Sie schlang die Arme um ihren Oberkörper und rutschte noch tiefer in den Sessel. »An dem Tag, als Glenda beerdigt wurde, lief Tony von zu Hause weg. Manche sagten, es sei seine Reaktion auf die Trauer gewesen, andere meinten, er habe Schuldgefühle gehabt … Er sei dort gewesen, als seine Schwester stürzte, sie hätten sich gestritten, und Tony hätte sie gestoßen.«

»Warum sagen die Leute das?«

»Jeder wusste, dass Glenda die Schlucht kannte wie ihre Westentasche. Sie war in der Nähe aufgewachsen, hatte viel Zeit damit verbracht, die Gegend zu erkunden, und war mit allen gefährlichen Stellen vertraut, den Kieselsteinfallen, den rutschigen Hängen. Sie wusste, wie man sich im Busch verhält, und ging kein Risiko ein. Viele hielten es daher eher für möglich, dass jemand sie gestoßen hatte.«

»Du hast sie gut gekannt.«

»Wir waren beste Freundinnen. Ich war am Boden zerstört, als sie starb. Ich werde nie vergessen, wie Mum sagte, setz dich, und es mir erzählte. Grauenhaft. Es war im Oktober 1986, einen Tag vor meinem sechzehnten Geburtstag.«

Irgendetwas an Coreys Gesicht, eine gewisse Verletzbarkeit, erweckte mein Mitgefühl. »Tony hätte ihr niemals etwas angetan«, sagte ich sanft.

Corey rutschte noch ein Stück tiefer. »Du und ich wissen das, Audrey, aber die Leute wollen Erklärungen, eindeutige Antworten. Wenn sie keine bekommen, erfinden sie einfach welche.«

Der Bariton jaulte weiter, das dröhnende Libretto vibrierte in mir fort. Ich beugte mich vor, weil ich nicht über den Lärm hinwegschreien wollte.

»Das ist alles sehr traurig, aber es gibt viele Familien, die solche Tragödien durchmachen, und die meisten werden damit fertig. Warum Tony nicht, was meinst du?«

Corey zupfte an einzelnen Haarsträhnen, als wolle sie sie bis auf die Wurzel ausreißen. »Vielleicht fühlte er sich schuldig, weil er nicht da gewesen war, als Glenda ihn am meisten brauchte.«

»Wie meinst du das?«

»An dem Abend, als Glenda starb, hatten sich ihre Eltern furchtbar gestritten. Luella erklärte Cleve, sie wolle sich scheiden lassen, und forderte ihn auf, das Haus zu verlassen. Es muss sehr schlimm gewesen sein. Cleve ging aus dem Haus. Glenda hat sie vermutlich gehört und lief weg, sie wollte sich im Haus ihres Großvaters verstecken, bis sich die Wogen geglättet hatten. Die Trennung hätte sie tief getroffen, weil sie ihren Vater vergötterte. Und in diesem Zustand reichte ein falscher Schritt.«

»Warum wollte Luella sich scheiden lassen?«

»Es gab Gerüchte, Cleve hätte eine Geliebte. Nachdem er verschwand, waren wir alle überzeugt, dass er tatsächlich eine gehabt haben musste.«

Ich erinnerte mich an den Artikel im *Courier-Mail.* »Bis jetzt.«

Corey nickte. »Eine Gruppe von Agrarwissenschaftlern fand einen Wagen, der halb vergraben im Schlamm des Staudamms von Lake Brigalow steckte. Darin befand sich ein menschliches Skelett. Es stellte sich heraus, dass es Cleve Jarmans Wagen war, und das Skelett hatte ungefähr Cleves Größe. Die Polizei will nichts bestätigen, bis die gerichtsmedizinischen Untersuchungen abgeschlossen sind – was Jahre dauern kann, weil die Tests sehr kostspielig sind und der Wagen so lange Zeit im Schlamm steckte. Aber ich bin ziemlich sicher, dass es Cleve ist.«

»Standen sich Tony und sein Vater sehr nahe?«

Coreys Gesicht hellte sich auf. »O ja, sehr. Die ganze Familie hielt zusammen wie Pech und Schwefel. Wunderbare Menschen, alle vier. Danny und ich besuchten sie gern, und die Jarmans behandelten uns immer wie etwas ganz Besonderes. Luella verwöhnte uns mit selbst gemachtem Gebäck, Marmelade, Sandwiches und den leckersten Kuchen. Sie hatte in Brisbane eine Konditorausbildung gemacht und konnte unglaublich gut backen.«

»Und Cleve?«

»Er war umwerfend. Ein echter Komiker. Er erzählte uns lustige Geschichten und kannte sogar Zaubertricks. Er hatte einen kleinen Hund, dem er beigebracht hatte zu heulen, sobald das Telefon klingelte, es war zum Totlachen. Als Kind hatte er sich das Gesicht verbrüht, davon waren weiße Flecken auf den Wangen zurückgeblieben. Ich fragte mich immer, ob er sich deshalb so viel Mühe gab, die Leute zum Lachen zu bringen: um von seinen Narben abzulenken. Dabei hatte er das gar nicht nötig, wir mochten ihn auch so, egal, wie er aussah.«

Je mehr Corey erzählte, desto verwirrter war ich. »Wenn die Jarmans wirklich so wunderbare Menschen waren, warum hat Tony uns nie von ihnen erzählt? Warum hat er uns überhaupt nie was über seine Vergangenheit erzählt, vor allem seiner Tochter nicht? Und warum hat er …« Ich konnte den Satz nicht beenden, aber als Corey mich ansah, erkannte ich, dass sie dasselbe dachte. Warum hat er sich umgebracht?

Sie hob ihre Baseballmütze vom Boden auf und drückte sie sich in die Stirn. »Um ehrlich zu sein, ich bin genauso ratlos wie du.«

Ich spürte, dass unser Gespräch in eine Sackgasse geraten war. Ich fühlte mich ausgelaugt und leer. Auch Corey sah sehr blass aus. Wir waren am Ende unserer Weisheit und hatten keine echten Antworten gefunden; es gab nur Vermutungen und Spekulationen.

Corey hob die Nadel von der alten Platte, und der Bariton verstummte. »Komm«, sagte sie, packte mich am Arm und steuerte auf die Tür zu. »Ich weiß nicht, wie es dir geht, aber ich habe eine völlig ausgetrocknete Kehle. Wie wär's mit einem Bier?«

»Ein anderes Mal. Die Schule ist gleich zu Ende, Bronwyn würde sich Sorgen machen, wenn ich mich verspäte.«

Ich folgte ihr nach draußen und wartete, bis sie die Tür des Büros abgeschlossen hatte. Eine trockene Windböe fuhr ihr ins Haar, sodass die Spitzen meinen bloßen Arm streiften. Während wir zum Parkplatz gingen, fragte ich mich, ob ich je wieder den Geruch nach Diesel einatmen würde, ohne an sie denken zu müssen.

»Tja«, sagte sie seufzend, »ich muss noch einen Ölwechsel machen und einen kaputten Zylinder auswechseln. Ich denke, ich kann bis Samstag warten.«

Als sie unseren bevorstehenden Grillnachmittag erwähnte, besserte sich meine Stimmung. »Das wird bestimmt schön, die Mädchen können im Garten rumsausen, und wir legen die Beine hoch und trinken ein Bier. Hast du je den Sonnenuntergang von der Veranda aus gesehen?«

»Wenn ich mich recht erinnere, ist er sehr eindrucksvoll. Wir können uns ja auf Liegestühle setzen und uns unterhalten, so wie ich es früher mit Glenda getan habe, als wir noch Kinder waren. Wir könnten über Tony herziehen und uns amüsieren.«

»Klingt super.«

Corey strahlte. »Also, bis dann.«

In der Viertelstunde, die ich brauchte, um in die Stadt zu fahren, verschwand die Sonne hinter den Wolken, und der Himmel verdüsterte sich. In den Bäumen an der Straße bildeten sich Schatten, und als ich vor dem Schultor vorfuhr, zuckten schon die ersten Blitze am Horizont.

Ich lief über den Schulhof und suchte unter den wenigen Schülern, die noch da waren, nach dem blonden Haar meiner Tochter. Man konnte sie leicht ausmachen. Sie war größer als die meisten anderen Kids und lehnte an einer Mauer. Zu meiner Überraschung war sie nicht allein.

Ein Mann stand bei ihr, ein Lehrer, vermutete ich. Er beschrieb etwas mit den Händen, während Bronwyn und ein anderes Mädchen aufmerksam zusahen. Als ich näher kam, erkannte ich ihn. Er hatte sein Haar gekämmt – mehr oder weniger – und trug ein sauberes T-Shirt und Jeans. Trotzdem umgab ihn immer noch dieselbe wilde Aura wie auf Hobe Millers Hof.

Zwei Augenpaare richteten sich auf mich, als ich herantrat. Bronwyns saphirblaue Augen und die dunkleren, fast schwarzen Augen ihrer jungen Begleiterin. Der taube Mann brauchte etwas länger, um mich wahrzunehmen, und als er sich umdrehte, bereitete ich mich auf seinen finsteren Blick vor.

Doch als er mich erkannte, hellte sich sein Gesicht auf. Sein Lächeln verwirrte mich. Ich konnte die Freundlichkeit nicht erwidern, sondern verzog schockiert das Gesicht.

Bronwyn kam auf mich zu. »Mum, das ist Jade und ihr Vater, Danny. Sie bringen mir die Gebärdensprache bei. Cool, was?«

»Äh … ja.«

»Hi, Mrs Kepler«, sagte das schwarzhaarige Mädchen und grinste mich fast so strahlend an wie ihr Vater. Sie war so groß wie Bronwyn, hatte ein vollkommen ovales Gesicht und Mandelaugen. Sie war schlaksiger als Bronwyn, aber ebenso hübsch. Die beiden gaben ein faszinierendes Bild ab.

Danny schüttelte mir die Hand; seine war kühl und trocken trotz der Hitze, die schmalen Finger schlossen sich sanft um die meinen. Dann blickte er Jade an und machte ein paar hastige Zeichen.

Jetzt fiel mir wieder ein, was Corey mir über ihren Bruder und seine Tochter erzählt hatte. Danny war Veterinär, und man hatte ihn heute Morgen zu einem Notfall gerufen.

Jade seufzte. »Dad will Ihnen etwas sagen. Ich werde übersetzen, wenn Sie nichts dagegen haben.«

»Natürlich nicht.«

Sie beobachtete die rasch gestikulierenden Hände ihres Vaters. »Er sagt, Sie hätten ihn heute Morgen zu einer unpassenden Zeit erwischt. Mr Millers Hündin hatte gerade geworfen und versehentlich zwei ihrer Welpen erdrückt, sodass alle sehr aufgeregt waren. Er meint, normalerweise würde er sich nicht vor anderen Menschen ausziehen.« Hier verdrehte Jade die Augen und warf Bronwyn einen Blick zu, die loskicherte. Dann fuhr sie fort: »Aber die arme Alma – das ist Millers Hündin – war ganz verzweifelt, und Dad und die beiden Millers haben sich mit Blut beschmiert, als sie versuchten, sie zurückzuhalten.«

»Igitt«, sagte Bronwyn und sah mich skeptisch an. Dann verlagerte sie ihr Gewicht und rückte unmerklich näher an Jade heran. »Wie viele Welpen waren es denn?«

Danny machte ein Zeichen, und Jade übersetzte. »Sechs, mit den beiden, die gestorben sind. Aber die anderen sind okay.« Jade sah mich erneut an, während ihr Vater weitere Zeichen machte. »Er sagt, es tut ihm leid, wenn er Sie erschreckt hat.«

Ich gab mich nach außen gelassen, doch innerlich schauderte ich. Die Erklärung für meinen unangenehmen Besuch bei Miller stellte sich als harmlos heraus. Coreys Bruder, der Veterinär. Alma und ihre Welpen. Hobes Unhöflichkeit der Sorge um seinen Hund geschuldet.

»Ich war überhaupt nicht erschrocken«, sagte ich zu Danny, nachdem ich mich daran erinnert hatte, dass er mir alles von Lippen ablesen konnte. Ich war mir bewusst, dass ich viel zu laut sprach, doch ich hatte meine Selbstsicherheit wiedergewonnen. »Ich hatte mir schon gedacht, dass es etwas Ähnliches sein musste, ich meine, ich hielt Sie nicht für einen Serienmörder oder einen ausgebrochenen Irren, nur weil Sie mit Blut überströmt waren.« Als ich Dannys verwirrten Ausdruck sah, verstummte ich.

Er sah Jade an und runzelte die Stirn, woraufhin sie ihm einige hastige Zeichen machte. Dann wandte er sich wieder mir zu, grinste schelmisch und fuchtelte erneut mit den Fingern.

Jade kicherte. »Er sagt, Sie hätten ihn überrascht. Wahrscheinlich ist er mehr erschrocken als Sie.«

Jetzt donnerte es, und die ersten Regentropfen fielen auf den Asphalt. Ich bemerkte, dass der Himmel sich noch stärker verdunkelt hatte und nun voller violetter Wolken war. Als ich mich wieder den anderen zuwandte, registrierte ich, dass Danny mit einem unergründlichen Ausdruck mein Gesicht musterte.

»Nun, es war sehr nett, Sie kennenzulernen«, erklärte ich kurz angebunden und lächelte seiner Tochter zu. »Dich auch, Jade.«

Jade erwiderte mein Lächeln, und ihre Mandelaugen verengten sich ein wenig. »Tante Corey meinte, dass wir Sie am Wochenende besuchen. Bis dann.«

»Ich kann es kaum erwarten. Ihr seid die ersten Besucher, die Thornwood seit Langem gesehen hat.«

Jade schien sich zu freuen. »Hat Tante Corey Ihnen gesagt, dass wir Vegetarier sind?«

»Nein, hat sie nicht gesagt, aber ich habe noch nicht eingekauft. Was soll ich für euch besorgen?«

»Ach, machen Sie sich keine Mühe, wir bringen Tofuwürstchen und Linsenburger mit, das essen wir normalerweise immer. Tante Corey meint, es sei unhöflich, mit leeren Händen zu kommen.«

»Oh, das würde mir nichts ausmachen«, entgegnete ich, und dieses Mal fiel mir das Lächeln leichter. »Hauptsache, ihr kommt.«

Ich warf Danny einen kurzen Blick zu. Er sah mich erwartungsvoll an.

»Warum ... äh ... warum kommen Sie nicht auch?«, erklärte ich so beiläufig wie möglich.

Danny nickte, ohne die Augen von meinen Lippen zu nehmen. Er machte sich nicht die Mühe, ein Zeichen zu geben, denn Jade sah uns in diesem Moment sowieso nicht zu. Sie hatte sich Bronwyn zugewandt. Die beiden tuschelten leise, wahrscheinlich verabschiedeten sie sich und machten Pläne für den kommenden Schultag.

Ich rang mir ein Lächeln ab und wand mich innerlich unter Dannys prüfendem Blick. Die unbehagliche Stille nutzte ich aus, um mir Vorwürfe zu machen: Warum hatte ich nicht daran gedacht, mich umzuziehen, statt in alten Jeans herumzulaufen. Und was zum Teufel hatte mich bewogen, ein so schäbiges T-Shirt zu tragen?

Danny machte ein träges Zeichen, im vollen Bewusstsein dessen, dass ich es nicht deuten konnte. Er hatte große, feine Hände, die mit ein paar Sommersprossen verziert waren. Ich hob den Kopf und sah ihm in die Augen, und da wurde mir mit einem Schlag etwas bewusst. Er war auf verstörende Weise anziehend, aber es war noch mehr. Vielleicht das Schweigen, sein prüfender Blick oder die eindringliche Art, mit der er mein Gesicht betrachtete, als wolle er bis unter meine Haut vordringen. Was immer es war, es machte mich nervös.

Ich klopfte Bronwyn auf den Arm und wandte mich zum Gehen.

»Bis Samstag dann«, rief ich niemand Bestimmtem zu, dann lief ich hastig zum Wagen.

»Er gefällt dir.« Bronwyn trommelte mit ihren langen Fingern auf das Armaturenbrett. »Und Jade meint, dass du ihm auch gefällst.«

Ich schnaubte verächtlich. In meinem Kopf pulsierte es, aber nicht vor Schmerz. Ein Haufen wirrer Gedanken schwirrte darin herum, und es würde Zeit brauchen, sie auseinanderzufrickeln.

»Ich habe doch kaum zwei Worte mit ihm gewechselt.«

»Mum, du hast gestammelt.«

»Ist das etwa ein Verbrechen?«

»Nein, das nicht, aber ein verräterischer Hinweis. Er gefällt dir.«

»Ich habe bloß versucht, freundlich zu sein, weil er taub ist.«

»Jade meinte, er hätte dich mit schmachtenden Augen angesehen.«

Ich schnaubte erneut und gab mir Mühe, ungläubig zu wirken. »Woraus ich entnehme, dass Jade genauso eine blühende Fantasie hat wie du.«

Der Regen prasselte auf das Dach. Über die Wolkenwand zuckten Blitze.

Bronwyn sah mich an. »Wusstest du, dass Jades Mutter gestorben ist?«

»Ja, Corey hat es mir erzählt.«

»Sie war auch taub, wie Jades Dad. Es war wirklich traurig. Sie geriet in ein Gewitter und wurde von einem herabfallenden Ast erschlagen.«

Ich sah Bronwyn entsetzt an. »Das ist ja schrecklich.«

»Jade meint, ihr Dad sei nie darüber hinweggekommen. Jades Mum und er hatten sehr früh geheiratet. Sie hatten sich während einer Friedensdemo in Brisbane kennengelernt, Liebe auf den ersten Blick, so ungefähr.«

»Verstehe.«

»Jade meint, es wäre Zeit, dass er jemand anders kennenlernt.« Sie warf mir einen eindringlichen Blick zu. »Du weißt schon, noch mal von vorn anfängt.«

»Hm.«

»Wie wäre es mit dir, Mum? Jade sagt, du wärst die Richtige, und ihr Dad hat offensichtlich Interesse.«

Ich blickte auf den glänzenden Asphalt vor uns, wünschte, dass der Regen zunahm, dass sich der Himmel öffnete und die

Straße überflutete, egal was, nur um von diesem Thema abzulenken. Als der Himmel nicht auf mich hörte, seufzte ich. »Und ihr hattet Zeit, all das zu besprechen, wie? In den wenigen Sekunden, während wir uns verabschiedeten? Seit wann gehört Turbotratsch zum Schulunterricht?«

»Tut er nicht. Ich lerne nur, die Zeichen zu deuten«, erklärte Bronwyn geheimnisvoll.

»Ach ja, nach kaum zehn Minuten Unterricht?«

»Diese Zeichen haben nichts mit Gebärdensprache zu tun, Mum. Jade sagt, dass ihr Vater die Gedanken der Menschen an ihrer Körpersprache erkennen kann, weil er taub ist. Er hat ein Gespür für Schatten und auch für Wärme, und er kann die Bewegungen in der Luft deuten. Jade sagt, dass taube Menschen ihre anderen Sinne stärker entwickeln, um das wettzumachen, was ihnen fehlt.«

Ich wechselte den Gang und gab Gas.

Vor Jahren hatte ich mir mal eine Studentenbude mit einem tauben Mädchen geteilt, vor der Zeit mit Tony, während meines ersten Semesters am College. Ich hatte eine Ewigkeit gebraucht, um ihre lauten, undeutlichen Sätze zu verstehen, und mir damals vorgenommen, die Gebärdensprache zu lernen. Doch ungeachtet meiner Anstrengungen war sie entschlossen zu reden, statt zu gestikulieren, auch wenn es bedeutete, dass sie sich endlos wiederholen musste. Danny Weingarten war genau das Gegenteil davon. Den Notizen und der lässigen Rolle nach, die seine Tochter als Übersetzerin spielte, hatte man den Eindruck, als sei er mindestens genauso entschlossen, stumm zu bleiben.

»Du und Jade seid jedenfalls an einem einzigen Tag sehr weit gekommen«, sagte ich zu Bronwyn. »Und ich bin froh, dass du eine Freundin gefunden hast.«

»Nicht an einem Tag, Mum. An einem *Nachmittag*. Wir

haben nicht einmal beim Lunch zusammengesessen. Heute Morgen ging es mir nicht besonders«, sagte sie leise.

Ich sah sie an. »Warum?«

Bronwyn fummelte an dem Riemen ihrer Schultasche. »Du weißt schon … erster Schultag und so.«

Sie sah so verletzlich aus. Mir tat das Herz weh.

»Ich habe den ersten Schultag auch gehasst«, gestand ich ihr. »Jedes Mal, wenn Tante Morag kribbelig wurde, kam ich in eine andere Schule. Damals waren die Kids nicht so cool wie heute, und die Lehrer, na ja, sagen wir so, sie hätten eher in einen Roman von Charles Dickens gepasst. Mein Leben war wirklich ein Albtraum«, schloss ich und spielte ein Häufchen Elend.

Bronwyn kicherte. »Musst du eigentlich alles übertreiben, Mum?«

Ich grinste. »Du warst dabei, mir von Jade zu erzählen.«

»Sie hat mich in der Bibliothek gefunden, direkt nachdem sie bei ihrer Tante Corey zum Mittagessen war. Sie hatte ihr erzählt, dass sie uns am Samstag besuchen wollten. Wir haben uns sofort verstanden. Als danach die Lehrerin im Unterricht fragte, wer mein Pate sein wollte …«

»Pate?«

»Du weißt doch, weil ich neu bin. Ein Pate ist jemand, der einem neuen Schüler zeigt, wo die Toiletten sind, wo man sich zum Unterrichtsanfang aufstellt und so was.«

Wir erreichten die Kreuzung. Wenn ich links abbog, würde die Straße nach Westen und Thornwood führen. Fuhr ich geradeaus Richtung Norden, käme ich am Flughafen und an den Landebahnen vorbei und danach zur William Road.

Ich verlangsamte das Tempo und blinkte, um links abzubiegen, fuhr dann aber geradeaus. Der Celica rumpelte, als die Asphaltstraße in einen Schotterweg überging, Steinchen flogen gegen die Windschutzscheibe. Die Bäume am Wegesrand wurden dichter, sie waren so hoch, dass es aussah, als streiften sie die niedrigen schwarzen Sturmwolken, und verdrängten die letzten Fetzen des farblosen Tageslichts. War es wirklich erst vier Uhr? Es kam mir eher wie Mitternacht vor.

Bronwyn fiel auf, dass wir nicht auf dem Nachhauseweg waren. »Wo fahren wir hin?«

»Ich will dir was zeigen.«

»Was denn?«

»Es ist ein Geheimnis. Du wirst sehen.«

»Ein Geheimnis?« Sie dachte mit einem verkniffenen Gesicht über dieses Häppchen an Information nach. »Du magst ihn also doch? Jades Dad meine ich.«

Ich verdrehte die Augen. »Wann habe ich schon mal jemanden gemocht?«

»Nie.«

»Und ich habe auch nicht vor, damit anzufangen.«

»Du hast doch gesagt, wir wären nach Magpie Creek gekommen, um ein neues Leben anzufangen.«

»Stimmt, aber das heißt noch lange nicht, dass ich mich in den erstbesten Kerl vergucken muss, der mir über den Weg läuft.«

»Hast du ihn wirklich halb nackt gesehen?«

»Er war nur dabei, sich das Blut von den Armen zu waschen, nachdem er die Welpen des alten Mannes auf die Welt gebracht hatte.«

»Hatte er kräftige Muskeln?«

»Bron!«, fuhr ich sie an.

»Und? Hatte er?«

»Darauf habe ich nicht geachtet«, antwortete ich frostig. »Außerdem spielt das keine Rolle. Dein Dad war der einzige Mann in meinem Leben. Ich werde nie wieder jemanden anders lieben können.«

Bronwyn verdrehte theatralisch die Augen. »Das sagst du immer.« Sie öffnete den Reißverschluss ihrer Tasche, nahm ihre Wasserflasche heraus, trank geräuschvoll und klappte den Deckel der Flasche mit der Handfläche zu. »Was ist denn nun mit diesem Geheimnis? Wenn du nicht in Jades Dad verknallt bist, was ist es dann?«

In der William Road gab es nur zwei Häuser. Das eine war eine verbarrikadierte Bretterbude, die offensichtlich verlassen war. Das andere – das nun in Sichtweite kam – war ein typisches, schönes Queensland-Haus, das mitten in einem üppigen Garten stand. Ich hielt am Straßenrand und schaltete den Motor aus.

»Ich habe ein paar Fotos gefunden.«

»Ist das etwa dein großes Geheimnis?«

»Sieh mal im Handschuhfach nach.«

Bronwyn klappte das Handschuhfach auf und nahm den Umschlag heraus. Dann sah sie sich jedes Foto genau an, wobei sie den Kopf fast bis auf die Knie gebeugt hatte.

Lange Zeit saßen wir in der dampfenden Stille. Ich lauschte dem Regen, und Bronwyn studierte die Fotos, als enthielten sie lang ersehnte Antworten auf die drängendsten Fragen ihres Lebens. Als sie schließlich das große Foto umdrehte und die handschriftliche Notiz sah, schnappte sie nach Luft.

»Ich wusste es«, sagte sie aufgeregt. »Es ist Dad als kleiner Junge. Und wer sind die anderen Kinder? Das blonde Mädchen sieht ja fast so aus wie ich.«

»Das ist die Schwester deines Vaters, Glenda, sie ist gestorben. Und das rothaarige Mädchen ist Jades Tante Corey. Der andere kleine Junge ist Jades Dad. Sie sind alle zusammen aufgewachsen.«

»Ja, Jade hat mir gesagt, dass mein Dad und ihr Dad als Kinder Freunde waren.« Sie vertiefte sich erneut in die Betrachtung des Fotos. Nach einer Weile sagte sie: »Ich wünschte, Dad wäre noch da. Er fehlt mir.«

Ich warf einen Blick auf das Foto des dunkelhaarigen Jungen und sah im Geiste den Mann vor mir, der er später gewesen war – anziehend, intelligent, sexy und auf unerhörte Art komisch, ein genialer Künstler …

»Mir auch.«

Von der Motorhaube des Wagens stieg Dampf auf. Der Regen hatte inzwischen nachgelassen. Bronwyn sah auf und betrachtete das Haus, vor dem wir angehalten hatten.

Die Holzwände hätten einen neuen Anstrich gebrauchen können, und die Regenrinnen waren verrostet, aber ansonsten war alles noch gut erhalten: dekorative Gusseisenverzierungen, Buntglasfenster, eine belaubte Veranda und eine breite Treppe. Pinkfarbene Rosen rankten sich in verschwenderischer Fülle über das Gartentor, umschattet von hohen Flamboyantbäumen, die das Haus teilweise von der Straße abschirmten. Zu beiden Seiten des Grundstückszauns war Buschland, das zu den Hügeln hin dichter wurde. Ein riesiger Bunya-Bunya-Baum ragte bis über das Dach und reckte die Äste in den Himmel. Die Pinie hatte sich kaum verändert, seit die Aufnahme von Tony, Glenda und ihrer Mutter darunter entstanden war; der seltsam verdrehte Stamm war unverwechselbar.

Bronwyn betrachtete den Baum und dann wieder das Foto. Als sie endlich den Zusammenhang begriff, warf sie mir einen fragenden Blick zu. »Es ist derselbe Baum. Ist das Dads altes Haus?«

»Dein Vater ist hier aufgewachsen, aber das Haus gehört deiner Großmutter.«

»Ich habe eine Großmutter?« Bronwyn riss die Augen auf. »Und einen Großvater auch?«

»Tut mir leid, Kleines, dein Großvater Cleve ist schon vor langer Zeit gestorben.«

Sie wandte den Blick wieder dem Haus zu. »O Mum, weiß sie denn, dass wir hier sind? Hast du mit ihr gesprochen? Wie ist sie? Wann darf ich sie sehen?«

»Tja, das ist das Geheimnis, Bronny. Deine Großmutter heißt Luella und geht nicht aus dem Haus. Sie ist eine echte Einsiedlerin. Und nach dem, was mit deinem Dad passiert ist, wird sie erst recht niemanden sehen wollen.«

Bronwyn sah nachdenklich aus. »Aber uns schon, oder, Mum? Ich meine, wir sind doch ihre Familie.«

»Keine Ahnung, Bronny. Ich kann es nur hoffen.«

»Können wir reingehen? Glaubst du, dass sie da ist?«

»Jetzt ist es schon spät. Lass uns am Wochenende wiederkommen, und dann bringen wir ihr etwas Besonderes mit.«

»Blumen meinst du?«

»Natürlich.«

»Eine Schachtel Pralinen vielleicht.« Bronwyn musterte das Haus, ihre Augen leuchteten vor Neugier und Sehnsucht. »Ich schreibe ihr auch eine Karte dazu. O Mum, ich kann es kaum glauben, dass ich eine Großmutter habe!«

Ihre Freude steckte mich an. Mein Herz schlug schneller. Ich bekam feuchte Hände. Fragen rasten mir durch den Kopf. Vor allem eine. Und obwohl ich wusste, dass ich kein Recht hatte, sie zu stellen, und noch viel Zeit vergehen würde, bis ich das Thema ansprach, war sie wie ein Stachel in meinem Bewusstsein, scharf und überwältigend.

Was ist in jener Nacht passiert, als deine Mutter starb, Luella?

Während ich mir das hübsche Haus mit dem üppigen Garten und die mit Gänseblümchen übersäte Wiese ansah, hatte ich das Gefühl, dass Luella diese Frage wahrscheinlich nie beantworten könnte, selbst wenn ich ihr Vertrauen gewann.

Ihr gemütliches Nest schien sich unter den Ästen der großen Bunya-Bunya-Pinie zu verstecken. Ich stellte mir vor, wie sie in den dämmrigen Räumen herumwerkelte, seit mehr als zwanzig Jahren in einem selbst gewählten Gefängnis aus Trauer und Einsamkeit eingesperrt. Hatte sie eine Familie, oder trieb sie wie Bronwyn und ich ohne Angehörige durchs Leben, in einer Abgeschiedenheit, die ihr die Umstände aufgezwungen hatten?

Als wir in Richtung Stadt zurückfuhren, hallten Coreys Worte in meinen Ohren nach.

Es ist den Schmerz nicht wert… Weder für dich noch für Bronwyn.

Doch Corey irrte sich. Bronwyn und ich wussten, was Schmerz war, und hatten ihn schon ein Mal überwunden. Notfalls würden wir ihn erneut überwinden.

Nach einem Abendessen aus Pizza, Salat und dem schwesterlich geteilten Kokoswürfel fläzten wir uns auf der Couch und zappten durch die Programme, bis es Zeit zum Schlafen war.

Bronwyn ging mit Harry Potter unter dem Arm in ihr Zimmer. Als ich später nach ihr sah, lag sie zusammengekuschelt auf dem Bett und hielt das Buch wie eine Stoffpuppe zwischen den Armen.

Im blassen Mondlicht sah sie aus wie eine Märchenprinzessin. Das Haar war verschwitzt und lag fächerförmig auf dem Kissen, das Gesicht war friedlich, als wäre es aus Eis gemeißelt. Nur die Augen bewegten sich hinter den Lidern, als folgten sie den Einzelheiten eines erstaunlichen Traumspektakels.

Wieder einmal fiel mir auf, wie sehr sie sich in den letzten zwölf Monaten verändert hatte. Sie hatte ihren Babyspeck verloren, war in die Höhe geschossen und schmaler geworden. Inzwischen hatte sie mehr von einem Teenager als von einem

Kind. Doch diese Wandlung hatte sich so unmerklich vollzogen, dass sie mir vielleicht sogar entgangen wäre, wenn ich sie jetzt nicht so aufmerksam betrachtet hätte.

Anscheinend war ich nicht die Einzige, die es bemerkt hatte. Nach allem, was ich heute erfahren hatte, konnte ich nun verstehen, warum sich Tony aus dem Leben seiner Tochter zurückgezogen hatte. Lange Zeit hatte ich befürchtet, dass er es getan hatte, um mich zu bestrafen. Oder schlimmer noch, dass er sich aus unser beider Leben zurückgezogen hatte, um uns zu vergessen, so wie er es mit seinem früheren Leben getan hatte.

Wie sehr ich mich getäuscht hatte!

Tony hatte sich nicht von Bronwyn zurückgezogen, sondern war vor den Erinnerungen an seine tote Schwester geflüchtet. Bronwyns Ähnlichkeit mit Glenda war von Anfang an unübersehbar gewesen, doch dann war sie von Jahr zu Jahr stärker geworden, bis er es nicht mehr hatte ertragen können. Und da stellte ich mir die Frage, ob nicht doch etwas Wahres an dem war, was mir Corey erzählt hatte. Hatte sich Tony mit seiner Schwester gestritten, bevor sie starb? Konnte es sein, dass er ihr einen Stoß versetzt hatte? War er deshalb von zu Hause weggelaufen? War das der Grund, weshalb er sich zwanzig Jahre später von Bronwyn zurückgezogen hatte, weil er den Anblick ihres Gesichtes nicht mehr ertragen konnte? Dass ich es niemals erfahren würde, tat weh.

Ich deckte ihre schmalen Schultern mit dem Laken zu, küsste sie aufs Haar und ging leise in die Küche zurück.

Dieser Teil des Hauses roch immer noch angenehm nach Zwiebeln und Tomaten und gab mir ein wohliges Gefühl von Normalität. Während ich die Teller spülte, abtrocknete, sie ordentlich in die Schränke räumte und die Pizzaschachteln zusammenfaltete, um sie in die Altpapiertonne zu stecken, versuchte ich mir einzureden, dass nichts zählte außer diese alltäglichen häuslichen Arbeiten. Eine Weile funktionierte es. Man hörte nur das leise Rauschen des Wassers aus dem Hahn, das Klappern des Geschirrs und den sanften Ruf eines Kuckuckkauzes draußen im dunklen Garten.

Anschließend nahm ich eine kurze Dusche, um mich abzukühlen, putzte mir die Zähne und streifte einen Slip und ein Unterhemd über. Ich schaltete das Licht aus, tappte durch den Flur in mein Zimmer und ging zu Bett. Dann wälzte ich mich hin und her und verfluchte die höllische Hitze, in der die Laken an Beinen und Rücken festklebten. Meine Augen schmerzten vor Müdigkeit, doch jedes Mal, wenn ich sie schließen wollte, öffneten sie sich wie von selbst, um einen Blick auf den Wecker zu werfen, der auf dem Nachttisch stand.

War es wirklich erst Mitternacht?

Zum ersten Mal, seit wir in Thornwood angekommen waren, vermisste ich den Straßenlärm, das Hupen, die Sirenen, das Rattern der Straßenbahn und das beruhigende Licht der Straßenlaternen. Lärm, Licht, Ablenkung, waren das die Gründe, weshalb es die Menschen in die Städte zog? Nicht die Jobs, nicht der Lebensstil, nicht einmal die Anonymität der Massen, in denen man sich verlieren konnte, sondern die ständige, nie endende Abwechslung?

Ich befreite mich von dem Laken und sackte zurück auf die Matratze. Hitzepickelchen juckten auf meinem Dekolleté, und ich verspürte den Wunsch, mich zu kratzen, bis Blut floss. Stattdessen versuchte ich zu meditieren, doch wenige Minuten später fuhr ich erneut hoch, hellwach und noch nervöser als zuvor.

Schließlich brach der Damm.

Mein Bewusstsein wurde von unzähligen Bildern überflutet. Das Schwimmbecken eines Kindes, in dem sich der Himmel spiegelte, vier kleine, vor Lachen verzogene Gesichter, ein Mädchen mit hellblonden Zöpfen und ein schmaler dunkelhaariger Junge mit viel zu großen Augen. Eine hochgewachsene Frau mit freundlichem Gesicht, eingeschlossen im Gefängnis ihres eigenen Hauses. Menschliche Knochen, die aus einem Staudamm geborgen wurden, Felsen, die einen tödlichen Abhang hinabstürzten. Menschen, die ich noch nie gesehen hatte, murmelten mir ihre Geheimnisse zu. Die Toten erhoben sich, flehten, bettelten, forderten mich auf, Geschichten anzuhören, die ich nicht wissen wollte.

Nur eine Stimme fehlte.

»Samuel«, flüsterte ich in die Dunkelheit. »Wo bist du? Warum sprichst nicht du zu mir?«

Es war stickig, heiß wie in einem Backofen. Trotz der kalten Dusche kochte das Blut in meinen Adern. Ich wälzte mich aus dem Bett, tastete nach den Pantoffeln und ging auf Zehenspitzen durch den Flur.

Kaum war ich über die Schwelle des hinteren Zimmers getreten, beruhigte ich mich. Die Stimmen in meinem Kopf wurden leiser, die traumhaften Bilder erloschen. Ich redete mir ein, es hätte nichts damit zu tun, dass ich in der Nähe von Samuels Foto stand, das ich neu gerahmt und wieder aufgehängt hatte, oder dass seine verlässliche Gegenwart mich beruhigte – und nichts mit dem einsamen Schmerz in meiner Brust, bei dem ich mich nach einem großen Körper sehnte, an den ich mich schmiegen und für einen kleinen Augenblick meine Einsamkeit vergessen konnte.

Ich sank auf die Laken, musste ein paarmal niesen, rollte mich zusammen und zog mir das Kissen über den Kopf. Als nichts geschah, warf ich es zu Boden, drehte mich auf den Bauch und vergrub das Gesicht in der Matratze. Ich würde völlig zerknittert aufwachen, doch das war mir egal. Ich wollte Schlaf, nur Schlaf und die süße Stille des Vergessens.

Ein letzter Rest von Bewusstsein im Hinterkopf sagte mir, dass ich träumte, und doch hätte ich in meinem schläfrigen Zustand schwören können, dass der Mann neben mir im Bett wirklich war.

Zuerst glaubte ich, es sei Tony. Träume lassen die Toten oft wieder zum Leben erwachen. Er schluchzte, deshalb dachte ich, es sei Tony. So viele Nächte waren an seinen Albträumen zerbrochen … so viele Nächte mit beruhigenden Worten, Tee und Rückenmassagen gekittet worden.

Doch es war nicht Tony. Tony war schmal und knochig gewesen, entwaffnend jungenhaft. Der Mann neben mir war schwer, stämmig, mit großen Knochen. Und irgendwie wusste ich plötzlich, dass er nicht Angst hatte, weil er aus einem Albtraum erwachte, sondern weil er gerade einen erlebte.

»Samuel?«

Ich schlang die Arme um ihn, zog ihn an mich, so wie ich es früher mit Tony gemacht hatte, presste meine Lippen auf seinen Kopf und flüsterte besänftigend auf ihn ein. Sein Haar roch nach Sonne und Schweiß, seine Haut fühlte sich warm an.

Eine lange Locke meines Haars fiel über sein Gesicht und schimmerte im Mondschein. Ich schob sie beiseite und fuhr mit dem Finger über seine Wange bis zu der kleinen Mulde am Hals.

Samuel zitterte. »Aylish.«

»Ich bin da«, flüsterte ich. Doch es war nicht meine Stimme. Besser gesagt es war meine Stimme, aber sie klang anders, als hätte ich sie seit Ewigkeiten nicht mehr benutzt.

Samuel schien mich nicht zu hören.

Ich umarmte ihn noch fester. Seine Wärme brannte wie Fieber auf meinen Brüsten, versengte das Innere meiner Arme, meinen Bauch, meine Schenkel. Trotzdem zitterte er, als würde ihn ein kalter Windhauch streifen, als wäre meine Berührung eisig.

Der Mond glitt über den Himmel. Die Zikaden stimmten ihren vibrierenden Gesang an, dann verstummten sie wieder. Bald würde der Morgen dämmern, und diese Erkenntnis erfüllte mich mit Panik.

Er entglitt mir.

Oder vielleicht war ich es, die sich an einen Ort zurückzog, den meine Mutter Alcheringa genannt hatte, die Traumwelt. Ich klammerte mich an ihn, doch meine Arme um seine Schultern fühlten sich kraftlos an, wie dürre Ranken um den Stamm eines großen Eukalyptus. Ich drückte ihn noch fester an mich, umschlang ihn, zog seinen Körper an den meinen, verschmolz mit seinem Herzen und seiner Seele.

»Aylish«, flüsterte er.

»Ich bin hier, Samuel, ich bin hier.«

Doch noch während ich sprach, spürte ich, dass sich mein Körper auflöste wie nächtlicher Dunst in der Sonne. Ich fühlte, wie mein Inneres einem Ruf folgte, der stärker und ewiger war als wir. Ich konnte – wagte nicht, ihm zu widerstehen.

Verzweifelt klammerte ich mich an ihn, voller Angst, ihn loszulassen. Angst, dass dieser Augenblick unser letzter wäre. Plötzlich ging ein Zittern durch seinen Körper. Er drehte sich ruckhaft von mir weg und umklammerte seinen Brustkorb, wie um mich abzuwehren. Ich schlang von hinten die Arme um seine Schultern, presste meine Wange gegen seinen Rücken, doch davon wurde das Zittern nur stärker.

Die Nacht entfloh.

Das Mondlicht erlosch, und ich hörte das Kratzen der Blätter am Fenster. Die Vögel begannen zu singen und kündigten einen neuen Morgen an. Ich trieb traurig dahin, spürte das Bett nicht mehr unter mir oder die sengende Hitze, die der Körper des Mannes neben mir ausstrahlte. Bald würde ich ihn nicht mehr sehen können – so wie er mich schon jetzt nicht mehr sah.

Ich schmiegte mich an ihn, ein letzter Versuch, ihn vor dem Zittern zu schützen, sein Leid zu lindern. Ich sagte mir, dass er wahrscheinlich schlief, doch dann brach seine Stimme die Stille.

»Was habe ich getan?«, murmelte er. Seine Stimme war von einer Ergriffenheit gefärbt, die ich nicht verstand. »Gott vergebe mir, was habe ich getan?«

8

Es war noch dunkel. Draußen herrschte vollkommene Stille. Eine sanfte Brise drang durch das Fenster, kühl und angenehm, und sie duftete nach Flieder. Ich streckte die Hand aus und fuhr über das Laken auf der Suche nach etwas, das ich nicht fand.

Die Leere verwirrte mich.

Noch vor einem Augenblick war er Wirklichkeit gewesen. Jetzt fuhr ich hoch angesichts der Leere im Bett, die mich plötzlich aus der Traumwelt in die dünne Luft der Realität versetzte. Ich erinnerte mich daran, wo ich war: in dem alten Rosenholzbett im hinteren Zimmer. Mein Blick wanderte zur Wand. Samuel war ein in seinem gespenstischen Rahmen gefangenes Foto. Von dort, wo ich lag, konnte ich ihn nicht erkennen, es war zu dunkel. Doch ich spürte ihn noch. Das Gewicht seiner Beine, die Wärme seiner Haut, das weiche Haar auf seiner Brust, den leisen Herzschlag …

Ich wickelte mich in die Decke ein und vergrub mich tiefer im Bett. Ich nieste mehrmals und tastete vergeblich nach einem Taschentuch. Wie lächerlich, sich von einem Traum derart erschüttern zu lassen. Von einem dummen Traum, ausgelöst durch das Gerede über Unfälle und die wiederholte Lektüre von Aylishs Brief. Trotzdem war er mir so wirklich vorgekommen, als wäre es kein Traum, sondern eine Erinnerung.

Schließlich fand ich mein Taschentuch und putzte mir die

Nase, dann drehte ich mich wieder auf den Rücken und starrte an die Decke.

Als Tante Morag starb, war ich sechzehn gewesen. Sie war während der Nacht gegangen, hatte sich lautlos davongestohlen, ganz friedlich. Ich hatte sie am nächsten Morgen gefunden, ihr Körper war kalt und steif. Sie war so klein, dabei war sie mir immer als eine große Frau erschienen, hochgewachsen und kräftig wie ein Mann. Doch an dem Morgen, an dem ich sie fand, wurde mir bewusst, wie sehr ich mich getäuscht hatte. Es war seltsam, sie dort liegen zu sehen, so still, die wächsernen Augen für immer geschlossen. Jetzt, nachdem das Leben sie verlassen hatte, war ihr Körper geschrumpft.

Als ich klein war, hatten ihre starken Arme mich beschützt, ihre Geschichten meine Albträume vertrieben, und ihr rückhaltloses Gelächter hatte die Leere gefüllt, die nach dem Tod meines Vaters und der Flucht meiner Mutter allgegenwärtig zu sein schien.

Als ich nun in der stillen Dunkelheit des Rosenholzzimmers lag, erinnerte mich die nach Flieder duftende Luft, die durch das Fenster drang, so sehr an Tante Morag, dass ich den Wunsch verspürte, wieder ein Kind zu sein, mich in ihre Arme zu kuscheln und aus dem Chaos und den Enttäuschungen der Wirklichkeit in die Geborgenheit meiner Träume zu fliehen.

Meine Augen fielen zu.

Plötzlich durchbrach eine melodische Stimme die Dunkelheit. Eine Männerstimme. Und mit ihr kam auch der Duft nach Wildblumen, nach von der Sonne gewärmter Haut und salzigem Schweiß. Das Gewicht eines warmen Körpers in der Nähe, nach dem ich die Arme ausstrecken musste, während meine Lippen seinen Namen formten …

Samuel.

Ich richtete mich mühsam auf und rang nach Luft. Einen

Augenblick saß ich auf der Bettkante und stand dann zitternd auf. Wann war es Morgen geworden? Dunstiges Dämmerlicht fiel durch das Fenster. Eine orangefarbene Sonne stieg über die fernen Hügel und brachte den Himmel mit goldenen Wolken zum Glänzen.

Ich trat an den Frisiertisch und schaute in den Spiegel. Mein Gesicht war leichenblass, nur meine Wangen leuchteten rot. Außerdem hatte ich mir so kräftig auf die Lippen gebissen, dass sie blutrot waren, wie Winterrosen. Meine Augen leuchteten auf eine Art, die mir unangenehm war. Die vernünftige Frau, auf die ich so hart hingearbeitet hatte, war verschwunden. An ihre Stelle war eine Fremde mit irrem Blick getreten.

Wieso zog es mich jede Nacht in dieses Zimmer wie eine Drogensüchtige, die nach dem nächsten Schuss giert? War ich wirklich so einsam? War mein Leben so leer, dass ich mich auf der Suche nach Wärme an Träume klammern musste? Oder hatte sich durch den Umzug in dieses Haus etwas in meinem Innern verschoben, das nun darum kämpfte, ans Licht zu kommen?

Unzusammenhängende Geräusche aus der Küche drangen durch den Flur. Geschirr klapperte, ein Stuhl scharrte auf den Dielen. Bronwyn war auf und fragte sich wahrscheinlich, wo ich steckte. Die gedämpften Stimmen aus dem Radio nervten mich, ich wusste, dass die zerbrechliche Blase meines Traumes das harte Tageslicht nicht lange überleben würde.

Schon zog sie sich zurück wie das Meer mit Eintritt der Ebbe. Ich versuchte, sie zurückzuholen, mich an die süße Erinnerung zu klammern, Erinnerung an den Mann, den ich im Schlaf umarmt hatte, an seine melodische Stimme, den berauschenden Duft seiner Haut und seines Haars, seine verlässliche, beruhigende Nähe.

Doch Träume haben keine Chance in der wirklichen Welt, und am Ende musste ich sie loslassen.

Während wir das Haus umrundeten, sagte Hobe Miller nicht viel. Sein Schweigen überraschte mich nicht. Nach dem Fiasko unserer letzten Begegnung hatte ich mehr oder weniger damit gerechnet, dass er nicht besonders gut gelaunt wäre. Er machte einen reservierten und nachdenklichen Eindruck. Als würde etwas an ihm nagen, das mehr war als mein verlotterter Garten.

Um sein Schweigen wettzumachen, plapperte ich nervös drauflos und zeigte auf die kaputte Brüstung der Veranda, das zerbrochene Fenster im Bad, die ausgetretenen Stufen und den Ast des Mangobaums, der an den Dachtraufen kratzte.

»Muss das alte Eisendach erneuert werden?«, fragte ich. »Braucht der Wassertank eine spezielle Behandlung? Das Wasser schmeckt gut, aber ich weiß nicht, ob es auch wirklich ungefährlich ist. Wie oft muss ich die Regenrinnen säubern? Wäre ein Buschfeuer ein Problem? Soll ich einen Baumpfleger bestellen, damit er die Bäume stutzt? Und wenn ich die alten Rosensträucher beschneide, werden sie dann wieder blühen?«

Hobe nahm meine vielen Fragen mit einem Nicken zur Kenntnis und notierte alles in seinem Büchlein. Seine winzige Handschrift war so sauber, dass sie wie mit der Schreibmaschine getippt zu sein schien. Jedes Mal, wenn er innehielt, um etwas Neues aufzuschreiben, warf ich ihm einen verstohlenen Blick zu. Er erinnerte mich an eine Fernsehpersönlichkeit aus den Siebzigerjahren, lässig-elegant trotz seiner Vogelscheuchenklamotten und dem scheußlichen schwarzen Klebeband auf der Brille.

Schließlich schlug er das Büchlein zu. »Ihr Wassertank müsste gründlich gereinigt werden«, sagte er. »Idealerweise sollte man ihn alle zwei Jahre warten, abhängig vom Zustand des Dachs und der Leitungen, und er sollte auch von Laubresten befreit werden oder von toten Beutelratten und Fröschen, die möglicherweise hineingefallen sind. Das heißt, dass Sie so lange Wasser aus der Flasche trinken müssen, bis er wieder vollgelaufen ist. Dass das Wasser schmeckt, ist ein Hinweis darauf, dass noch alles in Ordnung ist, trotzdem will ich es prüfen, um ganz sicherzugehen. Einmal im Monat müssen Sie das Laub aus den Regenrinnen entfernen. Ein Buschfeuer könnte tatsächlich ein Problem werden, also sehen Sie zu, dass Sie einen Fluchtplan parat haben, und halten Sie die Umgebung des Hauses frei von Unrat. Und warum sollten Sie Geld ausgeben für einen Baumpfleger, die Bäume kann ich auch selber stutzen. Und was die Rosen angeht, so glaube ich, dass sie hinüber sind. Gönnen Sie sich neue Triebe, Mädchen. Oder noch besser, pflanzen Sie etwas ein, das besser zum hiesigen Klima passt.«

Es war noch früh, aber bereits glühend heiß. Als wir auf der Hälfte des Weges zum Hügel hinauf das Ende des Gartens erreichten, war meine Haut durchnässt, und ich wünschte, ich hätte einen Hut aufgesetzt. Die Luft knisterte, und die durstigen Blätter klammerten sich an ihre Zweige. Hobe schien die Hitze nichts auszumachen, doch während wir den felsigen Hang hinaufstiegen, zog er ein Taschentuch aus der Tasche und wischte sich das Gesicht ab.

Das Haus unter uns wirkte imposant und friedlich mit seinen schmiedeeisernen Traufenverzierungen und den Buntglasfenstern, die in der Sonne funkelten. Die bemoosten Backsteinwege schlängelten sich zu den Bäumen und zurück, und aus den überwucherten Beeten quoll ein Meer von roter und orangefarbener Kapuzinerkresse. Es schien unmöglich, dass etwas so Beschauliches so viele Geheimnisse bergen konnte, und noch unglaublicher, dass diese Geheimnisse auch mit einem brutalen Mord zu tun hatten.

Hobe schien von dem Anblick genauso fasziniert zu sein wie ich. Es gab vieles, das ich ihn gern gefragt hätte, doch ich wusste, dass ich behutsam sein musste.

»Ein herrlicher Anblick, nicht wahr?«, sagte ich in der Hoffnung, das Eis zu brechen.

Hobe sah auf das Anwesen hinab und runzelte die Stirn. »Hm.«

Ich versuchte einen anderen Ansatz. »Corey erzählte mir, Sie hätten Ihr ganzes Leben in Magpie Creek verbracht. Sie meinte, wenn ich jemals Fragen über die Gegend hätte, wären Sie die richtige Person dafür. Sie nannte Sie ein wandelndes Lexikon.«

Hobe blickte mich erstaunt an, dann strahlte er über das ganze Gesicht. »Hat Corey das wirklich gesagt?«

Ich nickte. »Ich hatte gehofft, dass Sie mir ein paar interessante Wanderwege zeigen könnten. Meine Tochter ist ein echter Naturfreak, und da Thornwood fast ausschließlich aus Buschland besteht, wollen wir es möglichst bald erkunden.«

Hobes Blick wanderte über den Hügel zum Haus hinab. »Tonys Tochter?«

»Ja.«

»Corey hat es mir erzählt. Ich hoffe, es macht Ihnen nichts aus, wenn ich es erwähne.«

»Aber nein, Hobe. Es ist kein Geheimnis, dass Tony und ich nicht verheiratet waren. Es hat nicht geklappt zwischen uns. Er hat eine andere kennengelernt und sie geheiratet. Und ja, Bronwyn ist meine Tochter.«

»Bronwyn? Ein schöner Name.« Seine Stimme zitterte, doch er wandte den Blick nicht von dem Haus ab. »Armes Kind, den Vater so zu verlieren. Muss schrecklich für Sie beide gewesen sein.«

»Es war schlimm«, nickte ich. »Für Bronwyn mehr als für mich. Aber sie ist ein tapferes Mädchen, sie wird darüber hinwegkommen.«

»Naturfreak, wie?«

Ich konnte mir ein Lächeln nicht verkneifen. »Sie will Insektenforscherin werden.«

Hobe blinzelte und schüttelte verwundert den Kopf. »Ein Käfermariechen? Tja, wenn sie sich für Insekten interessiert, ist sie hier richtig. Diese Gegend wimmelt nur so davon.«

Wir lachten lauter als nötig, doch es war, als wäre eine unsichtbare Barriere zwischen uns gefallen. Hobes rosiges Gesicht leuchtete. Seine Augen strahlten.

»Wie alt ist Bronwyn?«, wollte er wissen.

»Elf.«

»Ein gutes Alter. Alt genug, um Fragen zu stellen, aber noch nicht so alt, um alles besser zu wissen, als man selbst.«

»Dann steht Bronwyn wohl genau an der Schwelle, denn manchmal scheint sie viel mehr zu wissen als ich. Haben Sie Kinder, Hobe?«

Er blickte wieder auf das Haus hinab. »Wir sind nur zwei, mein Bruder und ich, zwei alte Junggesellen, die in ihrem Bungalow da oben herumgeistern. Ich habe alle Hände voll damit zu tun, mich um das Grundstück zu kümmern und Gurney Ärger vom Hals zu halten. Mein Bruder ist etwas langsam im Kopf, von Geburt an, aber ein feiner Kerl. Unter der Oberfläche schlummert eine Menge mehr, als er zeigt.«

Hobe ging ein paar Schritte vor mir auf der Böschung entlang. Als ich ihn einholte, zeigte er über den Kamm auf einen benachbarten Hügel, aus dem einige Felsvorsprünge aufragten.

»Sehen Sie die Felsen da drüben, auf dem halben Weg? Das ist Bower's Gap, etwa eine halbe Meile von hier entfernt. Wenn man sich ranhält, ist man in zwanzig, höchstens dreißig Minuten da. Im Augenblick gibt es nicht viel zu sehen, die Hitze hat alles verdorren lassen. Aber im Frühjahr ist die nördliche Seite des Hügels mit einem Teppich aus wilden Blumen übersät.« Er sah mich an und lächelte. Seine Brille blitzte in der Sonne. »Warten Sie nur, bis Ihre kleine Bronwyn die Millionen Schmetterlinge entdeckt, die sich dort auf den Blumen tummeln. Ein wunderbarer Anblick.«

»Klingt toll.«

»Diese Hügel sind voller Wunder, Audrey. Glauben Sie mir, es ist ein magischer Ort. Als Junge bin ich meilenweit durch den Nationalpark gewandert. Manchmal haben Gurney und ich wochenlang draußen in der Wildnis gezeltet. Ich habe mir immer ausgemalt, wie diese Landschaft wohl vor Millionen von Jahren ausgesehen haben muss, als die Hügel noch voller Leben waren.«

Hobe holte tief Luft, sodass sich seine Nasenflügel blähten. »Wussten Sie, dass Magpie Creek mitten in einem alten Vulkan liegt?«

»Ja.«

Es schien ihn zu freuen. »Das müssen wilde Zeiten gewesen sein mit all der kochenden Luft und den vielen Ungeheuern.« Sein gesundes Auge funkelte. »Als ich auf die Welt kam, bestand die ganze Landschaft natürlich schon aus Gras für die Milchkühe. Die ersten Farmer haben alle Bäume abgeholzt – die schönen alten Jakarandas, die roten Zedern und Akazien. Jetzt gibt es hier bloß Gras, Drahtzäune und verschlafene Rinder. Der arme alte Tyrannosaurus Rex ist nur noch Geschichte.«

Sein raues Gelächter war ansteckend. Ich musste grinsen.

»Aber man spürt immer noch seine Anwesenheit, nicht wahr? Ich meine den Vulkan.«

Hobes Blick schweifte zurück zu den Hügeln. Eine Zeit lang starrten wir stumm auf die Berge in der Ferne, braun und kahl, urzeitlich und schön.

»Dieser Ort packt einen«, fuhr er fort, als führe er ein Zwiegespräch mit sich selbst. »Er geht unter die Haut, dringt einem bis ins Blut. Ich habe mich früher mit den Aborigines herumgetrieben, die oben am Crossing lebten. Sie glauben, dass das Land so was Ähnliches wie ein Mutter-Geist ist, der sie zur Welt bringt und wieder verschluckt, wenn sie sterben. Sie halten sich für die Hüter der Erde, der Bäume, der Vögel und der Wildnis … für die geweihten Hüter der Erde. Deshalb sind sie mit dem Land so stark verbunden. Und wenn man sich hier ansiedelt, wird einem das bewusst.«

»Ich hatte nie das Gefühl, irgendwohin zu gehören, bis ich hierherkam«, gab ich zu. »Als ich diesen Ort sah, wurde es mir bewusst. Das Haus, der Garten, die Hügel dahinter und die Sicht auf das Tal davor … Ich hatte das Gefühl, das sei es. Wie wenn man nach einer langen Reise ans Ziel gelangt.«

»Ja«, sagte Hobe leise. »Genau so. Und deshalb fangen wir am besten gleich an. Keine Angst, Audrey, wir werden Ihren Garten im Handumdrehen auf Vordermann bringen.«

»Wir?«

»Gurney geht mir gelegentlich zur Hand. Er ist ein guter Arbeiter, und das Gefühl, gebraucht zu werden, gefällt ihm. Ich werde ihn bitten, Ihren Rasen zu mähen, das kostet Sie nichts extra.«

»Ach was, natürlich werde ich ihn dafür bezahlen.«

»Na ja, eine Kleinigkeit, wenn es Ihnen nichts ausmacht. Er mäht auch für andere in der Stadt den Rasen, und er ist gut darin. Außerdem redet er nicht viel, er ist nicht so eine Quasselstrippe wie sein Bruder.«

Ich grinste und erinnerte mich an den Mann, den ich gesehen hatte, als wir anhielten, um nach dem Weg zu fragen. Er war größer als Hobe gewesen, hatte spärliches schneeweißes Haar gehabt, und sein Gesicht sah aus, als wäre es von chronischer Verwirrung gezeichnet. Ich erinnerte mich auch an seinen Schrecken, als er hörte, dass ich nach Thornwood wollte.

»Ich hoffe, dass es ihm nichts ausmacht hierherzukommen«, sagte ich. »Ich meine nach Thornwood.«

Hobe schüttelte den Kopf. »Eigentlich haben wir in der Vergangenheit immer einen großen Bogen um dieses Haus gemacht. Albern, nicht wahr? Dabei sind wir ja Nachbarn. Aber in den letzten zwanzig Jahren haben wir uns hier nicht blicken lassen. Ich vermute, Corey hat Ihnen gesagt, dass ich Samuel Riordan nicht besonders mochte?«

Ich nickte. »Ja, und sie hat mir auch von dem Mordprozess erzählt. Ich muss gestehen, dass ich gern mehr darüber erfahren würde.«

Hobe rückte seine Brille zurecht. »Tja, es gab nie konkrete Beweise dafür, dass Samuel Riordan der Mörder gewesen war. Aber glauben Sie mir, Mädchen, er war ein Mistkerl. Ich hatte ihn schwarze Schlange getauft. Wenn man das Pech hatte, ihm über den Weg zu laufen, biss er zu, ehe man sichs versah.«

»Sie glauben also, dass er schuldig war?«

Er rieb sich mit dem knorrigen Zeigefinger unter dem gesunden Auge und sah mich misstrauisch an. »Schon möglich.«

»Warum?«

»Ich vermute, dass der Krieg ihn verändert hatte, er war verbittert … Jedenfalls ist es das, was die Leute behaupten.«

»Hat er an Kampfhandlungen teilgenommen?«

Hobe sah aus, als fühle er sich unbehaglich. »Er geriet in Kriegsgefangenschaft, Mädchen. Verbrachte mehrere Jahre in einem japanischen Gefangenenlager. Tja, unsere Jungs hatten es verdammt schwer dort. Ich will ihnen nicht den Respekt verweigern, bei Gott nicht. Sie haben geholfen, dieses Land zu retten, die armen Kerle, und auch die Frauen, sie riskierten ihr junges Leben, damit wir hier Ruhe und Frieden hatten. Ich schätze, dass Samuel seinen Teil dazu beitrug, vielleicht war er ja tatsächlich der Kriegsheld, für den manche Leute ihn hielten. Aber als er zurückkehrte, hatte er irgendwie Schaden genommen, ich meine im Kopf. So mancher findet, er wäre besser dran gewesen, wenn ihn eine Kugel erwischt hätte, besser für uns alle.«

»Was meinen Sie mit ›im Kopf‹?«

Hobe fuhr sich nachdenklich über das spärliche Haar. »Ein alter Kumpel von mir war ebenfalls in Kriegsgefangenschaft. Auch er hatte sich stark verändert, aber nicht zum Schlechten. Er erzählte, dass er nach den grausamen Jahren in japanischer Gefangenschaft ein besonderes Gespür für Dankbarkeit entwickelt hätte. Er bekam feuchte Augen, wenn seine Frau ihm die Pantoffeln oder eine Tasse Tee brachte. Der arme Teufel meinte, dass er nun die kleinste Fürsorge besser zu schätzen wüsste, nachdem er jahrelang auf jedes Anzeichen von Freundlichkeit oder Menschlichkeit hatte verzichten müssen.« Hobe blickte zum Himmel auf, dann auf die Hügel und zurück zum Himmel, offensichtlich unfähig, sich auf eine Sache zu konzentrieren. »Samuel war anders. Launenhaft wie eine Schlange, die man in zwei Teile gehackt hat. Und als er starb, war ich nicht der Einzige in Magpie Creek, der erleichtert aufatmete.«

Ich rief mir das Gesicht des Mannes auf dem Foto ins Gedächtnis zurück und versuchte, ihn mir als Schlange oder Mistkerl vorzustellen. Es gelang mir nicht. In seinen dunklen Augen konnte ich nur Leidenschaft erkennen, ich sah seinen anerkennend verzogenen Mund, den verführerischen Blick, der mir ein warmes, irgendwie kostbares Gefühl gab. Wenn hinter der Maske ein fauler Kern gesteckt hatte, so war ich einfach blind dafür.

»Audrey?« Hobe sah mich mit gerunzelter Stirn an. »Ich habe Ihnen mit meinem Gerede Angst gemacht, nicht wahr? Sie sind kreidebleich geworden. Kommen Sie, Mädchen, am besten gehen wir zurück. Ich muss Glas besorgen und einen ganzen Schuppen voller Holzreste durchsehen. Das Badezimmerfenster wird sich nicht von selbst reparieren, was?«

Der Rückweg den Hang hinunter war eine willkommene Ablenkung. Irgendwo zwischen den Kletterpflanzen im Garten und dem schattigen Pfad zum Haus fasste ich mich wieder. Bald, so sagte ich mir, würde ich meine müden Knochen unter einer kühlen Dusche erfrischen und einen Kaffee trinken. Ich würde zu meinem normalen Leben zurückfinden und mich von den Nachwehen meiner beunruhigenden Träume lösen.

Während wir um das Haus gingen, fiel mein Blick auf ein leuchtendes Pfauenblau. Hobes makelloser Valiant glänzte wie eine Farboase inmitten der sonnenverbrannten Landschaft. Sogar mein geliebter Celica, der ein paar Meter entfernt parkte, wirkte schäbig im Vergleich.

Hobes Gegenwart war mir jetzt nicht mehr unbehaglich. Im Gegenteil, mit ihm fühlte ich mich fast so wohl wie mit Corey.

Plötzlich lief Hobe los. Zuerst glaubte ich, er wolle zu seinem Wagen, vielleicht hatte er sich verabschiedet, und ich war zu sehr in meinen Gedanken versunken gewesen, um ihn zu hören. Doch dann bahnte er sich einen Weg durch das hohe Gras zu einem Feigenbaum und ging im Schatten seines ausufernden Geästs in die Hocke, um etwas auf dem Boden zu inspizieren.

Als ich näher kam, bemerkte ich, dass es ein flauschiges

weißes Etwas war. Es stieß einen schrillen Piepser aus und begann, mit den kräftigen Flügeln zu flattern.

»Armes Ding.« Hobe sah zu dem dicht belaubten Feigenbaum auf. »Es muss während des Gewitters heute Nacht aus seinem Nest gefallen sein. Oder es waren die Raben. Keine Spur von anderen Küken. Wahrscheinlich haben Wildkatzen sie aufgefressen.«

»Was ist es?«

»Ein kleiner Kuckuckskauz, niedliches Ding, was?«

»Wird er überleben?«

»Raubvögel sind zäh. Aber es ist immer schwer zu sagen. Sieht nicht so aus, als hätte er sich etwas gebrochen, trotzdem will ich kein Risiko eingehen.« Er stand auf, holte aus dem Kofferraum seines Wagens einen Karton und kam hastig zurück.

»Warum macht er den Schnabel dauernd auf und zu?«, fragte ich ihn. »Hat er Schmerzen?«

Hobe stellte den Karton neben dem kleinen Vogel ab. »Er hat Hunger. Ich denke, wenn er erst einmal vernünftig zu fressen bekommen hat, wird es ihm schon viel besser gehen.«

Ich war skeptischer. Die weichen Federn wirkten zerzaust, das weißbraune Muster wirr, der offene Schnabel sah mir eher nach Hilferuf als nach Hunger aus.

Doch Hobe wirkte nicht weiter beunruhigt. Er nahm ein Handtuch aus dem Karton und warf es über das Eulenbaby. Unendlich behutsam hob er das Tier in den Karton, sodass man nur noch sein rundes Gesicht und die riesigen goldenen Augen sehen konnte.

»Was werden Sie mit ihm machen?«, wollte ich wissen.

»Normalerweise hätte ich ihn wieder in sein Nest zurückgesetzt. Aber vorher will ich ihn sicherheitshalber von Danny untersuchen lassen. Ich baue ihm ein Nest bei mir zu Hause und gebe ihm stündlich zu fressen. Mal sehen, ob er klein gehackte Grashüpfer mag und ein paar Tropfen Wasser mit einer Pipette annimmt.«

»Klingt so, als hätten Sie so etwas schon öfters gemacht.«

»Schon möglich. Ein oder zwei Mal.« Seine Lippen zuckten. »Ich arbeite für WIRES. Haben Sie schon einmal von der Schutzorganisation für Wildtiere gehört?«

Ich grinste. »Bronwyn wird bestimmt alles darüber erfahren wollen.«

Hobe war offensichtlich zufrieden. Er hob den Karton auf, verließ den Schatten des Feigenbaums und ging den Hang weiter hinunter zu seinem Valiant. Dort schob er den Karton auf den Beifahrersitz und schnallte ihn fest.

»In ein paar Stunden komme ich mit Gurney wieder«, sagte er. »Ich bringe die Scheiben und ein paar Holzreste mit. Heute Nachmittag kann sich dann Gurney den Rasen vorknöpfen. Und wenn alles nach Plan läuft, sind wir morgen irgendwann durch.«

Er zögerte, anscheinend unwillig zu gehen. Aus dem Karton kam ein leises Zirpen, woraufhin er einen Blick hineinwarf und an dem Handtuch zupfte. Der kleine Kuckuckskauz stieß einen klagenden Ruf aus und verstummte.

»Hoffentlich überlebt er«, bemerkte ich.

Hobe strahlte mich an. »Am Wochenende bringe ich ihn Ihnen wieder. Vielleicht will Bronwyn sehen, wie ich ihn freilasse.«

»Ganz bestimmt.«

Das Junge stieß ein weiteres ängstliches Piepsen aus, und wir mussten lachen.

»Sie werden alle Hände voll zu tun haben mit vier Welpen und einem Eulenbaby.«

»O ja, bei den Millers herrscht niemals Langeweile.« Dann

sah er mich nachdenklich an. »Hören Sie, Audrey, warum bringen Sie Bronwyn nicht einmal zu uns rüber? Sie kann sich einen Welpen aussuchen, wenn sie will. Alma ist ein wunderbarer Wachhund, und ich wäre erleichtert, wenn ich wüsste, dass einer ihrer Welpen ein gutes Zuhause bekommt.«

Ich lächelte verlegen. Wir hatten noch nie ein Haustier besessen, wenn man von den Kompostwürmern absah oder den Horden von Käfern, Schmetterlingen und Gottesanbeterinnen, die Bronwyn ständig anschleppte. Sie hatte vor Jahren aufgegeben, um einen Hund zu betteln, nachdem ich es ihr stets verweigert hatte. Doch wir waren hierhergekommen, um ein neues Leben anzufangen, sagte ich mir. Vielleicht war es Zeit, meine Meinung zu ändern.

»Ja, sie wäre bestimmt begeistert.«

Hobes gesundes Auge funkelte in dem gesprenkelten Licht. »Wirklich, Audrey? Meinen Sie das im Ernst?« Er blickte zum Haus und schüttelte den Kopf, als erstaune ihn der Anblick immer noch.

Ich war selbst überwältigt. Nur in einer halben Stunde hatte ich meine Meinung über Hobe Miller vollkommen geändert. Corey hatte doch recht, er war wirklich Gold wert. Ich fragte mich, wie weit ich in unserer neuen Vertrautheit gehen könnte.

»Darf ich Sie was fragen, Hobe?«

Er war ganz versunken in den Anblick des Hauses. »Was denn, Mädchen?«

»Wer war Aylish?«

Er wandte den Kopf zu mir herum. Seine Stirn war gerunzelt, in seinem gesunden Auge funkelte ein elektrisches blaues Licht. »Die junge Aylish Lutz … Nun ja, sie war die Frau, die Samuel angeblich umgebracht hat.«

»Tonys Großmutter?«

»Genau.«

Eine Brise fuhr durchs Gras und streifte meine Fußknöchel. Als Hobe meine Vermutung bestätigte, spürte ich eine Last auf der Brust, als läge ein schwerer Stein darauf. Aylish hatte Samuel geliebt, ihr Brief bewies es. Warum also hatte er sie so brutal verraten?

»Er kann es doch nicht gewesen sein, nicht wahr?«, hörte ich mich sagen. »Oder?«

Hobe runzelte die Stirn. »Wer weiß das schon, Audrey«, sagte er freundlich. »Der alte Knabe wurde schließlich vor Gericht freigesprochen. Vielleicht waren die Gerüchte doch nur Gerüchte.«

»Das klingt aber nicht sehr überzeugend.«

»Nun ja …«

»Warum halten Sie ihn für schuldig, Hobe?«

»Als es sechsundvierzig geschah, war ich noch klein. Es gab eine Menge Tratsch unter den Leuten, mehr weiß ich auch nicht, verstehen Sie? Sehen Sie, die junge Aylish wurde schwanger, und es war klar, dass nur Samuel der Vater sein konnte. Sie waren seit Jahren zusammen, sie wollten heiraten, doch dann wurde Samuel nach Malaysia versetzt. Als zweiundvierzig Singapur fiel, kam er in japanische Gefangenschaft, und als er Jahre später nach Magpie Creek zurückkehrte, hatte er seine Meinung geändert und wollte sie nicht mehr heiraten.«

»Warum nicht?«

»Samuel war Arzt, soweit ich weiß, ein ziemlich guter. Er hatte sich auf Tropenkrankheiten spezialisiert, und am Anfang seiner Soldatenlaufbahn machte er sich einen Namen als Stabsarzt. Nach dem Krieg wurden Ärzte dringend gebraucht. Zumindest in kleinen Provinznestern wie Magpie Creek, und Samuel wollte sich hier niederlassen. Doch nicht wenige meinten, dass seine Karriere in Gefahr gewesen wäre, wenn er Aylish geheiratet hätte.«

»Wieso denn?«

»Die junge Aylish war eine halbe Aborigine. Ihr Vater Jacob war lutheranischer Pastor gewesen und hatte in den Zwanzigern oben im Norden eine Missionsstation für Aborigines geleitet. Er hatte sich in eine der einheimischen Frauen dort verliebt und wollte sie heiraten, doch natürlich hat die Kirche es verboten. Trotzdem wollte Jacob sie nicht aufgeben. Sie gebar ihm eine kleine Tochter – Aylish –, und die nächsten zehn Jahre verbrachten sie in relativer Ruhe. Der alte Jacob hat mir mal erzählt, dass die zehn Jahre oben in der Missionsstation die schönste Zeit seines Lebens gewesen seien. Dann begann die Tragödie. Aylishs Mutter starb an Scharlachfieber. Jacob verließ die Missionsstation und kam mit seiner Tochter nach Magpie Creek. Er zog sie sehr gut auf, das ja. Die alten Einwohner berichten nur Gutes von ihr, und der arme Jacob vergötterte sie. Nach ihrem Tod war er ein gebrochener Mann. Er hat sich nie mehr davon erholt.« Hobe schüttelte den Kopf, wie um die Traurigkeit dessen zu vertreiben, was er mir soeben erzählt hatte.

Auch ich empfand sie, eine düstere, tiefe Trauer, die mir das Herz schwer machte und in der Lunge brannte. Doch zugleich brach sich auch eine starke Neugier Bahn.

»Wo hat man ihre Leiche gefunden?«

Hobe öffnete den Mund, um zu antworten, doch dann verstummte er. Er war blass geworden, und das gesunde Auge hinter der Brille weitete sich.

Ich drehte mich gerade noch rechtzeitig um, um zu sehen, wie Bronwyn auf ihrem Fahrrad über den Rasen auf uns zuflog. Heute Morgen, kurz bevor Hobe draußen geparkt hatte, war sie in ein Projekt für die Schule versunken gewesen, hatte sich über den Küchentisch gebeugt und die leeren Zikadenpanzer zu einer makabren Blumenkette aneinandergereiht. Ich hatte halbwegs damit gerechnet, dass sie sich zu uns gesellen würde, neugierig auf ein neues Gesicht, doch offensichtlich war sie zu beschäftigt gewesen – bis jetzt.

Ihre Wangen glühten von der Sonne, und das lange Haar fiel über ihre Schultern. Sie strahlte uns an, nahm die Hand vom wackligen Lenker und winkte, dann drehte sie am Feigenbaum ab und fuhr weiter den Hang hinab.

Hobe stand mit offenem Mund da, als hätte er ein Gespenst gesehen.

»Das ist Bronwyn«, sagte ich.

Sie fuhr weiter, bis sie den mit Bäumen bewachsenen Vorsprung am Straßenrand erreichte, dann drehte sie um und trat wieder kräftig in die Pedale, um den Hang erneut hinaufzufahren. Erst, als sie hinter dem Haus verschwand, sagte Hobe: »Sie … das Mädchen … sie sieht so aus wie …«

»Tony?«, kam ich ihm zuvor und rang mir ein Lächeln ab. »Das finden alle. Sie standen sich sehr nah. Nicht nur, was das Aussehen anbelangt, sie haben auch ein ähnliches Temperament.«

Zu spät erkannte ich, was er hatte sagen wollen.

Glenda. Sie sieht so aus wie Glenda.

Hobes Blick war immer noch auf die Stelle fixiert, an der Bronwyn verschwunden war, als hoffte er, dass sie irgendwie noch einmal auftauchte. Die kleine Eule piepste in ihrem Karton, doch Hobe schien sie gar nicht wahrzunehmen. Zu meiner Verwunderung lief eine Träne aus seinem gesunden Auge und rollte über seine zerfurchte Wange.

»Nun dann«, sagte er, wischte sich unsicher über das Gesicht und warf mir einen zurückhaltenden Blick zu. »Ich denke, ich sollte mich auf die Socken machen. Besser, ich besorge die Fensterscheiben, solange der Tag noch jung ist. Nach dem Mittagessen fangen wir an, wenn es Ihnen recht ist.«

»Ja, natürlich.« Ich versuchte, meine Enttäuschung zu unterdrücken. Offensichtlich hatte er es eilig wegzukommen. »Ich muss am späten Vormittag noch für jemanden einspringen, ich soll bei einer Hochzeit fotografieren. Aber um die Mittagszeit müsste ich wieder da sein.«

Hobe nickte, doch ich bemerkte, dass er mit seinen Gedanken ganz woanders war. Es folgte eine Stille, in der er immer noch auf das Haus starrte, dann schüttelte er sich, als müsse er sich wachrütteln. Schließlich winkte er mir hastig zu und stieg in seinen Wagen. Der Motor heulte auf, und kurz darauf verlor er sich in einer wirbelnden Staubwolke.

Lange Zeit blieb ich stehen, umklammerte meine Ellbogen und lauschte dem leisen Schwatzen der Vögel. Die Welt schien so ruhig und friedlich. Ganz anders als das Chaos, das in meinem Inneren wütete.

»Mum?«

Ich legte die Finger auf meine Rippen und blinzelte in die Sonne.

Aylish Lutz… die Frau, die Samuel angeblich umgebracht hatte.

Ich schloss die Augen und beschwor Samuels Anblick vor der Rosenlaube: sein eindringlicher Blick, das zögernde Lächeln, die steifen Schultern, die auf unterdrückte Wut hätten schließen lassen können. Heimtückisch hatte ihn Hobe genannt. Bösartig. Als er starb, hätten die Leute erleichtert aufgeatmet.

»Mum, es ist schon Viertel vor neun. Wir kommen noch zu spät!«

Ich drehte mich auf dem Absatz um und sah, wie Bronwyn neben dem Celica stand. Ihre Schuluniform war zwar zerknittert, aber ihre Schuhe waren blitzblank geputzt, und das frisch gewaschene Haar hatte sie zu einem schimmernden Pferdeschwanz gebürstet.

Sie starrte mich entsetzt an. »Du hast dich nicht einmal umgezogen.«

Ich sah an mir herab. Uralte, abgeschnittene Jeans. Ein zerschlissenes T-Shirt, Turnschuhe ohne Socken. Es musste reichen. Ich stakste durch das Gras und nahm Bronwyn die Wagenschlüssel ab, die sie mir hinhielt. Dabei fiel mein Blick auf meine Finger. Auf dem Daumennagel lag eine Schicht von verkrustetem Blut, und die Nagelhaut sah aus wie ein schwarzer Halbmond. Ich hatte im Schlaf darauf gebissen. Es war eine Gewohnheit, die ich vor Jahren abgelegt hatte. Wo kam die denn jetzt her?

Ich stieg hastig in den Wagen und ließ den Motor aufheulen, während ich wartete, dass Bronwyn sich anschnallte. Dann rasten wir los.

Das Bild von Samuel, das in meinem Kopf Gestalt annahm, gefiel mir nicht sonderlich. Ich verstand, dass er im Krieg viel durchgemacht hatte und es ihm durch das erfahrene Leid schwerfiel, sich wieder in die Zivilgesellschaft einzugliedern, aber viele ehemalige Soldaten und Soldatinnen waren erfolgreich wieder in die Gesellschaft zurückgekehrt. Wieso war Samuel gescheitert? Noch schlimmer fand ich, dass er befürchtet hatte, er würde seine Karriere als Arzt ruinieren, wenn er Aylish heiratete. Es schmerzte, als hätte seine Ablehnung nicht Aylish, sondern mir gegolten.

Ich umklammerte den Lenker und trotzte der holprigen Straße. Ich hatte den Eindruck, als wollte der Celica sich auf der steinigen Straße mit den unzähligen Schlaglöchern ständig selbstständig machen und mich in eine Richtung führen, in die ich nicht wollte.

Ich kurbelte die Scheibe herunter und atmete die warme

Luft ein. Sie schmeckte nach Piniensaft und Staub, Gras und Blumen. Sie schmeckte lebendig. Ich sog sie auf, im Versuch die Gedanken an den Tod, Verrat und Mord zu vertreiben.

Ich hatte mich Hals über Kopf in Thornwood verliebt. Ich wollte hier nicht weg. Wollte nicht, dass die Vergangenheit mich entwurzelte, mich von dort vertrieb, wo ich hingehörte. Doch Samuels Gegenwart hier im Haus war mit Händen zu fassen. Er war vor langer Zeit über dieselben Dielen gelaufen, über die nun die weichen Sohlen meiner Tochter tappten. Er hatte dieselbe Luft eingeatmet, die nun wir einsogen, in derselben Dunkelheit geschlafen, die sich nun über uns senkte. In den Adern meiner Tochter floss sein Blut ... und seine Träume gingen nun in meine über.

Wie konnten wir bleiben, wenn er ein Mörder war?

In Wirklichkeit wollte ich nicht wahrhaben, dass Samuel Riordan jemanden umgebracht hatte. Und das hieß, dass ich zumindest für mich den Beweis finden musste, dass er unschuldig gewesen war, wenn wir weiterhin hier leben wollten.

Als die Schotterstraße in die asphaltierte Straße überging, hörte der Wagen auf zu holpern, und wir glitten sanft dahin. Ich warf Bronwyn einen Blick zu. Sie hatte ihre Kopfhörer aufgesetzt und starrte abwesend aus dem Seitenfenster.

Ich versuchte, den Kloß im Hals hinunterzuwürgen, den Schatten aus meinem Herzen zu verjagen. Doch er weigerte sich hartnäckig. Im Gegenteil, er wurde zunehmend dunkler.

Zugleich wurden Aylish und Samuel immer realer. Wie Familienmitglieder oder enge Freunde. Jedes Mal, wenn ich an sie dachte, wurde ich nervös, hatte das Gefühl, ich hätte sie gut gekannt, ja geliebt. Es war, als wäre ein Teil von mir zu ihnen in die Vergangenheit zurückgeflossen und könnte jetzt nicht mehr zurückkehren. Ich fühlte mich verloren ... und entsetzlich einsam.

Solche Gefühle hatte ich nur zwei Mal zuvor gehabt. Das erste Mal, als Tante Morag starb. Das zweite Mal an jenem unvergesslichen Tag, als Tony sich mit mir hinsetzte und versuchte zu erklären, warum er jemanden anders heiraten musste.

Und das jetzt, so verrückt es auch klingen mochte, war das dritte Mal.

Mein Gesicht schmerzte. In meinem Kopf hämmerte es, und die Schuhe mit den hohen Absätzen, die ich nur selten trug, brachten mich um. Ich wünschte, ich hätte aufhören können zu lächeln.

In einem grünen Park neben dem Brisbane River standen an die hundert geladene Gäste unter hohen Feigenbäumen. Es war Mittag. Der Himmel strahlte kobaltblau, die Sonne glühte weiß vom Himmel herab. Über unseren Köpfen kreischten die Möwen und übertönten den gedämpften Verkehrslärm.

Die Braut trug ein klassisch weißes, trägerloses Tüllkleid. Sie war ein hübsches Ding mit Gardenienblüten im glänzend schwarzen Haar und einem überwältigenden Lächeln. Der Bräutigam gab ihr gelegentlich einen Kuss oder drehte sie im Kreis, sodass es weiche, duftende Blütenblätter auf den Rasen um sie herum regnete.

Arme Dummköpfe, dachte ich. Die Liebe hält nicht lange an. Es war eine bittere Lektion, die man lernen musste, doch dank Tony hatte ich vor vielen Jahren das Examen bestanden und meinen Master in Enttäuschungen gemacht. Man mochte mich zynisch finden, aber ich hatte noch nie erlebt, dass die Liebe irgendwen wirklich glücklich gemacht hätte. Der zufriedenste Mensch, den ich gekannt hatte, war Tante Morag gewesen, und sie war ihr ganzes Leben solo geblieben. »Frei«, hatte sie oft gesagt, »frei von all dem Liebeskummer und Frust, den man hat, wenn man einen Mann liebt.«

Ich stellte mein Stativ auf und richtete das Teleobjektiv von den Hochzeitsgästen auf die beiden Brautjungfern. Sie waren auf die niedrigen Äste einer benachbarten Pinie geklettert. Ihr schrilles Gelächter vermischte sich mit dem Kreischen der Möwen. Sie hatten ihre bauschigen weißen Kleider, passend zu dem der Braut, in die Unterhosen gestopft, damit sie ihre dünnen Beine frei hatten und auf den Baum klettern konnten. Sie kicherten wild und schlugen mit Zweigen aufeinander ein. Ihre Gesichter waren gerötet, ihre Augen funkelten fröhlich. Sie waren berauscht von zu viel Kuchen und Likör, zu viel Übermut.

Mein Verschluss surrte, perfekte Aufnahmen: eine Gruppe von Gästen, die ahnungslos im Vordergrund herumschwirrte, die Blumenmädchen, die in mittlerer Entfernung wie zwei schneeweiße Hennen auf den Ästen hockten, und um sie herum tanzten Schmetterlinge wie weiße Papierfetzen zwischen Strahlen von blendendem Licht.

Mit einem Mal löste sich die Komposition auf. Die Gruppe zerstreute sich, und die Schmetterlinge flogen davon. Die kleinen Mädchen rannten zurück zu ihren Müttern. Ich verfolgte sie mit meinem Sucher, doch der Verschluss blieb unbewegt.

Dann zog eine Wolke vor die Sonne, zumindest schien es so, und tauchte die Welt ins Dunkel. Der Park verschwand, und ich stand inmitten einer nächtlichen Landschaft, in der hohe Eukalyptusbäume in den sternenlosen Himmel ragten. Ihre Äste schwankten im Wind. Ich blickte auf eine nicht asphaltierte Straße im Mondlicht. Und dann lief ein Mädchen darüber, seine dünnen Beine trugen es von mir weg. Es war nicht Bronwyn – dieses Mädchen war noch klein, höchstens drei oder vier Jahre alt, und trug ein altmodisches Kleid –, trotzdem spürte ich einen mütterlichen Anflug von Panik, als es vor mir im Schatten verschwand.

In den Bäumen lauerte Gefahr.

Mit einem Ruck kam ich wieder zu mir. Und zurück in den grünen Park mit einem kobaltblauen Himmel und dem beruhigenden Gemurmel von Stimmen, zurück zu den sonnenüberfluteten Bäumen, zu den Möwen und dem breiten Fluss. Zurück in eine Welt, die nicht von Träumen gezeichnet war – eine Welt, in der ich mich zunehmend fremd fühlte.

Sobald meine Hände zu zittern aufgehört hatten, packte ich meine Ausrüstung zusammen.

Ich hatte fast fünfhundert Aufnahmen gemacht – die Hälfte während der Feier und die andere Hälfte hier im Park – und war sicher, dass sich darunter genügend gelungene Fotos befanden. Zudem sah ich, dass die Braut allmählich ungeduldig wurde. Heute begann ein neues Kapitel in ihrem Leben, sie brannte vermutlich darauf, die nächste Seite aufzuschlagen und sich hineinzustürzen.

Auf dem Weg zum Wagen, während mir die Kameratasche gegen die Hüfte schlug und ich das Stativ umklammerte, kehrten meine Gedanken wieder zu Aylish zurück.

Hatte auch sie von ihrem Hochzeitstag mit Samuel geträumt? Hatte sie an ihr Hochzeitskleid gedacht, über die Gästeliste gegrübelt und sich ihre gemeinsame Zukunft ausgemalt? War sie – wie die Braut, die ich heute fotografiert hatte – aufgeblüht, wenn der Mann, den sie liebte, in ihrer Nähe war? Und Samuel? Hatte er sie wirklich geliebt? Oder hatte er finstere Absichten gehabt, genährt durch die selbstsüchtigen Trugbilder eines kranken Geistes?

Ich kam mit meinen Stöckelschuhen ins Straucheln und stolperte. Mein Stativ fiel zu Boden. Als ich mich bückte, um es aufzuheben, rutschte meine Kameratasche nach vorne, und ich verlor das Gleichgewicht. Schließlich erreichte ich meinen Wagen, völlig verschwitzt, erhitzt und fertig.

Ich ließ den Motor an und reihte mich in den dichten Verkehr ein, der Richtung Highway strömte. Die Vision im Park hatte mich erschüttert, trotzdem wusste ich, dass das nur der Anfang gewesen war. Meine Neugier geriet allmählich außer Kontrolle. Ich spürte, wie sie brannte, wie sich die ersten alarmierenden Symptome einer unzähmbaren Besessenheit ankündigten. Ich musste Tatsachen in Erfahrung bringen – nicht nur die Gerüchte, sondern die harten Fakten.

Ich warf einen Blick auf die Uhr des Armaturenbretts. Hobe und sein Bruder müssten längst im Garten von Thornwood zugange sein. Wenn ich die Geschwindigkeitsbegrenzung ignorierte, wäre ich in fünfzig Minuten bei ihnen.

9

Als ich schließlich in Thornwood ankam, brannte die Sonne am Himmel. Die Gräser ließen den Kopf hängen, die Blätter klammerten sich nicht mehr verbissen ans Leben, sondern hingen schlaff herunter, die Zweige knisterten, als könnten sie jeden Augenblick in Flammen aufgehen. Sogar die Loris wirkten gereizt, kreischten und schrien sich gegenseitig an, als sie sich in der Vogeltränke versammelten, auf der Suche nach Abkühlung.

Die Millers waren mit der Arbeit im Garten gut vorangekommen. Der Rasen war gemäht, die Ränder getrimmt und die störenden Zweige des Mangobaums sauber gestutzt.

Ich nahm eine Dusche und zog etwas an, das besser zu mir passte – abgeschnittene Jeans, Tanktop, barfuß. Aus verschiedenen Fenstern beobachtete ich die Millers und staunte darüber, dass die sengende Hitze ihnen nichts auszumachen schien.

Hobe lehnte meinen Vorschlag ab, ihm dabei zu helfen, die Fensterscheiben aus seinem ramponierten Nutzfahrzeug zu holen. Da sein Bruder Gurney sich weigerte, in die Nähe des Hauses zu kommen, musste Hobe den Weg zwei Mal gehen. Zuerst holte er seinen Werkzeugkasten und einen Haufen Holzreste. Danach streifte er Schutzhandschuhe über, um die Scheiben zu tragen. Als er sich schließlich im Badezimmer eingerichtet hatte, glänzte sein Gesicht knallrot, und das schneeweiße Haar klebte an seinem Schädel.

Zuerst kratzte er mit einem Meißel den Kitt aus den Rahmen der zerbrochenen Scheiben, zog sämtliche kaputten Glasreste heraus und wickelte sie in Zeitungspapier ein; dann maß er die neuen Scheiben ab. Ich unterbrach ihn unter dem Vorwand, ihm ein Glas Eiskaffee zu bringen, und als er freundlich ablehnte, weil er seine einzige tägliche Tasse Kaffee bereits getrunken hatte, beschloss ich, sofort auf den Punkt zu kommen.

»Ich habe darüber nachgedacht, was Sie mir heute Morgen erzählt haben.«

Er hatte mir den Rücken zugewandt, sodass ich seinen Gesichtsausdruck nicht erkennen konnte, ich erhaschte nur einen kurzen Blick auf sein Profil, als er sich halb umdrehte.

»Was meinen Sie?«

»Ich bin neugierig, Hobe. Wo hat man Aylishs Leiche gefunden?«

Während er mit dem Meißel über den Fensterrand kratzte und immer mehr Kitt entfernte, regnete es überall auf den Boden Bruchstücke herab.

»Oben in der Rinne«, sagte er leise.

»Hier, ganz in der Nähe von Thornwood?«

Er nickte. »Man hatte sie erschlagen und halb tot dort liegen lassen.«

Alle Alarmglocken schrillten in meinem Kopf, doch ich ignorierte sie. Erkundige dich nach den Einzelheiten, ehe du auf dumme Gedanken kommst, ermahnte ich mich.

»Das ist der Grund, weshalb Sie Samuel für schuldig halten, nicht wahr? Weil man Aylish in der Nähe seines Grundstücks fand?«

Hobe sah sich das Fenster nachdenklich an und fuhr sich über das stoppelige Kinn. »Ich werde den ganzen Fensterrahmen erneuern müssen, er ist völlig verfault.«

»Hobe?«

Er seufzte. »Was spielt das jetzt noch für eine Rolle, Mädchen? Es ist so viel Zeit vergangen. Hören Sie auf, sich den Kopf darüber zu zerbrechen, was Samuel Riordan getan oder nicht getan hat. Thornwood gehört nun Ihnen, es ist Ihr Zuhause. Lassen Sie nicht zu, dass die Vergangenheit Sie von hier vertreibt.«

Er hatte recht, ich sollte mir keine Gedanken machen, es war zwecklos, etwas ans Tageslicht zerren zu wollen, das schon so lange so tief vergraben war. Ich versuchte loszulassen, doch es gelang mir nicht.

Möglich, dass Aylish tot war und Samuel auch, aber für mich waren sie so real geworden, dass ich, sobald ich die Augen schloss, den süßen Duft von Rosen wahrnahm, das ansteckende Lachen einer jungen Frau hörte, das durch den Garten flirrte, und einen Mann sah – so klar, dass mir die Augen tränten –, der vor der Rosenlaube posierte.

»Wie weit ist sie von hier weg, die Schlucht, meine ich?«

»Sie liegt an der Nordgrenze, Mädchen. Warum wollen Sie das wissen?«

»Nun, ich wollte mit Bronwyn zu diesem Ort mit den Blumen wandern, von dem Sie mir erzählt haben – Bower's Gap, nicht wahr? Aber jetzt will ich auch diese Schlucht sehen, vielleicht gehen wir lieber dahin. Zu dieser Jahreszeit ist das Licht perfekt. Ich könnte ein paar herrliche Sonnenuntergänge fotografieren.«

Hobe legte seinen Holzhammer auf die Fensterbank. »In der Schlucht gibt es jetzt nicht viel zu sehen. Sie müssen bis zum Frühling warten, um dort Blumen zu finden. Wenn Sie Fotos schießen wollen, dann sollten Sie mit Bronwyn zu Bower's Gap wandern. Es ist sicherer dort.«

»Sicherer?«

Vor dem jetzt glaslosen Fenster tauchte eine Hornisse auf und flog hin und her. Wahrscheinlich war sie auf der Suche nach einem Platz, wo sie ihr Nest bauen konnte. Hobe wedelte mit der Hand, um sie zu verscheuchen.

»In der Schlucht sind über die Jahre hinweg mehrere Unfälle passiert. Es ist eine gefährliche Gegend – Steinschlag, Erdrutsche, Bäume, die nach einem starken Regen herabstürzen.« Er warf mir einen prüfenden Blick zu. »Sie sollten Bronwyn warnen, sagen Sie ihr, dass sie nicht allein in den Busch gehen darf. Sie wissen doch, wie Kinder sind, sie lassen sich ablenken von all den Dingen, die sie im Kopf haben. Werden Sie das tun, Audrey? Werden Sie es ihr sagen?«

Draußen sangen die Vögel, und die Hornisse brummte herein, doch die Stille im Badezimmer war – auch wenn sie nur einen Herzschlag lang dauerte – explosiv.

»Finden Sie es nicht seltsam, dass Aylish und ihre Enkelin Glenda Jarman beide in der Schlucht ums Leben gekommen sind?«, fragte ich nachdenklich.

Hobe fegte mit einer Bürste den restlichen Kitt vom Fensterrahmen. Sein Gesicht wirkte plötzlich alt, mit tiefen Furchen.

»Wie gesagt, Mädchen, dort hat es über Jahre hinweg zahlreiche Unfälle gegeben, Erdrutsche, umgestürzte Bäume und so weiter. Die Sache mit der kleinen Glenda war traurig … sehr traurig. Aber sie war nicht die Erste, die dort oben einen falschen Schritt gemacht hat.«

Die bittere, verzweifelte Trauer, die seine Stimme färbte, schockierte mich.

»Kannten Sie die Jarmans gut, Hobe?«

Die Hornisse kam auf das offene Fenster zugeschossen und schreckte wieder zurück, als könne sie sich nicht entscheiden. Irgendwo im Garten rief ein einsamer Wippflöter.

»Nun ja, ich bin ihnen hin und wieder in der Stadt über den Weg gelaufen, aber viel hatte ich mit ihnen nicht zu tun«, nuschelte Hobe.

Er drehte sich um und begann, mit Hammer und Meißel auf den verbleibenden Kitt einzuhacken. Nach einer Weile warf er einen verstohlenen Blick über die Schulter und merkte, dass ich ihn immer noch beobachtete. Seufzend stellte er sein Werkzeug auf der Fensterbank ab.

»Eine Schande, was? Man wird sechzig, und das Gedächtnis vertrocknet allmählich wie ein Wasserloch in der Trockenzeit.« Er schüttelte den Kopf und schlurfte an mir vorbei, dann blieb er auf der Schwelle des Badezimmers stehen und drehte sich zu mir um. »Hab die verdammte Wasserwaage im Wagen vergessen, deshalb muss ich noch mal runter. Vielleicht bringen Sie mir doch einen Eiskaffee«, setzte er hinzu. »Wahrscheinlich bin ich halb verdurstet, wenn ich zurückkomme.«

Damit trat er hinaus auf die Veranda und verschwand über die Hintertreppe. Ich lief zum Fenster im Wohnzimmer und beobachtete, wie er über den Rasen auf die Anliegerstraße zuging.

Gurney war dabei, im Kofferraum des Pick-ups nach etwas zu suchen. Als sein Bruder sich näherte, blickte er auf. Hobe ließ sich mit herabhängenden Schultern auf den Fahrersitz fallen. Er zog ein Taschentuch aus der Tasche, wischte sich das Gesicht ab und schnäuzte sich. Gurney musste ihn etwas gefragt haben, denn er schüttelte den Kopf und starrte dann ins Tal hinunter. Gurney suchte weiter, rang die Hände und schlurfte hin und her. Sogar von meinem Fenster im Wohnzimmer aus war seine Verzweiflung deutlich spürbar. Ständig sah er zum Haus auf, dann wieder zu Hobe, und sein Gesicht war faltig vor Sorgen.

»Ach, Hobe«, flüsterte ich. »Was ist gerade passiert?«

An diesem Morgen erst hatte mir Hobe im wuchernden Garten seine Liebe zu der Landschaft ringsum gestanden. Er hatte ein Bild von Hügeln gemalt, die mit Blumen übersät waren, von prähistorischen Ungeheuern gesprochen und mir erzählt, wie er als Jugendlicher von dem seit Langem erloschenen Vulkan fasziniert gewesen war. Er hatte voller Achtung von den Aborigines gesprochen und schien ihre Verbundenheit mit dem Land selbst verinnerlicht zu haben. Erst da hatte ich ihn ins Herz geschlossen und mich veranlasst gefühlt, ihm meine intimen Gedanken zu offenbaren. Ich hatte mir gewünscht, ihm so vertrauen zu können wie Corey.

Und trotzdem hatte er mich gerade belogen.

Ich erinnerte mich, wie schockiert er gewesen war, als er heute Morgen Bronwyn gesehen hatte, wahrscheinlich weil sie Glenda so ähnelte. Es hatte ihn so tief bewegt, dass er sogar eine Träne vergossen hatte. Und trotzdem hatte er eben behauptet, er hätte die Jarmans kaum gekannt, und anschließend wie eine schreckhafte Eidechse das Weite gesucht.

Hm.

Wie Alice sagte, als sie in die Kaninchenhöhle schlüpfte, es wurde komischer und komischer.

»Schon wieder Pizza?«

»Ich dachte, du magst Pizza?«

»Tu ich auch, Mum. Versteh mich nicht falsch. Ich beklage mich nicht, ich lese nur die Zeichen.«

Ich setzte mich auf die Couch, nahm einen Teller und tat mir Schinken und Ananas darauf. »Was für Zeichen?«

»Dass die Zeit drängt. Dass eine von uns zu viel mit anderen Dingen beschäftigt ist, um zu kochen. Dass irgendetwas im Busch ist. Eine von uns versteckt etwas, und ich bin garantiert nicht diejenige.«

Ich hielt inne, das Stück Pizza halbwegs zum Mund erhoben. Ich legte es wieder auf den Teller und sah sie an. Sie biss in ein Stück Pizza mit Käse und Tomate und sah unschuldig auf den Fernseher. Tat so, als würde sie sich David Attenboroughs Dokumentation über Termiten anschauen, die sie schon mindestens tausendmal gesehen hatte.

»Was meinst du mit *verstecken*?«

Sie zuckte die Achseln, ohne die Augen vom Bildschirm zu nehmen. »Sag du es mir.«

Ich bekam einen Magenkrampf, als ich mir im Geiste vorstellte, wie Bronwyn den Revolver entdeckte, den ich in der Schublade von Samuels Frisiertisch versteckt hatte. Wie sie damit herumspielte und in der Schachtel mit den Patronen fummelte. Und plötzlich wurde mir schlecht. Warum hatte ich die Waffe nicht der Polizei übergeben, so wie ich es anfänglich vorgehabt hatte?

»Was hast du gefunden?«, fragte ich vorsichtig.

Bronwyn nahm einen weiteren kleinen Bissen, kaute und schluckte. »Komm schon, Mum, gib es zu. Ist es ein heimlicher Zeitvertreib? Oder ein privates kleines Projekt? Etwas, das du mir nicht erzählen willst?«

Dann war es nicht die Waffe. Eine Reihe anderer Schuldgefühle übermannte mich. Die sauberen Laken, mit denen ich Samuels Bett bezogen hatte, die sorgfältig mit der Hand gewaschene Steppdecke, meine Lieblingskissenbezüge. Die Bücher, die ich neben seinem Bett gestapelt hatte, Samuels Foto, das ich neu gerahmt, Aylishs Brief, den ich in der obersten Schublade des Nachttischs versteckt hatte …

Ich zog die Schultern hoch. »Tut mir leid, ich weiß nicht, was du meinst.«

Bronwyn betrachtete die Kruste ihrer Pizza so wie ein Folterknecht sein nächstes Opfer. Ich konnte fast hören, wie ihr Gehirn tickte. Soll ich es langsam und schmerzhaft machen oder sie lieber überraschen?

»Mum«, sagte sie mit einem vernünftigen Tonfall, ohne den Blick von der Rinde zu nehmen. »Ich glaube, dass ich wie Jade Vegetarierin werden will. Es ist menschlicher, außerdem schont es den Planeten. Darf ich?«

Sie hatte sich also für die langsame und schmerzhafte Folter entschieden. Ich schob meinen Teller auf den Couchtisch, zog die Beine unter mich und wandte mich ihr zu.

»Was meinst du mit heimlichem Zeitvertreib?«

Sie lächelte mich geradezu strahlend an. »Du hörst dich an, als hättest du ein schlechtes Gewissen.«

»Ich höre mich an wie eine ärgerliche Mutter, die es satthat, irgendwelche Spielchen zu spielen.«

»Wie auch immer.«

»Komm schon, Bronwyn. Was hast du gefunden?«

Sie stellte ihren Teller irritierend langsam ab, griff unter den Couchtisch und zog einen Stapel hervor. Mehrere Bücher und ein Begleitheft zu einer DVD.

Mir rutschte das Herz in die Hose, als ich die Einbände sah, war aber zugleich schrecklich erleichtert.

»Ach das.«

»Scheint ganz so, als wäre ich nicht die Einzige, die Gebärdensprache lernt«, verkündete Bronwyn triumphierend, warf die DVD auf den Tisch zwischen uns und hielt die Bücher hoch, um die Titel vorzulesen.

»*Zeit für Zeichen – Gebärdensprache leicht gemacht* … und *Sag es mit Zeichen – Elf lustige Kinderlieder* … Wirklich, Mum, Kinderlieder?«

»Ich dachte mir, ich fange mit was Leichtem an«, sagte ich steif. »Außerdem verstehe ich nicht, was daran so komisch sein soll, es ist nur …«

»O Mum, du magst Jades Dad, gib es zu«, plapperte Bronwyn belustigt dazwischen.

Ich starrte auf den Bildschirm. »Ich will nur höflich sein, weil er taub ist. Außerdem kommt er am Samstag zum Grillen mit, und ich will nicht, dass er sich ausgeschlossen fühlt, weil er nichts hört. Jemand wird sich mit ihm unterhalten müssen.«

»Jemand? Du meinst außer mir, Jade und Corey?«

»Nun, es ist eine Frage der Höflichkeit, Bron. Und wenn ihr vier euch mit Gebärdensprache unterhaltet, wo bleibe ich dann?«

»Du willst mir doch nicht weismachen, dass er dir nicht gefällt? Dass du die Gebärdensprache nur lernst, um dich nicht ausgeschlossen zu fühlen?«

Ich griff nach meinem Teller, biss in ein Stück Pizza und tat so, als würde ich fernsehen. David lehnte an einem riesigen Termitenhügel und wies die Kamera an hineinzugehen. Plötzlich sah man überall geschäftige weiße Körper, die sich sammelten und tummelten wie … na ja, wie Termiten eben.

»Mum? Hör auf, mich zu ignorieren. Dann fühlst du dich nur noch mehr schuldig.«

Ich seufzte. »Er ist nett, ja? Aber nicht mein Typ.«

»Warum nicht?«

»Er kommt mir … na ja, ich weiß nicht, ein bisschen wild vor.«

Bronwyn schnaubte. »Mum, du bist zum Totlachen, ich kann es kaum abwarten, Jade davon …«

»Untersteh dich.«

Sie schüttelte den Kopf. »Soll ich raten? Dad war deine einzige Liebe.«

»Ja, so ähnlich.«

»Weißt du, Mum, eines Tages bin ich erwachsen und gehe aus dem Haus, und dann wirst du allein sein. Du wirst dich einsam fühlen. Es sei denn, du vergisst Dad und fängst ein neues Leben an.«

Ich blickte sie an und versuchte, ihre Worte zu analysieren, suchte nach einem Hinweis auf Schmerz oder den Schatten einer unterdrückten Wut. Versuchte herauszufinden, ob ihr beiläufig klingender Kommentar ein versteckter Hilferuf war. Ihr Gesicht war ruhig, ihre Augen strahlten tiefblau und so still wie das Wasser in einem See.

»Neu anfangen, vielleicht«, antwortete ich. »Trotzdem müssen wir nicht alles vergessen.«

»Ich sage doch nicht, dass ich ihn vergessen will. Nur dass du es solltest.« Sie legte das Begleitheft beiseite und griff nach der Fernbedienung. Dann drehte sie die Lautstärke auf, setzte sich bequem hin und machte sich erneut über ihre Pizza her.

Sie hatte recht. Ich versteckte etwas vor ihr.

Nur war es nicht eine romantische Liebesbeziehung, die etwas mit dem Erlernen der Gebärdensprache zu tun hatte. Wie hätte ich an einen Mann denken können, wenn all meine Gedanken von Samuel und Aylish beherrscht wurden?

Nachdem ich gespült hatte, ging ich in den hinteren Flügel des Hauses zu meinem Arbeitszimmer. Der schmale Raum hatte früher einmal zur Veranda gehört und war durch den Einzug einer Holzwand und den Einbau eines großen Fensters in einen Wintergarten umgewandelt worden. Nachdem wir eingezogen waren, hatte ich mehrere Tage damit verbracht, den Vogelmist von den Dielen zu schrubben, die Fenster zu putzen und die Wände mit cremeweißer Farbe anzustreichen. Die Möbel waren einfach: mein Fotodrucker, eine Stehlampe aus Aluminium, mein geschätzter Eames-Sessel und ein antiker Schreibtisch. Unter dem Fenster am anderen Ende des Zimmers stand mein riesiger Zeichentisch – zwei robuste Böcke, auf denen eine umgemodelte Tür aus Eichenholz lag. Ich hatte sogar meine alten Entwicklerschalen und das Vergrößerungsgerät aufgebaut. In einer digitalen Welt waren sie wie Dinosaurier, trotzdem hatte ich sie gern um mich – sie erinnerten mich an jene ersten berauschenden Tage meiner Liebesaffäre mit der Fotografie.

Ich setzte mich an den Laptop, steckte den USB-Stick ein und ging ins Netz. Ich tippte meine Anfrage in die Suchmaschine ein und wartete, bis die Webseite der State Library von Queensland geladen wurde. Dann richtete ich mithilfe von Bronwyns Mitgliedsausweis für die Stadtbücherei einen User-Account ein und folgte anschließend einem Link zur Webseite des *Historic Australian Newspaper*. Es gab nur eine Handvoll Zeitungen aus Queensland – die älteste war der *Moreton Bay Courier* aus dem Jahr 1846. Ich klickte auf die modernere Seite des *Courier-Mail*, der von 1933 bis 1954 datierte. Es dauerte eine Ewigkeit, bis sie geladen war, und als sie endlich erschien, sah ich, dass es zwecklos war. Entweder gab es keine Zeitungsartikel nach 1939 – was unwahrscheinlich war –, oder aber sie waren noch nicht digitalisiert und eingespeist worden.

Ich ging zurück zur Seite *Historic Australian Newspaper* und tippte eine Reihe von Begriffen ein – »Queensland« in Verbindung mit »1946«, »Magpie Creek« und »Mordprozess«. Meine Zuversicht schwand, als ich mich durch die neunzehn Links klickte, die mögliche Artikel enthielten – »Japanische Verbrechen«, »Misshandelte und verhungerte Kriegsgefangene«, »Tod eines Wanderarbeiters«, aber nichts fand, das auch nur im Entferntesten eine Verbindung zu dem aufwies, was ich suchte.

Kurz bevor ich aufgab, machte ich einen letzten Versuch und gab »Aylish Lutz« ein. Innerhalb von Sekunden starrte ich auf eine ganze Sammlung verblichener Zeitungsartikel. In der Mitte, umgeben von Artikeln und Anzeigen, gab es einen einzigen Absatz mit einem hervorgehobenen Text, umgeben von Werbung und anderen Artikeln. Zuerst wunderte ich mich – er stammte nicht einmal aus einer Zeitung in Queensland. Dann vergrößerte ich das Bild und sah es mir näher an.

The Argus (Melbourne, Victoria: 1848–1954)
Montag, 18. März 1946, Seite 1

MANN WEGEN MORDES VERHAFTET

BRISBANE – Nach einer dreißigstündigen polizeilichen Ermittlung unter der Leitung von Unterinspektor B. McNally wurde jetzt ein Mann festgenommen, der im Verdacht steht, in der Nacht zum letzten Freitag Miss Aylish Lutz, 22, ermordet zu haben. Ihre Leiche war am Donnerstagmorgen in der sogenannten Rinne fünf Meilen westlich von Magpie Creek, Queensland, gefunden worden.

Die Polizei fand Spuren einer gewalttätigen Auseinandersetzung sowie mehrere menschliche Zähne und Blutspuren an der Stelle, an der das Opfer versucht hatte, sich fortzuschleppen. Eine Obduktion der Leiche am Freitag ergab, dass Miss Aylish Lutz an verschiedenen Kopf- und Körperverletzungen gestorben war.

Eine weitere Untersuchung, die heute durchgeführt wurde, bestätigte, dass Miss Lutz mit einem Holzgegenstand, wahrscheinlich einem Speichenrad oder Knüppel, erschlagen wurde.

Ich sprang auf und lief durch den Flur. Aylishs Brief hatte sich bereits in mein Gedächtnis eingebrannt, trotzdem musste ich mich vergewissern. Ich rannte ins hintere Zimmer, nahm den Brief aus der Schublade des Nachttisches und faltete ihn unter der Lampe auf.

Aylish hatte den Brief am Mittwoch, den 13. März 1946 geschrieben und darin Samuel gebeten, sie an ihrem geheimen Ort zu treffen. Am folgenden Morgen – Donnerstag – hatte man ihre Leiche in einem Gebüsch in der Schlucht gefunden.

Ich ging zum Schreibtisch zurück, meine Finger flogen über die Tastatur. Ich drückte auf die Enter-Taste und wartete, überzeugt, dass da nichts Weiteres wäre. Das erste Mal hatte man Glück, später ging man leer aus, war das nicht immer so?

Offensichtlich nicht.

The Sydney Morning Herald (NSW: 1982–1954)
Mittwoch, 20. März 1946, Seite 3

KRIEGSHELD VERHAFTET

BRISBANE – Der Kriegsheimkehrer Dr. Samuel Riordan erschien vor dem Polizeigericht von Magpie Creek, Queensland; er wird verdächtigt, am Mittwoch Miss Aylish Lutz, 22, ermordet zu haben, eine farbige Frau, Tochter des lutheranischen Pastors Rev. Jacob Lutz.
Man fand Miss Lutz mit eingeschlagenem Schädel in einer Schlucht, die an das Anwesen des Arztes angrenzt. Mehrere Zeugen behaupteten außerdem, sie hätten gesehen, wie sich Dr. Riordan und Miss Aylish Lutz am Mittwochvormittag auf der Hauptstraße von Magpie Creek gestritten hätten. Ein weiterer Zeuge gab an, Dr. Riordan und er seien am Mittwochabend zusammen gewesen. Beide Männer hätten getrunken. Dr. Riordan plädierte in der Anhörung auf nicht schuldig; er bleibt in

Untersuchungshaft, bis er sich im Juni vor dem Brisbane Supreme Court verantworten muss.

Ich lehnte mich zurück, während mir die unruhigen schwarzen Wörter durch den Kopf gingen. Auf der Straße gestritten. Hätten getrunken. Es war ein belastender Sachverhalt, auch ohne Aylishs Brief, in dem sie ihn am Tag vor ihrem Tod um ein Treffen bat. Meine Hoffnung, Beweise für Samuels Unschuld zu finden, schwand. Stattdessen empfand ich zunehmend Angst.

Ich klickte mich zurück und dann auf einen anderen Link.

The Sydney Morning Herald (NSW: 1842–1954)
Freitag, 14. Juni 1946, Seite 4

RICHTER BESTÄTIGT MANGEL AN BEWEISEN IM MORDFALL

BRISBANE – Der angeklagte Kriegsheld Dr. Samuel Riordan, 30, aus Magpie Creek, Queensland, verließ gestern den Brisbane Supreme Court als freier Mann, nachdem der Richter die Beweislast gegen ihn für unzureichend befunden hatte.

Dr. Riordan war beschuldigt worden, im vergangenen März Miss Aylish Lutz, 22, aus Magpie Creek, ermordet zu haben. Richter E. Redmond löste die Jury heute auf, nachdem er entschieden hatte, dass die Beweise gegen Dr. Riordan nicht ausreichten, um ein Verfahren zu eröffnen.

In keinem der Artikel war von einem Kind die Rede, und das machte mich stutzig. Hatte Aylish befürchtet, dass ihr Treffen an dem Abend mit Samuel schlecht ausgehen würde, und deshalb darauf verzichtet, ihre Tochter mitzubringen? Ich hatte nur ihren Brief, aber abgesehen davon, dass Aylish darin ihren Streit bedauerte, enthielt er keinen Hinweis darauf, dass sie gezögert hätte oder beunruhigt gewesen war.

Ich tippte eine weitere Anfrage in die Suchmaschine – »Mord« und »Magpie Creek«. Der Computer spuckte vierzehn Seiten mit vielversprechenden Links aus. Ich ging sie alle durch, bis einer übrig blieb. Er war kurz, und er hatte einen Hauch von Endgültigkeit, der mir bestätigte, dass der Fall tatsächlich eingestellt worden war.

The Mercury (Hobart, Tas.; 1860–1954)
Dienstag, 17. September 1946, Seite 13

MORD AN FRAU UNGEKLÄRT

BRISBANE – Bis heute hat die Polizei keine Spur des Mörders von Miss Aylish Lutz, 22, gefunden, die letzten März in Magpie Creek, Queensland, erschlagen wurde.

Lange Zeit starrte ich ernüchtert auf den Bildschirm.

Ich hatte nach Beweisen gesucht, die Samuel entlasteten, stattdessen aber nur weitere Gründe gefunden, um an seiner Unschuld zu zweifeln.

Corey hatte behauptet, das Verfahren sei eingestellt worden, weil sein Vater ein Freund des Richters gewesen war. Macht und Einfluss spielten eine große Rolle. Es bedurfte nur einer Geste, um wichtige Beweise zu übersehen. Schlimmer noch, ich wusste, dass 1946 viele den Tod eines jungen Aborigine-Mischlings nicht allzu wichtig genommen hätten. Einige strategisch gut platzierte Lügen, ein beiläufig fallen gelassener Hinweis an die Zeitung und die ganze unangenehme Affäre wäre unter den Teppich gekehrt worden.

Ich ging die Artikel, die ich ausgedruckt hatte, erneut durch und versuchte, zwischen den Zeilen zu lesen.

Ich hasste die Vorstellung, dass Aylish von jemandem ermordet worden war, den sie liebte. Nicht unbedingt, weil ich wollte, dass Samuel unschuldig war, und noch weniger, weil ich mir wünschte, dass ihre Liebesgeschichte ein gutes Ende nahm. Sondern weil es falsch war, dass man durch den ums Leben kam, den man liebte. Dass man in seinem Blick den Vorsatz erkannte, dass er einen verletzen, ja vernichten wollte. Es ging nicht nur um eine verlorene Liebe, nicht um Gleichgültigkeit oder Hass, sondern um einen Blick, der besagt, du gehörst mir, und ich kann mit dir machen, was ich will – und da du mir nichts bedeutest, werde ich mich an deinem Leid laben.

Ein Frösteln in der Dunkelheit. Ein unausgesprochenes Flüstern.

Nicht Samuel. Um ihretwillen, er darf es nicht gewesen sein.

Doch wenn nicht Samuel, wer dann?

Seit Aylishs Tod waren sechzig Jahre vergangen. Wenn es der Polizei damals, als die Spuren noch frisch waren, nicht gelungen war, den Mörder zu finden, wie sollte ich jetzt noch etwas entdecken? Aylish war tot, und wer auch immer sie auf dem Gewissen hatte, musste inzwischen ebenfalls gestorben sein. Es hatte keinen Zweck zu suchen, denn ich wusste bereits, was ich gefunden hatte: nichts.

Und trotzdem, wie könnte ich sie im Stich lassen?

Es gab Augenblicke – wenn ich in Samuels Bett lag oder den gespenstischen Duft von Rosen in der warmen Luft erkannte –, da fühlte ich mich Aylish so nahe, dass ich Mühe hatte auszumachen, wo sie endete und wo ich begann. Diese Besessenheit ergab keinen Sinn, aber irgendwie ging mir das wenige Bruchstückhafte, das ich über sie in Erfahrung hatte bringen können, unter die Haut. Jedes Detail ihrer Geschichte erschreckte mich, verwirrte mich und bewegte mich auf unerklärliche Weise. Manchmal bildete ich mir ein, dass ihr Herz in mir schlug und mich mit Gefühlen überflutete, die ich niemals für möglich gehalten hatte. Jedenfalls nicht in mir. Aylish hatte ein Fenster geöffnet zu dem, was vielleicht echte Liebe war, und die feste Überzeugung, dass dieses Gefühl ebenso tief und bedingungslos erwidert wurde.

Doch jetzt fragte ich mich, ob nicht doch alles nur Lüge gewesen war.

Ich schloss die Augen und wünschte mir sofort, ich hätte es nicht getan. Plötzlich sah ich ein anderes Bild von Aylish. Sie lag auf einem Waldweg, der Boden um sie herum war von langen Schatten gezeichnet und die mit Laub bedeckte Oberfläche von Blut bespritzt.

Trotz ihrer Verletzungen war sie nicht sofort gestorben. Sie hatte versucht, sich von der Stelle, an der sie erschlagen worden war, wegzuschleppen und in der Dunkelheit Schutz zu suchen. Sie war durch die endlose Nacht geschwebt, am Rand eines Abgrunds, von dem aus es kein Zurück gab, hatte die feuchtkalte Dämmerung erlebt, den Tau geschmeckt und gespürt, wie Insekten über ihre erkaltende Haut krochen, sie hatte zugesehen, wie der Busch um sie herum zum Leben erwachte, während sie sich auf den Tod vorbereitete. Und sie hatte gewartet. Geduldig, weil Zeit keine Last mehr für sie war. Gewartet, dass endlich jemand kam und sie fand.

Auf Samuel gewartet.

10

Aylish, März 1946

Der Duft nach frisch gebackenem Brot lockte mich ans Schaufenster der Bäckerei. Heute gab es Scones und sogar einen kleinen Rosinenkuchen. Einen Augenblick lang stand ich davor und zählte im Geist die Münzen in meiner Geldbörse.

Für einen Mittwoch ging es in der Hauptstraße von Magpie Creek ziemlich lebhaft zu. Junge Mütter schleppten ihre Einkaufstüten oder zerrten ihre Kinder an der Hand hinter sich her. Ältere Frauen standen auf dem Bürgersteig, um ein Schwätzchen zu halten. Die meisten hatten es geschafft, sich ein bisschen zurechtzumachen, trotz der anhaltenden Entbehrungen, und ich weiß aus eigener Erfahrung, wie schwer das ist. Genau wie ich müssen sie sich ihre spärlichen Rationen einteilen, mischen sich selbst gemachten Haarfestiger aus Zucker und Wasser oder färben ihre Wangen mit Rote-Bete-Saft. Die Fingerfertigen schneidern sich aus alten Vorhängen neue Kleider; die Schnittmuster stammen aus der *Women's Weekly*. Doch wir anderen haben uns daran gewöhnt, unsere vor dem Krieg gekauften Kleider zum x-ten Mal auszubessern und zu flicken.

Im Vergleich zu uns wirken die Männer schäbiger und irgendwie verbraucht. Ihre Hosen glänzen vom ständigen Tragen, ihre Hemden sind grau vom vielen Waschen, die Schuhe haben dünne Sohlen und sind abgetragen. Der glühende Triumph des Sieges brennt noch in den meisten Herzen, trotzdem sind die Zeitungen und Wochenschauen voll mit schlechten Nachrichten. Sie berichten von Kriegsgefangenen, Konzentrationslagern, Kriegsverbrecherprozessen und der Verwüstung, die die beiden über Japan abgeworfenen Atombomben angerichtet haben. Trauer, Angst und Trennungsschmerz haben uns alle verändert; niemand ist davon verschont geblieben.

In den Straßen wimmelte es von Soldaten, manche gingen auf Krücken oder trugen dicke Verbände, andere waren abgemagert und sahen sich neugierig und versunken um, als hätten sie ihre Heimatstadt noch nie zuvor gesehen. Ich hatte es aufgegeben, mir ihre Gesichter anzusehen. Die Hoffnung war mir schon lange abhandengekommen. Ich hatte mich daran gewöhnt, Trost in einfachen, anspruchslosen Dingen zu suchen.

Wie Brot und Kuchen.

Trotzdem kamen am Ende ihre verführerischen Düfte nicht gegen meine Sparsamkeit an. Ich ging etwas weiter die Straße hinunter und blieb dann vor dem Schaufenster des Apothekers stehen. Was war bloß mit mir los? Normalerweise hätte ich die Dinge besorgt, die wir brauchten, und wäre hastig zurück zu Lulu und Poppa geeilt. Doch aus irgendeinem Grund trödelte ich heute, als hätte ich nichts Besseres zu tun, als einzukaufen.

Ein Sammelsurium von Flaschen, gefüllt mit bunten Pülverchen, schmückte die Auslage. Fein gemahlene Seife, eine Messingwaage, Mörser und Stößel aus Kupfer. Ich dachte an die Seife, die ich während des Krieges selbst gemacht hatte, eine primitive Mischung aus Ziegenfett und Wasser, die durch Holzasche gefiltert und mit wildem Jasmin aus der Schlucht parfümiert wurde. Zum Aushärten lag sie einige Monate auf einem Trockengestell in der Waschküche. Die Seife tat ihren

Dienst, aber sie machte meine Hände rau und rot. Ich sah mir die in hübsches Papier gewickelten Seifenstücke an und überlegte, ob mein Budget für eine derartig extravagante Laune ausreichen würde.

»Hallo, Aylish.«

Ich erstarrte. Diese Stimme. Ich drehte mich zu dem Mann um, der mich angesprochen hatte… und ließ die Schultern wieder fallen. Er war es nicht, er war nicht derjenige, den ich wie durch ein Wunder eines Tages vor mir zu sehen hoffte. Dieser hagere Mann mit dem leeren Blick und dem ungepflegten Stoppelbart war mir fremd. Seine Uniform war verschlissen, der schlaksige Körper ausgezehrt. Die Knochen standen unter der gelblichen Haut hervor, als wollten sie sie durchbohren.

»Aylish, ich bin es…«

»Tut mir leid, ich…« Die Worte blieben mir im Hals stecken. Es war seine Stimme. Ich kannte seine Stimme. Und während ich das Gesicht musterte, legte er die fremde Maske ab und nahm wieder die Züge an, die ich einst gekannt hatte, als wären es meine eigenen. Mir blieb das Herz stehen, ich bekam kaum Luft.

»Samuel?«

Er musterte mich, ohne zu nicken, er nahm nicht einmal zur Kenntnis, dass ich ihn schließlich erkannt hatte. Er sah mich nur an, als wäre er fasziniert von der Abfolge der Gefühle, die über mein Gesicht huschten. Ungläubigkeit. Unsicherheit. Und dann Hoffnung…

Ich erlaubte mir den seltenen Luxus eines Lächelns. Als er es erwiderte – ein bloßer Abglanz jenes betörenden Lächelns, mit dem er einst mein Herz erobert hatte –, traten die Hagerkeit, die Knochen und Narben zurück, und ich sah zum ersten Mal meinen geliebten Samuel vor mir.

»Du bist es wirklich.«

Er nickte.

Ich konnte meine Freude nicht zurückhalten und lief auf ihn zu, um ihn zu umarmen. Ich achtete nicht auf die Passanten, die uns beobachteten, ich wollte ihn nur begrüßen, wie ich es mir so lange erträumt hatte.

Doch Samuel zuckte zusammen und wich einen Schritt zurück.

»Es geht dir doch gut, oder?«, fragte er steif.

Ich erstarrte mitten in der Bewegung. Das Stimmengewirr der Straße kreiste um uns herum. Ein Wagen rumpelte vorbei und wirbelte eine Staubwolke auf.

»Ja«, brachte ich trotz meines Schocks heraus. »Ja, ganz gut.«

Plötzlich fing die Haut an meinem Hals an zu kribbeln, mein Rock hatte sich verheddert, außerdem hatte ich ein Steinchen im Schuh. Ich wollte überall hinsehen, nur nicht in sein Gesicht, um meine Verlegenheit zu verbergen. Und dennoch konnte ich den Blick nicht von ihm abwenden.

Samuel betrachtete mich mit seinen leeren Augen. »Wie geht es Jacob?«, fragte er ausdruckslos. »Ist er immer noch der Alte?«

»Er war krank«, antwortete ich genauso flach. »Aber jetzt geht es ihm besser.«

Es war lächerlich. Samuel wäre besser umgekommen. Oder ich. Alles war besser, als diese eiskalte Begrüßung ertragen zu müssen. Dann hätte ich zumindest meine süßen Erinnerungen an ihn behalten können. Ich dachte an die Nacht in der Hütte, in der er mich so leidenschaftlich geliebt hatte und so entschlossen gewesen war, mich zu beschützen. An unsere leisen Worte, unsere Liebe, das Bett im Mondschein und an die warme, nach Rosen duftende Dunkelheit. War es nicht besser, sich an den Mann zu erinnern, den ich geliebt und für verschollen gehalten hatte, statt diesem Fremden mit dem eisigen Blick gegenüberzustehen?

»Du hast mich nie besucht«, sagte er schroff.

Ich blinzelte, ohne zu begreifen.

»In Greenslopes«, erklärte er. »Ich habe dir geschrieben, dass ich im Krankenhaus bin, aber du hast meine Briefe nie beantwortet. Im Februar habe ich sogar im Postamt angerufen, aber du hast nicht geantwortet. Ich dachte …« Er presste die Lippen aufeinander, als wolle er nichts weiter sagen.

»Wovon redest du, Samuel? Was für Briefe?«

Er schwankte ein bisschen. »Du hattest es versprochen, Aylish. Du hattest versprochen zu schreiben, und du hast es nicht getan. Wie konntest du mich ignorieren nach allem … nach allem …« Er räusperte sich. »Wir wollten heiraten, wir planten eine gemeinsame Zukunft. Und dann hast du meine Briefe einfach ignoriert, hast nie geantwortet. Es war, als wäre dir alles, was wir zusammen erlebt hatten, völlig egal. Als wäre ich Luft für dich.«

Die Passanten, die an uns vorbeigingen, starrten uns inzwischen mit unverhohlener Neugier an. Eine dumme Träne rann mir über die Wange, und als ich sie wegwischte, wurde mir die Tragweite seiner Worte bewusst.

»Du hast mir geschrieben?«

Er nickte und beugte sich zu mir vor. »Wann immer ich konnte, manchmal jeden Tag. Manchmal wochenlang nicht. Und als Singapur zweiundvierzig fiel …« Er rieb sich über den Mund und sah auf die Straße. »Danach gab es keine Briefe mehr. Hast du von den japanischen Kriegsgefangenenlagern gehört? Es war schrecklich dort zu hocken, während Australien den Krieg gewann. Man fühlte sich noch schlimmer als nutzlos.«

»Ich habe nie einen Brief von dir bekommen.«

Er blickte mich mit diesen hohlen, leeren Augen an und fuhr fort, als hätte ich nichts gesagt: »Im Dezember hat man mich in die Heimat zurückgeschickt. Ich habe dir von Greenslopes aus geschrieben, um dir zu sagen, dass ich wieder da bin.« Er hob einen Gehstock, den ich bislang nicht registriert hatte. »Ich wäre früher gekommen, aber ich konnte das Bett nicht verlassen. Ich dachte, du würdest mich besuchen, wenn ich dir schreibe.«

»Samuel.«

Er blinzelte. »Was?«

»Ich habe keinen deiner Briefe erhalten. Nicht einen einzigen. Aus Malaysia ist nichts gekommen, und Rote-Kreuz-Briefe aus dem Lager habe ich nicht erhalten. Und aus dem Krankenhaus auch nicht.« Plötzlich hatte ich einen schrecklichen Verdacht. »Ich habe dir unzählige Briefe geschrieben. Hast du sie nicht bekommen?«

Er schüttelte den Kopf.

»Auch keine Päckchen oder Postkarten?«

»Nein.«

»Wo sind sie dann?« Die Frage erstarb auf meinen Lippen.

Als der Krieg zu Ende war, hatte das Rote Kreuz Tausende von Briefen und Päckchen gefunden, die in den Speichern der japanischen Strafgefangenenlager verrotteten. Briefe, die unzähligen Kriegsgefangenen Trost und Hoffnung gespendet hätten. Die Inhalte der Päckchen waren geplündert worden, die Gefängniswärter hatten die Lebensmittel mitgenommen, die Zigaretten geraucht, die Fotos und ermunternden Briefe der Angehörigen und Freunde vernichtet, keine einzige Postkarte hatte ihren Adressaten erreicht.

Hatte Samuel deshalb nichts von mir gehört? Vielleicht. Aber was war mit den Briefen, die ich ihm vor seiner Gefangennahme geschickt hatte? Die endlosen Berichte über das Leben zu Hause und meine Sehnsucht nach ihm? Die Fotos von Lulu, die Kuchen, die grässlichen selbst gestrickten Socken, die kleinen Seifestücke? Und warum hatte ich die Briefe, die er geschrieben hatte – manchmal täglich, hatte er gesagt – niemals erhalten?

»Du hast gesagt, du hättest im Postamt angerufen. Mit wem hast du gesprochen?«

»Mit Klaus Jarmans Sohn, Cleve. Er sagte, er würde in die Stump Hill Road reiten und dir die Nachricht überbringen, sobald er seine Schicht beendet hätte. Hat er dir nichts gesagt?«

»Er muss es vergessen haben, Samuel. Wenn ich gewusst hätte, dass du im Krankenhaus bist, hätten mich keine zehn Pferde davon abgehalten, zu dir zu kommen.«

Samuel schluckte. Das Eis in seinen Augen schien allmählich zu schmelzen. Seine Stimme hatte den bitteren Unterton verloren. »Vorhin hast du mich nicht wiedererkannt, nicht wahr?«

»Nein.«

»Habe ich mich so sehr verändert?«

Es verging ein Augenblick, ehe ich antworten konnte. »Ja«, sagte ich. »Du siehst anders aus. Diese letzten Jahre haben allen ihren Tribut abverlangt. Aber wir müssen jetzt den Krieg vergessen und noch einmal von vorn anfangen, Samuel.« Ich wagte es, seine Hand zu ergreifen, und stellte schockiert fest, wie eisig sie war. Ich zog die meine wieder zurück. »Ich habe ein kleines Mädchen bekommen. Sie heißt Luella … Ich nenne sie Lulu. Ich habe ihr von dir erzählt.«

»Von mir?«

»Natürlich, Samuel. Jedes Mal, wenn ich in ihr süßes kleines Gesicht blicke, sehe ich dich. Sie hat deine Augen und dein

Lächeln, und sie ist sehr klug. Und auch sehr frech, so wie du …«, *gewesen bist*, hätte ich fast gesagt, als gehörte er der Vergangenheit an. Doch so sah ich ihn mittlerweile: wie den Mann, den ich im Krieg verloren hatte. Der in meinen Träumen lebendig wurde, aber nur im grauen Schattenland der Vergangenheit existierte.

Samuel schien den um ein Haar begangenen Patzer nicht bemerkt zu haben. Ein träges Lächeln huschte über sein hageres Gesicht. Die Reserviertheit wich aus seinen Augen, und etwas anderes erschien darin: ein Anflug fast erschrockener Freude. Er räusperte sich.

»Luella … Lulu, ich habe diesen Namen immer gemocht. Darf ich … wenn du nichts dagegen hast. Verdammt Aylish, ich muss sie sehen. Meinst du, ich könnte euch besuchen, wäre dir heute Nachmittag zu früh?«

Endlich Hoffnung. Ein flüchtiger Blick auf meinen alten Samuel, den Mann, der mich in jener Nacht in der Hütte in den Armen gehalten und meine Gespenster in die Flucht geschlagen hatte. Den wunderbaren Mann, um den ich geweint und für den ich gebetet hatte, seit er vor viereinhalb Jahren in diese elende rote Klapperkiste gestiegen war, die ihn aus meinem Leben gerissen hatte. Ein Lächeln blühte in mir auf, es begann in meinen Füßen, wie ein Feuerball aus Liebe, der nach oben strömte und meinen ganzen Körper entfachte.

»Natürlich musst du uns besuchen.«

In diesem Moment fuhr ein Lastwagen an uns vorbei und hatte eine laute Fehlzündung. Samuel fuhr zusammen, packte mich am Arm und zerrte mich in den Eingang der Apotheke, während er sich hastig nach dem Ursprung des Knalls umsah. Als der Lastwagen vorbeigerattert war, drehte er sich wieder zu mir um. Sein ohnehin graues Gesicht war nun kreidebleich, Schweiß stand auf seiner Stirn.

»Samuel?«

»Schon gut«, sagte er hastig, ließ meinen Arm los, fuhr sich mit zittrigen Fingern über die Brust und nickte, wie um mich zu beruhigen. »Ich bin nur…«, er rieb sich über den Mund. »Ein bisschen nervös.« Er starrte auf die Straße. Immer mehr Leute sahen uns neugierig an, manche drehten sich zu uns um, als sie an uns vorbeigingen, und nickten, wenn sie Samuel erkannten. Ein oder zwei Mal klopfte ihm jemand auf den Rücken und rief: »Willkommen zu Hause, Kumpel.«

»Gut gemacht, mein Sohn!«

»Dein Vater wäre stolz auf dich, Samuel.«

Ich traute mich erneut, nach seiner Hand zu greifen. Und dieses Mal ließ ich sie nicht mehr los.

»Natürlich musst du uns besuchen«, wiederholte ich. »Heute Nachmittag muss ich Poppa zum Arzt nach Ipswich bringen, aber morgen hat er Geburtstag. Wir haben ein kleines Fest geplant, nichts Besonderes, nur wir drei. Möchtest du kommen? Bitte sag Ja, Poppa würde sich riesig freuen, dich zu sehen, und Lulu wird hin und weg sein.«

Samuels lange Finger schlossen sich um die meinen. Ein winziges, fast unbedeutendes Zeichen von Wärme, trotzdem öffnete sich mein Herz wie die Blüte einer großen Blume. Alles würde wieder gut werden. Samuel lebte. Er war heimgekehrt. Und er liebte mich immer noch, ich wusste es, es war da im sanften Druck seiner Finger und in seinen dunklen Augen, die mein Gesicht mit offensichtlicher Sehnsucht betrachteten. Ich wollte nicht voreilig sein, aber die honigsüßen Worte lagen mir bereits auf der Zunge. Wir werden eine Familie sein, wollte ich ihm sagen. Endlich eine richtige Familie. Du und ich und Lulu, alle zusammen, so wie ich es mir immer gewünscht habe. Wir werden heiraten und diese traurige Kriegsepisode vergessen.

Samuel kniff die Augen zusammen. »Und du, Aylish, freust du dich auch, mich zu sehen?«

Ich musterte sein geliebtes Gesicht. Freuen? Wusste er denn nicht, wie sehr ich ihn vermisst hatte, wie krank ich vor Sehnsucht nach ihm gewesen war? Wie besorgt, wie verzweifelt, wie einsam ich mich ohne ihn gefühlt hatte? Natürlich nicht. Wie hätte er es wissen können? Die Briefe, die ich ihm geschrieben hatte, moderten wahrscheinlich heute noch im Speicher irgendeines Lagers vor sich hin.

Ich lächelte. »Du kannst dir nicht vorstellen, wie glücklich ich bin.«

Doch dieses Mal erwiderte Samuel mein Lächeln nicht. Er hatte sich erneut verändert. Der Samuel, den ich gekannt hatte, war verschwunden, und der kalte Fremde wieder da. Die Augen waren leer, der Mund verbittert. Er ließ meine Finger los und packte mich am Handgelenk. »Du hast mich nicht einmal wiedererkannt.«

Ich verkrampfte mich. »Samuel, lass los, du tust mir weh.«

»Hast du einen anderen, Aylish? Ja, nicht wahr?«

»Nein! Sei nicht albern, Samuel.«

»Das ist der wahre Grund, stimmt's?« Er zerrte an meinem Handgelenk. »Deshalb hast du nie geschrieben, deshalb hast du mich in Greenslopes nicht besucht.«

»Lass mich los, Samuel, du tust mir weh!« Ich versuchte, mich loszureißen, aber er hielt mich fest.

»Und das Mädchen ist gar nicht meine Tochter, was? Sie kann es nicht sein, ich war jahrelang fort. Für wen hältst du mich, Aylish, für einen Trottel?«

»Du täuschst dich«, rief ich und spürte die neugierigen Blicke um uns herum, denn wir machten eine Szene. Doch ich war viel zu aufgewühlt, um sie zu beachten. »Ich habe dir geschrieben, ich kann mir nicht erklären, warum du meine Briefe nicht erhalten hast! Es gibt keinen anderen Mann, Samuel. Wie kannst du so etwas sagen? Es hat immer nur dich gegeben. Und Lulu – natürlich ist sie deine Tochter, sie ist bald vier, warum sollte ich dir von ihr erzählen, wenn sie nicht deine Tochter wäre? Bitte, Samuel, es geht dir nicht gut.«

»Gut genug, um zu wissen, wann man mich belügt.« Er ließ mein Handgelenk los, als ekele es ihn, mich zu berühren. Dann setzte er leise und eiskalt hinzu: »Das wird dir noch leidtun. Bei Gott, Aylish, das wird dir leidtun.«

Sein Mund zuckte, als wolle er noch etwas sagen, doch es kam nur ein animalisches, kehliges Geräusch heraus, das wie ein Knurren oder Schluchzen klang, ich war mir nicht sicher. Dann drehte er sich um, hinkte mit steifen Schultern die Straße entlang und stieß dabei seinen Gehstock in den Bürgersteig. Ein großer abgemagerter Bär von einem Mann, der sich nicht um die Passanten scherte, die ihm aus dem Weg gingen.

11

Audrey, Januar 2006

Die lutheranische Kirche lag an der Straße zum Flughafen auf einer Anhöhe mit spärlichem Rasen. Es war eine winzige, weiß getünchte Kapelle mit einem hohen Dach und Zwillingszypressen vor dem Portal. Unter einer davon stand ein altmodisches Motorrad.

Ich parkte meinen Celica am Straßenrand und ging über den Rasen auf den kleinen Friedhof hinter der Kirche zu. Unterwegs kam ich an mehreren modernen Grabstätten vorbei – flache marmorne Steine in der ausgedörrten Erde, die man leicht übersah, wenn man nicht genau davorstand. Die älteren Gräber befanden sich am anderen Ende der Anlage, markiert von einem Drahtzaun im Schatten von Eukalyptusbäumen. Dahinter gab es ein Feld mit vertrockneten Luzernen, wo gespenstisch weiße Zeburinder grasten. In der Ferne hoben sich mehrere lilablaue Vulkanhügel vor dem Horizont ab.

Ich wanderte langsam zwischen den Gräbern umher, hielt mal hier, mal dort an, bückte mich und strich mit dem Finger über die verwitterten Namen, Daten und liebevollen Inschriften. Ich hatte meine alte Minolta dabei, doch es kam mir zu aufdringlich vor, jetzt zu fotografieren, selbst ihr leiser Verschluss wäre fehl am Platz gewesen. Der Morgen war viel zu ruhig, die Gräber zu friedlich. Eine tiefe Stille lag über dem Friedhof, die nur gelegentlich vom Dröhnen eines vorbeirasenden Wagens unterbrochen wurde. Es kam mir vor, als wäre ich durch einen Riss in der Zeit in eine andere Welt entschwunden.

Die Gräber in diesem Teil des Friedhofs stammten fast ausschließlich aus der Zeit vor dem Krieg, viele Inschriften waren auf Deutsch verfasst, Beleg für die Einwanderer, die sich in den 1870er-Jahren hier angesiedelt hatten.

Ein winziger Grabstein weckte meine Aufmerksamkeit. Ich hockte mich daneben und wischte über die Oberfläche, bis die Buchstaben zum Vorschein kamen. In liebevollem Gedenken an Mary Irene, elf Jahre alt. Sie war so alt gewesen wie Bronwyn. Der schwarze Grabstein kam mir zu düster vor, um die Ruhestätte eines fröhlichen elfjährigen Mädchens zu schmücken, sodass ich hastig weiterging, doch plötzlich stieß ich auf weitere Kindergräber. Eines, umgeben von einem umgestürzten schmiedeeisernen Zaun, zog mich an. Auf dem schmucklosen Stein stand nur ein Datum: 21. April 1907 – aber zwei Namen: Edith, sieben Jahre alt, und Wilma, zwei Tage alt. Geliebte Töchter von Napoleon und Isabella.

Ich hielt den Atem an. Wie musste es der Mutter dieser beiden Kinder ergangen sein? Hatte sie hiergestanden, wo ich nun stand, eine untröstliche junge Frau, die ihren Oberkörper mit beiden Armen umschlang, um nicht zusammenzubrechen? Die eine hoffnungslose Schlacht gegen die Trauer schlug, die sie zerreißen würde? Wie hatte sie weitermachen, wie wieder Tritt fassen können, nachdem das Leben ihr so grausam mitgespielt hatte?

Heiseres Geschrei riss mich aus meinen Gedanken. Ich blickte auf und sah, wie sich zwei graugrüne Dollarvögel aus den Ästen eines knorrigen Eukalyptusbaumes am Ende des Friedhofs in die Luft erhoben. Auf der Jagd nach Schmetterlingen flatterten sie umeinander, während die münzenartigen Muster unter ihren Flügeln silbrig glänzten. Dann schossen sie dicht über die Rinder auf dem Feld hinweg und kehrten auf ihren Baum zurück. Neugierig folgte ich ihnen. Hier war es so friedlich, seit mehr als fünf Minuten hatte ich nicht einmal einen Wagen vorbeifahren gehört. Nur das abgehackte Krächzen der Dollarvögel, das leise Mampfen der Zebus und das allgegenwärtige Rascheln der vom Wind bewegten Blätter waren zu vernehmen.

Unter dem Baum der Dollarvögel blieb ich stehen und spähte hinauf. Es war ein herrlicher Tag, der Himmel glich einer kobaltblauen Kuppel, die Sonne glühte. Alles wirkte so lebendig. Auf einem Friedhof war das ein seltsames Gefühl, denn ich spürte ein lebendiges Summen in der Luft um mich herum, wie das Schwirren unsichtbarer Insekten. Ich fühlte mich hellwach, gleichzeitig aber irgendwie schwindelig, als stünde ich am Rand eines Abgrunds, mit einem Bein bereits in der Luft …

Aus einem Reflex heraus sah ich zu Boden.

Das Grab unter mir war verlottert. Unkraut lugte durch die Risse im Fundament, und der Grabstein – ein massives Kreuz aus Granit mit einem keltischen Knoten – war von Einschusslöchern übersät. Als hätte jemand den Grabstein als Zielscheibe benutzt.

Ich strich mit dem Finger über den rauen Stein, und als die verunstaltete Inschrift dennoch nicht erkennbar wurde, hielt ich nachdenklich inne. Ich kniff die Augen zusammen, konnte aber am Anfang nur ein »S« ausmachen und dann »R-I-O«, wahrscheinlich die ersten Buchstaben von Riordan. Alles andere war zersplittert – Datum, Grabschrift, Gedenkspruch –, als hätten Wind und Wetter jede Erinnerung an ihn auslöschen wollen.

Ich kniete mich dicht daneben auf den Boden. Es waren nicht die Naturgewalten gewesen, ich hatte recht gehabt.

Jemand hatte wahrscheinlich mit einer kleinkalibrigen Waffe und aus einiger Entfernung darauf geschossen. Die Kugeln hatten den Grabstein nicht zerstören können, aber die Oberfläche beschädigt, wo Stücke des Steins abgeplatzt waren. Ich sah mich verwirrt um. Mir war nicht aufgefallen, dass irgendein anderes Grab geschändet worden wäre. Nur dieses eine.

Wer wäre zu so etwas imstande? Gelangweilte Halbstarke, die nichts Besseres zu tun gehabt hatten? Und warum ausgerechnet dieses Grab? War es ein Zufall, oder hatten Groll und Argwohn Samuel in den Tod und darüber hinaus verfolgt?

»Das ist normal in kleinen Gemeinden wie Magpie Creek«, hatte Corey gesagt. »Jeder steckt seine Nase in anderer Leute Angelegenheiten, und alle haben ein langes Gedächtnis.«

Kleine Steine bohrten sich in meine Knie. Die Sonne brannte auf meine Schultern herab, und ich spürte, wie Kopfschmerzen hinter meinen Augen aufflackerten. Die Lebendigkeit des Morgens versickerte. Ich fühlte mich wieder matt vor Erschöpfung, aber vielleicht war es auch das Gefühl einer Niederlage. Ich überlegte, ob ich mich auf die von der Sonne gewärmte Grabplatte zwischen all den Schmutz und das Unkraut legen und den Kopf dort ruhen lassen sollte, wo sechs Fuß unter der Erde Samuels Knochen in der dunklen Erde ruhten.

Unsinn.

Ich stand auf und klopfte die Erde von meinen Jeans.

Was immer ich hier zu finden gehofft hatte – ein Gefühl von Verbundenheit vielleicht oder eine spirituelle Berührung, die meinen Glauben an Samuel bestätigt hätte –, es war erloschen. Was die unumstößliche Wahrheit betraf, so war ich in meinem Bestreben, Samuels Unschuld zu beweisen, nicht weit gekommen. Jedenfalls war es nicht die Wahrheit, die ich erhofft hatte. Es gab nur Gerüchte, Anspielungen, Vorurteile, unbegründete

Beschuldigungen, und jetzt stand ich auch noch vor einem geschändeten Grab. Alles Teile einer größeren Geschichte, vor deren Ende ich mich allmählich fürchtete.

Da ich nicht wirklich suchte, hatte ich keine Mühe, sie zu finden. Sie war am Rand des alten Friedhofs direkt neben der Kirche bestattet worden – vielleicht, weil sie Gott dann näher war.

Ich blieb stehen, während mein Herz angesichts der unerwarteten Überraschung ein kleines bisschen schneller schlug. Aylishs letzte Ruhestätte war nicht zu übersehen. Sie war bescheiden in ihrer Eleganz und entbehrte jeglichen Anflug von Sentimentalität. Sie wurde von einer Steinplatte geschützt, die mit der Zeit verwittert und brüchig geworden war. Aber es fiel auf, dass sie im Gegensatz zu den anderen ringsum frei von Unkraut oder Geröll war.

Und dass eine Vase mit frischen Rosen davorstand.

Der Grabstein war traditionell, ein einfaches Oval mit einem in die Mitte eingemeißelten Kreis. Darin befand sich das Relief einer Wildblume, eine fein stilisierte Telopea. Ich bückte mich, um die Inschrift zu lesen.

Aylish Lutz
Jacobs geliebte Tochter
Gott hat sie am 13. März 1946
im Alter von 22 Jahren
zu sich gerufen

Wieder hatte ich das schwindelerregende Gefühl, nach vorne zu kippen. Zu sich gerufen. Es waren bloß Worte, aber sie sprachen von jener längst vergangenen Nacht und klangen wie ein eisiges Flüstern. Ich konnte sie vor meinem geistige Auge deutlich sehen. Sie lag im Schatten eines hohen Felsens, ihre Glieder waren unter dem Körper verdreht, aus ihren Wunden sickerte schwarzes Blut, das Gesicht lag im Schatten des Mondscheins. Sie wartete.

Auf den Tod. Oder auf Samuel. Wer immer zuerst kam.

Ich kniete auf dem Boden, obwohl ich mich nicht erinnerte, wie es dazu gekommen war. Ich griff nach einer Rose und zerrieb ein Blütenblatt zwischen Zeigefinger und Daumen, sodass mir sein dunkelroter Duft in die Nase stieg. Dann war es doch kein Traum. Es war Wirklichkeit. Die roten Rosen waren prall und frisch, die Stängel aufrecht, das Wasser in der Vase klar. Jemand hatte sie erst gestern Abend oder an diesem Morgen hier hingestellt.

Die Minuten verstrichen.

In meiner entrückten, geheimen Welt hatte ich immer mehr das Gefühl, dass ich Aylish bis in den letzten Winkel ihres Wesens kannte. Hier draußen aber – im Staub, im strahlenden Licht und der sengenden Hitze der Realität – hatte ich keinen Anspruch auf sie. Sie war mir fremd, eine gesichtslose junge Frau, die vor sechzig Jahren den Tod gefunden hatte.

Und trotzdem erinnerte sich jemand so stark an sie, dass er das Grab gelegentlich säuberte und das Unkraut beseitigte. Ihr sogar Rosen brachte. Ich berührte die dunkelroten Blüten und sog ihren Duft ein. In dieser Hitze wären sie am Abend verwelkt.

Es konnte nur Luella Jarman sein, sagte ich mir. Doch nach allem, was ich über Luella erfahren hatte – diese Einsiedlerin, die anderthalb Stunden nach Brisbane fuhr, um sich nicht in den einheimischen Läden blicken lassen zu müssen, und sich weigerte, alten Freunden die Tür aufzumachen –, schien es nicht sehr wahrscheinlich, dass sie das Grab ihrer Mutter pflegte.

Ich warf einen Blick über die Schulter auf die Kirche.

Von hier aus konnte ich den Eingang nicht sehen, nur die große Seitenwand mit den bleiverglasten Fenstern. Als ich angekommen war, hatte die Tür halb offen gestanden. Ich hatte keinen Wagen kommen hören oder mitbekommen, wie das alte Motorrad weggefahren war. Der Ort wirkte verlassen, doch es bestand zumindest die Möglichkeit, dass der Pastor oder der Küster darin zu tun hatten.

Es war weit hergeholt, eine wilde Spekulation, die Ausgeburt eines von einer kranken Besessenheit getrübten Bewusstseins. Natürlich könnte ich in den nächsten Wochen auf dem Friedhof herumlungern und hoffen, dass Aylishs Besucher sich erneut blicken ließ, aber das wäre ja verrückt. War es nicht viel einfacher zu fragen?

Noch ehe ich es mir anders überlegte, schlängelte ich mich durch die Gräber zurück zu der kleinen Kirche, fest entschlossen, es entgegen aller Wahrscheinlichkeit herauszufinden.

In der Dunkelheit war es kühl, eine Erleichterung nach der brütenden Hitze draußen. Gedämpftes Licht fiel durch die bleiverglasten Fenster und tauchte das düstere Innere in Rot, Grün, Gold und gespenstisches Blau. Die trockene Luft roch nach Möbelpolitur, Terpentin, Kerzenwachs, muffigen Büchern und seltsamerweise nach Schokolade.

Ich konnte noch das heisere Krächzen der Dollarvögel hören, doch ihre Rufe klangen nun weit entfernt, leise, fast wie aus dem Jenseits. Als sich meine Augen an das Dämmerlicht gewöhnt hatten, erkannte ich, was sich hinter den wirren Schatten verbarg. Weiß verhängte Kirchenbänke, ein steinernes Becken auf einem Podest, ein Regal voller Gesangbücher.

Der Boden unter meinen Füßen war sandig. Ich bemerkte, dass die Laken auf den Kirchenbänken Farbflecken hatten, als wäre eine Renovierung im Gange. Richtig: Etwas weiter vorne standen Farbeimer, eine alte Leiter und Kisten mit Putzmitteln. Am Ende des Kirchenschiffs befand sich eine große Fensterrosette aus Glas. Ihre Einzelheiten wurden durch einen Schatten verdunkelt, der irgendwie deplatziert wirkte. Mehrere Augenblicke lang studierte ich dieses Phänomen, ehe mir bewusst wurde, was es war.

Ein Mann.

»Hallo!«, rief ich. »Die Tür stand offen, ich hoffe, Sie haben nichts dagegen, dass ich hereingekommen bin.«

Keine Antwort. Wahrscheinlich betet er, dachte ich. Ich würde warten.

Der schmutzige Boden knirschte unter meinen Schritten. Ich sah mich um und suchte nach einem Platz, um mich hinzusetzen. Nahe am Altar, damit ich mich leichter vorstellen konnte, oder eher in den hinteren Reihen, um nicht aufdringlich zu wirken? In meiner Unschlüssigkeit stieß ich mit dem Knie gegen eine Kirchenbank und fluchte.

Der Mann drehte sich halb um, als hätte er mich gehört. Das Licht der Rosette streifte sein Gesicht.

Für einen kurzen Augenblick glaubte ich, einen Geist zu sehen. Die Züge, die sich vor dem rosa Licht des Fensters abhoben, hätten aus festem Schatten geformt sein können. Breite Stirn, gerade Nase, kräftiges Kinn und ein sinnlicher Mund – eine Sekunde lang sah ich Samuels Foto vor mir, verwarf es aber sofort wieder. Samuels Haar war kurz geschnitten und glatt, dieser Mann aber hatte widerspenstige Locken.

Er wandte sich weiter um und wurde nun besser von dem weinroten Licht des Fensters erfasst. Die Illusion verflog. Er war kein Wesen aus einer anderen Welt, sondern ein Mann aus Fleisch und Blut in ausgewaschenen Jeans und einem braunen T-Shirt. Jetzt sah er mich. Er war nicht überrascht, eher neugierig. Er blieb ganz ruhig stehen, als würde er darauf warten, dass ich etwas sagte.

Natürlich wussten wir beide, dass dies unausweichlich war. Danny Weingarten sagte aus Gewohnheit kein Wort.

»Oh«, sagte ich. »Sie sind es.«

Er kam langsam auf mich zu, als wäre die staubige Kapsel dieser Kirche mit ihrem kaleidoskopischen Licht und der gespenstischen Stille immun gegen das Verstreichen der Zeit. Sein Körper war drahtig und kräftig zugleich und konnte sich in beide Richtungen entwickeln: Wenn er ihn vernachlässigte, würde er eines Tages zunehmen, strengte er sich aber an, könnte er sich in einen Muskelprotz verwandeln. Das Gesicht jedoch war etwas anderes. Ganz gleich, was aus seinem Körper wurde, das Gesicht würde vollkommener sein als jedes andere, das ich jemals gesehen hatte.

Er gestikulierte. Ich kam bis »Sie dachten«, den Rest musste ich raten.

»Ich … uh, nein. Na ja, schon.«

Frustriert musste ich erkennen, dass ich vielleicht damit durchgekommen wäre, hätte ich mit jemand anderem zu tun gehabt. Doch die Art, wie Danny den Kopf zur Seite neigte und die Augen zusammenkniff, verriet mir, dass ich den Test in Gebärdensprache nicht bestanden hatte.

»Was machen Sie hier?«

Er bewegte die Lippen, während er die meinen beobachtete, dann machte er ein Zeichen mit den Händen, das ich nicht verstand. Als ich ihn stumm und verwirrt anstarrte, zog er seinen Block und einen Bleistift heraus.

Die Stille genießen. Und Sie?

Ich zuckte die Achseln. »Ich spiele Touristin.«

Es war beunruhigend, dass jemand so aufmerksam meine Lippen betrachtete, vor allem, wenn ich sprach.

Er schrieb erneut etwas auf und gab mir den Zettel.

Lutheranische Kirche – Sehenswürdigkeit?

»Gar nicht schlecht, obwohl ich eine presbyterianische vorziehe. Haben Sie nicht genug Stille?«, fügte ich hinzu und fuhr zusammen, kaum dass ich es ausgesprochen hatte. War es nicht taktlos, einen Gehörlosen so etwas zu fragen?

Danny runzelte die Stirn und kritzelte wieder etwas auf das Blatt.

Stille ist nicht gleich Stille.

Ich blinzelte. »Ich dachte, alle Stille wäre … nun ja, still?«

Kommt auf den geistigen Zustand an. Die Abwesenheit von Geräuschen ist nicht notwendigerweise Stille.

Ich lächelte. So verdreht seine Logik auch war, sie ergab doch irgendwie einen Sinn. »Drücken Sie sich immer so poetisch aus?«

Er kritzelte.

Geben Sie mir mehr Zeit und ein größeres Blatt, dann schreibe ich vielleicht einen Roman.

»Werden Sie es nicht leid, ständig alles aufzuschreiben?«

Er klemmte sich den Block unter den Arm und machte eine träge Geste.

»Gebärdensprache ist … einfacher«, interpretierte ich in mühevoller Kleinarbeit, woraufhin er lächelte. Langsam, wissend. Dann überschwänglich. Jetzt betrachtete er nicht mehr meine Lippen, sondern sah mir direkt in die Augen.

Es war so lange her, dass jemand mit mir geflirtet hatte – offen oder sonst wie –, dass ich zuerst das Offensichtliche gar nicht bemerkte: den anhaltenden Augenkontakt, das warme Lächeln. Jeder hätte angenommen, dass ich mich geschmeichelt fühlte, schließlich war Danny ein gut aussehender Mann. Doch als ich es endlich begriff, empfand ich nur Panik.

Ich trat einen Schritt zurück. Suchte nach etwas, was ich

sagen konnte, nach einer Möglichkeit, die plötzliche Intensität aufzulockern. Ein lässiger Kommentar, eine schlagfertige Bemerkung oder auch eine höfliche Frage nach Jade. Die in meiner Brust ausgelöste Kettenreaktion setzte sich abwärts fort und wurde dabei immer wärmer. Der Schock darüber raubte mir die Sprache.

Danny bildete mit den Fingern einen weiteren Satz, doch ich starrte auf sein Gesicht und verpasste daher, was er mir sagen wollte.

Ich räusperte mich. »Das habe ich nicht ganz verstanden.«

Er kramte wieder seinen Notizblock hervor.

Tut mir leid wegen eben, ich wollte Sie nicht erschrecken.

An seinen strahlenden Augen konnte ich erkennen, dass es ihm nicht die Bohne leidtat. Ich zuckte die Achseln, warf einen Blick auf die Tür und fragte mich, wie schnell ich mich aus dem Staub machen könnte, ohne ihn zu kränken – doch dann beschloss ich, dass er eine Kränkung verdient hatte. Schließlich war ich eine Freundin seiner Schwester. Gab es nicht ein unausgesprochenes Gesetz, wonach man mit Familienfreunden nicht flirtet?

Etwas berührte meine Finger. Ein neuer Zettel.

Sie haben mich für jemand anderen gehalten. Wen?

Ich versuchte so zu tun, als wäre ich abgelenkt, indem ich einen Blick auf mein nacktes Handgelenk warf, doch dann verriet mich die Glut, die sich über meinen Hals ausbreitete. »Um ehrlich zu sein, ich dachte, Sie würden beten«, erwiderte ich beiläufig.

Ein schräges Lächeln, die winzige Andeutung eines Lachens. Er machte einige hastige Gebärden, die mir zum größten Teil entgingen, abgesehen von einem einzigen Wort am Ende, das »Praline« hätte sein können. Als er meine Verwirrung erkannte, deutete er an, ich solle ihm folgen, und ging, ohne mir die Möglichkeit zu geben abzulehnen, durch den schmalen Gang auf den hinteren Teil der Kirche zu.

Ich zögerte, dann überlegte ich, ob er möglicherweise, wenn er schon länger hier war, um, wie er behauptete, die Stille zu genießen, die Person gesehen haben könnte, die Aylishs Grab mit Blumen schmückte.

Wir betraten ein winziges Büro im hinteren Teil der Kirche. Die Sonne fiel durch ein großes Fenster herein und verbreitete eine angenehme Wärme. An der gegenüberliegenden Wand stand ein ramponierter Schreibtisch. Daneben ein Regal mit verstaubten Bibeln, Atlanten und ein paar Gesangbüchern. Ein klappriger Tapeziertisch war mit Teegeschirr bedeckt: elektrischer Wasserkocher, mehrere Tassen, Untertassen, Tee- und Kaffeekanne. In einer Ecke stand der kleinste Kühlschrank, den ich je gesehen hatte.

Danny stieß mich am Ellbogen, drückte mir einen neuen Zettel in die Hand und machte den Kühlschrank auf. Flaschen klirrten, und Alufolie knisterte, während ich las: *Am Samstagvormittag findet hier eine Feier statt, um Geld für die Restaurierung zu sammeln. Mum gehört zum Komitee, kommen Sie, wenn Sie Lust haben.*

Ich sah ihn an, die Entschuldigung lag mir bereits auf der Zunge: Tut mir leid, das schaffen wir nicht, am Samstag wollten wir Bronwyns Großmutter besuchen, unser gemeinsames Grillen vorbereiten …

Doch als ich den großen Teller sah, den er in der Hand hielt, bekam ich kein Wort heraus. Mit schwungvoller Geste entfernte er die Alufolie, streckte mir den Teller entgegen und machte ein unbeholfenes Zeichen mit der Hand: *Selbst gemacht, wollen Sie mal probieren?*

Ich starrte zuerst auf den Teller, dann auf sein Gesicht. Danach wieder auf den Teller. Auf einem Spitzendeckchen aus

Papier lag eine Auswahl von Schokoladentrüffeln in winzigen Backformen. Sie sahen aus wie etwas aus einem Rezeptbuch für Feinschmecker, wie eine Leckerei, die scheinbar mühelos, in Wirklichkeit aber unvorstellbar kompliziert herzustellen war.

»Die haben Sie gemacht?«

Er nickte und bedeutete mir erneut, eine zu probieren.

»Aber nein, die sind doch für die Feier am Samstag.«

Wieder so eine lässige Geste: *Bitte.*

»Na gut.« Ich betrachtete die Pralinen und nahm schließlich diejenige, die mir am besten gefiel. »Wenn Sie darauf bestehen …«

Ich wollte sie nur schnell in den Mund stecken, um höflich zu sein. Doch kaum berührte sie meine Zunge, lief es mir kalt über den Rücken, und ich hätte vor Entzücken aufschreien können. Feinste Schokolade, ein ganz klein wenig bitter, weich und nachgiebig wie Honig. Als ich sie zerbiss, verlor ich fast den Verstand. Im Innern befand sich eine in Likör eingelegte Kirsche, feurig und berauschend. Es war eine unvergleichliche, erregende Freude, die ich … na ja schon lange nicht erlebt hatte.

Ich deutete ein Lächeln an und schlug die Augen auf – wann hatte ich sie denn geschlossen?

Danny hielt den Daumen hoch. *Gut?*

Ich nickte verwirrt und tat so, als interessierte ich mich für den Blick aus dem Fenster. Ich ging hinüber und ertappte mich dabei, wie ich mich auf die Fensterbank stützte, dankbar für das, was ich sah, denn ich musste nicht länger vorgeben, abgelenkt zu sein.

Es war so, wie ich gehofft hatte. Ein freier Blick über den verbrannten Rasen auf die nahe gelegenen Gräber. Obwohl ich von meinem günstigen Aussichtspunkt in der Kirche Aylishs

Grabstein nicht ausmachen konnte, hätte man jeden, der sich dort blicken ließ, sehen können.

Hinter mir ging die Tür des Kühlschranks auf und wieder zu. Ich hatte immer noch den Geschmack der Kirsche auf der Zunge, und die weiche dunkle Schokolade hatte offensichtlich schon meinen Blutzuckerspiegel erhöht. Ich merkte, wie ich über den Samstagvormittag nachdachte und ob ich zwischen unserem Besuch bei Luella und den notwendigen Einkäufen in der Stadt nicht einen Abstecher in die lutheranische Kirche einschieben könnte. Vielleicht würden Dannys Pralinen Bronwyn trösten, falls Luella uns nicht aufmachte.

Ein Blatt Papier streifte mein Handgelenk wie eine Feder.

Ich wandte mich vom Fenster ab und griff nach dem Zettel. Danny stand neben mir. Es war die Gelegenheit, ihn nach Aylishs Grab zu fragen und herauszufinden, ob er zufällig gesehen hatte, wie jemand an diesem Morgen auf dem Friedhof gewesen war. Er sah mich hoffnungsvoll an und wartete, dass ich seine Nachricht las.

Corey hat mir erzählt, dass Sie Fotografin sind. Hatten Sie Gräber im Visier?

Ich musste die Nachricht mehrmals lesen. Zuerst glaubte ich, dass er auf die Einschusslöcher auf dem keltischen Grabstein anspielte. Wieder überkam mich dieses schwindelige Gefühl, ich stand vor diesem Abgrund, mit einem Bein in der Luft …

Dann fing ich mich wieder. »Nein. Heute habe ich keine Fotos geschossen, sondern mich nur umgesehen.«

Danny riss ein neues Blatt ab.

Haben Sie etwas entdeckt, das Ihnen gefallen hat?

Ich spürte einen Anflug von Freude. Dieses Lächeln. Flirtete er schon wieder? Ich beschloss, es zu ignorieren und zur Sache zu kommen.

»Ein Grab ist mir aufgefallen.« Ich hielt inne. Obwohl ich brennend neugierig war, zögerte ich, Aylishs Namen auszusprechen. Für mich war sie ein Wesen aus der Traumwelt, so zart wie das Licht des Mondes, so unwirklich wie ein Wolkenfetzen – und doch so real, dass ich nicht unbedingt das Gefühl hatte, sie gekannt zu haben, aber verstand, was es bedeutete, sie zu *sein*. Es war ein verführerisches Gefühl, eins, das ich unbedingt beschützen wollte.

Danny riss ein weiteres Blatt heraus.

Tonys Großmutter.

Ich nickte, verwirrt darüber, dass er meine Gedanken gelesen hatte. »Jemand hat das Grab gepflegt«, sagte ich. »Unkraut entfernt, sauber gemacht. Und es mit frischen Blumen geschmückt.«

Danny trat näher ans Fenster und blickte hinaus.

Im hereinfallenden Licht bemerkte ich, dass seine Gesichtszüge doch nicht so vollkommen waren, wie ich zuerst gedacht hatte. Seine Augen waren eher grau als grün, Nase und Wangen waren mit Sommersprossen übersät. Er war unrasiert, und auf seiner Oberlippe hatte er einen kleinen rosafarbenen Fleck wie eine Mondsichel, so groß wie ein Fingernagel, eine Narbe.

Wer, buchstabierte er langsam, ohne den Blick von dem Friedhof zu nehmen.

Ich musste seinen Arm berühren, um seine Aufmerksamkeit wieder auf meinen Mund zu ziehen.

»Luella?«

Er sah mich verwirrt an, sodass ich den Namen wiederholte. Erneut schüttelte er fast unmerklich den Kopf und reichte mir anschließend seinen Block und den Bleistift. Während ich daraufkritzelte, sah er mir über die Schulter. Obwohl wir uns nicht berührten, spürte ich seine Wärme an meinem Arm.

Nein, gestikulierte er heftig, als er den Namen las. *Sie nicht.*

Er musste die Frage in meinem Gesicht gesehen haben, denn er nahm den Bleistift und schrieb unter meine Zeilen: *Luella kommt nicht in die Stadt. Wäre sie regelmäßig hier gewesen, hätten Mum oder Corey sie gesehen.*

Ich war nicht überzeugt. »Meinen Sie wirklich?«

Ein rasches Zeichen. *Ja*. Dann eine neue Notiz. *Außerdem würde sie keinen Fuß auf einen Friedhof setzen. Tony hat mir einmal erzählt, sie sei überzeugt, dass Friedhöfe Unglück bringen.*

Das konnte ich verstehen. Luella hatte ihre Mutter verloren, dann ihre Tochter und ihren Mann und zuletzt ihren Sohn. Aus ihrer Perspektive mussten Friedhöfe Unglück bringen.

»Wer dann?«

Danny zuckte die Achseln, schüttelte den Kopf und sah mir in die Augen.

Vielleicht lag es an der Praline oder an der drückenden Morgenhitze, vielleicht auch an beidem, doch jetzt versetzten mich seine Aufmerksamkeit oder seine Nähe nicht mehr in Panik. Insgeheim hoffte ich sogar, er würde wieder versuchen, mit mir zu flirten.

Eine neue Nachricht. Diesmal war ich verblüfft.

Ich habe Sie bei Tonys Beerdigung gesehen.

Ich sah ihn an und versuchte, mich zu erinnern. »Sie waren dort?«

Corey und ich, schrieb er.

»Tony hätte sich gefreut.«

Danny zuckte die Achseln. Dann machte er ein unverbindliches Zeichen, das ich nicht verstand, und wandte seine Aufmerksamkeit wieder dem Fenster zu.

Ich berührte abermals seinen Arm. »Sie und Tony waren doch Freunde, als Sie klein waren, meine ich.«

Er nickte.

»Wie war er als Kind?«

Er hob abwesend den Daumen. *Gut.*

Ich hatte den Eindruck, dass er das Interesse an dem Gespräch verloren hatte. Doch nun war meine Neugier entfacht, sodass ich mich laut fragte: »Was meinen Sie, warum er vor so vielen Jahren von zu Hause weggelaufen ist?«

Danny sah meine Lippen kaum an, aber er blickte mir eindringlich in die Augen. Dann fuhr er mit dem kleinen Finger durch die Luft.

Schlimm.

Ich brauchte keinen Zettel, um zu verstehen, was er meinte. Etwas Schlimmes war damals passiert, und selbst wenn Danny Weingarten wusste, was es war, möglicherweise aber auch nicht, war klar, dass er keinesfalls darüber sprechen wollte.

Er wandte sich vom Fenster ab und ging zum Kühlschrank, um nachzusehen, ob er richtig geschlossen war. Dann zog er einen Schlüsselbund aus der Tasche, blieb an der offenen Tür stehen und sah sich zu mir um. Er versuchte zu lächeln, doch seine Augen waren auf der Hut.

Innerhalb eines Morgens hatte ich eine Menge über Gebärdensprache gelernt. Handzeichen, Körpersprache, Unausgesprochenes. Und dieses Mal war die Nachricht eindeutig. Ich sollte gehen.

12

Zurück in Thornwood parkte ich den Wagen in der Anliegerstraße und sah zum Haus hoch. Die Millers hatten in nur knapp zwei Tagen die überwucherte Anlage in so etwas Ähnliches wie einen prächtigen, wenn auch leicht verwilderten Garten verwandelt.

Die alles erstickenden Ranken, Stapel von Totholz und ausufernde Baumäste waren verschwunden. Jetzt schlängelten sich freigelegte Pfade zwischen belaubten Bäumen und Sträuchern entlang. Aus den Schatten lugten smaragdgrüne Hortensienblätter hervor, und zwischen dem wilden Unkraut waren neue Überraschungen aufgetaucht – ein riesiger Nestfarn, faustgroße Straußfarne und Büschel von rosafarbenen Orchideen, die in der warmen Luft schwankten.

Meine Haut kribbelte, als ich den Duft von gemähtem Rasen und Frangipani einsog. Noch vor wenigen Monaten hatte ich in einem kalten, vollgestopften Altbau im trüben Albert Park gewohnt, darum gekämpft, meine Heizkosten in Schranken zu halten, und jeden Cent auf die hohe Kante gelegt. Eingeengt durch Termine, Verabredungen und Listen, die abzuarbeiten waren.

Aber hier – hier schien das Leben grenzenlos. Hier gab es Ruhe, Frieden, den Duft wilder Blumen, süßes Regenwasser zum Trinken. Und das Beste war die Gewissheit, dass meine Tochter nun das hatte, was ich nie gehabt hatte: ein sicheres Zuhause, das ihr nie jemand wegnehmen konnte.

Meine Schritte fühlten sich federleicht an, als ich um das Haus herum den Hügel hinauf zum hinteren Teil des Gartens ging, angezogen vom einsamen Heulen einer elektrischen Heckenschere. Ich bahnte mir einen Weg durch die dichten Bäume und durch Haufen von Granatäpfeln und Avocados, die auf dem Boden verfaulten. Auf halbem Weg blieb ich im Schatten eines Baumes stehen und wischte mir den Schweiß aus dem Gesicht. Das Heulen der Heckenschere verstummte, und Stille senkte sich über den Garten.

Der Himmel strahlte, aber unter den Bäumen war es feucht und dunkel, und überall wimmelte es von Insekten. Ich lief weiter. Meine Schritte wurden von einem Teppich aus Blättern und Piniennadeln gedämpft. Bald ging der Backsteinweg in einen Fußpfad über. Ein paar Minuten später stieß ich einen Vorhang immergrüner Kletterpflanzen beiseite und stand am Rand einer gestutzten Graslichtung.

In der Mitte stand eine riesige weiße Buche und streckte ihre anmutigen Arme zum Himmel. Hübsche blauweiße Blüten lugten über die Deckblätter hinweg und schwängerten die Luft mit ihrem süßen Duft. Der dicke Stamm war mit hellgrauer Rinde bedeckt, abgesehen von einer dunklen, höhlenartigen Öffnung im unteren Teil. Vor langer Zeit war hier wohl ein Blitz eingeschlagen, und der daraus entstandene Spalt war groß genug, um hineinzukriechen. Aus dem beschädigten Stamm ragten einige Äste wie eine Leiter heraus, es musste der Baum sein, in dem Bronwyn die Keksdose gefunden hatte. Der niedrigste Ast schwankte heftig, und seine Blätter zitterten wie in einem Sturm, obwohl nicht die leiseste Brise ging. Als ich näher trat, bemerkte ich, dass ich nicht allein war.

Ein Mann war auf den niedrigen Ast geklettert und hielt sich am Stamm des Baums fest. Sein Arm steckte bis zum Ellbogen in einem tiefen Hohlraum.

»Hobe?«

Die Luft schien stillzustehen – der Augenblick der Ruhe vor dem Sturm. Hastig zog er die Hand aus dem Hohlraum und sprang hinunter. Dabei stieß er sich am Kopf, sodass seine Brille verrutschte. Er drehte sich um, sah mich und grunzte überrascht. Sein saphirblaues Auge war weit aufgerissen und seltsam nackt.

»Haben Sie etwas verloren?«, fragte ich.

Hobe trat von dem Baum weg, klopfte sich die Hände ab und rückte seine Brille zurecht.

»Äh nein, Mädchen. Habe nur nach Schäden von Beutelratten gesucht – zum Glück ist alles in Ordnung. Eine herrliche alte Buche, sieht man nicht alle Tage, wär eine Schande, wenn sie den Naturgewalten zum Opfer fiele. Nun ja …«

Er tastete seine Hosentaschen ab, fand sein Büchlein und tat so, als müsse er etwas abhaken. Dann nahm er seine Heckenschere, verabschiedete sich mit einem fröhlichen Grinsen und verschwand auf dem Weg zum Haus hinter den Kletterpflanzen.

»Wir sind so gut wie durch«, erklärte er, als ich ihn einholte. »Die Bäume sind gestutzt, die Regenrinnen sauber – zum Glück, denn es sieht nach einem Sturm aus.«

Während wir zusammen den Hang hinuntergingen, erklärte er mir bis ins kleinste Detail, was er an diesem Tag alles gemacht hatte: Das Reisig, das er hinter dem Haus aufgestapelt hatte, würde im Winter wunderbares Feuerholz abgeben. In ein paar Wochen würde er Gurney noch mal zum Rasenmähen schicken. Und wenn ich nichts dagegen hätte, würde er das Gemüsebeet mit dem gemähten Gras abdecken, um Regenwürmer anzulocken.

Ich hörte nur halb hin.

Schäden von Beutelratten? Ich wandte mich noch einmal

um und runzelte die Stirn. Von dem fast zugewachsenen Pfad aus konnte man den Wipfel der Buche sehen. Ihre Äste ragten zum Himmel empor, die Blätter schimmerten graugrün unter einem Meer von wächsernen Blüten. Zweifellos hatte sie hundert oder mehr Jahre des Zusammenlebens mit Beutelratten problemlos überstanden.

Ich warf Hobe einen Blick zu. Sein verwittertes Gesicht glühte, und sein Schädel glänzte vor Schweiß. Er war dabei, mir zu erklären, wie man die Regenrinnen richtig säuberte – was man brauchte, wie man die Leiter richtig aufstellte und wie wunderbar sich das alte Laub als Kompost verwenden ließ.

Doch im Geiste sah ich nur die riesige Buche mit ihrer blassen Rinde auf dem verkohlten Stamm und den leiterähnlichen Ästen auf der Seite. Ich sah, wie Hobe seinen Arm bis zum Ellbogen in den Hohlraum steckte und herumtastete, als würde er etwas suchen.

Mit Beutelratten hatte das nichts zu tun.

Und dann sah ich Bronwyn an ihrem ersten Schultag auf der Bank sitzen, ihr Haar fiel wie ein Vorhang um das erhitzte Gesicht, während sie versuchte, die zerbeulte Keksdose zu öffnen.

Schön, was, Mum?

Sie habe sie in einem alten Rucksack gefunden, hatte sie behauptet. Abgesehen von der Dose waren Kleidungsstücke, Make-up und eine Haarbürste darin gewesen. Alles verfault, sie hatte es weggeworfen und nur die Dose behalten. Und die enthielt das Tagebuch eines Mädchens.

Hobe merkte, wie ich ihn anstarrte und grinste.

»Vergessen Sie das Hündchen nicht«, sagte er liebenswürdig. »Sagen Sie Bronwyn, dass sie jederzeit kommen kann, um es abzuholen.«

»Ja, mach ich«, antwortete ich mit gespielter Munterkeit und wich seinem Blick aus.

Irgendetwas stimmte nicht, aber ich wusste nicht, was es war. Nur dass die lässige Kameradschaft, die mich gestern noch mit Hobe Miller verbunden hatte, verflogen war.

Ich stürzte ins Haus, um mein Scheckheft zu holen, und verfluchte den Dreck auf meinen Klamotten, der jetzt überall den Boden beschmutzte. Als ich am hinteren Schlafzimmer vorbeikam, fiel mir ein, dass ich vergessen hatte, Hobe nach Aylishs Grab zu fragen und ob er außer Luella jemanden kannte, der ihrer mit Rosen hätte gedenken wollen. Jetzt spielte es keine Rolle mehr, ich wollte ihn nur noch so schnell wie möglich loswerden, um den Faden seines jüngsten Geheimnisses verfolgen zu können.

Ich lief die Treppe in den Vorgarten hinunter und holte Hobe in der Auffahrt ein. Gurney saß bereits mit verschwitzter Halbglatze auf dem Beifahrersitz und schnallte sich an. Als Hobe und ich näher kamen, drehte er sich um und grinste selig, als ich mich erneut für seine Arbeit bedankte. Hobe legte seine Heckenschere zu den anderen Geräten. Es war unhöflich, doch bei ihm brachte ich nicht dieselbe Begeisterung auf.

Ich füllte einen Scheck aus, riss ihn aus dem Heft und reichte ihn Hobe. Dann verabschiedete ich mich und sah zu, wie er um den Wagen herumschlurfte und einstieg. Als er zum Abschied winkte, tat ich so, als sei ich durch irgendetwas an einem Baum abgelenkt. Und noch ehe die alte Klapperkiste verschwunden war, lief ich auf das Haus zu.

Wie in den meisten hoch gelegenen Queensland-Häusern befand sich die Waschküche in einem rustikalen, durch Spalierwände vom Rest des Untergeschosses abgetrennten Raum.

Der Steinboden hatte bessere Tage gesehen, und ich wartete immer noch auf den Installateur, der meine Waschmaschine anschließen sollte. Aber die Waschküche war sauber und kühl, ein schattiges Plätzchen, wenn die Hitze des Tages unerträglich wurde. Und das Beste, meine von Hand gewaschene Wäsche war wegen der Brise, die vom Tal hereinwehte, in null Komma nichts trocken.

Ich trat zum Waschbecken. Dort, auf der Kante des Zementbeckens lag das lädierte Tagebuch, das Bronwyn gefunden hatte. Es sah nach nichts Besonderem aus: ein von Wasser beschädigtes Papierbündel, der Verschluss war kaputt, der Umschlag verbogen und von Rost, Schmutz und Schimmel verfärbt. Ich hatte es an Bronwyns erstem Schultag auf das Becken gelegt, um mir die Hände zu waschen, und es mir später genauer ansehen wollen, doch dann hatte ich es einfach vergessen.

Als ich nun das Tagebuch in der Hand hielt, sah ich schon wieder Hobe vor mir, wie er den Arm in den Hohlraum steckte und etwas zu suchen schien. Einen Rucksack vielleicht. Voll mit Frauensachen – Haarbürste, Schminke, Kleider… und eine alte Keksdose mit einem Tagebuch. Hobe schien nicht allzu besorgt gewesen zu sein, dass die Sachen verschwunden sein könnten, er wirkte eher erschrocken, dass ich ihn bei der Suche ertappt hatte.

Schäden von Beutelratten, soso.

Erst abends, nachdem ich gespült und Bronwyn sich in ihr Zimmer verzogen hatte, überlegte ich, wie ich die zusammengeklebten, brüchigen Seiten des Tagebuchs am besten voneinander lösen könnte, ohne sie ganz zu zerstören. Ich füllte einen Topf mit Wasser und stellte ihn auf den Gasherd. Als das Wasser kochte, nahm ich den Deckel ab und hielt das Tagebuch mit meiner Grillzange über den aufsteigenden Dampf.

Ein durchdringender Schimmelgeruch breitete sich in der Küche aus. Das verzogene Papierbündel wurde weich. Die Seiten nahmen die Feuchtigkeit auf und lösten sich. Als das Bündel biegsam genug war, ging ich zum Küchentisch und trennte mit einem Buttermesser vorsichtig die Seiten voneinander.

Die ersten Blätter waren zerknittert, voll gelber Wasserflecken und spröde wie Baumrinde. Eng aneinandergereihte Zeilen einer sauberen, kursiven Handschrift füllten jeden Zentimeter Raum aus, manche Wörter verloren sich unter einer Schicht von Moder oder waren verblichen – aber das meiste war noch leserlich. Ich beugte mich tiefer darüber, angezogen von meiner Neugier.

HÄNDE WEG!
Privateigentum von Glenda Jarman

Montag, 8. September 1986

Spielt etwa die ganze Welt auf einmal verrückt? Ich hatte gehofft, dieses neue Tagebuch mit meinen Fortschritten in Sachen Liebe zu beginnen. Und dann kam diese blöde Sache dazwischen.

Heute Nachmittag ging ich mit Corey zum Bach, um ihr von der neusten Entwicklung mit Ross zu erzählen. Besser gesagt, der fehlenden Entwicklung, was allein schon ein diskussionswürdiges Thema wäre. Jedenfalls war Corey in letzter Zeit ziemlich mürrisch, ein richtiger Miesepeter – und ich wollte sie ein bisschen aufmuntern. Wir setzten uns auf die Böschung, kauten Kaugummi und tranken Cola. Ich genoss die Süßigkeiten, Corey blies Trübsal. Also stellte ich meine Colaflasche ab, legte den Arm um sie und wollte gerade zum x-ten Mal fragen, was denn eigentlich los sei, aber dazu kam es gar nicht erst.

Sie küsste mich.

Auf den Mund. Es war ein Zungenkuss, so einer, wie ich ihn mir von Ross ersehnte, das hatte ich ihr selbst erzählt. Verdammt, was hat sie sich dabei bloß gedacht? Corey und ich, wir sind seit einer Ewigkeit beste Freundinnen, wie konnte sie mir das antun? Schlimmer noch, sie weiß doch, dass ich Ross liebe, wieso muss sie plötzlich so rumspinnen?

Seufz. Ich mag Corey, vermutlich liebe ich sie sogar … nur nicht so.

Nicht so, wie sie es möchte.

Seitdem haben wir nicht wieder miteinander gesprochen. Zugegeben, ich war gemein zu ihr, ich habe sie weggestoßen und angeschrien. Wahrscheinlich stand ich unter Schock. Normalerweise ruft sie mich an, wenn wir uns gestritten haben, aber jetzt ist es fast elf Uhr abends, und ich habe nichts von ihr gehört. Ich fühle mich beschissen.

Donnerstag, 11. September 1986

Antwort auf die Frage von Montag. Ja, die ganze Welt spielt verrückt. Und ich? Ich bin die Verrückteste von allen.

Verdammter Tony!

Habe gerade erfahren, dass wir seinetwegen nächste Woche nicht mit der Schule zelten fahren. Er hat vor Mutter versehentlich (absichtlich?) fallen lassen, dass ich mich in einen Lehrer von der Schule verknallt habe, dieser Volltrottel! Mum und er halten zusammen wie Pech und Schwefel, ich hätte wissen müssen, dass ich ihm nicht trauen kann. Er hat sich wirklich Sorgen gemacht und befürchtet, ich würde durchdrehen und eine Dummheit machen – und tatsächlich war ich drauf und dran. Aber dann hat er mir eine lustige kleine Zeichnung von einem Vogel mit Ross' Gesicht und herzförmigen Flügeln geschenkt, das war wirklich krass von ihm, aber was soll ich machen? Manchmal ist er ein Scheißkerl, aber ein liebenswerter Scheißkerl.

Seufz. Ich sitze im Bett, unter der Bettdecke, schreibe im Licht der Taschenlampe und schwitze mich tot. Meine Brust tut weh, wahrscheinlich bricht mir gerade das blöde Herz. Die Vorstellung, dass ich nach nächstem Freitag zwei sinnlose Wochen warten muss, bis ich Ross wiedersehen kann, ist schrecklich. Und zu wissen, dass er im Camp diesen dämlichen Gorgon-Schwestern ausgeliefert ist … sie werden sich totlachen und mit ihm flirten, diese Zicken, und Ross wird sich köstlich amüsieren. Diese Ratten! Die reinste Folter!

Freitag, 19. September 1986

Gute Nachrichten von der Liebesfront, auch wenn es ein trauriger Tag ist, der letzte, bevor die Ferien beginnen und ich eine Ewigkeit warten muss, um Ross wiederzusehen. Ich habe mir die Fingernägel pink lackiert, obwohl es gegen die Schulordnung verstößt. Es soll mir nur Glück bringen, versteh mich recht.

Klar. Ich weiß, dass er glücklich verheiratet ist, ich weiß, dass er zwei Söhne hat, die er vergöttert (weshalb ich ihn noch mehr liebe), und seine Frau scheint nett zu sein – aber was soll ich machen? Man kann sich nun mal nicht aussuchen, in wen man sich verknallt, das weiß doch jeder.

Aber es gibt auch eine gute Nachricht. »Hey, Glenda«, hat Ross zu mir gesagt, »da du nicht mit ins Zeltlager fährst, dachte ich, dass ich dir während der Ferien etwas zu tun geben sollte.«

Ich verdrehte die Augen, als wolle ich sagen, na super, noch mehr Hausaufgaben während der Ferien – und er fing an zu lachen. Dann gab er mir eine Seite, die er aus der Zeitung ausgerissen hatte.

»In der Wochenendausgabe des *Courier-Mail* habe ich das hier gefunden. Es ist ein Wettbewerb für Kurzgeschichten mit einem

Preisgeld, das nicht schlecht ist. Ich finde, du solltest da mitmachen.«

Ich griff nach der Seite. Sie zeigte ein Foto der Gewinnerin vom letzten Jahr, eine pummelige Frau mit langer Hose, und einen Hinweis darauf, was für Geschichten sie gerne hätten. Familiendramen, voll blöd. Aber das Anmeldeformular ganz unten fiel mir auf und vor allem das Dollarzeichen neben den Preisen.

»Wow«, staunte ich. »Das ist ja viel mehr als das, was ich mit einem Monat Babysitting verdienen kann. Aber… Familiendramen.« Ich rümpfte die Nase. »Meine Familie ist total langweilig. Worüber soll ich da schreiben?«

Ross zuckte die Achseln. »Vergiss nicht, was ich euch im Englischunterricht gesagt habe: Niemand ist langweilig, wenn man ein bisschen an der Oberfläche kratzt. Manchmal muss man etwas tiefer graben, aber letzten Endes stößt man immer auf eine Story. Also denk mal drüber nach. Ich bin sicher, dass du etwas findest.«

Er schenkte mir ein Lächeln, bei dem einem das Herz stehen bleibt, und sah mir in die Augen. Natürlich bin ich einfach dahingeschmolzen. Meine Hände zitterten, als ich wegging, das Anmeldeformular faltete und es in meinen BH steckte. Es war toll, dass Ross am Wochenende an mich gedacht hatte, es war toll, dass er mich für gut genug hielt, um an einem Wettbewerb teilzunehmen. Und ich würde den ersten Preis gewinnen. Zum Teufel mit dem pinken Nagellack. Glaub mir: Mit einem fetten Preis in einem Schreibwettbewerb kann man bei seinem Lehrer viel mehr Eindruck schinden.

Donnerstag, 25. September 1986

Die Ferien sind so langweilig, aber ich habe beschlossen, zum Zeitvertreib an meiner Geschichte für den Wettbewerb zu arbeiten.

Also saß ich am Nachmittag auf der Veranda hinter dem Haus und zerbrach mir den Kopf. Basil lag im Schatten neben mir und schnarchte im Schlaf, wahrscheinlich träumte er gerade von der Kaninchenjagd, denn seine große Liebe im Leben sind Kaninchen. Während ich nachdachte, palte ich Erbsen für Mum und steckte mir gelegentlich eine in den Mund, hm, lecker! Wenn Mum ein Talent hat, dann zum Gemüseziehen. Wir haben einen Gefrierschrank voll mit Erbsen, die sie schon ganz früh im Treibhaus geerntet hat, sie sind kleiner als die aufgeweichten, fertig abgepackten aus dem Supermarkt, aber sie schmecken viel besser. Mum sagt, ich soll mit dem Palen warten, bis sie auftauen, aber das mache ich nie. Direkt aus dem Tiefkühlfach, gefrostet und süß.

Die Tage werden immer heißer, bald wird es unerträglich sein. Da Dad wirklich von gestern ist und mir und Tony verbietet, Eis am Stiel zu essen wie jeder andere auf dem Planeten (er meint, es ruiniert die Zähne), muss ich mich mit gefrorenen Erbsen begnügen.

Beim Erbsenpalen habe ich Tony beobachtet. Von der Verandatreppe aus hat man alles im Blick. Er saß unten bei der Koppel auf einem alten Baumstamm über seinen Zeichenblock gebeugt und machte Skizzen von Baumrinde, Samenschoten oder Libellen, weiß der Kuckuck, was er alles so auftreibt. Man sieht es ihm nicht an, aber er ist wirklich schlau. Mum rahmt seine kleinen Zeichnungen ein und hängt sie überall im Haus auf, und Dad prahlt im Postamt mit seinen talentierten Kindern. Ich verdrehe immer die Augen, wenn er loslegt, aber insgeheim freue ich mich natürlich.

Tja, da sitze ich also und zerbreche mir den Kopf, als ich sehe, wie Mum sich am Zaun entlangschleicht. Hallo, denke ich, was hat sie denn vor? Normalerweise geht sie nie auf die Koppel. Ihr Gesicht glühte vor Hitze, und sie hatte ihre gute Schürze an. Tony muss sie kommen gehört haben, denn er sah auf. Sie sprachen kurz miteinander, und dann zog Mum verstohlen etwas aus ihrer Schürzentasche – es sah aus wie ein Kuvert. Tony nahm es an sich, und dann drückte ihm Mum noch was in die Hand, war es ein Fünfdollarschein? Mein schlaues Brüderchen steckte ihn ein, sprang auf und verstaute Bleistifte und Zeichenblock in seinem Schulranzen. Danach machte er sich auf den Weg und verschwand in Richtung von Großvaters Haus.

Mum sah ihm nach, bis er ganz weg war, und kam anschließend wieder ins Haus zurück.

Ich ließ meine Erbsen stehen, raste die Treppe hinunter durchs Tor und hinter Tony her …

Verdammt, jetzt ruft Mum zum Abendessen.

Muss aufhören.

Freitag, 26. September 1986

Wie auch immer, wir waren bei gestern. Von Tony war nichts zu sehen. Als wäre er im Bermudadreieck verschwunden. Vom Erdboden verschluckt.

Also ging ich weiter den Pfad entlang. Ich wollte zum hohlen Baum. Das ist eine riesige weiße Buche, in die vor langer Zeit ein Blitz eingeschlagen ist, halb verkohlt und uralt. Sie steht auf Großvaters Grundstück und ist den langen Fußmarsch durchaus wert.

Als ich in der Schlucht ankam, war ich schon erledigt. Und bis zum Baum war es noch mal eine halbe Stunde, aber die Hitze war unerträglich. Mein T-Shirt war völlig durchgeschwitzt und ich inzwischen schon halb verdurstet. Sobald ich den Pfad in die Schlucht hinabstieg, atmete ich erleichtert auf. Hier war es schattig und kühl, überall Farne und Dunkelheit. Unten riecht die Luft nach Wasser, feucht und köstlich. Es ist wie eine andere Welt. Die Bäume sind von einer Unmenge von Glockenvögeln bevölkert. Man kann sie nicht sehen, nur hören. Als würde man sich in einem riesigen Einmachglas befinden, wo der helle Gesang dieser Vögel von allen Seiten widerhallt. Ohne Unterlass. Manchmal gibt es eine kleine Lücke, und es wird ganz still. Unheimlich. Aber dann fängt alles von

Neuem an, wunderschön. Die Leute sagen, sie klingen wie Glocken, deshalb heißen sie auch Glockenvögel, aber mir kommen sie vor wie Tausende von Mädchenstimmen, die unaufhörlich immer dieselbe hohe Note singen.

Ich kam zum Bach und planschte eine Weile darin. Ich setzte mich ans Ufer, legte die Füße auf einen großen bemoosten Stein und genoss die kühle Strömung des Wassers. Die trägen Farne am Ufer schwankten im Wind. Es war wie in einer verzauberten Lichtung, alles grün, ein paar sonnige Flecken und dazu der laute Gesang der Vögel.

Ich dachte an Großvater – zuerst wie toll es war, dass er Tony und mir das Grundstück vererbt hatte und dass wir hierherkommen konnten, wann immer wir wollten. Mehr als eintausend Hektar Buschland, und alles gehört uns. Dann dachte ich daran, wie sehr ich ihn vermisste. Er war so ein cooler Typ. Mum und er hatten keinen Kontakt, aber das hatte nichts damit zu tun, was vor so vielen Jahren während des Krieges geschehen war. Wenn Mum geglaubt hätte, dass an den Gerüchten was dran wäre, hätte sie nie erlaubt, dass wir Kinder in seine Nähe kamen.

Mord. Mein Gott, wie schrecklich.

Ich weiß nicht, wie Mum damit fertiggeworden ist, dass man ihre Mutter umgebracht hatte. Ich wäre völlig ausgerastet. Ich kann mir nicht vorstellen, so wie sie aufzuwachsen und sich mit all dem Getratsche und der Schande herumzuschlagen. Wahrscheinlich ist das der Grund, warum Großvater und sie nicht miteinander klarkamen – er war ihr als kleines Kind aus dem Weg gegangen, Mum sagt, weil er ihren Anblick nicht ertragen konnte, nachdem ihre Mutter umgebracht worden war, so verzweifelt wäre er gewesen. Ich persönlich glaube, dass es etwas anderes war. Vielleicht wollte Großvater ihr weitere Qualen ersparen, indem er sie nicht daran erinnerte, was sie verloren hatte.

Das alles ist eine Ewigkeit her, in den Vierzigerjahren. Mum war noch klein, drei oder vier. Großvater war wohl ein junger Mann. Tony und ich sprachen manchmal darüber, aber immer so, dass keiner es mitbekam. Wir wussten nicht viel und haben auch nie gefragt. Wir merkten, dass es zu schmerzhaft für Mum war. Dad sagte auch nie was, aus Respekt. Aber wir bekamen trotzdem manchmal mit, wie die Leute tuschelten.

Hin und wieder schnalzt eine alte Frau in der Kirche mit der Zunge und erwähnt unseren Großvater, aber die meisten können sich nicht mehr an ihn erinnern. Einmal brachte ich Dad das Mittagessen ins Postamt und hörte, wie eine alte Schachtel der anderen etwas zuflüsterte. »Das ist die Enkelin der jungen Frau, die der Arzt umgebracht hat …«

So saß ich also im kühlen Schatten und dachte an meine arme Großmutter, als ich mit einem Mal eine Gänsehaut bekam. Ich sah mich um. Meine Großmutter war hier in der Schlucht gestorben. Vielleicht sogar an dieser Stelle.

Ich begann zu zittern, als wäre es plötzlich Winter geworden. Das Wasser im Bach kam mir schwarz vor, die schattigen Farne waren plötzlich gar nicht mehr freundlich. In den Wipfeln der Bäume sangen die Vögel, aber sie klangen nun schrill, fast durchdringend, als wollten sie mich warnen.

Ich weiß, es klingt verrückt, aber ich konnte nicht aufhören zu zittern.

Ross hat recht, dachte ich. Man muss nur ein bisschen an der Oberfläche kratzen …

Und da hatte ich diesen genialen Einfall.

Samstag, 27. September 1986

»Mum, ich habe eine Idee für den Wettbewerb, von dem ich dir erzählt habe«, sagte ich, um das Terrain zu sondieren. »Aber dazu bräuchte ich deine Hilfe.«

»Ach ja?« Sie sah von ihrem Bügelbrett auf, das sie immer in die Küche bringt, damit sie durchs Fenster nach draußen schauen kann. »Was meinst du, Schätzchen?«

»Ich will über Großmutter schreiben, nur weiß ich so wenig über sie.«

Mum wirkte ein bisschen entsetzt. »Aber Glenny, du hast ein ganzes Fotoalbum von Großmutter Ellen, und Dad hat dir so viel von ihr erzählt …«

»Ich meine nicht Dads Großmutter.«

»Oh.«

»Du hast doch nichts dagegen, oder? Ich meine, es ist schon so lange her. Und wir beide wissen, dass Großvater sie nicht getötet hat, das hätte er nie fertiggebracht. Also ist es ein Geheimnis … und auch so etwas wie eine Liebesgeschichte, beides in einem.«

Mum stellte das Bügeleisen weg und ging zur Spüle, dann drehte sie den Hahn ganz auf und wusch sich die Hände. Sie nahm die Seife und hörte gar nicht mehr auf mit dem Waschen, als hätte meine Frage sie irgendwie besudelt.

»Mum?«

Jetzt wusch sie sich auch noch das Gesicht, rieb es mit beiden Händen kräftig ab und nahm ein sauberes Geschirrtuch aus dem Schrank. »Ich glaube, das solltest du nicht tun, Schätzchen.«

»Warum denn nicht?«

Sie warf mir einen Blick über die Schulter zu. Ihr Gesicht war fleckig, als hätte man es mit Zitronensaft betupft. Ihre Augen waren weit aufgerissen und besorgt. »Ich glaube es einfach. Tut mir leid.«

Ich seufzte, als ich meinen Irrtum erkannte. Ich hätte mich mit ihr streiten, ihr sagen können, dass ich ein Recht hätte, mehr über meine Großmutter zu erfahren, aber ich wusste, dass ich ihr damit nur wehtun würde. Mum musste eine schreckliche Zeit durchgemacht haben, nachdem ihre Mutter ermordet worden war, sie war ja noch ganz klein gewesen. Es war nicht ihre Schuld, dass sie nicht darüber sprechen konnte.

»Macht nichts, Mum«, sagte ich. »Ich denke mir was anderes aus.«

Und das versuchte ich auch. Wirklich. Doch die Geschichte meiner Großmutter ließ mich nicht mehr los. Es war, als hätte ich ihren Geist zum Leben erweckt, indem ich das Thema bei meiner Mutter angesprochen hatte. Als hätte ihre Geschichte Flügel bekommen und wäre aus ihrer Kiste entwichen, sodass man sie nicht mehr ignorieren konnte. So oder so würde die Geschichte meiner Großmutter erzählt werden müssen – und ich würde diejenige sein, die es tat.

Sonntag, 28. September 1986

Mum war in der Kirche, um das zweite Frühstück zu organisieren. Dad war draußen im Garten und pflanzte Frühlingszwiebeln. Mit einem Besenstiel hatte er kleine Streifen in den Boden gezogen und verteilte jetzt mithilfe eines alten Holzlineals die Samen darin.

»Dad?«, sagte ich, etwas vorsichtiger nach der Reaktion meiner Mutter. »Ich muss dich etwas fragen, aber ich habe Angst, dass du vielleicht böse wirst.«

Das war natürlich ein Witz. Dad wurde nie böse. Sternzeichen Stier: dickköpfig und zuverlässig, nicht aus der Ruhe zu bringen. Aber wenn der Stier tatsächlich mal die Beherrschung verliert, sagen die Astrologen, dann muss man auf der Hut sein. Wahrscheinlich stimmt das, denn ich hatte noch nie erlebt, dass Dad die Stimme erhob, nicht ein einziges Mal. Für mich ist er ein durch und durch freundlicher Mensch, ein echter Clark Kent, außer dass sich unter dem weißen Hemd und der langweiligen braunen Hose kein Superman verbirgt. Klar, heute trug Dad nicht seine guten Sachen, sondern bloß eine alte King-Gee-Hose und ein kakifarbenes Hemd mit aufgekrempelten Ärmeln, aber du weißt, was ich meine.

Dad sah auf und grinste, seine Ohren waren trotz des Huts von der Sonne gerötet. Eine Haarsträhne flog ihm in die Augen; er blies sie weg.

»Was denn, Glenny?«

»Tja, also …« Ich sah zum Himmel auf und warf dann einen Blick auf meine Fingernägel. Der pinkfarbene Lack, den ich benutzt hatte, um Ross zu imponieren, war fast schon abgeblättert. Nur noch wenige Flecken hielten sich tapfer, aber ich hatte nicht den Mumm, sie zu beseitigen. Sie sollten mir schließlich Glück bringen.

Dad schnaubte ungeduldig und wandte sich wieder seinen Zwiebeln zu. »Raus damit.«

Ich seufzte. »Ich schreibe an einer Geschichte, sie wird wirklich gut, vielleicht kann ich sogar an einem Wettbewerb teilnehmen.«

»Hm«, antwortete Dad und markierte die nächste Reihe mit seinem Besenstiel. »Wovon handelt sie?«

»Von meiner Großmutter.«

Meine Stimme klang eine Spur angespannt, vielleicht sah er deshalb auf und musterte mich neugierig.

»Mums Mutter«, erklärte ich und fügte hastig hinzu: »Es wäre eine großartige Geschichte, weißt du, das Geheimnis, wie sie gestorben ist und so weiter. Nur weiß ich nicht viel über sie. Mum spricht nicht gerne darüber, und ich kenne nur die Gerüchte und einen alten Zeitungsartikel, der auch nicht viel hergibt. Und … ja, also, das war's.«

Dad legte seinen Besenstiel weg und richtete sich auf. Er stemmte die Hände in den Rücken, streckte sich und blickte zum Himmel auf. Ich hörte seine Knochen knacken, und Dad seufzte.

»Ich soll dir also sagen, was ich über sie weiß.«

»Ja.«

»Das ist nicht viel, fürchte ich.«

»Hast du sie jemals getroffen?«

Er nahm sein Lineal, ging zur nächsten Reihe und schüttete ein paar Samen aus der Packung in seine Handfläche. Eine Zeit lang schwieg er, als hätte er vergessen, dass ich da war. Er ging die Reihe ab, nahm Maß, drückte mit dem Daumen kleine Mulden in die Erde und steckte die Samen hinein.

Ich wartete. Dad liebt seine Privatsphäre, das hat er mit Mum gemein. Er spricht nur selten über die Vergangenheit, und wenn, hat man jedes Mal das Gefühl, dass er die Hälfte erfindet und die Fakten ausschmückt, um sie unterhaltsamer erscheinen zu lassen oder vielleicht um das zu vertuschen, was er nicht verraten will. Ich glaube, das ist der Grund, warum ich Geschichten so mag.

Dad räusperte sich. »Ich kannte deine Großmutter während des Krieges. Ich war etwa acht oder neun Jahre alt. Sie war …« Er hielt inne und lächelte zu den hohen Bäumen hinauf. »Sie war wunderschön. Langes dunkles Haar und braune Augen. Schmal und zierlich wie ein Vögelchen.«

»Wie hast du sie kennengelernt?«

»Sie war ganz allein, also wohnte sie bei uns.«

»Sie *wohnte* bei euch? Das wusste ich nicht.«

»O ja.«

»Warum war sie allein?«

Während er die Reihe abschritt und die Löcher, in denen seine Samen steckten, wieder mit Erde bedeckte und feststampfte, war Dads Blick nur auf seine Füße gerichtet. »Ihre Mutter war gestorben und ihr Vater interniert worden, weil er ein deutscher Einwanderer war. So ging es im Krieg zu, die Regierung sorgte sich um die Sicherheit – obwohl es keinen patriotischeren Kerl gab als Jacob Lutz, deinen Urgroßvater. Er liebte Australien über alles, er sagte immer, dieses Land hätte ihn gerettet … Wie auch immer, Jacob war jahrelang der lutheranische Pastor von Magpie Creek gewesen, aber da er in Deutschland geboren worden war, erfand das Commonwealth Investigation Bureau all diese lächerlichen Beschuldigungen und steckte ihn in ein Internierungslager namens Tatura in Victoria. Dort blieb er fast drei Jahre lang.«

Dad verstummte. Ich wartete. Und wartete. Dann seufzte ich. Dad war vierundfünfzig, das ist ziemlich alt – aber manchmal benahm er sich wie ein wirklich alter Mann, wenn du weißt, was ich meine. Er starrte ins Leere und überlegte. Er vergaß Dinge, brachte Sachen durcheinander. Er spann gern irgendwelches Seemannsgarn über alte Zeiten, aber irgendwie veränderte sich bei jedem Erzählen alles wieder. Trotzdem hoffte ich, dass er diese Geschichte auf die Reihe bringen könnte.

»Dad?«

Er lächelte abwesend. Dann nahm er seinen Besenstiel und markierte eine Reihe, die er schon festgestampft hatte, noch einmal neu.

»Deine Großmutter war glücklich bei uns. Sie gehörte praktisch zur Familie – half meiner Mutter bei den Hausarbeiten, beim Buttermachen, Hühnerfüttern, Putzen oder auf dem kleinen Maisfeld hinter dem Haus. Und deine Mutter war noch klein, ein lebhaftes Ding mit großen grünen Augen und einem Lächeln, bei dem einem das Herz schmolz wie Eiscreme in der Sonne. Meine Mum, also deine Großmutter Ellen, vergötterte die kleine Lulu und verwöhnte sie nach Strich und Faden. Das taten wir alle.«

»Ich kann es nicht glauben, Mum hat mir nie davon erzählt.«

»Nun, Glenny, es war ja auch nicht alles nur toll. Es herrschte Krieg, und das Leben war schwer, aber auch sehr aufregend. Wir hatten einige Soldaten bei uns einquartiert, wie die meisten Familien in Magpie Creek, aus dem Heer oder der Luftwaffe. Wenige aus der Marine. Deine Großmutter kochte riesige Eintöpfe mit Rindfleisch, Mais aus dem Garten und Schälerbsen. Wir hatten Rahm und Buttermilch und sogar Eier von den Hühnern. Frisches Gemüse und Obst. Die Familien in der Stadt – oder noch schlimmer in den großen Städten – mussten ihre Coupons horten, um sich alle zwei Wochen ein mickriges Pfund Butter oder ein Pfund Zucker leisten zu können. Es waren interessante Zeiten und auch lohnende, wenn man den Verstand behielt.«

Er nahm den Schlauch, drehte an der Zerstäuberdüse und wässerte die Zwiebelbeete mit einem feinen Sprühnebel. Der Dunst bildete Regenbögen über der nackten Erde, in der Luft hing das süße Aroma von altem Dung, Kompost und organischem Dünger.

»Dad?«

»Ja, Glenny.«

»Warum haben sie Großvater angeklagt … du weißt, wegen dem, was Großmutter passiert ist?«

Dad starrte eine Ewigkeit auf die Regenbögen, als würde er nachdenken. Als ich schon nicht mehr mit einer Antwort rechnete, sagte er leise: »Dein Großvater hat im Krieg Schlimmes durchgemacht. Er geriet in Gefangenschaft, das weißt du ja. Danach war er sehr krank, und wahrscheinlich haben die Leute gedacht, er könnte jemandem etwas Schlimmes antun.«

»Aber er war es doch nicht, nicht wahr?«

Lange Pause. »Nein, Glenny. Nein, er war es nicht.«

Das Dröhnen eines Motors zerriss die Stille. Dad drehte das Wasser ab und wickelte den Schlauch um den Hahn. »Da kommt Mum«, sagte er und fuhr mir durchs Haar, als er auf das Haus zuging. »Ich muss Teewasser aufsetzen.«

Samstag, 4. Oktober 1986

Ich habe das ganze Wochenende wie verrückt an meiner Geschichte gearbeitet. Was in der Absicht begann, Ross zu beeindrucken, hat sich zu etwas sehr viel Größerem aufgebläht. Einer Manie. Einer Besessenheit. Ich MUSS die Geschichte meiner Großmutter erzählen. Es ist, als stünde sie hinter mir und sagte: »Alle wollen mich unter den Teppich kehren und vergessen, Glenda. Als wünschten sie, es hätte mich niemals gegeben. Du bist anders. Du verstehst. Ich will, dass man mir zuhört, und du sollst mir dabei helfen.«

Ich verstand tatsächlich. Jemand hatte meine schöne Großmutter überfallen und in der Schlucht zum Sterben liegen lassen. Sie hatte mit schmerzendem Kopf im feuchten Laub gelegen, und ihr Blut war in die Erde gesickert. Irgendwer hatte ihr das angetan, und ich konnte nicht glauben, dass es mein Großvater gewesen war.

Dad sagt immer, ich müsse für das einstehen, woran ich glaube. Das Problem ist, dass ich nie an etwas geglaubt habe. Die Wale zu retten klang gut; es war grausam, wie man sie harpunierte und abschlachtete, um Parfüm und weiß Gott was zu gewinnen. Aber wie sollte ich für sie einstehen, wenn ich noch nie einen gesehen hatte?

Meine Großmutter dagegen war mein eigenes Fleisch und Blut. Es gab keine Fotos von ihr – jedenfalls keine, die erhalten geblieben waren –, und ehrlich gesagt hatte ich bis jetzt nie wirklich über sie nachgedacht. Aber Blut ist Blut. Und meine Großmutter hatte es verdient, dass man ihr zuhörte.

Da saß ich nun und schrieb wie in Trance, denn ich wollte versuchen, die Geschichte noch vor dem Mittagessen fertig zu kriegen. Ich hatte entschieden, dass derjenige, der sie ermordet hatte, ein Vagabund gewesen war, der auf dem Weg zu den Goldminen in Ravensburg, wo er hoffte, Arbeit zu finden, durch Magpie Creek gekommen war. In der Schulbibliothek hatte ich ein Buch über die Nachkriegszeit gefunden. Unzählige Menschen waren damals von Stadt zu Stadt gezogen auf der Suche nach Arbeit … Ich würde es natürlich nie ganz sicher wissen, aber es passte gut in meine Geschichte.

Ich war gerade zu der Stelle gekommen, an der sie sich begegneten, und es lief auch alles nach Plan – da hörte ich jemanden schreien. Es war eine Männerstimme, sie klang nach Dad. Mein Herz überschlug sich. Dad schreit normalerweise nicht. Zuerst glaubte ich, er hätte sich mit seiner Hacke den Fuß abgeschlagen oder so was. Ich lief raus, um zu sehen, was los war, doch mitten im Gang blieb ich stehen.

Dad hatte Schmerzen, das war nicht zu überhören, aber er schrie nicht nach einem Krankenwagen. Als ich verstand, worum es bei dem Geschrei ging, sackte ich an der Wand runter, so erschüttert war ich.

»Du hast es versprochen, Lu«, sagte Dad. »Schon vor langer Zeit hast du es versprochen …«

»Cleve, es ist nicht so, wie du glaubst.«

»All die Jahre, all diese verdammten Jahre hast du …« Dads Stimme überschlug sich, sodass ich nicht verstand, was er dann sagte. Ich hörte ein Klirren, dann fiel was zu Boden und zerschellte.

Ich lief in die Küche. Mum war dabei, die Scherben eines Glases zusammenzufegen. Dad stand da, die Hände auf den Tisch gestützt, zusammengesunken, als hätten ihn alle Kräfte verlassen.

Mum fegte die Scherben auf ein Stück Zeitung und warf sie in den Müll.

»Bitte Cleve, beruhige dich. Wir müssen in aller Ruhe darüber reden. Unter vier Augen«, setzte sie hinzu, als sie mich sah.

Dads Kopf drehte sich zu mir um. Seine Lippen zitterten. Sein Gesicht war knallrot, die Narben weiß. Er wandte sich wieder Mum zu, hob den Arm und schüttelte die Faust mit dem zerknüllten Zettel darin. »Wie lange?«

Mum schien zusammenzuschrumpfen. »Nur ein Mal.«

»Das glaube ich dir nicht.«

»Cleve, du reagierst zu heftig, es war nur …«

Aus Dads Mund kam ein Geräusch, das sich anhörte wie ein Knurren. Er straffte die Schultern und ging quer durch die Küche zu Mum. Inzwischen zitterte sein ganzer Körper.

»Zu heftig?«, wiederholte er und hielt das Gesicht ganz nah an das ihre. »O Lu, du hast ja keine Ahnung.« Er drängte sich an ihr vorbei, lief durch die Tür und die Hintertreppe hinunter.

»Mum?«, sagte ich. »Was ist passiert?«

Mum schloss die Augen. Es dauerte lange, bis sie sie wieder öffnete. »Am besten verziehst du dich für eine Weile, Schätzchen. Dein Vater ist sehr aufgeregt.«

Ich starrte sie an. »Was hast du getan?«

Sie sah mich nur an. Sie hatte uns spät geboren. Als sie mich bekam, war sie fast schon dreißig, aber die Leute sagten immer, sie sähe nur halb so alt aus, wie sie war. Jetzt kam sie mir klein, zerbrechlich und alt vor.

Aus dem Hof drang Geschrei. Ich lief hinaus und sah Tony unter einer Pinie sitzen. Er hatte an einem Aquarell gemalt – es war ein gelber Fink auf dem Zweig eines Pfirsichbaums, verrückt, dass ich mich daran erinnere. Dads Schatten fiel auf das Blatt, und Tony blickte auf.

»Hast du das für deine Mutter überbracht?«, fragte Dad und warf Tony das Blatt ins Gesicht.

Tony sah Dad an. Er sagte nichts, sondern nickte nur. Ich stöhnte innerlich. Er würde Dad gegenüber nur schweigen, das hatte er von Danny Weingarten gelernt. Ich wünschte, er würde es nicht tun.

»Wie lange geht das schon?«, schrie Dad.

Tony zuckte die Achseln.

Dad zitterte nach wie vor. Ich hatte Angst, dass er einen Anfall bekäme, einen Herzinfarkt, einen Schlaganfall oder so was. Was immer es auch gewesen war, ich erkannte Dad nicht wieder.

Er schob sein Gesicht ganz nah an das von Tony heran. »Ich sollte dir eine Lektion erteilen, die du nicht so schnell vergisst, Freundchen. Hast du gehört? Wie lange?«

Ich verstand nicht, was Tony antwortete.

»Eine Weile vielleicht?« Dads Stimme brach. »Eine Weile vielleicht! Was heißt das, du Dummkopf? Wochen? Monate? Jahre?«

Als Tony nicht antwortete, packte Dad ihn und zerrte ihn zum Schuppen. Ich lief ihnen nach, so ängstlich wie noch nie zuvor im Leben.

»Dad«, flehte ich und hängte mich an seinen Arm, damit er Tony losließ. »Was geht hier vor? Was hat Tony angestellt?«

Dad schüttelte mich ab und zog Tony in den Schuppen. Er nahm sein Jagdmesser vom Haken an der Tür, steckte es sich in den Gürtel und schleifte Tony in den Vorgarten zum Wagen.

Die vordere Fliegengittertür knallte zu. Mum stand oben auf der Treppe und schrie: »Um Gottes willen, Cleve! Lass den Jungen los und komm rein. Wir müssen darüber reden, also benimm dich wie ein erwachsener Mensch.«

Dad ignorierte sie. Er gab Tony einen Stoß. »Rein mit dir. Und du bleibst hier«, sagte er, während er mich ansah. Aber ich stieg neben Tony in den Wagen ein. Dad achtete nicht einmal darauf, ob wir uns angeschnallt hatten. Er sprang auf den Fahrersitz und ließ den Wagen aufheulen, dann legte er den Rückwärtsgang ein und setzte aus der Auffahrt. Kurz darauf rasten wir nach Süden, Richtung Stadt.

Ich sah mich um und warf durch die Heckscheibe einen letzten Blick auf mein bisheriges Leben. Mum stand am Straßenrand, sah uns nach und umklammerte wie eine Irre mit beiden Händen ihren Kopf.

Die nächsten Seiten klebten wieder zusammen. Ich wollte mehr erfahren, wollte weiterlesen, aber meine Augen fühlten sich wie verkohlte Asche an. Ich sah Schatten in den Augenwinkeln flackern, ich brauchte Schlaf.

Das Tagebuch an die Brust gepresst ging ich durch das Wohnzimmer in den Korridor. Vor Bronwyns Tür blieb ich nicht wie üblich stehen, um zu lauschen, sondern ging einfach daran vorbei in mein eigenes Zimmer. Dort warf ich mich aufs Bett und blieb reglos liegen.

Im Geiste ging ich noch einmal alles durch, was ich gerade gelesen hatte.

Aylish hatte während des Krieges, nachdem man ihren Vater

interniert hatte, bei Cleves Eltern gewohnt. Sie war dort glücklich gewesen, und alle hatten die kleine Luella – oder Lulu, wie man sie damals nannte – geliebt. Allein das war reichlich Stoff zum Nachdenken, doch nachdem ich von Cleves Wutanfall gelesen hatte, war ich wie gelähmt. Offensichtlich hatte er das mit dem Brief, den Tony überbracht hatte, herausgefunden, aber wieso hatte es ihn derart in Rage versetzt?

Mein Kopf fühlte sich dick und geschwollen an, voller Toter und Erinnerungen, die nicht mir gehörten. Am liebsten wäre ich aufgestanden und hätte den Rest des Tagebuchs über den Dampf gehalten, um zu erfahren, was Cleve vorhatte. Tony eine Lektion erteilen, hatte er gesagt. Aber mit einem Jagdmesser … Mein Gott, was sollte das für eine Lektion werden?

Mir schwirrte der Kopf.

Ich brauchte Schlaf. Sehnte mich danach. Mein Körper musste ausruhen. Ohne Schlaf würde der morgige Tag eine Katastrophe. Ich wäre gerädert und zerstreut und würde ihn nicht durchstehen.

Das Problem war nur, dass meine Neugier keine Ruhe gab. Selbst jetzt, um halb drei Uhr morgens mit schlaftrunkenen Augen konnte ich an nichts anderes denken als daran, in die Küche zu gehen, das Wasser erneut zu erhitzen und weitere Seiten über dem Dampf zu lösen. Und herauszufinden, was Cleve mit dem Jagdmesser vorhatte. Was soll's.

2 Uhr früh, Sonntag, 5. Oktober 1986

O Gott, ich kann es kaum ertragen, darüber zu schreiben. Aber ich muss. Ross sagt, wenn ich Schriftstellerin werden will, muss ich mich den Tatsachen stellen, auch wenn es wehtut. Genau das ist es, was Schriftsteller tun. Sich schrecklichen Dingen stellen und anschließend darüber schreiben.

Dad raste in die Stadt, am Flughafen vorbei, durch den Kreisel und dann nach Süden Richtung Briarfield Road. Wir brausten am Abzweig zu Großvaters Haus vorbei. Es dauerte eine Weile, bis wir wussten, wohin er uns brachte, doch dann sahen wir das große Tor und die steile Auffahrt, die zum Grundstück der Millers führt. Ich kannte es sehr gut, weil Tony und ich früher, als wir noch klein waren, oft hierhergekommen waren. Mum schickte uns sonntags mit Marmeladengläsern oder eingelegten Gurken hin – bis Vater dahinterkam und dem Ganzen ein Ende machte. Faule Taugenichtse nannte er die Millers. Ich will nicht, dass sie meinen Kindern beibringen, wie man im Leben versagt.

Noch ehe wir das Haus erreicht hatten, begann Dad zu hupen. Der Lärm zerriss die nachmittägliche Stille. Mr Miller und sein Bruder erschienen auf der Veranda.

Dad parkte den Holden und sprang hinaus, gerade, als Mr Miller die Treppe herunterkam. Sie trafen sich auf halbem Weg, und Dad verpasste Mr Miller einen Stoß. Dann fing er zu brüllen an.

»Lass meine Familie in Ruhe! Hast du verstanden, Miller? Lass sie in Ruhe oder ich bringe dich um!«

Tony und ich kauerten im Wagen und hielten uns an der Hand. Schau nicht hin, Glenny, schau nicht hin. Ich glaube, das sagte Tony, aber sicher bin ich mir nicht. Ich wusste, dass er recht hatte. Ich wollte nicht hinsehen, aber meine Augen gehorchten mir nicht. Sie starrten auf Dad und Mr Miller.

Dad schrie wirres Zeug, das keinen Sinn ergab. Dann holte er aus und schlug Mr Miller vor die Brust. Der strauchelte, fing sich aber wieder. Es dauerte eine Sekunde, bis er reagierte, dann stürzte er sich wie ein wilder Stier auf Dad, die Fäuste flogen, erst verpasste er Dad einen Kinnhaken mit der Rechten, danach schlug er ihm in den Magen.

Dad krümmte sich. Er schien keine Luft zu bekommen, stützte sich mit den Händen auf die Knie und keuchte. Mr Miller ist gut zehn Jahre jünger als Dad, vielleicht auch mehr. Ich sah, dass Dads Gesicht fleckig und verschwitzt war, seine Brust rang nach Luft. Er hatte einen Herzinfarkt, ich war mir sicher. Dann stieß er einen Schrei aus und ging auf Mr Miller los. Ich glaubte, in der Sonne etwas in seiner Hand aufblitzen zu sehen.

Man hörte einen schrecklichen Schrei, und dann sah ich das Blut.

Mr Miller fiel auf die Knie. Er hielt sich die Hand vor das Auge, das Blut spritzte zwischen seinen Fingern hervor. Er stieß furchtbare Geräusche aus, eine Mischung aus Kreischen und Brüllen, immer wieder, als hätte er den Verstand verloren. Er schrie Dad an, aber die Worte wurden durch seine Hände gedämpft.

Dad schreckte zurück, er zitterte am ganzen Körper. »Lass sie in Ruhe, du hinterhältiger Mistkerl«, schrie er wie ein Verrückter und starrte auf Mr Miller herunter. »Lass sie in Ruhe …«

Plötzlich zerriss ein Schuss Dads Worte. Staub wirbelte auf, nicht weit von seinen Füßen entfernt. Dad drehte sich abrupt um. Er taumelte einige Schritte auf das Haus der Millers zu. Mr Millers Bruder stand auf der Treppe und hielt ein Gewehr in die Höhe. Dad lief auf das Haus zu, doch Mr Millers Bruder hob erneut das Gewehr und zielte auf Dad.

Da schrie ich auf.

Wieder ging das Gewehr los. Dad taumelte und fiel auf die Knie, und einen schrecklichen Augenblick lang glaubte ich, er sei getroffen. Doch dann stand er auf und lief zum Wagen zurück. Als er näher kam, sah ich die Blutflecken auf seinem Hemd, seinem Gesicht und den Armen. Mir war schlecht vor Angst. Er wischte sich ab, und da erkannte ich, dass er sich in die Hand geschnitten hatte. Er stieg in den Wagen und starrte durch die Windschutzscheibe. Dabei zitterte er dermaßen, dass ich glaubte, er würde jeden Moment ohnmächtig werden.

Auf der Rückfahrt sagte Dad kein Wort. Als wir in die William Road bogen, traute ich mich, ihm einen Blick zuzuwerfen. Jetzt zitterte er nicht mehr, aber sein Gesicht war fleckig. Er sah anders aus. Irgendwie leer. Als wäre der Dad, den ich kannte, verschwunden und hätte eine leere Schale hinterlassen.

4 Uhr früh, 5. Oktober 1986

Ich kann nicht schlafen, ständig höre ich die Dielen knarzen und die Türen klappern. Ich habe Angst, dass Dad im Haus herumgeistert. Nie im Leben habe ich solche Angst gehabt; es ist ein grässliches Gefühl.

Ständig sehe ich im Geiste den Kampf zwischen Dad und Mr Miller vor mir, ich kann einfach nichts dagegen machen. Und je mehr ich versuche, ihn auszublenden, desto klarer und größer wird er.

Herrgott. Es fühlt sich an, als wäre mein wirklicher Dad gestorben und der Mann, der uns nach Hause zurückgefahren hat, ein anderer. Ein Fremder. Ein böser Mann. Einer aus einem Gruselfilm oder einem Albtraum. Ja, vielleicht ist es nur ein Albtraum, vielleicht ist das Ganze nur ein blöder Traum.

Ich wünschte nur, ich könnte aufwachen.

13

Mum? Alles okay?«

Blinzelnd schlug ich die Augen auf. Die Sonne fiel durchs Küchenfenster und überflutete die Holzdielen mit Licht. Der Himmel draußen war mattblau. Im Mangobaum zwitscherten die Vögel, als wäre der Anbruch eines neuen Tages ein Grund zum Feiern.

Bronwyn stand neben mir und sah auf mich hinab. Sie runzelte besorgt die Stirn.

»Hier, trink.«

Sie schob eine Tasse auf mich zu. Der Duft nach Kaffee stieg mir in die Nase. Ich wollte danach greifen, einen Schluck nehmen, meinen Kreislauf mit einem Schuss Koffein auf Trab bringen und mein volles Bewusstsein wiedererlangen, doch ich konnte meinen zittrigen Händen noch nicht trauen.

Bronwyn kam näher, die gerunzelte Stirn verwandelte sich in einen besorgten Blick. »Ist wirklich alles in Ordnung mit dir? Du hast im Schlaf geredet.«

Ich fuhr mir mit den Händen übers Gesicht. Mein Kopf fühlte sich schwer an, und ich war immer noch schläfrig, als könne ein Teil meines Ichs es kaum erwarten, erneut im Schlaf zu versinken. »Was … was habe ich denn gesagt?«

Bronwyn zuckte die Achseln. »Ich glaube, du hast einen Namen gerufen.«

Ich spürte einen Hauch von halb erinnerter Angst. »Was für einen Namen?«

»Ich konnte ihn nicht verstehen, aber es klang, als wärst du zu Tode erschrocken. Muss ein Albtraum gewesen sein.«

Als ich die Augen schloss, um mich zu erinnern, verschwand die Dunkelheit hinter meinen Lidern, und ich sah einen Pfad im Busch. Ich war ihm gefolgt und hatte geschrien. Die Bäume auf beiden Seiten schimmerten silbern im Mondlicht, ihre Zweige ragten in den Himmel, ihre schlanken Stämme bogen sich ächzend im Wind. Irgendwo vor mir floh ein Kind in die Nacht hinein, ein kleines Mädchen – als fürchtete es sich vor etwas in den Bäumen.

»Du wolltest einfach nicht wach werden«, erklärte Bronwyn, während sie von einem Fuß auf den anderen trat und die Finger verknotete. »Ich musste dich verdammt lange rütteln. Ich dachte schon, du wärst ins Koma gefallen. Du hast mir einen Heidenschreck eingejagt, Mum.«

Als ich sie umarmen wollte, wurde sie ganz steif und versuchte, sich mir zu entwinden. Doch dann gab sie nach und blieb widerstandslos stehen. Vermutlich wartete sie einfach, dass mein sentimentaler Schwächeanfall vorüberging.

»Tut mir leid, dass ich dich erschreckt habe.«

»Schon gut, Mum. Geht's jetzt besser?«

»Ja, sicher.« Ich presste den Rand der Tasse an die Lippen und ließ mich von dem duftenden Dampf einhüllen, sog ihn tief ein, bis er die letzten Spuren des Traumes vertrieben hatte.

»Ist der Kaffee okay?«

»Ja, sehr gut.«

»Du hast ihn doch noch gar nicht probiert.«

Ich nahm einen Schluck. Er war glühend heiß mit viel Zucker und einen Schuss Milch. »Perfekt«, sagte ich und rang mir ein anerkennendes Lächeln ab.

Bronwyn starrte auf das ramponierte Tagebuch, das aufgeschlagen auf dem Küchentisch lag.

»Spannend?«, fragte sie mit hochgezogenen Brauen.

Seltsam, wie das Gehirn arbeitet. In meinem benommenen Zustand hatte ich den nächtlichen Lesemarathon völlig vergessen. Plötzlich fiel mir alles wieder ein. Glendas Wettbewerb, die Enthüllungen ihres Vaters über Aylish und dann das Gruseligste von allem, sein brutaler Angriff auf Hobe Miller.

Mein Gott, der arme Hobe.

Was immer er getan hatte, um Cleve Jarman zu so einem Übergriff zu provozieren, für mich war es eine extreme Art der Vergeltung. Und auch eine extreme Reaktion für einen Mann, dessen Tochter ihn zuvor als gutmütig beschrieben hatte. Dann fiel mir wieder ein, wie Cleve in der Küche Luella angeschrien und mit dem Zettel herumgefuchtelt hatte. Wie er im Garten vor Tony gestanden und auch ihn angebrüllt hatte. »Hast du diesen Brief für deine Mutter abgegeben?« Ein Brief. Hatte sich Cleve deswegen mit Hobe angelegt, wegen eines Briefes? Waren Hobe und Luella …?

Bronwyn klopfte mit dem Fuß auf den Boden. Ich verjagte meine unangenehmen Gedanken und warf ihr einen Blick zu. Ich konnte sehen, dass sie leicht verärgert war, weil ich in dem Tagebuch gelesen hatte, das sie gefunden hatte. Doch nach dem, was ich erfahren hatte, bedankte ich mich insgeheim beim Universum, dass sie nicht mehr Interesse daran gezeigt hatte – zumindest bis jetzt.

»Ach, eigentlich ist es ziemlich langweilig«, sagte ich. »Wirres Zeug.«

»Von wem ist es?«

Ich zögerte. Wenn sie erfuhr, dass das Tagebuch Glenda gehört hatte, würde sie denken, dass es etwas über ihren Vater enthielt, und es lesen wollen. Ich schätzte die Folgen ein und beschloss, dass ich – vorerst zumindest – lügen musste.

»Keine Ahnung, irgendeinem Mädchen.«

»Darf ich es auch lesen?«

Ich nahm einen Schluck Kaffee und versuchte, Gleichgültigkeit vorzutäuschen. »Klar. Sobald ich damit fertig bin. Aber es ist wirklich todlangweilig. Reine Zeitverschwendung. Ich verstehe selbst nicht, warum ich mir die Mühe mache.«

»Immerhin hat es dich die ganze Nacht wach gehalten.«

»Nicht die ganze Nacht. Als du mich gefunden hast, habe ich tief geschlafen.«

Sie sah mich mit zusammengekniffenen Augen an. »Mum, du bist am Küchentisch eingeschlafen, mit allen Lichtern an. Wie kannst du sagen, dass es todlangweilig ist?«

Ich trank den Rest des Kaffees aus, um nicht antworten zu müssen. Ich verbrannte mir die Kehle, aber der Trick wirkte. Mein Herz schlug schneller, und mein Kopf wurde wieder klar.

»Es ist Samstag«, fiel mir dann ein. Ich sprang auf und stellte das Tagebuch hastig zwischen die Kochbücher im Regal. »Wir wollten doch heute grillen. Um wie viel Uhr hatte ich Corey gesagt? Vier? Und wie spät ist es jetzt? Am besten fahren wir gleich los, ich muss die Würstchen kaufen …«

»Nur die Ruhe, Mum, es ist noch nicht mal acht. Morgens«, sagte sie mit finsterem Blick.

Erleichtert sank ich zurück auf den Stuhl. Ich hatte noch fast den ganzen Tag für die Vorbereitungen. Zeit genug, um einzukaufen, den Salat anzurichten, das Bier kühl zu stellen. Zu duschen und mich zurechtzumachen. Den Körper mit Koffein vollzupumpen und eine Fassade von Normalität aufzubauen, bevor die Gäste eintrafen.

Bronwyn stand immer noch da. »Hast du nicht was vergessen, Mum?«

Erst da fiel mir auf, wie sie angezogen war. Das neue gepunktete Kleid, das sie sich von ihrem Weihnachtsgeld gekauft hatte. Die guten weißen Sandalen. Sie hatte sich sogar das Haar anders gekämmt als sonst. Zöpfe mit weißen Schleifen, sehr mädchenhaft, die hatte sie schon seit Jahren nicht mehr getragen. Trotz ihrer Größe wirkte sie nun jünger als ihre elf Jahre.

»Was ist los?«, fragte ich.

Sie verdrehte die Augen. »Du hast versprochen, dass wir heute meine Großmutter besuchen.«

Ein vertrautes Gefühl packte mich. Gewissensbisse. Ich hatte es vergessen. Doch als Bronwyn mich daran erinnerte, durchfuhr mich eine Woge von Eifer. Luella war eine direkte Verbindung zu Samuel und Aylish. Nach allem, was Corey mir erzählt hatte, ging ich davon aus, dass es Luella zu schlecht ging, um ihr Fragen über ihre Mutter stellen zu können, aber vielleicht gab es andere, weniger direkte Hinweise in ihrem Haus – Fotos, Andenken, Gesprächsfäden, die mir mehr über die beiden verraten würden. Mir war bewusst, dass es noch viel zu früh war, um derart intime Dinge mit einer Frau zu besprechen, die wir noch nie gesehen hatten, trotzdem konnte ich eine gewisse Hoffnung nicht abschütteln.

»Wir können nicht sicher sein, dass sie uns die Tür öffnet«, warnte ich – meinetwegen ebenso wie Bronwyns wegen. »Erinnere dich, ich habe dir gesagt, dass sie eine Einsiedlerin ist.«

Bronwyn warf einen Zopf über die Schulter, als wäre seine Gegenwart ihr lästig. »Es gibt Schlimmeres als Einsiedler, Mum.«

»Vielleicht mag sie nicht, dass man ihr auf die Pelle rückt.«

Bronwyn seufzte. »Wer nicht wagt, der nicht gewinnt, Mum. Das hat Dad immer gesagt, und das finde ich auch.«

Noch ehe mir ein Gegenargument einfiel, war sie schon aus der Tür. Ich hörte, wie sie die Veranda entlangstampfte und dann die Treppe in den Garten hinunter. Als ich nur noch das

Zwitschern der Vögel und das Rauschen der Blätter im Wind hörte, trat ich ans Fenster und blickte hinaus.

Der Himmel war inzwischen aquamarinblau. Kohlmotten schwirrten durch die Luft, schwerelos wie Papierschnipsel. Ich nahm an, dass Bronwyn zu ihrer Bank unter der Jakaranda gelaufen war, um sich dort die Zeit zu vertreiben, bis wir uns auf den Weg zur William Road machten.

Ihre Tasche lag neben der Küchentür, bereit für die Abfahrt. Ich konnte der Versuchung nicht widerstehen und warf einen Blick hinein. Im Innern steckten die Schachtel mit Cadbury Roses, die wir gekauft hatten, mehrere Fotoalben, die meisten Aufnahmen von Bronwyn und ihrem Vater sowie eine selbst gemachte, mit Glitzerstreifen verzierte Karte. »Für meine Großmutter« hatte sie mit schnörkligen Buchstaben daraufgeschrieben. Die Karte weckte seltsame Gefühle in mir. Neid, weil es lange her war, dass sie so eine Karte für mich gebastelt hatte. Beschützerinstinkt, weil es durchaus möglich war, dass ihr Wunsch, Luella zu treffen, mit einer Enttäuschung endete. Eifersucht, weil ich Angst hatte, dass meine Tochter jemand anderen brauchen könnte als mich, um die Leere zu füllen, die ihr Vater hinterlassen hatte. Und eine irrationale Furcht, sie zu verlieren.

Unsinn, ermahnte ich mich.

Trotzdem, es konnte nicht schaden, aktiv gegen diese neue Bedrohung vorzugehen. Ich nahm eine Gartenschere aus der Schublade und ging nach draußen.

Die Blumenbeete quollen über – im Wind wogende Gladiolen, Sonnenblumen, Gänseblümchen und Gerbera bildeten ein strahlendes Farbenkonzert im grellen Licht des Tages. Bienen summten, und Schmetterlinge flogen von Blatt zu Blatt auf der Suche nach einer geeigneten Stelle, an der sie ihre Eier ablegen konnten.

Ich ging den Hügel hinauf auf dieses Meer tanzender Blüten zu und überlegte, welche Kombination am eindrucksvollsten wäre. Ein großer Strauß, sagte ich mir, auffallend und strotzend vor Farbe und Duft. Üppige Rosen, aufrechte Gerbera, ein paar zeitlose Lavendelzweige vielleicht, eine pfiffige, geniale Mischung aus Bauerngarten mit einem Schuss altmodischem Charme.

Vielleicht würde es mir nicht gelingen, eine Lücke zu füllen, aber ich hatte eine ziemlich gute Vorstellung davon, wie man bei einer potenziellen Großmutter Eindruck schinden konnte. Wenn man schon untergehen muss, hatte Tante Morag immer gesagt, dann wenigstens aus allen Rohren feuernd.

Wir standen eine Ewigkeit vor der Tür, beide mit großen Augen und nervös. Bronwyn presste den dicken Blumenstrauß an ihre Brust, die Tasche mit den Pralinen und Fotoalben hing über ihrer Schulter.

Die Veranda war schattig, kühl und dunkel unter einem Baldachin von weißen Glyzinen und Kletterrosen. Der Blick war angenehm – Buschland, in der Ferne Hügel und davor der hübsche Garten –, trotzdem hatte ich ein mulmiges Gefühl. Jemand beobachtete uns. Ich wusste nicht, wieso, aber ich hatte den Eindruck, dass jemand durch die verdunkelten Fenster spähte, genauso neugierig wie wir selbst.

»Komm, Schätzchen«, sagte ich schließlich. »Wir stehen schon fünf Minuten hier, ich glaube nicht, dass sie uns aufmacht. Wir gehen nach Hause und kommen an einem anderen Tag wieder.«

Bronwyn sah mich flehend an. »Vielleicht ist sie im Garten und hat uns beim ersten Mal nicht gehört. Bitte, Mum. Nur noch ein kleines bisschen länger.«

Ehe ich antworten konnte, streckte sie die Hand aus und

drückte erneut auf die Klingel. Aus dem Inneren drangen leise elektronische Töne. Ich wartete und horchte auf Schritte, darauf, dass die Dielen knarzten oder die Tür sich quietschend auftat.

Doch wir hörten nur Stille.

»Wir können nicht den ganzen Tag hier herumstehen«, beharrte ich. »Wir müssen noch alles für heute Nachmittag vorbereiten – der Lachs wird sich nicht von selbst marinieren, weißt du. Außerdem könnten wir auf dem Rückweg nach Hause noch kurz bei dem Fest in der lutheranischen Kirche vorbeischauen. Vielleicht ist Jade auch da.«

»Nein.«

»Komm schon, Bron. Deine Großmutter wird auch nächste Woche noch da sein. Wir können es ein anderes Mal versuchen.«

Sie ignorierte mich und rüttelte an dem Fliegengitter. »Gran, Gran, ich bin es, Bronwyn!«, rief sie mit durchdringender Stimme. »Gran, bitte, komm raus, ich habe dir etwas mitgebracht.«

»Bronwyn, ich glaube nicht, dass es eine gute Idee ist.«

Bronwyn klopfte weiter. Das Fliegengitter klapperte und machte einen Höllenlärm.

»Gran, bitte, komm raus. Ich bin es, Bronwyn, deine Enkelin. Ich bin den ganzen Weg von Melbourne gekommen, um dich zu besuchen.«

Ich seufzte. »Bron, du machst einen Riesenaufstand. Selbst wenn Luella da ist, vielleicht will sie jetzt einfach nicht aufmachen. Was wird sie von uns denken?«

Bronwyns Augen füllten sich mit Tränen. »Ist mir egal, was sie denkt. Ich will sie nur sehen, mit ihr reden. Du weißt ja nicht, wie das ist. Ich will sie wirklich sehen.«

»Dann ist das nicht die richtige Methode. So machst du es nur noch schlimmer.«

Plötzlich hörten wir ein leises Klicken.

Wir erstarrten. Es folgte ein gedämpftes Schlurfen hinter der Tür, dann das Scharren eines Riegels. Die Haustür hinter dem Fliegengitter bewegte sich.

Und schwang auf.

Im trüben Licht des Einganges stand eine Frau. Sie war groß und kräftig, ihr rundliches Gesicht kreidebleich vor Schreck. Sie machte einen Schritt nach vorn, sah durch das Fliegengitter und blinzelte mit ihren graugrünen Augen. Sie trug ein geblümtes Kleid im Stil der Fünfzigerjahre und hatte ihr mit grauen Strähnen durchzogenes Haar mit einer Samtschleife – weiß wie die im Haar meiner Tochter – zu einem bauschigen Knoten geschlungen. Ihr Make-up war perfekt, so gekonnt aufgetragen, als wäre sie ein Filmstar.

Eine ganze Minute lang sagte sie nichts, sondern starrte nur durch das Fliegengitter auf Bronwyn, als wäre sie ein Gespenst. Als sie dann sprach, klang ihre Stimme hoch, leise und heiser. »Glenda? Mein Gott, meine Glenda … bist du es wirklich?«

»Mrs Jarman?«, sagte ich hastig. »Luella, bitte, verzeihen Sie, dass wir unangemeldet hereinplatzen. Ich bin Audrey Kepler, und das ist meine Tochter Bronwyn. Tony war ihr Vater.«

Die Frau warf mir einen Blick zu, aber nur kurz. Dann betrachtete sie erneut ungläubig meine Tochter.

Bronwyn strahlte sie mit leuchtenden Augen an. »Gran? Wir haben dir Blumen mitgebracht. Ich hoffe, sie gefallen dir.«

Die Frau stieß einen Seufzer aus. »Bronwyn?« Sie schüttelte den Kopf, schien nicht fassen zu können, was sie sah.

Bronwyn streckte ihr die Blumen entgegen. »Für dich, Gran.«

Das Fliegengitter tat sich quietschend auf, und Luella

Jarman blinzelte in das gesprenkelte Licht. Dann sah sie Bronwyn an, und ihre Augen füllten sich mit Tränen. Sie liefen ihr über die runden Wangen und hinterließen Streifen in ihrem Make-up.

»Mein liebes Kind«, flüsterte sie heiser. »Mein liebes, liebes Kind.«

Dann ergriff sie Bronwyns Hand und zog sie mit ihren fülligen Armen an sich, ohne auf die Blumen zu achten.

Wir folgten Luella in die düstere Diele, die angenehm kühl war im Vergleich zu der brütenden Hitze draußen. Durch einen breiten Rundbogen erhaschte ich einen kurzen Blick auf das Wohnzimmer. An den hohen weißen Wänden hingen vereinzelte schwarz gerahmte Bilder. Schwere Vorhänge an den Fenstern filterten das Licht. Die polierten Dielen glänzten wie verschüttete Tinte, es gab wuchtige Sessel und Schränke, in denen Figuren und silberne Pokale ausgestellt waren. Die Regale bogen sich unter der Last unzähliger Bücher.

Vom anderen Ende des Gangs kam ein Hauch von Desinfektionsmittel, der jedoch bald von anderen Aromen verdrängt wurde: dem Duft der zerdrückten Rosen, die Bronwyn noch immer in der Hand hielt, und einem leicht muffigen Geruch nach Tier. Ein Hund vielleicht. Möbelpolitur. Haarspray. Frisch gebackener Kuchen.

Wir traten in eine sonnige, butterblumengelb gestrichene Küche, die auf eine große Veranda hinausging. Die Arbeitsfläche war aus demselben dunklen Holz wie die Dielen und mit einer Sammlung von bunten Dosen im Retrostil geschmückt. Eine schräge Uhr aus den Sechzigern in Form einer Sonne tickte an der Wand über einem Tisch aus Pinienholz und vier Stühlen.

Glendas Tagebuch war noch frisch in meinem Kopf, daher

stellte ich mir sofort vor, wie Tony und sie an dem Tisch frühstückten. Sie hatten sich nach dieser Wanduhr gerichtet, hatten unter diesem Dach gegessen, gelacht und herumgealbert, vielleicht hatten sie die Zutaten für ihr Müsli in diesen bunten Dosen aufbewahrt. Sie waren schon seit langer Zeit aus diesem Haus verschwunden, und trotzdem spürte ich ihre Anwesenheit, als hätte die Luft ihre Abwesenheit nie richtig verbergen können. Es war ein trauriges Gefühl, eine Leere innerhalb einer Leere, das ungute Gefühl, an einem Ort zu sein, wo man nicht hingehörte, und etwas zu wissen, das einen nichts anging.

»Was für eine Überraschung«, sagte Luella offensichtlich hypnotisiert von Bronwyn. »Was für eine wunderschöne Überraschung. Ich kann es kaum glauben, dass ich eine Enkelin habe, eine wunderschöne, kleine Enkelin ... Ich bin die glücklichste Frau auf der Welt.«

Bronwyns Augen leuchteten vor Freude, während sie beobachtete, wie Luella geschäftig in der Küche umherlief.

»Ich habe dir Fotos mitgebracht, Gran. Die meisten sind von Dad und mir, aber es gibt auch einige von Mum.«

»Wirklich? Ich kann es kaum erwarten, sie zu sehen.« Luella wirkte immer noch benommen, doch es gelang ihr, Bronwyn ein schüchternes Lächeln zuzuwerfen. »Wenn deine Mutter Zeit genug hat, könnte ich sogar meine eigenen Schnappschüsse holen, aus der Zeit, als dein Dad noch ein Kind war ... und von unserer Glenda. Du siehst ihr ähnlich, weißt du?«

Bronwyn nickte. »Ich habe ein Foto von ihr gesehen. Wir könnten Schwestern sein, nicht wahr?«

Ein unsicherer Atemzug, dann kaum hörbar: »Ja, du hast recht.«

Während das Wasser kochte, nahm Luella drei Teetassen aus einer Vitrine und stellte sie auf ein Tablett. Ihre kräftigen Finger bewegten sich erstaunlich geschickt, als sie alles für den Morgentee zusammenstellte: Zuckerlöffel, feine Teller mit Kornblumenmuster, gestärkte Leinenservietten, ein Kännchen mit frischer Milch und wunderschöne alte Kuchengabeln aus Silber. Dann nahm sie einen Biskuitkuchen aus dem Kühlschrank und wärmte die Teekanne mit kochend heißem Wasser an. Nur das Zittern ihrer Hände passte nicht zu der Szene. Die Nerven, dachte ich, wer könnte es ihr verübeln? Zwanzig Jahre Einsamkeit, eingeschlossen in diesem Haus, ohne Kontakte nach draußen. Es überraschte mich eher, dass das einzig sichtbare Anzeichen von Stress dieses leichte Zittern war.

»Dad war ein berühmter Maler«, plapperte Bronwyn drauflos. »Und sehr klug – er hat all diese Preise gewonnen und ist ins Ausland gereist, er hatte viele Ausstellungen mit seinen Werken. Aber das weißt du bestimmt schon, nicht wahr, Gran?«

Luella gluckste. Es klang hübsch, wie ein kehliges Zwitschern. »Aber natürlich«, erklärte sie Bronwyn mit einem konspirativen Unterton. »Ich habe Tonys Karriere in den Zeitungen verfolgt. Er hat es weit gebracht, nicht?«

»Alle lieben seine Bilder«, sagte Bronwyn. »Sie haben sich haufenweise verkauft, und er wurde steinreich. Meistens hat er Landschaften gemalt, die ersten waren noch klein, so groß wie Postkarten, aber Mum sagt, dass er immer sicherer wurde und seine Bilder immer größer. Er selbst sagte, sie wären abstrakt, aber wenn man genau hinsieht, kann man immer noch die Bäume und Flüsse erkennen und so was. Hast du Bilder von Dad?«

Sie hielt lang genug inne, um die Wände zu mustern, womit sie Luella erneut zum Lachen brachte.

»O ja, mein Liebling. Ich habe ein paar wunderschöne

Aquarelle von Blumen und Vögeln und sogar ein Bild von diesem Haus von einem Hügel aus gesehen. Sie hängen im Wohnzimmer, einige auch in der Diele. Warum siehst du dich nicht ein bisschen im Haus um? Danach kommst du auf die Veranda, und wir schneiden den Kuchen an.«

Bronwyn verschwand.

»Kann ich Ihnen helfen?«, bot ich an, als Luella das Tablett nahm.

»Nein danke, meine Liebe, es ist leichter, als es aussieht. Aber vielleicht könnten Sie das Besteck bringen. Und die Packung mit den Kokosplätzchen, bitte, seien Sie so nett.«

In den zwanzig Minuten, die ich bei Luella verbracht hatte, war ich angenehm überrascht gewesen. Ich hatte erwartet, dass sie unscheinbar und farblos wäre und sich vor ihrem eigenen Schatten fürchtete, vielleicht auch sogar etwas verwirrt – doch das Gegenteil war der Fall. Luella war herzlich, ihre Stimme strahlte Wärme aus. Sie war eine große Frau, bewegte sich aber so anmutig, als wäre jede Geste, jeder Schritt, den sie machte, eingeübt.

Ihr freundliches Wesen war wie ein gutes Vorzeichen. Wenn wir uns schon bei unserem ersten Treffen so gut verstanden, würde sie wahrscheinlich nichts dagegen haben, über ihre Eltern zu sprechen. Nicht gerade heute, aber bald.

Ich folgte ihr mit den Gabeln und den Plätzchen durch die Doppeltür – die, wie mir auffiel, mit mehreren Schlössern ausgestattet war – nach draußen auf die große, schattige Veranda.

»Ein herrlicher Morgen, nicht?«, sagte Luella und stellte das Tablett auf einen großen Tisch aus Zedernholz. »So klar und ruhig, wenn man von den lärmenden Kookaburras einmal absieht. Man könnte meinen, sie hätten gerade einen Jahrhundertwitz gehört.«

»Und diese Aussicht«, sagte ich. »Einfach überwältigend.«

Hinter dem Garten dehnte sich graublaues Buschland aus, durchsetzt mit Bangalowpalmen, die in der heißen Luft schwankten. Am Horizont erhoben sich violette Vulkanhügel in den Himmel.

Der Garten hatte sich kaum verändert, seit das Foto von Tony unter der Bunyapinie entstanden war. Da waren der wacklige Lattenzaun, die struppige Wiese voller Gänseblümchen und die Wäscheleine, an der Glenda und Luella von dem Fotografen überrascht worden waren. Überall wuchs rote und gelbe Kapuzinerkresse – sie wucherte unter den Obstbäumen, rankte sich an den Gartenstühlen hoch und quoll aus allen möglichen Gefäßen, einschließlich einer alten Badewanne mit Klauenfüßen. Das alles vor der Kulisse des prächtigen Bunya-Bunya-Baums, der seine Äste ausstreckte, als wolle er die vier Ecken des Himmels umarmen. Der Boden um seinen Stamm war mit braunen Nadeln und klobigen Pinienzapfen bedeckt. Hinter ihm, am Ende des gewundenen Pfads, stand ein großes gläsernes Treibhaus.

Ein scharfes Bellen riss mich aus der Betrachtung.

Direkt hinter mir stand ein stämmiger Bullterrier und fletschte die gelben Zähne. Erschrocken wich ich einen Schritt zurück, und der Hund knurrte. Er war weiß, mit einem braunen Fleck auf dem Kopf, der aussah wie der Abdruck einer Hand. Er hatte alterstrübe Augen und ein räudiges Fell, schien aber immer noch scharf zu sein. Und seine Zähne gefielen mir nicht.

»Achten Sie nicht auf Gruffy«, sagte Luella, bückte sich ein wenig und kraulte den Kopf des Hundes. »Er ist Besuch nicht gewohnt. Setzen Sie sich, meine Liebe, fühlen Sie sich wie zu Hause. Nehmen Sie Zucker?«

Sie schnitt den Kuchen an, tat uns großzügig auf und hantierte mit den Kuchengabeln herum. Gerade als die Stille anfing, sich in die Länge zu ziehen, kam Bronwyn auf die Veranda. Sie setzte sich an den Tisch, machte sich über den Kuchen her und sah zu, wie Luella ihr ein Glas Limonade einschenkte. Als der Kuchen verputzt und das Glas leer war, hob sie ihre Tasche auf ihren Schoß und nahm die Geschenke heraus, die sie ihrer Großmutter mitgebracht hatte.

Luella machte ein großes Getue um die Pralinen und die Karte, die sie neben ihre Tasse stellte, während sie immer wieder ungläubig den Kopf schüttelte. Dann tupfte sie sich mit einem Taschentuch über die Augen, doch das breite Lächeln verriet, dass es Freudentränen waren.

Eine Stunde später blätterten Bronwyn und ihre Großmutter immer noch in dem letzten Fotoalbum mit Bronwyns Fotos von der Schule. Luella wollte alles wissen: Was Bronwyn an der Schule am meisten mochte, worin sie gut war, welche Fächer – wenn überhaupt – ihr Probleme bereiteten. Sie fragte sogar nach den Namen von Bronwyns Mitschülern, und Bronwyn zählte sie ihr eifrig auf.

Ich unterdrückte zum hundertsten Mal ein Gähnen.

Ich musste meine ganze Willenskraft aufbieten, um nicht in die Tasche zu greifen und nach der Uhrzeit zu sehen. Egal, wie unauffällig ich mich auf meinem Sitz umdrehte und den Kopf reckte, ich konnte die Uhr an der Küchenwand nicht erkennen. Allmählich wurde ich nervös. Ich musste noch einkaufen und alles für das Barbecue vorbereiten. Außerdem hoffte ich, genügend Zeit zu haben, um die restlichen Seiten in Glendas Tagebuch auseinanderzufriemeln.

Die Minuten vergingen.

Dann kam mir meine Blase zu Hilfe, und ich entschuldigte mich. Das Badezimmer war alt, aber sauber, mit weißen Kacheln, flauschigen Handtüchern und frischen Seifenstücken. Das Fenster ging auf den Garten hinaus, rahmte die riesige

Pinie ein und offenbarte einen Blick auf die Berge im Hintergrund. Wie die Fenster in der Küche war auch dieses mit Gittern versehen und mit mehreren Schlössern gesichert.

Ich wusch mir die Hände und verzog das Gesicht angesichts des Geschöpfs mit den verschlafenen Augen, das mich aus dem Spiegel anstarrte. Dabei nahm ich mir vor, am Nachmittag außer der Dusche auch noch Zeit für eine Gesichtsmaske einzuplanen, dann kehrte ich in die Diele zurück.

Dieser Teil des Hauses fühlte sich lebendiger an als das steife Wohnzimmer neben dem Eingang. Vier geschlossene Türen säumten den Flur, deren Messingklinken im gedämpften Sonnenlicht glänzten. Ich blieb vor dem ersten Zimmer stehen, neugierig, was sich dahinter verbarg. Ein kurzer Blick – was wäre schon dabei?

Schwache Geräusche schwebten durch die stille Luft. Das Klirren von Luellas Tasse, der leise Singsang ihrer Stimme. Bronwyns lustiges Kichern. Das Zirpen der Zikaden und das Kratzen von Gruffys Pfoten auf dem Holzboden, während er von der Kaninchenjagd träumte.

Ich griff nach der Klinke und warf einen Blick in das Zimmer. Es war hübsch, ganz in Blassrosa gehalten, mit Blumenmustern und weißen Wänden, aber auch ein wenig ernüchternd in seiner Alltäglichkeit. In der Mitte stand ein Ehebett mit einem minzgrünen Überwurf aus Chenille. Es war gemütlich, nett, aber ansonsten unauffällig. Noch enttäuschender war der offensichtliche Mangel an Fotos. Kein einziges Bild von Glenda, Tony oder Luellas verstorbenem Mann Cleve. Nicht einmal ein Schnappschuss von Luella selbst und auch keiner von Samuel.

Das nächste Zimmer war noch spartanischer eingerichtet. Ein Bett an der Wand mit einer frisch gewaschenen blauen Daunendecke, das Kopfkissen gegen das Kopfende gelehnt.

Am Fußende stand ein wackliger Tisch, auf dem ein einsamer Atlas lag. Das Einzige, was in diesem Zimmer hervorstach, waren die vielen Zeichnungen an den Wänden. Schmetterlinge, Blüten, Frösche und Raupen – winzige Bleistiftzeichnungen, einige mit blassen Wasserfarben ausgemalt.

Tonys Zimmer.

Trotz der unübersehbaren Instandhaltung sickerte eine traurige, einsame Stimmung aus allen Ecken. Mit dem Gefühl eines Eindringlings ging ich weiter den Gang entlang zum nächsten Zimmer.

Wie das von Tony war es noch genauso erhalten wie zu Glendas Lebzeiten. Tapeten mit gelben Rosen, hell und luftig wie ein Traum. Das Bett war frisch bezogen, die Kissen aufgeklopft. Auf der Fensterbank saßen eine Reihe von lieb gewonnenen Teddybären und eine handgestrickte Stoffpuppe. Aber es gab auch Spuren einer Sechzehnjährigen: ein Poster von David Bowie gegenüber der Tür, ein Schminkset, ein Stapel von eselsohrigen *Dolly*-Zeitschriften, und über der Rückenlehne des Stuhls hing ein Schulblazer.

Der nächste Raum schien ein Arbeitszimmer zu sein, doch dem Staub nach zu urteilen war hier seit Längerem nicht geputzt worden. Es gab kein Bett, nur einen Schreibtisch und einen großen Ledersessel mit einer altmodischen Stehlampe daneben. Die Regale quollen über vor Büchern: verstaubte alte Penguin-Klassiker, Koch- und Gartenbücher, reihenweise abgewetzte Taschenbücher, die auf den oberen Brettern hockten wie Tauben auf der Stange.

Der einzige Hinweis darauf, dass es früher einmal ein Schlafzimmer gewesen sein konnte, war ein blau gestrichener Kleiderschrank, den man im Nachhinein gleich neben die Tür gequetscht hatte. Offensichtlich hatte er einmal einem Kind gehört, denn obendrauf stand ein Modellschiff.

Das Murmeln der Stimmen auf der Veranda erinnerte mich daran, dass ich schon eine ganze Weile fort war, trotzdem konnte ich der Versuchung nicht widerstehen.

Ich trat zu dem Kleiderschrank und öffnete ihn. Der Gestank von Mottenkugeln schlug mir entgegen. Die Seite mit der Kleiderstange war leer, bis auf ein Häufchen vertrockneter Motten. Die andere Hälfte war mit flachen Schubladen ausgestattet, für Unterwäsche oder Socken. Die oberste Schublade enthielt einen Stapel von Papieren: Urkunden für das Haus, Kündigungen von Raten, alte Betriebskostenabrechnungen. In der nächsten Schublade lag ein Springseil, eine Zigarrenkiste, zu Staub zerfallene Rosen und eine Sammlung von Pastillendosen mit verrosteten Haarnadeln und Perlmuttknöpfen. In der untersten Schublade fand ich ein großes, prall gefülltes Fotoalbum, das mit einer schwarzen Schleife verschlossen war. Ich zog sie auf und blätterte darin.

Den handschriftlichen Eintragungen zufolge stammten die ersten Aufnahmen aus dem Jahr 1931, dann ging es in chronologischer Reihenfolge weiter. Alle zeigten den Jarman-Clan. Die meisten waren so klein wie Streichholzschachteln, darauf waren Gruppenaufnahmen von Menschen zu sehen, deren Gesichter über die Jahre vergilbt waren. Kinder im Sattel, Männer mit geschulterten Gewehren, Hunde, Frauen, die Babys auf dem Arm hatten. Ich suchte nach Namen, die ich kannte, doch erst nach einem halben Dutzend Seiten wurde es interessant.

Über der Überschrift »Cleve, 1939, im Alter von sieben Jahren«, befand sich eine Lücke, das Foto war entfernt worden. Auch die nächsten Seiten enthielten solche leere Stellen, wo Fotos hätten sein sollen: der junge Cleve, 1940 mit seinem Vater beim Fischen; Cleve vor dem Postamt 1942. Mehrere Seiten später stieß ich auf eine weitere Lücke; sie war unterschrieben mit: »Cleve und Luella nach der Hochzeit, 1968.« Ich blätterte weiter, es folgten Schnappschüsse von Tony und Glenda und anderen Kindern, frühe Aufnahmen von Luella, die adrett und ernst dreinblickte. Nach und nach waren die leeren Stellen zahlreicher als die Fotos. Offensichtlich hatte jemand alle Fotos von Cleve entfernt – von der Kindheit bis zum Alter. Nicht einmal die Familienbilder hatte man verschont. Alle Aufnahmen, auf denen der Unterschrift zufolge Cleve zu sehen gewesen war, fehlten.

Ich rief mir in Erinnerung, was Corey mir über die Jarmans erzählt hatte: eine lustige Familie, die immer zusammenhielt. Aber hatte sie nicht auch erzählt, dass Luella Cleve um die Scheidung gebeten hatte? Hm, dachte ich. Wieder mal ein Beweis dafür, dass nicht alles Gold ist, was glänzt. Während ich noch darüber nachdachte, band ich die Schleife wieder zu und legte das Album in die Schublade zurück.

Plötzlich hörte ich ein lautes Bellen auf der Veranda, gerade als ich den Kleiderschrank schloss.

Ich machte auf dem Absatz kehrt, stürzte in den Gang und blieb einen Augenblick reglos stehen, bis sich mein Herzschlag wieder beruhigt hatte.

Und dann sah ich das kleine Bild.

Natürlich war es von Tony – seine selbstbewussten Linien und vibrierenden Farben waren unverwechselbar, selbst in den frühen Werken. Es war nicht größer als die Seite eines Taschenbuchs und steckte in einem viel zu großen Rahmen, der die fragile Schönheit des Gemäldes noch unterstrich. Es war eine botanische Studie, ein einheimischer Sonnentau mit goldenen Tentakeln und klebrigen purpurnen Härchen. Man sah sogar eine winzige Fliege, die auf einem glitzernden Blatt gefangen war. Während ich das Bild betrachtete – ebenso gefangen wie die kleine Fliege –, wurde eine Erinnerung in mir wach.

Es war während eines Sommers gewesen, und ich hatte sie deshalb so gut behalten, weil ich damals mit Bronwyn schwanger gewesen war. Ich fühlte mich zwar scheußlich, aber auch von einem Glück erfüllt, das ich noch nie zuvor erlebt hatte. Tony und ich waren durch den Garten unseres neuen Hauses in Albert Park gewandert, als er eine kleine Kohlmotte entdeckte, die in einem Spinnennetz gefangen war. Sie zuckte nur noch schwach, ihr Körper war von klebrigen Fäden umhüllt, am Rand des Netzes rieb eine fette goldene Seidenspinne die Beine. Tony hatte fast zehn Minuten gebraucht, um die arme kleine Motte aus der Falle zu befreien. Am Ende war sie auf den Rasen gefallen und vermutlich trotzdem gestorben.

Anschließend war Tony deprimiert. Mir fiel wieder ein, dass ich mich damals gefragt hatte, ob alle Künstler so merkwürdig wären. Das war ganz zu Anfang gewesen, ehe ich herausfand, dass Tony ziemlich eigen sein konnte.

Ein anhaltendes, lautes Kläffen riss mich aus allen Erinnerungen. Ich lief auf die Veranda zurück. Ich war viel zu lange fort gewesen, und das schlechte Gewissen saß mir wie ein Kloß im Hals. Luella würde vermuten, dass ich herumgeschnüffelt hatte. Als Schutzbehauptung erfand ich eine Lüge und gab mir Mühe, sie ganz natürlich klingen zu lassen: Ich habe mir wie Bronwyn Tonys Bilder angesehen, ich hoffe, dass Sie nichts dagegen haben, sie sind sehr schön, nicht wahr …

Doch meine Sorgen waren unbegründet.

Luella neckte den Hund mit einem Kokosplätzchen. Sie lächelte, ihre Wangen glühten, und auf ihrer Haut glänzte Schweiß. Sie war nicht mehr die schüchterne, zögernde Frau, die uns wenige Stunden zuvor die Tür geöffnet hatte. Stattdessen saß hier jemand vor uns, der zu neuem Leben erwacht war.

»Da sind Sie ja, meine Liebe«, sagte Luella, als sie mich sah. »Der arme alte Gruffy hat gerade einen kleinen Tanz für

Bronwyn aufgeführt. Ich glaube, er hat sich ein bisschen übernommen.«

Bronwyn kicherte. »Mum, du hättest ihn sehen sollen, er stand auf den Hinterbeinen und hopste herum wie ein dicker kleiner Mann.«

»Wieso japst er denn so?«, fragte ich, dankbar, dass Gruffy mich in den Hintergrund gedrängt hatte. »Ist alles okay mit ihm?«

Luella kraulte den Kopf des Hundes. »Er ist nicht mehr der Jüngste, aber seht euch sein Gesicht an! Er strahlt förmlich… Nun ja, es ist auch Jahre her, dass der alte Knabe solchen Spaß hatte.«

Bronwyn betrachtete ihre Großmutter, ihr Gesicht leuchtete vor Bewunderung. »Du siehst ganz anders aus als auf dem Foto«, sagte sie plötzlich.

In diesem Moment verlor Luella zum ersten Mal in unserer Gegenwart die Fassung. Ihr seliges Lächeln erstarb, und ihr Gesicht verzerrte sich. Jetzt sah sie alt aus, und ich entdeckte hinter der sorgfältig geschminkten Maske eine ängstliche, einsame Frau.

»Welches Foto?«

»Das im Garten, von dir, Dad und Tante Glenda. Mum hat es im Haus gefunden. Dad ist etwa zehn Jahre alt und steht neben einem aufblasbaren Planschbecken, und du und Tante Glenda seid beim Wäscheaufhängen.«

»Nur wir drei?«

»Ja.«

Luella streckte die Hand aus und streichelte Bronwyns Gesicht. »Ich kann mich an dieses Foto gar nicht erinnern, Kleines. Vielleicht bringst du es das nächste Mal mit, wenn ihr mich besucht, ich würde es gern sehen.«

Bronwyn warf mir einen Blick zu, um meine Zustimmung

einzuholen, und ich nickte. »Wir werden Abzüge von den übrigen Fotos machen«, sagte ich. »Ich wette, dass deine Großmutter auch die Fotos sehen will, als du noch ein Baby warst, und die von deinen ersten Jahren in der Schule. Und wie wäre es mit denen von dir und deinem Dad, die im Atelier gemacht wurden? Wir könnten ein kleines Fotoalbum für sie zusammenstellen.«

Bronwyn strahlte über das ganze Gesicht, und wir beide sahen Luella an.

Sie lehnte im Stuhl, die plumpen Hände im Schoß gefaltet, und spielte mit dem Ring an ihrem kleinen Finger. Tränen zitterten wie Regentropfen an ihren Wimpern.

»Bronny, ich glaube, dass deine Großmutter ein bisschen überwältigt ist. Lauf und sieh dir den Garten an, damit sie sich ausruhen kann.«

Bronwyn wirkte besorgt, stand aber auf, um die Treppe hinunterzugehen. Noch ehe sie sie erreichte, lief sie zu Luella zurück und küsste sie auf die Wangen. Dann rannte sie die Treppe hinunter in den Garten und weiter in den Schatten der Bunyapinie. Ein Winseln unterbrach die Stille, als Gruffy sich unter Luellas Stuhl hervorschleppte und hinter ihr herhumpelte.

»Luella, wir müssen gehen, wir waren schon viel zu lange hier.«

»Oh, nein, nein, meine Liebe… bitte. Darf ich Du zu dir sagen? Ich bin nur ein bisschen rührselig von der ganzen Aufregung. Gleich geht es mir besser.«

»Wir müssen dir einen ziemlichen Schrecken versetzt haben, tut mir leid.«

Luella wischte sich die Tränen ab. »Du brauchst dich nicht zu entschuldigen, Audrey. Bronwyn ist so ein liebes Mädchen, ich bin dir sehr dankbar, dass du sie hergebracht hast. Es war ein bewegender Tag; vermutlich kommt das Schlimmste erst, wenn ihr weg seid. Aber ihr müsst wiederkommen, das werdet ihr doch tun, nicht wahr? Wie lange bleibt ihr in der Stadt? Ich war so in Gedanken versunken, dass ich ganz vergessen habe, danach zu fragen.«

Ich zögerte einen Augenblick, dann sagte ich leise: »Wir wohnen jetzt hier, Luella. In Magpie Creek. Wir sind seit Dezember hier und wohnen in Thornwood.«

Luella blinzelte. Eine Sekunde lang wirkte sie verwirrt, doch dann hellte sich ihr Gesicht auf. »Ach, Kind, das ist ja wunderbar. Einfach wunderbar, aber wie kommt es …?«

»Tony hat mir das Grundstück vermacht. Wir waren acht Jahre zusammen, haben aber nie geheiratet. Es hat nicht geklappt zwischen uns. Als Bronwyn sechs war, haben wir uns getrennt, aber die beiden haben sich oft gesehen. Er war immer sehr gut zu ihr, ein wunderbarer Vater. Der beste, den man sich wünschen kann. Und jetzt hat er uns Thornwood vermacht, ich nehme an, er wollte sicherstellen, dass für Bronwyn gesorgt ist.«

Luella nickte. Ich erkannte die Neugier in ihren Augen und spürte, dass sie mehr über Tonys Leben erfahren wollte, um die Lücke zu füllen zwischen seinem Abschied von zu Hause mit vierzehn und seinem Tod vor wenigen Monaten. Doch wie ich war sie zu höflich oder vielleicht auch nur zu vorsichtig, um zu fragen.

»Es muss schwer für dich gewesen sein, Audrey, das Mädchen allein aufzuziehen. Aber du hast es bewundernswert gut gemacht. Dafür hast du Anerkennung verdient.«

»Es war ganz leicht«, gestand ich. »Bronwyn ist so intelligent. Sehr erwachsen für ihr Alter, das war sie schon immer. Manchmal habe ich das Gefühl, als wäre sie mir um Lichtjahre voraus, als wäre ich das Kind und sie die Mutter.«

Ich hatte die Stimmung heben wollen, doch Luella machte ein trauriges Gesicht. Der Stuhl knarzte, als sie ihr Gewicht verlagerte.

»Tony war auch so«, sagte sie. »Aber auch sehr eigensinnig. Wenn die anderen Fußball spielten oder mit ihren Fahrrädern herumfuhren, trieb er sich allein im Busch herum und sammelte Samenhülsen und Wildblumen, um sie zu zeichnen. Er war ein lieber Junge, lustig und intelligent, aber er hatte eine dunkle Seite. Eine, bei der man sich fragte, wozu er möglicherweise fähig wäre.«

Ihr Worte waren freundlich gewesen, trotzdem hatte ich plötzlich das Gefühl einer Verletzung, als hätte ich mich geschnitten, geschrammt, an einer Stelle in meinem Innern verwundet, die ich nicht richtig lokalisieren konnte.

Ich suchte nach Worten, um Tony zu verteidigen, zu erklären, dass er ein guter Vater gewesen war, auch wenn er manchmal lange aus unserem Leben verschwunden war, und dass er trotz seiner vielen Fehler ein guter Mensch gewesen war. Doch ich fand keine.

Stattdessen fiel mir Tony als Kind im Garten ein. Er stand dort, wo nun Bronwyn stand, im Schatten der Bunyapinie, den dunklen Kopf über eine Zeichnung gebeugt, in Gedanken versunken, und sah plötzlich überrascht auf, als der Schatten seines Vaters auf das Blatt fiel. Zornige Worte, das Jagdmesser, die staubige Fahrt im Wagen und schließlich der verheerende Angriff, den Glenda und er hatten miterleben müssen.

In diesem Augenblick spürte ich, wie sich in mir eine Kluft auftat, ein Krater, ein Abgrund – als hätte ich etwas ungemein Wichtiges übersehen, doch sosehr ich mich auch anstrengte, ich kam nicht dahinter, was es war.

14

Bronwyn bestand darauf, dass wir die hintere Veranda mit Papierlaternen und Lichterketten schmückten, und ich musste zugeben, dass dieser verrückte Einfall meine Stimmung aufhellte.

Unser Besuch bei Luella war ein voller Erfolg gewesen. Bronwyn schwärmte den ganzen Weg nach Hause von ihrer Großmutter und konnte ihre Bewunderung für sie nicht zurückhalten. Sie hatte bereits mit Luella verabredet, dass sie morgen, am Sonntag, wiederkommen würde. Ich freute mich für sie, wirklich, doch unter der Freude schlummerte auch ein mulmiges Gefühl. Trotz meiner Achtung vor Luella konnte ich nicht verhehlen, dass ihr Bündnis mit meiner Tochter einen Funken von Eifersucht entfacht hatte.

Ich griff nach oben und rückte eine Laterne gerade, dann ging ich in die Küche, um noch ein Tablett mit Essen zu holen. Als ich zurückkam, stand Bronwyn am Ende des Picknicktisches und nahm gerade die Alufolie von dem Kartoffelsalat. Als ich das volle Tablett in die Hüfte stemmte und noch mehr mit Alufolie abgedeckte Schüsseln auf den Tisch stellte, rümpfte sie die Nase.

»Puh, wonach riecht es hier?«

»Ich rieche nichts Ungewöhnliches. Zwiebeln, die Rote Bete vielleicht?«

Sie schnüffelte übertrieben in der Luft herum. »Mum, das bist du! Du hast dich parfümiert!«

Ich seufzte. »Ist das etwa ein Verbrechen?«

Sie hörte auf, die Alufolie abzuziehen, und starrte mich ungläubig an. »Aber warum machst du das?«

»Damit ich mich wohlfühle.«

Ihre Augen weiteten sich, als hätte ich eine Fremdsprache benutzt. »Früher wolltest du dich nie wohlfühlen. Warum ausgerechnet jetzt?«

»Darum.«

Sie knüllte die Alufolie zusammen und sah mich mit zusammengekniffenen Augen an. »Seinetwegen, stimmt's?«

Als ich nicht darauf einging, sagte sie: »Für Jades Dad. Ich wusste es. Du magst ihn doch.«

Kerzen flackerten in großen Glasgefäßen, und eines meiner Lieblingslieder erklang im Hintergrund, ein bewegender Song mit einem funkigen Rhythmus. Ich wischte meine Hände an den Jeans ab und wollte mich wieder in die Küche flüchten, doch Bronwyn folgte mir wie ein Bluthund.

»Es hat keinen Zweck, Mum. Parfüm ist das eine, aber die Bluse verrät dich endgültig.«

Ich blieb vor der Spüle stehen und sah bestürzt auf meine Bluse. Seide, enge Taille, am Ausschnitt eine schmale Rüsche. Ich dachte, dass sie mir stünde, und deshalb hatte ich die Wirkung mit ein bisschen Parfüm unterstreichen wollen. Vanilla Musk, ein Duftöl, das ich mir aus lauter Trotz angesichts meines neuen Lebens als Single gekauft hatte, als Tony mich verlassen hatte. Als Trostspender hatte es nicht funktioniert, deshalb hatte ich es weggelegt, um mich daran zu erinnern, dass ich es bloß nie wieder versuchen sollte.

»Was ist falsch an der Bluse?«, fragte ich. »Sagst du nicht immer, ich würde mir keine Mühe geben?«

Bronwyn stemmte die Hand in die Hüfte und dachte darüber nach.

»Na ja, Mühe ist nicht gleich Mühe. Aber ich muss zugegeben, dass du wirklich gut aussiehst. Ausnahmsweise«, fügte sie spitz hinzu.

»Meine Erscheinung findet also deine Zustimmung?«

»Jawohl!« Sie warf die zusammengeknüllte Alufolie in den Abfalleimer und schob insgeheim triumphierend ab.

»Wow, vielen Dank«, murmelte ich und bedauerte, dass Sarkasmus bei einer Elfjährigen reine Verschwendung war. Ich entfernte das Geschirrtuch, das ich mir als Schürze in den Bund der Jeans gesteckt hatte, trat ans Wohnzimmerfenster und warf einen Blick hinaus.

Keine Staubwolke, keine Spur eines Wagens.

Auf der Küchenuhr war es dreizehn Minuten vor vier. Ich spielte mit dem Gedanken, noch ein paar Seiten des Tagebuchs im Wasserdampf zu lösen und weiterzulesen. Nach dem Besuch in Glendas Elternhaus war ihre Welt nun sehr lebendig in mir. Die sonnige Küche mit ihrer laut tickenden Uhr und dem Duft nach Kuchen, die schattige Veranda und das Mädchenzimmer am Ende des Korridors mit dem Muster aus gelben Rosen auf der Tapete. Ich verstand sie viel besser, als wenn Tony mir aus seiner Perspektive von ihr erzählt hätte. Ihre Gedanken, ihre Sehnsüchte, ihre Ängste. Ein Teil von mir fühlte sich wie eine Kriminelle, weil ich ihr Tagebuch las, doch nun war es zu spät, um wegen fadenscheiniger Gewissensbisse aufzugeben – Glendas Geschichte war viel zu spannend.

Draußen hupte es. Kurz darauf donnerte Coreys laubgrüner Mercedes durch die Eukalyptusbäume am Ende der Anliegerstraße und zog eine wirbelnde Staubwolke hinter sich her.

Bronwyn kam mir zuvor und lief die Treppe an der vorderen Veranda hinunter. Als sie sah, wie Jade aus dem Wagen stieg, stieß sie einen Freudenschrei aus und rannte den Hang hinunter auf sie zu. Sie umarmten sich wie zwei Familienangehörige, die sich lange nicht gesehen hatten, und liefen dann ums Haus herum nach hinten, während sie lachten, schwatzten und kreischten, alles auf einmal.

Ich half Corey, eine Kühltasche aus dem Kofferraum zu hieven. Wahrscheinlich hatte sie die Linsenburger und Sojawürstchen darin verstaut. Außerdem hatte sie Bier mitgebracht – zwei Sixpacks Crown Lager. Ich hatte richtig vermutet: Corey war eine Frau ganz nach meinem Geschmack.

»Danny kommt später nach«, erklärte sie, während sie das Bier herausnahm. Ihr Haar schimmerte im nachmittäglichen Licht wie goldbrauner Bronzedraht. Dann zog sie einen zerknüllten Zettel aus der Tasche und drückte ihn mir in die Hand. »Ich soll dir das hier geben.«

Ich las den Zettel mit der mir mittlerweile vertrauten Handschrift: *Audrey, musste zu einem kranken Lamm, bin gleich da, Gruß, Dan.*

»Ein Notfall«, erklärte Corey, »er musste seine Mitarbeiterin abholen.«

Hallo?

»Seine Mitarbeiterin?«

»Er befürchtet, dass sein wolliger kleiner Patient ein Herzgeräusch hat. Sie wollen es mit einem Stethoskop abhören. Anders geht es nicht, wenn man herausfinden will, ob etwas damit nicht stimmt. Danny hat ein ganzes Arsenal an modernen Geräten, um Puls, Atmung und Blutsauerstoff zu prüfen, aber hin und wieder muss er seine Patienten auch abhorchen. Und da das Hören ein doppeltes Problem für ihn darstellt – erstens als Mann und obendrein als tauber Mann –, braucht er die Hilfe einer Mitarbeiterin. Danny hasst es, wieder typisch Mann, seine Defizite einzugestehen, aber es gibt Dinge, die er keinesfalls übersehen darf. Und da kommt Nancy ins Spiel.«

»Verstehe.«

»Sie ist wirklich süß – hat gerade die Prüfung in Tiermedizin absolviert, sie ist von hier und ein tolles Mädchen, ein echter Kracher. Sie würde dir gefallen.«

Ich lächelte steif. »Tja, hm … ich hoffe, du hast Hunger.«

»Bärenhunger.«

»Prima!« Mit einem mulmigen Gefühl ging ich zurück in die Küche und dachte an Nancy: groß, blond, umwerfend schön. Mein Gott, ein Kracher, was bedeutete das? Danny war wahrscheinlich in sie verknallt, und wer könnte es ihm verdenken? So wie sie zusammenarbeiteten und aufeinander angewiesen waren, sich gegenseitig ermutigten, wenn mal was schiefging, oder ihre kleinen Triumphe feierten. Na, dann viel Glück!

»Hey, das ist ja nicht zu fassen!« Corey war die Treppe hinter mir hochgestiegen und stand nun vor dem Wohnzimmer. »Ich bin echt beeindruckt, Audrey – das hatte ich nicht erwartet.«

Ihr Lächeln war ansteckend. Allmählich verflog meine Fixierung auf Nancy, den Kracher.

»Ich wusste, dass es dir gefallen würde«, erklärte ich und grinste sie an. »Komm, wir stellen alles hinten auf der Veranda ab, dann zeige ich dir das Haus.«

»Was für schöne Möbel«, sagte Corey und sah sich staunend im Wohnzimmer um. »Du hast recht, Audrey, überhaupt nicht gruselig, nein, wirklich toll. Geniale Idee, deine eigenen Möbel mit denen von Samuel zu mischen.« Sie ging zu der Sammlung von alten Masken, die neben der Tür hing. »Wo hast du die her? Afrika?«

»Sie stammen von einem Fluss namens Sepik. Tante Morag hat sie aus Neuguinea mitgebracht, als sie in den Fünfzigern dort lebte.«

»Deine Tante lebte in Neuguinea?«

»Sie stammte von da. Ihre Eltern waren Missionare.«

»Toll! Ich sehe schon, dass wir uns eingehend über die alte Dame unterhalten müssen. Ich kann es kaum erwarten, alles über sie zu erfahren. Oh!«

Sie war vor einer Reihe gerahmter Fotos stehen geblieben. Bronwyn als Fee verkleidet; die Flügel funkelten im Schein des Feuers, das Tutu war mit Flittersternchen geschmückt. Die Aufnahmen waren auf einer Lagerfeuer-Party entstanden, an der wir vor Jahren teilgenommen hatten. Mit drei war Bronwyn so zierlich wie eine Elfe gewesen, mit flachsblondem Haar und einem aufgeweckten Gesichtchen. Sie hatte alle mit ihrem unermüdlichen Tanz verzückt. Etwas weiter hing ein weiterer Schnappschuss von Bronwyn im Alter von sechs Jahren, im botanischen Garten von Daylesford, umschwirrt von Marienkäfern.

»Audrey, hast du die gemacht?«

»Ja, frühe Aufnahmen mit Film, ehe ich auf die Digitalfotografie umgestiegen bin. Diese Aufnahme hier«, sagte ich und tippte auf die mit den Marienkäfern, »entstand in dem Jahr, als Tony uns verließ. Ich wollte unbedingt alles einfangen, was Bronwyn tat. Wahrscheinlich in der Hoffnung, dass Tony zu uns zurückkehrte. Natürlich ist es nie dazu gekommen – aber am Ende hatte ich jede Menge tolle Bilder.«

Corey seufzte. »Tony war schon immer ein Trottel.«

Ich ertappte mich dabei, wie ich lächelte, als ich mich daran erinnerte, dass auch Glenda ihn so genannt hatte. »Wahrscheinlich hast du recht.«

»Aber ein liebenswerter Trottel. Ich kann mich an Tausende komische Geschichten erinnern, als er noch klein war – er und Danny waren unzertrennlich, eher Brüder als Freunde, richtige Strolche, die ständig irgendwas anstellen mussten.« Sie betrachtete die Fotos aufmerksam und stieß mich mit dem Ellbogen an. »Das sind ganz besondere Aufnahmen, Kleines, hast du noch mehr davon?«

Aus meinem Atelier holte ich eine Mappe mit neueren Werken, von denen ich glaubte, sie könnten Corey gefallen. Porträts, viele in Schwarz-Weiß – eine Sikh-Hochzeit, ältere Zwillingsschwestern in ihrem gotischen Haus in einem teuren Vorort von Melbourne, ein schüchterner alter Jude, der sein Handgelenk in die Kamera hält.

»Armer Kerl, sieh dir das an.« Corey beugte sich vor, um sich die Nummern anzusehen, die auf den Unterarm des Mannes tätowiert waren. »Ein tolles Foto, aber auch furchtbar traurig. Mein Gott, was für ein schönes altes Gesicht, und so vertrauensvoll, trotz allem, was er durchmachen musste.«

Sie bewunderte es noch einen Augenblick, dann kramte sie weiter. Die Stimmung zwischen uns war ernst geworden. Es schien der richtige Augenblick, um es ihr zu sagen, aber ich wusste nicht, wie ich es anfangen sollte. Schließlich sprang ich einfach ins kalte Wasser.

»Corey?«

»Hm?«

»Bronwyn und ich waren heute Morgen in der William Road.« Pause. »Wir haben Luella Jarman besucht.«

Corey richtete sich abrupt auf und sah mich an.

»Luella? Habt ihr sie angetroffen?«

»Ja.«

Sie war kreidebleich geworden. »Wie … wie geht es ihr?«

»Sie kam mir ziemlich zerbrechlich vor«, entgegnete ich. »Am Anfang nervös, aber als wir ins Gespräch kamen, schien sie aufzutauen. Bronwyn und sie mochten sich auf Anhieb, sie haben sich richtig gut verstanden. Luella sagte immer wieder, wie froh sie wäre, dass wir vorbeigeschaut hätten.«

»Wie sieht sie aus … ich meine, geht es ihr gut?«

An Coreys sorgenvollem Blick erkannte ich, was sie meinte. Hatte sich Luella vernachlässigt, hatte die Trauer sie in einen Schatten ihrer selbst verwandelt? Hatte sie in ihrer Einsamkeit das Haus verkommen lassen oder vielleicht den Verstand verloren?

»Soweit ich sehen konnte, ist alles in Ordnung. Sie sah gut aus. Das Haus ist makellos sauber, man könnte vom Boden essen. Und an den Wänden hängen ein paar sehr schöne Bilder, die Tony gemalt hat. Wir haben ein zweites Frühstück auf der Veranda eingenommen. Aber die meiste Zeit guckten Bronwyn und sie sich alte Fotoalben an. Auf alle Fälle scheint es ihr Spaß gemacht zu haben, sie hat nämlich Bronwyn eingeladen, morgen wiederzukommen.«

Corey blinzelte. »Ich bin echt verdattert. Mein Gott! Ich hätte sie so gern einmal wiedergesehen. Es ist Jahre her. Meinst du, sie hätte etwas dagegen?«

Wahrscheinlich konnte man mir meine Skepsis am Gesicht ablesen, denn sie setzte hastig hinzu: »Vielleicht sollte ich noch ein wenig warten … ihr Zeit geben, um sich an Bronwyn zu gewöhnen, ehe ich sie überfalle. Vielleicht in ein paar Wochen, wenn sie sich besser fühlt.«

»Ich rede mit ihr«, bot ich an. »Sondiere die Lage. Vielleicht könntest du uns eines Tages begleiten. Ich bin sicher, dass sie dich gerne sehen würde.«

Corey nickte, trotzdem war sie offensichtlich gerührt. »Zugegeben, ich bin froh, dass du meine Warnungen ignoriert hast. Arme alte Luella, es wurde Zeit, dass sie ein bisschen Freude im Leben hat. Bei Gott, es ist lange her, dass …« Sie schien noch mehr sagen zu wollen, ihr Mund öffnete sich, und sie holte tief Luft, doch dann verstummte sie. Zu meiner Überraschung hatte sie Tränen in den Augen. Sie kniff sie zusammen, ohne mich anzublicken, sah auch das Foto nicht mehr an, das sie immer noch in der Hand hatte, sondern starrte ins Leere.

Ich unterdrückte das Bedürfnis, meinen Arm um ihre Schulter zu legen. Ich spürte, dass sie nicht der Typ war, der körperlichen Trost annahm, und ich war nicht der Typ, der ihn anbot. Außerdem hatte Tante Morag immer gesagt, die beste Medizin sei Ablenkung.

»Komm«, sagte ich, ließ die Fotos dort liegen, wo sie waren, und klopfte Corey aufmunternd auf den Rücken. »Werfen wir den Grill an, ich sterbe vor Hunger.«

Als wir in der Küche ankamen, hatte Corey ihre Fassung wiedergewonnen und plapperte fröhlich weiter.

»Keine Ahnung, wo mein Bruder bleibt«, erklärte sie, öffnete die Kühltasche und nahm mehrere in weißes Papier eingeschlagene Päckchen heraus, »aber er hält die ganze Show auf. Am besten fangen wir ohne ihn an. Die Tofuwürstchen werden langsam ungeduldig.«

Ich warf einen Blick auf die Küchenuhr. Es war fast fünf. »Du hast recht, bis alles fertig ist, sind die Kinder längst verhungert.« Ich nahm den Teller mit den marinierten Lachsfilets, und auf dem Weg zur Veranda kamen wir am Küchenfenster vorbei.

Wir hatten einen ungehinderten Blick auf Jade und Bronwyn, die mit dem Rücken zu uns auf den Stufen der Treppe saßen, die Köpfe zusammensteckten und miteinander tuschelten oder sich abwechselnd durch das falsche Ende eines alten Teleobjektivs betrachteten.

Corey stieß mich an. Dann legte sie den Zeigefinger auf die Lippen, und wir blieben einen Moment stehen, um sie zu belauschen.

Jade drehte das Objektiv um und reichte es Bronwyn.

»Eliza meint, es wäre noch schlimmer, wenn man fünfzehn wird, weil sie dann Panik kriegen wegen der Jungs. Dad zeigt jetzt schon entsprechende Anzeichen, sobald ich einen Jungen aus meiner Klasse erwähne.«

Bronwyn nahm das Objektiv von ihrem Auge und sah Jade an. »Wer ist Eliza?«

»Tante Coreys Freundin. Ich nenne sie Tante Corey und Onkel Eliza.« Jade kniff die dunklen Augen zusammen und warf Bronwyn einen durchtriebenen Blick zu. »Tante Corey ist lesbisch, wusstest du es nicht?«

Bronwyn zuckte die Achseln. »Jetzt weiß ich es.«

Corey stöhnte und warf mir einen zerknirschten Blick zu. »Geschieht mir recht. Warum musste ich ihnen auch nachspionieren«, flüsterte sie. »Nicht gerade die vornehmste Art, sich zu outen.«

Ich antwortete nicht, sondern konzentrierte mich voll und ganz auf Jade, denn sie war noch nicht fertig. Bronwyns Gesicht nach zu urteilen war ich nicht die Einzige, die diese unerwartete Enthüllung faszinierte.

Offensichtlich genoss Jade die Situation. »Hast du schon mal gesehen, wie sich zwei Mädchen küssen?«

Bronwyn starrte sie an. »Nein.«

»Am Anfang ist es krass, vor allem, wenn sie sich dabei befummeln, aber noch viel schlimmer ist es, wenn sie …«

»Jade!«

Corey klopfte an das Fenster, woraufhin die beiden Mädchen – und auch ich – aufsprangen. Sie trat auf die Veranda und warf ihre Tofuwürstchen auf die Bank neben dem Grill.

»Was ist?«, fragte Jade und zuckte die Achseln.

Corey warf ihrer Nichte einen bösen Blick zu. »Was hatte ich dir gesagt? Audrey und Bronwyn interessiert mein Privatleben nicht die Bohne, jedenfalls nicht vor dem Abendessen.«

Jade zuckte erneut die Achseln. »Klar. Wo steckt eigentlich Dad?«

Es folgte ein resignierter Seufzer. »Wie immer spät dran.« Corey riss die Verpackung auf, und ein halbes Dutzend graue Würstchen kamen zum Vorschein. Sie legte sie auf den zischenden Grill und schob sie mit einer Grillzange hin und her. Dann ließ sie sich in einem Liegestuhl nieder und warf mir einen Blick zu, offensichtlich erwartete sie, dass ich mich äußerte.

Ich beugte mich über den Grill und verteilte ein paar Paprika-Feta-Kebabs zwischen Coreys Würstchen. Anschließend öffnete ich zwei Crownies und reichte Corey eine Flasche rüber. Sie sah mich an, während sie sie annahm, aber ich lächelte nur, setzte mich in den Liegestuhl neben sie und widmete mich einem kräftigen Schluck Bier.

Es fühlte sich gut an, Gesellschaft zu haben. Es fühlte sich gut an zu sehen, wie Bronwyn Spaß mit einer Gleichaltrigen hatte. Es fühlte sich gut an, auf der schattigen Veranda zu sitzen, dem Zischen des Grills und dem Zwitschern der Vögel zu lauschen, ohne einen Terminplan im Nacken und – zumindest im Augenblick – ohne große Sorgen. Ich beschloss, mir freizunehmen, nur für diesen Abend, ich wollte Samuel, Aylish und mein Bedürfnis, ihr Geheimnis zu lüften, vergessen. Langsam ließ der Druck dieser Besessenheit nach, und die Knoten meiner grenzenlosen Neugier lösten sich.

Der Frieden war nur von kurzer Dauer. Ein fernes Rumpeln störte die nach Zwiebeln und Kräutern duftende Ruhe. Zuerst kaum hörbar, dann wie das leise Brummen einer verirrten Biene, das immer lauter wurde, je näher der Wagen kam.

Im Geiste verfolgte ich seinen Weg. Jetzt war er am Anfang der Anliegerstraße, ein schwarzer Toyota-Pick-up mit Chromfelgen und Hundehaaren auf den Sitzen. Er tauchte hin und wieder aus den Schatten auf, während er unter den Bäumen entlangfuhr, dem Rand der Schlucht mit ihrer Schüssel aus smaragdgrünen Feldern folgend, bis er schließlich an dem Eukalyptushain unter dem Haus auftauchte, so wie eine Stunde zuvor Coreys Mercedes.

»Da ist Dad!«, schrie Jade, woraufhin Bronwyn und sie aufsprangen und ihm entgegenliefen.

Sobald die Mädchen außer Hörweite waren, ergriff Corey die Gelegenheit. »Audrey, bist du jetzt schockiert?«

Ich spürte einen Anflug von Schuld. Plötzlich fiel mir der Eintrag von dem Kuss in Glendas Tagebuch ein, in Technicolor. Ich hätte es ihr sagen sollen. Das mit dem Tagebuch, alles. Glendas Schreibwettbewerb und Cleves Enthüllung, dass er Aylish schon als Kind gekannt hatte, dem Streit mit Luella und seinem Kampf mit Hobe Miller. Wie Bronwyn die Blechdose in der hohlen Buche gefunden hatte und wie ich ein paar Tage später Hobe mit dem Arm im Baum ertappt hatte.

Doch ich hatte zu lange gewartet. Corey beobachtete mich mit leicht gerunzelter Stirn.

»Aber nein«, erwiderte ich. »Ich hatte es sowieso irgendwie … vermutet.«

»Ach ja? Was hat mich denn verraten? Die Stiefel, nicht wahr, die Blundstones? Eliza meint immer, ich würde mich zu jungenhaft kleiden.«

Coreys ernstes Gesicht mit den hübschen Sommersprossen und dem Lichthof aus rotgoldenem Haar kam mir viel zu nah. In ihren schokoladenbraunen Augen hallte die Frage wider, doch ich traute mich nicht, den Mund aufzumachen, nicht einmal, um sie zu beruhigen. Ich wollte ihr die Wahrheit erzählen und es hinter mich bringen, ich wollte sie zu meinem Schlafzimmer führen, die obere Schublade öffnen und ihr das von Wasser verzogene Tagebuch zeigen, das einst ihrer besten Freundin gehört hatte.

Doch das konnte ich nicht, noch nicht.

Ich zuckte die Achseln. »Nein, nicht die Arbeitsstiefel, nur so ein Gefühl.«

»Oh«, entgegnete sie.

Ich war überrascht, als ich sah, wie sich ihr Gesicht vor lauter Erleichterung entspannte. Ich vermutete, dass Glendas Reaktion vor Jahren in der Schlucht Corey so schockiert hatte, dass sie Selbstzweifel ausgelöst hatte. In der schönsten Zeit des Lebens abzublitzen war eine bittere Pille, aber wie viel schlimmer musste es für ein junges Mädchen sein, das zum ersten Mal sein geheimes Verlangen offenbarte?

Corey beobachtete mich immer noch, offensichtlich genauso neugierig auf meine Gedanken wie ich auf ihre.

»Dann sind die Stiefel in Ordnung?«, fragte sie unsicher.

Trotz meiner düsteren Gedanken musste ich lachen. »Die Blundstones sind in Ordnung. Mehr als das – ich finde sie sogar irgendwie süß.«

Ein ungewohnt schüchternes Lächeln huschte über ihr Gesicht, gewann an Stärke, und schließlich strahlte sie mich an. »Das muss ich Eliza erzählen. Sie wird toben.«

Wir grinsten, stießen mit unseren Flaschen an und nahmen beide gleichzeitig einen Schluck. Das Bier war kühl und erfrischend und vertrieb sämtliche Schuldgefühle, die ich empfand, weil ich Glendas Tagebuch für mich behalten hatte.

In diesem Augenblick hörten wir polternde Schritte in der Küche – zwei kleine Paar Sandalen, ein großes Paar Stiefel. Das Fliegengitter sprang auf. Jade und Bronwyn stürzten auf die Veranda, gefolgt von Danny.

»Wieso hast du so lange gebraucht?«, fragte Corey ihren Bruder, ohne auch nur ein Zeichen zu machen.

Danny war schwer bepackt: ein Strauß in rosa Seidenpapier eingewickelte dunkelrote Gladiolen, eine Flasche Rotwein, jede Menge Papiertüten mit dem Logo der Bäckerei und eine riesige, mit Blumenmuster verzierte Keksdose. So konnte er nicht gestikulieren, deshalb zuckte er die Achseln und bewegte nur die Lippen in einer stummen Erklärung.

Ich musste einsehen, dass es nicht gerade meine Stärke war, jemanden etwas von den Lippen abzulesen. Ich hatte keine Ahnung, was er sagte, starrte aber trotzdem fasziniert auf seinen Mund. Wie kommunizierte er bei seiner Arbeit, wenn er ein verletztes Tier auf dem Arm hatte? Wie schaffte er es, in Panik geratene Tierbesitzer oder besorgte Farmer zu beruhigen, die weder Gebärdensprache verstanden noch von den Lippen lesen konnten? Griff er dann nach seinem Block, so wie gestern in der Kirche für mich? Oder bezirzte er sie mit seinem strahlenden Tausendwattlächeln und hoffte auf das Beste?

Dann wandte er sich mir zu. Ich hatte ihn angestarrt, und er schien entzückt, dass er mich dabei ertappt hatte. Mit einer schwungvollen Gebärde streckte er mir den Strauß entgegen und hielt mich mit dem Lächeln gefangen, das ich gerade eben so fasziniert betrachtet hatte.

Ich sprang auf, bekleckerte mich mit Bier und lief über die Veranda auf ihn zu.

»Ich helfe dir«, sagte ich, nahm ihm die Blumen und die Weinflasche ab und ging schnurstracks auf den Tisch zu. »Mein Gott, sind die schön, so dunkelrot, Gladiolen sind meine Lieblingsblumen.« Dann verstummte ich entsetzt. Ich hatte nicht nur einfach vor mich hin gebrabbelt, sondern stand auch noch mit dem Rücken zu ihm, sodass er meine Lippen nicht sehen konnte.

Ich hörte, wie Bronwyn leise schnaubte, und verfluchte

mich. Meine Wangen fühlten sich erhitzt an. Vermutlich machten sie den Blumen Konkurrenz. Ich versuchte, Zeit zu schinden, indem ich die Schüsseln und Schalen verrückte, um Platz für den Wein zu schaffen.

»Da brennt was an!«, sagte Corey, sprang auf und lief zum Grill. Ich hörte kräftiges Zischen und Brodeln, während sie fluchend vor den Würstchen stand und die Kebabs umdrehte. »Du kannst die Lachssteaks jetzt drauflegen, alles andere ist fertig.«

»Mach ich.« Ich drehte mich zu Danny um. *Danke für die Blumen*, gestikulierte ich unbeholfen mit den Händen. *Schön, dass du gekommen bist.*

Er hatte Tüten und Keksdose abgestellt und war dabei, die Weinflasche zu entkorken. Eine Sekunde hielt er inne, sah mir in die Augen und machte ein hastiges Zeichen, indem er die Hände vom Gesicht wegführte und einen Finger auf der Brust verhakte.

Danke für die Einladung.

Er trug ein blassgrünes Hemd zu Jeans, die mit vertrockneten Grashalmen übersät waren. Er wirkte ein bisschen zerzaust, das lockige Haar hätte einen Schnitt gebrauchen können und stand nach allen Seiten ab. Plötzlich sah ich ihn und Nancy, den Kracher, in einem Heuschober vor mir. Sie hatten glühende Wangen, schweißnasse Haut und lächelten schmachtend, während sie sich gegenseitig die Spreu von den Kleidern klopften.

Als mir bewusst wurde, dass ich ihn schon wieder anstarrte, räusperte ich mich und versuchte hastig, ein höfliches Zeichen zu machen. *Hast du das Lämmchen gerettet*?

Ein fragender Blick, ein halbes Lächeln. Dann ein erhobener Daumen. *Alles okay*.

Es folgte ein kurzer Augenblick der Peinlichkeit, Dannys

Lächeln war verschwunden, er sah mich neugierig an, als warte er darauf, dass ich etwas sagte, ihn etwas fragte, irgendwas, das unsere peinliche Stille unterbrach. Stattdessen ertappte ich mich dabei, dass ich seine Gesichtszüge mit Coreys verglich. Er hatte blasse Sommersprossen wie seine Schwester und ein breites, wohlgeformtes Gesicht, doch da endete die Ähnlichkeit auch schon. Seine Haut war blasser als ihre, seine Augen leuchteten smaragdgrün, nicht schokoladenbraun wie Coreys. Keine Spur von Rot in den dunkelbraunen Locken, nur die Spitzen waren von der Sonne etwas ausgebleicht.

»Audrey, was ist nun mit den Steaks?«

Ich trat zu Corey an den Grill und legte die Lachsfilets an die Stelle, die sie mir freigemacht hatte. Die rohen Unterseiten zischten auf dem heißen Rost und sorgten für duftende Rauchschwaden.

»In fünf Minuten sind sie fertig«, erklärte Corey, wischte sich mit dem Handrücken über die Stirn und nahm einen kräftigen Schluck aus der Bierflasche.

Ich holte ein Weinglas für Danny und konzentrierte mich darauf, ihm einzuschenken, um nicht erneut irgendwas zu plappern, dann half ich Corey beim Auftischen. Tofuwürstchen für Jade und sie, Lachs für Bronwyn, Danny und mich und Paprika-Feta-Kebabs für alle.

Irgendwie schafften wir es, tüchtig zuzulangen, während wir mithilfe von Hand- und Fingerzeichen, Lippenlesen und jeder Menge falsch ausgeführten Gesten über eine Vielzahl von Themen redeten – warum vegetarische Würstchen ideologisch anfechtbar sind, ob Jade eines Tages Nancy als Dans Mitarbeiterin ablösen würde, wann genau Bronwyn ihre Leidenschaft für Insekten entdeckt hatte und ob es nicht aufregend war, dass Audrey sich bereit erklärt hatte, Corey zu porträtieren.

Mittendrin ertappte ich mich bei der Frage, warum Danny

niemals sprach und nur selten ein Geräusch von sich gab – abgesehen von den wenigen Malen, bei denen er ein kratzendes Gelächter ausstieß.

Ich dachte erneut an meine taube Freundin Rhonda im College, die sich unbedingt mittels der Sprache ausdrücken wollte, obwohl man sie kaum verstand. Sie sprach immer sehr laut, schnaubte oder schrie, wenn ihr jemand einen Witz erzählte, brüllte ihren Freunden auf der anderen Straßenseite etwas zu und führte sich stets so auf, als versuche sie – allein durch ihre Lautstärke –, die Grenzen zu sprengen, die ihre Taubheit ihr auferlegte, und intensiver mit dem Rest der Welt zu kommunizieren.

Danny dagegen schien sich in seiner Stille wohlzufühlen. Es genügte ihm, sich mit Zetteln, dem Lippenlesen oder Gebärden mitteilen zu können. Gelegentliche Missverständnisse schienen ihm nichts auszumachen. Corey hatte gesagt, dass er es hasste, seine Defizite zu akzeptieren. Doch vielleicht war es mehr als das – vielleicht hatte er gar kein Bedürfnis, irgendwelche Grenzen zu sprengen. Vielleicht war er ganz zufrieden mit dem, was er war.

Verrückte Ideen. Wie sollte ich wissen, was Danny dachte oder fühlte?

Nachdem wir den Tisch abgeräumt hatten, machten wir es uns in den Liegestühlen bequem und ließen die Keksdose herumgehen – die zu meinem Entzücken auch einige von Dannys irrsinnig guten Schokoladenkirschen enthielt. Corey übernahm die Kontrolle über die Kaffeekanne, und bald erfüllte der bittersüße Duft nach Kaffee die von Zwiebelgeruch geschwängerte Luft. Die Mädchen verschwanden irgendwo im Garten, wahrscheinlich an Bronwyns Geheimplatz unter der Jakaranda. Ich konnte ihre gedämpften Stimmen hören, die hin und wieder laut loskicherten.

»Ach, ist das herrlich«, erklärte Corey, lehnte sich zurück, trank ihren Kaffee bis zum letzten Tropfen aus und blickte auf den Garten.

Die Schatten wurden länger, die Bäume wirkten jetzt dunkel und geheimnisvoll. Die Mücken versuchten – vergeblich –, mein Bollwerk aus Zitronenkerzen und Moskitospiralen zu durchbrechen. Große trunkene Insekten schwirrten um uns herum, und ganze Horden von winzigen schwarzen Kamikazekäfern fielen über die Schokolade, das Bier, den Tisch und sogar Coreys Haar her.

Danny machte Corey ein Zeichen, seine Hände waren zu schnell, als dass ich mehr als das Gröbste verstand. Offenbar ging es um Schreien.

Corey starrte erst ihn an, dann mich und runzelte die Stirn. »Er beschwert sich immer, dass ich zu laut rede. Stimmt das, Audrey? Schreie ich wirklich die ganze Zeit?«

Sie tat es in diesem Moment, aber ich hatte mich schon so an ihre Lautstärke gewöhnt, dass es mir gar nicht mehr auffiel. Trotzdem musste ich mir auf die Lippen beißen, um ein Lachen zu unterdrücken.

»Na ja, ich würde nicht sagen die ganze Zeit«, antwortete ich. »Aber meistens. Wie kann Danny das wissen?«

Sie sackte zusammen und stieß einen Seufzer aus. »Er meint, er spürt die Vibrationen meiner Stimme in der Luft, kannst du das glauben? Er bildet sich ein, dass ich nur seinetwegen so laut spreche.«

Auf meinen fragenden Blick zog sie eine Grimasse und sagte: »Als wir klein waren, konnte Danny uns hören, wenn wir die Lippen gegen seinen Kopf pressten. Hier, an dieser Stelle.« Sie fasste sich hinter das Ohr.

Danny klatschte in die Hände und machte weitere rasche Zeichen.

Corey verdrehte die Augen. »Ich *muss* meine Musik laut aufdrehen«, erklärte sie. »Dann kann ich besser denken. Trotzdem ist das kein Grund, unhöflich zu werden. Du gestikulierst viel zu hastig, Audrey hat Mühe mitzuhalten. Also immer mit der Ruhe.«

Danny sah mich an und machte ein Zeichen. *Tut mir leid.*

Okay, gestikulierte ich lässig. Dieses Zeichen hatte ich vor dem Spiegel geübt. Es schien für alles gut zu sein, etwas, auf das man in Augenblicken sprachlicher Unsicherheit zurückgreifen konnte. Und eines der wenigen Zeichen, das mir mittlerweile in Fleisch und Blut übergegangen war.

Danny behielt sein Lächeln einen Augenblick länger als sonst. Ein Funken in seinen Augen machte mich ganz zappelig. Wie konnte man so umwerfend sein? Eine Hälfte seines Gesichtes war dunkel, während die andere von dem goldenen Licht einer Laterne gefärbt war. Ich wollte den Blick abwenden, doch dann machte er erneut ein Zeichen, dieses Mal sehr eindeutig.

Stört es dich nicht, wenn sie so schreit?

Ich warf ihm ein schiefes Grinsen zu. »Meine Tante Morag hat auch immer geschrien, sie trug ein Hörgerät. Wahrscheinlich habe ich mich daran gewöhnt.«

Danny sah mich verdutzt an, woraufhin Corey ihn mit einigen schnellen Gesten aufklärte. Als er verstand, schnaubte er, das einzige Geräusch, das ich – abgesehen von seinem kratzigen Lachen – je von ihm vernommen hatte. Dann signalisierte er grinsend weiter mit Grübchen auf den Wangen und funkelnden Augen. Sein Gesicht faszinierte mich so sehr, dass ich die Bewegungen seiner Hände vergaß.

Corey stürzte sich in eine neue Geschichte. Es ging darum, wie Danny und Tony eine verwunschene Hütte gefunden hatten.

»Die frühen Siedler hatten sie gebaut«, erklärte sie mir, »vor einer Ewigkeit, ich glaube in den 1870er-Jahren. Ein Ausguck auf einem Felsen mitten im Busch, irgendwo da oben an der Grenze zum Nationalpark. Wie auch immer, die Jungen haben sich oft dort versteckt, und eines Tages kam Danny mit einem kreidebleichen Gesicht heim. Er zitterte vor Angst. Und dann erzählte er, Tony und er hätten den Geist einer Frau gesehen.«

Ich wollte die Geschichte gerne hören, denn sie vermittelte mir einen weiteren Einblick in Tonys Kindheit. Aber dann fiel mir auf, wie gebannt Danny war, als seine Schwester die Geschichte erzählte. Sein Blick war durchdringend, sein Mund ernst, dazu kam das flackernde goldene Licht der Laterne auf seinem perfekten Gesicht ... und plötzlich wanderten meine Gedanken wieder zu meiner tauben Zimmergenossin Rhonda. Am Ende des ersten Semesters hatte sie sich einen Freund zugelegt. Er schien nett zu sein, ein gut aussehender Hochschulabsolvent mit Hippie-Allüren. Ich freute mich für sie – bis ihr Freund begann, bei uns zu übernachten. Da Rhonda taub war und sich nicht vorstellen konnte, dass ihre wollüstigen Schreie durch das ganze Haus hallten, sorgte sie sich auch nicht um die dünnen Wände. Ich dagegen hatte die beiden verflucht. Im Nebenzimmer musste ich mir das Kopfkissen über den Kopf ziehen, entsetzt und ehrfürchtig zugleich angesichts des ohrenbetäubenden Lärms, der aus dem Zimmer nebenan drang.

Danny beugte sich vor und beobachtete seine Schwester, die Hände zwischen den Knien verschränkt. Das Halbdunkel schien den lässigen Eindruck, der von ihm ausging, noch zu verstärken. Vielleicht lag es an dem zerzausten Haar oder dem grüblerischen Mund, der sich jeden Augenblick zu einem mörderischen Grinsen verziehen konnte. Vielleicht lag es daran, dass er nie ein Geräusch von sich gab, jedenfalls hatte ich bei der Kommunikation mit ihm immer das Gefühl, nur Bahnhof zu verstehen. Oder daran, dass ich in all den Jahren, nachdem Tony mich verlassen hatte, kaum mit Männern verkehrt hatte – vor allem nicht mit gefährlichen Typen wie Danny Weingarten.

Meine verräterischen Gedanken kehrten erneut zu dem Heuschober zurück, doch dieses Mal war *ich* diejenige, die dort mit ihm zusammen war – ihm das Heu von den Ärmeln und von dem breiten Rücken klopfte, ich, die die Hand ausstreckte und ihm durch das widerspenstige Haar strich.

Natürlich musste Danny mich genau in diesem Augenblick ansehen.

Ich spürte, wie meine Wangen erröteten, und tat so, als studierte ich das Etikett auf der Bierflasche, das ich bereits zur Hälfte abgerissen hatte. Gleichzeitig dachte ich, ein Glück, dass die Veranda so dunkel war und die Laternen so wenig Licht warfen.

Als er sich wieder seiner Schwester zuwandte, blickte ich über den Garten hinweg. Die Sonne tauchte den östlichen Horizont in Indigoblau und den westlichen in Pink. Die Hänge der Hügel verfärbten sich von violettgrau zu tiefrosa, eine Szene wie aus einem von Tonys Aquarellen.

Dann fiel Corey aus heiterem Himmel ein, dass sie einen wichtigen Anruf machen musste. Ich vermutete, dass es ein Vorwand war, um mich mit Danny allein zu lassen. Während ihre Stimme aus der Küche drang, starrte Danny mich mit seinen grünen Augen an, als wäre es das Natürlichste auf der Welt, jemanden stumm anzustarren.

Zuerst störte es mich. Ich kratzte weiter am Etikett meiner Bierflasche herum und suchte nach irgendeinem Gesprächsthema. Ob sich Thornwood stark verändert habe, seit er als Kind hier gewesen war? Ob Tony und er oft im Bach gebadet hatten? Ob er nie daran gedacht habe, als Tierarzt in der Stadt zu arbeiten? Alles klang so banal, so weit weg von dem, was ich wirklich wissen wollte: Ist etwas zwischen dir und Nancy? Wieso redest du nicht? Bist du wirklich so geheimnisvoll, wie du tust? Ich biss die Zähne aufeinander und versuchte zu lächeln. Als das nicht gelang, starrte ich einfach zurück.

Die Stille schien ihn nicht verlegen zu machen oder gar zu stören. Vermutlich war er daran gewöhnt, für ihn war die Welt immer still. Ich erinnerte mich daran, was er gestern in der Kirche gesagt hatte, dass Stille nicht gleich Stille sei. Langsam begann ich zu verstehen. Zwischen uns hatte sich ein Schweigen ausgebreitet, ohne Worte, ohne Kommunikation, das nur vom Zirpen der Zikaden, dem Aufprall der Käfer auf Bronwyns Papierlaternen und Coreys leiser Stimme am Telefon unterbrochen wurde. Trotzdem war ich mir seiner Anwesenheit so bewusst, dass ich unmöglich meine Aufmerksamkeit von ihm hätte abwenden können.

Seine Hände gestikulierten. *Kannst du die Mädchen hören?*

Ich nickte und zeigte in Richtung Jakaranda. Ich griff auf meine Reste der Fingersprachenkenntnisse zurück, deutete Bronwyns Namen an, vergaß das W zu bilden, verpfuschte alles.

Bronwyns… Geheimplatz.

Danny nickte. *Davon gibt es viele auf Thornwood.*

Meine Finger stolperten übereinander. *Man kann sich leicht verirren.*

Gefällt es dir hier?

Da musste ich lächeln. »Und wie!«, sagte ich und führte meine Finger weg vom Herzen. Dann fuhr ich mit der Hand vom Bauch nach oben zur Brust und machte mit den Fingern das Zeichen für Tauchen. »Es fühlt sich an wie ein Zuhause.«

Sein Blick wanderte von meinen Lippen zu den Augen.

Hast du auch einen Geheimplatz?

Vielleicht lag es an dem Bier oder dem Nachgeschmack der Schokolade. An der Hitze oder der vagen Erschöpfung nach einem langen, aufregenden Tag, vielleicht sogar der ungewohnten Freude, Gesellschaft zu haben. Was immer es war, jedenfalls stand ich plötzlich auf und bedeutete Danny, mir zu folgen. Wir gingen die Treppe hinunter und durch einen Hortensiendschungel den Pfad entlang, der zum Vorgarten führte. Die Millers hatten gute Arbeit geleistet. Im Halbdunkel war der Rasen wie ein grüner Teppich.

Als wir die Rosenlaube erreichten, drehte ich mich zu Danny um. »Nicht besonders geheim, aber auf alle Fälle mein Lieblingsplatz.« Nun ja, auch wenn ich so gut wie nie hier saß, so lag es sicher an Samuels Foto, dass ich Danny hierhergeführt hatte.

Er runzelte die Stirn, während er sich umsah und zweifellos das wirre Durcheinander der nackten Zweige und knorrigen Stämme, der halb zusammengebrochenen Stützen und vertrockneten Hagebutten auf sich wirken ließ. Er schlenderte zu der Bank im Innern der Laube und setzte sich schwerfällig. Dann streckte er die Hand aus und pflückte eine Hagebutte von einem überhängenden Zweig. Er zerdrückte die ausgetrocknete Hülse, ließ sie auf den Boden rieseln und sah mich an. Vermutlich fragte er sich – wie Hobe auch –, warum ich die alten Rosensträucher hier nicht ausgrub und stattdessen etwas anderes pflanzte.

Ich hatte eine Ausrede bereit: Ich warte auf den Winter, bevor ich etwas Neues pflanze, ich suche noch in Katalogen mit Pflanzen, die Luftwurzeln haben, ich war bislang mit anderen Dingen beschäftigt …

Doch die Frage kam nicht. Stattdessen klopfte Danny auf die Bank und bedeutete mir, mich neben ihn zu setzen. Er zog seinen Notizblock heraus und kritzelte eine Zeile, deren Wörter in der Dunkelheit kaum erkennbar waren.

Ich verstehe, warum dir der Platz gefällt.

»Äh … wirklich?«, räusperte ich mich verlegen.

Wundervolle Aussicht.

»Oh, klar.« Ich tastete kurz herum, bevor ich mich auf das andere Ende der Bank setzte und seinem Blick über das Tal folgte.

Die Sonne war hinter den fernen vulkanischen Bergen versunken. Der Himmel war schwarz, die Dunkelheit hatte den Garten jetzt ganz verschluckt. Es war eine herrliche Nacht, die Luft war ruhig und warm, erfüllt von den letzten verbliebenen Düften unseres Festes. Die Mädchen waren leiser geworden, ihre unsichtbaren Stimmen schwebten in der Stille wie ein gedämpfter Gegenpol zu Coreys an- und abschwellendem Echo irgendwo im Haus.

Dannys Finger umschlossen mein Handgelenk. Er zog mich spielerisch näher, bis ich meinen Widerstand aufgab und näher rückte. Dann öffnete er meine Hand und fuhr mit den Fingern über die Handfläche. Ein Schauer fuhr mir über den Arm, breitete sich bis zum Nacken aus, ich zitterte. Irgendetwas ging von ihm aus, nicht unbedingt Hitze, aber eine raue Energie, sodass ich mir ganz seltsam vorkam, als wäre ich nicht richtig bei mir.

Er klopfte mit den Fingern auf mein Handgelenk. Ich sah hinab.

Und da erst ging mir auf, was er tat. Er zeichnete Buchstaben, erst ein »D« und dann ein »R«. Ich lächelte. Er hatte seinen Notizblock gegen meine Hand eingetauscht. Ich sah, wie sich die Buchstaben entfalteten.

Du brauchst neue Rosen.

Ich lachte. Eigentlich war es mehr ein Kichern. Wie ein

Dummchen. Mit jedem Buchstaben, den er zeichnete, wurde die Gänsehaut stärker, sie schoss durch mein Nervensystem und ließ jeden Widerstand schmelzen. Ich spürte Schmetterlinge im Nacken und im Haar. Als ich versuchte, mich zurückzuziehen, hielten mich seine Finger fest.

Ich pflanze sie für dich ein.

Ich schüttelte den Kopf. »Nein.«

Doch, ich kaufe sie sogar. Was ist deine Lieblingsfarbe? Pink?

Und als er das Fragezeichen zeichnete, entdeckte ich etwas Albernes, das ich bisher noch nicht gewusst hatte. Ich war kitzelig!

»Nein«, schrie ich beinahe und zog meine Hand zurück. »Grün.«

Danny lehnte sich zurück. Er blickte mir ins Gesicht, die Augen von der Dunkelheit verborgen. Er pflückte noch einen Zweig, zerbrach ihn in kleine Stücke und warf die Schnitzel auf den Boden. Dann beschrieb er einen Kreis auf seiner Brust und klopfte sich ans Kinn.

Ich mag diesen Geheimplatz.

Ich lächelte. Ich mochte ihn auch.

»Sieh sie dir nur an«, sagte Corey später, als wir auf der vorderen Veranda saßen und die Mädchen beobachteten, die im Dunkeln über den Rasen flitzten. »Zwei aufgescheuchte Hühner.«

Der mächtige Cocktail aus zu viel Aufregung, zu viel Schokolade und übertriebenem Kichern gepaart mit der späten Stunde hatte zwei ganz normale Schulmädchen in durchgeknallte Gören verwandelt. Danny versuchte, sie auf seinen Toyota zuzutreiben, um Jade hineinzubugsieren und mit ihr nach Hause zu fahren, doch sie kreischten, sausten an ihm vorbei und riefen was von einer Horde Geister, die hinter ihnen her sei.

»Ich hätte nicht die Geschichte von Samuels Geisterhütte erzählen sollen«, bedauerte Corey. »Ich meine mich zu erinnern, dass sie eine ähnliche Wirkung auf Glenda und mich hatte, als wir noch klein waren.«

Ich beobachtete die Schatten im Mondlicht, die über den Rasen jagten. »Stimmt, die Geschichte von der alten Siedlerhütte klingt ganz schön gruselig.«

»Hoffentlich kriegt Bronwyn keine Albträume.«

Ich sah sie an. »Dasselbe hast du mir gesagt, als wir uns das erste Mal getroffen haben.«

Sie zuckte die Achseln. »Ich weiß, aber Samuels Geschichte war wahr. Die Hütte dagegen ist nicht wirklich verwunschen.« Dann setzte sie mit einem heimtückischen Ausdruck hinzu: »Allerdings gibt es sie wirklich. Wenn du also jemals drauf stößt, nimm dich in Acht.« Sie drohte mir mit dem Finger und ahmte das Geräusch eines Geistes nach.

Ich versetzte ihr einen spielerischen Stoß mit der Schulter und wandte meine Aufmerksamkeit wieder den Kindern zu. Danny hatte es aufgegeben, Jade in den Wagen bugsieren zu wollen, und beschlossen, dass es am klügsten wäre abzuwarten, bis den beiden die Puste ausging. Er schlenderte den Hang hinunter und starrte mit dem Rücken zu uns in das dunkle Tal, die Hände in den Taschen, die Schultern ein wenig hochgezogen, als wäre ihm kalt.

Corey stieß mich mit dem Ellbogen an. »Danke, Kleines.«

»Wofür?«

»Für den Spaß. Sogar Danny hat sich amüsiert… ausnahmsweise.«

Mein Blick schweifte zu dem Mann am Ende des Gartens. »Woher weißt du das?«

»Er ist geblieben. Meistens fährt er schlecht gelaunt nach Hause, noch ehe die Party richtig begonnen hat.«

»Warum?«

»Nicht jeder macht sich die Mühe, seine Gebärdensprache zu verstehen, Audrey. Die meisten Leute können nichts damit anfangen. Das gilt natürlich nicht für alle – aber Danny ist nicht gerade gesellig. Er kann Small Talk nicht ab, er meint, es sei Energieverschwendung. Außerdem wird er wütend, wenn man ihn ignoriert. So war er schon immer, auch als kleines Kind.«

»War er von Geburt an taub?«

»Nein, er hatte als Baby eine Gehirnentzündung – aber ich glaube, er wäre genauso schwierig gewesen, wenn er nicht taub geworden wäre. Die ersten Jahre waren natürlich die schlimmsten, als er die Gebärdensprache lernte und Mum und Dad herausfinden mussten, wie man am besten mit einem behinderten Kind umgeht. Die Fortschritte kamen nur langsam, und er war immer frustriert, wenn er sich nicht verständlich machen konnte. Das Problem war, dass seine Wutanfälle nicht lautstark waren wie bei den meisten Kindern. Stattdessen flogen Gegenstände durch den Raum … Teller, Löffel, Schuhe. Einmal schleuderte er zum Entsetzen meiner Mutter das Glas mit Großvaters Gebiss nach ihr.«

»Er scheint, ich weiß nicht, misstrauisch zu sein. Distanziert. Erst lachen wir uns krumm, und im nächsten Augenblick ist er ganz düster. Ich hoffe nicht, dass ich ihn irgendwie gekränkt habe.«

»Hm.« Corey sah mit gerunzelter Stirn auf die Silhouette ihres Bruders. »Wahrscheinlich steht uns ein Sturm ins Haus.«

»Wie meinst du das?«

»Er spürt ihn, auch wenn er noch meilenweit weg ist. Entweder er riecht oder fühlt ihn – das ist meine Theorie –, jedenfalls spürt er, wie sich der Luftdruck ändert. Er hat sich noch nie geirrt.«

»Mag er keine Stürme?«

Corey schüttelte den Kopf. »Vor sechs Jahren ist seine Frau Marci bei einem Sturm ums Leben gekommen. Sie war ihrem Hund nachgelaufen, der erschrocken war, und wurde von einem Baum erschlagen. Eine riesige Angophora – früher waren sie als Witwenmacher bekannt. Korkartiges Holz, aber furchtbar schwer, wenn es nass wird. Marci war ebenfalls taub, daher hörte sie nicht, wie der Ast abbrach. Danny fand sie eingeklemmt am Boden, aber bis er nach Hause gelaufen war und die Säge geholt hatte, war sie schon tot. Er gibt sich die Schuld, er meint, er hätte sie davon abhalten müssen, hinter dem Hund herzulaufen, oder sie schneller von dem Ast befreien. Er hat sich das nie verziehen.«

»Es war nicht seine Schuld.«

»Nein, natürlich nicht. Aber er ist stur wie sonst was. Und zu dieser Jahreszeit gibt es hier viele Stürme. Dem armen Danny steht noch einiges bevor.«

»Warum spricht er eigentlich nicht?«

Corey sah zu ihrem Bruder am dunklen Hang hinab. Ihr Gesicht wurde weich. Im dämmrigen Licht der Veranda waren ihre Augen nicht mehr schokoladenbraun, sondern hell, warm und golden wie Honig.

»Wahrscheinlich aus Trotz. Um Widerstand zu leisten, auf eine verdrehte Art, die nur er versteht. Mehr noch als in irgendwelche Schubladen gesteckt zu werden hasst er es, wenn man ihn für schwach hält. In einer hörenden Welt ist Taubheit ein Manko, und Danny kann es nicht ertragen, dass man ihn wie einen Behinderten behandelt. Wenn er nicht so klar sprechen kann wie jeder andere normale Mensch, dann sagt er lieber gar nichts.«

»Wäre das Leben nicht einfacher, wenn er es versuchen würde?«

»O ja, aber bilde dir bloß nicht ein, ihn dazu überreden zu können. Der Letzte, der es versuchte, endete mit einer gebrochenen Nase.«

Ich betrachtete die schattige Gestalt auf dem Rasen mit anderen Augen. »Ich werde es beherzigen und versuchen, ihn nicht unter Druck zu setzen ... Herrgott, das warst doch nicht etwa du, oder?«

»Ach wo, nein! Ein Lehrer. Er meinte es gut, aber Danny verlor die Beherrschung. Er muss damals fünfzehn gewesen sein – es war um die Zeit, als Tony durchgebrannt ist. Danny wurde damit nicht fertig. Er bestand darauf, in die normale Schule zu gehen, obwohl die Highschool von Magpie Creek damals nicht gerade für taube Menschen geeignet war. Man hatte ihn gewarnt, man hatte ihm gesagt, er solle wieder auf die Sonderschule in Brisbane gehen. Sie haben an unsere Eltern geschrieben, sogar mit gerichtlichen Schritten gedroht – alles umsonst. Schließlich versuchte einer der Lehrer, vernünftig mit ihm zu reden, er bot an, ihm dabei zu helfen, eine Unterstützung zu beantragen, damit er ein Hörgerät bekam und sprechen lernte, aber Danny flippte auf seine typische Art aus und schlug dem armen Kerl ins Gesicht.«

»Ein bisschen krass, oder?«

Corey seufzte. »Taub zu sein ist für ihn so, als hätte er grüne Augen, während alle anderen blaue haben. Er weigert sich einfach, seine Defizite zu akzeptieren, was leider Gottes nicht immer zu seinem Vorteil ist.«

»Aber man muss ihm zugutehalten, dass er zu seinen Überzeugungen steht.«

»Hm«, entgegnete sie skeptisch. »Ich glaube nicht, dass Ross O'Malley so dachte, als er im OP lag und wartete, dass man ihm die Nase wieder richtete. Wahrscheinlich hatte er mehr Lust, dem kleinen Hitzkopf den Hals umzudrehen.«

Ich sah Corey an. »Ross O'Malley? Er ist inzwischen an der Primary School, nicht wahr?«

»Ja, hast du ihn schon kennengelernt?«

»Nein, noch nicht. Als Bronwyn eingeschult wurde, war er nicht da. Aber ich habe am Montag einen Termin bei ihm, um das nachzuholen.«

Corey schnaubte. »Du Glückliche, da steht dir ja was bevor. Ich selbst habe keine schlechten Erinnerungen an ihn. Vor mehr als zwanzig Jahren war er Glendas und mein Lehrer an der Magpie-Creek-Highschool. Auch Tony war in seiner Klasse.«

Glendas Ross, dachte ich. »Wie ist er?«

Corey tastete nach dem Wagenschlüssel in der Gesäßtasche. »Na ja, ein bisschen schrullig, aber auch nett. Irgendwie getrieben, nehme ich an.«

»Getrieben?«

Sie musterte ihre Schlüssel, wog sie in der Hand und sah mich an. »Kurz nach Glendas Tod verließ Ross die Schule. Wir glaubten, er hätte sich versetzen lassen, doch ein Jahr später kam er wieder. Ich habe mich damals gefragt, ob Glendas Tod ihn mehr mitgenommen hatte, als er zugeben wollte. Sie war schon ewig in ihn verknallt gewesen. Ich reagierte furchtbar eifersüchtig auf jeden, der sich zwischen Glenda und mich stellte. Als er dann zurückkehrte, hatte er sich sehr verändert. Er war nicht mehr so selbstbewusst, fast unsicher. Als wäre er über Nacht gealtert. Später erfuhr ich, dass Ross' Frau in der Nacht, als Glenda starb, eine Fehlgeburt hatte, und danach ging ihre Ehe in die Brüche. Kein Wunder, dass der arme Kerl so daneben war.«

»Glaubst du, dass zwischen Glenda und ihm etwas war?«

Corey wandte den Blick ab und lenkte ihre Aufmerksamkeit auf das dunkle Tal. »Ich weiß es nicht. Glenda und ich hatten uns in den Monaten vor ihrem Tod gestritten und sprachen nicht mehr miteinander. Was mir heute unglaublich leidtut«, fügte sie leise hinzu. Dann schüttelte sie sich und stieß ein heiseres Lachen aus. »Ich kann mir nicht vorstellen, dass zwischen ihnen irgendetwas war. Ross war ihre erste wirkliche Liebe, leider auch ihre einzige. Damals galt er als echt cool, kaum zu glauben, wenn man ihn heute sieht, und …«

Was immer sie noch hatte sagen wollen, wurde von einem lauten Hupen abgeschnitten. Unten am dunklen Straßenrand leuchteten die Scheinwerfer des Toyotas auf. Kurz darauf setzte er sich in Bewegung und verlor sich in den dunklen Bäumen. Dann polterte Bronwyn die Treppe hinauf, die Wangen in ihrem blassen Gesicht waren gerötet.

»Mum, Jade kommt nächsten Freitag auch mit zum Zelten, ich kann es kaum erwarten.«

»Gute Nacht!«, rief Corey vom Pfad aus. »Bis Mitte der Woche, wenn nicht eher.«

Noch ehe ich einer von beiden antworten konnte, war Bronwyn an mir vorbei im Haus verschwunden. Corey stieg in den Mercedes und drückte wie ihr Bruder auf die Hupe, bevor sie über die Anliegerstraße verschwand.

Ich beobachtete, wie sich die Scheinwerfer einen Weg durch den Sumpf der Dunkelheit bahnten und anschließend von dem undurchdringlichen schwarzen Graben aus Buschland verschlungen wurden, der Thornwood von der Außenwelt abschirmte. Ich stand in der Stille und ließ die Echos der Nacht Revue passieren: die Unterhaltungen, die Wärme, die Freudenausbrüche. Ja, und auch den traurigen Ton, mit dem sie geendet hatte.

Nach dem Chaos meines Nomadenlebens mit Tante Morag

hatte ich Stabilität schätzen gelernt. Und trotzdem hatte ich mich immer wieder zu Menschen hingezogen gefühlt, die kantig und unberechenbar waren: Künstlern, Musikern, Dichtern. Außenseitern, umgeben von undefinierbaren Schatten – und auf seltsame Art faszinierend.

Wie Tony. Nur dass er das Beste aus beiden Welten in sich vereinigt hatte – so zumindest hatte ich anfangs gedacht. Er war besonnen und pragmatisch. Ein inspirierender Gefährte, ein aufmerksamer Liebhaber. Organisiert und ehrgeizig, der seine Welt unter Kontrolle hatte. Doch als ich an der Oberfläche kratzte, tauchte ein ganz anderer Mensch auf. Dieser Mensch war kratzbürstig und verschlossen, verfolgt von Albträumen und langen Phasen des Schweigens. Am Ende hatte sich die Kluft zwischen uns als unüberwindbar entpuppt.

Nachdem er fort war, hatte ich mir zum Trost eingeredet, dass ich aufgrund meiner Erfahrungen das Offensichtliche übersehen hatte: Tony war ein Künstler und daher von Natur aus unberechenbar. Ich hatte mich mit meiner Einschätzung geirrt – das nächste Mal würde ich vorsichtiger sein.

Nur hatte es kein nächstes Mal gegeben. Fünf Jahre war ich allein gewesen, hatte nicht den leisesten Wunsch nach einem Mann gehabt. Während dieser Zeit hatte ich die Vision meines idealen Mannes perfektioniert. Ein ruhiger Typ, so was wie ein Buchhalter vielleicht, jedenfalls ohne den kleinsten Hauch künstlerischer Ambitionen. Vertrauenswürdig, verlässlich, vielleicht sogar ein bisschen langweilig. Ganz gewiss war das besser als ein Mann, der versprach, für immer für einen da zu sein, und dann eine andere heiratete.

Ich rief mir die Erinnerung an Dannys Gesicht im Schein der Laterne zurück. Seine feinen, wie Gold schimmernden Züge, seine wundervollen grünen Augen, sein anhaltendes Lächeln. Ich erinnerte mich an die Faszination, mit der er zugehört hatte, als seine Schwester von ihrer gemeinsamen Kindheit erzählte, und die Art, wie er mich gemustert hatte, als wolle er herausfinden, was sich unter meiner Haut verbarg. An das Fragezeichen in der Rosenlaube, bei dem es mir kalt über den Rücken gelaufen war, und den verbotenen Zauber des Verlangens, mit dem er mein Herz eingewickelt hatte.

Seufzend wandte ich mich ab, um ins Haus zu gehen.

Ich hatte sehr lange gebraucht, um mich nach Tonys Fortgang wiederzufinden.

Ganz gleich, wie verlockend es sein mochte, auf der Suche nach Chaos und Aufregung von meinem vorgefassten Pfad abzuweichen, ich hatte nicht vor, mich jemals wieder so zu verlieren.

15

Nachdem sie gegangen waren, räumte ich schnell auf. Im Hintergrund sang Nick Cave sein wunderbares *Nocturama* und versetzte mich in eine nachdenkliche Stimmung. Ich spülte das Geschirr, füllte, noch immer in den Erinnerungen an den Abend schwelgend, einen flachen Topf mit Wasser und stellte ihn auf die Herdplatte.

Bald quollen Dampfschwaden empor. Die letzten Seiten in Glendas Tagebuch brauchten länger als die ersten, um sich voneinander zu lösen. Ich arbeitete mich von hinten zur Mitte des Tagebuches vor. Enttäuscht stellte ich fest, dass die meisten verbliebenen Seiten leer waren. Die meisten, aber nicht alle. Mit etwas Glück würde ich auf einen weiteren Eintrag über Cleves brutalen Angriff auf Hobe Miller stoßen.

Als ich auf Zehenspitzen an Bronwyns Zimmer vorbeischlich, blieb ich stehen und horchte. Alles war still. Ich wusste, dass sie nicht schlief, dafür war sie viel zu aufgedreht gewesen. Dann hörte ich das Rascheln von Buchseiten und schloss daraus, dass sie noch las.

Leise huschte ich durch den Gang zu meinem Schlafzimmer, ich konnte es kaum erwarten, zu meiner eigenen Lektüre zurückzukehren.

Samstag, 11. Oktober 1986

Eine Woche nach Dads Überfall auf Mr Miller. Dad bekam eine Strafanzeige wegen schwerer Körperverletzung. In drei Wochen muss er vor Gericht erscheinen. Er versucht uns einzureden, dass er mit einer Geldstrafe davonkommen wird, doch ich kann mir nicht vorstellen, wie man mit einem Messer auf jemanden losgeht und dafür nicht ins Gefängnis kommt. Ich habe Angst … Angst um Dad … und, ich schäme mich, es zu sagen, auch ein bisschen Angst VOR ihm. Er hat sich verändert. Er ist irgendwie abwesend. Vielleicht hat er ja selbst Angst.

Seit meinem Streit mit Corey sind fast fünf Wochen vergangen. Sie spricht immer noch nicht mit mir. Was als dummes Missverständnis begann, hat sich zu einer echten Katastrophe entwickelt. Wir sind alle beide viel zu stolz, um zuzugeben, dass wir unrecht hatten. So schlimm war der Kuss nun auch wieder nicht. Hätte ich gewusst, dass ich sie deswegen verlieren würde, hätte ich ihn erwidert, verdammt noch mal.

Am nächsten Sonntag ist ihr Geburtstag. Ich habe ihr ein Buch gekauft, eins, das wir beide liebten, als wir noch klein waren: *Der Zauberpudding* von Norman Lindsay. Nicht gerade angesagt, ich weiß, und außerdem werde ich keine Gelegenheit haben, es ihr zu geben, aber ich würde so gern sehen, wie sie wieder lacht; ich vermisse dieses alberne Schnauben, mit dem sie mich immer umhaut. Ich habe das Buch schon eingepackt und einen kleinen Zettel dazugeschrieben, aber wahrscheinlich wird es in der untersten Schublade meines Wäscheschranks vermodern. Seufz.

Sonntag, 12. Oktober 1986

Heute Morgen bin ich zu Großvaters Haus gegangen, keine Ahnung, warum, ich ging einfach los, in Gedanken versunken, den Pfad entlang in seine Richtung. Dabei dachte ich darüber nach, was Dad Mr Miller angetan hat, und versuchte, nicht zu heulen.

Die Wildblumen blühen gerade. Bald wird Tony da oben sein, um sie zu zeichnen – obwohl er nicht mehr viel gezeichnet oder gemalt hat, seit Dad mit uns zu Mr Miller gefahren ist. Er flüchtet noch öfter als sonst aus dem Haus, aber ich weiß, dass er es nicht tut, um zu zeichnen oder zu malen. Er mochte die Millers, und ich glaube, dass er Dad niemals verzeihen wird, was er Mr Miller angetan hat.

Es war ein heißer Tag, deshalb machte ich in der Schlucht eine Pause und trank Wasser aus dem Bach. Als ich zu dem hohlen Baum an der Grenze zu Großvaters Grundstück kam, brannte die Sonne, und ich wünschte, ich wäre zu Hause geblieben. Ich hatte Kopfschmerzen vom Weinen, und dass Großvaters Garten so vernachlässigt war, machte mich ganz traurig.

Ich überlegte gerade, ob ich umkehren sollte, als ich jemanden sah.

Es war ein Mann. Er hielt etwas in der Hand. Es sah aus wie ein Blatt Papier. Als ich ihn erkannte, war es bereits zu spät. Mir drehte sich der Magen um, ich konnte nicht mehr weglaufen oder mich im Gebüsch verstecken. Ich blieb wie erstarrt stehen. Er hatte mich gesehen.

»Glenda?« Mr Millers Stimme hörte sich an wie das Krächzen einer Krähe. »Tut mir leid, Mädchen, tut mir schrecklich leid. Mein Bruder hat gesagt, Tony und du hättet gesehen, was passiert ist.«

Er plapperte vor sich hin wie ein Verrückter, aber das war nicht, was mich so erschreckte. Er hatte einen Verband um den Kopf, der schräg über das Auge gewickelt war. Er war mit getrocknetem Blut und rosa Flecken verunstaltet, etwas eingesunken über der Augenhöhle. Der Schweiß glänzte auf seinem blassen Gesicht, sein

Schnurrbart war schneeweiß, seine Hände zitterten. Er sah furchtbar aus, mehr Zombie als Mensch.

»Gib das hier bitte deiner Mutter, bist du so nett?« Er fuchtelte mit dem Blatt Papier herum und streckte es mir entgegen. »Ist nur eine Nachricht, damit sie weiß, dass alles in Ordnung ist mit mir. Tust du mir den Gefallen, Kleines?«

Ich fuhr zusammen. Er sah nicht so aus, als wäre alles in Ordnung mit ihm. Seine Stimme zitterte noch mehr als seine Hände, er roch nach Desinfektionsmitteln und Holzrauch, vielleicht auch nach Schweiß. Er war schwach und tattrig, bestimmt wegen der Wunde.

Der Wunde, die mein Vater ihm beigebracht hatte.

Unsicher machte ich einen halben Schritt zurück, und als ich sah, dass er mich nicht verfolgen würde, drehte ich mich um und lief davon. Den ganzen Weg nach Hause keuchte ich, weil sich meine Lunge so klein anfühlte wie eine Erdnuss. Ich bekam keine Luft und konnte keinen klaren Gedanken fassen. Erst als ich das sichere Feld vor unserem Haus erreichte, liefen mir ein paar Tränen über die Wangen.

Ich stolperte ins Haus. Zum Glück war niemand da – Dad war zum Fischen gefahren, Mum hatte Dienst im Krankenhaus, und Tony … weiß Gott, wo der sich herumtrieb. Ich warf meine Kleider in den Wäschekorb, obwohl sie gar nicht schmutzig waren, und schlüpfte in meinen Schlafanzug. Dann verkroch ich mich ins Bett und zog die Decke über mich. Es war furchtbar heiß, aber das war mir egal. Besser, es im Bett auszuschwitzen, meine Tränen ins Kopfkissen rinnen zu lassen, so zu tun, als hätte ich mir irgendwas Schlimmes geholt – alles war besser, als denken zu müssen.

Trotzdem sah ich ihn ständig vor mir – das teigige Gesicht, die zittrigen Hände. Sein Haar stand vom Kopf ab wie das eines Wahnsinnigen. Ein Auge so blau wie ein Stück Himmel, das andere unter einem Verband mit rosa Flecken.

Ich vergrub den Kopf unter dem Kissen und schloss die Augen.

Irgendetwas stimmte ganz und gar nicht. Mr Miller war früher, als wir ihm das Chutney brachten, immer nett zu mir und Tony gewesen. Was hatte er getan, dass ihn Dad jetzt so hasste? Warum war er deswegen so aufgebracht gewesen, dass wir den Kampf hatten mit ansehen müssen? Und warum wollte er Mum mitteilen, dass alles in Ordnung war?

Die Nachricht.

Ich richtete mich auf und suchte vergeblich nach einem Taschentuch, dann wischte ich mir die Nase am Ärmel ab. Plötzlich sah ich vor mir, wie Dad an jenem Tag mit einem Blatt herumgefuchtelt und Mum angeschrien hatte. Und danach hatte er Tony draußen im Garten das Papier gezeigt. »Hast du das für deine Mutter überbracht?«

In all dem Durcheinander hatte ich es völlig vergessen, aber jetzt war es mir wieder eingefallen. Mum hatte Tony ein Kuvert in die Hand gedrückt, ich hatte es von der Veranda aus beobachtet. Ein Kuvert und – ich bin mir ganz sicher – auch etwas Geld. In dem Kuvert war ein Brief ... ein Brief, der Dad irgendwie in die Hände gefallen war.

Auf einmal hatte ich das starke Gefühl, dass wenn ich den Brief fand, über den Dad sich so aufgeregt hatte, vielleicht auch erfahren würde, warum er so durchgedreht war und Mr Miller angegriffen hatte.

Natürlich, vielleicht hat Dad den Brief verbrannt oder weggeworfen – aber das glaube ich eigentlich nicht. Er hebt alles auf, wie ein Eichhörnchen. Er hortet Andenken, Erinnerungen, die kleinsten Überbleibsel aus der Vergangenheit. Im Schuppen hat er ganze Kisten voll mit verrosteten Schrauben und kaputten Maschinenteilen, die er eines Tages reparieren will; er sammelt alte Fahrradreifen und sogar uralte Colaflaschen. Verschimmelte Briefmarkenalben, Packungen mit Samen, Münzen und Zetteln von vor dem Krieg.

Wenn Dad den Brief versteckt hat, dann habe ich eine ziemlich gute Vorstellung davon, wo.

»Mum?«

Ich fuhr zusammen. Das Tagebuch fiel mir vom Schoß und landete auf den Fußbodendielen. Bronwyn stand in ihrem zerknitterten Schlafanzug in der Tür und sah schläfrig zu mir herüber. Als sie das Tagebuch auf dem Boden sah, wurden ihre Augen plötzlich ganz wach.

Sie musterte mich neugierig. »Es ist spät. Ich habe gesehen, dass bei dir noch Licht brennt, und mich gefragt, was du machst.«

»Ich gehe bloß die Übungen für Gebärdensprache durch.« Ich hob Glendas Tagebuch wieder auf und legte es zu den Sprachlernbüchern neben meinem Kopfkissen. »Und jetzt ab ins Bett mit dir.«

Sie machte ein finsteres Gesicht und ließ ihren Blick an mir vorbei auf den Bücherstapel schweifen. »Hast du nicht gesagt, dass es stinklangweilig ist?«

»Was denn? Ach das.« Ich legte die Hand auf den gewellten Einband des Tagebuchs und schämte mich, weil ich sie schon wieder angelogen hatte. Achselzuckend flüchtete ich mich in eine Halbwahrheit. »Vielleicht hat es mich am Ende doch gepackt.«

»Hast du herausgefunden, wem es gehört?«

Ich holte tief Luft und sah meiner Tochter in die Augen. »Noch nicht.« Gähnend streckte ich die Beine unter dem Laken aus, stopfte es um mich herum fest und löschte das Licht auf dem Nachttisch. »Gute Nacht!«

Kaum war die Tür ins Schloss gefallen, sprang ich aus dem Bett und wartete mit gespitzten Ohren. Leise Schritte tapsten den Gang entlang, dann hörte ich, wie Bronwyns Tür zufiel.

Ich zählte bis zwanzig. Dann nahm ich das Tagebuch, schlich zur Tür hinaus und in die Abgeschiedenheit meines Arbeitszimmers.

Vier Uhr nachmittags, Freitag, 17. Oktober 1986

Gott, o Gott, ich wünschte, ich hätte nie danach gesucht.

In der Mittagspause sagte ich zu Mr Abbott, mir sei schlecht wegen meiner Tage, und er ließ mich nach Hause gehen. Ich wusste, dass niemand da sein würde. Dad hat in Brisbane zu tun, Mum hat Spätdienst im Krankenhaus, und Tony ist Gott weiß wo. Perfekt, dachte ich, nahm Dads Zweitschlüssel vom Fensterbrett und ging in den Schuppen. Ich brauchte nicht lange, um den Brief zu finden. Er steckte in einer großen Blechdose, in Stücke gerissen und zusammengeknüllt, aber ich las ihn nicht mal.

Denn gleichzeitig fand ich das Bündel.

Es war ein dicker Stapel Kuverts mit uralten Briefmarken, von einem Band zusammengehalten. Ich nahm sie mit in mein Zimmer und verbrachte Stunden damit, die Briefe immer wieder durchzulesen. Und jetzt weiß ich nicht, was ich machen soll.

Ich muss mit irgendwem reden. Vielleicht mit Corey. Wir haben uns zwar gestritten, aber jetzt brauche ich sie. Das ist wichtiger als ein dummer Streit zwischen Freundinnen. Wichtiger als der blöde Stolz. Ich muss ihr nur sagen, dass es mir leidtut, dass ich sie liebe und wieder ihre Freundin sein will. Sie wird mich verstehen, darin war sie schon immer gut. Ich rufe sie am besten jetzt an – sobald mein Herz nicht mehr so heftig schlägt und ich ruhig sprechen kann.

Aber vielleicht sollte ich lieber mit jemand reden, der erwachsen ist, einem Lehrer zum Beispiel. Mit Ross? Ja, Ross wird wissen, was zu tun ist. Und danach gehe ich zu Corey, vielleicht kann ich eine Weile bei ihr bleiben. Mindestens übers Wochenende. Im Moment kann ich hier niemanden ertragen.

Auf keinen Fall Dad. Und Mum noch weniger.

Gott, o Gott. Ich wünschte, ich hätte nie danach gesucht.

Sechs Uhr nachmittags, Freitag, 17. Oktober 1986

Als ich Ross anrief, habe ich wie Espenlaub gezittert. Ich sagte, dass es furchtbar dringend wäre, und er meinte, er würde kommen und mich abholen. In der Ferne donnerte es, und dann fielen auch schon die ersten Tropfen auf das Dach. Ich wollte nur in Ross' warmen, großen Kombi steigen und mich wieder sicher fühlen. Aber gerade, als wir uns am Telefon verabschieden wollten, hörte ich, wie ein Wagen in die Einfahrt bog.

Da Mum Spätdienst hatte und erst nach elf Uhr kommen würde, war mir klar, dass es Dad sein musste. Er würde durchdrehen, wenn Ross hier aufkreuzte, und ich wusste, dass er mir niemals erlauben würde, in seinen Wagen zu steigen, obwohl Ross mein Lehrer ist. Außerdem war Dad der letzte Mensch, den ich jetzt sehen wollte. Also erklärte ich Ross, dass ich ihn in Großvaters Haus treffen würde, da könnten wir unter vier Augen sprechen. Ross meinte, er könne in anderthalb Stunden dort sein, was mir wie eine Ewigkeit vorkam, aber dann versprach er noch, mich anschließend zu Corey zu fahren, und das beruhigte mich.

Ich packte also alles in meinen Rucksack und erinnerte mich zum Glück noch in letzter Minute an Coreys Geschenk. Ich schrieb eine Nachricht für Mum, dass ich sie anrufen würde, sobald ich bei den Weingartens wäre. Ich legte sie auf mein Kopfkissen, kletterte aus dem Fenster meines Zimmers und rannte den Hügel hinauf zu Großvaters Haus.

Im Augenblick hocke ich in dem hohlen Baum. Zwanzig Minuten nachdem ich das Haus verlassen hatte, fing es an zu regnen. Mist! Zuerst nur leicht, aber an der Grenze zu Großvaters Garten schüttete es schon wie aus Kübeln, und ich musste mich in die ausgebrannte Buche flüchten. Jetzt bin ich klitschnass. Der Baum stinkt – nach alter Kohle und Beutelrattenscheiße –, aber es ist besser, als draußen im Regen zu stehen – oder schlimmer noch, auf dem Hintern die schlammige Schlucht hinunterzurutschen.

Jetzt hocke ich also hier im Dunklen und schreibe im Licht meiner kleinen Taschenlampe. Das Bündel mit den Briefen steckt in der Tasche meiner Windjacke mit dem Reißverschluss. Es ist nicht besonders schwer, aber irgendwie wiegt es trotzdem so viel wie ein Ziegelstein. Ich bin völlig durcheinander wegen dieser Briefe; ich kann nicht mal darüber schreiben. Jedes Mal, wenn ich daran denke, setzt mein Verstand aus. Es ist nicht wahr, sagt er mir, es ist einfach nicht wahr.

Der Wind pfeift durch die Bäume, die Blätter rauschen, und die Äste stöhnen. Jetzt ist schon eine halbe Stunde vergangen, und der Regen will nicht nachlassen. Aber es ist noch etwas Zeit bis zum Treffen mit Ross. Ich schätze, er wird in ungefähr einer Viertelstunde kommen, wenn er überhaupt pünktlich ist. Ich sollte dem Regen trotzen und jetzt einfach den Hügel hinab zu Großvaters Haus laufen. Die Sache ist nur, da gibt es keinen Strom, und das Haus ist echt gruselig, wenn es dunkel wird. Nach der Lektüre der Briefe bin ich sowieso schon völlig durcheinander.

Es ist albern, aber ich muss immer daran denken, was mir Corey von der alten Hütte auf dem Hügel an der Grenze zum Nationalpark erzählt hat. Es ist eine unheimliche Gegend. Ich bin nur ein paarmal hingegangen, weil ich da immer Zustände kriege. Tony und Danny schwören, dass es spukt. Ihnen scheint es nichts auszumachen – wenn es trocken ist, sind sie immer da oben und machen das, was Jungs im Busch so machen – Buschräuber spielen und so was.

Wie auch immer, eines Tages erzählte Corey, sie hätte von der alten Hütte geträumt. »Ich stand am Türeingang«, flüsterte sie, »und blickte in die Hütte. Es war dunkel, und im Innern war jemand. Ich wollte weglaufen, war aber wie versteinert vor Schreck. In der Hütte war es finster, am Fenster stand eine Frau. Das Mondlicht streifte sie, und da sah ich, dass sie voll mit Blut beschmiert war. Sie war tot. Aber das Schlimmste war: Sie hat wohl gespürt, dass ich da war, sie sah nämlich über ihre Schulter und starrte mich direkt an. Ich wachte laut schreiend auf.«

»Du Baby«, hatte ich gesagt und mir die Arme gerieben, um die Gänsehaut wieder loszuwerden.

»Aber Glenny«, sagte sie leise. »Diese Frau … sie hatte dein Gesicht.«

Herrgott, was für eine Idiotin! Diese Geschichte erschreckt mich heute noch zu Tode. Ich hätte sie gar nicht aufschreiben sollen. Das ist das Einzige, wovor ich Angst habe, wenn ich eine Geschichte schreibe – all diese Wendungen und Brüche in der Entwicklung, manche furchterregend, andere traurig. Wie schafft man es als Schriftstellerin, sie aus seinem eigenen Leben rauszuhalten? Ross sagt, dass Schriftsteller – Künstler und Musiker auch – von ihren Musen beschützt werden, aber da wäre ich mir nicht so sicher. Einmal habe ich eine Geschichte von einem Mädchen geschrieben, dessen Mutter gestorben war, und kurz darauf legte sich Mum ins Bett und wollte eine Woche nicht mehr aufstehen. Ich hatte solche Angst, dass ich glaubte, sie würde sterben. Schlimmer noch, ich war sicher, dass das nur wegen meiner Geschichte war und ich sie auf dem Gewissen hatte. Aber dann ist sie eines Tages einfach aufgestanden, hat ein Bad genommen, sich das Haar gewaschen und so getan, als wäre nichts. Trotzdem frage ich mich, wie viel Macht in den Wörtern steckt.

Ich wünschte, ich hätte jetzt diese Macht. Ich würde dafür sorgen, dass der verdammte Regen aufhört. Ich habe gerade mal den Kopf herausgestreckt. Die Landschaft ist hinter einem Vorhang aus Wasser verschwunden, die Bäume sind schwarze Schatten, schemenhaft wie Gespenster …

Schon wieder diese Geister, verdammt. Ich hatte ganz vergessen, wie gruselig Großvaters Haus bei Nacht sein kann. Niemand geht dahin, außer Tony und mir – und nur dieses einzige Mal neulich Mr Miller. An dem Tag sah er selbst aus wie ein Gespenst mit seinem weißen Haar und dem verbundenen blutigen Auge, wie aus einem Gruselfilm.

Scheiße! Ich muss aufhören, mir selber Angst einzujagen. Ich muss schon wieder pinkeln, und jetzt bin ich ganz nervös und erschrecke vor jedem Schatten. Hey, der Regen hat aufgehört, auf die Blätter zu prasseln, er muss nachgelassen haben. Habe gerade mal auf die Uhr gesehen, es ist noch Zeit genug, um den Hügel hinunterzulaufen und Ross zu treffen.

Mein Gott, wer ist das? Jemand ruft meinen Namen.

Es muss Ross sein, wahrscheinlich war er doch schon früher da, und jetzt sucht er mich.

Moment, ich gehe mal eben nachsehen.

Damit endete es. Ich blätterte hastig weiter und zerriss in meinem Eifer ein paar Seiten, während ich verzweifelt nach einem weiteren Eintrag suchte, einem Absatz oder einem einzigen Satz, egal was. Doch die restlichen Seiten waren leer.

Lange Zeit hockte ich im Schein der kleinen Schreibtischlampe in meinem dunklen Arbeitszimmer. Meine Gedanken schwirrten wie Motten in einem Wirbelsturm, als würden sie von den heftigen Böen meines wachsenden Unbehagens hin und her geworfen.

Mir war klar geworden, dass ich gerade einen Eintrag gelesen hatte, den Glenda kurz vor ihrem Tod geschrieben hatte. Oktober 1986, unmittelbar vor Coreys sechzehntem Geburtstag. Dann fiel mir noch etwas anderes ein, das Corey mir erzählt hatte. Glenda sei nach einem Streit zwischen ihren Eltern aus dem Haus gerannt. Bloß hatte es gar keinen Streit gegeben. Glenda war an jenem Tag vorzeitig aus der Schule nach Hause gekommen und hatte im Schuppen ihres Vaters ein Bündel Briefe gefunden. Kuverts mit alten Briefmarken, die von einem Band zusammengehalten waren. Briefe, die sie sehr verstört hatten.

Waren es Liebesbriefe von Hobe Miller an ihre Mutter gewesen?

Dem Tagebuch nach zu urteilen hatte Glenda ein engeres Verhältnis zu ihrem Vater als zu ihrer Mutter gehabt. Ich konnte verstehen, dass sie Rat bei einem Vertrauenslehrer gesucht hatte, nachdem sie entdeckt hatte, dass ihre Mutter ihren Vater betrogen hatte. Sie hatte Ross angerufen, hatte ihrer Mutter eine Nachricht hinterlassen und war aus dem Fenster ihres Schlafzimmers geflüchtet.

Und dann der Sturm. Der Regen.

Der ausgehöhlte Baum.

Mein Gott, wer ist das?

Am folgenden Tag hatte Luella die Leiche ihrer Tochter in der Schlucht gefunden, ein gutes Stück von dem Baum entfernt. Glenda war offenbar bei einem Erdrutsch die steile Schlucht hinabgestürzt. Ein Unfall. Eine Tragödie. Der Fall war abgeschlossen worden.

Und doch …

Weniger als eine Woche zuvor hatte Bronwyn Glendas Rucksack in jenem hohlen Baum gefunden, wo sie in der fraglichen Nacht Zuflucht gesucht hatte. Hatte Ross Glenda die Sorgen um die Briefe nehmen können, die sie gefunden hatte? Hatte sie es sich anders überlegt und war nicht zu Corey gegangen, sondern irgendwo anders hin? Wenn ja, warum hatte sie ihre Sachen im Baum versteckt? Ihre Kleider, ihr Make-up und ihre Haarbürste? Und die Blechdose mit ihrem Tagebuch?

Ich kaute an meinem abgenagten Daumennagel und hatte

das dumpfe Gefühl, dass zwischen den Fakten und meiner Auslegung eine erhebliche Lücke klaffte. Ich spürte, dass ich etwas übersah, eine wichtige Verbindung, aber ganz gleich, wie ich es betrachtete, die Wahrheit nahm ständig neue Gestalt an, verwandelte sich in etwas, das noch dunkler und erschreckender war.

Allmählich kristallisierte sich ein Bild heraus. Eins, das mir ganz und gar nicht gefiel.

Ein Unfall, der nicht zufällig gewesen war.

Ein Tod, der nicht das war, was er zu sein schien.

Dann sah ich im Geiste ein weiteres Bild. Einen Mann, groß wie eine Vogelscheuche, der mitten in der Lichtung auf den leiterartigen Ästen der Buche balancierte. Sein Arm steckte bis zum Ellbogen in dem Hohlraum des Baumes, als suchte er nach etwas, das zwanzig Jahre dort in der Dunkelheit versteckt gewesen war.

16

»Mum, wusstest du, dass es eine Wespenart gibt, die Zikaden jagt?«

Die Morgenluft war kühl und feucht. Es war acht Uhr, und ich kam gerade aus der Dusche. Noch im Morgenmantel griff ich als Erstes nach der Kaffeedose. Bronwyn saß bereits am Tisch, einen Teller mit Toast und Marmelade in bequemer Reichweite, und beugte sich über ein zerfleddertes Buch, das sie sich aus der Schulbibliothek ausgeliehen hatte.

Ich löffelte frischen Kaffee in den Filter und setzte Wasser auf. »Du wirst es mir bestimmt gleich erklären.«

Bronwyn biss ein Stück von ihrem Toast ab und verschlang es, ohne die Augen vom Buch zu nehmen. »Man nennt sie Zikadenjäger, sie fliegt in die Baumwipfel und sticht die Zikade, um sie zu lähmen. Wenn ihr Opfer zu Boden fällt, setzt sich die Wespe darauf und stößt es mit den Hinterbeinen vorwärts, manchmal hundert Meter weit!«

»Faszinierend.«

»Das Beste daran ist, dass die Wespe die Zikade in ihre Höhle schleppt, zu vielen anderen Zikaden, und dann ein Ei in ihrem gelähmten Körper ablegt. Wenn die Larve schlüpft, ernährt sie sich von der Zikade. Krass, wie?«, setzte sie entzückt hinzu.

Ich blinzelte aus dem Fenster und versuchte ohne großen Erfolg, das Bild eines hilflosen Wesens, das in irgendeinem grausigen Loch gefangen war und darauf wartete, als Futterquelle zu dienen, aus meinen Gedanken zu vertreiben.

»Danke, dass du mich eingeweiht hast«, murmelte ich. »Damit hast du mir den Tag gerettet.«

Doch Bronwyn hörte gar nicht zu. Sie hatte den Kopf wieder über das Buch gebeugt, knabberte an ihrem Toast und schüttelte staunend den Kopf. »Das muss ich unbedingt Jade erzählen.«

Ich stand am Fenster, während mein Kaffeewasser brodelte. Ich hatte kaum schlafen können, nachdem ich Glendas letzten Eintrag gelesen hatte. Die Frage, warum sie ihre Sachen in dem hohlen Baum zurückgelassen hatte, ging mir nicht aus dem Kopf. Oder warum Hobe Miller so viele Jahre später danach gesucht hatte.

Doch es gab da noch jemanden, der es möglicherweise wusste.

»Und wie gefällt dir dein neuer Lehrer?«, fragte ich Bronwyn. »Mr O'Malley heißt er doch, oder?«

Ich hatte mit ihrer wie üblich einsilbigen Antwort gerechnet, sodass ich überrascht war, als sie ruckartig den Kopf hob.

»Widerlicher Typ«, sagte sie düster.

Ich runzelte nervös die Stirn, verkniff mir aber eine Nachfrage. Sobald sie auch nur den leisesten Verdacht schöpfte, machte sie dicht, und dann verschwand auch das letzte nützliche Informationshäppchen in einem schwarzen Loch, weil es viel zu wertvoll war, um es ohne Gegenleistung preiszugeben. Daher schenkte ich mir Kaffee ein und tat so, als wäre ich in der Zeitung versunken. Dann meinte ich beiläufig: »Echt? So schlimm?«

»Oh, Mum, er ist richtig pervers. Jade kann ihn auch nicht leiden; sie meint, er würde nur an mir herumnörgeln, und sie hat recht. Ständig stellt er mir dumme Fragen und starrt mich an. Und nächste Woche kommt ausgerechnet er mit zum Zelten, was für ein Pech.« Sie schlug das Buch zu, kletterte von ihrem Stuhl und trug ihren Teller zur Spüle. »Warum bist du so neugierig?«

»Ich soll ihn morgen Nachmittag treffen.«

»Na toll«, sagte sie Unheil verkündend, klemmte sich das Buch unter den Arm und ging auf die Tür zu. »Dann mach dich auf was gefasst.«

»So schlimm kann er doch nicht sein, Bron«, entgegnete ich. »Corey hat mir gestern Abend von ihm erzählt. Er war ihr Lehrer, als sie in die Schule ging. Er hat auch deinen Vater unterrichtet.«

Bronwyn drehte sich überrascht um. »Er hat Dad unterrichtet?«

»Und sogar deine Tante Glenda. Deshalb starrt er dich an, weil du ihr so ähnlich siehst.« Lautes Motorengeräusch unterbrach unsere Unterhaltung. Bronwyn und ich sahen uns an, dann liefen wir ins Wohnzimmer und spähten durch die Jalousien. Hinter den dichten Zylinderputzern schimmerte das Weiß eines geparkten Wagens, aber von dem unangemeldeten Besucher selbst war nichts zu sehen.

Als wir Schritte auf der hinteren Treppe und dann auch auf der Veranda hörten, schreckten wir zusammen. Das Geräusch zog uns ans Küchenfenster wie ein Magnet, doch unser Besucher war durch den Alkoven vor der Hintertür verborgen. Dann klopfte es an der Tür. Bronwyn und ich rannten gleichzeitig los, um nachzusehen, wer es sein könnte.

Hinter dem Fliegengitter stand Hobe Miller und strahlte uns an. Er war frisch rasiert, gekämmt und hatte seine Brille mit einem neuen Stück Leukoplast verklebt. Das verschlissene Hemd war sauber und so absolut faltenfrei, als hätte er den ganzen Morgen mit einem Bügeleisen verbracht. Unter dem Arm hatte er einen ramponierten Karton.

»Ist Miss Bronwyn zu Hause?«, fragte er ohne große Umschweife. »Ich will ihr was zeigen.«

Bronwyn stieß mir den Ellbogen in die Rippen und sah mir über die Schulter. »Wer ist es denn?«

Hobes Gesicht hellte sich auf. Sein gesundes Auge funkelte wie ein blauer Diamant. »Hallo, junge Dame. Hast du schon mal einen Kuckuckskauz aus der Nähe gesehen?«

Wieder stieß mir der Ellbogen in die Rippen, und dieses Mal drängte sich Bronwyn an mir vorbei. Sie öffnete das Fliegengitter, trat auf die Veranda und starrte, die Hände in die Hüften gestemmt, auf Hobes saubere, aber schäbige Aufmachung, seine frisch verklebte Brille, das breite Grinsen, die spärlichen Haarsträhnen, die der Pomade, die er benutzt hatte, entwischt waren und über seine Ohren hingen.

Zu meiner Überraschung schenkte sie ihm ein zögerndes Lächeln. »Was ist ein Kuckuckskauz?«

Hobe stieß ein Geräusch aus – eine Mischung aus Glucksen und lustvollem Seufzer – und stellte den Karton auf den Boden der Veranda. Wie ein Magier, der ein Kaninchen aus dem Hut zaubert, öffnete er den Deckel, damit Bronwyn einen Blick hineinwerfen konnte. Aus der Mitte eines lose ineinandergeschlagenen Handtuchs sah uns ein flauschiges Bündel missmutig an, ein kleiner Vogel mit riesigen goldenen Augen und gelbbraunem Gefieder.

»Niedlicher kleiner Kerl, was?«, meinte Hobe. »Er ist neulich von eurem Feigenbaum gefallen. Ich habe ihn mit zu mir genommen und dafür gesorgt, dass Danny Weingarten nachsieht, ob er sich was gebrochen hat. Alles scheint in Ordnung zu sein, deshalb dachte ich, es wäre an der Zeit, ihn wieder in sein Nest zu bringen. Willst du mir dabei helfen?«

Bronwyn wandte den Blick von dem kleinen Vogel ab und sah mich an. »Darf ich, Mum?«

Ich vergrub die Hände tiefer in die Taschen meines Morgenmantels. Ich war mir über Hobe noch nicht schlüssig geworden. Äußerlich schien er nett zu sein, vielleicht war er jemand, den ich gelegentlich gern um mich hätte, doch fragte ich mich nach wie vor, was er in dem Baum gesucht und warum er behauptet hatte, die Jarmans nicht besonders gut gekannt zu haben, wenn es doch klar war, dass das nicht stimmte.

Drei saphirblaue Augen musterten mich – das von Hobe war erwartungsvoll und weit aufgerissen, die meiner Tochter mit einer Mischung aus Neugier und Ungeduld.

Später würde ich mich an diesen Augenblick erinnern. Die Sonne strahlte, aber die Luft war noch feucht und zart, geschwängert vom süßlichen Duft der Blüten. Ein Wippflöter sang, und ein Bienenschwarm summte. Ich war hellwach, als hätte ich eine Überdosis Koffein erwischt. Und trotzdem übersah ich das, was am offensichtlichsten hätte sein müssen.

Der Augenblick verstrich. Hobe musterte mich immer noch. Bronwyn war bereits dabei, die Treppe hinunterzusteigen.

»Gehen wir«, sagte ich seufzend zu Hobe und zeigte auf den Karton. »Wir können doch dem kleinen Vogel nicht verwehren, in sein Nest zurückzukehren.«

Ich bemerkte die Erleichterung in seinem Gesicht, als er sich bückte, um den Karton aufzuheben. Oder waren es die Schatten, die der Baldachin aus grünen Blättern über unsere Köpfe warf? Was immer es war, die Veränderung in Hobes Einstellung war unverkennbar. Plötzlich war er richtig munter, er straffte die Schultern, und sein Gesicht wirkte viel jünger.

Während ich ihm folgte, stellte ich mir vor, wie er vor zwanzig Jahren gewesen war, als er Cleve Jarman von Angesicht zu Angesicht gegenübergestanden hatte. Ich sah ihn ganz deutlich – nicht den Mann mittleren Alters, den Glenda gekannt hatte, sondern mehr den älteren Hobe, der mir vertraut war – bemitleidenswert in seinem schäbigen Flanellhemd und seiner schmutzigen Arbeitshose, das wandelnde Lexikon, das Vögel rettete, wenn sie aus ihrem Nest gefallen waren, den Geschichtsexperten, der mit den Einheimischen befreundet gewesen war. Im Geiste stellte ich mir vor, wie er vor seinem Haus auf den Knien lag, zusammengekrümmt vor Schmerz und Schock, und wie das Blut durch seine Finger spritzte, während er das Gesicht umfasste.

Ein Stich von Mitleid fuhr mir durch die Brust, ein mächtiges Gefühl, wenn es sich mit meinen gegenwärtigen Zweifeln vermischte. Dann erinnerte ich mich an einen anderen Hobe – der den Arm in den Hohlraum der alten Buche steckte und nach etwas suchte, das nicht mehr dort war.

»Deshalb können Eulen so lautlos fliegen«, erklärte Hobe meiner Tochter. »Ihre Flügel sind sehr weich, fast pelzig wegen der feinen Federchen an den Rändern. Und weil sie so lautlos sind, haben sie einen Vorteil gegenüber ihrer Beute.« Er stellte den Karton mit dem kostbaren Inhalt auf den Boden und holte eine Leiter aus seinem Wagen.

Bronwyn stand daneben und sah auf die Gabelung zwischen zwei Ästen, wo Hobe die Nestmulde ausgemacht hatte.

»Was fressen sie?«

Er lehnte die Leiter an den Baumstamm an und schob sie weiter aus, sodass die oberen Sprossen bis zu der Gabelung reichten.

»Nun, die Südliche Boobook-Eule – oder Kuckuckskauz, wie sie wegen ihres charakteristischen Rufes auch genannt wird – mag eine ganze Menge. Sie frisst kleine Säugetiere wie Mäuse, junge Vögel, Frösche, Eidechsen und Fledermäuse.

Und auch die Leckereien, die Vögel sonst so mögen, Käfer und Motten.«

Hobe ging noch einmal zu seinem Wagen und holte einen tiefen Picknickkorb aus Bast. Im Innern lag ein Gewirr aus Blättern, weicher Rinde, Federn und kleinen Zweigen: das musste sein selbst gemachtes Nest sein. Er stellte den Korb auf den Boden neben den Karton.

»Bist du so weit?«, fragte er Bronwyn.

Sie nickte und zog die Lederhandschuhe an, die Hobe ihr gegeben hatte. Dann öffnete sie den Deckel des Kartons und warf einen besorgten Blick auf den kleinen Vogel. »Er kauert in der Ecke, Mr Miller, er wirkt ziemlich verschreckt. Glauben Sie wirklich, dass ich ihn anfassen kann? Wird seine Mutter ihn nicht abweisen, wenn er nach Mensch riecht?«

»So, wir können loslegen!« Hobe überprüfte, ob die Leiter an der Gabelung hielt, und kam dann zu Bronwyn zurück. Er kniete sich neben sie auf die Erde und lächelte ihr anerkennend zu. »Vögel sind gute Mütter, sie wird ihn nicht im Stich lassen. Wahrscheinlich hat sie sich schon gefragt, wo er steckt. Bestimmt hat sie sich irgendwo zwischen den Blättern versteckt, beobachtet uns und kann es kaum erwarten, den kleinen Kerl wieder im Nest zu haben und ihm ordentlich zu fressen zu geben. Fertig?«, fügte er hinzu und gab Bronwyn ein Zeichen.

Bronwyn zögerte, aber als Hobe ihr ermutigend zunickte, griff sie in den Karton. Ihre Lederhandschuhe schlossen sich behutsam um den Vogel. Sie japste ein wenig. Ihr Gesicht war fleckig und rot, die Augen leuchteten vor Ehrfurcht.

»Es kitzelt«, sagte sie und sah Hobe an. »Er ist so weich, dass ich seine kleinen Knochen fühlen kann! Und was mache ich jetzt?«

Hobe hob den Picknickkorb mit dem improvisierten Nest

aus Blättern hoch. »Ganz vorsichtig, setz ihn jetzt hier ab. Er wird sich am Anfang ein bisschen aufplustern und anschließend beruhigen.«

Trotz ihrer Unsicherheit setzte Bronwyn den Vogel ohne ein Missgeschick in den Korb. Genau wie Hobe vorhergesagt hatte, wühlte das Eulenbaby in dem Nest herum und stieß einen traurigen Piepser aus, ehe es sich darin bequem machte. Hobe winkte mich herbei, und dann starrten wir zu dritt auf den kleinen Vogel herab.

Seine flauschigen Federn waren mattweiß mit braunen Tupfern, und das Gesicht war von einem dunkelbraunen Kreis umgeben. Die goldenen Augen sahen zu uns auf, ziemlich wild für ein so kleines Geschöpf.

»Viel Glück, mein Kleiner«, sagte Bronwyn, und dann sahen wir zu, wie Hobe sich beim Aufsteigen mit einer Hand an der Leiter festhielt und mit der anderen den Korb umklammerte.

Als er nah genug an der Gabelung war, klemmte er ihn zwischen sich und den Baumstamm und nahm die kleine Eule heraus. Ich erhaschte einen Blick auf die flaumigen weißbraunen Federchen, als er den Vogel absetzte. Dann fummelte er noch ein wenig herum, verteilte eine Handvoll Blätter und Zweige aus dem Korb in der Mulde und stieg dann mit seinen alten Stiefeln geräuschvoll die Leiter wieder herunter. Als er den Boden erreichte und sah, wie Bronwyn ihn ungeduldig ansah, strahlte er über das ganze Gesicht.

»Genau wie ich gedacht hatte. Es lagen Federn von Krähen im Nest. Die verdammten Räuber müssen unseren kleinen Freund aus dem Nest gestoßen haben, als seine Eltern auf Futtersuche waren. Wie auch immer, jetzt ist er wieder in guten Händen. Ich habe gesehen, wie seine Mutter mich von einem oberen Zweig beobachtet hat. Sobald wir weg sind, wird sie herunterkommen und ihn füttern.«

Hobe warf einen Blick in die oberen Äste, und Bronwyn tat es ihm nach.

Ich ertappte mich erneut dabei, wie ich den alten Handwerker musterte. Ich hatte recht gehabt, er hatte sich heute echte Mühe gegeben: rasiert, gekämmt, eine saubere Hose angezogen und sogar halbherzig versucht, seine Stiefel zu putzen. Er war zwar kein Adonis, hatte sich aber so zurechtgemacht, wie ich es noch nie an ihm gesehen hatte. Vielleicht war es sein Badetag gewesen, oder er wollte in die Stadt, trotzdem schoss mir der Gedanke durch den Kopf, dass er sich nur wegen Bronwyn so ins Zeug gelegt hatte.

»Komm jetzt, Bron«, rief ich, »wir müssen uns auf den Weg machen, wenn wir nicht zu spät kommen wollen.«

Hobe grinste. »Geht's in die Kirche?«

Bronwyn klopfte sich Rinde und Laub von den Jeans. »Ich besuche meine Großmutter«, erklärte sie stolz. »Die Mutter von meinem Dad, sie ist wirklich nett. Wir waren gestern bei ihr und hatten so viel Spaß, dass sie uns eingeladen hat, heute wiederzukommen.«

Während sie sprach, erstarrte Hobes Gesicht und zerfloss dann zu einem Ausdruck, den ich zuerst nicht deuten konnte. Schatten huschten darüber und verbargen seine echten Gefühle, doch ich hätte schwören können, dass in der Tiefe seiner blauen Iris etwas leuchtete, das wie Hoffnung aussah.

Ich fragte mich, ob er Luella immer noch liebte. Ja, ich erkannte es an seiner plötzlichen Munterkeit, an der Glut, die seine wettergegerbten Wangen färbte. Er musste sie die ganze Zeit geliebt haben. Aber was war in all den Jahren nach Cleves Verschwinden zwischen ihnen geschehen? Warum hatten sie nicht zueinandergefunden? Hatte Luella Hobe abgewiesen, weil sie gespürt hatte, dass er irgendwie an dem tödlichen Sturz ihrer Tochter beteiligt war?

Hobe ertappte mich dabei, wie ich ihn musterte, und hatte den Anstand, den Kopf zu senken, sich zusammenzunehmen und mir ein dünnes Lächeln zu schenken. Doch es fiel ziemlich kläglich aus, mehr wie eine Grimasse.

»Dann geht es ihr gut, oder?«, fragte er.

»Ja, sehr gut«, sagte Bronwyn fröhlich. »Kennen Sie sie?«

»Nun, man könnte sagen, dass wir einmal Freunde waren. Vor langer Zeit«, fügte er hinzu und sah mich verlegen an. »Eine nette Dame, deine Großmutter. Es gibt nicht viele wie sie. Grüß sie von mir, wenn du sie siehst. Machst du das, Mädchen?«

»Ja, klar.«

Ich legte den Arm um Bronwyns Schulter und bugsierte sie Richtung Haus.

»Wiedersehen, Hobe«, sagte ich. »Danke, dass Sie die kleine Eule gebracht haben und wir zusehen durften, wie Sie sie in das Nest gesetzt haben.«

Hobe zögerte, dann hob er die Hand mit einem ausgestreckten Finger, als wolle er noch etwas fragen, hatte jedoch den richtigen Augenblick verpasst. Ohne ein weiteres Wort führte ich Bronwyn den Hang hinauf in die Sicherheit der schattigen Veranda.

»Mum?«

Bronwyn war zwar erst elf, aber eine gute Beobachterin und sehr empfindlich, was die Schwingungen in den unberechenbaren Stimmungswechseln von Erwachsenen betraf. »Was ist los? Habe ich was Falsches gesagt?«

»Es ist Zeit zu gehen«, entgegnete ich und warf einen demonstrativen Blick auf mein Handgelenk. »Du willst doch wohl nicht in dem Aufzug zu deiner Großmutter, oder?«

Mein Trick funktionierte. Sie sah an sich herab, betrachtete mit einer Spur von Besorgnis ihre Jeans und machte den halbherzigen Versuch, die restlichen Rindestückchen abzuklopfen.

»Natürlich nicht. Du hast doch gestern Abend mein Kleid gebügelt, oder? Außerdem meint Grandy, dass man sich immer so hübsch wie möglich machen soll. Das ist ganz wichtig.«

Ich hob die Augenbrauen. »Grandy?«

»Ja, das hat sie lieber als Gran oder Großmutter. Sie sagt, es sei netter, und das finde ich auch.« Sie warf mir ein steifes Lächeln zu, machte dann auf dem Absatz kehrt und verschwand im Inneren des Hauses, während das Fliegengitter hinter ihr zuknallte.

Unten in der Einfahrt dröhnte der Motor von Hobes Wagen auf. Die uralte Schrottkiste veranstaltete einen Höllenlärm, als sie sich stotternd und keuchend in Gang setzte.

Zu dritt trugen wir einen Käsekuchen, Gabeln, eine Thermoskanne mit Eistee, Tassen und Teller, eine bunt karierte Decke und mehrere Fotoalben über Luellas Hintertreppe in den Garten. Wir fanden ein schattiges Plätzchen unter der Bunyapinie und ließen uns auf dem weichen Nadelteppich nieder. Anschließend verteilte Luella die Servietten.

Der Kuchen war himmlisch, der Tee erfrischend, und die Luft duftete nach Rosen und Jasmin. Gruffy streckte sich auf einem sonnigen Stückchen Rasen aus. Unser friedliches zweites Frühstück hatte das Potenzial einer Erinnerung, auf die wir eines Tages lächelnd zurückblicken würden. Doch obwohl es Sonntag war, der Himmel wolkenlos, die Luft warm und duftend, fand ich keine Ruhe.

Ich konnte nur noch daran denken, was ich in Glendas Tagebuch gelesen hatte: wie sie aus dem Fenster ihres Zimmers geklettert war, um Ross zu treffen, in der Hoffnung auf einen Rat, nachdem sie die Briefe aus dem Schuppen ihres Vaters gelesen hatte.

Ich lehnte mich an den rauen Stamm und bewunderte Luellas Gesicht, ihre seidenweiche Haut, ihr sanftes Lächeln und das glatte, im Nacken zusammengeschlungene Haar – aber ich wusste auch, dass sich hinter der Freude, die in ihren Augen leuchtete, ein Leben voller Kummer verbarg. Es gab so vieles, was ich sie fragen wollte. Was stand in den Briefen, die Glenda gefunden hatte und sie so verstört hatten? War es der Schock darüber, dass Luella eine Affäre mit Hobe hatte – oder hatten die Briefe Geheimnisse enthüllt, die noch viel dunkler waren? Wenn ich eine Antwort auf diese Fragen erhielt, würde ich dann die fehlenden Puzzlesteine zusammensetzen und Glendas tödlichen Sturz aufklären können?

Bronwyn und Luella hatten die Köpfe zusammengesteckt und waren dabei, die Fotoalben durchzusehen.

»Hier ist das, was ich gestern meinte«, sagte Bronwyn und zog eine Aufnahme aus dem Album, das auf ihrem Schoß lag. »Das von dir, Tante Glenda und Dad an der Wäscheleine. Siehst du, dass du ganz anders aussiehst?«

Luella verlagerte ihr Gewicht, nahm das Foto in die Hand und hielt es in die Höhe. »Na ja, das ist auch schon lange her. Mein Gott, 1980 steht hier auf der Rückseite. Damals war ich viel jünger, Kleines. Und auch schlanker! Oh, sieh sie dir an, Tony war ein kleiner Bengel von acht, als das Foto gemacht wurde. Und Glenda ein unbeschwertes Mädchen von zehn.«

Es wäre die Gelegenheit gewesen, die Unterhaltung in die Richtung zu steuern, die mich am meisten interessierte, doch Luella standen bereits die Tränen in den Augen, und obwohl sie lächelte, um ihre Gefühle zu verbergen, strahlte sie eine solche Zerbrechlichkeit aus, dass ich Angst hatte, ihr Zustand würde an einem seidenen Faden hängen. Ich erinnerte mich an

Coreys Worte: *Luella war schon immer sehr zurückhaltend, auch als es ihr noch gut ging. Sie hatte eine schwere Kindheit, soweit ich weiß, und ich glaube nicht, dass sie dieser neuen Situation gewachsen ist.*

Luella wandte den Blick von dem Foto ab und sah Bronwyn an.

»Dein Vater ist gern allein losgezogen, um zu malen und zu zeichnen«, erzählte sie. »Er war so begabt. Und Glenda, meine kleine Glenda …« Sie warf einen Blick auf das Foto und ließ die Schultern hängen. »Sie wollte Schriftstellerin werden, weißt du? Sie hat ständig Geschichten erfunden, seit sie anfing zu sprechen. Sie war so intelligent. Und auch hübsch, genau wie du, Bronny, aber sie hatte ein Temperament, das einen das Fürchten lehren konnte.« Luella stieß einen Laut aus, der wahrscheinlich ein Kichern hatte sein sollen, aber mehr wie ein Seufzer klang.

Er rüttelte mich auf.

»Jetzt lass mal die Fotos sein, Schätzchen. Hast du Grandy schon von dem Zeltlager erzählt?«

Bronwyn strahlte über das ganze Gesicht. Augenblicklich vergaß sie die Fotos und stürzte sich in einen Vortrag darüber, wie Jade und sie und zwanzig andere Kinder aus ihrer Klasse sechs Tage lang im Mount-Barney-Nationalpark zelten würden und dass sie noch nie im Leben gezeltet hatte, aber Jade so davon geschwärmt hatte, dass sie es kaum erwarten konnte.

Luella strich ihr über die Wange und warf mir ein angedeutetes Lächeln zu, als hätte sie meine Aufmerksamkeit erkannt. Es war kaum mehr als ein Blick, ein hastiges Aufflackern von Anerkennung, als wolle sie sagen, ist sie nicht hinreißend?

Bis zu diesem Augenblick hatte ich eine dumpfe Art von Eifersucht empfunden über die starke Verbindung, die zwischen Bronwyn und ihrer Großmutter herrschte. Meine Tochter war glücklich – ich sah es an ihren leuchtenden Augen, ich hörte es an der eifrigen Art, wie sie ihrer Großmutter von der Schule erzählte, mit weitaus größerer Begeisterung als mir.

Doch als ich nun sah, wie Luella meine Tochter voller Stolz und Bewunderung anblickte, schwand meine Missgunst. Tante Morag hatte immer behauptet, die Menschen seien von den Härten, die sie ertragen mussten, derart überwältigt, dass sie vergaßen, die guten Seiten des Lebens zu erkennen. Mit einem Mal wurde mir bewusst, dass auch ich einer dieser Menschen geworden war, die nur nach dem Ausschau hielten, was falsch gelaufen war, und ständig grübelten. Man brauchte die Perspektive nur ein kleines bisschen zu ändern, um das Leben durch andere, zuversichtlichere Augen zu betrachten. Ich war gesund, hatte eine Arbeit, die mir gefiel, und jetzt auch noch ein dauerhaftes Dach über dem Kopf. Und vor allem hatte ich meine Tochter, munter, kräftig und lebendig.

Und in diesem Augenblick der Ernüchterung beschloss ich alles loszulassen, was ich nicht kontrollieren konnte. Mich ganz dem Flow zu überlassen, tief ein- und wieder auszuatmen und die Beziehung meiner Tochter zu ihrer Großmutter als das zu nehmen, was sie war: ein Segen. Ich schloss die Augen und lehnte mich an den rauen Stamm der Bunyapinie. Die Luft fühlte sich warm an, die leichte Brise duftete nach Tannennadeln, Zitronentee und Bronwyns frisch gewaschenem Haar, nach Käsekuchen und sonnenwarmem Gras. Und nach Rosen.

Ich blinzelte und ließ den Blick durch den Garten schweifen. Einige Meter entfernt kletterte ein Rosenbusch unweit des Gartenschuppens an einem Spalier empor. In der Hitze des späten Januars waren die meisten Blüten klein und verwelkt, doch eine ganz unten erweckte meine Aufmerksamkeit. Sie war blutrot, fast schwarz.

Ich stand auf, ging zu ihr hin und bückte mich, um ihren Duft einzuatmen.

Mein Herz überschlug sich.

Ich war kein Experte, und ich war diesem Duft nur ein einziges Mal zuvor begegnet, doch er war unverwechselbar. Ein süßes dunkles Aroma mit einem scharfen Hauch von Zimt.

»Schön, nicht?«, sagte Luella. »Magst du Rosen?«

Als ich mich umdrehte, sah ich, dass sie allein auf der karierten Decke saß. Bronwyn war aufgestanden und inspizierte eine Statue, die halb verborgen im dichten Gebüsch stand. Ich ging zu Luella und hoffte, die Grenze des Erlaubten nicht zu überschreiten.

»Ich liebe Rosen, obwohl ich sonst nicht viel von Pflanzen verstehe. Es sind ganz besondere, nicht wahr? Sie duften so herrlich.«

»Ja.« Pause. »Diese ist ein Ableger aus Thornwood. Leider ist der alte Strauch dort schon lange abgestorben, wirklich schade.« Sie wandte den Blick ab und sah zu Bronwyn hinüber – vielleicht wollte sie sich daran erinnern, dass jegliche Art von Unbehagen, das sie in meiner Gegenwart empfand, die Mühe wert war.

»Neulich war ich in der lutheranischen Kirche«, sagte ich und sondierte die Stimmung, während ich spürte, wie mein Herz schneller schlug. »Was für ein reizendes altes Gebäude. Ich dachte, ich könnte ein paar Fotos schießen …« Fast hätte ich gelogen, es schien, als würde ich immer besser darin, irgendwelche Geschichten zu erfinden. Doch dann überlegte ich es mir noch rechtzeitig anders. »Eigentlich wollte ich mir die alten Gräber ansehen. Eins ist mir besonders aufgefallen, weil es offenbar gerade erst gesäubert worden war. Eine Vase mit Rosen stand auf der Grabplatte. Es waren dieselben wie die dort drüben.«

Luella musste etwas in meiner Stimme bemerkt haben, denn sie sah mich an und runzelte die Stirn. Offenbar wartete sie darauf, dass ich mehr sagte.

Ich seufzte. »Es war das Grab deiner Mutter, Luella. Tut mir leid, aber ich war neugierig. Seit ich in Thornwood bin … nun ja, mache ich mir Gedanken.«

Sie nickte, wirkte aber eher ratlos als ärgerlich über mein Geständnis. Mit weiterhin gerunzelter Stirn sagte sie: »Wer mag das Grab gepflegt haben? Hat der Pastor jetzt jemanden eingestellt, einen Gärtner vielleicht? Ich glaubte, sie hätten kein Geld dafür.«

»Oh, ich dachte …«

Sie blickte mich an, dann verstand sie. »Du hast gedacht, dass ich es war?«

»Nun, ich … ja.«

Sie sank ein wenig in sich zusammen. »Oh, nein, Kleines. Ich gehe nicht auf den Friedhof. Ich besuche weder meine Mutter noch den presbyterianischen Friedhof, wo meine Tochter liegt. Friedhöfe sind traurige Orte, nicht wahr?«

Ihre schlichte Bemerkung ging mir nahe. Luella war eine stattliche Frau, doch in diesem Augenblick wirkte sie wehrlos wie ein Vogel. Sie saß auf der Decke, mit unter sich gezogenen Beinen und Speckröllchen, die sich gegen den geblümten Kleiderstoff pressten, und fühlte sich sichtlich unwohl. Am liebsten hätte ich sie beschützt und ihr den Schmerz der Vergangenheit genommen. Aber das war natürlich absurd. Wie sollte das gehen, zumal ich eine wildfremde Person für sie war? Außerdem war ich nicht der Typ, der herumlief und andere Leute umarmte.

»Ich fürchte, ich habe dich erneut überfallen, Luella, verzeih mir.«

Sie seufzte. »Schon gut, Audrey, Liebes. Es ist nicht deine

Schuld. Bestimmt hast du selbst es auch nicht leicht, nachdem du dermaßen in Tonys Familienangelegenheiten verstrickt wurdest.«

»Ja«, gab ich zu und lächelte leicht. »Das ist wahr.«

Auch Luella lächelte. Zum ersten Mal schenkte sie mir von ihrer Herzlichkeit, die sie bisher nur Bronwyn entgegengebracht hatte. Ich wagte zu hoffen, dass es ein Zeichen dafür war, dass sie sich mir öffnete und sogar anfing, mir zu vertrauen. Vielleicht wäre sie eines Tages auch bereit, mir von ihrer Mutter und Samuel zu erzählen.

»Weißt du was«, sagte sie und beugte sich vor. »Als ich so alt war wie Bronwyn …«

»Grandy!« Bronwyn sprang herbei. »Stell dir vor!«

Luella wandte sich um. Dann strahlte sie Bronwyn an und sagte liebevoll: »Was meinst du, Schätzchen?«

Ich betete innerlich, dass Bronwyns Unterbrechung von kurzer Dauer wäre und sie genauso schnell wieder verschwand, wie sie gekommen war, damit Luella mir verriet, was sie gerade hatte sagen wollen. Doch Bronwyn ließ sich auf die Decke fallen, hievte ein Stück Käsekuchen auf ihren Teller, zur Stärkung, und legte los.

»Wetten, dass du nicht drauf kommst, was ich heute Morgen gemacht habe? Ich habe geholfen, ein Eulenbaby in sein Nest zu setzen.«

»Ein Eulenbaby«, staunte Luella. »Liebe Güte! Wie kam denn das?«

Mir blieb das Herz stehen. Die Katastrophe war unausweichlich. Ich versuchte, Bronwyns Aufmerksamkeit zu erwecken, um sie abzulenken, doch sie hatte nur Augen für ihre Großmutter, selbst als sie innehielt und einen Schluck Limonade trank. Dann gab es kein Halten mehr.

»Es ist neulich aus dem Nest in unserem Feigenbaum gefallen, weißt du? Dann hat Mr Miller es zu Danny gebracht, das ist Jades Vater, damit er nachsieht, ob es sich ein Beinchen oder sonst was gebrochen hatte. Aber die kleine Eule hatte nichts, also ist Mr Miller heute Morgen auf den Baum geklettert und hat sie wieder in ihr Nest gesetzt. Und ich habe ihm dabei geholfen! Ihre Mutter hat uns von einem Ast aus beobachtet, und nachdem wir die Leiter abgenommen hatten, ist sie heruntergeflogen und hat und hat …« Sie verstummte.

Luella war kreidebleich geworden. Sie versuchte so zu tun, als interessiere sie sich für das, was Bronwyn erzählte, aber ich sah die Blässe in ihren Augen.

»Bron«, unterbrach ich die Stille. »Ich glaube, ich habe meine Sonnenbrille im Wagen vergessen, bist du so lieb und holst sie mir?«

Sie runzelte die Stirn. »Aber die hast du doch in der Hand gehabt, als wir angekommen sind, Mum.«

Ich warf ihr die Schlüssel zu. »Und dann kannst du auch gleich noch nachsehen, ob ich das Fenster aufgelassen habe, sonst bekommen wir einen Hitzschlag, wenn wir nach Hause fahren.«

Sie sah mich fragend an. *Da ist doch was, stimmt's? Du sagst es mir später, oder?* Ich nickte, nicht weil ich vorhatte, sie einzuweihen, sondern um sie loszuwerden. Ich wartete, bis sie um die Ecke des Hauses verschwunden war, ehe ich Luella ansah.

»Hobe war ein paarmal da«, erklärte ich. »Sein Bruder und er haben den Garten für mich in Ordnung gebracht. Heute Morgen hat er sich nach dir erkundigt und mich gebeten, dich von ihm zu grüßen.«

»Verstehe.«

Luella schnitt ein Stück Kuchen ab. Ihre Finger zitterten nicht, aber ihre Bewegungen wirkten plötzlich ungeschickt, als hätte sie ihre ganze Grazie eingebüßt. Sie ließ den Kuchen auf meinen Teller fallen, ohne mich zu fragen, und schnitt ein weiteres Stück für sich ab. Mit der Gabel spießte sie ein kleines Stück auf und führte es zum Mund, kaute mechanisch, schluckte.

»Wie geht es ihm?«, fragte sie steif.

»Gut.« Es war lächerlich. »Luella, ist alles in Ordnung?«

»Ja. Nein ... nicht wirklich.«

Ich seufzte. »Es ist schon wieder passiert, was?«

Luella spielte mit ihrem Kuchen. »Das war zu erwarten. Es ist einfach überwältigend, ich habe schon so lange niemanden mehr gesehen. Viele Jahre sind vergangen, und dann kommen die Erinnerungen mit einer solchen Wucht wieder hoch, dass ich sie nicht kontrollieren kann. Es ist nicht deine Schuld, Audrey. Verzeih mir. Bronwyn und dich zu sehen, so schön das auch ist ... Nun, du siehst ja selbst, dass ich auf so viel Aufregung nicht vorbereitet bin.«

»Angesichts der Umstände hältst du dich gut«, erwiderte ich leise.

Sie sah mich an, mit großen Augen, die in Tränen schwammen. »Hat dir Tony erzählt, was zwischen seinem Vater und Hobe Miller passiert ist?«

»Ich weiß, dass es Streit zwischen ihnen gab.«

Sie nickte. »Es passierte etwa eine Woche, bevor wir Glenda verloren. Cleve und ich hatten eine furchtbare Auseinandersetzung. Er stürmte aus dem Haus und nahm die Kinder im Wagen mit. Ich erfuhr erst viel später, dass er mit ihnen zu den Millers gefahren war.« Sie hielt inne und starrte auf die Krümel auf ihrem Teller, als würde sie hoffen, darin die richtigen Worte zu finden. Sie seufzte. »Es kam zu einem Kampf, und Hobe wurde verletzt.«

»Hat er so sein Auge verloren?«

»Ja. Später gab Cleve zu, dass er irgendwie ausgerastet war, er sagte, er hätte den Verstand verloren und mich für unseren

Streit bestrafen wollen. Die Polizei erschien, Cleve wurde angeklagt und bekam einen Termin für die Anhörung vor Gericht. Doch dazu kam es nicht, eine Woche vorher verschwand er. Er muss einen weiteren Anfall bekommen haben, weil… Nun ja, ich nehme an, dass du weißt, dass sie vor Kurzem seinen Wagen im Staudamm gefunden haben.«

Luella wirkte völlig erschöpft, ihre Wangen waren blass. »Jetzt frage ich mich natürlich, ob Hobe nach all den Jahren immer noch einen Groll gegen Cleve hegt – und mich auch – wegen allem, was damals passiert ist.«

Als sie das sagte, musste ich wieder daran denken, ob Hobe etwas mit Glendas Unfall zu tun gehabt haben könnte. Doch dann fiel mir der hoffnungsvolle Blick ein, der ihn am Morgen verraten hatte. »Ich bin ganz sicher, dass er keinen Groll hegt, Luella.«

Sie schien mich nicht gehört zu haben, so versunken war sie in ihren eigenen Gedanken. Aus dem Vorgarten drang Bronwyns Stimme zu uns, die nach Gruffy rief. In der Stille klang ihre Stimme genauso unheimlich und körperlos wie der Ruf einer Ringeltaube.

Wenig später brachen wir auf.

Als wir uns im Vorgarten verabschiedeten, lud uns Luella für nächsten Samstag wieder ein. Bronwyn erinnerte sie traurig daran, dass sie nächste Woche mit der Klasse ins Zeltlager fuhr, und sagte, dass wir am Wochenende danach kommen könnten, wenn es ihr recht sei.

Luella nickte erfreut, doch ich sah die Anspannung in ihrem Gesicht und ihrer Haltung. Sie drückte Bronwyn zum Abschied an sich und überraschte mich mit einem Kuss auf die Wange.

»Danke«, sagte sie leise, und noch ehe ich sie fragen konnte, wofür, öffnete sie das Tor und geleitete uns nach draußen auf die Straße, wo der dunkelrote Celica in der Sonne funkelte.

Als wir wegfuhren, wirkte Bronwyn bedrückt. »Mum«, sagte sie, als wir um die Ecke bogen und die William Road hinter uns ließen. »Grandy ist sehr einsam, nicht wahr?«

»Das glaube ich auch.«

»Dann ist es doch gut, dass sie uns hat, oder?«

»Ja, sehr gut«, nickte ich und lächelte breit.

Doch auf dem Weg nach Thornwood machte sich eine düstere Stimmung in mir breit.

Irgendetwas an Luella weckte in mir einen starken Beschützerinstinkt, den ich zuvor so nur für Bronwyn empfunden hatte. Zugleich aber verkörperte sie auch die dunkle Seite von Tonys Vergangenheit, einer Zeit, die Bronwyn und mir – bis jetzt – vorenthalten worden war. Vielleicht hatte meine Sehnsucht nach einer Familie und einem normalen Leben für Bronwyn mein Urteilsvermögen benebelt und dazu beigetragen, dass ich zu hastig ins Ungewisse gesprungen war. Vielleicht war ich auch ein Opfer meiner eigenen Neugier geworden. Was immer der Grund war, jedenfalls hatte ich das deutliche Gefühl, den Boden unter den Füßen zu verlieren.

Luella war die dunkle Sonne, um die alle anderen geheimnisvollen Planeten kreisten. Aylish und Samuel, Glenda, Tony und Cleve. Bis hin zu Hobe. Sie war das Zentrum einer Familiengeschichte, die immer schrecklicher wurde – und allmählich mehr war, als ich ertragen konnte. Ich hatte mich nach einem sicheren Hafen gesehnt und meinte, ihn mit Thornwood gefunden zu haben. Doch jetzt entpuppte er sich als gefährliches Terrain, gezeichnet von Tragödien, Betrug und Schmerz – und möglicherweise sogar als Schauplatz eines Mordes.

Ich warf einen Blick auf Bronwyn. Ihr Gesicht glühte vor Hitze. Mir lief es kalt über den Rücken. Zum ersten Mal seit unserer Ankunft fragte ich mich, ob es tatsächlich so eine tolle Idee gewesen war herzukommen.

17

Am nächsten Nachmittag fuhr ich in die Primary School zu meiner Verabredung mit Ross O'Malley um zwei. Die Schule war klein, sodass der Weg zu seinem Büro nicht schwer zu finden war. Durch den Schulhof, die Treppe hinauf und dann einen überdachten Gang entlang. Etwa in der Mitte, so hatte die Empfangsdame gesagt, stieße ich auf sein Büro.

Es war eine hübsche Schule – Picknicktische standen im Schatten der Bäume, bunte Blumenbeete, rustikale Klassenzimmer. Als der Gang auftauchte, bog ich in seinen kühlen Schatten ein und verlangsamte meine Schritte.

Glendas letzter Tagebucheintrag verfolgte mich immer noch. Die Folgerungen, die ich daraus gezogen hatte, schienen völlig falsch zu sein, und ganz gleich, wie ich es auch drehte und wendete, ich bekam die Tatsachen einfach nicht auf die Reihe. Der einzige Mensch, der mehr wissen konnte, so glaubte ich, wäre Ross O'Malley. Hatte er das Problem mit den Briefen gelöst, hatte sich Glenda danach besser gefühlt und beschlossen, nach Hause zurückzukehren? Oder hatte sich in jener stürmischen Nacht ein anderes Szenario abgespielt, das besser erklärte, warum eine erfahrene Buschgängerin wie Glenda Jarman in den Tod gestürzt war?

»Hallo.«

In einem Türeingang stand ein Mann und sah mir erwartungsvoll entgegen. Er war groß und blass, Ende vierzig, mit kurz geschnittenem Haar und wässrigen blauen Augen.

»Sind Sie Bronwyn Keplers Mum? Audrey, nicht wahr? Freut mich, dass Sie sich die Zeit genommen haben, ich bin Ross O'Malley, Bronwyns Lehrer. Bitte treten Sie ein. Sie sind doch bestimmt gespannt, wie Bronwyn sich eingelebt hat.«

Auch eine Quasselstrippe, genau wie ich, schoss es mir durch den Kopf, und ich lächelte erleichtert, als ich ihm in sein Büro folgte. Während ich mich umsah, redete er munter weiter, erzählte, dass Bronwyns Schulklasse gerade in der Bibliothek war, offensichtlich der Lieblingsplatz meiner Tochter, wie gut sie sich mit ihren Mitschülern vertrug und wie froh er darüber sei, dass ich ihr erlaubt hätte, mit der Klasse ins Zeltlager zu fahren.

Ich überließ mich seinem Geplapper und machte eine hastige Bestandsaufnahme der Einrichtung. Zwei nicht zusammenpassende Stühle, ein Aktenschrank und eine Topfpflanze. Ein leerer Schreibtisch, abgesehen von dem Computer und einem Becher mit Stiften. Wie um Himmels willen schaffte ich es, in meinem chaotischen Atelier, das aussah, als wäre eine Bombe darin eingeschlagen, irgendetwas auf die Reihe zu kriegen? Ich wollte mich gerade auf dem Stuhl niederlassen, den Ross mir angeboten hatte, als mein Blick auf einen herrlich bunten Fleck fiel.

Ich stürzte darauf zu.

»Ach ja«, sagte Ross, der den Faden seines Monologs verloren hatte und mir jetzt folgte. »Das ist auch ein Grund, weshalb ich Sie sprechen wollte. Wunderschön, nicht wahr?«

Es war das Aquarell einer zarten Kannenpflanze, das in einem einfachen Rahmen steckte. Der stolze Deckel war eine Masse ineinanderfließender Farben und violetter Adern, zweifellos tödlich, trotz der unbekümmerten Darstellung. Sie war auf unheimliche Weise schön, als hätte jemand die subtile Lebenskraft der Pflanze in den farbigen Pigmenten eingefangen.

»Es ist von Tony«, sagte ich, ohne mir die Mühe zu machen, die gekritzelte Signatur im unteren Teil des Bildes zu lesen. »Vor Kurzem habe ich ähnliche gesehen. Andere Kannenpflanzen, Sonnentaue, einige Venusfliegenfallen. Ich wusste nicht, dass er so besessen war von fleischfressenden Pflanzen.« Ich biss mir auf die Zunge, als mir bewusst wurde, dass ich gerade verraten hatte, wie wenig ich über Tony tatsächlich wusste. Und dadurch vielleicht auch offenbart hatte, dass ich als Mutter versagt hatte.

Ross stellte sich neben mich und sah sich das Bild aus nächster Nähe an.

»Ich liebe es«, sagte er. »Es gab eine Zeit, da hat er solche Pflanzen tatsächlich wie besessen gezeichnet. Ich fand sie am Rand seiner Schulbücher, in seine Schulzeugnisse gekritzelt, ja sogar in Aufsätzen, die er abgab. Zeichnungen mit Bleistift, Tinte oder Wasserfarben – als wären sie ein Geheimnis, das er lösen musste. Und er wusste auch alles über sie, woher sie stammen, warum sie sich darauf spezialisiert hatten, Insekten zu fressen, wie sie sich vermehrten und wie man sie hielt. Er war eine Quelle des Wissens, ein hochintelligenter Junge – aber in vielerlei Hinsicht auch ein Rätsel.«

Ich sah ihn an. »Was meinen Sie mit Rätsel?«

Ross zuckte mit den Achseln. »So was wie unberechenbar vermutlich. Eines Tages kam er in die Schule und stellte seinen Schreibtisch auf den Kopf, nahm sich alle seine Bücher vor. Die Finken und die Früchte der Eukalyptusbäume blieben, aber alle Blätter mit Sonnentau-Tentakeln oder dem Deckel einer Kannenpflanze landeten zerrissen im Papierkorb. Es war so, als wäre seine Besessenheit für fleischfressende Pflanzen über Nacht verflogen und er könnte sie nicht länger ertragen. Dieses hier«, sagte Ross und zeigte auf das kleine Aquarell, »gehörte zu den letzten, die er malte. Er hat es mir geschenkt, nachdem ich ihn im Sommer davor mit auf die Jagd genommen und ihm das Schießen beigebracht hatte.«

»Auf die Jagd?« Ich starrte Ross an und glaubte, nicht richtig gehört zu haben. Vielleicht verwechselte er Tony mit einem anderen Jungen.

»Tut mir leid«, entgegnete Ross hastig. »Ich rede und rede, ich fürchte, es ist eine schlechte Angewohnheit von mir. Sie sind gekommen, um sich nach Bronwyns Fortschritten zu erkundigen, und ich langweile Sie mit längst vergangenen Geschichten. Bitte, entschuldigen Sie.«

Er wirkte so unbeholfen, wenn er besorgt die Stirn runzelte und die massigen Schultern bis zu den Ohren hochzog, dass ich mir auf die Lippen biss – teilweise, um die neue Flut von Fragen zu unterdrücken, die nach Antworten verlangten, und teilweise, um einem triumphierenden Lächeln vorzubeugen. Ross O'Malley schien ebenso erpicht darauf zu sein, über die Vergangenheit zu reden wie ich, ihm dabei zuzuhören. Auf seiner Seite war es vielleicht das Ergebnis von zu vielen Jahren des Schweigens – oder der ungewohnten Erfahrung, eine neue Zuhörerin zu haben. Wie auch immer, ich spürte plötzlich einen Anflug von Wärme für diesen seltsamen Mann. Ross war selbst so etwas wie ein Rätsel, ein Teil aus Glendas Tagebuch, das lebendig geworden war. Er war sicher ein ungewöhnlicher Schwarm für ein Schulmädchen, und trotzdem spürte ich etwas von dem tief verborgenen Charme dieses Mannes. Zudem war er eine Quelle für die Geschichte der Jarmans, die ich unbedingt gern anzapfen wollte.

»Oh, ich möchte sehr gern mehr über Tony erfahren«, gestand ich ihm. »Ich bin nur überrascht, dass Sie ihn mit auf die Jagd genommen haben. Der Tony, den ich kannte, hasste Feuerwaffen.«

»Er war immer sehr empfindsam«, pflichtete mir Ross bei.

»Sein Tod muss ein schrecklicher Schock für Sie gewesen sein. Verzeihen Sie.«

Ich nickte, neugierig auf das, was er zuvor gesagt hatte. »Was meinen Sie, warum hat er seine Bilder zerrissen?«

»Es war ein Rätsel, aber wenn ein Schüler ein uncharakteristisches Verhalten an den Tag legt, vermute ich eigentlich immer, dass es etwas mit Problemen in seinem Zuhause zu tun hat.« Er blickte mich an. »Tony war einer meiner Lieblingsschüler, ich hatte ihn unter meine Fittiche genommen. Vermutlich sah ich in seinem Lerneifer etwas von mir selbst. Er war ein schwieriger Junge, und wahrscheinlich ist ein schwieriger Mann aus ihm geworden.«

»Schwierig?«

»Oh, Sie wissen doch … Künstler, so heißt es, haben rastlose Seelen. Deshalb faszinieren sie uns andere ja auch so sehr.«

»Ross, ich frage Sie ungern, aber könnte was dran sein an dem Gerücht, dass er auf irgendeine Art schuld am Unfall seiner Schwester war?«

Ross zog die Stirn kraus. »Nein, darauf würde ich mein Leben wetten. Ich hoffe nicht, dass die Leute so etwas sagen.«

Ich schüttelte den Kopf. »Ich glaube auch nicht, dass er jemandem hätte wehtun können, am allerwenigsten seiner Schwester. Aber – und möglicherweise hört sich das schrecklich an – wenn es Schuldgefühle waren, die ihn letztlich in den Freitod getrieben haben, Gewissensbisse wegen etwas, das er als Junge getan hatte … nun ja, dann könnte ich eher damit leben. Wenn es keine Gewissensbisse wären, müsste ich mich fragen, ob etwas in seinem Kopf nicht stimmte.«

»Und Sie machen sich Sorgen, dass Bronwyn ähnliche Tendenzen geerbt haben könnte?«

Ich nickte, dankbar für sein Verständnis.

Ross seufzte. »Audrey, wir wissen nicht, was für andere

Faktoren eine Rolle in Tonys Leben gespielt haben, bevor er starb. Depressionen, Drogensucht. Vielleicht war er todkrank und wollte nicht, dass irgendwer davon erfuhr. Ich bin der Meinung, dass man die Gene heutzutage überbewertet – und selbst wenn Tony seelisch krank gewesen wäre, heißt das noch lange nicht, dass Bronwyn es auch sein muss. Ihre Tochter ist ein ungewöhnlich ausgeglichenes Mädchen, Audrey. Und denken Sie daran, Tony war nur die eine Hälfte ihrer Eltern. Bestimmt hat sie eine Menge guter Eigenschaften von Ihnen geerbt.«

Da wäre ich nicht so sicher, dachte ich bei mir. Insgeheim fühlte ich mich aber bestätigt und war froh darüber, dass er mir die Angst bezüglich Bronwyn genommen hatte. O'Malleys Freundlichkeit und seine Aussage, dass Tony einer seiner Lieblingsschüler gewesen war, flößten mir Vertrauen ein.

Daher fragte ich jetzt: »Glenda mochten Sie auch, nicht wahr?«

Ross sah mich erschrocken an. »Hat Tony Ihnen das gesagt? Ja natürlich ...« Er blinzelte übertrieben schnell und rang die Hände. »Nun, Glenda war ... sie war meine Schülerin, aber wir ... ich meine, es gab nie ...«

Offensichtlich war er auch jemand, der leicht errötete. Das verräterische Blut, das ihm jetzt in die Wangen stieg, entlarvte ihn als schlechten Lügner. Er zog ein großes Taschentuch hervor, und ich glaubte schon, er wollte sich die Nase putzen. Sein Gesicht wirkte angespannt, seine Augen waren rot gerändert, als hätte die Anstrengung, die er hatte aufbringen müssen, um zu lügen, ihn irgendwie beschämt. Stattdessen wischte er über das Glas des Rahmens und schüttelte es aus, bevor er es wieder in seiner Tasche verschwinden ließ. Dann seufzte er, als hätte er den inneren Kampf mit seinem Gewissen verloren.

»Ich mochte Glenda Jarman sehr. Aber es war nie etwas zwischen uns, verstehen Sie. Glenda war erst sechzehn, damals mehr als zehn Jahre jünger als ich, aber klüger als die meisten Menschen, die doppelt so alt waren wie sie. Ich war verheiratet, hatte eine gute, zärtliche Frau, ich hätte nicht im Traum daran gedacht, sie zu betrügen. Aber Glenda faszinierte mich. Wir hatten so vieles gemeinsam, verstehen Sie – wir mochten dieselben Autoren, hatten dieselben Überzeugungen, liebten Geschichten und Filme und …«

Er verstummte und wandte seinen Blick wieder Tonys Bild zu. »Es klingt schrecklich, nicht wahr? Aber wahrscheinlich gehörte ich zu diesen Menschen, die immer mit dem Strom schwimmen und alles nur in einer Farbe sehen. Das Leben in einer Million von Grautönen, mein Leben. Eintönig und vorhersagbar. Das Einzige, was diese Langeweile durchbrach, waren Filme oder das Theater oder Dinge, die ich in Büchern las. Abenteuer, Familiendramen. Thriller, Verbrechen, Liebesgeschichten. Ich schlug ein Buch auf und tauchte in eine andere Welt ein oder staunte über die Art, wie andere Menschen sich ausdrücken konnten – Tony mit seinen wundervollen Bildern, zum Beispiel, oder Glenda mit ihren Kurzgeschichten. Wenn so etwas passierte, fühlte ich mich am lebendigsten.«

Er hielt inne. Ich musterte ihn, während er die leuchtende kleine Kannenpflanze betrachtete. Sein Geständnis löste Unbehagen in mir aus, denn ich erkannte mich in seinen Beobachtungen wieder. Es hatte eine Zeit gegeben, in der meine Existenz allein von der Faszination für Tony abhängig gewesen war. Sein Charisma hatte mich angezogen und mit halsbrecherischer Geschwindigkeit mitgerissen, während meine kaum vorhandene Zielstrebigkeit sich im hektischen Überschwang von Tonys Ehrgeiz verlor. An seiner Seite fühlte ich mich lebendig und inspiriert. Ohne ihn war ich nur ein halber Mensch – zumindest kam es mir damals so vor. Im Nachhinein erkannte ich, dass mir das Selbstvertrauen gefehlt hatte, um zu akzeptieren, dass meine Version des Lebens genauso viel wert war, obwohl sie viel ruhiger und undramatischer war als die seine.

Ross zuckte die Achseln. »Glenda war einer dieser Menschen, denen man gelegentlich begegnet, wenn man Glück hat, weil sie Farbe in das eigene graue Leben bringen. Als sie starb, erlosch das Licht in meiner Welt.«

»Sie haben an jenem Abend mit ihr gesprochen, nicht wahr?«

Ross versuchte, sich nichts anmerken zu lassen, doch der Schock hatte seine Augen verdunkelt. »Und Sie haben Ihre Hausaufgaben gemacht, was?«

Wahrscheinlich glaubte er, dass ich in Polizeiprotokollen, Zeitungsarchiven oder alten Zeugenaussagen herumgeschnüffelt hatte – woraufhin ich mich fragte, ob er wohl das ganze Ausmaß seiner Verstrickung zugegeben hatte. Wahrscheinlich ja, wenn man seine Unfähigkeit zu lügen in Betracht zog. Statt ihn noch mehr zu beunruhigen und das Vertrauen, das wir vielleicht aufbauen konnten, aufs Spiel zu setzen, beschloss ich, ehrlich zu sein.

»Haben Sie gewusst, dass Glenda Tagebuch führte?«

Sein Ausdruck besänftigte sich, als ihm scheibchenweise bewusst wurde, was ich meinte. Seine Schultern entspannten sich, und er schloss die Augen. »Ach herrje, das hatte ich vollkommen vergessen. Befand es sich in Tonys Besitz? Hat er …?«

Ich schüttelte den Kopf. »Es war auf Thornwood versteckt. Bronwyn hat es neulich gefunden.«

In Ross' Augen flackerte eine solche Sehnsucht auf, dass ich Mitleid für ihn empfand. Nach allem, was er mir erzählt hatte, musste er darauf brennen, mehr über Glendas Gedanken zu erfahren, vor allem über die, die ihn betrafen.

»Ihr letzter Eintrag erweckte meine Aufmerksamkeit«, gab ich zu. »Sie schrieb ihn, als sie auf dem Grundstück ihres Großvaters wartete. Sie machte sich Sorgen wegen einiger Briefe, die sie gefunden hatte, und schrieb, dass sie mit Ihnen gesprochen hatte und Sie treffen wollte, um darüber zu reden.«

Ross nickte. »Ja, ich erinnere mich, dass sie irgendwelche Briefe gefunden hatte. Sie war sehr aufgebracht und wollte darüber reden.«

»Was stand denn drin?«

»Das hat sie nicht gesagt. Ich erinnere mich, dass ich es ein bisschen geheimnisvoll fand, aber am Telefon klang sie so jung, so verletzlich und ängstlich. Ich fühlte mit ihr, ich hätte alles getan, um ihr zu helfen. Deshalb stimmte ich dem Treffen zu, aber …« Sein Blick schweifte erneut zu Tonys Bild, und plötzlich wirkte sein Gesicht wie das eines viel älteren Mannes. Als er weitersprach, war seine Stimme ein Flüstern. »Aber es sollte nicht sein.«

»Sie haben sie nicht getroffen?«

Er schüttelte den Kopf. »Nachdem ich mit ihr telefoniert hatte, klagte meine Frau über Schmerzen im Unterleib. Sie war damals schwanger, deshalb brachte ich sie nach Brisbane. In dieser Nacht hatte sie eine Fehlgeburt. Es war so entsetzlich, dass ich Glenda darüber einfach vergaß.«

»Haben Sie je daran gezweifelt, dass es ein Unfall war?«

»Wie meinen Sie das?«

»Nun, sie kannte sich doch sehr gut aus in der Schlucht, oder? Sie wusste, welche Stellen sicher waren und welche nicht, welche Orte man meiden musste. Es kommt mir einfach merkwürdig vor, dass sie so einen verhängnisvollen Fehler machte.«

»Deshalb haben Sie nach Tony gefragt, stimmt's?«

»Ja.«

Ross' Blick schweifte kurz ab. »Wenn jemand dafür verantwortlich zu machen ist, Audrey, dann bin ich es. Glenda klang sehr aufgewühlt am Telefon. Und als ich dann zu der Verabredung nicht erschien, muss sie noch aufgebrachter und verletzter gewesen sein. Ich kann mir vorstellen, dass sie so schnell wie möglich wieder nach Hause wollte, wahrscheinlich war sie außer sich und hat nicht darauf geachtet, wo sie entlangging.« Erneut zog er sein Taschentuch hervor und schnäuzte sich. »Nein, Audrey, alles deutete auf einen Unfall hin. Der starke Regen, der Erdrutsch am Rande der Schlucht, die klaffende Stelle, an der sie vorbeikam. Die viele Erde, wo man sie fand. Es gab nie Spekulationen darüber, dass ihr Tod etwas anderes gewesen sein könnte als ein Unfall.«

Er seufzte. »Es tut mir leid, Audrey, ich muss jetzt los, sonst komme ich zu spät zum Unterricht.«

Wir verabschiedeten uns, ich blieb noch einen Augenblick in der Kühle des Ganges stehen, um ihm nachzusehen, bis er um die Ecke verschwand. Dann ging ich langsam zum Wagen zurück und dachte bedrückt an das Tagebuch, das in der untersten Schublade meines Nachttischs lag. Im Dunkeln versteckt, so wie in den letzten zwanzig Jahren. Nichts darin war überzeugend, nichts würde vor Gericht Bestand haben und meine Vermutung erhärten, dass sie etwas anderem als einem verhängnisvollen Sturz zum Opfer gefallen war.

Aber es war egal, was sie geschrieben hatte, oder?

Die Tatsachen erzählten eine andere Geschichte. Zusammen mit ihrer Tasche, ihrer Haarbürste und einigen Kleidungsstücken hatte ihr Tagebuch zwanzig Jahre lang in einem hohlen Baum gelegen, in meinem Garten, einen guten Fußmarsch von der Stelle entfernt, wo sie angeblich in jener verregneten Nacht einen Erdrutsch ausgelöst hatte.

Am Ende der Woche hielt ich vor dem Schultor und schaltete den Motor aus. Neben mir rutschte Bronwyn sichtlich aufgeregt auf dem Beifahrersitz hin und her. Sie trug Jeans, Wanderstiefel und ihren alten Frotteehut. Ihr Gesicht glänzte vor Zinkcreme.

Ich streckte den Arm aus und zupfte ihren Kragen zurecht. »Weißt du noch, was ich dir gesagt habe?«

»Bleib immer in der Nähe deiner Lehrer«, wiederholte sie, zog sich von mir zurück und musterte die Massen von Schülern, die sich durch das Tor drängten. »Zieh nicht alleine los, pass auf Schlangen auf und vergiss nicht, dich einzucremen.«

»Du wirst mir fehlen, weißt du. Es ist das erste Mal, dass wir getrennt sein werden.«

»Ja, Mum.« Sie war abgelenkt, fummelte an ihrer Tasche herum und konnte es kaum abwarten wegzukommen.

Ich seufzte und versuchte, das Grummeln in meinem Magen zu beruhigen. »Hast du auch alles?«

»Mum, mach dir keine Sorgen! Jade und ich passen aufeinander auf … Ach, da ist sie ja! Also dann – bis nächste Woche!«

Sie küsste mich auf meine erhitzte Wange, griff nach ihrem Rucksack und sprang aus dem Wagen. Dann rief sie nach Jade, die sich durch die Horde von Schülern einen Weg zu uns bahnte.

Sie begrüßten sich wie immer überschwänglich, schulterten ihre Rucksäcke und schlenderten auf den wartenden Bus zu. Die Lehrer, darunter auch Ross O'Malley, reihten die Schüler in unregelmäßige Schlangen ein. Ich wartete, dass Bronwyn sich noch einmal umdrehte und mir zuwinkte, doch sie war viel zu vertieft in ihr Gespräch mit Jade und einem hageren blonden Jungen. Fünf Minuten später stieg sie in den Bus, und ich verlor sie aus den Augen, als die übrigen Schüler ihr folgten.

Ein dumpfer Schmerz breitete sich in meiner Brust aus. Sie entglitt mir. Sie war erst elf, doch schon wechselte sie von meiner schützenden Umlaufbahn in eine größere – und zumindest für sie – interessantere Welt.

Mir fiel ein, wie ich in ihrem Alter gewesen war. Zöpfe und lange Strümpfe, eine Schuluniform von der Stange, die Tante Morag in einem Secondhandshop gekauft hatte. Einzelgängerisch und still, ein furchtbar schüchterner Bücherwurm. Lange Zeit hatte ich befürchtet, dass Bronwyn genauso schüchtern werden würde, doch in Wirklichkeit hätte der Unterschied zwischen uns gar nicht größer sein können. Trotz eines abwesenden Vaters und einer zurückgezogenen, arbeitswütigen Mutter war aus Bronwyn ein ungewöhnlich ausgeglichenes Mädchen geworden, wie ihr Lehrer Ross O'Malley es ausgedrückt hatte.

In diesem Moment sprang ein Motor an und versetzte mich wieder in die Gegenwart. Die Tür des Busses schloss sich zischend, dann löste sich das Ungetüm vom Straßenrand und rollte auf die Fahrbahn. Ich sah zu den Fenstern auf, erhaschte aber nur einen flüchtigen Blick auf fremde Gesichter.

Als der Bus auf die Ecke zufuhr, entdeckte ich sie im Heckfenster, Jade und sie. Ihre Gesichter pressten sich an die Scheibe. Beide sahen zu mir und versuchten, meine Aufmerksamkeit zu erregen, indem sie heftig winkten.

Einen Augenblick später verschwand der Bus um die Ecke und hinterließ nichts außer einer schwarzen Abgaswolke.

Ohne sie kam mir das Haus leer vor. Die Zimmer waren voller Echos und rastloser Schatten. Abends ertappte ich mich dabei, wie ich am Fenster stand und die dunklen Bäume in der Anliegerstraße betrachtete. Oder in ihr Zimmer ging und ein ums andere Mal die Kleidungsstücke zusammenlegte, die sie überall hatte herumliegen lassen, als sie hastig für das Zeltlager gepackt hatte. Wie ich versuchte, mir vorzustellen, was sie jetzt gerade, in dieser Minute wohl anstellte.

Was immer es auch war, sie machte sich bestimmt keine Sorgen um mich.

Ich ging in mein Arbeitszimmer und begutachtete einige der letzten Aufnahmen, die ich gemacht hatte. Dann beschloss ich, dass es mich nicht weiterbringen würde, wenn ich einfach nur herumhing.

Und so machte ich mich auf die Suche nach Glenda.

Ich stieg den Hügel hinauf und folgte dem Pfad, der sich durch die Granatapfelbäume und Kletterpflanzen schlängelte bis zu der Lichtung, wo der ausgehöhlte Baum stand. Der Mond tauchte die alte Buche in silbernes Licht, fiel auf die Rinde und ließ die Zweige vor dem violetten Himmel aufleuchten. Das Buschland ringsum bildete eine tiefschwarze Schattenkulisse.

Trotz des hellen Mondscheins und des Lichtkegels meiner Taschenlampe brauchte ich eine Stunde, um zu finden, was ich gesucht hatte. Unter den überhängenden Zweigen eines umgestürzten Teebaums fand ich die Reste eines alten Rucksacks. Er war durchnässt und verschlissen und enthielt nichts als Würmer und eine Wolfsspinne.

Eine Zeit lang suchte ich im Gebüsch um den alten knorrigen Baum herum, leuchtete mit meiner Taschenlampe in die Farne und Grasbüschel, stieg den Hügel hinauf und wieder hinunter. Nach zwanzig Minuten streifte der Lichtkegel meiner Taschenlampe etwas Farbiges.

Die Haarbürste war aus Kunststoff, ihr durchsichtiger rosa Korpus zerbrochen und ausgebleicht. Nur noch wenige Borsten waren erhalten. Ich hielt die Taschenlampe dicht davor und suchte nach einer aschblonden Haarsträhne. Natürlich fand ich keine, daher steckte ich die Haarbürste in die Einkaufstüte, die ich mitgebracht hatte, und setzte meine Suche fort. Wenig später fand ich Fetzen von Kleidungsstücken, mehrere Make-up- und Hygieneartikel, eine Geldbörse und die Reste eines Buches, das von Asseln zerfressen war.

Auf dem Rückweg blieb ich vor dem Baum stehen. Seine weiße Rinde schien in der Dunkelheit zu atmen. Der ausgebrannte Stamm war unheimlich. Schatten huschten im suchenden Strahl meiner Taschenlampe umher und bündelten sich zu den Umrissen eines hageren Mannes, sie wurden immer dichter, bis ich ihn deutlich vor mir sah. Hobe Miller balancierte dort auf einem wackligen Ast und hatte den Arm bis zum Ellbogen in den Hohlraum gesteckt, auf der Suche nach etwas, das nicht mehr dort war. Briefe oder ein Tagebuch. Was er suchte, spielte keine Rolle mehr. Was mich störte, war, dass er so genau wusste, wo er zu suchen hatte.

Ich presste die Einkaufstüte an die Brust und starrte in die Dunkelheit.

Die Schlucht lag an der nördlichen Grenze des Grundstückes, auf dem Weg zurück in die Stadt. Jeder wusste, dass sie gefährlich war – Geröll, Erdrutsche, Steinschlag.

Und Mord.

Angst streifte mit sanften Fingern meine Haut. Angst – und der überwältigende Drang, die Schlucht zu sehen, zwischen ihren Schatten, ihren dicht belaubten Bäumen und den wenigen Sonnenstrahlen, die hineinfielen, entlangzugehen. Ich wollte ihre einzigartige Atmosphäre einatmen. Nicht, weil ich hoffte, dort irgendetwas zu finden, sondern um ein Gefühl für den Ort zu bekommen, an dem Glenda und vierzig Jahre zuvor ihre Großmutter die letzten Augenblicke ihres jungen Lebens verbracht hatten.

18

Am nächsten Morgen machte ich mich in aller Frühe auf den Weg.

Atemlos erreichte ich den Gipfel des ersten Hügels, mit schweißüberströmter Haut und feuchtem Haar unter Bronwyns altem Sonnenhut. Die zerbeulte Minolta, die ich für Ausflüge und Schnappschüsse benutzte, hing zusammen mit der Umhängetasche und Wasserflasche über meiner Schulter und schlug mir beim Gehen gegen die Hüfte.

Es war ein herrlicher Tag, der Himmel blassblau, die Luft vom Geruch nach verfaultem Laub und Wildblumen geschwängert. Kleine Loris blitzten grün und blutrot auf, wenn sie von einem Baum zum anderen schossen und mit ihrem krächzenden Schnattern die Stille zerrissen. Als ich an einem gewaltigen Eukalyptus vorbeikam, schwang sich ein Schwarm von Gelbhaubenkakadus auf und kreischte wie am Spieß.

Es war ein gutes Gefühl, nur von dichten Teebäumen, Schwarzholzakazien und roten Eukalyptusbäumen umgeben zu sein. Meilenweit war niemand zu sehen, ich hätte die einzige Überlebende einer Apokalypse sein können, der letzte Mensch auf der Welt, der durch den goldenen Morgen irrte. Immer wieder musste ich mir vor Augen halten, dass Tony und Glenda diesen Weg als Kinder unzählige Male gegangen waren; er bildete eine Abkürzung von der William Road zum Haus ihres Großvaters. Dieser einsame Weg war wahrscheinlich einst von ihren Rufen und ihrem Gelächter erfüllt gewesen.

Denselben Weg hatte Glenda auch in der Nacht ihres Todes genommen, aufgewühlt vom Fund der Briefe im Schuppen ihres Vaters und voller Ungeduld, Ross zu treffen. Doch Ross war nicht erschienen, Glenda hatte ihr Versteck verlassen und war nicht ihm, sondern jemand anderem begegnet.

Ich erschauerte und beschleunigte meine Schritte.

Zehn Minuten später führte der Weg den Hügel hinab. Ein oder zwei Mal verschwand er in einer Erosionsrinne, und ich musste die steile Böschung auf Händen und Hosenboden hinunterrutschen, bis ich auf der anderen Seite wieder herauskam. Ich passierte mehrere kegelförmige Ameisenhügel, die wie rote Beulen aus der Erde ragten. Weiter unten war die Landschaft üppig und wild. Ich meinte, in der Ferne das Läuten von Glocken zu hören, blieb stehen und lauschte. Wahrscheinlich war es das Rauschen von Wasser. Dann kramte ich die Luftbildaufnahmen, die mir Tonys Anwältin gegeben hatte, aus der Tasche und identifizierte darauf einige Orientierungspunkte. Offenbar befand ich mich in unmittelbarer Nähe der Schlucht.

Während ich dem Gurgeln des Wassers folgte, bahnte ich mir einen Weg durch das Dickicht aus Farnen und Lianen. Die Wipfel der Bäume bildeten einen Baldachin, das dichte Blätterwerk teilte das Sonnenlicht in schmale Streifen. Die Schatten am Boden waren schwarz und von vielen neuen Düften erfüllt: verwesende Vegetation und feuchtes Holz. Hier und da streckten wilde Orchideen und Glockenblumen ihre bunten Köpfe über das graugrüne Laub wie winzige glühende Kohlenstücke aus feinem Violett, Rosa, Purpur und Indigo.

Die Glocken wurden lauter. Ich blickte zu den Bäumen auf, sah jedoch keine Vögel. Je tiefer ich in den Busch eindrang, umso mehr häuften sich die Rufe. Bald war ich von einem melodischen Läuten umgeben. Es mussten Glockenvögel sein.

Ihr flötenartiges Trillern schien aus allen Richtungen widerzuhallen, als würde der Himmel selbst singen.

Schließlich gelangte ich zu einer kleinen Lichtung. In der Mitte erhob sich ein hoher Felsen. Er war größer als ich und hatte die Gestalt einer Haifischflosse. Seine grau gefärbte Oberfläche war mit Flechten und Moos überzogen. Eine flache Seite erhob sich zur Sonne, die andere war der Dunkelheit zugewandt, und der feuchte Schatten, den er auf die mit Laub bedeckte Erde warf, erinnerte an einen Grabstein.

Als ich darauf zuging, hatte ich das seltsame Gefühl, vor langer Zeit schon einmal hier gewesen zu sein. Das war unmöglich. Und trotzdem kam mir alles vor wie eine Erinnerung. Damals war die Lichtung dunkler und dichter belaubt gewesen, die Bäume hatten so dicht beieinandergestanden, dass sie einen undurchdringlichen Baldachin über mir bildeten. Es war Nacht gewesen, der Wind hatte in den Blättern gerauscht und mir zugeflüstert: *Nein, bleib stehen, bitte, geh nicht weiter…*

Ich schüttelte den Kopf, um den Eindruck zu vertreiben.

Lichtstreifen flatterten durch das Blätterdach und jagten die tiefe Dunkelheit zwischen den Ironbarkbäumen davon. Die Sonnenstrahlen fielen über die filigranen Wedel der Farne unter den gespenstisch weißen Stämmen der imposanten Eukalyptusbäume und färbten sie leuchtend lindgrün. Eine Kathedrale, dachte ich. Ein heiliger Ort, der für die Einheimischen von großer Bedeutung gewesen sein musste.

Während ich in dieser verwunschenen, zeitlosen Lichtung stand, fühlte ich mich von dem weichen Licht, dem kühlen leuchtenden Grün, dem berauschenden Gesang der Glockenvögel getragen. Ich war ein Schatten unter Millionen anderer Schatten, die in vollkommener Ordnung existierten und sich in einen größeren Strom einreihten.

Doch warum erfüllte mich diese innere Unruhe?

Ich überquerte die Lichtung bis an den Rand der Schlucht und warf einen Blick in die Tiefe. Die Felswände waren steil und von Bergrutschen gezeichnet. Bäume wuchsen rechtwinklig aus der Erde, ihre frischen Triebe suchten das Licht. Hier und da ragten Felsen wie halb vergrabene Schädel aus dem Boden. Umgestürzte Bäume hatten ihre Wurzeln dem Himmel zugewandt, und die Stämme bildeten Brücken über ein gähnendes Nichts.

Ein falscher Schritt ...

Ich ging zurück zu dem Felsen, setzte mich in seinen kühlen Schatten und griff nach der Wasserflasche. Süß und köstlich rann das Wasser durch meine ausgetrocknete Kehle, doch dann lag es mir schwer im Magen. Die Luft war feucht, die Hitze machte mich müde. Ich lehnte mich zurück, schloss die Augen und atmete die Anspannung aus. Spürte, wie ich in die Vergangenheit eintauchte.

Es war dunkel, so dunkel.

Nicht mehr Morgen. Irgendwas stimmte nicht. Meine Beine lagen verdreht unter mir. Meine Haut brannte, doch die Knochen fühlten sich an, als wären sie aus Eis. Wenn ich durch die Lider blinzelte, erkannte ich durch den roten Dunst den Mondschein über den Baumwipfeln. Fledermäuse piepten, Insekten summten, und in den Zweigen murmelte der Wind. Aus der Schlucht weit unter mir drang das rhythmische Rauschen des Baches empor, ein flüssiger Herzschlag, der die anderen Geräusche in sich hineinsog und sie verlangsamte, bis nichts mehr übrig blieb als das Geräusch eines Schluchzens ...

Mit einem Ruck kehrte mein Bewusstsein zurück. Als ich aufstand, raste mein Puls. Diese wiederkehrenden Tagträume wurden immer intensiver und fühlten sich zunehmend realistisch an. Ich wusste, dass sie etwas mit Aylish zu tun hatten –

ich spürte ihre Anwesenheit wie eine hungrige Katze, die sich an meinem Verstand rieb, mich zwang, Notiz von ihr zu nehmen –, und trotzdem konnte ich weder eine Ordnung noch einen Sinn darin erkennen. Nur, dass der Unterton dieser Visionen erschreckend war, vielleicht sogar ermahnend, als versuche Aylish, mich zu warnen, ganz gleich, in welchem Reich sie jetzt existierte.

Ich verstaute die Wasserflasche wieder in meiner Tasche und entfernte mich von dem Felsen. Die Dunkelheit war gewichen, es war wieder Tag in der Lichtung. Das gruselige Rauschen des Baches war verebbt – und trotzdem wusste ich, dass etwas nicht stimmte.

Die Schlucht war fast überirdisch in ihrer Schönheit, trotzdem konnte ich es nicht erwarten, dort wegzukommen. Zwei junge Frauen hatten hier den Tod gefunden, in einem Abstand von vierzig Jahren. Die eine war brutal erschlagen worden, die andere hatte ähnliche Verletzungen davongetragen, die einem tödlichen Sturz zugeschrieben wurden. Dass beide Frauen verwandt gewesen waren – Großmutter und Enkelin –, war mir nicht entgangen. War es nur ein unglücklicher Zufall gewesen, oder hatten finstere Mächte ihre Hand im Spiel gehabt?

Die Glockenvögel verstummten. Die Lichtung schien den Atem anzuhalten. Sogar das Licht, das durch die Blätter fiel, wirkte erstarrt. Ich war nicht länger ein Teil des Ganzen. Meine Isolation wurde mir überdeutlich bewusst. Eingeschlossen von Bäumen, meilenweit von zu Hause entfernt. Niemand wusste, dass ich hier war. Niemand. Angst packte mich und wühlte mich auf. Was, wenn mir hier etwas zustieß? Wenn ich starb? Bronwyn wäre allein, ein Waisenkind, ebenso verlassen wie ich von meiner Mutter.

Es war ein Fehler gewesen hierherzukommen. Die Schlucht bot keine Antworten, keine Enthüllungen über die Vergangenheit, nur Schatten, Feuchtigkeit, Rätsel und das hypnotisierende Murmeln eines Baches, das aus einer unterirdischen Quelle entsprang und Mulden füllte, die einst mit rotem Blut getränkt gewesen waren.

Ich ging denselben Weg wieder zurück, den ich gekommen war, verließ die Lichtung und nahm den Pfad, der sich zu den Hügeln zurück nach Thornwood hinaufschlängelte – zumindest glaubte ich es. Es verging einige Zeit, bis ich meinen Fehler erkannte. Die Schlucht war hinter mir in der Tiefe versunken, verborgen von einem Baldachin gewaltiger Eukalyptuswipfel, die von parasitischen Schlingpflanzen umrankt waren. Durch eine Lücke in den tiefer gelegenen Bäumen erhaschte ich einen Blick auf die runde Spitze des Felsens, der wie eine Haifischflosse aussah. Die Flechte auf seiner glatten Oberfläche leuchtete grünlich, schwarz und lavendelgrau im gesprenkelten Licht der Sonne. Es war ein atemberaubender Anblick, doch ich konnte mich nicht daran erinnern, ihn auf dem Hinweg gesehen zu haben.

Das hieß, dass ich über einen anderen Weg gekommen sein musste.

Bestürzt blickte ich den Hang hinab. Keinesfalls würde ich in die Lichtung am Rand der Schlucht zurückkehren. Das unheimliche Gefühl, das ich dort gespürt hatte, steckte mir immer noch in den Knochen, eine dunkle, traumähnliche Vision, die mich zu Tode erschreckt hatte.

Besser, ich gehe einfach weiter, sagte ich mir. Früher oder später würde ich wieder auf den richtigen Weg stoßen, ich wollte nur weg von den gespenstischen Schatten der Schlucht.

Ich stieg weiter aufwärts.

Die Stille breitete sich immer mehr aus, bis sie schwindelerregend war. Irgendwann meinte ich, das gedämpfte Bellen eines Hundes zu vernehmen – ansonsten war nur das weiche

Knistern des Laubs unter meinen Wanderstiefeln zu hören, meine abgehackten Atemzüge und der unheimliche, allgegenwärtige Gesang der Glockenvögel.

Zwanzig Minuten später gelangte ich an den Rand einer größeren Lichtung, die von einem Hain schlanker Eukalyptusbäume gesäumt war. Die Sonne ergoss sich über die offene Fläche und verwandelte den Teppich einheimischer Gräser in Silber.

Am anderen Ende der Lichtung stand eine kleine Hütte im Schutz roter Eukalyptusbäume. Sie wirkte sehr alt, ihre verwitterten Wände und das Schindeldach hoben sich vor den dunklen Baumstämmen der Ironbarks ringsum ab. An der Vorderseite der verfallenen Veranda wuchsen rosa Ritterstern, knorrige Lavendelsträucher und sogar ein ausladender roter Rosenstrauch mit riesigen karmesinroten Blüten – ein vergessener Bauerngarten mitten im wilden, einsamen Buschland. Ich vermutete, dass dies die Hütte war, von der Corey erzählt hatte und die in den 1870er-Jahren von den ersten Siedlern errichtet worden war.

Trotz ihres Alters und ihrer Abgeschiedenheit schien sie gut erhalten zu sein. Die schmale Veranda wirkte etwas wackelig, aber die Lattenzäune waren intakt und die Stufen, die hinaufführten, stabil. An einem Ende stand sogar noch ein ramponierter alter Schaukelstuhl. Die Dachschindeln waren schwarz vom Alter, manche wirkten allerdings heller – als wären sie vor nicht allzu langer Zeit erneuert worden.

Als ich näher kam, sah ich, dass die Tür nur angelehnt war.

Ich stand am Fuß der Stufen und blickte durch den Türspalt ins Innere. Es war kühl, dunkel und vollgestopft mit Möbeln und persönlichen Gegenständen.

Als würde dort jemand wohnen.

»Hallo?«, rief ich. Meine Stimme hallte in der Stille wider, und ich kam mir albern vor. Natürlich wohnte hier niemand. Die Hütte war viel zu abgelegen und isoliert. Es gab keine Straße, keinen Strom, kein fließendes Wasser, nichts, was auch nur annähernd an eine Telefonleitung erinnerte. Wer würde sich das antun? Außerdem, sagte ich mir, stand sie auf dem Grundstück von Thornwood. Wenn hier jemand wohnte, müsste ich es wissen, oder?

Die Tür quietschte, als ich sie öffnete. »Ist jemand zu Hause?«

Halbwegs erwartete ich, Coreys alte Frau am Fenster zu sehen, doch es war niemand da. Der Raum war klein und finsterer als ein Grab. Vor der Wand, gegenüber der Tür, stand ein schmales Bett, die lumpige Decke war von Motten zerfressen, aber sauber, darauf lag ein fleckiges Kissen. Neben dem Bett stand eine umgedrehte Lattenkiste mit einer dicken Kerze in einem Glas und einer Streichholzschachtel, die offensichtlich neu war. Ich ging hin und berührte mit den Fingern den Kerzendocht. Er war brüchig, als hätte er vor Kurzem noch gebrannt.

Die übrigen Möbel waren schäbig und alt, aber sauber geordnet. Ein tiefes Regal voller Munitionsbüchsen, auf denen mit kleinen weißen Blockbuchstaben »MILCHPULVER, STREICHHÖLZER, BLEISTIFTE, TEE, MEHL, KERZEN, KORDEL« stand. Ein Klapptisch und ein Stuhl quetschten sich unter ein scheibenloses Fenster. Neben dem Tisch stand ein uralter Vorratsschrank mit Fliegengittern. Ich warf einen Blick hinein: Teller und Tassen aus Emaille, eine Dose Marmelade, die älter zu sein schien als ich, und ein Stück verschimmeltes Brot.

Ich trat ans Fenster und blickte auf einen verrosteten Wassertank neben der Außenwand der Hütte. Daneben stand ein großes Fass, auf dem ein Eisengitter lag, eine selbst gemachte Feuerstelle, und ein weiteres Fass mit Reisig und Kleinholz. Hier hatte wohl jemand eine improvisierte Buschküche gebaut.

Plötzlich hörte ich ein Geräusch hinter mir.

Ich fuhr herum, doch es war nur ein trockenes Blatt, das durch die Tür wehte. Die Brise, die es hereingetragen hatte, roch nach Sonne und Wildblumen – ein frischer Kontrast zu der muffigen Atmosphäre in der Hütte.

Als sich mein Pulsschlag wieder beruhigt hatte, zog ich Bilanz. Streichhölzer, Dosen mit Proviant, ein ordentlich gemachtes Bett, Reparaturen am Dach und am Wassertank, ein modriger Geruch, der – je mehr ich ihn einatmete, umso deutlicher schien es mir – mit Sicherheit nicht von hier nistenden Beutelratten stammte.

Die Hütte war bewohnt.

Ich kramte in meinem Gedächtnis, ob Tonys Anwältin erwähnt hatte, dass sie vermietet war, war mir aber relativ sicher, dass sie nichts davon gesagt hatte. Ich hatte es also mit einem illegalen Hausbesetzer zu tun. Wie lange er bereits hier wohnte, hätte ich nicht sagen können, doch es schien schon eine ganze Weile zu sein. Ich drehte mich um und wollte gehen, wobei ich darüber nachdachte, wie ich eine Räumungsklage erwirken könnte. Zuerst musste ich die Polizei benachrichtigen. Dann dem örtlichen Gericht schreiben und das Formular für eine Räumungsklage anfordern. Während meines Nomadenlebens mit Tante Morag hatten wir selbst einige solcher Räumungsklagen erhalten. Es war ein seltsames Gefühl, nun zur Abwechslung auf der anderen Seite zu stehen. Doch mir blieb nichts anderes übrig.

Ich war bereits auf halbem Weg zur Tür, als ich in einer dunklen Ecke einen alten Kleiderschrank entdeckte. Die Schnitzereien waren angeschlagen und bröckelten ab, eins der mit einer Laubsäge gefertigten Holzpaneele hing lose herab. Ich drehte den Schlüssel im Schloss und rüttelte an der Tür, bis sie aufging.

Im obersten Fach stand eine Art improvisierter Schrein. Eine Sammlung winziger Puppenköpfe aus Porzellan, die im Halbkreis arrangiert waren, sie waren alt, ihre sittsamen viktorianischen Gesichter zerkratzt und verblichen, als hätte man sie irgendwo ausgegraben. In der Mitte stand ein holzgeschnitztes Kästchen, darauf ein angelaufener Rahmen mit einem Schwarz-Weiß-Foto.

Ich nahm den Rahmen und hielt ihn ins Licht. Es war das Porträt einer jungen Frau, die lächelnd an einem Baum lehnte. Das Licht der Sonne überflutete sie, und die Freude auf ihrem hübschen Gesicht war nicht zu übersehen. Das Foto war nachgedunkelt und hatte silberne Flecken von der Entwicklungsflüssigkeit, doch die aparte Schönheit der Frau war eindeutig. Das windzerzauste Haar war lang und dicht, das Gesicht vollkommen oval, die Augen wie dunkle Mandeln. Ein Kleid im Stil der Vierzigerjahre schmiegte sich um den schlanken Körper.

Ich fragte mich, wer sie wohl war und wie ihr Foto hierhergelangt war, in diesen dunklen Schrank mitten im Nichts. Am liebsten hätte ich sie gerettet. Hätte das Foto in meine Tasche gesteckt und es zurück in die Sonne gebracht. Die Hütte steht auf meinem Grundstück, sagte ich mir. Der Hausbesetzer hatte kein Recht, sich ohne meine Einwilligung hier aufzuhalten. Und das hieß, dass die Hütte und alles, was sich darin befand, rechtlich mir gehörten.

Besitzergreifend strich ich mit dem Finger über den Rahmen. Was hatten diese alten Porträts an sich? Warum zogen sie mich so an? Nicht alle, korrigierte ich mich. Nur dieses eine. Und das von Samuel zu Hause …

Da wurde es mir bewusst. Nicht durch eine Schlussfolgerung oder ein Ausscheidungsverfahren. Ich wusste es aus einem Gefühl heraus. Ich trat mit dem Foto ans Fenster.

Bitte triff dich mit mir, hatte sie geschrieben. *An unserem geheimen Treffpunkt. Ich werde ein großes glückliches Lächeln für dich aufsetzen.*

»Aylish«, sagte ich erschrocken. »Was um Himmels willen machst du hier?«

Um ein Haar hätte ich sie mitgenommen, doch dann hörte ich auf mein Gewissen. Lügen waren okay, wenn man einen triftigen Grund hatte, aber Diebstahl war einfach nicht mein Ding. Möglich, dass der Hausbesetzer illegal auf meinem Grundstück wohnte, doch ich brauchte keinen Sherlock Holmes, um zu wissen, dass ich zu weit ging und gerade dabei war, die Privatsphäre eines anderen Menschen zu verletzen. Wer immer hier wohnte, wäre bestimmt nicht erfreut, wenn er nach Hause käme und sähe, dass sich eine Fremde mit seinen wertvollen Andenken davongemacht hatte.

Ich stellte das Foto wieder zurück und wollte den Schrank gerade schließen, als meine Aufmerksamkeit auf das Kleiderfach fiel. An der hinteren Wand lehnte ein Holzschaft, er hätte der Griff eines alten Werkzeugs sein können, möglicherweise einer Axt. Das stumpfe Ende war schwarzfleckig, das verwitterte Holz gespalten und zersplittert. Ich fragte mich, warum jemand den Griff einer Axt in einem Kleiderschrank aufbewahrte – vor allem, wenn er aussah, als gehöre er in den Müll. Ich fuhr mit dem Finger über den schwarzen Teil.

Glatt wie Haut. Beinahe warm.

Angeekelt zog ich die Hand zurück.

Doch als ich die Tür des Kleiderschranks wieder schließen wollte, hielt ich erneut inne. Diesmal weckte das Holzkästchen unter dem Foto mein Interesse. Zuerst hatte ich es für einen Sockel gehalten und mich auf das Foto konzentriert, doch jetzt sah ich, dass es mit Schnitzereien in Form von Blättern und Kirschblüten verziert war und offensichtlich einmal wertvoll gewesen sein musste. Es war so weiblich, so schön und so fehl am Platz, dass ich den Bilderrahmen danebenstellte und das Kästchen ins Licht hielt.

Ich ging damit hinüber zum Bett, setzte mich und balancierte es auf den Knien, um den Deckel zu öffnen. Es war voller Briefe. Ein Bündel Briefe, die von einem abgenutzten Band zusammengehalten wurden. Ich dachte an Glenda Jarman und fragte mich, ob es die Briefe sein könnten, die sie an jenem Nachmittag im Schuppen ihres Vaters gefunden hatte – die Briefe, von denen ich glaubte, dass sie von Luellas Affäre mit Hobe Miller handelten. Doch als ich das obere Kuvert aus dem Bündel nahm, dachte ich nicht mehr an Glenda. Die Briefmarken waren alt, wirklich alt, hauptsächlich Dreipennymarken, wahrscheinlich aus den Vierzigerjahren.

Und die Handschrift – ich erkannte sie sofort wieder.

Zwischen dreißig und vierzig Kuverts, die meisten aus durchscheinendem Luftpostpapier, brüchig vom Alter und abgegriffen. Ich blätterte sie durch und sah, dass ein Großteil von Aylish stammte, adressiert an Samuel über das Second Australian Imperial Force Headquarter.

Auf den restlichen Kuverts stand Aylishs Name und ihre Adresse, Stump Hill Road. Die Briefmarken kamen aus Malaysia und waren mit dicken Stempeln entwertet worden. Auf anderen Kuverts klebten gar keine Briefmarken, nur ein Aufdruck: »Im aktiven Dienst«. Alle waren abgegriffen, das Papier weich und spröde, als wären sie durch viele Hände gegangen und die Briefe oft gelesen worden.

Ich konnte es kaum abwarten, mit der Lektüre zu beginnen, wusste aber, dass es hier zu riskant wäre. Der Hausbesetzer konnte jeden Augenblick zurückkommen, und ich wollte nicht auf frischer Tat ertappt werden – vor allem, da ich vorhatte, ihn zu vertreiben.

Aber ein kurzer Blick?

Draußen wehte eine Windböe etwas über das Dach, und ich erschrak. Blätter, ein Zweig? Ich hielt die Luft an und horchte, vernahm aber nur das wohlklingende Glucksen der Würgerkrähen, den schrillen hohen Gesang der Zikaden und das leise Zischeln der Brise im trockenen Gras.

Mit klopfendem Herzen zog ich aufs Geratewohl eines von Samuels Kuverts aus dem Bündel.

30. November 1941

Geht es dir gut, mein Liebling?

Bislang habe ich keinen einzigen Brief von dir erhalten. Ich verbrachte unzählige Stunden mit dem Nachdenken darüber, ob sie verloren gegangen sein könnten. Der zuständige Offizier sagt mir, wir befänden uns im Krieg (ach wirklich, Kumpel?) und verlorene Briefe innerhalb des großen Ganzen seien unwichtig. Doch nachdem ich ihm ein paar Vorschläge gemacht hatte, was er mit seinem großen Ganzen machen könnte, beeilte er sich, mir zu versichern, dass so etwas extrem selten vorkomme.

Briefe erreichen genau wie das Schicksal letztendlich diejenigen, für die sie bestimmt sind, egal, wie viele Umwege sie machen müssten. Also werde ich warten und versuchen, Vertrauen zu haben – ins Postsystem, ins große Ganze und auch in dich, meine Aylish. Denn ohne Vertrauen, so fürchte ich, könnte mich dieses schweißtreibende, von Mücken verseuchte, laute und unberechenbare Leben einfach umbringen.

10. Januar 1942

Liebste, heute Nacht hatte ich Angst, die Augen zu schließen, weil dann meine Erinnerung an dich für immer verblassen könnte. Reue quälte mich, unausgesprochene Dinge schwirrten mir durch den Kopf, bis ich glaubte, den Verstand zu verlieren. Warum schreibst du nicht? Hast du mich so schnell vergessen? Mein Herz schmerzt bei dem Gedanken, du könntest einem anderen begegnet sein.

Verrückt, aber ich musste unaufhörlich an den ersten Tag denken, an dem wir uns in der alten Hütte verabredet hatten, und wie ich mich endlos über die Schindeln aus Eukalyptusholz ausgelassen und dich mit der Geschichte der von den alten Siedlern gebauten Zisterne gelangweilt habe. Dabei wolltest du nur, dass ich dich küsste, weißt du noch?

Zugegeben, ich war ein Trottel, deinen Verführungskünsten nur aus Anstand zu widerstehen, aber – verzeih, wenn ich es offen ausspreche, Liebste – die ganze Zeit dachte ich: »Bei Gott, diese Frau ist so schön, es erschreckt mich, wie sehr ich sie liebe.« Und kurz darauf fügte ich für mich hinzu: »Ganz ehrlich, ich kann es kaum erwarten, sie zu heiraten.« Alles blieb unausgesprochen, natürlich, verborgen hinter der jämmerlichen Fassade meiner Schroffheit. Wie sehne ich mich jetzt nach jenen Tagen, als ich zu der kleinen Hütte eilte und wusste, dass du dort auf mich wartest. Manchmal ist meine Sehnsucht nach diesen glücklichen Tagen wie eine körperliche Qual.

O meine Aylish, das ist ein Brief voller Geständnisse, nicht wahr? Wie leicht es mir jetzt fällt, alles zu Papier zu bringen, obwohl ich weiß, dass das Auge des Zensors es lesen wird, Liebling. Aber wenn überhaupt etwas Gutes vom Krieg kommen kann, so ist es die Gewissheit, dass der Schleier der Einbildung wegfällt und man erkennt, was dem Leben einen Sinn verleiht. In meinem Fall bist das du.

Schlaf gut, mein kleiner Spatz. Und pass auf mein armes altes Herz auf. Für immer dein – Samuel.

Ich brach ab.

Der Samuel, der aus diesen Briefen sprach, war anders als der Mann, den ich mir zurechtgebastelt hatte. Er war – zumindest in dieser Phase des Krieges – weder eine Schlange noch ein Mistkerl gewesen, weder verbittert noch seelisch geschädigt. Dem Gefühl in seinen Worten nach zu urteilen hatte er Aylish geliebt. Das bewog mich zu der Annahme, dass das, was nach dem Krieg zwischen ihnen geschehen war, weniger mit Samuels Karriere als mit seinen Ängsten zu tun gehabt hatte. Sie rührten daraus, dass sie ihm nicht schrieb – ihn vielleicht vergessen hatte.

Ich warf einen Blick durch die Tür auf die Lichtung. Ich war schon viel zu lange hier. Die Sonne stand fast im Zenit, und mein knurrender Magen verriet mir, dass das Frühstück längst verbraucht war und ich nach Hause zurückkehren sollte.

Doch ich konnte nicht. Noch nicht.

Einen Brief noch …

Ich fand einen anderen von Samuel. Darauf stand: Australian Imperial Force, Übersee, 1. Februar 1942 – zwei Wochen vor dem Tag, an dem Singapur gefallen war, wie ich traurig registrierte. Es musste Samuels letzter Brief vor seiner Gefangennahme gewesen sein.

Mein hübscher Spatz, keine Neuigkeiten sind gute Neuigkeiten, sagen sie hier – obwohl bestimmt keiner von »ihnen« – wer immer das sein mag – vier Monate warten musste, um von der Frau seiner Träume zu hören. Ich habe immer noch kein Wort von dir gehört, ist alles in Ordnung, Liebling? Ich mache mir ständig Sorgen, was dich wahrscheinlich zum Lachen bringt. Zumindest hoffe ich es – ich meine, ein zärtliches Lachen. Ich bete nur darum, dass es keine unangenehmen Neuigkeiten gibt, von denen du mir nichts erzählen willst. Bitte versteh doch, Aylish, es würde mir leichter fallen, einen Abschiedsbrief von dir zu erhalten als gar keinen.

Bereust du unser gegenseitiges Versprechen, hast du es dir anders überlegt? Wenn ja, werde ich mein Bestes tun, um es zu verstehen; dein Glück ist mir wichtiger als alles andere. Bitte, mein Liebling, erlöse einen armen Teufel von seinen Qualen, nur wenige Worte genügen.

Wie geht es Jacob? Er soll gesund und munter sein, wie die alte Mrs Beetleman berichtet – und dass du die Christmette so wunderschön gesungen hast. Bei Gott, ich wünschte, ich wäre dabei gewesen, um Beifall zu klatschen – das hätte ich getan, laut und lange, auch wenn ich weiß, dass Pastor Lutz Unterbrechungen aus den Kirchenbänken nicht ausstehen kann.

Wenn du kannst, Liebste, dann tu mir den Gefallen und erzähl mir ausführlich, was sich zu Hause tut, ich sehne mich so danach. Kopf hoch, mein Traummädchen. Ich liebe dich von ganzem Herzen.

Ein Winseln.

Ich stockte und hielt den Atem an, um zu horchen. Einen Augenblick lang war nur das Geräusch des Buschs gegenwärtig – das Plappern der Loris, das Summen der Fliegen und das Rauschen der Blätter im Wind. Doch dann hörte ich es wieder. Ein Winseln … wie eine wortlose, in die Länge gezogene Frage.

Ich steckte den Brief, den ich gerade las, in das Kuvert zurück und versuchte, mir einzureden, dass es nichts gewesen war. Ein Vogel oder das Knacken eines Zweiges, ein falscher Alarm. Doch dann zerriss das Bellen eines Hundes die friedliche Stille, gefolgt von dem harschen Befehl einer männlichen Stimme.

Ich sprang so abrupt auf, dass das Kästchen mit den Briefen auf dem Boden landete. Ich hockte mich auf den Boden und stopfte sie wieder hinein, wobei ich in meiner Hast alles durcheinanderbrachte. Ein Kuvert lag außerhalb meiner Reichweite, ich musste mich danach strecken.

Und erstarrte.

Ein Schatten huschte durch die Tür und verdunkelte das Sonnenlicht. Ich riskierte einen Blick, es musste ein Vogel oder der Ast eines Baumes gewesen sein, der sich im Wind bog, denn ich sah niemanden. Zumindest im Moment noch nicht.

Ich griff nach dem herausgerutschten Brief, steckte ihn hastig in das Kästchen, verstaute alles in meiner Umhängetasche und sah mich nach irgendeinem Anzeichen von Gefahr um. Dann stand ich auf, strich die Falten auf dem Bett glatt und suchte den Boden nach weiteren Briefen ab. Anschließend ging ich zur Tür und blickte in die blendende Helligkeit hinaus. Eine Sekunde lang hörte ich nur das Pochen meines Herzens. Dann von irgendwo das Knirschen von Schritten. Die Stimme eines Mannes. Und ein leises warnendes Knurren, bei dem sich mir die Nackenhaare sträubten.

Ich rannte die Treppe hinunter, quer über die Lichtung und bahnte mir einen Weg durch die dichten Teebäume. Die Minolta schlug gegen meine Hüfte, die Tasche, in der das Kästchen mit den Briefen steckte, schien sich in jedem Gestrüpp zu verheddern. Ich hörte den dumpfen Aufschlag meiner Füße auf dem unebenen Boden, und der Schweiß brach mir aus allen Poren.

Bald war ich so weit weg, dass ich hoffte, entkommen zu können, ohne entdeckt zu werden. Ich verlangsamte meine Schritte und riskierte einen Blick über die Schulter.

Ein weißer Fleck schoss über das von der Sonne überflutete

Gras auf der Lichtung. Das war alles, was ich erkannte. Ich rannte weiter, jetzt den Hügel hinunter, stolperte über einzelne Steine, während ich so viel Abstand wie möglich zwischen mich und den hellen Blitz zu legen versuchte, der mich durch die Bäume hindurch verfolgte.

Plötzlich hörte ich erneut das Knurren, und dann traf mich ein Stechen in der Wade. Sofort setzte ein schockierend intensiver Schmerz ein. Ich stolperte und stieß gegen einen Baum. Keuchend drehte ich mich nach meinem Angreifer um.

Es war ein stämmiger, schmutzig-weißer Hund, ein richtiges Muskelpaket mit weit aufgerissenem, kantigem Kiefer. Ich sah schon vor mir, wie sich seine gefletschten Zähne in mein Bein bohrten, und trat um mich, woraufhin der Hund umso stärker zubiss. Keuchend vor Panik verlor ich das Gleichgewicht, und als meine Beine nachgaben, schlug ich mit dem Gesicht gegen einen Baumstamm.

Der Hund knurrte und bohrte seine Zähne noch tiefer in die Wade. Die Welt geriet ins Taumeln. Der Baum neigte sich, der steinige Boden türmte sich auf. Irgendwie fanden meine Finger ein Stück Ast, umklammerten ihn und hielten sich daran fest. Ich versuchte, die Hebelwirkung auszunutzen und mich wegzudrehen, doch der Hund knurrte, und dieses Mal spürte ich, wie die Haut über meinem Knöchel aufplatzte und riss. Es war ein schrecklich knirschendes Gefühl, als würde mir der Knochen aus dem Fleisch gerissen.

Blind vor Schmerz zitterte ich so heftig, dass ich meinen Reflexen nicht mehr vertrauen konnte. Ich griff nach dem Riemen meiner Kamera, zerrte sie von der Schulter und schlug nach dem Hund. Doch ich verfehlte ihn, traf nur den Baum. Der Schmerz schoss wie ein Blitzschlag an meiner verletzten Wade hoch und flackerte im Schmerzzentrum meines Gehirns nach. In diesem Augenblick der Verwirrung spürte ich, mehr als dass ich sie tatsächlich sah, eine Bewegung, sieben oder acht Meter weiter weg in einem Sonnenfleck zwischen den Bäumen.

Da stand ein Mann. So reglos, dass er auch eine Erscheinung aus einem Traum hätte sein können. Groß und grobknochig, mit hochgezogenen Schultern und einem Gesicht, das so blass wie der Mond war, mit glänzender Haut.

Dann war er plötzlich wieder verschwunden. Einfach so. Ich kniff die Augen zusammen und kehrte zu den Schatten zurück, vergaß den Mann und konzentrierte mich wieder auf den knurrenden Köter, der sich in mein Bein verbissen hatte.

Mein zweiter Schlag traf besser. Er jaulte auf, als die Kamera seinen Kopf traf. Der Druck auf mein Bein ließ nach. Ich riss mich los, und der Hund machte erneut einen Satz nach vorn, doch dann schreckte er vor der Kamera zurück. Mein Griff löste sich von dem Riemen, und die Kamera prallte auf dem Boden auf. Der Köter knurrte, zog die Lefzen zurück und zeigte die blutverschmierten Zähne, wagte jedoch keinen neuen Angriff, und ich wartete nicht, bis er es versuchte, sondern presste die Tasche an die Brust, drehte mich um und rannte los.

19

Sechs Stiche und eine Tetanusspritze später zerfloss ich vor Selbstmitleid. Ich zahlte die Krankenhausrechnung und humpelte den Hügel hinunter zu meinem Wagen. Das Rezept für Schmerzmittel faltete ich mehrmals zusammen, ließ es in meiner Tasche verschwinden und beschloss, auf mein todsicheres Rezept zurückzugreifen, wenn es um Schmerzen ging: einen Besuch in der Bäckerei.

Es war später Nachmittag. Ich stand vor dem Schaufenster mit leckeren Kuchen und balancierte auf einem Bein, wie ein Reiher, um den pochenden Schmerz in dem, was einmal das andere Bein gewesen war, zu lindern. Nach meinem morgendlichen Abenteuer war ich erschöpft und quälte mich mit allen möglichen Fragen herum. Ich konnte es kaum abwarten, nach Hause zu kommen, es mir an einem sonnigen Fenster bequem zu machen und zu inspizieren, was ich da gefunden hatte.

Wer war der Mann, der anscheinend in der alten Hütte hauste, und warum hatte er diesen seltsamen kleinen Schrein für Aylish errichtet? Denn in der Rückschau war es genau das. Das Arrangement der Puppenköpfe, das alte Foto in seinem angelaufenen Rahmen, das Kästchen mit den Briefen. Alles hatte eine Bedeutung für ihn, aber welche? Hatte er sie gekannt? Oder hatte er die Briefe und das Foto zufällig irgendwo gefunden und sich von ihnen verzaubern lassen?

Jetzt erinnerte ich mich wieder an die Rosen auf der halb zerfallenen Veranda, große rote Rosen. Ich versuchte, sie vor meinem inneren Auge heraufzubeschwören, doch sie verschwammen. Ich war zu neugierig auf das Innere der Hütte gewesen, um darauf zu achten. Aber inzwischen hatte ich die gleichen Rosen schon drei Mal gesehen. Auf dem Porträt von Samuel vor der Rosenlaube, an Luellas Gartenzaun und in einer Vase auf dem Grab von Aylish.

Als jemand meinen Arm berührte, drehte ich mich hastig um.

Danny Weingarten reichte mir einen Zettel. *Was ist mit deinem Bein los?*

Ich blinzelte überrascht. »Wie … Woher weißt du das?«

Sein Haar war zerzaust, er trug ein zerschlissenes Flanellhemd, und ich fragte mich, ob er etwa Hobe Millers Wäscheschrank geplündert hatte. Unter der Markise der Bäckerei leuchteten seine Augen in einem dunklen Meergrün. Stirnrunzelnd betrachtete er den Fuß, den ich im Knie des gesunden Beins verhakt hatte, und kritzelte etwas auf den Zettel. *Ich rieche Desinfektionsmittel. Was ist passiert?*

»Ich bin von einem Hund gebissen worden«, stammelte ich, völlig überrumpelt von seinem unerwarteten Auftauchen.

Er streckte die Hand aus und strich mir über die Wange.

Blaues Auge, schrieben seine Finger. *War das auch der Hund?*

»Ich bin vor ihm weggelaufen und gestürzt.«

Sein Stirnrunzeln wurde sanfter. *Sieht schlimm aus. Bist du okay?*

Ich nickte, unfähig, ein Wort herauszubringen. Ich war es nicht gewohnt, dass sich jemand um mich sorgte, und erst recht nicht, wenn er mich damit kalt erwischte. Doch der Ausdruck in Dannys Gesicht – die Sorge in seinen Augen, die herabgezogenen Mundwinkel, die Art, wie er sich beschützend zu mir vorbeugte. Plötzlich war ich willenlos wie ein

Kätzchen und wollte nichts anderes, als ihm in die Arme zu fallen und mich auszuheulen.

Stattdessen räusperte ich mich und zuckte die Achseln. »Halb so schlimm. Ich bin okay.«

Wie ist es passiert?

Ich zögerte. Dann nahm ich ihn am Arm, zog ihn in den Eingang der Bäckerei, vergewisserte mich, dass uns niemand sah, und drehte mich so um, dass nur er mein Gesicht sehen konnte.

»Ich habe einen Hausbesetzer auf meinem Grundstück. Du kennst doch die Hütte auf dem Hügel, von der aus man die Schlucht sehen kann?«

Danny kniff die Augen zusammen, ein Hinweis darauf, dass er mich nicht verstanden hatte.

Er gab mir seinen Block. Ich beschrieb ihm mit knappen Worten, was mir am Morgen passiert war – wie ich zu der Schlucht gewandert, auf die Hütte gestoßen war und festgestellt hatte, dass sie bewohnt war. Dass ich Aylishs und Samuels Briefe gestohlen hatte, behielt ich für mich.

Ich kenne die Hütte, deutete mir Danny mit Zeichensprache an, dann verlangte er seinen Notizblock zurück. *Eine kleine Hütte in einer Lichtung. Tony und ich waren als Kinder oft da. Schöne Erinnerungen. Ich ging auch noch hin, nachdem er durchgebrannt war, aber es war nicht mehr dasselbe. Ich war schon seit Jahren nicht mehr dort. Und du meinst, jemand wohnt jetzt da?*

Ich nickte. »Als mich der Hund angefallen hat, habe ich ihn gesehen. Nur ganz kurz … ein großer Mann, um die sechzig, glaube ich. Hast du eine Ahnung, wer es sein könnte?«

Danny schüttelte den Kopf. *Hat er den Hund auf dich gehetzt?*

Ich zuckte die Achseln. »Wahrscheinlich hat er einen Schrecken bekommen, als er jemanden dort sah, aber auf alle Fälle hatte er keine Eile, ihn zurückzurufen.«

Dannys Augen verdunkelten sich. Er zerknüllte die oberste Seite des Blocks und steckte sie in die Tasche. Dann schrieb er etwas Neues. Er kam nur bis V*erdammt …* und hielt inne, dann steckte er ihn in den Hosenbund und machte eine Reihe von Handzeichen, die so komplex waren, dass ich nichts verstand. Ich hätte gedacht, dass er langsamer machte oder zumindest sah, dass ich ihm nicht folgen konnte und es vielleicht besser wäre, wenn er erneut zum Block griff, stattdessen aber schien er sich nur noch tiefer in seinen Monolog zu verstricken.

Ich starrte ihn ehrfürchtig an.

Sein dichtes Haar stand nach allen Seiten ab, wie unter Strom, und sein ausdrucksvolles Gesicht erinnerte mich an eine Gewitterwolke. Doch es waren vor allem die Augen, die mich gefangen hielten – sie waren nicht einfach grün, sondern glühten wie Smaragde, funkelten wie die Sonne auf dem Meer, dunkel, gefährlich, in wilder Schönheit.

Dann hielt er genauso abrupt inne, wie er angefangen hatte. Machte ein Zeichen: *Tut mir leid.*

Ich schüttelte den Kopf, um ihm zu bedeuten, dass sein Ausbruch mich überwältigt hatte.

Er strich das Wort verdammt durch und schrieb stattdessen: *Ich bin wütend. Ich habe geflucht. Ich gehe zu diesem Mistkerl und vertreibe ihn von deinem Grundstück.*

»Aber …«

Zu meiner Überraschung packte mich Danny am Arm und strich mit dem Daumen über mein Handgelenk, sehr beruhigend. Dann riss er ein neues Blatt ab.

Ich gehe heute Nachmittag hin. Ist es dir recht?

»Nein!«, entgegnete ich. »Du musst nicht …« Ich konnte

den Satz nicht zu Ende führen. Ich sah ihm ins Gesicht. Ich war es nicht gewohnt, dass man sich vor mich stellte. Ich war es nicht gewohnt, dass sich irgendwer für mich einsetzte. Es war ein berauschendes Gefühl, dem ich zunächst widerstand, das mich jedoch gleichzeitig anzog wie ein heller Lichtkegel eine Motte.

»Das ist wirklich nett von dir Danny, aber …«

Als eine junge Frau zu uns trat, verstummte ich. Sie lächelte mir zu, blieb neben Danny stehen und berührte ihn am Arm, um seine Aufmerksamkeit auf sich zu lenken.

Dann machte sie eine Reihe von raschen, fließenden Zeichen, die ich nicht verstand. Anschließend sah sie mich an, immer noch lächelnd, und streckte mir die schlanke Hand entgegen. »Hi, ich bin Nancy. Dannys Mitarbeiterin.«

Sie war genau so, wie ich befürchtet hatte. Groß, blond, umwerfend, ein Supermodel. Sie hatte gepiercte Lippen und flippige Zöpfe. Zu dem bestickten roten Hemdkleid trug sie einen eleganten Gürtel und die coolsten Cowboystiefel, die ich je gesehen hatte.

»Audrey«, sagte ich fast flüsternd, während ich ihre Hand schüttelte. »Nett, dich kennenzulernen.« Ich dagegen war höchst unvorteilhaft angezogen. Ein Harley-Davidson-T-Shirt, das Tony gehört hatte, und eine von Bronwyns abgelegten Wanderhosen.

»Du wohnst in Thornwood, stimmt's?«, fragte Nancy.

Ich nickte.

»Cool«, sagte sie und nickte. »Wunderbare Gegend. Wie hast du dich eingelebt?«

Ich sackte zusammen. Nicht nur umwerfend, sondern auch noch nett. Wie soll ich mit ihr konkurrieren, fragte ich mich. Nicht, dass es überhaupt so etwas wie einen Wettstreit gab, aber …

»Ganz gut«, antwortete ich, doch kaum hatte ich die Worte ausgesprochen, stellte ich mit einem Stich in der Brust fest, dass es gar nicht stimmte. Es war gut gewesen, nach Thornwood zu kommen, traumhaft, beinahe vollkommen – bis vor Kurzem. Zuerst war ich davon besessen gewesen, Samuels Unschuld zu beweisen, dann hatte mich Glendas geheimnisvolles Tagebuch fasziniert. Doch im Lauf der Zeit und vor allem nach der brutalen Hundeattacke verwandelte sich mein Traumhaus langsam, aber sicher in einen Albtraum.

Nancy warf mir ein strahlendes Lächeln zu, blickte Danny an und stieß ihn mit dem Ellbogen an.

Wir sollten jetzt los, bedeutete sie ihm mit Zeichen. Sie schenkte mir ein Grinsen, wobei sich zwei Grübchen in ihren Wangen bildeten. »War nett, dich kennenzulernen, Audrey. Bis bald.«

Dann verschwand sie.

Danny kritzelte etwas auf seinen Notizblock.

Am Nachmittag habe ich Zeit. Dann gehe ich zu dieser Hütte und vertreibe deinen Hausbesetzer.

Ich komme mit, schlug ich vor.

Nein, sonst platzen die Nähte.

»Meinem Bein geht es gut!« Ich stellte es auf den Boden und winselte innerlich, setzte aber ein tapferes Lächeln auf. »Ist bloß eine Schramme. Nichts Großartiges, siehst du?« Ich machte einige Schritte auf den Zehenspitzen, um meiner Behauptung Nachdruck zu verleihen. »Außerdem bin ich eine erfahrene Buschgängerin«, schwindelte ich.

Danny musterte mein Gesicht so lange, dass ich befürchtete, er würde mir das Hosenbein hochziehen und sich selbst ein Bild von der Verletzung machen.

Dann kritzelte er auf seinen Block: *Wie wäre es mit Freitag? Dann hättest du ein paar Tage, um dich zu erholen.*

»Freitag ist prima.«

Freitag war prima. Ich war neugierig auf den Mann, der – zumindest bis jetzt – im Besitz der Briefe von Aylish und Samuel gewesen war. Außerdem wollte ich wissen, weshalb er eine Gedenkstätte für Aylish errichtet hatte und ob er derjenige gewesen war, der die Rosen auf ihr Grab gestellt hatte. Es wäre ziemlich tollkühn gewesen, ihn allein damit zu konfrontieren, aber wenn Danny mich begleitete, war ich viel sicherer.

Danny sah jetzt böse aus, offensichtlich hatte er es nicht eilig zu gehen.

Ich zuckte die Achseln. »Was ist denn?«

Mach keine Dummheiten.

»Aber nein.«

Er schüttelte den Kopf, während er eine weitere Nachricht schrieb. *Du bist wie eine Kelpiehündin, die ich mal hatte. Ständig lief sie hinter Autos her. Und weißt du, was mit ihr passiert ist?*

Eine Kelpiehündin? Ich nahm seinen Zettel und zog eine Grimasse.

Sie wurde überfahren.

Ohne ein weiteres Wort drehte er sich um und ging. Ich beobachtete, wie er die Straße überquerte und auf der anderen Seite zu Nancy trat. Er machte eine Reihe von Zeichen, die sie jedes Mal mit einem Kopfschütteln quittierte. Dann gingen sie weiter den Bürgersteig entlang, dicht nebeneinander, wie alte Freunde. Ehe sie in den Wagen stiegen, meinte ich zu sehen, wie er lächelte.

Am liebsten wäre ich hinterhergerannt und hätte ihm gesagt, dass er mich ganz falsch verstanden hatte. Ich lief keinen Autos hinterher, jedenfalls normalerweise. In Melbourne hatte ich mir große Mühe gegeben, vernünftig und zuverlässig zu sein, normal und nett, in Wahrheit wohl ziemlich langweilig, jedenfalls ein Mensch zu sein, nach dem man die Uhr stellen konnte. Erst jetzt, nachdem ich all das hinter mir gelassen und Thornwood in Besitz genommen hatte, hatte ich mich verändert. Inzwischen hatte ich hier haufenweise unbedachte Augenblicke erlebt, in denen ich das Bedürfnis, es jedem recht zu machen außer mir, endgültig abschüttelte. Eine Veränderung war unausweichlich gewesen. Aber in fremden Hütten herumschnüffeln, Briefe stehlen und sich von Hunden beißen zu lassen? Eigentlich passte das nicht zu mir.

Möglich, dass ich tatsächlich einem Wagen hinterherlief, der unvermutet bremsen und mich umbringen würde. Aber war es nicht besser, etwas zu verfolgen – egal, was –, statt hilflos mitten auf der Straße zu stehen und sich überrollen zu lassen?

Der Drang, hinter Danny herzurennen, war stark, trotzdem beschloss ich, es zu lassen. Danny war unerreichbar. Nicht nur physisch, auch emotional und spirituell. Es lagen Welten zwischen uns. Er war umwerfend und explosiv, eine unbekannte Größe, eine stille rätselhafte Gestalt, getrieben von dem Bedürfnis, sich zu beweisen und der Welt seinen Stempel aufzudrücken.

Ich dagegen war eine graue Maus.

Farblos. Trist. Uninteressant.

Schlimmer noch, mein Bein pochte wie verrückt, und ich brauchte immer noch dringend ein Stück Kuchen.

Nach einem getoasteten Sandwich, ein paar Löffeln klebrigem Dattelpudding und mehreren Schmerztabletten verzog ich mich mit Samuels Briefen in sein Zimmer und setzte mich auf das Bett.

Ich leerte das Kästchen auf die Decke, legte die Briefe, die ich bereits gelesen hatte, beiseite und fing an, die anderen in eine chronologische Reihenfolge zu bringen. Ich nahm die brüchigen Seiten heraus und befestigte sie mit einer Klammer an dem jeweiligen Kuvert. Einige waren geknickt und fleckig, nachdem sie auf den schmutzigen Boden der Hütte gefallen waren, und andere hatten dunkle Fingerabdrücke – Blut vielleicht?

Mir fiel eine Unterbrechung in Samuels Briefen auf, die von Februar 1942 bis Dezember 1945 dauerte. Kein Wunder. Der letzte Brief vor der Lücke war wahrscheinlich kurz vor seiner Gefangennahme aufgegeben worden.

Am 15. Februar 1942 war den Japanern gelungen, was die Alliierten bis dahin für unmöglich gehalten hatten. Die japanische Armee war über die Malaiische Halbinsel vorgerückt und hatte das angeblich uneinnehmbare Singapur besetzt. Über einhunderttausend alliierte Soldaten, darunter siebzehntausend Australier wurden gefangen genommen.

Dieser verheerende Schlag, gepaart mit der Bombardierung von Darwin vier Tage später, markierte das Ende der australischen Hoffnung, sich aus dem Konflikt heraushalten zu können, der den Rest der Welt überrannte. Plötzlich wurden in Gärten Luftschutzräume gebaut, in Schulen Schützengräben ausgehoben, Nahrungsmittel, Kleidung und Medikamente gehortet, weil man Engpässe befürchtete. Nachts patrouillierten Männer durch die Straßen und zwangen die Einwohner, die Fenster zu verdunkeln. Das ganze Land bereitete sich auf eine mögliche Invasion vor, die nun durchaus real erschien.

Ich nahm einen von Aylishs Briefen von dem Stapel und strich ihn auf dem Bett glatt.

6. Februar 1942

Liebster Samuel, heute Morgen war ich wieder in der Post und löcherte Klaus Jarman wegen der verlorenen Briefe, aber seine Antwort ist immer gleich. »Wir haben Krieg, meine Liebe, da sind Verspätungen normal.«

Trotzdem kann ich an seinen Augen erkennen, dass er genauso ratlos ist wie ich.

Er sagt, dass es an manchen Tagen mehr Post gibt, als sie bewältigen können. Dazu kommen die Schwierigkeiten der Lazarettschiffe in letzter Zeit, Luftangriffen auszuweichen, und schon hat man eine ziemlich rationale Erklärung für verspätete Briefe.

An der Universität in Sydney hast du mich verwöhnt; jede Woche bekam ich mehrere Briefe von dir. Jetzt, da ich so verzweifelt wissen will, ob du noch am Leben bist und ob es dir gut geht, ängstigt mich dein Schweigen zu Tode.

Trotzdem will ich die Hoffnung nicht aufgeben. Ich bin sicher, dass du noch lebst, aber frag nicht, wieso. Ich weiß, dass du mich niemals verlassen würdest, nicht einmal im Tod, deshalb weiß ich auch, dass du nicht aus Nachlässigkeit so schweigsam bist. Ich bete zu Gott, dass es dir gut geht und dass meine Briefe und Päckchen dich wie durch ein Wunder erreichen und dir zumindest ein bisschen Trost schenken können.

14. Juli 1942

Stell dir vor, Samuel, Liebster, du bist Vater eines gesunden Mädchens geworden. Es kam am Dienstag, dem 23. Juni zur Welt, ein perfektes kleines Bündel von vier Kilo. Ich habe sie nach deiner Mutter Luella Jean getauft – doch ich nenne sie Lulu, weil sie so klug ist. Sie hat mein dichtes Haar, aber ansonsten ist die Ähnlichkeit mit dir frappierend – die großen intelligenten Augen, das entschlossene Kinn, die helle irische Haut. Sie ist eine angehende Schönheit, und obwohl sie erst drei Wochen alt ist, weiß ich jetzt schon, dass sie einmal genauso intelligent sein wird wie ihr schlauer Vater.

Eine Welle von Wärme und auch ein seltsames Gefühl von Traurigkeit breiteten sich beim Lesen dieses Briefes in mir aus. Aber mir lief es auch eigenartig kalt über den Rücken, als ich Luellas Namen in Aylishs gestochener Handschrift las, es machte mir wieder einmal bewusst, dass die Welt der Vergangenheit Realität war – zumindest war sie es einmal gewesen. Aylish hatte diese Welt schon lange verlassen, aber es hatte eine Zeit gegeben, in der sie aus Fleisch und Blut gewesen war, eine junge Mutter mit denselben Ängsten und Hoffnungen für ihre kleine Tochter wie ich für meine. Erklärte das meine Verbindung zu ihr? Oder gab es noch einen anderen Grund für das Gefühl, dass ein wesentlicher Teil von ihr in mir weiterlebte?

17. September 1942

Samuel, Liebster, wie du am Absender sehen kannst, wohne ich nicht mehr in der Stump Hill Road. Nachdem Poppa im August verhaftet worden war, kamen einige Inspektoren des Commonwealth Bureau zu den seltsamsten Stunden vorbei – zur Teezeit und einmal spät am Abend, zweifellos in der Hoffnung, mich zu überraschen. Sie wollten überprüfen, ob das Kind gut versorgt ist, behaupteten sie und gaben vor, sich um meinen Familienstand (oder dessen Nichtvorhandensein) zu sorgen. Sie befragten mich zum Vater des Kindes; sie wollten wissen, ob auch er »farbig« sei. Du kannst es mir glauben, ich hatte die ganze Zeit glühende Wangen, und um ein Haar wäre ich ausfällig geworden, doch ich biss mir auf die Zunge. Ich habe gesehen, wie man anderen Aborigine-Müttern, die hellhäutige Kinder hatten, diese wegnahm und die Familien sich anschließend nie wieder von dem Verlust erholten.

Der Gedanke, dass man mir Lulu wegnehmen könnte, überstieg meinen Horizont – ich wusste nur, dass ich das unter allen Umständen verhindern musste.

Eines Morgens kamen die Inspektoren vorbei, als Ellen Jarman zufällig hier war, um mir für die neueste Strickkampagne des Roten Kreuzes ein Bündel kakifarbener Wolle zu bringen. Nun, Ellen hatte schon immer eine lose Zunge, aber an diesem Morgen war sie in Bestform und erteilte ihnen eine Lektion. Allein bei der Erinnerung daran werde ich heute noch rot. Die Männer konnten gar nicht schnell genug wieder verschwinden, Samuel! Sie drückten ihre Formulare an die Brust, sprangen in den Wagen und machten sich aus dem Staub.

Anschließend musterte mich Ellen eine ganze Weile. Dann sagte sie: »Sei nicht gekränkt, Aylish, Schätzchen, aber könntest du dir vorstellen, eine Weile für Klaus und mich zu arbeiten – nur bis Jacob zurückkehrt?«

Ich lehnte ab, doch dann redete sie hastig weiter und erzählte, dass sie völlig überfordert sei, ihre Schwester krank, dass ihr Haus vor einquartierten Soldaten aus allen Nähten platze und ihre Haushälterin von der Arbeitskommission rekrutiert worden sei, um für die Offiziersmesse in Amberley zu kochen. Auf ihre unwiderstehliche Art und Weise gab sie mir zu verstehen, dass ihre freiwillige Arbeit für das Rote Kreuz darunter litt und ich meinen Einsatz in ihrem Haushalt als lebenswichtigen Beitrag zu den Kriegsanstrengungen betrachten sollte. Und nachdem sie die Abneigung in meinem Gesicht gesehen hatte, fügte sie hinzu, sie könne mir mit Lulu helfen. Als ausgebildete Hebamme wisse sie, wie meiner kleinen Tochter die bestmögliche Versorgung zuteilwerden könne.

Während ich ihr zuhörte, beobachtete ich am Ende der Stump Hill Road die Staubwolke, die der Wagen der Inspektoren aufwirbelte. Wenn sie das nächste oder übernächste Mal zurückkamen, würde ich nicht mehr so viel Glück haben.

Ich bedankte mich bei Ellen und erklärte, dass ich über ihr freundliches Angebot nachdenken wolle. Aber da hatte ich mich bereits entschieden, Samuel. Poppa pflegte zu sagen: Wenn der Wolf an die Tür klopft, bleibt man nicht tatenlos stehen und wartet, bis er am Ende durch den Kamin kommt.

31. Oktober 1942

Liebster, nie im Leben kommst du drauf, wo ich bin, mit dem Briefpapier auf den Knien, an einen schattigen, kühlen Felsen gelehnt? Ja, in unserer von Farnen umgebenen heimlichen Lichtung über der Schlucht!

Es ist immer noch genauso wie beim letzten Mal, als wir zusammen hier waren – sonnig und erfüllt vom Gesang unzähliger Glockenvögel, die Luft ist wunderbar kühl, und die Schatten sind grün von all den Farnen, die zwischen den Bäumen sprießen. Am schönsten sind im Moment die Flechten, sie leuchten nach dem Regen – golden, rosa, violettgrau und zinnrot. Ich pflücke ein paar und stecke sie in den Brief, weil du sie so gern hast. Ich habe auch ein paar junge Eukalyptusblätter gesammelt, ein winziges Stückchen Heimat für dich.

Lulu liegt neben mir im Schatten auf der Decke, die ich für sie ausgebreitet habe. Sie strampelt mit den Beinchen und gluckst zu den sonnenüberfluteten Bäumen empor. Ich habe ihr die Namen aller Vögel aufgezählt: Wippflöter, Mangrovekrähenwürger, Fliegenschnäpper und Arudickkopf. Sie ist erst vier Monate alt, aber sie sieht mit ihren großen klugen Augen zu mir auf, und ich bin sicher, dass sie jedes Wort versteht.

Bei den Jarmans geht es mir gut, obwohl ich gestehen muss, dass ich eigentlich ihretwegen hierhergeflüchtet bin. Ich musste eine Stunde lang den Kinderwagen schieben und Lulu anschließend bis zur Schlucht tragen, aber die Mühe ist es wert. Versteh mich nicht falsch, die Jarmans sind sehr nett. Während ich den Boden wische, Wäsche wasche, Butter schlage, Kartoffeln schäle oder irgendeine Besorgung mache, lässt Ellen Lulu nicht aus den Augen und kümmert sich um sie. Klaus und sie vergöttern unser kleines Mädchen, und das ist gut, nicht wahr?

Trotzdem wird mir manchmal alles zu viel. Vor allem, wenn Lulus Lächeln breiter wird, ihre Augen leuchten und sie ausgelassener lacht, nur weil Ellen in der Nähe ist. Dann kommt Klaus nach Hause und kitzelt sie unter dem Kinn, bis sie vor Freude kräht, und selbst der junge Cleve macht mit, er kämmt ihr Haar, erzählt ihr Geschichten oder kitzelt ihre Ohren, bis sie gurrt wie ein Taubenbaby. Währenddessen bin ich mit dem Scheuerlappen unterwegs, fege das Haus oder schlage mich mit dem Melkeimer herum, beobachte sie aus den Augenwinkeln und denke, dass ich ihnen am liebsten allen den Hals umdrehen würde (außer meiner kleinen Lulu, natürlich).

Also bringe ich sie hierher, in unsere verzauberte Lichtung, und erzähle ihr Geschichten über die Vögel und Eidechsen und die Blumen, die in der warmen Erde wachsen. Ich erzähle ihr von dem Bunyip, der im Schatten tanzt, oder von dem Bach weit unter uns und den weisen Geistern, die in den Bäumen hocken und uns beschützen. Und ich erfinde Geschichten über ihren tapferen Daddy, der in den Krieg gezogen ist, und wie glücklich wir sein werden, wenn er zurückkehrt.

Denn du, liebster Samuel, wirst zurückkehren, ganz bestimmt, daran gibt es nicht den geringsten Zweifel in meinem Herzen.

24. April 1943

Krieg bloß keinen Schreck, Liebling, aber gestern bin ich gestürzt.

Es ist alles gut, es war eine Dummheit, ich war hundemüde und habe nicht aufgepasst – wie auch immer, gestern Abend nach dem

Tee habe ich die Hintertreppe gewischt und bin mit meinen abgelaufenen Schuhen auf der seifigen Stufe ausgerutscht, die Treppe hinuntergestürzt und ziemlich unsanft auf dem Boden gelandet.

Ich habe mich nicht verletzt, nur ein paar Schrammen am Schienbein – und natürlich einen Kratzer in meiner Würde – abbekommen, doch als ich mich kurz hinsetzte, um den Schreck zu verdauen, hörte ich einen Schrei aus dem Inneren des Hauses. Noch ehe ich aufstehen konnte, stürzte der junge Cleve mit einer Flasche Jodtinktur und einer riesigen Rolle Wundpflaster herbei. Ich protestierte, aber er ist ein sturer Bengel. Und während er die Abschürfungen auf meinem Schienbein mit einem Wattebausch betupfte, erzählte er mir, dass er bei den Kadetten einen Kurs in Erster Hilfe macht.

»Bist du nicht ein bisschen jung für einen Kadetten?«, zog ich ihn auf, da ich weiß, dass sie einen erst nehmen, wenn man sechzehn ist.

»Ich bin ziemlich groß für mein Alter«, antwortete er überheblich. Doch dann räumte er ein: »Dad erlaubt mir, dass ich mit zu den Wochenendlagern nach Amberley fahre. Ich bin noch nicht einberufen, aber ich mache alles mit, was die Älteren tun. Wir lernen zu morsen und eine Menge anderer toller Sachen – am liebsten identifiziere ich Flugzeuge. Sobald ich alt genug bin, melde ich mich bei der Luftwaffe.«

Ich schwöre dir, Samuel, der Junge ist erst zehn, benimmt sich aber schon wie vierzig. Er ist ein kleiner Klugscheißer und bildet sich ein, alles besser zu wissen – irgendwie erinnert er mich an einen gewissen gut aussehenden jungen Arzt, den ich mal kannte! Cleve ist außerdem ein leidenschaftlicher Sammler von Glasflaschen, abgefahrenen Reifen und Blechdosen, und ein Mal in der Woche macht er die Runde und sammelt alte Zeitungen ein. Das alles lässt sich auf vielfältige Art für den Krieg wiederverwenden. Vor ein paar Jahren hat er angefangen, seinem Vater im Postamt zu helfen, vor und nach der Schule sortiert er die Briefe, obendrein hat er auch noch Zeit, mir bei den Hausarbeiten zur Hand zu gehen, räumt hinter Lulu her, trocknet nach dem Abendessen das Geschirr ab, hackt Holz und füttert die Hühner – er hat sich ziemlich unentbehrlich gemacht.

Ehrlich, Samuel, ich wünschte, ich wäre nur halb so fleißig wie dieser Junge und hätte ein Viertel seiner Energie! Es ist wirklich eine Schande, dass Ellen so schlecht auf ihn zu sprechen ist. Sie schimpft wegen des kleinsten Fehlers, nörgelt an ihm herum und macht Bemerkungen darüber, wie er herumläuft. Ich habe sogar gesehen, wie sie das arme Kind vor ihren Kollegen beim Roten Kreuz gedemütigt hat. Manchmal tut er mir wirklich leid. Er scheint keine Freunde zu haben, vielleicht bürdet er sich deshalb in seiner Freizeit so viele Aufgaben auf.

Wie auch immer, seine Begeisterung ist rührend, und es war wirklich nett von ihm, mir nach meinem Malheur zu helfen – doch seine Äußerung über die Luftwaffe hat mich traurig gemacht. Ich kann nur hoffen, dass dieser elende Krieg längst zu Ende ist, wenn er alt genug ist, um sich zur Armee zu melden.

21. Mai 1943

Hallo, Liebling, hast du mein Osterpäckchen erhalten? Ich weiß, dass du über Lulus Fotos begeistert sein wirst, und die Zigaretten, die Seife und die Schachtel mit den Biskuits kannst du entweder selbst verbrauchen oder gegen etwas anderes eintauschen. Meine Backkünste lassen zu wünschen übrig, der junge Cleve meinte, die Biskuits wären so zäh wie Schuhleder, aber ich habe sie dir trotzdem eingepackt. Vielleicht magst du sie da, wo du bist. Dieses Mal lege ich dir selbst gestrickte Socken bei, auch wenn sie leider kaum gelungener sind als die Biskuits.

Neben meinen Haushaltspflichten bei den Jarmans habe ich angefangen, nachts im Fernsprechamt zu arbeiten, während Lulu (bald ein Jahr alt!) in Ellens Obhut schläft. Meine Schicht endet um zehn Uhr abends, dann fahre ich auf dem Fahrrad nach Hause. Dabei muss ich den verdammten Sandsäcken ausweichen, die sie überall aufgestapelt haben, und klingeln, um niemanden umzufahren. Manchmal schaffe ich es nur wie durch ein Wunder, den Weg durch die Straßen zu finden. Um diese Uhrzeit ist die Stadt stockdunkel, keine einzige Straßenlaterne brennt, sämtliche Fenster sind verdunkelt. Nach Einbruch der Dunkelheit dürfen keine Wagen mehr verkehren, es sei denn, mit abgedunkelten Scheinwerfern. Zwar kann ich manchmal einen Motor in der Ferne hören, doch man sieht nie mehr als einen gedämpften Lichtkegel auf der Straße. Wer hätte gedacht, dass wir hier draußen in Magpie Creek einmal Angst vor Bombenangriffen haben würden? Doch es ist wahr, Samuel, seit Darwin fühlt sich keiner von uns mehr sicher.

Am Mittwoch, auf dem Rückweg von der Stadt, hörten wir, dass ein Lazarettschiff des Roten Kreuzes, die *Centaur,* vor der Küste bei Stradbroke Island torpediert wurde. Es heißt, mehr als zweihundertfünfzig Soldaten und Krankenschwestern seien ums Leben gekommen oder ertrunken. Wir können es kaum glauben, all diese verlorenen Leben, all diese Familien, die von einer so grausamen Katastrophe heimgesucht wurden. Ich schwöre, das ganze Land steht unter Schock.

Hier bei den Jarmans dagegen kommen wir ganz gut über die Runden. Gestern Abend hat Ellen durchblicken lassen, dass Klaus und sie Lulu gern adoptieren würden, falls mir etwas zustieße – aber natürlich würde es nicht dazu kommen, setzte sie dann rasch hinzu. Es klang nervös, wie sie es sagte, und ich hatte den Eindruck, dass sie mir etwas verschwieg.

Ich unterdrückte meinen Kummer damit, dass ich den wundervollen Ring deiner Mutter hervorholte und ihr antwortete, dass wir heiraten würden, sobald du zurück bist. Daraufhin kamen Ellen die Tränen, und sie gratulierte mir, trotzdem hatte ich erneut das

Gefühl, dass ihre Reaktion nur die Spitze eines Eisbergs war. Es ist schwer zu erklären, aber ich musste an andere Bemerkungen denken, die sie gelegentlich macht. »Wie jung du doch bist, Aylish«, sagt sie zum Beispiel und wirft mir einen besorgten Blick zu. »Erst neunzehn und ganz allein. Dabei bist du ja selbst noch ein Kind.« Neulich sagte sie: »Unsere süße kleine Lulu ist der Sonnenschein in meinem sonst so tristen Dasein.«

Ich versuche, daran zu denken, wie nett sie zu mir war und wie sie mich an jenem Tag vor den endlosen Verhören und Fragebogen der Inspektoren rettete. Und mir in Erinnerung zu rufen, dass ich ohne die Arbeit bei den Jarmans diesen Männern mit ihren blassen Gesichtern, die aus der Bibel zitieren und einem anschließend die Kinder wegnehmen, hilflos ausgesetzt wäre.

7. Dezember 1943

Liebster, in letzter Zeit bin ich sehr unruhig; irgendwie habe ich das merkwürdige Gefühl, dass uns die Zeit davonläuft. Ellen sagt immer, ich soll es ruhiger angehen, lieber etwas langsamer machen, ehe ich vor Erschöpfung zusammenbreche, aber ich kann nicht.

Noch vor dem Morgengrauen springe ich aus dem Bett, bade Lulu, ziehe sie an und füttere sie – ich habe Glück, sie isst gern und lehnt nie etwas ab. Es scheint, als würde ich ständig wie ein kopfloses Huhn herumrasen, bis es Zeit zum Schlafen ist – ich mache sauber, fege oder bohnere oder ernte Gemüse, wische etwas auf, das verschüttet wurde, küsse ein aufgeschürftes Knie, koche riesige Eintöpfe oder backe Brot für die wachsende Menschenmenge, die bei den Jarmans einquartiert ist.

Ich kann einfach nicht still sitzen. Auch wenn ich wie durch ein Wunder Zeit fände, die Beine hochzulegen, würde ich es nicht tun. In mir tickt eine Zeitbombe, die Stunden und Sekunden abzählt – warum, weiß ich nicht. Ich denke immer wieder an jene Nacht in der Hütte zurück, unsere letzte gemeinsame Nacht. Samuel, weißt du noch, wie aufgewühlt ich war, als ich das blasse Gesicht am Fenster sah? Ein Gespenst, sagte ich immer wieder. Doch schon damals wusste ich im Grunde meines Herzens, was ich gesehen hatte.

Es war der Tod, Samuel. Und der Tod hatte auch mich gesehen.

Ellen meint, es liege am Krieg. Tod und Verlust seien immer ganz nah. Wir lachen und singen und schwatzen miteinander, lebhaft wie Zimtflügel-Honigfresser, doch hinter der fröhlichen Fassade lauert die Angst. Manchmal liege ich nachts wach und stelle mir vor, wie die Welt, sich um ihre Achse drehend, leise ächzt und stöhnt. Und wenn ich die Augen schließe, sehe ich nur Zeitungspapier: Seiten voller Namen – von Toten und Vermissten, unzähligen jungen Männern und vielen Frauen, die niemals zurückkehren werden. Ellen hat recht – der Krieg hat uns alle verändert und nicht immer zum Guten.

Heute Nachmittag habe ich Lulu bei Ellen gelassen und bin in der Hoffnung, meine traurige Stimmung zu vertreiben, mit dem Rad zur Stump Hill Road gefahren und dann den Hügel zur Schlucht hinaufgestiegen. Es war ein warmer Tag, und meine Füße trugen mich den Weg entlang bis nach Thornwood. Das arme Haus! Es war von Wandelröschen und Brombeeren völlig überwuchert. Seit dein Vater zu seinen Verwandten nach Warwick gezogen ist, verkommt es mehr und mehr.

Ich wollte einen Blick durch das Fenster ins Innere werfen, vielleicht sogar den Ersatzschlüssel aus der Waschküche holen und mich hineinschleichen. Weißt du noch, wie du mir immer ausgewichen bist, wenn ich einen Blick hineinwerfen wollte? Du hast gesagt, dass ich in die Sonne und die Schatten des Gartens gehöre, dass ich ein schwarzer Schmetterling sei, zu zart und zu wild, um in der erdrückenden Enge eines verstaubten, alten Hauses gefangen zu sein.

Völliger Blödsinn, wenn ich heute daran zurückdenke. Was wolltest du vor mir verbergen, frage ich mich? Oder war es vielleicht genau andersherum, wolltest du mich verstecken – falls dein Vater unangemeldet auftauchte oder eine Dame der Gesellschaft einen Überraschungsbesuch machte?

Verzeih, Liebster, das war unfair. Aber die Einsamkeit ist eine Tortur, und dein ewiges Schweigen macht alles noch schlimmer. Immer wieder gehen mir schreckliche Szenarien durch den Kopf, und manchmal denke ich, dass ich langsam den Verstand verliere. Währenddessen bist du weit weg und unfähig, dich selbst zu verteidigen. Wärst du hier … ach, Samuel, wärst du doch bloß hier!

Natürlich habe ich es nicht bis zum Haus geschafft. Die alte Rosenlaube winkte, und ich folgte dem Pfad hinüber. Ich hätte heulen können (ich tat es tatsächlich), als ich sah, in welchem Zustand sie war. Die schönen alten Rosenstöcke waren von Baumtrieben und Unkraut überwuchert, die Sträucher selbst mit verwelkten Blüten übersät und die kostbaren Hagebutten (von denen wir früher eine Handvoll pflückten, um dann einen süßen Tee zu kochen, kannst du dich erinnern?) von der Sonne verbrannt.

Ich lag im Inneren der Laube auf dem Rasen, zwischen herabgefallenen Blüten und dornigen Zweigen. Ich schloss die Augen vor der sengenden Sonne, und du kamst auf mich zu, hinter meinen geschlossenen Lidern, ich schwöre, du standest vor mir im Eingang der Laube, so wirklich wie damals, als ich das Foto von dir machte.

Weißt du das noch? Es war kurz nachdem der Krieg ausgebrochen war, im Jahr 1939. Dein Vater hatte an einem sonnigen Nachmittag im großen Garten von Thornwood ein Picknick für das Rote Kreuz veranstaltet. Ich schleppte mich mit Poppas Sucherkamera zu euch hinauf und schoss Porträts gegen eine kleine Spende für den Kriegsfonds. Du stecktest mir eine brandneue Pfundnote zu, führtest mich zur Rosenlaube und wolltest unbedingt mein erster Kunde sein.

Du sahst so lebendig aus, du lächeltest auf deine dir eigene Art und hattest nur Augen für mich. Und ich spürte zum ersten Mal die schwindelerregenden Bande der Liebe um mein Herz. Wie sehr ich dich an jenem Tag liebte, Samuel – und wie ich dich heute noch immer liebe.

Denkst du manchmal an mich, mein Liebster? Gibt es dort, wo du bist, Rosen – oder ist alles nur Schlamm und Dunkelheit, Blut und Angst? Vielleicht besinge ich sie trotzdem für dich – die duftenden Knospen und schweren Blüten, die süßen Hagebutten, die vor Zärtlichkeit und Sehnsucht platzen – und bete, dass zumindest sie (und ich) in deinen Träumen bei dir sind.

4. Mai 1944

Liebster Samuel, als ich heute Morgen aufwachte, war Lulus Wiege leer. Für einen kurzen Augenblick packte mich fürchterliche Panik – als hätte die Zeitbombe aufgehört zu ticken und wäre explodiert, während ich schlief –, doch dann hörte ich ihr süßes Glucksen in der Küche.

Ich ging hinüber, und da saß Ellen am Frühstückstisch, mit Lulu auf dem Schoß, und Cleve mit einem großen Teller Rührei und gebutterten Toaststreifen neben ihnen.

Ellens Gesicht glühte, Lulus auch, doch am deutlichsten war die Veränderung in dem jungen Cleve. Während ich unbemerkt an der Tür stand, streckte Ellen die schmale Hand aus und streichelte ihm über die Wange. Der Junge schmolz förmlich dahin, seine Augen wurden so groß wie die eines kleinen Hundes, und er sah seine Mutter erstaunt und dankbar an. Doch dann wandte Ellen ihre Aufmerksamkeit natürlich wieder Lulu zu, die sich gerade eine Handvoll Rührei in den Mund stopfte und das meiste auf ihr hübsches Kleid kleckerte – aber Cleve … er konnte den Blick nicht mehr von seiner Mutter abwenden.

Ich schwöre, Samuel, ich habe noch nie einen so reinen, wilden Blick gesehen, voller Sehnsucht nach Liebe. Es war mir peinlich.

Das Ganze war so intim, Cleves Reaktion auf die Zärtlichkeit seiner Mutter so unglaublich herzzerreißend. Vielleicht war es ein winziger, scheinbar banaler Moment, der jedoch einem älteren Cleve eines Tages als Wende in seinem Leben in Erinnerung bleiben wird.

Ich hätte mich für ihn freuen sollen, doch dann überkam mich ein Gefühl von Trostlosigkeit. Meine Stellung im Leben hatte sich geändert. Was ich für real und beständig hielt, hatte sich von einem auf den anderen Augenblick als etwas entpuppt, das so dünn war wie ein Spinnennetz. Ellen, Cleve und meine kleine Lulu zeigten mir das Bild einer eng verbundenen, glücklichen Familie, einen Augenblick zärtlichen Zusammenseins, und ich war der einsame Außenseiter.

2. März 1945

Samuel, Liebster, endlich kann ich dir gute Neuigkeiten berichten. Poppa kommt nach Hause! Gestern erhielt ich einen Brief von ihm, darin schreibt er, dass er Ende Juni nach Magpie Creek zurückkehrt. Natürlich wollte ich mich sofort zur Stump Hill Road aufmachen, um das Haus für ihn herzurichten, doch bis zum Juni ist es noch lange hin, und ich muss mich gedulden.

Gestern Abend habe ich Ellen Poppas Brief gezeigt und ihr eröffnet, dass ich nach Hause zurückkehren will. Zuerst reagierte sie erfreut, aber dann hatte ich das Gefühl, dass sie böse war. Sie ging im Zimmer auf und ab, warf mir beunruhigte Blicke zu und fragte Klaus ein ums andere Mal, ob er Poppas Brief nicht auch seltsam fände und ob der arme Alte (wie würde Poppa toben, wenn er das wüsste!) nach seinem Aufenthalt im Internierungslager nicht zu kränklich wäre, um in die Stump Hill Road zurückzukehren, und zu schwach, um den Radau eines lebhaften dreijährigen Kindes zu ertragen.

Lulu ist sehr lebendig, aber sie wird Poppa keine Last sein – ganz im Gegenteil, vermute ich. Er lässt sich in seinen Briefen immer sehr zärtlich über sie aus, er kann es kaum abwarten, die Rolle des liebevollen Opas zu spielen und sie nach Strich und Faden zu verwöhnen. Ich bin sicher, dass ihre Fröhlichkeit ihn eher aufmuntern statt vorzeitig ins Grab bringen wird, wie Ellen offenbar annimmt.

Später, als Ellen zu Bett gegangen war, die Lichter gelöscht waren und ich dem Knacken im Gebälk lauschte, meinte ich, sie weinen zu hören. Mein Herz wurde schwer, und die Freude über Poppas Rückkehr verflog. Warum ist das Glück immer nur von so kurzer Dauer? Warum wird es stets von Schuldgefühlen und Angst überschattet? Noch lange, nachdem Ellens Schluchzen in der Stille der Nacht verebbt war und von Klaus' leisem Schnarchen übertönt wurde, lag ich wach.

Ich konnte verstehen, warum Ellen traurig war. Es hatte nichts mit ihrer Sorge um Poppas Wohl zu tun – sie würde Lulu vermissen.

Um Mitternacht stieg ich die Treppe hinunter, um eine Tasse Malzmilch zu trinken. Und wer hockte da, mit dem Kopf auf den Armen am Küchentisch? Der junge Cleve. Als ich an der Kordel zog, um die Küchenlampe anzuschalten, schreckte er auf und wischte sich über das Gesicht, doch ich hatte gesehen, dass es von Tränen benetzt war.

»Was ist denn los?«, fragte ich.

»Nichts«, stammelte er, sprang auf, füllte den Kessel mit Wasser und stellte ihn auf den Herd. Dann setzte er sich wieder hin und wich meinem Blick aus.

»Bist du krank, Cleve?«

Er schüttelte den Kopf.

»Wieso sitzt du hier allein im Dunkeln? Du musst morgen in die Schule, und es ist schon spät.«

Als er nicht antwortete, fing ich an, mir Sorgen zu machen. Er ist jetzt ein hoch aufgeschossener, grobschlächtiger Junge von dreizehn, der sich nicht wohl in seiner Haut fühlt. Im Vergleich zu anderen Jungen, die ich kenne, sieht er bereits aus wie ein alter Mann. Das blonde Stoppelhaar auf dem großen Schädel ist kurz geschnitten, er hat eine Falte zwischen den hellen Augenbrauen und große blaue Augen, in denen Angst und Sorgen schwimmen wie Goldfische in einem Glas.

»Cleve?«

Er wischte sich erneut über das Gesicht. »Ich will nicht, dass ihr geht.«

Und da verstand ich auf einmal. Erinnerungen kamen hoch – Cleve und seine Mutter am Frühstückstisch, wo sie Lulu verhätschelten, die drei, dieses Bild einer glücklichen Familie, unzählige gemütliche Abende am Radio, Cleve, der zu Füßen seiner Mutter mit Lulu spielte, Cleve und seine Mutter, die sich abwechselten, Lulu vor dem Einschlafen mit lustiger Stimme aus Kinderbüchern vorzulesen.

Cleve und seine Mutter.

»Wir können hier nicht ewig bleiben«, erklärte ich ihm.

Cleve nickte, aber dann sah er auf und blickte mich an. Mir lief es kalt über den Rücken. Blöd, wahrscheinlich war ich müde – aber ich dachte, ich hätte noch etwas anderes in diesen blauen Goldfischglas-Augen gesehen, etwas, das mich erschreckte. Groll. Vielleicht sogar Hass. Ich weiß, dass es seltsam klingt, Samuel, aber was ich in diesem Moment empfand, war beinahe Angst.

Der Augenblick ging vorbei. Cleve ließ den Kopf sinken, und ich zweifelte an dem, was ich gesehen hatte. Ich vertrieb meine Befürchtungen, nahm den sprudelnden Kessel vom Herd und bereitete uns zwei Tassen Malzmilch zu. Zu jeder anderen Zeit hätte ich mich zu dem Jungen gesetzt, ihm über die pummeligen Schultern gestrichen und ihn getröstet. Gestern nicht. Kaum hatte ich ihm seine Tasse hingestellt, murmelte ich hastig »Gute Nacht« und kehrte rasch in mein Zimmer zurück.

16. März 1945

Ach, Samuel, ich bin so traurig.

Heute Abend, eine Stunde nach dem Tee, als wir um das Radio saßen, um die Sieben-Uhr-Nachrichten zu hören, schrie Lulu, die ich gerade ins Bett gebracht hatte, plötzlich auf. Ich lief aus dem Zimmer, nahm sie hoch und sah entsetzt, dass ihr Ärmchen von Blut überströmt war. Dann entdeckte Ellen eine braune Glasscherbe in der Wiege. Sie sah mich an, als sei ich die schlechteste Mutter der Welt, und jetzt fürchte ich, dass sie recht haben könnte.

Es war keine tiefe Wunde, trotzdem gerieten wir in Panik, bekleckerten uns mit Jod und Wundsalbe und verstreuten Bandagen, Watte und Rollen von Verbandsmull im Zimmer, bis es einem Feldlazarett glich – aber Lulu beruhigte sich bald, wie ein tapferer kleiner Soldat.

Ich schwöre, Samuel, ich habe keine Ahnung, wie die Glasscherbe in die Wiege gekommen ist. Ich wache mit Argusaugen über ihre Sicherheit. Cleve stand in der Tür und beobachtete uns mit einem missmutigen Grinsen. Ich weiß noch, dass mir ein böser Gedanke durch den Kopf schoss: Na, wo ist deine verdammte Jodtinkturflasche jetzt?

24. März 1945

Schon wieder muss ich dich mit meinen Sorgen behelligen, Samuel, vergib mir, Liebster, aber ich habe sonst niemanden, an den ich mich wenden könnte.

Gestern Abend bekam ich zufällig mit, wie Ellen telefonierte. Sie nannte keine Namen, aber ich hörte, wie sie mehrmals »das Kind« sagte oder »das kleine Mädchen« und dann: »Die ganze Situation ist äußerst unbefriedigend.«

Danach lag ich wach im Bett, und die Tränen rannen mir über das Gesicht. Heute Morgen wartete ich, bis der Frühstückstisch abgeräumt war, dann ging ich zu Ellen. Ich erklärte, dass ich mit Lulu früher als geplant zurück in die Stump Hill Road ziehen würde, damit wir das Haus für Poppa herrichten können.

Natürlich kam es zum Streit. Ich hatte nicht erwartet, dass sie sich dermaßen aufregen würde. Am Ende lief sie schluchzend aus dem Zimmer, und ich fühlte mich hin- und hergerissen. Ich wünschte mir inständig, ich hätte nichts gesagt. Aber Samuel, wie hätte ich nichts sagen sollen, nachdem ich das Telefongespräch von gestern Abend mitgehört hatte?

Ich saß erschöpft am Küchentisch. Cleve stand in der Tür und beobachtete mich.

»Was ist?«, fragte ich schroffer, als ich beabsichtigt hatte. »Was gibt es zu gaffen?«

Zuerst antwortete er nicht. Wieder hatte ich das Gefühl, dass er älter ist – viel älter – als seine dreizehn Jahre. In den letzten zwölf Monaten ist er in die Höhe geschossen, jetzt ist er fast so groß wie sein Vater und vor allem auch so kräftig gebaut. Es war mir bislang nie so richtig aufgefallen – wahrscheinlich hat die Gewohnheit seiner Mutter, ihn zu ignorieren, auf mich abgefärbt.

»*Du* kannst gehen«, sagte er aufgebracht. »Dich wird hier niemand vermissen. Aber Lulu gehört jetzt zu uns.«

»Wie kannst du so etwas sagen, Cleve? Sie ist meine Tochter. Der einzige Mensch, zu dem sie gehört, bin ich.«

»Mum sagt, du bist gar nicht dazu imstande, eine gute Mutter zu sein.«

Ich starrte ihn fassungslos an und brauchte ein paar Sekunden, um die Sprache wiederzugewinnen, aber selbst da war sie nicht viel mehr als ein Flüstern.

»Dann hat sie unrecht.«

Doch Cleve war gegangen, ich hörte, wie er die Diele zu seinem Zimmer entlangstapfte und zum Zeichen seiner Genugtuung misstönend vor sich hin pfiff.

Lange Zeit saß ich am Küchentisch. Ich zitterte. Unterdrückte die Tränen. Irgendwann fing Lulu an zu weinen, und Ellen lief zu ihr, ich hingegen konnte mich nicht rühren. Ich saß da, dachte an die Männer in den grauen Anzügen mit ihren Klemmbrettern voller Formulare und ihrem schwarzen Wagen. Und zum ersten Mal seit Ausbruch des Krieges hatte ich richtig Angst. Nicht um mich, sondern um unsere kleine Tochter. Sie ist mein Leben, Samuel – ihr süßes Lächeln, ihr fröhliches Stimmchen, ihr sonniges Gemüt –, sie ist für mich lebenswichtiger als Essen, Wasser oder Luft zum Atmen. Wenn man sie mir wegnimmt, wie soll ich dann weiterleben?

25. Mai 1945

Wie du am Absender sehen kannst, Liebster, bin ich immer noch bei den Jarmans. Ich musste Ellen versprechen, so lange zu bleiben, bis sie eine neue Haushälterin gefunden hat – als wäre ich nichts anderes für sie gewesen als das, bloß eine Angestellte! Das hat sie bisher nicht, also habe ich mich damit abgefunden, länger hierzubleiben, gefangen in diesem elenden Fegefeuer, und die Zeit totzuschlagen, bis ein anderes Opfer meinen Platz eingenommen hat.

Doch das hat sich nun alles verändert, Samuel. Nach dem Debakel von heute Nachmittag kann ich unmöglich länger bleiben.

Ellen hatte Lulu zu ihrem Treffen beim Roten Kreuz mitgenommen (wo sicher alle ein großes Tamtam um die Kleine machten), und ich nutzte die Zeit, um die letzten Tomaten einzukochen.

Cleve kam in die Küche und lungerte hier herum, spielte mit einem Küchenmesser, warf versehentlich (absichtlich) die Tomatenschalen auf den Boden und tigerte unablässig zwischen Tisch und Spüle hin und her.

Auf dem Herd stand ein großer Topf mit blubbernder Tomatensauce. Gerade als ich sie in die sterilisierten Flaschen umfüllen wollte, schlurfte Cleve an mir vorbei und rempelte mich an.

Die kochend heiße Sauce spritzte auf meinen Arm. Ich wich vor Schreck und Schmerz zurück und rutschte auf den zermatschten Tomatenschalen aus, die Cleve trotz meiner Aufforderung nicht aufgewischt hatte. Um ein Haar hätte ich das Gleichgewicht verloren und wäre gestürzt, ich konnte mich gerade noch am Tischrand festhalten. Die Kelle flog mir aus der Hand und landete auf dem Küchenboden.

Cleve schrie auf.

Ich fuhr herum. Als Erstes sah ich einen blutroten Fleck auf seinem Schulhemd. In meiner Verwirrung nach der Rempelei glaubte ich, dass er sich mit dem Küchenmesser verletzt hatte. Er krümmte sich zusammen, umfasste das Gesicht mit beiden Händen und brüllte wie am Spieß. Dann begriff ich. Die heiße Sauce aus der Kelle hatte ihn getroffen.

Ich versuchte, ihn zur Spüle zu ziehen und kaltes Wasser über die Verbrennungen laufen zu lassen, um zu sehen, wie schlimm es war, doch er wehrte mich ab und lief davon.

Die Oberin im Krankenhaus sagt, dass er es überleben wird, obwohl die Wunden ziemlich böse sind und er ein paar Narben in seinem armen Gesicht zurückbehalten könnte.

Samuel, du kannst dir nicht vorstellen, welche Vorwürfe ich mir deshalb mache. Du wirst es banal finden, angesichts der Schrecken, die du in Malaysia oder wo auch immer durchmachen musst. Aber Cleve ist noch ein Kind, und jetzt wird er meinetwegen für sein ganzes Leben gezeichnet sein.

Deshalb sagte ich mir, es wäre das Beste, wenn ich sofort in die Stump Hill Road zurückkehrte. Trotz meines Versprechens kann ich keine Minute länger hierbleiben. Es ist furchtbar feige, jetzt wegzulaufen, aber was soll ich sonst machen? Die Ereignisse hier scheinen sich gegen mich verschworen zu haben, um mich als unfähige Mutter hinzustellen. Ich habe Angst, allein und der Gnade der Inspektoren ausgesetzt zu sein, aber noch viel mehr Angst hierzubleiben.

3. September 1945

Unsere Truppen, die aus Singapur heimkehren, trudeln seit einigen Wochen ein, und ich mache mir allmählich Sorgen, Samuel. Wo bist du, Liebster?

Niemand hat von dir gehört, niemand erinnert sich, dich nach dem Fall von Singapur im Jahr 1942 gesehen zu haben. Ich habe an das Rote Kreuz geschrieben, aber noch keine Antwort erhalten. Ich bin sogar mit dem Zug nach Brisbane gefahren und habe am Kai beobachtet, wie die Verwundeten von den Lazarettschiffen strömten. Ich habe Mitfahrgelegenheiten nach Toowoomba und wieder zurück nach Brisbane und sogar nach Enoggera genutzt, um die Abteilungen der Repatriierungskliniken abzuklappern, alles vergeblich.

Liebling, was soll ich davon halten?

Ich werde diesen Brief an das Records Office in Sydney schicken und hoffen, dass er dich erreicht, wenn du wie durch ein Wunder noch am Leben bist.

Sei am Leben, Samuel! Bitte komm zu mir nach Hause. Egal, was du erlitten hast, wir werden es gemeinsam schaffen. Wir bauen uns ein glückliches Leben auf, so wie wir es geplant hatten, du, ich und Lulu. Wir werden den Krieg vergessen und die Welt für eine Weile ohne uns weitermachen lassen. Was meinst du, Liebling?

Der nächste Brief von Samuel war kaum lesbar. Die Handschrift war zittrig und ungleichmäßig wie das Gekrakel eines Kindes, die Zeilen krumm und schief, das Briefpapier voller Tintenkleckse und stellenweise löchrig, wo sich die Feder durch das Papier gebohrt hatte. Ganz oben stand »Greenslopes Brisbane« – wahrscheinlich das Krankenhaus für repatriierte Soldaten, das zu Anfang des Krieges gebaut worden war.

3. Dezember 1945

Aylish, mein Herz, vor zwei Wochen bin ich zurückgekehrt und über alle Maßen erleichtert, wieder auf heimatlichem Boden zu sein. Mein erster Gedanke war, zu dir zu kommen, Liebling, aber ich bin noch mindestens bis Weihnachten ans Bett gefesselt. Bitte mach dir meinetwegen keine Sorgen, es geht mir gut, bin nur ein bisschen unterernährt und leide an Schüben von Malaria, aber die Ärzte in Greenslopes kümmern sich um mich, als wäre ich ein neugeborenes Baby.

Es ist ein Palast, dieses Krankenhaus. Frisch angestrichene Wände und Betten (in Buttermilchweiß), die gestärkten Laken knistern vor Sauberkeit, und die Zimmerdecken haben dieselbe Farbe wie das Mooskraut, das in der Schlucht wächst, ein sanftes Grün, das ich den ganzen Tag anstarren könnte (was ich auch oft tue). Es gibt große Terrassen, wo man sitzen und zusehen kann, wie die Welt an einem vorbeizieht… oder von seiner wunderbaren Geliebten träumen kann und wie sehr man sich nach ihr sehnt (Wink mit dem Zaunpfahl).

Ich habe gehört, dass es hier sogar Maschinen gibt, die das Geschirr spülen, und elektrisch angewärmte Serviertische fürs Essen. Manchmal kommt es mir vor, als hätte ich durch einen Zeittunnel eine ganz andere Welt betreten als die, von der ich mich vor vier Jahren verabschiedete. Das Essen ist erstklassig, obwohl die Schwestern ein bisschen knauserig sind, sie geben mir nur halbe Portionen wegen meiner schlechten Verdauung. Aber, ach, Aylish, es ist gut, so gut! Eintopf mit richtigem Fleisch, Brötchen mit Butter, Sagopudding und Rhabarberkompott. Ob ich wohl gestorben und in den Himmel gekommen bin? Ich vermisse nur einen Engel, einen mit einem süßen Lächeln und Augen, die funkeln wie zwei schwarze Diamanten – wie bald kannst du mich besuchen, meine süße Aylish?

Zu Hause zu sein fühlt sich unwirklich an – als wäre ich gar nicht zu Hause, sondern irgendwo auf halbem Weg, in einer Art Zwischenwelt, in einem angenehmen Traum, und es macht mir Angst, daraus zu erwachen.

Ich sehne mich nach Magpie Creek. Ich sehne mich nach Gesellschaft, Lachen und Sorglosigkeit. Aber ich fürchte mich auch davor. Was, wenn ich zurückkomme und feststelle, dass ich vergessen habe, wie man Witze macht oder mit anderen kommuniziert? Sich anpasst? Ich muss mir immer wieder in Erinnerung rufen, dass ich mit meiner wunderbaren Aylish alles schaffen kann – und dass ich dich noch habe, nicht wahr, Liebste?

Ich weiß nicht, was du über meine Eskapaden erfahren hast, wahrscheinlich gar nichts. Es sind so viele Gerüchte im Umlauf, so viele Widersprüche, niemand ist sich über irgendetwas sicher.

Nachdem ich 1942 von meiner Einheit getrennt wurde, brachte man mich nach Borneo, und ich hatte keine Möglichkeit zu schreiben. Ich wette, dass meine Freunde mich für tot halten, und manch einer zu Hause wird sich wundern, dass es mich noch gibt. Letztes Jahr im Oktober, als ich endlich in Singapur ankam – Monate nach den anderen Jungs –, lief ich einem vertrauten Gesicht über den Weg. Kannst du dich an Davo Legget aus dem Sägewerk erinnern? Er berichtete mir vom Tod meines Vaters. Es war ein Schock, sich vorzustellen, dass Dad schon so lange tot war und ich nichts davon wusste. Du kannst dir vorstellen, wie traurig ich war – Dad war ein schwieriger Mensch, wir standen uns nie besonders nahe. Trotzdem haben wir uns gegenseitig respektiert, ich glaube, man könnte sogar sagen, geliebt, auf unsere Art. Ich vermisse ihn sehr.

Deshalb sehne ich mich umso ungeduldiger nach dir, Aylish. Ständig denke ich an dich. Seit wir uns das letzte Mal geküsst und auf dem Bahnsteig in der Roma Street voneinander verabschiedet haben, hat sich ein Bild in meiner Seele eingebrannt: meine wunderschöne Geliebte in der dunstigen Septemberhitze, die Augen voller Tränen und ein zitterndes Lächeln auf den vollen Lippen. Lach nicht,

Aylish, dieses Bild von dir war in meinem Kopf lebendiger als jedes Foto – obwohl der Schnappschuss, den du mir an jenem Tag in die Hand gedrückt hast, für mein Überleben so wichtig war wie Essen, Wasser und Sauerstoff. Er ist heute ziemlich ramponiert, aber die Erinnerung an dich ist so frisch wie eh und je. Verdammt, wahrscheinlich denkst du jetzt, was für ein sentimentaler Trottel ist er geworden – und wahrscheinlich hast du recht. Wie hätte es anders sein können? Meine Liebe zu dir ist genauso stark, wenn nicht tausendfach stärker, wie an dem Tag, als ich dich zum letzten Mal auf dem Bahnhof sah.

Bitte, Aylish, besuch mich oder schreib mir wenigstens ein paar Zeilen.

Ich lehnte mich zurück und massierte meinen verkrampften Nacken. Um mich herum lagen Dutzende von Briefen, die alle ihren Empfänger nicht erreicht hatten. Zweifellos war die Post während des Krieges nicht zuverlässig gewesen, aber hätten nicht wenigstens einige Briefe den Adressaten erreichen müssen? Ich wühlte in dem Haufen und stellte fest, dass auf allen Briefen von Aylish Briefmarken klebten, aber keine davon abgestempelt worden war. Verwundert nahm ich mir den nächsten Brief vor. Er stammte von Samuel, kam abermals aus Greenslopes und war kaum eine Seite lang.

6. Januar 1946

Aylish, hast du meinen Brief bekommen?

Da ich bislang keine Antwort von dir erhielt, habe ich im Postamt angerufen. Der Sohn von Klaus hat abgenommen und versprochen, dir meine Nachricht zu überbringen. Das war vor mehr als zwei Wochen. Soll ich dein Schweigen so verstehen, dass du mich nicht sehen willst?

Wenn du einen anderen kennengelernt hast, wenn deine Liebe für mich erloschen ist, dann schreibe mir bitte, Liebling, und sei so nett, unsere Verbindung aufzukündigen. Sollte mein Schreiben ungelegen kommen oder du es nicht über dich bringen kannst, es selbst zu tun, dann bitte Jacob, mir zu schreiben.

5. März 1946

Liebe Aylish,
nur eine kurze Nachricht, um dir mitzuteilen, dass ich nächste Woche nach Magpie Creek zurückkehre. Bestimmt wirst du peinlichen Situationen aus dem Weg gehen wollen. Keine Angst, ich werde versuchen, mich zivilisiert zu benehmen, aber falls du verlobt oder anderweitig versprochen bist, nimm bitte Rücksicht auf meine Gefühle, wenn wir uns zufällig über den Weg laufen sollten.

Mit freundlichen Grüßen, Samuel Riordan

PS Ich lege das Foto bei, das du mir in der Roma Street gegeben hast. Ich halte es einfach nicht länger aus, es zu betrachten.

Der Nachmittag neigte sich dem Ende zu. Malvenfarbene Wolken bildeten Streifen am Himmel, und die Bäume scharten ihre Schatten um sich. Ich saß auf Samuels Bett, das schmerzende Bein auf ein Kissen gestützt, und starrte auf die Briefe, die Aylish und er sich geschrieben hatten.

In den Vierzigerjahren war das kleine Postamt von Magpie Creek bestimmt überfordert gewesen – Briefe und Postkarten aus aller Welt kamen an, Päckchen wurden verschickt. Ich stellte mir vor, wie der junge Cleve Jarman schon vor der Schule reinschaute und am Nachmittag wiederkam und immer darauf achtete, dass er als Erster am Verteilertisch saß. Inmitten all des Durcheinanders wäre es ein Leichtes gewesen, den einen oder anderen Brief in der Tasche verschwinden zu lassen. Anfangs war er vielleicht nur neugierig gewesen und hatte die Briefe eingesteckt, um sie zu lesen und später wieder zurückzubringen. Stattdessen hatte er sie am Ende behalten.

Warum? Um Aylish zu bestrafen? Um sie zu verletzen, nach der vermeintlichen Kränkung, die sie ihm zugefügt hatte? Oder um Einzelheiten der intimen Verbindung zwischen Samuel und ihr auszuspionieren, einer Liebe, die Cleve, diesem einsamen und unbeholfenen Teenager, nach eigenem Empfinden verwehrt war?

Meine Stimmung verfinsterte sich immer mehr. Wie anders wäre Aylishs Leben verlaufen, wenn Cleve diese Briefe nicht gestohlen hätte? Das Schicksal hätte Samuel und sie auf einen glücklicheren Pfad gelenkt. Sie wäre am Leben geblieben, hätte Samuel geheiratet und das glückliche Leben gehabt, das sie sich erträumt hatte. Und Luella? Hätte sie mit einer liebevollen Mutter und einem fürsorglichen Vater als erwachsene Frau die Kraft und die Weitsicht besessen, um das tragische Schicksal ihrer eigenen Familie zu verhindern?

Die Traurigkeit schlug über mir zusammen.

Schicksal. Vorsehung. In der Retrospektive klang alles so einfach. Doch während ich die verstreuten Briefe einsammelte und sie wieder in die Kuverts steckte, musste ich mir eingestehen, dass ich das niemals erfahren würde. Jede noch so kleine, vermeintlich zufällige oder unbedeutende Entscheidung, die man trifft, hat das Potenzial, das eigene Schicksal zum Besseren zu wenden – oder zum Schlechteren. Die Frage ist nur, woher weiß man, welche Entscheidungen in eine Katastrophe führen und welche sich als gut erweisen?

Gerade als ich das Kästchen schließen wollte, entdeckte ich einen Brief, den ich noch nicht gelesen hatte. Er war unter dem Futter versteckt, sodass ich ihn übersehen hatte. Er war ohne Kuvert, doch ich sah, dass er von Aylish stammte. Sie hatte ihn Anfang 1946 verfasst und so hastig geschrieben, dass Tintenflecke das Papier sprenkelten wie kleine blaue Sommersprossen.

27. Januar 1946

Lieber Samuel,

ich schreibe dir in aller Eile, solange ich noch den Mut dazu habe. Ich habe dir den Revolver zurückgebracht, den du mir 1941 gegeben hast. Ich habe den Schlüssel aus der Waschküche benutzt und bin damit ins Haus gegangen. Ich hoffe, du bist mir nicht böse. Er befindet sich nun dort, wo du ihn sicherlich finden wirst. Vergib mir, Liebster, aber ich will ihn nicht länger behalten.

Ich will versuchen, es dir zu erklären, obwohl meine Not dir nichtig erscheinen mag. Zu meiner Rechtfertigung: Bitte erinnere dich, dass ich als Lutheranerin erzogen wurde und trotz meiner Sünden immer versucht habe, in der Welt zu bestehen und niemandem Schaden zuzufügen. Doch ich bin nicht mehr das sorglose junge Ding, das du zurückgelassen hast, Samuel. Nicht das Mädchen, das neben dir am Rand der Schlucht entlanghüpfte oder über die Schmetterlinge lachte, die du gefangen hast. Ich fühle mich hart und klein, in meiner Enttäuschung gefangen und von einer wachsenden Angst erfüllt, die ich nicht erklären kann. Ich habe immer noch dasselbe Gesicht und denselben Körper, dieselben Beine, die du laut eigener Aussage einst bewundert hast, aber wenn ich mich in letzter Zeit im Spiegel betrachtete, erkannte ich eine Düsterkeit in meinen Augen, die nie zuvor dort war.

Gestern kurz vor Mitternacht hörte ich die Hühner im Stall gackern. In letzter Zeit haben wir vier unserer besten Legehennen verloren, und Poppa schwört, er hätte am Sonntag gesehen, wie sich ein Fuchs mit einem Huhn im Maul durch den Zaun zwängte. Der arme Poppa hat sich furchtbar aufgeregt, er war ganz rot im Gesicht, und seine Augen waren groß und feucht vor Sorge. Ich dachte schon, er könnte einen Herzschlag bekommen, und war furchtbar erschrocken. Ich konnte ihn erst beruhigen, indem ich versprach, eine Falle aufzustellen, um den Fuchs zu töten.

Ja, Liebling, du hast richtig gehört.

Der Poppa, der nach zweieinhalb Jahren aus dem Lager in Tatura zurückkehrte, ist auch ein anderer Mensch geworden. Weißt du noch, wie er immer sagte, dass man seine Seele verliert, wenn man tötet, und man dann nicht besser sei als die Tiere? Nun, Samuel, die Kriegsjahre haben seine arme alte Seele verhärtet. Vor allem, wenn unsere armselige Lebensgrundlage bedroht ist.

Seit ich im Mai letzten Jahres meine Stelle bei den Jarmans aufgab, bin ich in der Lage, ein bisschen zum Lebensunterhalt beizutragen, indem ich Gemüse anbaue und Eier oder selbst gemachte Butter verkaufe. Ich wasche und bügele auch für einige Frauen der Kirchengemeinde – doch es sind vor allem unsere Eier, die zunehmend gefragt sind, und diese kleine Einnahmequelle dürfen wir nicht verlieren.

Deshalb kramte ich unseren Revolver heraus und lud ihn, so wie du es mir beigebracht hattest. Im Hof war es ganz dunkel. Es war Neumond, aber das Sternenlicht reichte, um etwas zu erkennen. Ich wartete, bis sich meine Augen an die Dunkelheit gewöhnt hatten, dann schlich ich barfuß den Pfad entlang bis zum Hühnerstall. Ich hörte, wie die Hennen im Stroh scharrten und aufgeregt gackerten. Der Fuchs musste in der Nähe sein. Das Blut pulsierte in meinen Ohren. Bisher hatte ich nicht einmal einen Schmetterling getötet, geschweige denn einen Warmblüter wie einen Fuchs, aber ich war fest entschlossen. Und wenn ich ihn verfehlte, würde ich ihn wenigstens für immer verscheuchen.

Ich hielt den Revolver mit beiden Händen fest und spannte den Hahn. Dann stand ich da und wartete.

Und wartete.

Der Revolver wurde immer schwerer, meine Arme schmerzten. Die Hennen waren immer noch unruhig, gackerten und scharrten. Ich spürte, wie die Zeit verstrich und die Sterne über das Firmament wanderten. Doch von dem Fuchs gab es immer noch keine Spur. Nach einer Weile beschloss ich, mich nach einem gemütlicheren Platz umzusehen, um auf ihn zu warten, notfalls die ganze Nacht. Ich senkte die Waffe und ging den Pfad entlang. Als ich mich dem Stall näherte, hörte ich ein Geräusch im Holzschuppen.

Ich drehte mich um und horchte.

Der Holzschuppen lag hinter mir, zwischen dem Hühnerstall, in dessen Nähe ich stand, und dem Haus. Eigentlich ist er nicht mehr als eine verrostete Raufe mit drei Wänden und einem Wellblechdach, wo wir Feuerholz und Reisig stapeln. Dann hörte ich ein leises Tapsen, wie kleine Pfoten auf Holzspänen.

Ich ging den Pfad zurück und hielt den Revolver mit beiden Händen hoch. Geräuschlos näherte ich mich dem Holzschuppen, blieb vor dem Eingang stehen und wartete darauf, dass sich meine Augen der Dunkelheit anpassten. Und dann sah ich ihn im hinteren Teil des Schuppens. Ein Schatten im Dunkeln vor der noch dunkleren Wand. Ich hob den Revolver und zielte auf den Höcker, dann hielt ich den Atem an, legte den Finger auf den Abzug und bereitete mich darauf vor zu schießen.

Der Schatten breitete sich aus, wurde größer. Er drehte sich zu mir um, und plötzlich erkannte ich die vagen Umrisse eines Mannes, nicht eines Fuchses, wie ich geglaubt hatte. Einen furchterregenden Augenblick lang geschah nichts. Ich denke, es war der Schock, Samuel. Es muss ein sehr kurzer Augenblick gewesen sein, doch er kam mir vor wie eine Ewigkeit.

»O Gott, Poppa!« Um ein Haar hätte ich den Revolver fallen gelassen, als der Schreck verflog, und ich verstand. Ich senkte die Waffe und zielte auf die Erde, während ich am ganzen Körper zitterte und spürte, wie mir der Schweiß ausbrach. »Ich hätte dich töten können!«

Die Gestalt sagte nichts, und als sie auf mich zukam, ging mir auf, dass es nicht Poppa war. Ich trat ein paar Schritte zurück. Der Mann folgte mir. Und als das schwache Sternenlicht auf ihn fiel, sah ich, dass ich mich getäuscht hatte.

Es war kein Mann.

Sondern ein Junge.

Mehr als sechs Monate waren vergangen, seit ich ihn das letzte Mal gesehen hatte. Er war gewachsen und stämmiger geworden. Mit einem Anflug von Schuldbewusstsein sah ich sein hell glänzendes Gesicht; es sah aus, als würde es vom Mondschein gestreift. Als ich ihn das letzte Mal gesehen hatte, waren Wangen und Stirn aufgedunsen und entzündet gewesen, mit rosa Blasen übersät.

»Cleve?«, sagte ich, immer noch entsetzt, dass ich ihn um ein Haar verletzt oder gar getötet hatte. »Was schleichst du hier im Dunkeln herum? Weiß Ellen, dass du hier bist?«

Er schlurfte auf mich zu, antwortete aber nicht. Ich fragte mich, ob ich ihn beim Stehlen erwischt hätte, doch dann wurde mir bewusst, dass es im Schuppen wirklich nichts zu stehlen gab.

»Nun?«, fragte ich, während meine Sorge dem Ärger wich. »Was ist los mit dir? Warum antwortest du nicht? Hast du die Sprache verloren?«

Er sagte immer noch nichts.

»Du gehst jetzt besser nach Hause«, sagte ich. Ich zitterte. Mit jeder Minute wurde mir übler. Immer wieder schoss es mir durch den Kopf, wie haarscharf wir einer Katastrophe entgangen waren – wie ein Schuss durch die Nacht hallte und ich auf den Knien versuchte, Cleves blutenden Körper wiederzubeleben.

Die Waffe schien sich in meiner Hand zu winden, glitschig und warm, wie ein Tier, das einer leichten Beute nachtrauert. Und da begriff ich, dass der Revolver ein böses Ding ist, und wollte nichts mehr damit zu tun haben.

Cleve trat aus dem Halbdunkel, ging über den Pfad an mir vorbei, ohne ein Wort, und verschwand um das Haus herum. Kurz darauf hörte ich das Quietschen seines Fahrrads, das sich über die Straße entfernte.

Lange Zeit stand ich reglos da, Samuel. Stand auf dem Pfad im Sternenlicht und wartete, dass das Zittern aufhörte. Als es so weit war, sprach ich ein Dankgebet, machte kehrt und ging ins Haus zurück. Nach ein paar Schritten fiel mir plötzlich der unangenehme Geruch auf, den Cleve verströmt hatte, als er an mir vorbeigelaufen war.

Er stank nach Schweiß, nach saurem, nervösem Schweiß, und ich fragte mich, ob er vielleicht doch etwas hatte stehlen wollen. Aber was? Im Schuppen gab es nichts von Wert. Holz, Reisig, doch das lag überall reichlich herum, man brauchte es nur aufzuheben.

Neugierig trat ich in den Schuppen und zündete die Öllampe an, die neben dem Eingang stand. Ich sah mich um, aber mir fiel nichts Besonderes auf. Ordentliche Haufen von Reisig und Holzscheiten. Eine Kiste mit Pinienzapfen. Große Holzklötze, sorgfältig zum Zerkleinern aufgestapelt.

Und Poppas altes Axtblatt, vergessen auf dem Boden.

Ich seufzte und bückte mich, um es aufzuheben. Die scharfe Klinge funkelte im Mondschein, das Blatt war mit Rostflecken übersät. Es hatte sich vom Schaft gelöst, und Poppa hatte es schon seit Wochen reparieren wollen. Inzwischen hatte ich es aufgegeben, ihn ständig daran zu erinnern. Es war erst Januar, aber du weißt ja, wie schnell der Winter einen überraschen kann, Samuel.

Ich suchte nach dem Schaft, um ihn neben die Klinge zu legen, damit Vater daran erinnert wurde. Ich suchte in den Holzstapeln und auch zwischen dem Reisig, fand ihn aber nicht. Schließlich musste ich davon ausgehen, dass er gestohlen worden war oder zumindest irgendwo versteckt, wo ich ihn nicht finden würde. Da übermannte mich plötzlich ein seltsames Gefühl. Ich blickte zurück auf den offenen Eingang, und mit einem Mal lief es mir kalt über den Rücken.

Was hätte Cleve mit dem alten Schaft einer Axt anfangen wollen?

Komischer Kerl. Egal, was er im Schilde geführt hatte, um ein Haar hätte es ihn das Leben gekostet.

Ich legte den Brief neben mir auf das Bett und rutschte an der Wand, an der ich gelehnt hatte, ganz hinab. Plötzlich lag ich zusammengerollt auf der Seite und starrte auf das Blatt Papier mit den blauen Tintenflecken und den Eselsohren.

Ich konnte mir nicht sicher sein. Zu viel Zeit war vergangen. Die Vernunft sagte mir, dass ich keine Beweise hatte. Trotzdem fuhr mir der Schreck über die furchtbare Wahrheit bis in die Knochen, ich war mir so sicher, dass es sich anfühlte, als hätte ich es die ganze Zeit gewusst.

Ich erinnerte mich an den Artikel im Internet.

Eine weitere Untersuchung bestätigte, dass Miss Lutz mit einem Holzgegenstand, wahrscheinlich einem Speichenrad oder Knüppel, erschlagen wurde.

Dann fiel mir noch etwas anderes ein. Der alte Kleiderschrank in der Ecke der Hütte. Im Innern hatte ich den schmierigen, von jahrelangem Gebrauch geschwärzten Schaft gefunden. Es war mir seltsam vorgekommen, weil so ein Werkzeug normalerweise in einen Schuppen oder Keller gehörte – und nicht in einen Schrank, der eindeutig als Aufbewahrungsort für Andenken diente.

Es sei denn, der Schaft war auch ein Andenken.

Nach langem Überlegen beschloss ich, niemandem etwas von meiner Entdeckung zu sagen.

Cleve war tot. Und Luella hatte sechzig Jahre gelebt, ohne zu wissen, wer der Mörder ihrer Mutter war. Was würde es ihr nützen, wenn sie wenige Monate nach dem Verlust ihres Sohnes und offensichtlich noch viel zu geschwächt erfahren musste, dass sie den Mann geheiratet und ihm Kinder geboren hatte, der ihre Mutter ermordet hatte?

20

Am Freitag ging es dem Bein schon viel besser, was ich von meinem Herzen nicht gerade behaupten konnte. Nachdem ich Aylishs Briefe gelesen hatte, fühlte es sich schwach und verletzlich an, als hätte es seinen alten Rhythmus verloren.

Obwohl ich wusste, dass die Briefe kein schlüssiger Beweis waren, zweifelte ich keine Sekunde daran, dass der vierzehnjährige Cleve Jarman Aylish getötet hatte. Ich sehnte mich danach, die Last dieser Erkenntnis jemandem anzuvertrauen und Samuels Ehre wiederherzustellen, doch wie hätte das gehen sollen? Es war klar, dass die Enthüllung unweigerlich Luella zu Ohren kommen würde, und das war das Letzte, was ich wollte: ihr noch mehr Kummer zuzufügen, als sie ohnehin schon hatte.

Also machte ich mich an diesem Morgen mit einem dumpfen Schmerz in der Brust auf den Weg zur Schlucht, zusammen mit Danny. Da nach dem steilen Aufstieg auch der Schmerz in meinem verletzten Bein wieder aufgeflammt war, bat ich Danny um eine Verschnaufpause.

Wir fanden ein steiniges Plateau, das im angenehmen Schatten mehrerer hoher Felsen lag. Von hier hatte man eine herrliche Aussicht auf bewaldete Hügel, die sich bis an den blassblauen Horizont erstreckten. Durch die Bäume hindurch tauchten in der Ferne Flecken von Zivilisation auf wie die Überbleibsel einer verlorenen Welt – braune Felder und ein schmaler Feldweg, der sich gen Osten schlängelte. Vom Highway war keine Spur zu sehen und auch nicht von anderen Häusern. Nach Nordosten hin erkannte ich undeutlich die dunkle, bewaldete Schlucht.

Danny setzte sich auf einen Felsen, nahm zwei Mandarinen aus der Tasche und streckte mir eine entgegen. Ich hockte mich auf den flachsten Stein, den ich finden konnte, und war froh, mein Bein für eine Weile entlasten zu können. Glücklich über die Ruhe ringsum warf ich die Schalen in den Schatten eines verkrüppelten kleinen Bullock-Busches, der so aussah, als könne er Nährstoffe gut gebrauchen. Die Mandarine war unglaublich süß und voller Kerne. Ich hatte sie im Nu verschlungen und wischte mir die Finger an der Hose ab. Dabei betrachtete ich die Hügel in der Ferne, und meine Gedanken wanderten zu Aylishs Briefen zurück.

Ich stellte mir vor, wie Samuel eilig dem Pfad folgte, um Aylish in der Hütte der Siedler zu treffen. Seine Haut war verschwitzt von dem steilen Aufstieg, sein Puls raste bei der Aussicht, sie zu sehen. Ich vermutete, dass sie sich anfangs in der Hütte getroffen hatten, um von niemandem entdeckt zu werden. Schließlich war Samuel der Sohn eines wohlhabenden Arztes, Aylish dagegen die Tochter einer Aborigine und eines armen Pastors. Heute spielt so etwas keine Rolle mehr, aber in den Vierzigerjahren hätte es einen Skandal verursachen können.

Und als ich jetzt in der Stille saß und mich an der Wärme eines goldenen Tages freute, der vom Gesang der Vögel erfüllt war, verstand ich, was die beiden an diesen Ort gezogen hatte. Hier draußen konnte man frei atmen. Meilenweit gab es niemanden, der sie hätte verurteilen oder zwingen können, sich Normen zu unterwerfen, niemanden, der einen kritisieren, tadeln, zurechtweisen, an die Kandare nehmen oder einschränken könnte.

Dann traf mich plötzlich etwas am Kopf. Ich fuhr herum, aus Angst, es könnte eine Rotrückenspinne, eine Schmuckbaumnatter oder noch Schlimmeres sein – bis mir aufging, dass es ein münzgroßes Stück Mandarinenschale gewesen war.

Ich runzelte die Stirn und warf Danny einen Blick zu. Er beobachtete mich mit seinen leuchtenden Augen, dem abstehenden Haar und einem angedeuteten Lächeln. Jetzt kramte er seinen Block hervor, kam zu mir und setzte sich neben mich.

Bein okay?

»Ja, doch.«

Er griff in die Tasche und nahm eine Schachtel Panadol heraus. *Die habe ich mitgebracht, für alle Fälle.*

»Danke, das war sehr rücksichtsvoll, aber im Augenblick geht es.«

Er musterte mich, als hätte er gerade etwas beschlossen. Dann schrieb er: *Was war mit Tony? Warum habt ihr euch getrennt?*

Oje, dachte ich. Darauf gab es eine Million Antworten. Tony hatte meine ständigen bohrenden Fragen und mein Bedürfnis nach Anerkennung sattgehabt. Unser einfaches Leben langweilte ihn, er hatte etwas anderes gesucht: Reichtum, Ruhm und Abenteuer. Er brauchte ein viel aufregenderes Leben, als ich es ihm bieten konnte.

Ich seufzte. »Er hat eine andere kennengelernt.«

Mist, gestikulierte Danny, aber sein Gesichtsausdruck war alles andere als mitleidig. Er riss ein weiteres Blatt ab und schrieb: *Was für ein Idiot!*

Ich musste lächeln. »Tony hat den richtigen Weg gefunden, das ist alles. Seine Frau Carol ist bezaubernd. Sie vergötterte ihn und las ihm jeden Wunsch von den Augen ab. Sie war ihm bei seiner Karriere behilflich, ebnete ihm den Weg.

Aber es war noch mehr als das. Sie passten einfach perfekt zusammen.«

Danny sah mich nachdenklich an. Dann schrieb er: *Hast du auch jemanden kennengelernt?*

Ich schüttelte den Kopf.

Warum nicht?, schrieb er und heuchelte Verwunderung.

»Ich war zu sehr mit meiner Karriere beschäftigt und damit, meine Tochter großzuziehen.«

Er griff wieder nach seinem Block. *Und der eigentliche Grund?*

Ich konnte ihm nicht in die Augen sehen, also starrte ich auf den vertrockneten Bullock-Busch und streckte das Bein aus. Ich überlegte, ob ich ein paar Panadoltabletten einwerfen sollte, um den aufkommenden Schmerz zu lindern. Dann gestand ich: »Ich habe einfach niemanden getroffen … niemanden, der so zu mir passte, meine ich.«

Danny nickte und musterte mein Gesicht, als wäre er fasziniert von dieser Enthüllung. Sein offensichtliches Interesse weckte in mir den Wunsch, ihm mehr zu erzählen. Es gab so vieles, auf das ich neugierig war, und seine unerwartete Frage nach Tony hatte eine Tür geöffnet, die es mir erleichtert hätte, ihm ebenfalls ein paar intimere Fragen zu stellen. Warum hast du dich angeboten, mich heute zu begleiten? Warum habe ich das Gefühl, dass du mit mir flirtest? Und wie kommst du als stummer Mann in einem abgelegenen Nest wie Magpie Creek mit deiner Einsamkeit zurecht?

Stattdessen sagte ich: »Corey hat mir von deiner Frau erzählt. Es tut mir leid.«

Mir auch, bedeutete er mir mit den Fingern. *Schlimm für Jade.*

Ich nahm seinen Block und schrieb: »Sie ist ein tolles Mädchen. Bronwyn und sie passen gut zueinander.«

Danny überlegte kurz. Dann gestikulierte er: *Ja, sie sind wie Schwestern, nicht?*

Verrückt, dass ich über eine so unschuldige Bemerkung erröten konnte. Verlegen tat ich so, als interessierte ich mich für eine Elster, die sich in unserer Nähe niedergelassen hatte. Sie krächzte erst ein paarmal und fing dann an, aus voller Kehle zu singen. Ich war gern hier, fühlte mich eigentlich wohl mit Danny. Und trotzdem tobte in meinem Herzen ein Kampf. Wie ein Blatt in einem wirbelnden Strom wurde ich auf etwas zugetrieben, wonach ich mich sehnte, wovor ich aber auch entsetzliche Angst hatte. Die Geschwindigkeit und Entschiedenheit, die mich mitrissen, waren berauschend – aber sie hatten mich entwurzelt, und ich sehnte mich nach der vertrauten Sicherheit festen Bodens unter den Füßen.

Aus dem Augenwinkel sah ich, wie sich Danny zurücklehnte und mit den Fingern träge durch die zerzausten Locken fuhr, sodass die Armmuskeln hervortraten. Ich versuchte, nicht hinzusehen, doch dann fuchtelte er mit den Fingern in der Luft herum, und ich musste mich ihm zuwenden, um die Zeichen zu deuten.

Wenn ich hier bin, muss ich immer an Tony denken.

»Warum?«

Danny griff erneut nach seinem Block. *Als Kinder haben wir hier oft eine Pause gemacht, wenn wir unterwegs zur Hütte waren, so wie wir beide jetzt.*

Vielleicht lag es an der Schönheit der Landschaft, die uns umgab, an der sengenden Hitze oder dem vagen Kribbeln, das ich immer spürte, wenn Danny in der Nähe war. Vielleicht aber war es auch bloß das Geheimnis, das ich jetzt mit mir herumschleppte – ein fauler Apfelkitsch, der mich von innen her zerfraß. Jedenfalls beschloss ich, jegliche Zurückhaltung in den Wind zu schlagen.

»Warum meinst du, hat Tony den Kontakt mit den Menschen hier abgebrochen? Sogar mit dir und seiner Mutter? Ich kann ja verstehen, dass er um seine Schwester trauerte, trotzdem kommt es mir seltsam vor, dass er alle Verbindungen mit seiner Vergangenheit so radikal gekappt hat.«

Danny zuckte die Achseln. Eine Weile sah er auf seine Hände, dann schrieb er etwas auf den Block.

In der Nacht, in der er Magpie Creek verließ, kam er vorbei, um sich zu verabschieden. Es war schon spät, und so kletterte er durch das Fenster in mein Zimmer. Er sah krank und blass aus, und er schwitzte. Er meinte, er müsse fort, weil er etwas Schlimmes getan hätte.

Ich stutzte. »Etwas Schlimmes ... was kann denn das sein?«

Er schrieb weiter und füllte das Blatt mit seiner schwungvollen Krakelschrift. Ich reckte den Kopf, um die erste Zeile zu lesen, doch da war er bereits fertig, riss das Blatt ab und reichte es mir.

Ich fragte, was los sei, aber er wollte es mir nicht verraten. Er schien Angst zu haben, sah sich ständig um und zuckte bei jedem Geräusch zusammen.

Danny schrieb weiter, brach dann jedoch mitten im Satz ab. Er steckte den Block und den Stift in den Hosenbund seiner Jeans und begann, hastig, fast frenetisch zu gestikulieren. Ich fragte mich, ob er vielleicht wieder fluchte, und beobachtete ihn fasziniert.

Er musste gespürt haben, dass ich ihm nicht folgte, konnte aber offensichtlich weder aufhören noch sich bremsen. Präzise, elegant und drängend formten seine Hände einen Strom von stummen Worten: Sein Zeigefinger strich über die ganze Länge seines Arms, dann schlug er mit seiner Faust auf die offene Handfläche oder zerriss mit der Handkante die Luft. Schnelle, fast gewalttätige Zeichen, die – trotz meiner

Unfähigkeit, sie zu deuten – auf schockierende Art eindeutig waren.

Eigentlich war ich zu der Erkenntnis gelangt, dass die Gebärdensprache eine unsichere und abstrakte Sache war. Gestikulieren erforderte eine körperliche Anstrengung, von den Lippen zu lesen war bestenfalls riskant, alles niederzuschreiben zeitraubend und anstrengend. Feinheiten im Tonfall, eine raue oder zärtliche Stimme – all das verlieh der Sprache Farbe, enthielt unterschwellige Botschaften, die für eine echte Kommunikation unerlässlich waren. Wenn diese Nuancen nicht zur Verfügung standen und zu einer Reihe von Handzeichen und stummen Gesten verkümmerten, wie konnte man dann sicher sein, richtig verstanden zu werden?

Doch obwohl ich kein einziges Wort vernahm, wurde mir das, was Danny mir sagen wollte, ganz klar. Sein aufgeregtes Gesicht, die angespannten Schultern, die raschen Bewegungen der Hände – das Gefühl von Frustration und Trauer, die sie ausstrahlten –, all das sprach Bände.

Es war etwas Schlimmes passiert, und Tony fühlte sich dafür verantwortlich. Was immer es gewesen war, Tonys Angst hatte auch Danny angesteckt.

Danny hörte auf zu gestikulieren und griff nach seinem Block. Er kritzelte ein, zwei, drei Blätter voll, riss dann alle auf einmal ab und drückte sie mir in die Hand.

Tony überredete mich, ihn zum Busbahnhof zu bringen. Er hatte eine Handvoll Münzen dabei, die er aus einer Blechdose seines Vaters geklaut hatte. Nach einem längeren Wortwechsel willigte ich schließlich ein. Ich gab ihm noch ein paar zusätzliche Dollars mit und fuhr ihn auf meinem Rad zum Busbahnhof.

Ich blätterte weiter und zerriss in meiner Hast das Blatt.

Es war noch zu früh, um einen Bus zu nehmen, also warteten wir bis zum Morgen. Als der erste Bus seine Türen öffnete, umarmten wir uns zum Abschied, und Tony stieg ein. Danach sah ich ihn nie wieder.

Und das nächste Blatt.

Später hörte ich die Gerüchte. Tony hätte sich in der Nacht ihres Todes mit Glenda gestritten und sie geschubst. Ich sagte Corey, er hätte mir erzählt, dass er etwas Schlimmes getan hatte. Sie sagte: Vergiss es, das würde Tony niemals tun. Und dass ich es niemandem sagen sollte. Also habe ich geschwiegen. Bis jetzt.

Mit zittrigen Fingern faltete ich die Blätter zusammen und steckte sie zu den anderen in meine Tasche. Jetzt machte sich auch mein Bein wieder bemerkbar, schmerzhafte Stiche piksten an den Rändern meines Bewusstseins.

»Vorhin hast du gesagt, dass Tony Angst zu haben schien. Wovor kann er denn Angst gehabt haben?«

Danny sammelte die Mandarinenschalen zu seinen Füßen auf und warf sie unter den Busch zu den meinen. Er sah mich an und blinzelte in die Sonne.

Keine Ahnung.

Der schattige Fleck schien wärmer zu werden. Ich legte die Handflächen auf meine Wangen. Sie brannten.

»Und was ist mit der schlimmen Sache, die er erwähnt hat? Was könnte das gewesen sein?«

Danny zuckte die Achseln, wandte seinen Blick von mir ab und sah zu den Baumwipfeln auf. Ich spürte, wie er sich zurückzog. Ich beugte mich vor, packte ihn am Handgelenk und zwang ihn, meinen Mund anzusehen. »Glaubst du, es könnte etwas mit Glendas Tod zu tun haben?«

Nein.

»Womit dann?«

Das würde ich auch gern wissen.

Ich zwang mich aufzustehen und verbarg meine Gereiztheit, indem ich den Blick abwandte und in das Tal hinabsah. Der Druck in meinem Kopf war kaum noch zu ertragen. Das Gefühl von Weite und Freiheit, das ich eben noch empfunden hatte, war komplett verschwunden. Jetzt war da nur noch rote geballte Wut.

Warum hatte uns Tony Thornwood hinterlassen? Er musste gewusst haben, dass ich mich in diesen Ort verlieben und hier leben wollen würde. Die Räume mit den hohen Decken, die wunderbaren alten Sammelstücke seines Großvaters, der Garten mit seiner magischen Aussicht – alles Dinge, nach denen ich verrückt sein würde. Das musste Tony klar gewesen sein.

Und hätte er nicht auch wissen müssen, dass ich allein von meinem Temperament her neugierig auf die Vergangenheit wäre? Auf seine Vergangenheit? Hätte er sich nicht denken können, dass ich die Spuren verfolgen würde, bis ich das Rätsel gelöst hatte? Und war es ihm nicht in den Sinn gekommen, dass meine Entdeckungen nicht nur mich belasten, sondern einen gigantischen Schatten auf Bronwyns Leben werfen würden?

Dannys Finger berührten meine Wange.

Alles okay?

Ich nickte, doch nichts war okay. Nicht wirklich. Meine Gedanken schossen von einer Erinnerung zur anderen wie eine Libelle über einen trüben Teich. Tony, der seine neugeborene Tochter anstrahlte. Tony, der Bronwyn beibrachte, mit ihrem ersten Schmetterlingsnetz umzugehen. Ausflüge an den Strand, Fish and Chips am Wasser, die beiden, breit grinsend, als sie auf einen Ausguck am Strand von Elwood stiegen und der salzige Wind ihre Wangen rot färbte.

War das alles Lüge gewesen?

Danny schob sich in meinen Blick. Er steckte mir eine Haarsträhne hinter das Ohr.

Du glühst. Hut vergessen?

Ehe ich die Möglichkeit hatte, einen Schritt zurückzutreten, wischte er mir mit dem Daumen eine Träne ab, die ich nicht einmal bemerkt hatte. Dann nahm er meine Hand. Seine Handfläche war warm und trocken, seine Finger schlossen sich um die meinen mit mehr Vertraulichkeit, als ich verkraften konnte. Er zog mich aus der sengenden Sonne in den Schatten eines roten Eukalyptusbaums. Er schien mir viel zu nah zu sein, die Wärme, die von seinem Körper ausging, war stärker als die, die von den Felsen ausstrahlte. Ich versuchte, meine Finger zurückzuziehen, doch er ließ sie nicht los. Er führte sie zu seiner Brust und presste meine Handfläche auf sein Herz.

Es schlug heftig unter meiner Berührung.

Jetzt wäre der perfekte Augenblick gewesen, um einen Witz zu machen und meine Aufmerksamkeit wieder den sonnigen Hügeln in der Ferne zuzuwenden. Mich abzuschotten und in frostige Gleichgültigkeit zurückzuziehen – so wie mein Verstand es mir nahelegte.

Stattdessen überließ ich mich Dannys Anziehungskraft. Ich spürte, wie gut seine Stille meinen strapazierten Nerven tat, wie seine ruhige Aura mich umhüllte. Ich war genauso reglos wie er. Und als er die Arme ausstreckte und mich plötzlich und entschieden an sich zog, empfand ich nur Erleichterung. Warme, schläfrige Trägheit.

Einen Augenblick lang vergaß ich mich. Ich schmiegte mich an seinen Körper und erinnerte mich daran, wie es war, sich sicher und vollständig zu fühlen. Welche Geborgenheit man in den Armen des richtigen Mannes finden kann. Ich atmete aus und spürte, wie meine Zweifel an Tony verflogen, meine Ängste schwanden. Ich fühlte, wie mein Glaube zurückkam, während ich mich ganz der Verzauberung menschlicher Wärme hingab.

Dann atmete ich ein.

Frischer Schweiß und Sonne, ein Hauch von Seife. Hundehaar, Motoröl, der Geruch nach Zitrusfrüchten. Ich schmolz dahin und vergaß die Gefahr. Spürte seinen kräftigen Oberkörper an meiner weichen Brust und gestattete mir einen winzigen Augenblick des Glücks, als er die Arme um mich schloss. Wissend, dass ich gefährliches Terrain betrat, ignorierte ich alle Alarmglocken, während seine Nähe mich trunken vor Lust machte.

Ich hob das Gesicht ein wenig an und spürte das Kitzeln seiner Bartstoppeln auf der Wange. Ich sog seinen berauschenden Duft ein und konnte mich nicht erinnern, jemals etwas so Angenehmes gerochen zu haben. Ich hörte sein Atmen, fühlte, wie auch er mich in sich aufnahm, und dann berührten seine Lippen mein Ohr und glitten sanft und warm über meine Haut. Ich musste das Gesicht nur ganz leicht drehen und den Mund heben, um mein Verlangen zu befriedigen, um ihn zu schmecken.

Doch im letzten Augenblick schreckte ich zurück und löste mich aus seiner Umarmung. Als ich stolperte, spannte sich die Naht auf meinem verletzten Bein, und jetzt tat es richtig weh. Das lose Geröll bröckelte unter meinen unsicheren Schritten.

Eine falsche Bewegung …

Danny packte mich am Arm. Ich gewann das Gleichgewicht zurück und riss mich los. Der Schock in seinem Gesicht verwandelte sich erst in Verwirrung, dann in Verständnis.

Es ist okay!

Ich sah ihn an. Und da ich nicht sprechen konnte, gestikulierte ich. *Nein, nichts ist okay.*

Dannys Augen waren dunkel, sie spiegelten mein überraschtes Verlangen wider und auch meine Verwirrung, doch selbst, wenn mein Leben davon abhängig gewesen wäre, hätte ich nicht zu ihm zurückgekonnt. Mein Verstand zertrümmerte alles, was gerade geschehen war, vertrieb die Gefühle und die Wärme, in dem Versuch wiederherzustellen, was von meiner schützenden Hülle übrig geblieben war. Am liebsten hätte ich mich selbst verflucht. Ich hätte die Zeichen erkennen müssen: die Lehrbücher über Gebärdensprache und die DVDs, das verrückte Kichern in der Rosenlaube, das Interesse, mit dem ich zuhörte, wenn Corey über ihren Bruder sprach. Schlimmer noch: die seidene Bluse und das Parfüm.

Ich musste mich abwenden, und es schien keine andere Richtung zu geben als abwärts. Doch dann folgte ich dem Pfad, der hinaufführte, überquerte das steinige Plateau und bahnte mir einen Weg durch Teebäume und Akazien – unausweichlich und blind hinein in die sengende Sonne.

Als wir die Lichtung erreichten, auf der sich die Siedlerhütte befand, war meine Angst einer glühenden Verlegenheit gewichen. Hinter mir hörte ich Dannys schwere Schritte auf dem trockenen Gras. Am liebsten hätte ich mich umgedreht und ihm erklärt, dass ich Angst hätte, mich erneut zu verlieren und in eine Falle zu tappen, die mit Sicherheit noch mehr Liebeskummer bedeuten würde – zumindest für mich. Doch jetzt hatte ich alles derart vermasselt, dass ich dachte, es sei besser, einfach weiterzugehen.

Als wir uns der alten Hütte näherten, fiel mir auf, wie verlassen sie aussah.

Der ramponierte Schaukelstuhl stand noch wie vorher am Ende der Veranda, und die Tür war angelehnt, so wie beim ersten Mal, als ich allein hergekommen war, doch schien der Ort nicht länger bewohnt zu sein. Ich blieb am Fuß der Treppe stehen und ließ Danny vorgehen, obwohl ich bereits wusste, was wir im Inneren vorfinden würden.

Die schäbigen Möbel waren noch da, aber alle anderen Beweise dafür, dass hier jemand gewohnt hatte, waren beseitigt worden. Auf der Matratze lag keine zerlumpte Armeedecke mehr; das verschimmelte Brot und die Marmelade waren aus dem Vorratsschrank verschwunden, ebenso die Kerze neben dem Bett, die Bücher und das Emaillegeschirr. Nur der muffige Geruch nach Erde und menschlichem Schweiß hing noch in der Luft. Zweige, halb verfaultes Laub und allerlei Unrat aus dem Busch bedeckten den Boden. Der ganze Raum war so schmutzig, als hätte die Tür jahrelang Stürmen, Gewittern und Hurrikans offen gestanden, als hätte seit Jahrzehnten niemand mehr diese Hütte betreten, abgesehen von Beutelratten, Vögeln und gelegentlich einer Eidechse.

Ich stand im Eingang und beobachtete, wie sich Danny im Innern der Hütte umsah. Er rüttelte so lange an dem Schrank, bis die Tür aufging. Er war nun leer, weder von dem Schrein noch dem Kleiderfach mit seinem gruseligen Inhalt war die geringste Spur zurückgeblieben. Mit Sicherheit hatte der Hausbesetzer das Fehlen der Briefe bemerkt, und ich fragte mich, was er davon halten mochte. Vermutlich war er wütend, dass jemand sie mitgenommen hatte, aber vielleicht überwog auch einfach die Erleichterung, dass er wegen seiner illegalen Besetzung keinen Ärger bekommen hatte.

Ich überlegte, ob er wohl gewusst hatte, dass die Hütte Aylishs und Samuels geheimer Treffpunkt gewesen war – korrigierte mich jedoch rasch: Natürlich hatte er es gewusst, er hatte es aus den Briefen erfahren. Jetzt sah ich mich mit anderen Augen um. Würde Aylish die Hütte heute wiedererkennen? Was hätte sie empfunden, wenn sie gewusst hätte, dass sich sechzig Jahre nach ihrem Tod hier jemand eingenistet hatte – schlimmer noch, dass er im Besitz ihrer Briefe und des Fotos gewesen war, das sie Samuel einst geschenkt hatte?

Darüber, wie die Briefe in diese Hütte gelangt waren, konnte ich nur spekulieren. Der junge Cleve hätte sie nach ihrem Tod hier versteckt haben können, aus Angst, dass man sie bei ihm fand. Und wahrscheinlich hatte er sich gedacht, dass Samuel diesen Ort meiden würde, wegen der Erinnerungen, die er barg. Jahrelang hatten die Briefe hier gelegen, waren in ihrem Versteck verstaubt und erst wieder ans Licht gekommen, als der nichts ahnende Hausbesetzer sie entdeckte.

Eine Sache aber ließ mir keine Ruhe. Was war mit den Rosen? War ich völlig übergeschnappt, oder hatte ich recht mit der Annahme, dass die herrlichen roten Blüten, die sich an der Brüstung der Veranda hochrankten, die gleichen waren wie die, die ich auf Aylishs Grab gefunden hatte?

Ich ging hinaus und stieg die Treppe hinunter. Die Rosen waren in der sengenden Sonne verwelkt, trotzdem beugte ich mich vor, um an einer zu riechen. Der Duft war matt, verblasst und doch unverwechselbar. Ein dunkles rotes Aroma mit einem Hauch von Zimt.

Danny stampfte die Stufen hinunter, blieb neben mir stehen und schrieb etwas auf seinen Block.

Dein Freund hat sich verdrückt. Er hat seine Spuren verwischt und will uns glauben machen, er wäre nie hier gewesen.

»Warum?«

Vielleicht ist er auf der Flucht vor dem Gesetz. Oder er ist ein alter Buschräuber, der keine Spuren hinterlassen will.

Er wich meinem Blick aus. Er schien jetzt auf der Hut zu sein, flirtete auch nicht mehr, sondern war ernst, fast geschäftsmäßig. Ich konnte es ihm nicht verdenken. Schließlich waren eindeutige Signale von mir ausgegangen – ich hatte Gebärdensprache gelernt und an dem Grillabend meine schönste Bluse für ihn herausgekramt. Vielleicht hatte ich auf meine unbeholfene Art sogar versucht, ebenfalls zu flirten. Doch als es ernst wurde, hatte ich gekniffen.

Er berührte mich am Arm, um meine Aufmerksamkeit auf sich zu lenken, und wies mir mit dem Finger den Weg. Ich folgte ihm um die Hütte herum und an dem Wassertank vorbei. Das große Fass stand auf dem Kopf, der Stapel mit Holz war verschwunden. Der Boden ringsum sah aus, als hätte ihn jemand gefegt.

Er war eine ganze Weile hier, bedeutete mir Danny.

»Woher weißt du das?«

Er zeigte auf die alte Regenrinne, die mit einem Stück Blech geflickt worden war, und die helleren Schindeln auf dem Dach.

»Reparaturarbeiten«, sagte ich.

Danny nickte und setzte seine Untersuchung fort, zuerst sah er sich den Deckel des Wassertanks an und trat anschließend zu einem Haufen ineinander verschlungener Lianen. Ich fragte mich, ob er an Tony dachte und die Streiche ihrer Kindheit. Tony war ein Einzelgänger gewesen und froh, wenn er sich in seine Kunst flüchten konnte, aber allmählich konnte ich mir ein Bild von der Freundschaft zwischen ihm und Danny machen. Sie waren wie Brüder, hatte Corey erzählt. Unzertrennlich und immer nur Flausen im Kopf. Ich sah sie nun deutlich vor mir, Tony mit seinen großen Augen und Danny mit seinem zerzausten Haar. Mir wurde ganz warm ums Herz. Der Schmerz nach der Trennung von Tony war sehr heftig gewesen, um ein Haar hätte er mich zerstört, aber ich hatte ihn überwunden. Und dass ich überlebt hatte, bewies, dass ich nun stärker war, oder? Ich dachte daran, wie leicht es gewesen war, mich auf dem Plateau in Dannys Arme fallen zu lassen, und wie wunderbar natürlich sich seine Umarmung angefühlt hatte, wie verführerisch.

Ich drehte mich um und ging auf den Rand der Lichtung zu,

um meine Minolta zu suchen. Die alte Kamera war bestimmt nicht mehr reparabel, aber sie war mir so lange Zeit eine treue Begleiterin gewesen, dass ich sie wiederhaben wollte.

Ich drang in das dichte Gestrüpp der Teebäume ein, durch das ich an jenem Tag gestolpert war, und bahnte mir einen Weg über den steinigen Boden, bis ich den Eukalyptusbaum mit dem glatten Stamm entdeckte, an den ich mich geklammert hatte, als der Hund sich auf mich stürzte. Ich durchsuchte die Stelle und zog immer weitere Kreise, wühlte in den dichten Blättern der Keulenlilien, wich Wurzellöchern aus und wanderte auf meiner Suche in dem verfaulten Laub sogar ein Stück abwärts – alles umsonst.

Als ich zurückkam, stöberte Danny immer noch hinter der Hütte herum. Er hatte die Lianen beiseitegeschoben und ein niedriges rundes Konstrukt freigelegt, das aussah wie die obere Kante einer Zisterne. Die Wände bestanden aus Holz, dicke Planken, die vertikal in ein tiefes Loch gesetzt worden waren. Obendrauf lag ein flacher Deckel aus Brettern, die in einem runden Rahmen verschraubt waren.

Danny schrieb etwas auf seinen Block.

Das ist die Originalzisterne, sehr alt. Die frühen Siedler gruben ein Loch in die Erde, wie einen Brunnen, und verkleideten es mit Holz. Tony und ich haben immer den Deckel abgenommen und sind hinuntergeklettert. Hat viel Spaß gemacht, aber wenn es regnete, lief alles ganz schnell voll Wasser. Unsere Eltern hätten getobt, wenn sie das gewusst hätten.

Ich lächelte. Mutig berührte ich Dannys Arm, um seine Aufmerksamkeit auf meine Lippen zu lenken. »Tut mir leid wegen vorhin.«

Er sah mich lange an. Ich dachte schon, er hätte nicht verstanden, was ich gesagt hatte, und ich sollte vielleicht seinen Notizblock nehmen und es aufschreiben, doch dann hätte er die Wärme verpasst, die ich in mein entschuldigendes Lächeln zu legen versuchte.

Danny umschloss mein Gesicht mit beiden Händen und legte die Daumen sanft auf meine Lippen. Er lächelte nicht, aber dann erschienen auf seinen Wangen zwei Grübchen, und er zwinkerte mir zu. Das Blut erstarrte mir in den Adern; ich bekam wacklige Knie. Im nächsten Moment ging er ohne ein weiteres Wort auf die Lichtung zu.

Ich sah ihm nach und fragte mich wieder einmal, warum er mich immer so aus der Fassung brachte, dass mir schwindelig wurde.

21

Nachdem ich am nächsten Nachmittag eine starke Dosis Panadol genommen hatte, um den Schmerz in meinem Bein zu lindern, parkte ich den Wagen vor dem Schultor, um auf Bronwyn zu warten. Ich entdeckte Dannys Toyota etwas weiter oben am Hügel, neben einem Flamboyantbaum, von herabfallenden blutroten Blüten gesprenkelt, und rutschte ein bisschen tiefer in den Sitz, damit er mich nicht sah. Unser stümperhafter Kuss auf dem Felsplateau hatte Gefühle geweckt, die ich bislang nicht hatte entwirren können. Noch war ich nicht in der Lage, ihm wieder gegenüberzutreten.

Da tauchte Bronwyn inmitten anderer Schüler und Lehrer auf. Sie umarmte Jade, verabschiedete sich von einer Gruppe anderer Kids und kam anschließend auf den Wagen zugelaufen. Als sie mich sah, winkte sie fröhlich, und ich musste einen Schwall von sentimentalen Gefühlen unterdrücken. Sie riss die Wagentür auf, warf ihren Rucksack auf den Rücksitz und gab mir einen flüchtigen Kuss. Müde und staubig, die Klamotten schmutzig und voller Grasflecken, aber sie strahlte über das ganze Gesicht und sprudelte vor Geschichten über.

Statt wie üblich beim Abendessen vor dem Fernseher zu hocken, setzten wir uns an den Tisch. Während sie sich gierig über Tacos und Salat hermachte, erzählte sie mir in allen Einzelheiten, wie ihre Woche verlaufen war. Von den großartigen Wasserstellen, die sie erkundet hatten, von den Lektionen, wie man im Busch überlebt, und den Nachtausflügen mit Fackeln, auf denen sie Beutelratten, Wallabys und Marder beobachtet hatten. Sie rollte mit den Augen, als sie das enge Zelt beschrieb, das sie sich mit Jade und zwei weiteren Mädchen hatte teilen müssen, und schwärmte von dem preisgekrönten Buschbrot, das sie in einem traditionellen Ofen gebacken hatten.

»Mr O'Malley kennt sich super aus im Busch«, schwärmte sie. »Jade und ich finden, dass er wie dieser Kerl im Fernsehen ist, der in die Wildnis zieht und sich von Insekten und so Zeug ernährt.«

»Ich dachte, du könntest ihn nicht ausstehen?«

»Ja, stimmt auch, aber dann hat er sich als voll cool entpuppt! Er hat uns beigebracht, wie man eine Seilrutsche baut, um einen Fluss zu überqueren. Und einen Abend hat er uns lauter Geschichten von Dad und Tante Glenda erzählt und auch von Jades Dad und Tante Corey, von all den verrückten Sachen, die sie angestellt haben, als sie noch Kinder waren. Mum, er ist so komisch, du würdest nicht glauben, was für seltsame Dinge er erzählt.« Sie seufzte glücklich. »Und was hast du gemacht, während ich weg war?«

Ich dachte an meinen Ausflug in die Schlucht, wie ich auf die alte Hütte gestoßen war und anschließend an die unangenehme Begegnung mit dem Hund des Hausbesetzers. Ich dachte an Aylishs Briefe, die schockierende Entdeckung über Cleve und an den gestohlenen Axtschaft. Ich dachte daran, wie ich mit Danny Weingarten in die Hütte zurückgekehrt war und an unseren missratenen Kuss auf dem Plateau. Und dann beschloss ich, dass man manche Geschichten besser für sich behält.

Daher zuckte ich bloß die Achseln. »Nichts Besonderes.«

»Was ist denn mit deinem Bein passiert?«

»Bin von einem Hund gebissen worden.«

»Mum! Wie um Himmels willen hast du das denn angestellt?«

Ich schnitt uns ein weiteres Stück Sandkuchen ab. »Wahrscheinlich nicht richtig aufgepasst.«

Am Sonntag nach Bronwyns Rückkehr brachte ich sie in die William Road, damit sie den Tag mit Luella verbringen konnte.

»Ich komme nicht mit rein«, erklärte ich, als ich sie vor der Tür aussteigen ließ. »Grüß Grandy von mir, ja? Vergiss deine guten Manieren nicht. Gegen vier Uhr hole ich dich wieder ab.«

»Okay.« Sie gab mir einen Kuss auf die Wange, nahm ihren Rucksack – heute war er mit Fotos vom Schulausflug vollgestopft – und lief über den Pfad auf die Treppe zu, wo Luella bereits in der Tür stand und wartete. Ich winkte beiden zu, wendete und fuhr zurück in die Stadt.

Es war feige von mir, doch ich konnte Luella unmöglich gegenübertreten.

Ich brauchte Zeit, um zu verdauen, was ich über Cleve herausgefunden hatte. Zeit, um Luella wieder in die sanften grünen Augen schauen zu können, ohne mir anmerken zu lassen, was ich wusste. Zeit, um mich gegen die schrecklichen Dinge zu wappnen, die nun durch die Ritzen von Thornwood sickerten. Ich konnte mich nicht einmal darüber freuen, dass ich, was Samuel und seine wahren Gefühle für Aylish anging, richtiggelegen hatte.

Ich dachte nur an die leeren Umzugskartons, die im Untergeschoss des Hauses lagerten, und wie viel einfacher es gewesen wäre, sie zu packen und sich nach einer anderen Bleibe umzusehen.

In einem Ort, der weniger geschichtsträchtig war.

Um Punkt vier Uhr nachmittags bremste ich neben dem Rasen vor Luellas Haus.

Zu meiner Überraschung stand Bronwyn oben auf der Treppe und winkte mir zu. Ich wollte gerade zurückwinken, als ich merkte, dass sie mir nicht einfach winkte, sondern mir Zeichen machte heraufzukommen.

Mein Herz stockte. Ich stieg aus und folgte dem Pfad zum Haus. Auf den Stufen kam mir Bronwyn entgegen und packte mich am Arm.

»Grandy muss dir unbedingt was zeigen«, verkündete sie und führte mich die Stufen in die kühle Diele hinauf. »Es ist eine Überraschung. Du wirst begeistert sein, Mum«, sagte sie, als sie mein Zögern bemerkte.

Luella begrüßte mich in der Küche, nahm ihre Schürze ab und vertrieb meine Skepsis mit einem liebevollen Lächeln. »Ich habe frischen Tee gemacht, diesen Earl Grey, den du so magst, Kleines. Außerdem haben wir gerade einen Schokoladenkuchen aus dem Ofen geholt.«

Ich wollte schon Luft holen, um höflich abzulehnen, doch da füllte sich meine Lunge mit dem süßlich berauschenden Duft von Schokolade. Irgendetwas in meinem Innern löste sich auf, und ich hörte eine leise Stimme, die sagte: »Das klingt ja wunderbar.«

Bronwyn führte mich durch die Küche hinaus auf die Veranda, wo mich ein hübsch gedeckter Tisch erwartete – Luellas feine Noritake-Tassen standen neben einem Teller mit frischen Scones und dem selbst gemachten Schokoladenkuchen, bei denen mir das Wasser im Mund zusammenlief –, doch Bronwyn zerrte mich an dem Tisch vorbei und die Treppe hinunter auf die Bunyapinie zu.

»Mach die Augen zu, Mum.«

Ich gehorchte widerwillig. Die Sonne brannte auf meinen

Armen. Helle Lichtfunken tanzten über meine geschlossenen Lider und färbten das Innere meiner Augen blutrot. Ich spürte die Grashalme durch die Sandalen und schnappte einen Hauch von Jasmin auf, süß in der sonnendurchtränkten Luft.

Wir blieben stehen. Jetzt hörte ich das Rasseln eines Riegels, der zur Seite geschoben wird, und dann schlug mir der Geruch nach Hitze, Erde, Dünger und feuchtkaltem Zement entgegen.

»Pass auf, wo du hintrittst. Okay, jetzt kannst du die Augen wieder aufmachen.«

Wir standen in Luellas Gewächshaus. Es sah uralt aus, zusammengestückelt aus irgendwoher geretteten Bleiglasfenstern. Es stand im Schatten des riesigen Bunya-Bunya-Baums, doch die westliche Seite war sonnendurchflutet – Streifen von gelbem, blutrotem und smaragdfarbenem Licht fielen durch die milchigen Glasscheiben und bildeten Regenbogen in der feuchten Luft.

Zu beiden Seiten und in der Mitte waren Arbeitstische eingebaut, dazwischen verliefen schmale Gänge. Auf den Tischen standen Hunderte von niedrigen Töpfen in mit Wasser gefüllten Untersetzern. Es war die seltsamste Sammlung von Pflanzen, die ich jemals gesehen hatte. In einigen erkannte ich die Kannenpflanzen und Sonnentaue aus Tonys frühen botanischen Studien wieder. Andere waren seltsame fleischfressende Launen der Natur. Ballonartige Köpfe, die auf schlanken Stängeln balancierten, dicke Röhren mit violetten Adern und gekräuselten Kappen, Träger von wächsernen Blüten.

»Wunderschön, nicht wahr, Mum?«

»O ja.«

Von draußen drangen gedämpfte Geräusche herein. Das Zirpen der Zikaden, das Rauschen des Windes in der Bunyapinie, das Quietschen der Wäscheleine. Und noch etwas anderes, ein gedämpftes Brummen in unmittelbarer Nähe. Ich trat an den nächststehenden Tisch und sah mir einen flachen Unterteller an, in dem eine Rosette wuchs. Die Blätter waren voller glänzender rosa Härchen.

»Ein einheimischer Sonnentau«, sagte Luella. »Jedes dieser Härchen ist mit einer Schicht aus klebrigem süßlich duftendem Harz bedeckt. Die Insekten werden angelockt, bleiben haften und können nicht mehr entkommen. Das Blatt schließt sich um die unglückliche Fliege oder Motte und zersetzt sie in ihrem Verdauungssaft.«

Sie ging um den Arbeitstisch herum und zeigte auf eine andere Pflanze. Jeweils zwei Blatthälften wippten auf ihren dünnen Stängeln. Sie sahen aus wie gähnende Münder, dunkelrot im Inneren und mit stacheligen Borsten besetzt.

»Eine Venusfliegenfalle«, erklärte uns Luella. »Wenn eine Fliege dazwischen gerät, schlagen die Blatthälften zusammen und überraschen das Opfer. Sie schnappen blitzschnell zu! Dann füllt sich das Innere mit Verdauungssäften, und das Festessen kann beginnen.« Sie sah Bronwyn an. »Leih mir doch mal deine Haarschleife aus, Schätzchen.«

Bronwyn gehorchte und beobachtete fasziniert, wie ihre Großmutter das Band zwischen den plumpen Fingern glatt strich und es über die Venusfliegenfalle hielt. Als sie eine ruckartige Bewegung machte, schnappten die borstigen Fangblätter zu. Bronwyn verrenkte sich fast den Hals, und ich musste ein ungläubiges Prusten unterdrücken. Die Haarschleife hing schlaff von den geschlossenen Fangblättern der Fliegenfalle herab und sah aus wie eine lange, helle Zunge.

Luella ging weiter und zeigte auf eine andere Pflanze. Diese trieb in einem kleinen, mit Wasser gefüllten Fischbecken. Ein Bündel dünner Stängel ragte, von erbsenähnlichen gelben Blüten gekrönt, aus dem Wasser. Unter der Oberfläche schwebte ein haariges Knäuel aus Wurzeln, bespickt mit merkwürdigen Klümpchen, die wie weiße Samenschoten aussahen.

»Ein sogenannter Wasserschlauch«, sagte Luella und beugte sich vor, um einen Blick durch die Glaswand des Beckens zu werfen, während sie Bronwyn näher winkte. »So eine schöne Pflanze, aber lass dich nicht täuschen – sie hat ihren Namen von den Blasen an den Wurzeln, die unter dem Wasser wachsen. Jede Blase besitzt eine schmale Öffnung mit einer beweglichen Klappe. Sieh sie dir näher an, dann wirst du ein paar lange Borsten erkennen – ja, komm näher. Siehst du sie?«

Bronwyn nickte verdutzt.

»Wenn die Borsten berührt werden«, fuhr Luella fort, »öffnen sie die Klappe der Blase, und sie bildet ein Vakuum. Die Beute – in diesem Fall wahrscheinlich ein wirbelloses Wassertierchen, ein Wasserfloh zum Beispiel – wird in das Innere der hohlen Blase hineingesogen und anschließend verdaut. Toll, was?«

»Wieso machen die das?«, fragte Bronwyn.

»Weil sie hungrig sind.«

»Aber warum fressen sie Insekten? Warum können sie sich nicht von der Erde ernähren wie andere Pflanzen auch?«

Zufrieden wischte sich Luella mit dem Taschentuch das Gesicht ab. »Weil diese Grazien in Gebieten gedeihen, in denen die Erde arm an Nahrung ist – vor allem in sauren Moorgegenden oder im Brachland, wo die Erde nur wenig oder gar keinen Stickstoff enthält.« Sie steckte das Taschentuch in den BH zurück. »Meistens fehlt diesen Pflanzen ein Enzym, das man Nitratreduktase nennt. Anderen Pflanzen ermöglicht es, den Stickstoff des Bodens in Nahrung umzusetzen, deshalb sind fleischfressende Pflanzen auf die Nährstoffe der Insekten angewiesen.«

Bronwyn betrachtete weiterhin andächtig den Wasserschlauch, doch mein Interesse hatte sich verlagert.

Neben einer geschützten Stelle an der Wand stand ein großer Tontopf mit einer riesigen, röhrenförmigen Kannenpflanze, die alle anderen Gewächse überragte. Die großen Blätter waren verdreht, der Deckel war geschwollen, und ein Blütenpaar streckte sich aus wie Fangarme.

»Und das, Luella?«

»Ach ja, das ist eine meiner Lieblingspflanzen.« Sie ging auf die Pflanze zu, ihr Gesicht glühte vor Schweiß und Vergnügen. »Das ist eine Darlingtonia, auch Kobralilie genannt. Wunderschön, nicht? Sie gehört der Familie der Schlauchpflanzengewächse oder auch Kannenpflanzen an.«

Bronwyn drängte sich neben mich. »Und was fressen die?«

»So ziemlich alles, was dumm genug ist, um hineinzukriechen – meistens Fliegen, Mücken, Wespen. Aber auch Ameisen, Asseln und Silberfische. Siehst du? Wie die meisten Kannenpflanzen haben sie am Rand der Falle einen optischen Köder – in diesem Fall die fangarmähnlichen Höcker – und auch einen verführerisch süßen Nektar, der aus dem Deckel sickert. Guck sie dir aus der Nähe an, Kleines. Siehst du die weißen Flecken auf den Seiten der Röhre? Das sind durchsichtige Areole oder falsche Fenster – sie gaukeln ihren Opfern Fluchtwege vor. Das Insekt kämpft und wird durch die nach unten gerichteten Härchen immer tiefer in die Falle gelockt, direkt in die Verdauungssäfte darunter. Dann ertrinkt es und wird schließlich zersetzt – je nach der Spezies der Kanne von den dort lebenden Bakterien oder von den Enzymen, die die Pflanze selbst produziert. Das verdaute Insekt wird in eine Flüssigkeit aus Peptiden, Phosphaten, Aminosäuren, Ammonium, Nitrat oder Harnstoff verwandelt – ein veritables Sammelsurium lebenswichtiger Nährstoffe!«

Luella strich über die größte trompetenförmige Blüte der Kobralilie und seufzte anerkennend. »Manche Kannenpflanzen beherbergen sogar Insektenlarven in ihren Vorratsbehältern. Diese Larven ernähren sich von den eingefangenen Beutetierchen und versorgen die Pflanze mit Kompost, den die Pflanze aufnimmt. Löslicher Dünger! Hast du je von einer so genialen Erfindung gehört?«, sagte sie fast zu sich selbst.

Bronwyn schüttelte ehrfürchtig den Kopf.

Auch ich war von so etwas wie Ehrfurcht ergriffen. Luella schien so stolz auf ihre Pflanzen zu sein, dass ich ihr eigentlich ein Kompliment hatte machen wollen – doch während sie alles erklärte, war meine Fantasie mit mir durchgegangen. Ich hatte mir vorgestellt, wie eine käferartige Version von mir selbst durch die Fangarme der Kobralilie geschlüpft und in ihren Schlund geraten war. Ich war der köstlichen Spur des Nektars gefolgt und von den transparenten Fenstern, durch die das gedämpfte Sonnenlicht strömte, ins Verderben gezogen worden. Mein winziges Ich setzte seine dem Untergang geweihte Reise fort und wurde von den seidenen Härchen nach unten gelockt, bis ich plötzlich hilflos abrutschte und in das tiefe, mit Flüssigkeit gefüllte Becken plumpste. Jetzt dümpelte ich hilflos zwischen den leeren Panzern von Fliegen und Mücken umher.

»Was passiert …«, ich räusperte mich. »Was passiert, wenn sie keine Insekten fangen? Verhungern sie dann?«

Luella sah mich verwundert an. »Um Gottes willen, nein! Sie sind vor allem sehr anpassungsfähig. Im Winter zum Beispiel, wenn es kaum Insekten gibt, produzieren manche Kannenpflanzen bestimmte nicht fleischfressende Blätter, die ihnen bei der Aufnahme von Nährstoffen aus der Erde helfen, zumindest vorübergehend. Das macht die Faszination dieser Pflanzen aus – sie passen sich praktisch an alle Lebensbedingungen an. Notfalls können sie sogar in einen jahrelangen Schlaf verfallen.«

Ihr Gesicht leuchtete vor Freude. Sie war wie ausgewechselt, wirkte jünger, lebendiger, ihre Haut strahlte förmlich.

»Du kennst dich wirklich gut aus mit diesen Pflanzen«, sagte Bronwyn.

Luella lächelte. »Das glaube ich auch, Schätzchen. Ich finde sie faszinierend, man kann immer wieder etwas Neues von ihnen lernen.«

Ich ließ den Blick durch den Raum schweifen. Mir war bewusst geworden, woher das Summen kam, das ich zuvor vernommen hatte. Die Sonne war auf die großen röhrenförmigen Blüten einer Reihe von Kannenpflanzen in der Nähe gefallen und erleuchtete sie von hinten, sodass ich die kleinen darin umherschwärmenden Schatten sehen konnte. Hunderte von Fliegen waren im Innern der Pflanzenröhre gefangen und sorgten für eine scheußliche, unmusikalische Symphonie – die meisten brummten wie kaputte Geigen, andere brachten höchstens ein leises Surren zustande.

Plötzlich war es mir im Treibhaus zu heiß und so stickig, dass man kaum Luft bekam. Ich ging auf die Tür zu und spürte, wie mir zwei Augenpaare folgten. Trotzdem widerstand ich dem Verlangen, mich umzusehen, stahl mich hinaus und flüchtete auf dem kürzesten Weg in den kühlen Schatten der Bunyapinie.

Ich sog die frische Luft ein und versuchte, den Geruch des Gewächshauses aus meiner Lunge zu vertreiben. Das erdige, leicht modrige Aroma von Torfmoos und feuchter Erde erinnerte mich an die Siedlerhütte, an die Enge des kleinen Zimmers und seine Geheimnisse.

Und schon lief meine Fantasie wieder Amok.

Jetzt steckte ich im Innern des Kleiderschranks, umgeben

von angeschlagenen, schmutzigen Porzellangesichtern, deren Augen mich in der Dunkelheit anstarrten. Mein einziger Trost, meine Briefe, waren verschwunden. Und neben mir, im Schatten des düsteren Kleiderfachs, lag der schmierige, schwarze Schaft.

»Mum?«

Ich drehte mich um und blinzelte, um die Tränen aus meinen Augen zu vertreiben. Bronwyn stand an der Tür des Treibhauses und sah mich besorgt an.

»Bist du okay?«

»Klar. Aber ich könnte jetzt eine Tasse Tee gebrauchen.«

Luella scheuchte uns zur Veranda und platzierte uns auf die Stühle, die um den alten Tisch aus Zedernholz standen. Aber selbst, nachdem sie uns Tee eingeschenkt und ich die Schokoladentorte gelobt hatte, während meine Tochter aufgeregt über den wundersamen Garten mit den fleischfressenden Pflanzen plapperte, den wir gerade gesehen hatten, kehrten meine Gedanken immer wieder zu der Siedlerhütte zurück.

Hatte der Hausbesetzer das Foto von Aylish unter den Briefen gefunden und einen Narren daran gefressen? Oder hatte er Aylish gekannt? Hatte sie ihm etwas bedeutet? Alle Menschen, die Aylish in ihren Briefen erwähnt hatte – Samuel, ihr Vater Jacob, Klaus, Ellen Jarman und Cleve –, waren tot. Nur ein Mensch war noch am Leben, Luella. Entweder hatte sie gelogen, als sie behauptete, keine Blumen zum Grab gebracht zu haben, oder es war jemand anders gewesen.

Und dieser andere, da war ich mir ziemlich sicher, musste der Mann sein, den ich in der Hütte gesehen hatte.

22

Aylish, März 1946

Wir liefen durch die Dunkelheit – ich stolpernd in meinen guten Schuhen, Lulu vor mir herhüpfend. Fröhlich sang sie die halb improvisierte Version eines Kirchenlieds, das Poppa ihr beigebracht hatte. Dem Stand des Mondes nach zu urteilen musste es fast neun Uhr abends sein, trotzdem war sie hellwach und begeistert über unseren geheimnisvollen nächtlichen Spaziergang.

»Bleib auf dem Weg«, rief ich ihr zu.

»Ja, Mumma.«

Lulu war ein hübsches Ding, brav und gehorsam, aber manchmal auch aufsässig und launenhaft, genau wie ich. Und genau wie ich hatte sie das dichte braune Haar meiner Mutter und die Sommersprossen meines Vaters geerbt. Doch ihr Knochenbau war kräftig, im Gegensatz zu uns. Sie hatte schlanke Beine wie die Leute aus dem Volk meiner Mutter, war aber groß und stämmig mit breiten Gesichtszügen und weit auseinanderstehenden grünen Augen wie ihr Vater.

Ich beschleunigte meine Schritte.

Du wirst sehen, Samuel, zwischen uns wird alles wieder gut.

Ringsum türmten sich hohe Bäume auf, ihre Schatten hoben sich vor dem Licht des Mondes ab. Von Schlingpflanzen überwucherte rote Eukalyptusbäume, Lilly-Pillys und wilder Jasmin erfüllten die Nacht mit Düften, Banksien schaukelten im Wind, und die Schwarzdornakazien streckten ihre stacheligen Zweige nach uns aus, wenn wir an ihnen vorbeikamen.

Ich verfluchte meine Schuhe und wünschte mir, ich wäre vernünftig statt eitel. Ich hatte meine alten Lackschuhe hervorgekramt, die während des Krieges in einer Kiste eingemottet gewesen waren. Sie hatten dünne, abgelaufene Sohlen, und da sie zerkratzt waren, hatte ich sie poliert, bis sie wie Sirup glänzten, doch hier auf dem Waldweg verstaubten sie schon wieder. Mit hohen Absätzen stolperte ich über die Steine und drohte bei jedem Schritt zu stürzen. Obendrein war ich spät dran. Aus irgendeinem Grund hatte ich mir eingebildet, dass Samuel sich umso mehr freuen würde, wenn ich ihn erst ein wenig schmoren ließ. Schließlich hatten wir seit fast fünf Jahren auf diesen Augenblick gewartet – was machten ein paar Minuten jetzt aus?

Wie dumm von mir.

Aus fünf Minuten waren unerklärliche zwanzig geworden.

Ich streifte die Schuhe ab, um die Kleine einzuholen, die vor mir herlief. Ich konnte es kaum erwarten, endlich die Schlucht zu erreichen, wo Samuel auf uns warten würde. Als Lulu mich hörte, drehte sie sich erschrocken um. Dann grinste sie.

»Mumma? Ist das ein Spiel?«

»Mehr oder weniger«, antwortete ich. »Kannst du mithalten?«

Sie strahlte mich an und hüpfte weiter voraus. Ich trabte hinter ihr her, meine Füße schmerzten unter den Steinen, und ich knickte fast so oft um wie zuvor in den Schuhen. Ich war barfuß aufgewachsen. In der Missionsstation hatte ich nur Fußpfade gekannt. Als meine Mutter starb und wir nach Magpie Creek zogen, war ich zehn, und Poppa bestand darauf, dass ich mich nun sittsamer anzog. Kleider mit Unterröcken, Handschuhe. Nicht zu vergessen der Hut. Niemals ging ich ohne Hut aus dem Haus. All das hatte mir nichts ausgemacht. Es waren die Schuhe, die ich hasste. Doch egal, wie sehr ich mich beklagte, Poppa blieb hart, und als ich fünfzehn wurde, gehörten meine barfüßigen Tage längst der Vergangenheit an.

Ich warf einen Blick über die Schulter auf die Umrisse des kleinen Hauses in der Stump Hill Road, wo wir mit meinem Vater wohnten. Als wir aufgebrochen waren, hatte Vater neben dem Radio geschnarcht, während eine seiner geliebten Fortsetzungsgeschichten so laut lief, dass die Dachbalken wackelten.

Ich verabscheute es, ihn zu beschwindeln, doch er hatte Dinge über Samuel gesagt, die ich nicht glauben konnte ... Dinge, die nicht wahr waren. Er hatte gesagt, dass es Samuel möglicherweise nicht gefallen würde, wenn er seine stolzen irischen Züge im Gesicht eines Mischlingsmädchens erkannte, aber da hatte er unrecht. Samuel würde seine Tochter auf den ersten Blick ins Herz schließen. Ich sah schon vor mir, wie seine Augen funkelten und er auf seine typische laute Art loslachte. Er würde sie auf den Arm nehmen, seine bärtigen Wangen an ihr pummeliges Gesichtchen pressen und vor Freude schnurren.

Ich blieb stehen und stemmte die Hände auf die Knie, um Luft zu holen.

Lulu lief weiter.

»Warte«, rief ich.

Sie tat so, als hätte sie mich nicht gehört, deshalb rief ich erneut, woraufhin sie an der Seite des Pfads stehen blieb und zum Himmel aufsah, bis sie hörte, wie ich keuchend näher kam. Dann sah sie meine nackten Füße und runzelte die Stirn.

»Sind wir bald da?«

»Nur noch ein paar Minuten.«

»Wir gehen zu dem Platz, wo die Vögel sind, nicht wahr?«

»Vielleicht.«

»Sonst gehen wir immer tagsüber dahin.«

»Aber heute ist ein besonderer Tag. Warte nur ab.«

Wir liefen weiter den Hügel hinauf. Die Bäume wurden dichter, und die Wipfel vereinten sich über unseren Köpfen. Der Pfad wurde schmaler, schlängelte sich durch Felsen und steinige Vorsprünge hindurch. Zu unserer Linken gähnte die Schlucht. Je höher wir kamen, umso steiler wurden die Felswände.

Lulu nahm meine Hand. »Wen wollen wir denn treffen, Mumma?«

Ich lachte, aufgeregt, freudig und nervös zugleich. »Jemand ganz Besonderen.«

»Ein kleines Mädchen, mit dem ich spielen kann?«

»Viel besser als das.«

Sie rümpfte die Nase. »Werde ich ihn mögen?«

»O ja.«

»Warum sagst du es mir nicht?«

»Weil es eine Überraschung ist.«

»Ich mag aber keine Überraschungen.«

»Diese wirst du mögen, ich verspreche es dir.«

Sie wurde es leid, lief wieder voraus und trällerte ihr Kirchenlied. Etwas weiter entfernt hob sie den mit Kapselfrüchten behängten Zweig eines Eukalyptusbaumes auf und schwang ihn über den Kopf wie ein Schwert.

Als ich klein war, hatte mir meine Mutter Geschichten von Geistern erzählt, die nachts durch den Busch spukten – von Biami, dem Beschützer, Bunyip, dem Bösewicht, und den weisen Mirrabooka, die uns vom Himmel aus beobachteten. Mum hatte mir eingeschärft, den Busch und seine Dunkelheit zu respektieren, und so hatte ich es auch meiner Tochter beigebracht. Ich hatte ihr die Lieder der Geister vorgesungen und ihr die Geschichten erzählt, die mir meine Mutter erzählt hatte, bis sie ein Teil von Lulu geworden waren. Ich glaubte, sie würden sie beschützen.

Plötzlich knackte hinter mir ein Zweig.

Ich blickte mich um und suchte die Bäume ab. Doch ich sah weder eine Bewegung im Gras noch in den Zweigen und auch keine Augen, die in der Dunkelheit funkelten. Weder Wallabys noch Beutelratten. Trotzdem bekam ich eine Gänsehaut auf den Armen. Wir waren nicht allein.

Ich stieß den Ruf eines Vogels aus, Lulu blieb stehen und kam gehorsam zu mir zurück, mit einem Fragezeichen im Gesicht.

»Mumma, was …?«

Sie blickte an mir vorbei in die Dunkelheit. Plötzlich runzelte sie die Stirn und riss die Augen auf. Ihr Mund öffnete sich, sie japste nach Luft. Ich lief auf sie zu, um sie in die Arme zu nehmen und zu beschützen, doch sie war viel zu schnell. Wie eine Eidechse entwand sie sich meinen Händen und rannte den dunklen Pfad entlang. Ich lief ihr nach, doch dann hörte ich so etwas wie ein Zischeln im Busch und blieb stehen.

Ein Name.

Mein Name. Ich drehte mich um.

»Wer ist da?«

Keine Antwort.

»Poppa? Bist du es?«

Natürlich nicht. Wenn er aufgewacht wäre und festgestellt hätte, dass Lulu und ich nicht zu Hause waren, hätten wir ihn bis hierher toben hören können.

»Samuel?«

Der Wind rauschte in den Blättern. Äste knarrten. Meine Finger umklammerten die Schuhriemen so fest, dass sich meine Nägel in meine Handflächen bohrten. Es war albern. Niemand hatte meinen Namen geflüstert. Der Busch war voller banaler Geräusche. Schwankende Wipfel, Buschhühner, die im Boden scharrten, Schlangen, die nach Beute suchten. Nichts, wovor man Angst haben musste.

Ich drehte mich um. Der Pfad war völlig leer.

»Lulu?«

Als ich keine Antwort erhielt, rannte ich los. Wippflöter zwitscherten und sangen in ihren Nestern, aufgescheucht durch das Geräusch meiner Schritte, schreckten zwischen den Bäumen hoch und flatterten im Mondlicht wie gefiederte Geister. Immer wieder rief ich den Namen meiner Tochter. Panik schnürte mir die Kehle zu. Wo war sie?

Der Pfad verbreiterte sich. Das gefleckte Mondlicht erhellte die Lichtung. In der Mitte krümmte der große Felsen seinen Rücken in die Nacht. Ein paar Hundert Meter dahinter stürzte der Boden in die Tiefe der Schlucht. Die Felswände waren steil, fast vertikal und fielen unerwartet und plötzlich herab. Lulu kannte sich auf der Lichtung aus: Seit sie klein war, kamen wir hierher. Nur war es jetzt dunkel, nichts sah vertraut aus, und in ihrem Gesicht hatte sich eine solche Angst gespiegelt.

Am Rand der Schlucht ging ich in die Hocke und blickte hinab. Man sah nichts, nur das Mondlicht, das die Baumwipfel weit unten streifte, und das undeutliche Glitzern von Wasser zwischen den Blättern. Der Himmel schien dunkler zu sein als eben noch. Und die Nachttiere, die flüsternden Blätter, die kühle Nachtbrise – alles war plötzlich verstummt.

Ein Murmeln.

Ich drehte mich hastig um und warf erneut einen suchenden Blick auf die Bäume. Eine graue Wolke von Angst legte sich um mich; sie schärfte meine Sinne, benebelte aber meinen Verstand. Wo war Samuel? Es war weit über die Zeit, zu der ich ihn gebeten hatte, mich zu treffen. War er vielleicht nach Hause zurückgegangen, wütend darüber, dass ich ihn hatte warten lassen? Aber nach meiner Nachricht hätte er doch wissen müssen, wie dringend ich ihn sehen musste.

Plötzlich wurde mir eiskalt.

Mein Brief. Was, wenn er ihn nicht bekommen hatte?

Unmöglich. Ich hatte ihn selbst unter seiner Tür hindurchgeschoben. Hatte er vielleicht beschlossen, ihn zu ignorieren? Ich schauderte, als ich mich an die Leere in seinen Augen erinnerte, heute Morgen vor der Apotheke. Wie er mir vorgeworfen hatte, ich hätte ihn angelogen, ja betrogen. Wie er mich angesehen hatte, als mache ihn mein Anblick krank.

Bei Gott, Aylish, das wirst du bereuen …

Am Rande der Lichtung bewegte sich etwas.

»Lulu?«

Die Dunkelheit regte sich, teilte sich. Aus den Schatten der Bäume löste sich eine Gestalt und schlurfte am Rand der Lichtung entlang, dunkel im fleckigen Mondlicht. Eine Gestalt. Kein Kind, nicht mein kleines Mädchen. Größer. Jetzt kam sie näher. Der Mondschein tanzte über die blassen Züge. Züge, die ich leicht erkannte – wie hätte es anders sein können? Sie waren mir so vertraut wie meine eigenen.

Seine Stimme zerriss die Dunkelheit. »Hallo, Aylish.«

Als hätte er all die Zeit der Welt, kam er auf mich zu und blieb dann ruhig stehen. Er sah mich an, vielleicht wartete er darauf, dass ich seine Begrüßung erwiderte.

Doch ich sah nur den Gegenstand, den er in der Hand hielt. Ein Stock, dachte ich. Dann wurde es mir bewusst. Es war das Antlitz des Todes, dieses groteske blasse Gesicht, das ich in meiner letzten Nacht mit Samuel am Fenster der Hütte gesehen hatte.

»Was ist los, Aylish?«, fragte er und machte einen weiteren Schritt auf mich zu. »Hast du die Sprache verloren?«

Er trat ins Mondlicht, und ich sah, dass das Ding in seiner Hand kein Stock war, sondern der schwarze, bloße Schaft einer Axt.

23

Audrey, Februar 2006

Ein gedämpftes Klopfen weckte mich. Ich richtete mich auf und kniff die Augen zusammen. Das Tageslicht fiel durch das Fenster, in den Bäumen draußen kreischten Elstern. Und duftete es nicht nach getoastetem Brot?

Wieder hörte ich das Klopfen. Jemand war an der hinteren Tür.

Ich warf einen Blick auf die Uhr neben dem Bett und stöhnte, als ich sah, wie spät es war: zwanzig vor neun. Bronwyn würde zu spät in die Schule kommen. Ich sprang aus dem Bett und lief zu ihrem Zimmer. Sie war nicht da. In der Küche fand ich einen Zettel auf der Kaffeekanne.

»Habe versucht, dich zu wecken, du Schlafmütze. Nehme den Bus, xx.«

Meine Erleichterung und der Anflug von Ärger über mich selbst, der damit einherging, waren nur von kurzer Dauer. Wer immer da an der Tür war, hämmerte erneut. Ich fluchte leise, während ich hinging, und dachte, dass er es verdient hatte, mich ungekämmt und in einem schäbigen Schlafanzug anzutreffen, wenn er so blöd war, einen solchen Aufruhr zu machen.

»Oh! Hi, Hobe.«

Er spähte erwartungsvoll über meine Schulter. »Morgen, Audrey. Ist Bronwyn zufällig da?«

»Es ist Montag, Hobe. Sie ist in der Schule.«

»Ach ja, natürlich, wie dumm von mir. Ich habe ein kleines Geschenk für sie.« Er hielt eine in gelbes Geschenkpapier eingepackte Schachtel in die Höhe, an der eine Karte befestigt war. »Nichts Besonderes, nur eine nachbarschaftliche kleine Aufmerksamkeit. Ist es okay, wenn ich sie bei Ihnen lasse?«

Er hatte schon wieder sein Flanellhemd gebügelt und sich absurderweise eine Eukalyptusblüte ins Knopfloch gesteckt. Mir wurde schwer ums Herz. Trotz unseres holprigen Starts war Hobe seit unserem Gespräch, als wir auf das Tal hinuntergeblickt hatten, sehr nett gewesen. Ich mochte ihn. Und er war eine potenzielle Informationsquelle für Ereignisse, die ich unbedingt verstehen wollte. Trotzdem konnte ich nicht vergessen, wie ich ihn dabei ertappt hatte, in der hohlen Buche zu wühlen – und auch nicht die Träne, die er verdrückte, als er Bronwyn zum ersten Mal sah.

»Hobe, ich muss Sie etwas fragen.«

»Was denn, Mädchen?«

»Vor ein paar Wochen, als Sie den Garten in Ordnung brachten, habe ich gesehen, wie Sie in der alten Buche herumwühlten. Sie haben doch nicht wirklich nach Schäden von Beutelratten gesucht, oder?«

Hobes Fröhlichkeit verflog vor meinen Augen. Er verzog das Gesicht, sein gesundes Auge verfinsterte sich. »Nun …«

»Und dann waren Sie so komisch, als ich Sie fragte, ob Sie die Jarmans gut kannten. Sie haben es abgestritten, obwohl das offensichtlich nicht stimmt.«

Er trat von einem Bein auf das andere und schaute mich unglücklich an. Dann wandte er plötzlich den Blick ab – sah auf seine Schuhe, auf die Dielen der Veranda, auf einen Trieb, der sich aus der Weinrebe über der Tür gelöst hatte.

»Sie haben sich so sehr um Bronwyn bemüht, Hobe, was furchtbar nett von Ihnen ist, trotzdem frage ich mich, ob Sie mir etwas verheimlichen.«

Er starrte auf die Schachtel, die er in der Hand hielt, als würde er darauf warten, dass sie aufsprang und die Antworten lieferte.

»Ach, Audrey«, murmelte er mit angespannter Stimme. »Es ist nichts, gar nichts, glauben Sie mir, Mädchen … Das heißt, nichts, worüber Sie oder Bronwyn sich Sorgen machen müssten. Es war dumm von mir, ich wollte weder Sie noch die Kleine erschrecken. Ich wollte nur … verdammt, es tut mir ja so leid …« Er murmelte etwas, was ich nicht verstand – es klang wie eine weitere Entschuldigung –, dann machte er auf dem Absatz kehrt und ergriff die Flucht.

Ich kochte Kaffee und trank ihn in der Küche, während ich aus dem Fenster auf den Pfad blickte, wo Hobe zwischen den Bäumen verschwunden war. Am Ende kippte ich den Kaffeesatz in den Bioeimer, trat auf die Veranda und spähte mit zusammengekniffenen Augen zum Hügel empor. Ich konnte nur den kahlen Gipfel erkennen und den Pfad, der sich wie ein gelbes, ausgefranstes Band durch die Bäume schlängelte und unsere beiden Grundstücke miteinander verband.

Hobe hatte mir keine richtige Antwort gegeben, jedenfalls nicht mit Worten. Doch seine offensichtliche Verzweiflung sprach Bände. Er führte irgendetwas im Schilde – etwas, das ihm genauso viel Unbehagen bereitete wie mir.

Als ich wieder ins Haus zurückkehren wollte, sah ich, dass Hobe die Schachtel neben der Treppe abgestellt hatte. Das gelbe Geschenkpapier wirkte ein bisschen schmuddelig, die Schleife schäbig, trotzdem hatte er sich Mühe gegeben. Auf dem Papier klebten hübsche rosa Aufkleber von Schmetterlingen, und die Karte hatte er selbst in Form eines Marienkäfers ausgeschnitten.

Ich ging in die Hocke und las, was er geschrieben hatte.

Jeder angehende Insektenforscher sollte sein eigenes Terra-

rium mit Marienkäfern haben. Ich hoffe, es gefällt Dir, liebe Bronwyn! Herzliche Grüße von Hobart Miller.

Ich riss das gelbe Geschenkpapier auf. Zuerst glaubte ich, es sei ein Puppenhaus. Doch als ich es mir näher ansah, entpuppte es sich als ein kleines Terrarium mit einem hölzernen Boden und Wänden aus Sperrholz – das Holz war weiß gestrichen und sorgfältig bearbeitet, sodass es wie die eiserne Brüstung der Veranda aussah, die um das Haus von Thornwood führte. Im Innern entdeckte ich einen kleinen Tisch mit Stühlen, auf dem eine winzige Teetasse und ein Unterteller standen. Der Boden war mit Blumen ausgelegt – Blüten von Rosen, Eukalyptusbäumen und Kapuzinerkresse, an denen sich gierige Blattläuse zu schaffen machten. An dem üppigen Festessen nahm auch eine Unmenge von rot und schwarz gefleckten Marienkäfern teil. Hobe hatte sich große Mühe gegeben. Die Wirkung war umwerfend, Bronwyn würde sich riesig freuen.

Ich brachte das Terrarium in die Küche, stellte es auf die Arbeitsfläche, schob mir einen Stuhl heran und betrachtete es eingehend.

Die Teegesellschaft war in vollem Gang. Die Marienkäfer flitzten fröhlich hin und her, stellten den Läusen nach oder versammelten sich auf dem Rand ihrer Teetasse. Sie schienen sich derart wohlzufühlen, waren so beschäftigt und emsig, dass meine Bedenken gegenüber Hobe verflogen. Hatte ich ihn falsch eingeschätzt? Vielleicht ließ sich sein Interesse an Bronwyn leicht erklären. Offensichtlich hatte er noch Gefühle für Luella, also schien es irgendwie logisch, dass er sich auch für ihre Enkelin interessierte.

Doch was bedeutete dann das Wühlen in der Buche und die Behauptung, er habe die Jarmans nicht gut gekannt? Ich dachte an den Tagebucheintrag, den Glenda in ihrer Panik gemacht hatte, nachdem sie Hobe mit dem verbundenen Auge auf dem Pfad begegnet war. War sie ihm womöglich auch an dem regnerischen Abend an der Buche begegnet, als sie auf Ross wartete? Und war es nicht auch denkbar, dass Hobe sie erneut zu Tode erschreckt hatte? Das würde erklären, warum sie in der Schlucht so unvorsichtig gewesen war.

Ich lehnte den Kopf an das Terrarium. Das leise Hin und Her der Marienkäfer beruhigte mich. Verrückt, aber irgendwie beneidete ich sie. Sie waren so sorglos und unvoreingenommen. Sie mussten sich nur darum kümmern, den nächsten Schwarm von Blattläusen zu finden, und dafür hatte Hobe gesorgt. Ich hingegen hatte mich in den klebrigen Fäden eines komplexen und kräftigen Spinnennetzes verstrickt. Tonys Familiennetz. Je mehr ich strampelte, um mich daraus zu befreien, umso tiefer verwickelte ich mich darin.

Und trotzdem geschah das nicht völlig gegen meinen Willen.

Meine Familie hatte kein Netz. Es gab nur Bronwyn und mich. Uns beide, die zusammen durchs Leben flogen, wenn auch im Grunde allein. Und es gab Zeiten, in denen es besser schien, sich in einer Familie zu verstricken, die Probleme und Schwierigkeiten hatte und viel zu viel Vergangenheit, als gar keine Familie zu haben.

Ich folgte dem Weg hinauf zum Hügel, kam an dem Hain mit Granatapfelbäumen und an der hohlen Buche vorbei und bog in den Pfad ein, der zu dem Gipfel führte.

Im Schatten eines Ironbarkbaums blieb ich stehen und wischte mir den Schweiß vom Gesicht. Der Weg zu den Millers lag auf der anderen Seite des Gipfels. Während ich darauf zuging, sah ich eine vertraute schlaksige Gestalt, die halb verborgen hinter einem steinigen Vorsprung stand. Sie blickte auf das Tal hinunter.

Ich folgte diesem Blick. Unter uns, Richtung Norden erstreckte sich dichtes Buschland bis zum Horizont, das nur gelegentlich von vereinzelten Flecken smaragdgrünen Weidelands unterbrochen war. Eine Schotterstraße schlängelte sich nach Osten und vereinte sich mit der breiteren Linie des Highways. Dahinter erkannte man die weite Fläche des Flugplatzes.

Hobe blickte Richtung Westen, was nur bedeuten konnte, dass seine Aufmerksamkeit dem einsamen weißen Haus an einem ungepflasterten Feldweg galt. Es war umgeben von gerodetem Land und stieß an eine Wiese mit sauber gepflanzten Reihen von Obstbäumen. Von da, wo ich stand, konnte ich die Rosen nicht sehen, aber die Bunyapinie, die ihren Schatten auf das Haus warf, war unverwechselbar.

Mir war nicht bewusst gewesen, dass man Luellas Haus von hier aus sehen konnte.

Ich ging auf den Felsen zu, wo Hobe stand. Vermutlich hörte er mich kommen, denn er schreckte zusammen und drehte sich hastig um. Seine wettergegerbten Wangen waren feucht. Er zog ein Taschentuch aus der Tasche, fuhr sich damit über das Gesicht und schnäuzte sich anschließend. Dann wandte er sich ab und verschwand hinter einem hohen Felsen. Sekunden später tauchte er etwas weiter unten auf und eilte auf sein Haus zu.

Ich rief seinen Namen, doch als er nicht reagierte, lief ich ihm nach.

Der Pfad war steil, von Lianen und Brombeerbüschen überwuchert und mit Steinen übersät. Manche hatten sich gefährlich gelockert, andere ragten aus der Erde hervor. Erst als der Weg eben wurde und wir zur Hälfte einen zweiten kleineren Hügel umrundet hatten, holte ich ihn ein.

»Hobe?«

Er blieb stehen, holte sein Taschentuch erneut hervor, putzte seine Brille und wischte sich über das Auge. Anschließend steckte er es wieder in die Tasche seiner Arbeitshose.

»Hobe, ist alles in Ordnung mit Ihnen?«

Er ließ den Kopf hängen, nickte jedoch und setzte die Brille wieder auf. Erst dann sah er mich an. Er versuchte zu lächeln, doch es war traurig und halbherzig.

»Ich habe mich zum Narren gemacht, Mädchen, das tut mir sehr leid. Ich will jetzt nach Hause. Mir geht es gut.«

Ich seufzte. »Nein, haben Sie nicht, Hobe. Ich habe nur das Gefühl, dass hier irgendwas im Gang ist, etwas, das mit meiner Tochter zu tun hat. Ich will wissen, was es ist.«

Hobe sah mich eine ganze Weile an, bevor er antwortete. »Dann kommen Sie am besten mit rein. Sie haben jedes Recht, den Grund zu erfahren. Ich hätte es Ihnen längst sagen müssen, aber … Nun ja, kommen Sie, Mädchen – bringen wir es hinter uns.« Ohne eine weitere Erklärung machte er sich auf den Weg, mit eingefallenen Schultern, als wäre die Last des strahlenden Tages plötzlich zu viel für ihn.

Als wir den alten Bungalow erreichten und über die schmale Veranda hinter dem Haus gingen, stürzte sich eine wilde Horde dunkler Kelpiewelpen aus der Hintertür, die nach Hobes Fersen schnappten und versuchten, an meinem Bein hochzuspringen.

Hobe hob eins der zappelnden Dinger auf und hielt es unter dem Arm, während er mich ins Haus vorgehen ließ.

In der Küche herrschte brütende Hitze und peinliche Sauberkeit, trotz der schäbigen Einrichtung. Die Dielen waren frisch gefegt, die kupfernen Armaturen über der Spüle funkelten wie poliertes Gold, und die rustikalen Holzbänke waren sauber und krümelfrei. Hobes Bruder Gurney hockte vor einem alten Holzherd und schürte das Feuer. Auf dem Feuer stand eine Pfanne, in der Brot, Speck und eine verlockende Portion Rührei brutzelten. Gurney warf nur einen Blick auf Hobes tränenfeuchtes Gesicht, und schon wusste er Bescheid.

»Tag, Audrey. Hobe, was kann ich für dich tun? Eine Tasse Tee? Hast du Hunger?«

Hobe winkte ab. Nach einem Augenblick quälender Unschlüssigkeit schien Gurney erleichtert zu sein, sich mit seinem Frühstück aus der Küche zu verdrücken und im Schuppen zu verschwinden.

Hobe zog einen Stuhl unter dem Tisch hervor und bot mir einen Platz an. Dann ließ er sich mir gegenüber auf einem weiteren Stuhl nieder und versuchte, den Welpen von seinem Hemd zu lösen, in das er sich verbissen hatte. Ich wartete, dass er etwas sagte, doch die Stille zog sich in die Länge. Man hörte nur das leise Brutzeln der leeren Pfanne, das eifrige Schnüffeln des Welpen und das verrückte Gelächter eines Kookaburras irgendwo draußen.

Hobe zog den Hund an den Ohren, woraufhin dieser mit seinen nadelscharfen Zähnchen nach Hobes Fingern schnappte.

»Ich werde bald ein neues Zuhause für die kleinen Strolche finden müssen«, erklärte er, ohne mich anzublicken. »Alma ist eine gute Mutter, es ist eine Schande, ihr die Welpen wegzunehmen – aber es gibt Gesetze, man darf heutzutage nicht zu viele Hunde im Haus haben.« Er seufzte, stellte das Hündchen auf den Boden und gab ihm einen Klaps, um es zu verscheuchen. »Offensichtlich macht man heute für alles Gesetze, auch wenn nur wenige einen Sinn ergeben.«

Ungeduldig angesichts Hobes nervösem Geschwafel unterbrach ich ihn. »Sie haben doch neulich in der ausgehöhlten Buche da oben nicht wirklich nach irgendwelchen Schäden von Beutelratten gesucht, stimmt's, Hobe?«

»Nein.«

»Und Sie haben die Jarmans ziemlich gut gekannt.«

Er seufzte erneut. »Ja, stimmt.«

Er stand auf, öffnete die Fliegengittertür und stieß mit der Schuhspitze vorsichtig den kleinen Hund hinaus, der sich jaulend und kläffend zu den anderen gesellte. Dann kam Hobe an den Tisch zurück und ließ sich auf seinen Stuhl fallen.

»Als Tony und Glenda klein waren, kamen sie oft her. Meistens tauchten sie sonntags mit irgendwas auf, das ihre Mutter ihnen mitgegeben hatte. Einem Obstkuchen oder einem Glas mit eingelegten Maiskölbchen – es waren die schlimmsten in ganz Magpie Creek, aber die Geste bedeutete mir alles. Wissen Sie, Luella und ich … ich meine … ach, verdammt.«

Er stand auf, ging zum Herd, rüttelte an der Pfanne und blickte auf deren fettigen Boden. Dann zog er ein Stück Zeitung unter der Spüle hervor und wischte die Pfanne damit aus.

»Sie haben sie geliebt«, sagte ich.

»O ja, Audrey. Es war Liebe auf den ersten Blick. Ich sagte mir, ein solches Mädchen gibt es nur ein Mal auf der Welt und ich will sie heiraten. Ich liebte sie über alles. Und nach einer Weile erfuhr ich, dass sie mich auch liebte. Wir waren gleich alt, fünfzehn … halbe Kinder, nehme ich an. Aber etwas Gutes verband uns, irgendwie gehörten wir zusammen. Damals hatten wir keine Ahnung, aber unsere junge Liebe war von Anfang an zum Scheitern verurteilt.«

»Was ist passiert?«

Hobe warf die Zeitung in den Mülleimer und hängte die Pfanne an einen Haken. »Wir wollten heiraten, beschlossen aber, den Anstand zu wahren und zu warten, bis Luella einundzwanzig wurde. Während des Krieges hatte Luella eine Weile bei den Jarmans gewohnt, wissen Sie, und Ellen Jarman, Cleves Mum, hatte einen Narren an der Kleinen gefressen. Als

Aylish starb, war Ellen wie eine zweite Mutter für Luella, deshalb wollte sie ihr Einverständnis einholen.«

Hobe kämpfte mit dem Deckel einer Keksdose und brütete über deren Inhalt. »Wie auch immer, als Luella sechzehn wurde, starb auch ihr Großvater, Jacob. Jetzt war sie ganz allein. Ellen bestand darauf, dass sie wieder zu den Jarmans zog, doch Luella wollte nicht. Das Haus in der Stump Hill Road barg zu viele Erinnerungen. Es war ihr Zuhause, sie hasste den Gedanken, es zu verlassen. Aber als sie dann ganz allein in dem entlegenen Haus lebte, mischte sich plötzlich Samuel ein. Er war ihr einziger Blutsverwandter, auch wenn er bis dahin nicht viel mit ihr zu tun gehabt hatte. Luella sagte immer, er würde ihr die Schuld am Tod ihrer Mutter geben, er hätte sie, seine Tochter, nie geliebt – was meiner Meinung nach völliger Unsinn war. Wie hätte man sie nicht lieben können? Wie auch immer, Samuel schickte sie auf ein schickes Mädchencollege nach Brisbane, kaufte ihr teure Kleider und überschüttete sie mit Geschenken. Sie blühte auf und versuchte, Samuel möglichst alles recht zu machen. Er war die Verbindung zu ihrer Mutter, und sie wollte von ihm geliebt werden. Als sie dann einundzwanzig wurde, war sie eine junge Miss, doch Samuel fand, sie sei viel zu gut für mich.«

»Er hat Sie daran gehindert, sie zu heiraten?«

»Nein. O nein. Das habe ich selbst vermasselt.«

Mit einer übergroßen Zange fischte er ein Dutzend selbst gebackene Kekse aus der Dose und legte sie auf einen Teller, danach holte er zwei Porzellanteetassen mit Blumenmuster.

»Aber Sie liebten sie immer noch«, sagte ich.

»Gewiss, das tat ich. Aber das Jahr, in dem sie einundzwanzig wurde, war das Jahr, in dem die Amerikaner in den Vietnamkrieg zogen, diesen blöden, verrückten Konflikt. Ich war von Anfang an gegen diesen Krieg. Doch Australien wurde hineingezogen, und dann trieb mich eines Abends Samuel im Swan in die Enge. Er gab mir ein Bier nach dem anderen aus und erklärte, er wäre damit einverstanden, dass ich Luella heiratete – unter einer Bedingung. ›Wenn du beweisen kannst, dass du ein mutiger und verantwortungsvoller Mann bist, mein Junge, dann bekommst du nicht nur meinen Segen, sondern zwanzig Morgen fruchtbares Land, auf dem du mit Luella ein eigenes Leben aufbauen kannst.‹ Das sagte er, und ich griff zu wie eine Forelle, die nach einer verlockenden Fliege schnappt.«

»Sie haben sich zur Armee gemeldet?«

Hobes Gesicht verfinsterte sich. »Nur wegen Luella, ich wollte unbedingt Samuels Einverständnis haben. Ich wusste, wie viel es Luella bedeutete, ihn auf ihrer Seite zu haben. Also stürzte ich mich kopfüber in diesen schrecklichen Krieg, obwohl ich Pazifist war. Machte mich auf, um ein Held zu werden, so wie der alte Samuel es in den Vierzigerjahren getan hatte. Um ein Haar hätte auch ich ins Gras gebissen, und ich habe Dinge getan, die ich niemals …« Er verstummte. Eine Zeit lang stand er nur da und starrte auf den Wasserkessel. Und als er fortfuhr, war seine Stimme leise, fast nicht zu hören.

»Als ich wieder nach Hause kam, war ich ein Wrack und fing an zu trinken. Machte mich zum Narren. Mein Plan, mich vor Samuel zu beweisen, hätte nicht schlimmer schiefgehen können. Ich wusste, dass ich es vermurkst hatte, also versank ich noch tiefer im Sumpf. Grog und Pillen, zwei Jahre lang fand ich keinen Schlaf, aber es machte mir nichts aus – ich trieb mich im Busch herum und schrie mir wie ein Wahnsinniger die Kehle aus dem Hals. Wäre nicht der gute alte Gurney gewesen, wäre ich wahrscheinlich verhungert oder aus lauter Scham und Panik gestorben, wenn es so etwas gibt.« Hobe fuhr sich mit der Hand über den Mund. »Am schlimmsten war, dass ich Luella vertrieb. Sie wollte mir helfen, aber ich ertrug es nicht, dass sie mich in diesem Zustand sah, so schwach, so kaputt. Ich erklärte, dass sie sich die Heirat aus dem Kopf schlagen könne. Damit habe ich ihr das Herz gebrochen, das weiß ich.«

»Und dann heiratete sie Cleve.«

Hobe starrte aus dem Fenster. »Er war wie ein Bruder für sie. Wahrscheinlich gab er ihr ein Gefühl von Geborgenheit. Er war ein richtiger Charmeur. Komisch, wie er Menschen für sich einnehmen konnte. Er ging auf die Uni und machte sein Examen. Geologie oder Geschichte, ich hab's vergessen. Als Klaus 1960 starb, übernahm Cleve die Leitung des Postamts, er konnte Luella alles bieten – Geld, Sicherheit, eine stabile Zukunft. Und Samuel konnte es kaum erwarten, ihm die zwanzig Morgen Land zu überschreiben.«

»Aber sie hat ihn nie geliebt, nicht wahr?«

Hobe wirkte niedergeschlagen. »Auf ihre Art schon, glaube ich. Sie hat ein großes Herz. Einmal hat sie mir erzählt, Cleves Mutter hätte sich eine Tochter gewünscht, deshalb hätte sie ihren Sohn nie wirklich geliebt. Und Cleve hätte das Bedürfnis gehabt, geliebt zu werden, das sagte sie … ein Bedürfnis, das so groß war wie ein schwarzes Loch. Sie dachte, dass sie ihm helfen könnte, es zu befriedigen, wenn sie nett zu ihm war. Unsinn, wenn Sie mich fragen – dass man bei jemandem bleibt, nur weil *der* etwas braucht. Meiner Meinung nach hätte Luella etwas Besseres verdient.«

»Sie haben nie geheiratet, nicht wahr, Hobe?«

Er schüttelte den Kopf. »Wie hätte ich nach Luella eine andere Frau auch nur ansehen können? So etwas wie sie gab es nur ein Mal auf der Welt. Das ist bis heute so geblieben, schätze ich. Sie war so schön. Innerlich wie äußerlich. Sie hat nie Make-up benutzt, trug das Haar lang – gegen die Mode. Kleidete sich ganz schlicht. Aber wenn man sie lächeln sah, wenn man neben ihr stand und die Wärme spürte, die sie ausstrahlte, dann fühlte man sich gut, als wäre man ein besserer Mensch, eine bessere Version seiner selbst.«

»Deshalb haben Sie sich immer weiter mit ihr getroffen, auch nachdem sie Cleve geheiratet hatte, nicht wahr?«

Hobes Gesicht war schmerzverzerrt. »Was hätte ich machen sollen, Mädchen? Sie war mein Leben. Ich brauchte drei Jahre, um mich wieder aufzurappeln. Ich ging zu Luella und entschuldigte mich für das, was geschehen war. Sie gab zu, dass es mit Cleve nicht besonders gut lief. Er wäre zwar ein guter Ehemann, aber sie liebte mich immer noch, behauptete sie.«

Hobe nahm eine Teedose, schraubte den Deckel auf und sah sich den Inhalt an. »Also heckten wir einen Plan aus«, erklärte er. »Luella sagte, sie könne es ertragen, noch ein Jahr mit Cleve verheiratet zu bleiben – bis wir genug Geld beisammenhätten, um wegzugehen. Nach Adelaide, Melbourne, vielleicht auch nach Perth. Ich hasste den Gedanken, sie an Cleve verloren zu haben, konnte nicht ertragen, dass er sie berührte oder etwas von ihr einforderte, was sie freiwillig mir geben wollte. Ich hasste es, den Schmerz in ihren Augen zu sehen … Ich weiß nicht, wie oft ich die Winchester geladen und mich auf den Weg in die William Road aufgemacht habe.«

Er warf mir einen Blick zu und runzelte die Stirn. »Sehen Sie mich nicht so an, Mädchen – ich hätte diesen niedrigen Instinkten nie nachgegeben. Ich war ein Mann, der von Eifersucht und Hass beherrscht wurde. Aber auch von Angst. Im Krieg habe ich getötet, ja, das war ein schmerzhafter Schock für mich. Ich bin kein kaltblütiger Mörder. Und selbst wenn ich einer gewesen wäre, hätte ich Luella nicht noch mehr

Kummer bereiten wollen. Ich hatte sie schon schlimm genug verletzt.«

Während die Puzzlesteinchen von Hobes rätselhaftem Leben allmählich ein Bild ergaben, kam auch Luellas Geschichte deutlicher zum Vorschein. Doch statt mich zu befriedigen, machten mich Hobes Enthüllungen nur noch neugieriger. »Was ist aus Ihrem Plan geworden?«

Hobe kratzte sich am Kopf. »Ich hatte etwas auf die hohe Kante gelegt. Wir wollten in die Stadt ziehen und ein Geschäft aufbauen mit selbst gemachtem Chutney und so was.« Er schüttelte den Kopf und lächelte. »Luella war früher keine große Köchin, sie konnte gerade mal Teewasser aufsetzen. Aber was ihr an Geschick mangelte, machte sie durch ihren Schneid wieder wett. In jenem Jahr nahm sie an einem ausgefallenen Kochkurs in Brisbane teil. Sie träumte davon, eines Tages ihre eigene kleine Bäckerei aufzumachen. Sie hätten sehen sollen, wie sie gestrahlt hat, wenn sie darüber sprach. Aber es sollte nicht sein. Dann kamen die Kinder, und wir beschlossen, damit zu warten, bis sie älter waren. Cleve schöpfte Verdacht, und so wie er war, hat Luella vermutlich gedacht, es sei sicherer für alle drei, bei ihm zu bleiben.«

»Sicherer?«

Hobe nahm den Kessel vom Herd und kippte das kochende Wasser in die Teekanne. »Laut Luella war Cleve normalerweise ein friedfertiger Mensch. Aber er konnte keinen Stress vertragen. Wenn er sich bedroht oder erniedrigt fühlte oder auch nur ausgeschlossen, drehte er durch. Er schlug um sich, und später bereute er es.«

Davon konnte Hobe ein Liedchen singen, allerdings bezweifelte ich, dass Cleve später bereut hatte, was er Hobe angetan hatte. Ich musste an Aylishs Briefe an Samuel denken. Mit der Zeit hatte sie den jungen Cleve mehr und mehr verabscheut, vielleicht auch ein wenig gefürchtet, wie man aus den Ereignissen schließen konnte. Die Glasscherbe in Lulus Wiege, das Schmollen, die Konfrontationen. Die abscheulichen Dinge, die er ihr gesagt hatte, als er erfuhr, dass sie wegwollte. Und der Diebstahl in dem Schuppen. Ich hatte den Eindruck, das alles war das Werk eines Menschen, der sich gut überlegte, was er tat, und nicht im Affekt handelte.

Hobe arrangierte die Kekse auf einem Teller, hob den Deckel der Teekanne, warf einen Blick hinein und schenkte uns anschließend ein. Eine dunkelgrüne Flüssigkeit. »Zitronengrastee, ist Ihnen das recht, Mädchen?«

Ich nickte abwesend. »Warum haben Sie sich nicht zusammengetan, nachdem Cleve verschwunden war?«

Hobe ließ die Schultern sinken. »Bei Gott, ich habe es ja versucht. Nachdem Cleve Verdacht geschöpft hatte, konnten Luella und ich uns nicht mehr heimlich treffen. Also schrieben wir uns Briefe. Die ausgehöhlte Buche in Thornwood, die auf halbem Weg zwischen unseren Grundstücken steht, benutzten wir als Briefkasten. Es war irgendwie romantisch, ein geheimes Versteck. Und auch die Stelle, die letztendlich zu dem Debakel führte. Cleve musste herumgeschnüffelt haben, denn er fand einen unserer Briefe. Nachdem er verschwunden war, gab es keinen Anlass mehr für Geheimnistuerei. Ich ging zu Luella, doch sie machte mir nicht auf. Ich schob Dutzende Briefe unter der Tür durch; sie beantwortete keinen einzigen. Ich sagte mir, dass Glendas Tod ihr wahrscheinlich das Herz gebrochen hatte. Ich bin ja selbst fast wahnsinnig geworden vor Trauer – aber ich musste Luellas Willen respektieren. Es war nur allzu deutlich, dass sie mich nicht sehen wollte. Schließlich habe ich aufgegeben.«

Er versuchte zu lächeln. »Als Sie dann mit Bronwyn auftauchten, dachte ich, es sei gut für Luella. Ich begann, jeden

Tag zum Baum zu gehen, weil ich davon überzeugt war, dass es nur eine Frage der Zeit sei, bis ich einen Brief von ihr fand.«

Es traf mich wie der Blitz. Mir wurde bewusst, wie falsch ich gelegen hatte, was Hobe betraf, wie ich die Fakten verdreht und das Schlimmste angenommen hatte. »An dem Tag, als Sie in dem Hohlraum der Buche herumstocherten, suchten Sie nach einem Brief von Luella?«

Er nickte. »Natürlich war keiner da. Ich muss mich wohl endlich damit abfinden, dass sie nichts mehr mit mir zu tun haben will.«

Ich wärmte meine Hände an der alten Teetasse und dachte an Luellas Angst, dass Hobe immer noch wütend auf Cleve wegen seines Ausfalls damals sein könnte.

»Geben Sie nicht auf, Hobe«, erwiderte ich. »Ich werde Bronwyn dazu bringen, dass sie ein gutes Wort für Sie einlegt. Die beiden sind ein Herz und eine Seele.«

Hobes Gesicht hellte auf. »Das würden Sie tun, Mädchen? Wirklich?«

»Darauf können Sie sich verlassen.«

»Na dann ...« Er grinste seine Tasse an, und seine Brille beschlug in dem aufsteigenden Dampf.

Wir saßen in der Stille unserer Gedanken und lauschten den Würgerkrähen, die draußen flöteten. Ich warf ihm einen verstohlenen Blick zu und sah, dass sein Lächeln wieder traurig geworden war. All die verlorenen Jahre, die Gewissensbisse und die Trauer um ein Leben, das irgendwie aus den Fugen geraten war und eine falsche Richtung genommen hatte. Aylishs Tod war wie ein Stein, den man in einen dunklen See geworfen hatte. Das Wasser schlug immer noch Wellen.

»Tony hat nie über seine Familie gesprochen, und allmählich begreife ich, warum«, sinnierte ich laut.

Jetzt erstarb Hobes Lächeln ganz. Er sah mich an und

nickte. »Der Tod seiner Schwester hat ihm sehr zugesetzt. Armer Junge. Er war erst vierzehn, kein Wunder, dass er so aus der Bahn geworfen wurde.«

»Aus der Bahn geworfen?«

»Ja, der Kleine ist damals völlig durchgedreht.« Hobe fuhr mit dem Zeigefinger unter die Brille und massierte die leere Augenhöhle. »In der Nacht, als Glenda starb, tauchte Tony hier auf, es muss gegen zehn Uhr gewesen sein. Über und über mit Blut beschmiert. Mit einem so wilden Blick, als wäre ihm ein Gespenst erschienen. Er wiederholte immer wieder, seine Schwester würde unter der hohlen Buche an der Grenze von Samuels Grundstück liegen – unter demselben verfluchten Baum, den Luella und ich als Briefkasten benutzt hatten. Tony wusste nicht, was passiert war, nur dass Glenda blutete und verletzt war, bewusstlos. Natürlich liefen Gurney und ich sofort hin. Die Blätter unter dem Baum waren zerwühlt, aber von Glenda gab es keine Spur. Tony war vollkommen außer sich, zu Tode erschreckt. Wir brachten ihn zurück ins Haus, und ich gab ihm Brandy zu trinken. Er war zappeliger als eine Aga-Kröte, konnte keine Sekunde still sitzen. Und das Blut – ich dachte, er hätte sich verletzt, doch er ließ mich nicht in seine Nähe, um nachzusehen. Er bestand darauf, sofort in die William Street zu gehen. Ich bot ihm an, ihn hinzufahren, doch er brach erneut in Tränen aus, redete davon, dass Glenda sich vielleicht erholt hatte und über die Schlucht nach Hause gegangen sein konnte. Ich überredete ihn, über Nacht zu bleiben. Konnte ihn beruhigen und überreden, sich im hinteren Zimmer hinzulegen, doch er muss kurz darauf losgezogen sein. Am Morgen war er verschwunden.«

Hobe trank seinen Tee aus. »In jenen Tagen war die Polizeiwache von Magpie Creek über Nacht geschlossen. Ich rief in Ipswich an, aber die sagten, ohne ein Opfer gebe es keinen

Anlass, einen Streifenwagen zu schicken. Als man dann am nächsten Tag Glendas Leiche fand, wimmelte es hier nur so von Polizisten.«

Ich sah Hobe ins Gesicht. Tonys Version der Ereignisse erklärte, warum Glenda ihre Habseligkeiten im Baum zurückgelassen hatte. Doch wie war ihre Leiche in die Schlucht gelangt?

»Haben Sie denn nicht gefragt, wieso Tony seine Schwester auf Thornwood fand, ihre Leiche aber später in der Schlucht auftauchte?«

»Sie meinten, Tony hätte unter Schock gestanden, er hätte etwas durcheinandergebracht.«

»Kam Ihnen das nicht seltsam vor?«

»Mein Gott, Mädchen, natürlich kam es mir seltsam vor. Aber wir waren wohl alle von dem Schock und der Trauer benebelt. In diesem Zustand funktioniert man nicht richtig. Später ging ich zur Polizei und machte Druck, aber es kam nichts dabei heraus.«

Er saß eine Weile reglos da und blickte auf seine Hände. Ich fragte mich, woran er wohl dachte. Die Falten auf seinen Wangen wirkten tiefer, die Runzeln um die Mundwinkel dunkler. Die Verzweiflung stand ihm ins Gesicht geschrieben.

»Etwa einen Monat nach Glendas Tod«, fuhr er fort, »bemerkte Gurney, dass seine Winchester aus dem Schuppen verschwunden war. Der alte Gurn war sehr gewissenhaft mit seinen Waffen, bewahrte sie immer ganz oben außer Reichweite auf. Heutzutage muss man sie natürlich wegschließen, was nur vernünftig ist, bei all den schrägen Typen, die herumlaufen, aber damals waren die Gesetze noch nicht so streng. Wir zerbrachen uns wochenlang den Kopf über die Winchester, bis mir klar wurde, dass Tony sie mitgenommen haben musste. Als Tony letztes Jahr starb, interessierte sich die Polizei plötzlich wieder für die fehlende Winchester. Denn stellen Sie sich vor: Man hatte sie gefunden.«

»Tony hat sich mit der Waffe Ihres Bruders erschossen?«

Hobe sah schrecklich aus. Er vergrub den Kopf in den Händen und strich sich durch das schüttere Haar.

»Ja, Mädchen, das hat er getan.«

»Mein Gott.« Meine Stimme war kaum mehr als ein Flüstern. Mein Herz schrumpfte auf die Größe eines Kieselsteins. Es fiel in einen Brunnen mit stillem, kaltem Wasser und sank bis zum Grund, ohne eine Spur zu hinterlassen. »Armer Tony.«

Hobe seufzte und schob den Stuhl vom Tisch weg. Mir war bewusst, dass unsere Unterhaltung beendet war, doch nach seiner letzten Enthüllung hatte ich keine Kraft mehr, um aufzustehen. Der Tee war kalt geworden, die Kekse lagen unberührt auf dem Teller mit dem Blumenmuster. In der Küche hing ein Echo von Trauer. Dann bat Hobe mich, ihm zu folgen, und wir traten durch eine Tür in den hinteren Teil des Bungalows.

Es war, als würde man ein Naturkundemuseum betreten.

Jeder Zentimeter an der Wand war mit Bilderrahmen bedeckt – große Landschaftsbilder aus den Fünfzigerjahren, Glaskästen mit Käfern oder Schmetterlingen, mehrere vergilbte alte Familienporträts und Dutzende von Aquarellen, alles fabelhafte Beispiele für Tonys Liebe zum Detail. Finken, Frösche, Knospen von Eukalyptusbäumen, Libellen.

Auf dem Fenstersims und in den Regalen standen Einmachgläser voller Krimskrams, rustikale Vitrinen waren mit antiken Messgeräten, Uhren und Skalen vollgestopft. An der Decke hingen Käfige mit ausgestopften Kanarienvögeln und Sperlingen. In den sonnigen Fenstern steckten Vogelnester, und die Türen waren mit ausgetrockneten Tierhäuten behängt – Kaninchen, Dingos, ein Känguru, sogar das von Motten zerfressene Fell eines roten Kelpies. An einer langen Bilderschiene war eine Vielzahl von mumifizierten Tieren aufgereiht: Hunde, Katzen, Kaninchen, Schlangen und mehrere andere Spezies, die ich nicht identifizieren konnte. Konstrukte aus verrosteten Maschinenteilen dienten als Kandelaber, Buchstützen oder Türstopper. Ein Windspiel aus antiken Silberlöffeln klirrte leise, als wir darunter vorbeigingen.

Durch eine schmale Diele gelangten wir zu einem weiteren kleinen Zimmer. Zwei Einzelbetten standen dicht nebeneinander vor der Wand, nur durch einen antiken Nachttisch getrennt. An den Wänden hingen noch mehr von Tonys Aquarellen. Stachelige Kurrajongblätter, blaue Lomandrablüten, Schwertfarne, eine Schildkröte und Bleistiftstudien von den vielfältigen mumifizierten Geschöpfen, die ich zuvor gesehen hatte.

Hobe zeigte darauf. »Tony war ein begabtes Kind, aber das wissen Sie ja bereits.«

Ich staunte und konnte der Versuchung einer groben Kalkulation nicht widerstehen: Es mussten an die hundert vortreffliche kleine Zeichnungen sein. Ich kannte mehrere Kunsthändler, die gutes Geld bezahlt hätten, um an sie heranzukommen.

»Sie besitzen ja eine ziemlich große Sammlung.«

Hobe nickte und schlurfte weiter. »Ich nehme an, dass sie einiges wert sind, aber ich würde nicht im Traum dran denken, sie zu verkaufen.« Er warf mir ein verlegenes Lächeln zu. »Sie halten mich sicher für einen sentimentalen Schwachkopf.«

Ich schüttelte den Kopf. »Ich muss gestehen, dass ich selbst einige Bilder von Tony unter dem Bett verstaut habe. Nachdem er uns verlassen hatte, habe ich sie weggelegt, weil ich sie nicht mehr ansehen konnte – trotzdem kann ich mich nicht dazu durchringen, sie zu verkaufen.«

Hobe wandte seine Aufmerksamkeit der Tuschezeichnung von einem schwarzen Schmetterling auf einem Feigenblatt zu. »Sagen Sie, Audrey, wie war er? Ich kannte ihn nur als Kind. Er war ein guter Junge, aber als Erwachsenen habe ich ihn nie erlebt.«

Ich trat unbehaglich von einem Bein aufs andere. Seit unserer Trennung war ich Tony möglichst aus dem Weg gegangen, weil ich nicht wollte, dass all die Ressentiments und Selbstzweifel wieder hochkamen, die mich geplagt hatten, nachdem er Carol geheiratet hatte. Wenn wir uns auf Bronwyns Karnevalsfeiern in der Schule, bei Tanzkonzerten oder Korbballturnieren begegneten, war er höflich und distanziert gewesen, als glaube er, dass es netter sei, wenn er mich auf Abstand hielt. Trotzdem hatten die üblen Erinnerungen nach der Trennung nie das überschatten können, was wir erlebt hatten, als wir noch zusammen gewesen waren. Tonys Lächeln war mir einst wie die strahlende Sonne erschienen, hatte mir über viele dunkle Momente hinweggeholfen und mich von meinen diversen Ängsten abgelenkt. Er war lustig und aufmerksam gewesen, und ich hatte unzählige Winternächte in seinen Armen verbracht. Vor allem aber hatte er mir eine Tochter geschenkt, die mir mehr bedeutete als alles andere auf der Welt.

»Er war ein wundervoller Mann«, erklärte ich Hobe, und ich meinte es ernst. »Der beste, den man sich wünschen kann.«

Hobe sah mich dankbar an, und bevor er den Blick wieder abwandte, sah ich Tränen in seinem Auge.

Ich musterte sein Profil. Die knochigen Züge unter seiner wettergegerbten Haut waren mir auf unverwechselbare Art vertraut. Die saphirblauen Augen, das helle Haar, die schlanke, hochgewachsene Figur – wenn ich die Augen zukniff, konnte ich beinahe eine schwache Ähnlichkeit mit meiner Tochter erkennen.

»Hobe?«, fragte ich. »Tony und Glenda waren Ihre Kinder, nicht wahr?«

Hobe erstarrte, dann stieß er einen Seufzer aus. »Ja, Mädchen.«

»Haben sie es gewusst?«

Er schüttelte den Kopf. »Es war zu ihrem eigenen Besten, verstehen Sie. Wir hielten es für besser, wenn wir damit warteten, bis sie älter und aus dem Haus gegangen waren. Hätte Cleve es herausgefunden, wäre er durchgedreht. Er liebte die beiden, sie bedeuteten ihm alles.«

»Aber es waren Ihre Kinder.«

Hobe lächelte das traurigste Lächeln, das ich jemals gesehen hatte. »Und was für tolle Kinder, o ja. Ich hätte alles für sie getan. Alles, nur um sie glücklich zu wissen, sie zu beschützen. Auch wenn das bedeutete, dass ich sie aufgeben musste.«

»Deshalb haben Sie das Terrarium für Bronwyn gebaut, stimmt's?«

Hobe schien in seinem zerschlissenen Hemd zu schrumpfen. »Als Bronwyn und Sie hierherkamen, hielt ich es für so etwas Ähnliches wie eine zweite Chance. Es tut mir leid, wenn ich Sie beide überrumpelt habe. Ich bin nur ein dummer alter Kerl, jetzt sehe ich, dass ich mich zu sehr aufgedrängt habe. Ich wollte einen guten Eindruck machen und habe es verpfuscht.«

Ich brauchte einen Augenblick, um den Kloß in meinem Hals hinunterzuschlucken.

»Sie brauchen sich nicht zu entschuldigen, Hobe. Sie wollten nur das Beste, und Bronwyn hat tagelang von diesem Käuzchen geschwärmt. Ich glaube, dass ich manchmal überängstlich bin, wenn es um sie geht. Aber das ist Unsinn, denn Bronwyn ist aus einem viel härteren Holz geschnitzt, als ich wahrhaben will.« Plötzlich fiel mit etwas ein, wie ich es wiedergutmachen konnte. »Wissen Sie was, Hobe, ich glaube, dass es gut für sie sein könnte, etwas zu haben, um das sie sich kümmern kann. Vielleicht könnten Sie ihr tatsächlich einen von Almas Welpen vorbeibringen.«

»Das mache ich, Audrey, ganz bestimmt.« Hobe trat zu einem der Betten, kniete nieder und zog unter dem Bett einen verstaubten Koffer hervor. Er hob ihn aufs Bett, öffnete die Laschen und ließ ihn aufschnappen.

»Den hat Tony einmal hiergelassen. Ich hatte den Eindruck, dass er sich mit Cleve gestritten hatte. Glenda und Cleve standen sich sehr nahe, aber Tony ... Er hatte ein besseres Verhältnis zu seiner Mutter.« Hobe seufzte. »Egal, Tony muss etwa zwölf gewesen sein, als er eines Tages vor der Tür erschien, um sich zu verabschieden. Er wolle ausreißen, erklärte er. Natürlich lockte ich ihn ins Haus und redete es ihm aus. Am Ende ging er zurück nach Hause, aber den alten Koffer ließ er da.«

Hobe setzte sich auf das Bett, und sein Gesicht war von einem Kummer gezeichnet, den ich gerade erst anfing zu begreifen. »Im Nachhinein wünschte ich, dass ich es ihm nicht ausgeredet hätte. Vielleicht wäre ihm der Albtraum mit seiner Schwester erspart worden. Vielleicht würde er dann heute noch leben.«

Ich setzte mich ebenfalls auf das Bett. »Das kann man nicht wissen, Hobe.«

Er antwortete nicht, und so zog ich den alten Koffer auf meinen Schoß und begann, in Tonys Sachen zu kramen. Karierte Hemden, ein paar schmutzige Jeans, zusammengerollte Socken. Ein Skizzenblock mit Tuschezeichnungen, ein in ein Taschentuch gewickelter Pinsel, ein Kasten mit Wasserfarben. Vertraute Farben: Lila, Grün, Himmelblau und Ocker, alle ausgetrocknet und krümelig. Ganz unten fand ich eine große Zigarrenkiste. Das Gummiband, das den Deckel zugehalten hatte, war porös und zerrissen, der Inhalt herausgefallen. Als ich genauer hinsah, stockte mir der Atem.

Eine Herrenuhr. Ein Schlüsselbund und eine Brieftasche mit den Initialen S.R.

»Die Sachen gehörten seinem Großvater«, erklärte Hobe. »Der alte Samuel hatte sie bei sich, als er starb. Die Polizei übergab sie Luella, aber sie wollte sie nicht haben. Sie schenkte sie Tony, und abgesehen von seinen Farben und seinen Blättern waren diese Relikte sein ganzer Stolz.«

Mit dem Daumen öffnete ich den rostigen Verschluss der alten Brieftasche. Fast wäre mir das Herz stehen geblieben, als ich das Foto sah. Es war der vergilbte Schwarz-Weiß-Schnappschuss einer jungen Frau. Sie musste etwa sechzehn sein, herzzerreißend schön, das ovale Gesicht von langem schwarzem Haar umrahmt, mit verschmitzt leuchtenden Mandelaugen.

Ich kannte sie. Vor einer Woche hatte ich ein anderes Porträt von ihr gesehen, im Schrank der alten Siedlerhütte.

»Aylish«, sagte ich leise.

Hobe warf einen Blick über meine Schulter. »Nein, Mädchen«, sagte er. »Das ist Luella.«

Jetzt dämmerte es mir. »Samuel hatte ihr Bild bei sich in der Brieftasche, als er starb.«

»Ja.«

»Er muss sie also doch geliebt haben.«

Hobe nahm Tonys Skizzenblock und betrachtete das eindrucksvolle Aquarell eines blauen Eisvogels.

»Wie hätte es anders sein können, Mädchen?«, sagte er leise. »Wie hätte irgendwer sie nicht lieben können? So eine wie sie gibt es nur ein Mal auf der Welt.«

24

Luella war im Garten. Ein breiter Hut schützte ihr Gesicht vor der Sonne, an den Händen trug sie Gartenhandschuhe. Als sie meinen Wagen sah, winkte sie, kam zum Gartentor und ließ mich hocherfreut eintreten.

»Audrey! Was für eine reizende Überraschung. Gerade habe ich mich gefragt, wann ich euch wohl wiedersehen würde …« Sie runzelte die Stirn. »Was ist denn los, Kleines? Du siehst gar nicht gut aus.«

»Ich war gerade bei den Millers«, begann ich und stockte. Auf dem Weg hatte ich mir überlegt, wie ich damit umgehen sollte. Es gab so vieles, was ich wissen musste, so viele Fragen, die nach einer Antwort verlangten. Doch als ich ihr besorgtes Lächeln und das bange Funkeln in ihren Augen bemerkte, die immer so aussahen, als wären sie auf der Hut vor noch mehr schlechten Nachrichten, suchte ich nach einer leichteren und schonenderen Art, um sie damit zu konfrontieren.

Meine Stimme war angespannt. »Hobe besitzt eine ziemlich große Sammlung von Tonys Zeichnungen, nicht wahr?«

Luellas Lächeln erstarb. »Ach, tatsächlich?«

Verrückt, ich spürte, wie mir die Tränen kamen und anschließend Wut aufstieg – auf mich, auf Luella und überraschenderweise auch auf Tony.

»Warum hast du mir nicht gesagt, dass Tony Hobes Sohn war?« Meine Stimme hörte sich ganz falsch an, scharf, verzerrt, ich hatte selbst Mühe, sie wiederzuerkennen. »Hast du dir nicht denken können, dass Bronwyn wissen sollte, wer ihr Großvater ist? Ich habe Hobe furchtbar schlecht behandelt, ich habe gedacht, dass sein Interesse an Bronwyn ungehörig, ja pervers sein könnte … Und jetzt finde ich heraus, dass er die ganze Zeit wusste, dass sie seine Enkelin ist. Ich habe ein fürchterliches Chaos angerichtet. Wie konntest du, Luella? Wie konntest du uns das verheimlichen?«

Mein Wutanfall verblüffte mich selbst, Luella dagegen wirkte alles andere als verstört. Sorgfältig legte sie ihre Gartenschere auf den Rand einer Vogeltränke und zog die Handschuhe aus. Ihre Hände waren rosa und feucht. Dann drückte sie meinen Arm.

»Tut mir leid, Liebes. Wirklich. Jedes Mal, wenn ich euch beide hierhatte, habe ich versucht, mir ein Herz zu fassen und euch von Hobe zu erzählen. Und jedes Mal habe ich versagt.«

Ich sackte zusammen, meine Wut war genauso schnell verflogen, wie sie gekommen war.

»Ich war so gemein zu ihm, Luella. Du hättest sein armes altes Gesicht sehen sollen.«

»Er wird darüber hinwegkommen.«

»Er hat mir alles erzählt. Wie ihr beide euch kennengelernt habt, als ihr noch jung wart, wie er nach Vietnam ging und halb wahnsinnig zurückkehrte und wie Samuel dich dazu brachte, Cleve zu heiraten. Von den Briefen und dem Baum und eurem Plan, in die Stadt zu fliehen und selbst gemachtes Chutney zu verkaufen, obwohl du eine furchtbar schlechte Köchin bist, was ich nicht glauben kann, weil deine Kuchen so … so …« Ich stockte. Tränen liefen mir über die Wangen, und ich musste sie wegwischen.

Luella fasste in ihren Ärmel, zog ein gebügeltes Taschentuch hervor und reichte es mir. »Du und Hobe müsst ja einen aufregenden Morgen gehabt haben.«

»Ja, das kann man wohl sagen.«

Sie seufzte, drehte sich dann um und ging auf das Haus zu. Als sie die Treppe erreichte, blickte sie sich um.

»Na, komm schon«, rief sie heiser. »Ich glaube, wir könnten einen Drink gebrauchen. Und damit meine ich nicht etwa Limettensirup.«

Luella füllte zwei mattierte Gläser mit Sherry. Ich trank meins in einem Zug aus, langte in meine Umhängetasche und holte den Brief heraus. Ich gab ihn Luella und betete im Stillen, dass sie verstand.

Misstrauisch warf sie einen Blick auf das zerknüllte Blatt Papier.

»Was ist das?«

»Ein Brief von deiner Mutter. Sie schrieb ihn an Samuel, nachdem er aus dem Krieg zurückgekehrt war.«

Luella nahm den Brief, entfaltete ihn jedoch nicht sofort. Offensichtlich verblüfft drehte sie ihn mehrmals hin und her.

»Ich habe ihn im Haus gefunden«, erklärte ich, während ich nach den richtigen Worten suchte. »Samuel hatte ihn in einem alten Bilderrahmen versteckt. Ich nehme an, dass er nicht … Es war – ach, verdammt, Luella. Bitte, lies ihn doch einfach.«

Sie musterte lange mein Gesicht, dann stand sie auf. Ich folgte ihr die Treppen hinunter in den Schatten eines ausladenden alten Pflaumenbaums, wo wir uns auf eine Gartenbank setzten. Der würzige Duft zerdrückter Kapuzinerkresse stieg uns in die Nase. Oben in den Ästen stieß ein Insekt einen lang gezogenen Schrei aus, der mir das Blut in den Adern gefrieren ließ.

Luella war ganz blass geworden. Sie strich den Brief auf ihren Knien glatt und begann zu lesen.

Stille legte sich um uns, die nur vom ausgelassenen Trillern eines Krähenwürgers auf dem Bunya-Bunya-Baum und dem leisen Quietschen der Wäscheleine unterbrochen wurde. Der Sherry stieg mir zu Kopf. Hätte mein Herz nicht so verrücktgespielt, wäre mein Verstand nicht so durcheinander gewesen, hätte ich mich auf den warmen Rasen gelegt und wäre einfach eingeschlafen.

Luella faltete den Brief wieder zusammen und lehnte sich zurück. »Er ist an dem Tag datiert, an dem sie starb.«

»Ja.«

»Sie sagte, sie würde jemanden mitbringen, den er kennenlernen sollte – jemanden Besonderen. Glaubst du, sie meinte …« Sie hustete abgehackt. »Sie meinte mich, nicht wahr?«

»Ich glaube ja.«

Sie warf den Kopf zurück und sah zum Himmel auf. Ihr Gesicht war gefasst, doch an der Art, wie ihre Lippen zitterten, und den rosa gefärbten Wangen konnte ich sehen, dass sie kurz vor einem Zusammenbruch stand.

»Ich kann mich nicht an sie erinnern«, sagte sie. »Jedenfalls kaum. Nachdem sie starb, tat ich so, als wäre die kleine Lulu mit ihr in den Himmel gegangen und ich wäre ein anderes Kind. Ich bestand sogar darauf, dass Poppa mich danach Luella nannte … statt …«

Der Sturm brach los. Luellas Gesicht verzog sich, und die Tränen flossen. Ich zögerte, doch nur einen Augenblick lang. Dann drückte ich sie an mich und hielt sie fest, während sie schluchzte. Sie war eine große, kräftige Frau, aber dort, im Schatten des Pflaumenbaums, kam sie mir so zerbrechlich und winzig vor wie ein kleines Mädchen, das hemmungslos weint, weil es seine Mutter verloren hat. Ich drückte sie an mich, streichelte ihren Rücken und tröstete sie, so gut ich konnte, ohne Worte, so wie ich mein eigenes Kind beruhigen würde.

Schließlich löste sie sich von mir und lächelte kläglich.

»Weißt du, als ich vorhin sagte, ich erinnerte mich nicht an sie, war das nicht die ganze Wahrheit. Ich denke, es ist wie eine Schutzmaßnahme; ich blockiere meine Erinnerungen, damit sie mich nicht verletzen können. Aber es gibt Details, Audrey. Manchmal blitzen sie wie Traumfetzen auf. Ich erinnere mich, dass ich in einer belaubten Lichtung stehe, an einem märchenhaften Ort, wo die Bäume voller Vögel sind. Und an Mumma, die mir all ihre Namen aufsagt – Wippflöter und Mangrovekrähenwürger, Fliegenschnäpper und Arudickkopf. Und ich weiß noch, dass sie immer so traurig wirkte. Ich meine nicht deprimiert, aber oft lauerte hinter ihrem Lächeln etwas Dunkles. Außer diesem einen Mal, da strahlte sie vor Freude.« Luella schaute mir in die Augen und versuchte zu lächeln, doch dann löste sich eine Träne aus ihrer Wimper und rollte über ihre Wange. »Das war in der Nacht, in der sie starb.«

Irgendetwas in mir wurde frei, eine dunkle Hoffnung. »Kannst du dich an diese Nacht erinnern?«

Sie nickte. »Sie ist verschwommen, aber sie hat mich mein Leben lang verfolgt. Wir hatten noch spät am Abend das Haus verlassen und gingen über einen dunklen Pfad. Anfangs hatte ich Angst, doch dann fing Mumma an zu singen, und ihre Stimme beruhigte mich. Ich erinnere mich nur, dass sie sehr fröhlich war, als hätte sie eine Überraschung für mich. Wir gingen eine ganze Weile, ich wusste nicht, wohin. Heute wird mir bewusst, dass sie mich mitgenommen hatte, um … um Samuel zu treffen.« Sie sah mich durch ihre feuchten Wimpern an. »Ein Teil der Erinnerung ist noch verschwommener, aber gerade er verfolgt mich am stärksten. Weißt du, in jener Nacht sah ich ein Gesicht in den Bäumen. Ein großes blasses Gesicht, wie das eines Gespensts. Es erschreckte mich, und ich lief weg.«

Das Insekt über uns zerriss erneut die Stille mit seinem

Kreischen. Ich erinnerte mich an Bronwyns Geschichte von dem Zikadenjäger. In diesem Augenblick fühlte ich mich wie eine unselige Zikade, die der Gnade einer solchen Wespe ausgesetzt war, angetrieben durch die Kraft meiner eigenen Neugier, unfähig, mir selbst zu helfen, aber auch voller Angst, wohin sie mich führen mochte.

»Luella, hast du das Gesicht wiedererkannt? War es jemand, den du kanntest, ein Freund deiner Mutter vielleicht?«

Sie lachte erstickt. »Gott, nein. Es war schrecklich, wie in einem Albtraum, ein Kobold oder ein Geist. Mumma sang oft Lieder von Geistern und Buschdämonen und großen weißen Teufeln, die einem nachts mit Fackeln erschienen. Sie war eine halbe Aborigine, weißt du. Poppa hatte nach dem ersten Weltkrieg eine kleine Missionsstation in der Nähe von Townsville gegründet. Sie hatte als Schule begonnen und sich dann weiterentwickelt. Meine Großmutter war seine älteste Schülerin, sie war sehr intelligent und half ihm mit den jüngeren Schülern. Poppa und sie verliebten sich ineinander. Sie wollten heiraten, aber die Kirche hat es verboten. Also lebten sie heimlich zusammen, bis meine Großmutter 1933 an Scharlach starb. Viel später, nachdem wir Mumma verloren hatten, gab es welche in der Stadt, die grausam genug waren, um zu behaupten, dass Gott mit ihrem Tod Vater für seine Sünde bestraft hätte – aber wie man Liebe für eine Sünde halten kann, ist mir schleierhaft.«

Ich nickte gedankenverloren. Das Gesicht, das Luella beschrieben hatte, ließ mich nicht los. Das Gesicht eines Kobolds oder eines Geistes, hatte sie gesagt. Eine Kindheitserinnerung, die ihren Ursprung Jahrzehnte vor meiner Geburt gehabt hatte … Warum hatte ich dann das Gefühl, als wäre *ich* das kleine Mädchen im Busch in jener Nacht? Als wäre *ich* diejenige, die durch das Gesicht eines Monsters erschreckt worden war? Und wieso konnte ich mir dieses Bild so gut vorstellen, dieses blasse Gesicht, das mich in meinen Träumen verfolgte?

Lächerlich.

Und trotzdem hatte ich dieses albtraumhafte Gesicht *gesehen*. Nicht in weiter Vergangenheit vergraben, wohin es gehörte, sondern erst vor Kurzem. Es hatte durch die Bäume gespäht, die vom Licht der Morgensonne gesprenkelt waren, blass wie der Mond, fast glänzend. Und es war kein Geist gewesen. Der Mann in der Siedlerhütte war aus Fleisch und Blut.

Der Bruch, dieser Riss, den ich gespürt hatte, das Gefühl, dass ich etwas übersehen hatte, begann sich zu schließen. Ich dachte an die gestohlenen Briefe, die ich in dem Schrank der Hütte entdeckt hatte, an die Porzellanpuppen, den Schrein und an Aylishs Foto. Ich erinnerte mich an den zersplitterten Axtschaft im Kleiderfach, dieses Andenken, das einst aus einem Schuppen entwendet worden war. Ich dachte an die dunkelroten Rosen auf der Brüstung der Veranda der Hütte und dass sie die gleichen waren wie die auf Aylishs Grab.

Jemand erinnerte sich an sie.

Und während sich die Lücke in meiner Erinnerung weiter schloss, wurde mir bewusst, wer das sein musste. Doch wenn Cleve Jarman noch lebte, hätte er sich nicht mit Luella in Verbindung gesetzt und sie wissen lassen, dass er lebte?

Es sei denn, er hätte es nicht gekonnt.

Oder nicht gewollt.

Ich hatte das Gefühl, als würde eine Spinne über meinen Rücken krabbeln. »Luella, hast du vielleicht ein Foto von Cleve?«

»Ich habe sie alle verbrannt. Warum?«

»Vor Kurzem bin ich oben in der Hütte der Siedler gewesen. Jemand lebte da oben. Ein Mann. Ich habe ihn nicht richtig sehen können, nur sehr vage. Er war ungekämmt, als hätte er jahrelang in der Wildnis gehaust.«

Luella strich ihren Rock glatt. »Ich weiß nicht, worauf du hinauswillst, Kleines.«

»Nun, ich frage mich, ob es vielleicht Cleve war.«

»Cleve kann es nicht gewesen sein. Er ist vor zwanzig Jahren gestorben.«

Ich hatte mit ihrer abwehrenden Reaktion gerechnet. Ich war sogar auf einen weiteren Tränenausbruch gefasst gewesen. Schließlich war ihr Mann ein heikles Thema. Doch auf die leise Entschiedenheit ihrer Stimme war ich nicht vorbereitet gewesen oder auf die entschlossene Maske, hinter der sie nun ihr Gesicht verbarg. Doch ihre Augen verrieten sie. Unter der stillen Oberfläche erkannte ich einen Schatten, der sich bewegte, ein dunkles Muster, möglicherweise verdrängte Panik, die sich nach oben kämpfte.

»Die Leiche, die man im Staudamm gefunden hat, hätte jedem gehören können. Die Behauptung der Gerichtsmediziner, dass sie aus der Zeit stammt, als Cleve verschwand, beweist noch lange nicht, dass es seine Leiche ist.«

Luella blinzelte. Ich hoffte, dass sie nicht durchdrehte. Ich selbst war nicht gerade imstande, andere zu beruhigen. Ich brauchte all meine Kraft, um nicht selbst aus dem Gleichgewicht zu geraten.

»Jemanden da oben in Dads Hütte anzutreffen muss ein ziemlicher Schock gewesen sein«, sagte sie leise, als spräche sie mit einem Kind. »Aber dieser Mann, dieser illegale Bewohner, hast du nicht gesagt, dass er jetzt weg ist? Ach Audrey, hier tauchen die ganze Zeit irgendwelche Leute auf und verschwinden wieder. Saisonarbeiter, Camper, Umweltschützer – er kann auch ein armer Buschbewohner gewesen sein, der für ein paar Monate eine Unterkunft gesucht hat.«

»Irgendwas war mit seinem Gesicht«, rutschte es mir heraus. »Seine Haut glänzte so unnatürlich im Licht der Sonne.«

Eine Pause. »Glänzte?«

Mein Herz raste, meine Hände waren verschwitzt. Ich redete um den Brei herum, doch nun gab es kein Zurück mehr. »Cleve hatte ein vernarbtes Gesicht, nicht wahr?«

»Ja, Cleve hatte Narben im Gesicht, aber glaub mir, Audrey, es war sicher nicht Cleve, den du da oben gesehen hast.« Sie lächelte mir zu und streichelte meinen Arm, dann stand sie auf. »Ich habe dir mit meiner kleinen Geistergeschichte Angst eingejagt, nicht wahr? Ach Audrey, das ist lange her, Kinderfantasien. Komm, wir gehen ins Haus. Ich habe einen Käsekuchen gebacken, den kannst du für Bronwyn mitnehmen, ich weiß ja, wie sehr sie nach der Schule etwas Süßes mag.«

Am Fuß der Treppe holte ich sie ein. »Das war der Grund, weshalb Tony nach Hause gekommen ist, stimmt's? Er hatte den Verdacht, dass sein Vater noch am Leben sein könnte.«

»Tut mir wirklich leid, Kleines, aber da liegst du völlig falsch.«

Ihre Gereiztheit entging mir nicht. Ich hatte eine Grenze überschritten und ein Territorium betreten, in dem ich nicht erwünscht war. Doch jetzt konnte ich nicht mehr zurück.

»Tony und Cleve standen sich nicht besonders nahe, nicht wahr? Und ich frage mich, wieso Tony nach zwanzig Jahren wie unter Schock nach Hause zurückrasen würde, ohne seiner Frau auch nur ein Wort zu sagen … Es sei denn, er hätte einen Verdacht gehabt.«

Luellas ohnehin verhärmtes Gesicht wurde jetzt aschfahl. Sie sah mich sehr lange an, trotzdem hatte ich das Gefühl, dass sie vergessen hatte, dass ich da war. Schließlich drehte sie sich um, stieg die Treppe hinauf und verschwand im Inneren des Hauses.

Ich ging ihr nach. In der Küche war sie nicht, aber dann hörte ich sie im vorderen Teil des Hauses. Sie war dabei, Türen zuzuschlagen. Fenster zu schließen. Ich hörte dumpfe Schläge und Scharren, und als ich durch die Diele ging, sah ich, dass sie überall Riegel vorschob.

»Luella?«

Ich fand sie im Wohnzimmer, wo sie gerade einen dicken Vorhang zuzog. Das schwere Tuch sperrte das letzte bisschen Licht aus, sodass es im Zimmer halbdunkel wurde.

»Was machst du?«, fragte ich, obwohl ich sehr wohl sehen konnte, was sie tat.

Sie ignorierte mich. Ein weiteres Fenster wurde zugeschlagen, der nächste Riegel vorgeschoben.

Mein Herz raste. »Du glaubst mir also, nicht wahr? Deshalb verriegelst du alles … Du hattest schon immer diesen Verdacht.«

»Hatte ich nicht. Um Gottes willen, Audrey! Ich lebe allein, habe ich denn nicht das Recht, mich sicher zu fühlen?«

»Sicherheit ist eine Sache, Luella, aber du hast mehr Schlösser in diesem Haus als Fort Knox.«

»Man hat hier schon mal eingebrochen«, sagte sie abschätzig. »Es wurde nichts gestohlen, zumindest nichts von Wert. Man hat den Schuppen durchwühlt und ein paar Werkzeuge und Ersatzteile mitgenommen. Du weißt ja, wie es heutzutage ist, ständig hört man in den Nachrichten von irgendwelchen Jungen, die in die Häuser der Leute einbrechen und alles kurz und klein schlagen …«

Mir fiel eine Stelle in Glendas Tagebuch ein. *Dad hebt alles auf, er hat Kisten, Gefäße und Dosen voller Zeugs im Schuppen*. Ich dachte an die Briefe, die ich in der Siedlerhütte gefunden hatte, und an das Holzkästchen mit den Schnitzereien, in dem sie gesteckt hatten. Ich dachte an den schwarzen

Axtschaft mit der schmierigen, fast hautähnlichen Oberfläche. An die Köpfe der Puppen, das Foto. Und an die beschrifteten Munitionsbüchsen mit dem Durcheinander an Aufschriften. »STREICHHÖLZER. BLEISTIFTE, TEE, KERZEN, KORDEL.«

Auch der Mann in der Hütte war ein Sammler.

»Könnte Cleve der Einbrecher gewesen sein?«

Luella wandte mir ihr Gesicht zu. »Nein.«

»Die gerichtsmedizinische Untersuchung ist noch nicht abgeschlossen. Die Leiche im Staudamm könnte auch jemand ganz anderes sein.«

Sie schloss die Augen. »Ich brauche keine Untersuchung, um zu wissen, was ich bereits weiß. Es war Cleve.«

»Wieso bist du so sicher?«

Sie ging in die Küche, schloss die hintere Tür und drehte rasselnd den Schlüssel im Schloss um. Dann knallte sie das Fenster zu und blieb im zittrigen Schein der Sonne stehen.

»Weil ich weiß, dass er tot ist, Audrey.«

»Aber…«

»Ich habe gesehen, wie er gestorben ist.«

Ich brauchte ein paar Sekunden, um das zu verdauen. »Aber wenn du gesehen hast, wie er… Wenn du es gewusst hast, warum wurde er dann als vermisst gemeldet? Warum hast du es nicht gesagt?«

Sie versteckte die Schlüssel in ihrer Hand. »Ich hatte meine Gründe.«

Ich starrte sie an. Warum hatte sie jeden glauben lassen, dass Cleve noch lebte, wenn sie gewusst hatte, dass er tot war? Mir kam ein schrecklicher Gedanke. Nachdem ich Glendas Tagebuch gelesen hatte, war ich zu der Erkenntnis gelangt, dass ihr Tod kein Unfall gewesen sein konnte. Und als ich gehört hatte, dass Tony sie bewusstlos unter der Buche gefunden hatte, war mir klar geworden, warum sie nie zurückgekommen war, um ihre Sachen zu holen. Doch eine Frage ließ mich nicht los. Wenn Glenda schwer verletzt worden war, hätte sie sich niemals bis zur Schlucht schleppen können. Und das hieß, dass jemand sie dorthin gebracht haben musste.

Ich sah Luella an. Sie hatte die Leiche ihrer Tochter gefunden. War sie zu derselben Schlussfolgerung gelangt? Hatte sie deshalb zugelassen, dass die Polizei den Tod ihrer Tochter als tragischen Unfall ad acta legte? Hatte sie die Wahrheit geahnt und die Sache selbst in die Hand genommen?

»Du hast es gewusst«, sagte ich ausdruckslos. »Du hast gewusst, dass Cleve sie umgebracht hatte.«

Luella nickte.

»Woher?«

»Tony hat es mir erzählt. Am frühen Abend hatte er seine Schwester oben auf Dads Grundstück gefunden. Sie war kaum noch bei Bewusstsein und murmelte ständig ein Wort vor sich hin, aber Tony konnte sie nicht verstehen. Er lief los, um Hilfe zu holen, und als er zurückkam, war Glenda verschwunden. Erst viel später verstand er, was sie ihm hatte sagen wollen.«

»Dass es Cleve gewesen war.«

»Ja.« Ihr Gesicht hatte sich verfärbt, als hätte man sie auf die Wangen geschlagen. Sie drehte sich um und verschwand in der Dunkelheit des Korridors.

Ich fand sie im Zimmer mit dem Blumenmuster. Auch hier schloss sie die Fenster, verriegelte sie und zog die Vorhänge zu.

»Deshalb hast du seine Fotos verbrannt.«

Sie nickte erneut.

»Warum?«, fragte ich. »Warum hat er das getan?«

»Ich weiß es nicht.«

Meine Welt drehte sich um ihre eigene Achse, wechselte immer wieder den Gang, die Richtung. Langsam, unausweichlich, wurde ich von der Schwerkraft zu einer neuen Erkenntnis gezogen.

»O Luella, hast du ihn getötet?«

Sie stand da und bohrte sich die Fingernägel in die Handrücken. Um ihre Fingerknöchel bildeten sich jetzt halbmondförmige Blutspuren.

»Ich wünschte bei Gott, ich hätte es getan«, erwiderte sie leise. »Aber nein, ich war es nicht.«

»Wer dann?«

Sie ging durchs Zimmer und blieb im Türrahmen stehen. »In der Nacht, als sie starb, wollte Glenda zu Corey. Sie hinterließ eine Nachricht, aber dann zog ein Gewitter auf, und ich machte mir Sorgen. Sie hat immer angerufen, um mir zu sagen, dass sie gut angekommen war. Cleves Wagen stand in der Auffahrt, und im Schuppen brannte Licht. Ich wollte ihn fragen, ob sie angerufen hätte, aber als ich an der Schuppentür klopfte, machte er nicht auf. Komisch, dachte ich, aber dann vergaß ich es. Als sich Glenda um halb neun immer noch nicht gemeldet hatte, rief ich bei den Weingartens an, doch da war niemand. Da ich vermutete, dass sie die Abkürzung über Dads Grundstück genommen und in das Gewitter geraten war, nahm ich meinen Regenschirm und machte mich auf die Suche nach ihr.«

Luella drehte sich um und ging durch den Flur. Im Badezimmer prüfte sie, ob das Fenster geschlossen war, dann ging sie weiter in Tonys Zimmer und schloss die Jalousien. »Als ich zur Lichtung kam, sah ich etwas auf der Erde liegen, es war ein Schuh. Der Schuh meiner Tochter.«

Jetzt schüttelte sie den Kopf, die Augen voller Tränen. »Ich brauchte eine Stunde, aber ich kam zu spät. Ich fand sie am Grund der Schlucht. Sie lag halb im Wasser, bedeckt von Blättern und Geröll, und in den blutigen Wunden klebten

Kieselsteinchen. Und ihr … ihr Kopf, er war …« Sie zog ein Taschentuch hervor und wischte sich über das Gesicht, dann lief sie in den Flur hinaus.

»Ich legte mich neben sie auf den Boden der Schlucht, hielt sie in den Armen, so wie ich es getan hatte, als sie noch ein Baby war, und wiegte sie. Ich weiß nicht, wie lange ich dort war, es kam mir wie eine Ewigkeit vor. Dann hörte ich Geräusche oben auf der Lichtung, stampfende Schritte und jemand, der weinte. Erst da kam ich wieder zu mir … besser gesagt schüttelte die Ohnmacht und den Schock ab und erwachte mit einem anderen Bewusstsein, rau und dunkel, voller Wut. Ich wusste, dass es kein Unfall gewesen war.«

»Woher?«

»Der Schuh, den ich auf der Lichtung gefunden hatte. Wäre Glenda gestürzt, hätte der Schuh nicht in der Mitte der Lichtung gelegen. Und außerdem hatte ich so ein Gefühl«, setzte sie leise hinzu. »Das Gefühl einer Mutter.«

Sie betrat Glendas Zimmer, und ich folgte ihr, starrte auf die Tapete mit den gelben Rosen, das gemachte Bett, die vielen Stofftiere auf der Fensterbank. Der Schulblazer über der Rücklehne des Stuhls.

Luella griff nach ihm und führte ihn an ihre Lippen. »Ich lief nach Hause, stolperte, fiel hin, stand wieder auf. Ich wusste nicht, was ich tun würde, wenn ich ankam.« Sie schüttelte den Blazer aus, faltete ihn wieder zusammen und legte ihn über die Rückenlehne des Stuhls. »Tony war im Schuppen. Die Neonröhre flackerte, und es lag ein unangenehmer, beißender Geruch in der Luft. Schießpulver. Tony stand neben der Tür. Er hielt eine alte Winchester in den Armen, er war kreidebleich … Ich schrie ihn an, lief zu ihm und schüttelte ihn, aber er reagierte nicht. Er starrte nur auf den hinteren Teil des Schuppens. Und als ich hinsah …«

Ich taumelte und setzte mich auf das Bett. Die Rosen auf der gelben Tapete drehten sich, mir wurde schwindelig.

»Cleve«, flüsterte ich.

Luella trat ans Fenster. Die Sonne tanzte auf ihrem Gesicht. Ihre Haut war feucht, ob von Schweiß oder Tränen, hätte ich nicht zu sagen vermocht.

»Mein Mann war ziemlich schwer. In den mittleren Lebensjahren hatte er stark zugenommen, wir konnten ihn kaum hochheben. Trotzdem schafften wir es zusammen irgendwie, ihn zum Wagen zu schleppen, und fuhren zum Staudamm. Ich schnallte ihn auf dem Fahrersitz fest und legte die alte Winchester neben seine Füße, in der Hoffnung, dass sie die Schusswunde erklären würde, wenn man ihn fand. Es war kein makelloser Plan, aber mir war klar, dass man eine Untersuchung einleiten würde. Dann löste ich die Handbremse, und Tony half mir, den Wagen den Hang hinunter ins Wasser zu schieben. Als wir dann später zurück im Haus waren, konnten wir einander nicht mehr in die Augen sehen. ›Kein Wort, zu niemandem‹, sagte ich zu Tony. Ich musste ihn nicht bitten, es mir zu versprechen. Tony starrte mich nur an, er stand unter Schock. Ich wünschte, ich hätte versucht, ihn zu trösten, aber ich konnte an nichts anderes denken, als alle Spuren zu beseitigen … vor allem jene, die Tony belastet hätten. Ich wusste, dass man Fragen stellen würde, dass es wahrscheinlich ein Ermittlungsverfahren geben würde. Es schien einfacher zu sein, einen Eimer und einen Lappen zu holen und mich mit dem Schrubben zu beschäftigen, statt über unsere schreckliche Tat nachzudenken.«

Luella ließ die Jalousien herunter, das Licht zerfiel zu Streifen, dann lag auch dieses Zimmer im Zwielicht.

»Als ich mit dem Saubermachen fertig wurde, war es elf Uhr morgens. Ich nahm eine Dusche, kratzte das Blut unter meinen Fingernägeln hervor, kämmte mich, schminkte mich, bügelte sogar einen Rock auf. Irgendwie gelang es mir, ruhig zu bleiben, als ich die Polizei anrief. Anschließend ging ich zurück zur Schlucht und verabschiedete mich von meiner Tochter.«

Luella weinte nicht mehr, die Tränen waren verschwunden, nur ihre Pupillen wirkten noch groß und feucht. Sie blinzelte und schüttelte immer wieder den Kopf, als wollte sie vertreiben, was sie gerade offenbart hatte.

Auch ich war irgendwie nervös.

Nervös und doch vollkommen ruhig bis hin zur Benommenheit. Cleve Jarman war ein böser Mensch gewesen. Er hatte seiner Familie irreparable Wunden zugefügt. Er war ein Mörder, aber konnte das Tonys Tat rechtfertigen? Rechtfertigte es Luellas Schweigen? Ich versuchte, unparteiisch zu sein, trotzdem sah ich ständig die Schlucht mit den feuchten Blättern und dem sprudelnden Bach vor mir, die kühle Luft, die vom Geruch verletzten Fleisches und vergossenen Blutes besudelt worden war. Und den geschundenen, geliebten Körper, die Haut, die in der Nachtluft erkaltete, die letzten Echos eines Lebens, das ausgehaucht wurde. Wären die Rollen vertauscht gewesen und hätte ich den Körper meiner Tochter gefunden – hätte ich anders gehandelt?

Ich schmeckte Blut und merkte, dass ich meinen Fingernagel völlig abgebissen hatte. Ich bildete eine Faust, um die blutige Schweinerei nicht zu sehen, und warf Luella einen verstohlenen Blick zu.

Sie stand reglos in den gebrochenen Lichtstrahlen, die durch die Jalousien fielen, und starrte ins Nichts. Eine Haarsträhne hatte sich aus ihrem Knoten gelöst und klebte an ihrer Wange. Jedes Mal, wenn sie blinzelte, zitterte die Strähne.

»Irgendetwas passt nicht zusammen«, dachte ich laut nach.

»Du hast gesagt, du hättest die Winchester neben seine Füße gelegt, bevor du den Wagen in den Staudamm geschoben hast.«

»Ja.«

»In den Zeitungen stand aber nichts von einem Gewehr.«

Sie holte kurz Luft. »Vielleicht wollten sie eine derart traurige Tatsache nicht kundtun.«

Ich wappnete mich, da ich wusste, dass ich schon wieder eine unsichtbare Schwelle überschritt, doch ich konnte nicht anders. »Hobe hat mir erzählt, dass die Waffe, mit der Tony sich umbrachte, eine alte Winchester war. Er sagte, es wäre Gurneys altes Gewehr gewesen und Tony hätte es in der Nacht, in der Glenda starb, entwendet. Wenn es dasselbe Gewehr war, mit dem er seinen Vater erschossen hatte, dann verstehe ich nicht, wie es aus dem versunkenen Wagen zwanzig Jahre später erneut in Tonys Besitz gelangen konnte.«

Luella wirkte erstarrt, als könne die kleinste Bewegung sie aus ihrer schwer erkämpften Fassung bringen. Als sie schließlich sprach, klang ihre Stimme unheimlich, wie ein ausgehauchter Ton in der Stille.

»Mit der Zeit verwischen sich die Tatsachen. Möglich, dass es eine andere Waffe war, ich kann mich nicht mehr daran erinnern.«

»Aber …«

»Weißt du, ich hätte dir all das nicht erzählt, wenn Tony noch lebte, aber jetzt ist er nicht mehr da und Glenda auch nicht. Mir ist nichts geblieben. Es würde mir nichts ausmachen, wenn du mich der Polizei ausliefern würdest, Audrey. Es wäre sogar eine Erleichterung, wenn ich mich nicht länger verstecken müsste.«

Ich trat ans Fenster und warf einen Blick durch die Lamellen der Jalousie. Das grelle Tageslicht wirkte irgendwie künstlich. Ich hatte das Gefühl, eine Ewigkeit in dieser muffigen Dunkelheit verbracht zu haben, erdrückt von der Last, die Luellas Geständnis bedeutete. Und trotzdem konnte ich den Eindruck nicht abschütteln, dass sie nicht die ganze Wahrheit sagte.

»Es steht mir nicht zu, über dich zu urteilen«, bemerkte ich. »Und wenn ich ehrlich sein soll, hätte ich wahrscheinlich genauso gehandelt wie du.«

Luella nickte, aber sie schien wieder abwesend zu sein, als wäre meine Meinung das Letzte, worum sie sich Sorgen machte. Sie steckte ihr Taschentuch zurück und kam unbeholfen auf mich zu. Ich spürte einen Anflug von Panik, dass sie mich vielleicht umarmen wollte. Nach dem, was wir gerade erlebt hatten, fühlte ich mich entblößt und ausgesetzt, am Ende meiner Kräfte.

Zu meiner Erleichterung ging sie an mir vorbei. »Man weiß nie, wozu man fähig ist, Kleines«, flüsterte sie in die staubige Stille. »Bis man mittendrin steckt, mit dem Rücken zur Wand, ohne Ausweg. Man weiß es einfach nicht.«

Als ich zu Hause ankam, fiel mir als Erstes der Geruch auf.

Muffig und leicht faulig. Ich ging durchs Haus und öffnete die Fenster, damit die frische Brise ihn vertrieb, und fragte mich, ob nach Luellas verheerendem Geständnis meine Fantasie mit mir durchging. In der Diele schien der Geruch noch stärker zu werden, und am schlimmsten war er in meinem Schlafzimmer. Ich riss das Fenster weit auf, trotzdem blieb der Geruch. War etwa ein Tier in meinem Schrank verendet? Eine tote Maus oder ein vertrockneter Gecko?

Dann erstarrte ich.

Am Fußende des Betts lag meine zerbeulte Minolta, die ich das letzte Mal gesehen hatte, als ich sie an der Hütte der Siedler ins Gebüsch geschleudert hatte. Ich dachte an den Schreckensmoment zurück. Hatte ich die Kamera doch mitgenommen und dermaßen unter Schock gestanden, dass ich es vergessen hatte? Nein, verdammt. Ich erinnerte mich, dass ich sie noch im Gras hatte liegen sehen, als ich mich abwandte und weglief. Ich hatte keine Zeit gehabt, sie aufzuheben. Und das hieß…

Er war hier gewesen.

Das erklärte auch den fauligen Gestank.

Ich raste durch das ganze Haus. Meine Digitalkameras und mein Laptop waren alle noch im Arbeitszimmer, meine wertvolle Sammlung alter Objektive unberührt. Die Stereoanlage und der Fernseher standen im Wohnzimmer, selbst der Zwanzigdollarschein, den ich auf den Tisch gelegt hatte, um Bronwyns demnächst anstehendes Wissenschaftsprojekt zu bezahlen, lag noch da, wo ich ihn hingelegt hatte. Verwirrt begann ich an mir zu zweifeln, lief von Tür zu Tür, überprüfte alle Fenster, doch keine Scheibe war eingeschlagen, keine Tür aufgehebelt.

Ich kehrte in mein Zimmer zurück und nahm die Minolta aus der Kameratasche. Die Linse hatte einen Riss, und der Deckel fehlte. Das war seltsam, weil der Deckel in der Tasche hätte liegen müssen. Ich schüttelte die Kameratasche, um nachzusehen, und da fiel ein rechteckiges Stück Papier heraus.

Ein Polaroidfoto.

Eins, das ich sehr gut kannte. Ich hatte es vor fünf Jahren geschossen, als Bronwyn sechs war, wenige Monate bevor ihr Vater mich verlassen hatte. Eine Farbaufnahme von Tony und ihr, beide grinsten mit leuchtenden Augen in die Kamera. Tony hatte es sofort an sich gerissen, in seine Brieftasche gesteckt und geschworen, dass er es dort aufheben würde bis zu dem Tag, an dem er starb. Dem leicht nach innen gewölbten

Fotopapier und den geknickten Ecken nach hatte er genau das getan.

Bis zu dem Tag, an dem er starb …

Allmählich dämmerte es mir, und die synaptischen Verbindungen in meinem Gehirn flackerten auf.

Tony hatte jeden Grund zur Annahme, dass Cleve tot war. Er hatte auf ihn geschossen und seiner Mutter geholfen, die Leiche in den Staudamm zu werfen. Er hatte sich halbwegs Danny Weingarten anvertraut, da er wusste, dass Danny ihn nie verpfeifen würde. *Ich habe etwas Schlimmes getan*, hatte er ihm erzählt, am nächsten Morgen einen Bus genommen und war auf Nimmerwiedersehen verschwunden. Zwanzig Jahre war er fort gewesen, hatte alle Verbindungen zu seiner Mutter und den Menschen, die er liebte, abgebrochen.

Und trotzdem musste er all die Jahre Zweifel gehabt haben. Warum sonst wäre er sofort zurückgekommen, nachdem man Cleves Leiche gefunden hatte?

Ich sah mir die verblichenen Gesichter auf dem Polaroidfoto an – Bronwyns rundes Babygesicht und Tonys feierliches Grinsen. Ich starrte darauf, bis das Bild verschwamm, dann schloss ich die Augen und versuchte, die Steinchen zusammenzufügen.

Tonys Albträume, seine wechselnden Launen. Die langen Phasen des Schweigens. Er musste während seines gesamten Erwachsenenlebens von einer unterschwelligen Furcht beherrscht gewesen sein. Das heißt, bis er über den Fund der Leiche im Staudamm gelesen hatte.

Bestimmt hatte er Luella sehen und mit ihr sprechen wollen. Er hätte sich denken können, dass sie Angst hätte und ihren Sohn an ihrer Seite bräuchte … Vielleicht wollte er sich mit ihr absprechen, für den Fall, dass die Polizei ein Ermittlungsverfahren einleitete. Er wäre in die William Road gefahren. Er hätte eine Ewigkeit nervös an die Tür geklopft, während er darüber nachdachte, was er seiner Mutter nach zwei Jahrzehnten sagen sollte.

Doch Luella war vielleicht gar nicht zu Hause gewesen, sondern zum Einkaufen in Brisbane.

Tony hätte beschlossen zu warten. Vielleicht hätte er die Zeit totgeschlagen, indem er einen Ausflug in die Schlucht machte und vielleicht etwas weiter den Hügel hoch zur alten Hütte der Siedler, ein Ort, der schöne Kindheitserinnerungen barg. Und dort, in der mit Gras bedeckten, sonnigen Waldlichtung, wäre er über den Albtraum gestolpert, vor dem er zwanzig Jahre lang geflohen war.

Ich starrte auf das Polaroidfoto, das ich in meinen blutleeren Fingern hielt.

Tony hatte versprochen, es bis für immer in seiner Brieftasche aufzubewahren.

In meiner Brust blühte etwas Dunkles auf. Vielleicht Ablehnung. Und verrückterweise, wie das Echo eines fernen Traums, fiel mir ein Fragment von etwas ein, das Aylish geschrieben hatte.

Ich habe den Schlüssel aus der Waschküche benutzt und bin damit ins Haus gegangen. Ich hoffe, du bist mir nicht böse…

Das Polaroidfoto flatterte zu Boden. Ich raste durch den Flur, durch die Küche, die hintere Treppe hinab und in die Waschküche unter dem Haus. Hier lag kein übler Geruch in der Luft, kein Zeichen dafür, dass außer Bronwyn und mir jemand hier gewesen war. Alles sah aus wie immer. Der funkelnde Frontlader, die glänzenden Fliesen, die geräumigen Becken aus Beton, auf der Leine hing die Wäsche. Und Bronwyns Fahrrad mit seinen Wimpeln am Lenker und dem hellroten Sitz stand unter dem Regal, das sie für die Ablagen ihrer Seidenraupen in Beschlag genommen hatte.

Ich brauchte weniger als fünf Minuten, um ihn zu finden – er lag in der Mitte des Türsturzes in einer dicken Staubschicht. Der klobige Schlüssel selbst war sauber, als wäre er noch vor Kurzem benutzt worden. Abgesehen davon, dass er stark angelaufen war, sah er fast so aus wie die neuen Schlüssel, die Bronwyn und ich benutzten, um ins Haus zu kommen.

Von Schwindel gepackt lehnte ich mich an den Türrahmen.

Bisher hatte ich angenommen, dass die Bedrohung hinter mir lag.

In der Vergangenheit begraben, unter einem Meer von Zeit. Ich hatte geglaubt, dass wir gegen Gefahren immun waren, allein deshalb, weil wir im Hier und Jetzt lebten.

Doch als ich nun auf den Schlüssel in meiner Hand blickte und spürte, wie ein kalter Luftzug um meine Fußgelenke strich, hörte ich das Echo eines jahrzehntealten Flüsterns, eine Warnung.

Lauf so schnell und weit du kannst und sieh dich nicht um …

Und als mich diese Erkenntnis mit eisigen Fingern berührte, wurde mir bewusst, dass ich die Tür zu einem dunklen, gewalttätigen Raum aufgestoßen hatte, die nun – dank meines Schürfens und meiner unstillbaren Neugier – weit offen stand.

25

Die Stimme meiner Tochter überschlug sich beinahe. »Ich gehe hier nicht wieder weg. Du kannst mich nicht zwingen!«

Wir standen auf der Veranda. Es war am frühen Abend, und Bronwyn trug noch ihre Schuluniform. Ich versuchte, sie nicht anzusehen, um dem Schmerz und den Vorwürfen in ihren Augen auszuweichen. Stattdessen hielt ich mich an der Brüstung fest und blickte auf die rotschwarzen Gewitterwolken, die über uns schwebten.

»Meine Entscheidung ist unumstößlich, Bron. Es tut mir leid.«

»Aber warum, Mum? Kannst du mir nicht einfach sagen, warum?«

»Hier läuft es nicht gut für uns.«

»Was meinst du?«

»Genau das.«

»Mum, ich kann hier nicht weg. Was ist mit Jade und Tante Corey? Und was ist mit Grandy? Wir können doch nicht einfach die Koffer packen und verschwinden, als hätte es sie nie gegeben.«

»Es tut mir wirklich leid, Schätzchen. Aber wir müssen hier weg.«

Bronwyn seufzte verzweifelt. »Hab ich was falsch gemacht, Mum?« Ihre Stimme war kurz vor einem Weinkrampf, sie hatte die Arme um den Oberkörper geschlungen und trat mit ihrer Sandale gegen die Brüstung. Ich konnte ihren Kummer riechen, salzig und bitter wie Tränen.

Mir brach das Herz, aber ich konnte nicht anders. »Nein, du hast nichts falsch gemacht.«

»Warum dann?«

Ich sah ihr schmerzverzerrtes Gesicht und hatte plötzlich Angst um sie. Ich versuchte, meiner Stimme einen Hauch von Begeisterung zu verleihen. »Wir können das Haus jetzt, da es wieder hergerichtet ist, teuer verkaufen. Denk nur, was für eine schöne Wohnung wir uns leisten können. Vielleicht direkt am Strand – das würde dir doch gefallen, oder? Mit Blick aufs Meer und all die Lichter in der Bucht. Wir können dort weitermachen, wo wir unser altes Leben aufgegeben haben.«

Bronwyn löste sich von der Brüstung. »Und was ist mit meinem Leben hier? Soll ich alles, was hier passiert ist, einfach vergessen?«

»Natürlich nicht, aber …«

»Ich kann es nicht vergessen, und ich werde es auch nicht vergessen! Du kannst ja nach Melbourne zurückgehen, wenn es das ist, was du willst, ich bleibe hier. Ich ziehe zu Grandy, sie hat bestimmt nichts dagegen. Im Gegenteil, sie wird froh sein, mich bei ihr zu haben.«

»Bron, es hat keinen Zweck, sich zu streiten. Ende dieser Woche gehen wir hier weg.«

Sie starrte mich durch ihre Tränen hindurch an. »Du bist eifersüchtig auf Grandy, das ist der Grund, nicht wahr? Du bist einfach nur eifersüchtig. So wie du auf Dad eifersüchtig gewesen bist. Deshalb ist er nicht mehr gekommen, um mich zu besuchen. Du hast ihn mit deiner ständigen Nörgelei und Jammerei vertrieben. Deshalb ist er vor dir zu Carol geflüchtet, und jetzt ist er tot!«

Sie drehte sich um und lief die Treppen hinunter in den

Regen. Kurz darauf verschwand sie zwischen den Bäumen. Ich dachte nicht einmal daran, einen Regenschirm zu holen, mir Schuhe anzuziehen oder auch sie einfach weglaufen zu lassen. Der Vorfall mit der Minolta war mir noch frisch im Gedächtnis, und die Wahrscheinlichkeit, dass wir nicht mehr allein hier waren, reichte aus, damit ich hinter ihr herraste.

Sie hockte auf der Bank unter der Jakaranda, die Arme um die Beine geschlungen, das Gesicht auf den Knien vergraben. Ihr kleiner Körper zitterte.

Ich setzte mich neben sie und wartete darauf, dass sie zu weinen aufhörte. Der Regen prasselte auf meinen Kopf, sickerte durch meinen Kragen und lief mir über den Rücken. Die trockene Erde hatte sich in Schlamm verwandelt, ich spürte ihn zwischen den Zehen. Die Mücken hielten sich schadlos an uns, als wären wir ein wandelnder Festschmaus, zerstachen uns Finger und Fußgelenke, schwärmten in schwarzen Wolken unter der Bank auf.

Bronwyn kramte nach einem Taschentuch. »Kein Wunder, dass Dad uns verlassen hat. Du bist manchmal so eine Zicke, dass selbst ich von dir wegwill.«

Mein Herz zog sich krampfhaft zusammen. »Bitte, sag so etwas nicht…«

Jetzt krachte der Donner über uns los. Der Garten wurde von einem Blitzstrahl erhellt, der so grell war, dass er jedes Blatt, jeden Grashalm, jeden Regentropfen für immer in meine Netzhäute einbrannte. Bronwyn zuckte zusammen. Ich streckte den Arm aus zu einer Geste, die ich seit Jahren nicht mehr benutzt hatte – ich fuhr ihr mit der Hand über das Haar und ließ sie auf ihrem Hinterkopf verharren.

Sie zog den Kopf zurück und warf mir einen Blick zu, der noch kälter war als der eisige Regen. »Ich wünschte, du wärst gestorben und nicht Dad! Ich wünschte, er wäre noch hier und nicht du! Ich will nicht mehr mit dir leben, Mum! Ich hasse dich!«

Dann sprang sie auf und lief zurück ins Haus.

Im rötlichen Licht war ihr Haar ein aschfahles Wirrwarr, halb gebückt lief sie gegen den Regen an. Ich wollte ihr nachlaufen und ihr sagen, dass der Schmerz vergehen und sie sich eines Tages an ihren Vater erinnern würde, ohne diese schreckliche Leere zu spüren, die seine Abwesenheit hinterlassen hatte. Ich wollte ihr sagen, dass alles wieder gut würde, wenn sie sich in meine Arme flüchtete und zuließ, dass ich sie tröstete, so wie damals, als sie noch klein gewesen war …

Die Hintertür knallte ins Schloss, und das sanfte Licht in der Küche erlosch mit einem Flackern. Das Gewitter musste einen Stromausfall erzeugt haben. Ich sah, wie der Lichtstrahl einer Taschenlampe durch das Haus glitt, ein unscharfer Lichtkegel, der mal heller, mal schwächer wurde und von Zimmer zu Zimmer wanderte, ehe auch er verschwand und Dunkelheit das Haus einhüllte.

In dem Moment, als der Regen jäh aufhörte, brach im Garten eine Kakofonie von Geräuschen aus – Ochsenfrösche, Zikaden, das Plätschern der Regentropfen auf dem Blattwerk.

Doch ich hörte nur die wütenden Worte meiner Tochter.

Du hast ihn mit deiner ständigen Nörgelei und Jammerei vertrieben, und jetzt ist er tot … Ich hasse dich … Ich hasse dich …

Ich schluckte. Lächerlich, aber meine Kehle fühlte sich geschwollen an, meine Augen brannten, ein Schatten hatte sich auf mein Herz gelegt. Ich lehnte mich an den nassen Stamm der Jakaranda und sah auf, in der Hoffnung, mich im Himmel zu verlieren. Das Gewitter hatte sich ebenso unvermittelt verzogen, wie es gekommen war. Eine violette Wolke nach der anderen segelte davon. An ihrer Stelle tauchte ein schüchternes Durcheinander von Sternen auf. So klein wie funkelnde

Nadelstiche und so wenige, dass der unendliche Himmel drohte, sie zu verschlucken. Dennoch leuchteten sie weiter, eine Handvoll glitzernder Splitter vor dunklem Samt, die trotz all der Dunkelheit unbeirrbar ihr Licht zur Erde schickten.

»Bron? Du bist so schrecklich still da drin.«

Ich presste das Ohr an die Tür ihres Zimmers und horchte. »Bist du wach, Schätzchen?«

Seit unserem Streit war eine Stunde vergangen. Ich wusste, dass sie vor Wut schäumte, deshalb mussten wir reden. Besser gesagt, deshalb musste ich reden. Ihr den wahren Grund für unseren Aufbruch erklären und darauf vertrauen, dass sie es verstehen würde.

Sie war ins Haus gelaufen und ich auf der Bank unter der Jakaranda sitzen geblieben. Ich hatte die Sterne beobachtet und das Haus im Blick behalten. Hatte die Einzelteile, in die ich bei all den Enthüllungen des Tages zerfallen war, wieder zusammengefügt.

Ich hatte eingesehen, dass ich mich viel zu sehr mit der Vergangenheit beschäftigt hatte, dass ich wie besessen gewesen war von toten Menschen und darüber die Dinge, die wirklich wichtig waren, vernachlässigt hatte: Bronwyn, meine Freunde, das neue Leben, das *jetzt* vor mir lag. Die Konzentration auf Aylishs Mörder – und mein krampfhafter Versuch, die Wahrheit über Glendas Tod herauszufinden – war nur ein Vorwand gewesen, um dem Chaos meiner eigenen Beziehungen zu entkommen. Ich hatte meine ganze Energie darauf verschwendet, das Leben von Menschen zu erforschen, die schon lange nicht mehr existierten, und dabei war mir mein eigenes Leben entglitten.

Schluss damit, schwor ich mir. Keine Lügen mehr. Ich würde mich nicht mehr in der Vergangenheit verstecken.

»Bronny?«

Ich klopfte leise an ihre Tür und öffnete sie. Mit zusammengekniffenen Augen erwartete ich, im Dunkeln ihre schmale Gestalt unter den Laken zusammengerollt zu finden, doch das Bett war ordentlich gemacht, ihre Schuluniform lag auf dem Boden. Von der Rückenlehne des Stuhls hing eine Haarschleife – wie ein weißer Streifen in der rötlichen Dunkelheit.

Ich lief durchs Haus, leuchtete mit der Taschenlampe in alle dunklen Ecken und rief nach ihr. Als sich herausstellte, dass das Haus genauso verlassen war wie ihr Zimmer, stieg ich mit der Taschenlampe die Treppe in den Garten hinunter und inspizierte ihre geheimen Verstecke. Zuletzt ging ich in die Waschküche. Nichts, aber das Fahrrad war verschwunden.

Ich rannte wieder nach oben in die Küche, um ein zweites Mal nach ihr zu suchen. Sie wusste, dass sie nicht aus dem Haus gehen durfte, ohne mir Bescheid zu sagen, aber meine Hände waren bereits feucht, und ich zitterte vor Angst. Draußen war es dunkel, und mir gingen die Minolta auf meinem Bett, Tonys Polaroid in der Kameratasche und der Geruch nach Fäulnis nicht aus dem Kopf, der im Haus gewesen war.

Der Hausbesetzer war hier gewesen.

Er hatte den Schlüssel aus der Waschküche genommen, um ins Haus zu gelangen – und obwohl er meine Kamera zurückgebracht und sonst nichts angerührt hatte, versetzte mich sein Eindringen in Panik. Ich hatte vorgehabt, mit Bronwyn zu Corey zu fahren und dort zu übernachten, um mit klarem Kopf darüber nachdenken zu können, wie wir uns verhalten sollten. Und jetzt …

An der Kaffeemaschine klebte ein rosa Zettel.

Mum, ich bin zu Grandy, bitte, komm nicht hinterher, ich rufe dich an, wenn ich wieder nach Hause will. Tut mir leid, dass ich gesagt habe, dass ich dich hasse, ich habe es nicht so gemeint. Ich muss nur eine Weile allein sein.

Alles Liebe, Bron.

Ich zerknüllte den Zettel und überlegte bereits, wie lange sie brauchen würde, um mit dem Rad zu Luella zu fahren. Eine Stunde? Vierzig Minuten? Wie lange war sie schon weg?

Ich griff zum Hörer, um Luella anzurufen, doch die Leitung war tot. Das Gewitter musste einen Kurzschluss in der Leitung verursacht haben. Ich nahm die Wagenschlüssel und lief zur Tür, während ich mich verfluchte, weil ich so mit mir selbst beschäftigt gewesen war und die ganze Zeit auf der Bank unter der Jakaranda gesessen hatte, während Bronwyn ihren Rucksack gepackt, die Nachricht geschrieben, auf ihr Rad gestiegen und sich in der Nacht davongemacht hatte.

Herrgott! Wie verzweifelt musste sie gewesen sein. Ich stellte mir vor, wie sie jetzt die dunkle Straße entlangfuhr und den Lenker fest umklammerte, wenn das Rad über die Schlaglöcher hüpfte, wie ihr die Tränen über das Gesicht liefen und ihre dünnen Beine strampelten, was das Zeug hielt.

Und *er* war irgendwo da draußen. Beobachtete sie. Wartete …

Ich blieb abrupt stehen.

Dann ging ich zurück zu Samuels Zimmer, schlug die Bibel auf, holte den Schlüssel heraus und schloss die Schublade des Frisiertischs auf.

Sie war leer.

Samuels Revolver war verschwunden.

Mir drehte sich der Magen um, wieder und wieder, bis mir der kalte Schweiß über den ganzen Körper lief. Wer immer in das Haus eingebrochen war, hatte sich hier ausgekannt und genau gewusst, wonach und wo er suchen musste.

Und meine Tochter fuhr auf ihrem Rad durch die dunkle Nacht, allein und schutzlos, zum Haus ihrer Großmutter. Beide Bilder stießen in meinem Kopf zusammen und erzeugten ein solches Durcheinander von Gefühlen, wie ich es noch nie zuvor empfunden hatte. Das überwältigende Bedürfnis, sie zu beschützen, um sie zu kämpfen, alles zu opfern, um sie zu verteidigen.

In meinem Zimmer nahm ich das Kästchen mit Aylishs Briefen aus der Nachttischschublade, wo auch Glendas Tagebuch lag. Ich nahm sie heraus und steckte sie in die Gesäßtasche meiner Jeans. Sie waren der eigentliche Grund, weshalb der Hausbesetzer hier gewesen war. Er hatte nicht meine Kamera zurückbringen, sondern die Briefe holen wollen. Die Minolta und das Polaroidfoto hatte er nur als Visitenkarte hinterlassen.

Während ich zur Tür lief, fiel der Lichtkegel der Taschenlampe auf den Spiegel am Eingang, und ich sah mich kurz darin aufflackern. Mein Gesicht war aschfahl und erstarrt. Allein meine Augen verrieten, was in mir los war. Sie waren groß und leuchtend, durchdringend golden, fast wild.

Doch keine graue Maus.

Luellas Haus versteckte sich in der Dunkelheit unter der Bunyapinie. Ihr Land Cruiser stand vor dem Eingang, doch aus den Fenstern drang kein Licht. Das Haus machte einen leeren, verlassenen Eindruck.

Als ich vor dem Gartentor anhielt, tauchte ein vertrauter Anblick im Kegel meiner Scheinwerfer auf: Bronwyns Fahrrad.

Ich schaltete den Motor aus, sprang aus dem Wagen und lief auf das Haus zu. Ich nahm zwei Stufen auf einmal und hämmerte an Luellas Tür. Unter dem Druck meiner Knöchel ging sie von selbst auf, und ich trat ein.

»Luella? Bron, seid ihr da?«

Meine Stimme hallte durch das kühle Haus, das einer dunklen Höhle glich. Im Flur nahm ich denselben Geruch wahr, der mir vorher in meinem Haus aufgefallen war – eine Mischung aus ungewaschenem Körper, nervösem Schweiß und Holzrauch. Er begleitete mich durch den Flur.

Im Mondschein, der durch ein Fenster am Ende des Ganges fiel, fand ich einen Weg zur Küche. Als ich mehrmals auf den Lichtschalter drückte, tat sich nichts. Das Ticken der Wanduhr über dem Tisch klang unheimlich, als rase es mit meinem Herzen um die Wette.

Ich lief zur Verandatür und drückte auf einen anderen Lichtschalter, doch auch hier tat sich nichts. Angespannt warf ich einen Blick über die Schulter. Ich bekam eine Gänsehaut, als ich mich plötzlich beobachtet fühlte. Aus den Augenwinkeln hatte ich eine Bewegung im Türeingang gesehen. Dann verschwand die Gestalt, die ich zu sehen geglaubt hatte, wieder im Dunkeln. Die Schatten schlossen sich erneut zu einer harmlosen Leere zusammen. Der Türeingang war leer, doch die Umrisse der Gestalt hatten sich in meine Netzhaut eingebrannt.

»Luella? Bist du das?«

Ich ging auf die Küchenbank zu. Um kein Risiko einzugehen, nahm ich Aylishs Briefe aus der Jeanstasche und steckte sie leise in eine von Luellas Dosen. Dann schlich ich zum Türeingang und blieb kurz stehen, um mich zu orientieren. Ich ging weiter durch die Dunkelheit, sah mich im Flur immer wieder um und hielt den Atem an, um mehr zu hören als nur meinen dröhnenden Pulsschlag.

Der Geruch wurde stärker, die Luft im Flur war fast unerträglich.

Ich kam am Badezimmer vorbei und warf einen Blick in

Luellas Zimmer, es war leer. Auf halbem Weg durch den Flur steckte ich den Kopf in das Zimmer mit dem blauen Schrank, doch auch dieser Raum war leer. Genau wie der von Tony.

Glendas Zimmer sah anders aus. Zuerst dachte ich, es müsse an dem spärlichen Licht liegen. Die Vorhänge waren zurückgezogen, der Mondschein fiel durch die Gitter am Fenster ins Zimmer. Dann machte mein Herz einen Sprung.

Auf der Decke von Glendas Bett lag Bronwyn und schlief, ihr glattes Haar breitete sich wie ein seidener Fächer über das Kissen. Sie wirkte klein und verletzlich, hatte die dünnen Arme über der Brust verschränkt, und ihr Gesicht war wie ein heller Fleck in der Dunkelheit. Ich lief auf sie zu, mit wackligen Knien vor lauter Erleichterung. Ich griff sie am Arm und schüttelte ihn.

»Bronny, ich bin's, Mum. Wach auf. Wir fahren jetzt nach Hause.«

Sie regte sich nicht, sie zuckte nicht einmal mit den Augenlidern. Ich beugte mich über sie, um sie zu umarmen. Sie verströmte einen leichten Geruch nach Chemikalien. Ich fuhr vor Schreck zusammen. Was hatte Luella ihr angetan? Sie schlief ganz tief. Hatte sie jemand unter Drogen gesetzt?

Plötzlich hing ein ranziger Gestank in der Luft.

Hinter mir hörte ich schlurfende Schritte. Ich ließ Bronwyn los, sodass sie aufs Bett zurückfiel. In der Dunkelheit hinter mir spürte ich eine Bewegung, und dann sah ich im Mondschein eine verschwommene Gestalt. Ein Arm hob sich und stieß auf mich herab. Ich wich aus. Der erste Schlag traf mich an der Schulter und warf mich zur Seite.

Ich rappelte mich auf und stellte mich vor das Bett, um meine schlafende Tochter zu beschützen. Der nächste Schlag traf mich seitlich am Kopf. Funken explodierten vor meinen Augen und blendeten mich. Das Zimmer kippte zur Seite.

Ich hob die Hände vor den Kopf, doch sie waren weich wie Gummi und nutzlos. Mein Körper schleuderte nach vorn, dann sackte er zusammen. Ich kämpfte gegen die Wand aus Dunkelheit an und versuchte ihr auszuweichen, tastete nach meiner Tochter, warf mich zwischen das Bett und meinen Angreifer. Im Mondschein erhaschte ich einen Blick auf sein Gesicht – ein Gesicht, das ich beinahe wiedererkannte, groß, blass, wie aus einem Albtraum. Und irgendwie wusste ich, dass ich es fürchten musste.

26

»Wach auf! Bitte, Audrey, wach auf!«

Als ich die Augen aufschlug, sah ich ein Flackern. Es war eine Kerze. Ich lag auf dem Boden in einem dunklen Zimmer. Auf der Tapete waren gelbe Rosen, und auf dem Fenstersims standen alte Spielzeuge – Bären und eine handgestrickte Stoffpuppe. An der Tür hingen Poster.

Ein Gesicht tauchte vor mir auf, das breite Gesicht einer Frau, es war bleich und schweißgebadet. Das Auge, das mich anstarrte, war weit aufgerissen und grün, das andere schwarz und geschlossen. Die runden Wangen waren mit etwas beschmiert, das aussah wie Blut.

»Luella? Was …?« Ich versuchte, mich aufzurichten. Mir wurde schwarz vor Augen, alles drehte sich. In meinem Kopf hämmerte es, doch durch den Schmerz hindurch tauchten Erinnerungsfetzen auf. Eine Gestalt in der Dunkelheit. Ein übler Gestank in der Luft. Ein Arm, der ausholte, und eine Explosion von Licht in meinen Augen. Dann fiel mir Bronwyn ein, die auf der Decke gelegen hatte, still wie ein Engel, das Haar auf dem Kissen ausgebreitet, die dünnen Arme über der Brust verschränkt.

Mein Blick flog zum Bett. Es war leer.

Ich richtete mich auf und blickte in das blutverschmierte Gesicht der Frau neben mir.

»Wo ist sie?«

»Es tut mir leid, Audrey, es tut mir so schrecklich leid.«

Trotz des Dröhnens in meinen Ohren, der Doppelbilder und des Hämmerns in meinem Kopf packte ich Luella an den Schultern. »Um Gottes willen, Luella, wo ist meine Tochter?«

Luella schluchzte, brachte aber trotzdem ein einziges Wort zustande. »Mitgenommen.«

Mir lief es kalt über den Rücken. Das weiche Kerzenlicht färbte die Rosen an der Wand golden. Gegen den Schwindel ankämpfend sprang ich auf.

Luella klammerte sich mit kalten Fingern an mich. »Ich habe versucht, die Polizei anzurufen, aber die Leitung ist tot. Und die Autos springen nicht an. Die Schlüssel deines Wagens stecken, aber der Motor lässt sich nicht starten. Bis in die Stadt braucht man mehrere Stunden zu Fuß und bis zu den Millers, den nächsten Nachbarn, mehr als eine Stunde. O Audrey, ich habe solche Angst um sie!« Ihre Stimme brach beim letzten Wort, und ihre Panik übertrug sich auf mich. Ich war wie gelähmt, bekam kaum Luft. Immer wieder sah ich vor mir, wie meine Tochter reglos auf Glendas Bett lag, im Tiefschlaf, vollgepumpt mit Drogen. Ich erinnerte mich an den Geruch nach Chemikalien, den sie verströmt hatte – und an den Mann, den ich im Türeingang gesehen hatte.

Ich zwang mich zur Ruhe. »Luella, du redest wirres Zeug. Beruhige dich. Ich werde sie nicht finden können, wenn du mir nicht genau erzählst, was passiert ist. Also fang noch mal von vorne an.«

Luella nickte. »Bronwyn kam gegen neun Uhr hier an. Sie war ganz durcheinander. Sagte, ihr hättet euch gestritten, weil du beschlossen hättest, von Magpie Creek wegzuziehen. Ich machte ihr einen Kakao und ein Sandwich, doch bevor sie auch nur einen Bissen hatte nehmen können, klopfte es an der Tür. Sie meinte, du wärst es, also sagte ich, dass ich mit dir sprechen würde. Doch an der Tür war niemand. Ich trat hinaus, um zu sehen, ob du den Wagen in der Auffahrt geparkt hattest, aber er stand nicht da. Plötzlich hörte ich ein Geräusch und nahm einen schrecklichen Geruch wahr, und dann…«

Luella fasste sich an den Hinterkopf und zeigte mir das glänzende Blut auf ihren Fingern. »Ich kam unten in der Waschküche wieder zu mir. Gruffy weckte mich, er hatte sich unter der Tür durchgezwängt. Ich rannte zurück ins Haus, aber da war Bronwyn bereits verschwunden. Ich suchte überall und fand dich dann hier auf dem Boden. Er hat sie mitgenommen, und ich bin schuld.«

Während sie sprach, war ich im Zimmer zwischen Fenster und Tür auf- und abgelaufen und hatte nur halbherzig zugehört, während ich überlegte. Jetzt aber horchte ich auf.

»Wie meinst du das, du bist schuld?«

Sie stand auf und griff mit kalten Fingern nach meinem Arm, um sich zu stützen. Der kupferne Geruch nach Blut, der von ihrer Haut ausging, stieg mir in die Nase.

»Ich habe dir nicht alles gesagt«, gestand sie. »In der Nacht, als Glenda starb, meinte Tony, später, nachdem er seinen Vater erschossen hatte und wir am Staudamm waren, er hätte etwas gesehen.«

»Was hatte er gesehen?«

»Nachdem wir die Handbremse gelöst und den Wagen angeschoben hatten, bis er von selbst den Hang hinunterrollte, stieß Tony plötzlich einen Schrei aus. Er rannte hinter dem Wagen her. Ich dachte schon, dass er sich vor Kummer ertränken wollte. Schließlich stürzte der Wagen ins Wasser und versank, aber Tony sagte, er hätte gesehen, dass die Augen seines Vaters geöffnet waren. Also warteten wir. Eine halbe Stunde, vielleicht auch länger. Wir suchten nach Blasen, nach einem Lebenszeichen. Ich ließ die Stelle nicht aus den Augen. Aber Cleve tauchte nicht auf.«

»Hätte er überleben können?«

Luella ließ meinen Arm los. »Möglich wäre es.«

Ich spürte, wie mich nackte Angst packte. »Mein Gott, und jetzt hat er Bronwyn da draußen bei sich.«

Ich schloss die Augen und überlegte. Kein Telefon. Keine Autos. Ich konnte keine Zeit damit vergeuden, in die Stadt zu laufen, nicht, wenn Bronwyn vielleicht noch in der Nähe war. Bis zu den Millers war es eine Stunde zu Fuß. Dann wäre es bereits zu spät. Ich musste sofort handeln.

»Lauf du zu den Millers«, sagte ich zu Luella. »Aber nimm nicht die Abkürzung über Thornwood, das ist zu gefährlich, nimm die Straße. Hobe wird wissen, was zu tun ist.«

Luella starrte mich an. »Und du?«

»Ich suche die beiden.« Ich ging durchs Zimmer. Gerade als ich die Tür erreichte, zerriss ein ohrenbetäubender Knall die Nacht.

Ein Schuss.

Luella schrie auf. Im Zeitlupentempo drehte sie den Kopf. Ich folgte der Richtung ihres Blickes, und dann starrten wir beide auf die vom Mond erhellte Landschaft. Der Hügel hinter dem Garten war dunkel, der Feldweg, der sich hinaufschlängelte, verlor sich zwischen den Bäumen.

»Das war oben in der Schlucht«, sagte ich leise.

Ich lief in die Küche zurück, nahm die Briefe aus der Dose und steckte sie wieder in meine Gesäßtasche. Anschließend öffnete ich die Hintertür und spähte in die Nacht hinaus. Der Mond lugte zwischen neuen Gewitterwolken hervor, unter denen der Himmel erbebte. Die Luft roch bitter nach Ozon, und die Bäume oben auf dem Hügel schwankten so heftig wie der Schwanz einer wütenden Katze.

Luella schloss so dicht neben mir auf, dass sie mich in ihrem schockierten Zustand anrempelte. Dann drückte sie mir einen harten Gegenstand in die Hand. Ein Jagdmesser mit einem beinernen Griff. Klein, schwer, die Lederscheide alt und rissig. Aber die Klinge war stabil, gut geölt und höllenscharf.

»Es gehörte meinem Vater«, erklärte sie und sah mir ins Gesicht. Das unversehrte Auge tränte vor Angst.

Ich steckte das Messer in meinen Gürtel, und als ich die Treppe hinunterlief, rief mir Luella leise nach: »Tu, was du tun musst, Audrey, Hauptsache du bringst sie unversehrt zurück.«

Der Weg zum Hügel war stockdunkel. Zu beiden Seiten zirpten Zikaden, Schatten klammerten sich an die Ironbarkbäume, Fledermäuse segelten an mir vorbei oder über mich hinweg.

Während ich den Weg entlangrannte, spielten meine Gedanken verrückt. Was, wenn ich zu überstürzt gehandelt hatte? Wenn sie gar nicht hier oben war, sondern mit ihrem Entführer in einem Wagen nach Brisbane unterwegs oder in den Norden oder weiß Gott wohin?

Der Schuss, den wir eben gehört hatten, hallte noch immer in meinem Kopf wider. Ich versuchte, mir einzureden, dass es alles Mögliche gewesen sein konnte – Kängurujäger, ein Farmer, der einen Fuchs jagte, jemand, der einen wilden Hund erschossen hatte –, doch nichts konnte an den Fakten etwas ändern: Meine Tochter war da draußen, allein, und der Mann aus der Siedlerhütte war bewaffnet.

Der Hang verbreiterte sich. Ein lang gezogener Felsen vor mir bildete eine natürliche Brücke über die Schlucht. Die war an dieser Stelle sehr eng, die steilen Felswände waren mit Schwarzdorn und stacheligen Farnen überwuchert, und von ganz unten hörte ich das Plätschern des Bachs. Als ich die andere Seite erreichte, bog der Weg nach links ab und führte mich den Hügel hinab. Ich zwängte mich durch eine Lücke in den Bäumen und trat auf die Lichtung.

Sie kam mir kleiner vor, als ich sie in Erinnerung hatte. Rings um die silberne Grasfläche stand eine Mauer aus Ironbarkbäumen. Der große Felsen in der Mitte, der wie eine Haifischflosse aussah, türmte sich auf wie ein Grabstein. Ich suchte nach irgendeinem Hinweis, dass sie hier durchgekommen waren – nach einer Schneise, wo das Gras niedergetrampelt war, oder einem weggeworfenen Kleidungsstück, sah jedoch nichts dergleichen. Ich ging auf den Felsen zu und horchte über meinen keuchenden Atem hinweg auf Stimmen oder einen dumpfen Schrei, hörte jedoch nur das Rauschen des Regens, der wieder eingesetzt hatte, das Ächzen der Äste und das Heulen des Windes. Über mir klagte ein Kuckuckskauz, und aus der Tiefe der Schlucht drang das unheimliche Stampfen der Wallabys in der Dunkelheit.

Ich näherte mich dem Rand der Schlucht und kam in meiner Panik dem Abgrund viel zu nah. Ein Erdklumpen brach ab, Geröll prasselte in die leere Tiefe. Ich trat einen Schritt zurück. Hier schien der Boden fest zu sein, doch als ich genauer hinsah, bemerkte ich, dass ich in eine tödliche Falle geraten war. Ein flacher Felsvorsprung am Rand der Schlucht, mit einer gezackten Bruchlinie, die während der Dürrezeit entstanden war und sich nun durch den Regen der letzten Zeit vertieft hatte. Kein vertrauenerweckender Untergrund.

Ich bewegte mich vorsichtig am Rand entlang, bis ich zu einer etwas festeren Stelle gelangte, und blickte in den Abgrund hinunter, voller Angst vor dem, was ich dort möglicherweise sehen würde, falls ich bei dem Regen und der Dunkelheit überhaupt etwas erkennen konnte.

In diesem Moment flackerte ein neuer Blitz über den Nachthimmel. In seinem grellen Licht konnte ich die jungen Bäume weit unten sehen, die aus den steilen Felswänden wuchsen. Tote Bäume lagen wie Laufstege quer über dem Abgrund. Ringsum erhoben sich gewaltige graue Felsen und täuschten Stabilität vor, doch das war ein Trugschluss. Ein falscher Schritt und der ganze Vorsprung könnte einstürzen.

Einen Augenblick später versank alles wieder in undurchdringlicher Dunkelheit.

In der Ferne krachte ein Baumast zu Boden. Erschrocken drehte ich mich allzu schnell um und rutschte aus, woraufhin noch mehr Geröll und Steine in die Tiefe der Schlucht stürzten. Während ich hastig zum Felsen in der Mitte der Lichtung zurücklief, hörte ich ein Knacken im Unterholz, als würde sich dort jemand heranschleichen.

Mit zittrigen Händen zog ich Luellas Messer aus der Scheide. Tante Morag hatte immer gesagt, dass es sinnlos sei, als Frau eine Waffe bei sich zu haben, denn im Notfall würde man sie ihr abnehmen und gegen sie richten. Doch in diesem Moment war ich so mit Adrenalin und Panik vollgepumpt, dass der Griff des alten Messers mit meiner Hand verschmolz. Keine zehn Pferde hätten es mir aus der Hand reißen können.

In diesem Moment sah ich eine andere, längst vergangene Nacht in dieser Lichtung vor mir, eine Nacht, die ich unzählige Male im Geiste durchlebt hatte. Vor langer Zeit hatte Aylish hier gestanden, wo nun ich stand. Auch damals hatte die Lichtung wahrscheinlich im Dunkeln gelegen, genau wie jetzt, die Schatten in den belaubten Rändern hatten sich verdichtet, verändert und schließlich vielleicht sogar die Gestalt eines Menschen angenommen.

Ein weiterer Blitz zuckte über den Nachthimmel. Die Nacht wurde aufgerissen, und in dem kurzen Moment der Helligkeit erkannte ich eine Bewegung zwischen den Bäumen. Das Gebüsch am anderen Ende der Lichtung zitterte, als hätte eine Windböe es erfasst. Dann löste sich ein Schatten daraus und kam langsam über die Lichtung auf mich zu.

27

Ich erkannte ihn sofort.

Denn ungeachtet des dunstigen Regenschleiers und der Tatsache, dass ich bisher nur ein Mal einen kurzen Blick auf ihn hatte erhaschen können, hatte sich Cleve Jarman im Lauf der Jahre nicht sonderlich verändert. Aylishs Beschreibung des Jungen passte auch noch auf den erwachsenen Mann.

Sein Haar war nicht mehr stoppelig, sondern lang und im Nacken zu einem Zopf gebunden, und inzwischen hatte er einen zotteligen Bart. Den rechten Arm hielt er steif vom Körper ab. Ich fragte mich, ob er verletzt war – doch dann kam ich auf die Idee, dass er etwas versteckte, vielleicht Samuels Revolver.

»Hallo, Audrey. Hast du sie dabei?«

Seine Stimme schockierte mich. Sie klang sanft und kultiviert. Höflich. Sie passte nicht zu seiner zerlumpten Erscheinung.

Mit der freien Hand zog ich die Briefe aus der Tasche und hielt sie kurz hoch, dann steckte ich sie erneut weg, damit sie nicht zu nass wurden.

»Zuerst will ich sie sehen«, sagte ich. »Ich will mich davon überzeugen, dass sie unverletzt ist. Danach bekommst du deine Briefe.«

»Das ist fair.«

Ich wartete darauf, dass er sich umdrehte und den Hügel hinaufging, sich vielleicht umsah und mir ein Zeichen gab.

Stattdessen blieb er reglos im Dunkeln stehen und starrte mich an.

Hatte ich ihn missverstanden? Fair, hatte er gesagt. Seine Briefe im Austausch für Bronwyn. Worauf wartete er dann noch? Warum gingen wir nicht zu ihr?

»Wo ist sie?«, fragte ich.

»Wirf das Messer weg. Dann können wir reden.«

Es waren also doch keine zehn Pferde nötig. Schlichte, normale Angst reichte. Ich warf das Jagdmesser in Richtung der Schlucht.

»Du kriegst die Briefe erst, wenn ich weiß, dass es ihr gut geht.«

»Im Moment geht es ihr gut, du hast noch Zeit. Aber zuerst will ich etwas von dir.«

»Was?« Ich wand mich innerlich angesichts meines Eifers und der abgehackten Verzweiflung in meiner Stimme. »Was willst du von mir?«

»Hast du die Briefe gelesen?«

Ich nickte. Seine Worte schwirrten mir durch den Kopf. *Im Moment geht es ihr gut, du hast noch Zeit.* Zeit wofür? Was meinte er?

Er machte einen Schritt auf mich zu. »Du willst die Wahrheit wissen, nicht wahr, Audrey? Ich sehe es dir an. Du bist neugierig auf die Vergangenheit – diese Leidenschaft kenne ich gut. Aber wenn du die Briefe gelesen hast, dann kennst du nur *ihre* Version der Geschichte. Meine bleibt unausgesprochen.«

Ich spürte einen stechenden Schmerz in den Schläfen, während ich darum kämpfte zu verstehen, was er sagte. Mein Herz schlug wie verrückt, meine Handflächen waren verschwitzt. Dann begriff ich allmählich. So einfach würde die Sache nicht werden. Cleve spielte mit mir irgendein krankes Spiel – wie Katz und Maus.

»Die Polizei ist bereits unterwegs, Cleve. Wenn du mich nicht augenblicklich zu Bronwyn führst, wird die Polizei sie finden. Und du landest im Gefängnis.«

Er trat auf mich zu. »Das hat Glenda auch gesagt. Doch damals gab es kein Gefängnis, also wird es jetzt auch keins geben. Ich habe die Telefonleitung gekappt, Audrey. In Thornwood und auch in der William Road, und da drüben gibt es ein Funkloch. Es sei denn, du schickst ein SOS per Telepathie.«

»Luella ist unterwegs, um Hilfe zu holen.«

»Dann kannst du nur noch hoffen, dass sie sich Zeit lässt.« Cleves Stimme wurde grimmig. »Denn wenn uns jemand unterbricht, ehe wir fertig sind, ist unsere süße kleine Bronwyn so gut wie tot.«

Ich brach zusammen, verlor die Selbstbeherrschung. »Was hast du getan?«

»Ich habe sie an einen sicheren Ort gebracht.«

»Was heißt das?«

»Sie bürgt für meine Sicherheit. Wenn du tust, was ich dir sage, wird sie überleben. Aber wenn du es verbockst und mit der Polizei oder dem Knast anfängst, schalte ich auf stur. Und dann wird dein kleines Mädchen…« Er fuhr sich mit dem Finger über den Hals.

Ich erstarrte. Unzählige Bilder schossen mir durch den Kopf. Wie meine Tochter in der Siedlerhütte auf dem Boden lag, in einer Lache aus Blut nach einem tödlichen Schuss, in der Schlucht, mit vom Sturz zerschundenem Körper, oder in einer dunklen Felsspalte, wo das Erbrochene an ihrem Kinn trocknete und ihr Herz nach einer tödlichen Überdosis immer schwächer wurde.

»Keine Polizei«, versicherte ich ihm und hob die Hände, als wollte ich mich ergeben. »Ich tue, was du willst, ich will sie nur gesund wiederhaben.«

Wieder flackerte ein Blitz über den Himmel. Cleves totenblasses Gesicht leuchtete kurz auf, dann versank es wieder im Dunkeln. Doch in diesem Augenblick hatte ich erkannt, was er bislang versteckt hatte. Ein Holzschaft, der – obwohl er kaum zu sehen war – vor meinem geistigen Auge sehr lebendig wirkte. Ich erinnerte mich daran, wie er sich in der Siedlerhütte angefühlt hatte. Ich erinnerte mich an die Wärme des alten Holzes und die schmierige Schicht. Blut, hatte ich später gedacht. Aylishs Blut. Vielleicht auch Glendas. Hatte Cleve nun vor, auch meines hinzuzufügen? Und Bronwyns?

Die Erkenntnis kam mit einer derartigen Wucht, dass sie eine Spaltung zwischen meinem inneren und meinem äußeren Ich bewirkte. Ich spürte, wie sich die Zeit verschob, ihr Wesen und ihre Gestalt veränderte. Sie lief nicht mehr vor-, sondern rückwärts. Sechzig Jahre zurück, als die Schlucht vom Rauschen des Bachs erfüllt gewesen war, die Glockenvögel gesungen hatten und eine andere Frau im Schatten des großen Felsens gestanden und um ihr Leben gefürchtet hatte.

Da wusste ich es.

Aus welchem verrückten Grund auch immer, Cleve hatte vor, mich zu töten.

Ich dachte an Bronwyn an jenem Tag in der Küche, als sie mit gerunzelter Stirn am Fenster stand. »Wenn du stirbst«, hatte sie mit zittriger Stimme gesagt, »was soll dann aus mir werden?«

Jetzt nahmen ihre Worte eine neue, verstörende Bedeutung an. Wenn ich starb oder außer Gefecht gesetzt wurde, bräuchte Cleve sie nicht mehr als Bürgschaft für seine Sicherheit. Ich schloss die Augen und sah wieder vor mir, wie er als stumme Warnung mit dem Finger über seine Kehle fuhr. Dann vertrieb ich die Panik und schätzte meine Optionen ein.

Ich konnte kämpfen, wenn ich glaubte, dass ich eine Chance

hatte. Oder wegrennen, wenn ich wusste, dass ich schneller wäre als er. Ich konnte in die Siedlerhütte zu meiner Tochter laufen, und danach … danach was? Cleve war über siebzig, aber er hatte den Körperbau und, so vermutete ich, die Kraft eines viel jüngeren Mannes. Er kannte sich hier im Busch aus und würde mich schnell einholen. Während ich noch nie im Leben ein Messer benutzt hatte, um mich zu verteidigen, hatte Cleve jede Menge Erfahrung mit seinem Holzschaft. Obendrein, so rief ich mir in Erinnerung, war er bewaffnet.

Mir fiel etwas ein, was er gesagt hatte, und da wurde mir klar, was er von mir wollte.

Du kennst nur ihre Version der Geschichte … Meine bleibt unausgesprochen.

»Du hast gesagt, dass wir beide herausfinden wollen, was tatsächlich passiert ist«, sagte ich und versuchte, das Zittern in meiner Stimme zu unterdrücken. »Du hast von Aylish gesprochen.«

»Ja.«

»Du hast ihr Grab geschmückt. Du hast ihr Rosen gebracht.«

»Ihre Lieblingsrosen.«

»Was ist ihr passiert? Ich meine, was ist *wirklich* passiert?«

Er kam noch näher heran. »Du meinst, in der Nacht, in der sie starb?«

Ich nickte.

Sein Blick wanderte zu dem Felsen, der wie eine Haifischflosse aussah. Doch ich spürte, dass er sich meiner in jeder Sekunde bewusst war.

»Es war im März 1946«, sagte er. »Samuel war so ausgemergelt wie eine Vogelscheuche aus dem Krieg heimgekehrt. Ich erfuhr, dass es am Morgen zwischen Aylish und ihm zu einer Szene gekommen war, dass sie sich auf der Straße gestritten hatten. Samuel machte sich Gedanken darüber, und Dad wollte ihn aufmuntern. Deshalb lud er Samuel auf ein Bier bei uns zu Hause ein. Natürlich blieb es nicht bei dem einen. Gegen acht Uhr abends wurden sie sentimental, sangen alte Lieder und spannen irgendwelches Seemannsgarn. Um diese Zeit rief mein Vater nach mir und gab mir den Auftrag, Jacob Lutz eine Nachricht in die Stump Hill Road zu überbringen. ›Sag dem ungeselligen alten Kauz, dass er herkommen soll‹, sagte mein Vater, ›und sieh zu, dass er ein paar Flaschen von seinem selbst gebrannten Fusel mitbringt.‹«

Während Cleve sprach, betrachtete ich verstohlen den instabilen Rand der Schlucht. Etwa zehn Schritte trennten uns von ihm. Wenn es mir gelang, Cleves Aufmerksamkeit auf die Vergangenheit zu lenken, konnte ich ihn vielleicht dorthin locken, auf den Felsvorsprung mit der abbröckelnden Erdspalte.

Ich verlagerte mein Gewicht und testete meine Theorie, indem ich einen halben Schritt zurückwich.

Cleve rückte in den Raum vor, den ich freigemacht hatte, und fuhr fort: »Ich war gerade vierzehn geworden. In meinen Augen war Samuel Riordan ein Held. Nachdem ich seine Briefe gelesen hatte, meinte ich, ihn gut zu kennen, und fühlte mich ihm auf seltsame Art verbunden. Ich wollte die Gesellschaft nicht verlassen, schwang mich dann aber pflichtbewusst auf mein Rad und fuhr in die Stump Hill Road. Ich hämmerte eine Ewigkeit an die Tür. Schließlich gab ich auf, aber gerade, als ich wieder gehen wollte, öffnete Jacob die Tür, schlaftrunken und völlig zerzaust. Irgendwo im Haus krächzte das Radio, der Lärm war ohrenbetäubend. Jacob musste eingeschlafen sein, denn er war sehr wütend. Nachdem er mir gesagt hatte, was ich mit der Einladung meines Vaters machen könne, stieg ich wieder auf mein Rad und fuhr nach Hause.«

Ich trat einen weiteren Schritt rückwärts.

Gedankenverloren folgte mir Cleve. »Und da sah ich Aylish. Die kleine Lulu war bei ihr. Sie stiegen den Pfad hinauf, der quer über die Schlucht nach Thornwood führt. Es war schon zu spät für Lulu, und irgendetwas sagte mir, dass sie unterwegs waren, um Samuel zu treffen. Bevor er in den Krieg gezogen war, trafen sie sich meistens hier draußen an der Schlucht. Doch an diesem Abend saß Samuel betrunken bei meinem Vater und war bestimmt nicht in der Lage, irgendwen zu treffen.«

»Also hast du dich stattdessen mit ihr getroffen«, sagte ich hastig und machte erneut einen halben Schritt rückwärts.

Cleve rührte sich nicht von der Stelle. »Ich ging ihr nach und bahnte mir einen Weg durch den Busch hinauf in den bewaldeten Hügel. Dann lief Lulu plötzlich weg, und Aylish geriet in Panik. Ich fand sie hier auf der Lichtung – so wie ich dich heute Nacht gefunden habe, Audrey. Sie rief nach ihrem Kind, sie war verrückt vor Sorge. Ich hatte sie noch nie so außer sich gesehen … und so hübsch.« Er seufzte, schüttelte den Kopf und trat nun doch in die Lücke, die zwischen uns entstanden war. »Ich wollte nur mit ihr reden. Ich wollte ihr sagen, dass Mum die kleine Lulu vermisste. Wir alle vermissten sie«, setzte er verbittert hinzu. »Doch Aylish wollte nichts davon wissen. Sie wurde wütend, warf mir alle möglichen Dinge an den Kopf. Und dann behauptete sie, ich hätte Lulu erschreckt, nur deshalb wäre sie in den Wald gelaufen und hätte sich verirrt. Sie sagte auch andere Dinge … grausame Dinge. Worte, die mich sehr verletzten. Ich glaube, in diesem Augenblick kam diese Düsterkeit über mich. Ich kann mich nicht erinnern, was dann passierte, auch nicht, wie viel Zeit verging zwischen dem Ende ihrer Schreierei und der anschließenden Stille. Als ich den Schweiß und die Tränen aus meinen Augen wischte, wurde mir schlecht beim Anblick dessen, was ich getan hatte.«

Über uns donnerte es, und im hellen Licht des unmittelbar darauf folgenden Blitzes sah ich Cleves Gesicht ganz deutlich vor mir. Es war zu einer grotesken Maske verzerrt, befleckt vom Regen oder seinen Tränen, ich weiß nicht was.

»Ich bin kein schlechter Mensch«, sagte er, während seine Worte im Rumpeln des Donners untergingen. »Ich wollte niemandem Böses tun. Aber mir ging es nicht gut. Schon als Kind wusste ich, dass mit mir etwas nicht stimmte. Dad merkte nicht viel davon, er war immer viel zu sehr mit seiner Arbeit beschäftigt. Mum hielt mich wohl für eine Art Ungeheuer. Und Aylish – ich dachte, sie wäre anders. Sie war doch auch eine Außenseiterin so wie ich. Deshalb dachte ich, sie würde mich verstehen, aber am Ende war sie so wie alle anderen auch.«

Cleve hielt inne, und ein Teil von mir hoffte, er würde nicht weitersprechen. Es verstörte mich, dass Aylishs Geschichte – diese Geschichte, nach der ich mich so gesehnt hatte – nun von *ihm* erzählt wurde. Ich spürte bereits, wie die toxische Energie seiner Worte in meinen Blutkreislauf einsickerte und mich vergiftete, doch ich musste ihn am Reden halten.

»Eben hast du gesagt, dass diese Düsterkeit über dich kam. Was hast du damit gemeint?«

Cleve stieß ein zittriges Seufzen aus und trat noch näher an mich heran. »Es ist schwer zu erklären. Ein unangenehmes Gefühl, als würde das Gehirn anschwellen. Da drin steckt eine Krankheit, und sie macht alles düster. Dann …« Er zuckte die Achseln. »Wenn es erst einmal angefangen hat, verliere ich die Kontrolle. Nach diesem ersten Mal mit Aylish dachte ich, so etwas würde mir nie wieder geschehen. Die Jahre vergingen, und ich war sicher, dass die Düsterkeit der Vergangenheit angehörte und ich gesund war. Ich war glücklich, und das hielt die Krankheit auf Abstand.«

Mir fiel ein Tagebucheintrag von Glenda ein, dieser Sonntagmorgen, als sie beobachtet hatte, wie Cleve Zwiebeln pflanzte. Sie war so stolz auf den Mann gewesen, den sie für ihren Vater hielt, dass mir ein Stich durchs Herz fuhr.

»Aber die Düsterkeit kam zurück?«

Cleve starrte mich an, seine Augen glichen zwei Löchern in blassem Ton. »Bei Glenda war es schlimm, du kannst dir nicht vorstellen, wie schlimm. Sie war mein kleines Mädchen. Sie liebte mich, und ich … nun ja, ich betete sie an.«

»Was ist denn passiert?«

»Sie fand die Briefe.« Eine Pause. »So wie du, sie schnüffelte, wo sie nicht hätte schnüffeln sollen. Und genau wie du nahm sie die Briefe an sich und las sie. Anschließend lief sie von zu Hause weg. Auch in jener Nacht regnete es, daher suchte sie Schutz in der ausgehöhlten Buche am Rand von Samuels Grundstück. Ich wollte nur mit ihr reden, aber die Briefe hatten sie verwirrt. Und wütend gemacht, nehme ich an. Sie sagte, man würde mich ins Gefängnis stecken und dass die Briefe ein Beweis wären. Sie sagte, sie würde es ihrer Mutter erzählen, und dann würde die ganze Stadt erfahren, dass ich es gewesen sei und nicht Samuel, der ihre Großmutter ermordet hatte. Natürlich kam es zum Streit. Es fielen viele böse Worte, und als ich wieder zu mir kam, war sie …«

Als mir die Bedeutung seiner Worte klar wurde, erkannte ich im Nachhinein, wie sehr ich mich, was Glendas Tod betraf, geirrt hatte. Ich hatte angenommen, dass die Briefe, die sie gefunden hatte, von der Liebesgeschichte zwischen Hobe Miller und ihrer Mutter gehandelt hatten, und das hatte mich veranlasst, Hobe zu Unrecht zu verdächtigen – dabei waren es Aylishs Briefe gewesen, dieselben Briefe, die ich in der Siedlerhütte entdeckt hatte. Jene Briefe, die Cleve als Junge aus dem Postamt gestohlen und in seinem Schuppen versteckt hatte und die er einige Jahre nach seinem angeblichen Tod mit einem inszenierten Einbruch erneut aus dem Schuppen seines Hauses entwendet hatte. Briefe, für die er gemordet hatte.

Ich ließ meine Hand in die Jeanstasche gleiten und berührte mit feuchten Fingern das Bündel mit den Briefen. Manche Umschläge hatten dunkle Flecken, von denen ich vermutet hatte, dass es Blut war. Glendas Blut, das wusste ich jetzt.

Cleve wischte sich mit beiden Händen über das nasse Gesicht.

»Immer wieder tastete ich nach ihrem Puls. Immer wieder glaubte ich, ihn zu spüren – dann verschwand er unter meinen Fingerspitzen. Ich weiß noch, wie ich den Hügel hinunter zu Samuels Haus lief, weil ich eine Decke holen wollte, um sie hineinzuwickeln. Ich blieb eine Weile im Garten stehen und betete, dass es nur ein böser Albtraum wäre, versuchte, mich wachzurütteln. Doch als ich den Hügel wieder hinaufstieg, lag sie im Dreck, so wie ich sie verlassen hatte. Ich kniete nieder und berührte ihr Gesicht, ich sagte ihr, dass ich sie liebte. Und da reagierte sie. Es war nur ein Seufzen, trotzdem machte mein Herz einen Sprung. Sie lebte noch. Ich hob sie auf, um sie nach Hause zu tragen. Luella hatte eine Ausbildung als Krankenschwester gemacht, ich dachte, sie wüsste, was zu tun sei. Ich wollte ihr sagen, dass Glenda gestürzt sei, dass es einen Erdrutsch gegeben habe. Vielleicht hatte Glenda ihr Gedächtnis verloren und konnte sich an das, was geschehen war, nicht mehr erinnern, und wir hätten alle zusammen wieder glücklich sein können. Aber natürlich kam es anders. Als ich die Schlucht erreichte, fiel mir auf, dass etwas fehlte. Es herrschte eine Stille, die zuvor nicht da gewesen war, eine Dunkelheit, wo noch kurz vorher Licht gewesen war. Es war ihr Herz, weißt du. Ihr armes kleines Herz hatte aufgehört zu schlagen.«

Einen Augenblick lang hörte man nur den Regen und das

Rauschen der Blätter im Wind. Ich kämpfte gegen meine Tränen an – Tränen der Angst, der Wut und der Trauer – und versuchte zu verstehen, wie ein Vater so unvorstellbar grausam zu seiner Tochter hatte sein können. War die Liebe wirklich so unbeständig? Oder hatte Cleve das Wort benutzt, um ein anderes Gefühl zu schildern, das am Ende nur eine vage Ähnlichkeit mit Liebe hatte?

Cleve tat abermals einen Schritt auf mich zu. »Als ich nach Hause zurückkam, war das Haus leer. Ich ging in den Schuppen. Dann nahm ich mein altes Jagdgewehr aus dem Schrank und lud es. Ich setzte mich auf einen Stuhl und stützte die Stirn auf den Lauf. Es wäre die leichteste Sache der Welt gewesen, auf den Abzug zu drücken und dem Schmerz, den ich fühlte, ein Ende zu setzen. Ich weiß nicht mehr, wie lange ich da saß, nur dass ich plötzlich ein Geräusch hörte – eine Nachtschwalbe rief im Dunkeln nach ihrem Partner. Es mussten Stunden vergangen sein. Mir war kalt, mein Körper schmerzte. Aber ich war auch wieder klar im Kopf. Ich wollte nicht sterben, also musste ich mit dem Grauen, das ich angerichtet hatte, irgendwie klarkommen. Ich entlud das Gewehr und stellte es wieder in den Schrank, dann ging ich zum Waschbecken, um mir das Blut abzuwaschen. Ich hatte gerade angefangen, mich auszuziehen, als die Tür des Schuppens aufgestoßen wurde. Es war Tony. Ich rief ihm zu, er solle verschwinden, und dann sah ich, dass er bewaffnet war. Er hielt eine alte Winchester in der Hand, ein Repetiergewehr Kaliber .22. Weiß der Himmel, wo er es herhatte. Ich erinnere mich noch, wie ich dachte, ein Glück, der Junge weiß nicht mal, wie man ein Gewehr lädt. Dann blieben mir die Worte im Halse stecken. Tony hob die Waffe und zielte auf mein Gesicht. ›Du hast Glenda verletzt‹, sagte er. Sonst nichts. ›Du hast Glenda verletzt.‹ Und dann drückte er ab.«

Es donnerte, und ich schreckte zusammen. Cleve sah zum Himmel auf, dann wieder zurück zu mir. Er runzelte die Stirn, als habe er ganz vergessen, dass ich da war.

»Der kleine Mistkerl«, sagte er ganz ruhig und wischte sich den Regen aus den Augen. »Ich brauchte zwanzig Jahre, aber am Ende habe ich ihn erwischt.«

Doch das stimmte nicht ganz. Er hatte ihn nicht am Ende erwischt, sondern schon viel früher, als er erst vierzehn war. Cleves Gewalttätigkeit hatte Tony verkrüppelt und ihn zu einem Leben voller Albträume, Ungewissheit und Angst verurteilt. Schlimmer noch, das, was Tony in jener Nacht im Schuppen getan hatte, musste ihn davon überzeugt haben, dass er Cleves gewalttätige Natur geerbt hatte. War das der Grund, weshalb sich Tony viele Jahre später von Bronwyn zurückgezogen hatte? Nicht weil sie seiner Schwester so ähnlich war, sondern weil er sich davor fürchtete, was er ihr antun könnte?

»Tony war ein guter Mensch«, sagte ich, während ich mich mit pochendem Herzen weiter dem Rand der Schlucht näherte. »Schade, dass er in jener Nacht nicht besser gezielt hat.«

Cleve nickte und machte einen weiteren Schritt auf mich zu. »Das habe ich mir selbst auch schon oft gesagt. Aber der Überlebenstrieb ist ein starker Instinkt, Audrey. Egal, wie schrecklich das Leben sein kann, es fällt einem nicht immer leicht, es aufzugeben.«

»Er hat dich in der Hütte aufgestöbert, stimmt's? Und du hast ihn getötet, um dich zu schützen – dieses Mal gab es keine Düsterkeit, kein Blackout. Du wusstest, dass Tony zur Polizei gehen würde, also hast du ihn kaltblütig ermordet.«

»Er hat mich überrascht«, erklärte Cleve. »Mir blieb keine andere Wahl.«

Und wieder schob sich ein Steinchen an den richtigen Platz,

eines, das mich die ganze Zeit nicht losgelassen hatte. »Das Gewehr, die Winchester. Das war dieselbe Waffe, mit der Tony auf dich geschossen hatte, nicht wahr? Du bist zum Wagen zurückgegangen und hast sie an dich genommen.«

»Es war eine Scheißwaffe«, fluchte Cleve. »Sie hatte ständig Ladehemmung, weil sie so lange im Wasser gelegen hatte. Ja, du hast recht, ich habe sie geholt, gereinigt und all die Jahre behalten – aber ich dachte nie daran, sie gegen Tony zu richten. Ich dachte nicht an Rache. Ich wollte nur, dass man mich in Ruhe lässt.«

Meine Muskeln waren steif, mein Körper feucht von Regen und Schweiß. Ich fühlte mich schmuddelig, besudelt. Ich wollte nicht noch mehr von Cleves krankhafter Raserei hören, doch jetzt waren wir nur noch wenige Schritte vom Rand der Schlucht entfernt.

»Ich war auf der Jagd gewesen«, fuhr Cleve fort. »Hatte meine Beute auf den Hackklotz gelegt, als mein alter Hund zu bellen begann. Ich hatte gerade noch Zeit zu sehen, wie Tony um die Hütte kam. Er hat mich sofort erkannt, trotz des Barts und der zerlumpten Kleider. Er wich zurück, und ich wusste, dass er fliehen wollte, deshalb nahm ich das Gewehr und schlug ihn mit dem Kolben bewusstlos. In seiner Tasche fand ich die Wagenschlüssel und eine Brieftasche – mit einem Polaroidfoto von ihm und einem hübschen kleinen Mädchen. Das Foto habe ich behalten, alles andere habe ich wieder in die Tasche zurückgesteckt und mich auf die Suche nach dem Wagen begeben. Er stand an der Ecke zur William Road. Den ganzen Weg habe ich ihn geschleppt, der Mistkerl war ganz schön schwer. Ich habe ihn auf den Fahrersitz gehievt und mich von ihm verabschiedet. Und dann seine alte Freundin, die Winchester, neben ihn gelegt.«

Kalte Wut stieg in mir auf. Ich erinnerte mich an Bronwyns

Gesicht, als ich ihr sagte, dass ihr Vater gestorben sei, wie sie zusammengesunken war und das Gesicht in den Händen vergraben hatte, an die Tränen, die durch ihre Finger geronnen waren, an ihre schmalen, bebenden Schultern. Trotz all seiner Fehler war Tony ein guter Mensch gewesen und ein großartiger Vater, der sich rührend um seine Tochter gekümmert hatte – bis Schuldgefühle und Angst ihn schließlich aus ihrem Leben vertrieben hatten.

Cleve Jarman musste für vieles geradestehen.

»Wie kannst du bloß damit leben, dass du anderen Menschen so viel Leid zugefügt hast?«

Cleve stieß einen kehligen Laut aus. »Ich habe nie jemandem wehtun wollen. Ich habe es dir doch gesagt, sie haben mich provoziert. Aylish und Glenda – schreckliche Dinge haben sie gesagt. Drohungen und Anklagen. Ich fühlte mich betrogen. Ich hatte sie geliebt, aber dann habe ich sie hassen gelernt.«

Seine letzten Worte klangen mehr wie das Knurren eines Hundes als die Sprache eines Menschen. Ich schauderte. Er stand nun so dicht vor mir, dass ich auf seinem zerfurchten Gesicht die hellen Narben erkennen konnte und auch das glasige Licht in seinen Augen. Ich fragte mich, wie nahe er an dieser Düsterkeit war, dieser Wut, und wann er seine Selbstbeherrschung verlieren würde.

In diesem Moment erst bemerkte ich, dass es irgendwann zu regnen aufgehört haben musste. Der Wind zerriss die Wolkenwand, sogar der Mond trat hervor und tauchte die Lichtung in gelbes Licht.

Ich stand so nah an dem Felsvorsprung und dem lockeren Erdreich, dass ich aus dem Augenwinkel die gezackte Bruchlinie sehen konnte. Meine Hände fühlten sich heiß und feucht an, und als ich den nächsten Schritt rückwärts tat, spürte ich ein unregelmäßiges Pochen in den Schläfen.

Cleve hob den Arm, den er an der Seite des Körpers gehalten hatte, und der regennasse Schaft der Axt schimmerte im Mondlicht. Dann streckte er die freie Hand aus.

»Meine Briefe, Audrey.«

»Das war so nicht abgemacht«, sagte ich. Meine Stimme war scharf vor Angst. Ich hatte gewusst, dass es so kommen würde, aber jetzt drehte sich mir der Magen um, noch war ich nicht so weit. »Du kriegst sie, sobald ich meine Tochter sehen kann.«

»Gar nichts haben wir abgemacht, Audrey. Du warst überhaupt nicht in der Position, Forderungen stellen zu können.«

Ohne jede Vorwarnung stürzte er sich auf mich, im hohen Bogen sauste der Schaft auf mich nieder. Ich sprang zurück, um den erodierten Felsvorsprung zu verlassen und auf den festeren Teil dahinter zu gelangen – doch die Waffe traf mich an der Schulter. Ich taumelte, drehte mich von dem Rand des Abgrunds weg und landete auf den Knien im Schlamm. Cleve holte erneut aus, ich warf mich auf die Seite, und er verfehlte mich.

Keuchend vor Angst rappelte ich mich auf. Ich hatte einige Schritte entfernt im Dunklen etwas im Mondlicht schimmern sehen. Mein Messer. Ich bückte mich, tastete durch Geröll und Grasbüschel und griff danach. Meine Finger schlossen sich um den Stahl.

Ich sah den nächsten Schlag auf mich zukommen, jedoch war ich nicht schnell genug.

Der Knüppel prallte gegen meine Rippen, ich taumelte und verlor das Messer. Cleve schlug erneut zu. Ich schrie auf, als er meine Hüfte traf. Ein stechender Schmerz schoss durch meine Wirbelsäule, und ich kippte um. Als ich seitlich wegrollte, spürte ich das Messer unter meinem Rücken. Ich drehte mich auf die Seite, griff danach und kroch auf allen vieren davon, um Cleves unablässigen Schlägen zu entrinnen. Irgendwie schaffte ich es, auf die Beine zu kommen und eine schnelle Kehrtwendung zu vollziehen, ehe er erneut zuschlug.

Mein Messer beschrieb einen unbeholfenen Bogen, doch wieder bremste die Angst meine Reflexe.

Cleve hatte keine Mühe, einen Schritt zurückzumachen und der Klinge auszuweichen. Dann stürzte er sich aus einem anderen Winkel erneut auf mich. Ich versuchte, zur Seite zu springen, kam ins Stolpern und wäre um ein Haar gestürzt, während ich in letzter Sekunde den Arm ausstreckte, um den Schlag zu parieren. Der Schaft traf meinen Unterarm, das Messer flog mir aus der Hand, und dann sah ich nur noch schwarz. Meine Beine gaben nach, und ich spürte, wie ich zu Boden fiel.

Cleve kam erneut auf mich zu, dieses Mal schwang er den Knüppel von der Seite. Der lange Schaft traf mich am Oberschenkel. Ich schrie auf, erhob mich auf die Knie und hielt die Hände schützend vor den Kopf. Der nächste Hieb traf meine Schulter, und ich sackte unter dem Gewicht des Schmerzes zusammen. Cleve knurrte, und wieder traf der Knüppel meine Rippen. Mir blieb der Atem weg, ich schwebte in einem luftlosen Nichts. Zusammengekauert, von der Wucht des Schmerzes betäubt, überrollte mich eine Panik wie noch nie zuvor. Da draußen war meine Tochter, ganz allein, schutzlos allem preisgegeben, und ich war machtlos und konnte ihr nicht helfen. Ich würde sterben, und es würde entsetzlich, und dieser Albtraum, in dem ich mich nun befand, war erst der Anfang. Ich zitterte angesichts der grauenhaften Erkenntnis, dass mich die Geschichte letztlich doch besiegt hatte, dass sie sich wiederholte und ich schon einmal hier gewesen war …

In diesem Moment spürte ich, wie ich eins mit Aylish wurde. Mein abgehacktes Schluchzen war ihres, mein rasender Puls schlug in ihren Adern. Und ihre Angst wurde zu der meinen. Ihre Rippen waren gebrochen, ihre Handgelenke und Finger seltsam verdreht, ihr Denken kippte immer wieder um in Bewusstlosigkeit. Blut füllte ihren Mund, sie stieß erstickte Laute aus, wohl wissend, dass niemand sie hören konnte, und trotzdem gab sie die Hoffnung nicht auf. Aber dann senkte sich die Dunkelheit über ihre Augen, und ihr dämmerte langsam, dass dies das Ende war und sie nichts anderes mehr tun konnte, als sich in die Schatten zu verkriechen und zu warten, dass der Tod sie fand …

Doch ich war nicht Aylish.

Und ich wollte verflucht sein, wenn ich mich einfach abschlachten ließ wie sie.

Ich kämpfte mich aus der Vergangenheit heraus und kroch über den schlammigen Boden. Das Messer schimmerte im Mondlicht, und ich griff danach, krallte meine Finger darum.

Cleve näherte sich und stand über mir. Seine Augen waren glasig, sein Mund voller weißer Spucke. Hatte ihn die Düsterkeit übermannt? Oder war er bei vollem Bewusstsein und überlegte, wie er mich am besten in den Tod befördern könnte? Wie aus weiter Ferne beobachtete ich, wie sein Arm mit dem Schaft ausholte.

Dieses Mal war ich darauf vorbereitet. Ich wich seinem Schlag aus und schlitzte ihm mit dem Messer die Finger auf. Er brüllte auf und lockerte seinen Griff, ich ließ das Messer fallen, packte mit beiden Händen nach dem Schaft und entriss ihn mit aller Kraft seinen blutenden Händen. Dann schleuderte ich ihn in den Abgrund.

Cleve sah, wie er sich in einem lautlosen Bogen in der Dunkelheit verlor.

Er drehte sich zu mir, steckte die Hand in die Jackentasche und zog Samuels Revolver heraus. Dann richtete er die Waffe mit beiden Händen auf mich.

»Gib mir die Briefe, Audrey. Reich sie mir rüber, schön langsam.«

»Fahr zur Hölle!«

»Los. Ich will nicht, dass sie noch mehr Blut abkriegen.«

Das Adrenalin schoss durch meine Adern. Mein Gehör wurde messerscharf. Ich hörte oder meinte zu hören, wie Cleve mit einem leisen Klicken den Hahn spannte, ich hörte seine Handflächen auf dem Metall, als er die Waffe fester umklammerte, das raue Geräusch, als sein Finger über den Abzugsbügel glitt und am Abzug haften blieb. Ich hörte, wie er den Atem anhielt und die Pause, als er die Luft in der Lunge hielt und sich darauf vorbereitete zu feuern.

Mein Herzschlag verlangsamte sich. Mein Gehirn verschärfte seinen Fokus. Hier war es, das Ende, vor dem ich mich so gefürchtet hatte – und trotzdem hatte ich keine Angst mehr. Ich zog Aylishs Briefe aus meiner Hosentasche und hielt sie in die Höhe.

»Willst du sie?«, rief ich und riss das Band auf. »Dann hol sie dir.« Mit einer kurzen Bewegung des Handgelenks schnippte ich sie in den Abgrund. Die brüchigen Seiten beschrieben keinen sauberen Bogen wie der Schaft, sondern flogen in alle Richtungen, raschelnd und flatternd wie ein Schwarm sterbender weißer Motten. Manche wurden vom Wind erfasst und kamen nicht weit, andere blieben in Ästen stecken, doch die meisten verschwanden wie ein Seufzer in der feuchten Dunkelheit.

Cleve schrie auf und machte einen unfreiwilligen Schritt nach vorne.

Direkt auf den losen Vorsprung zu.

Der Boden erbebte, das lockere Gestein begann abzurutschen. Er musste gespürt haben, was passieren würde, denn er drehte sich zu mir um und feuerte. Der Schuss ging nach oben, ich spürte, wie die Kugel an mir vorbeizischte, doch seine dunkle Wucht warf mich um, meine Beine rutschten weg, der Boden schoss mir entgegen, und dann lag ich am Rand der Schlucht mit dem Gesicht nach unten und starrte in den klaffenden Abgrund, auf die nackte Erde, wo eben noch Cleve gestanden hatte.

Weg.

Er war weg.

Vor lauter Dröhnen im Kopf hätte ich fast das Bewusstsein verloren, doch ich kämpfte gegen die Ohnmacht an. Es war vorbei. Cleve war verschwunden, in den Tod gestürzt. Ich hätte Erleichterung empfinden müssen, spürte jedoch nur einen leeren Schmerz. Bronwyn war noch da draußen, irgendwo in der Nacht, und Cleves Worte verfolgten mich. *Du hast noch Zeit.* Wie lange war es her, dass er das gesagt hatte? Eine halbe Stunde? Vierzig Minuten? Was hatte er gemeint – Zeit wofür? War diese Zeit nun abgelaufen?

Als ich blinzelte, um die Tränen zu vertreiben, starrte ich auf einen schwarzen Schatten vor meinem Gesicht. Langsam nahm alles wieder Gestalt an, der Dunst lichtete sich, und mir wurde bewusst, dass es Samuels Revolver war. Ich streckte den Arm danach aus …

Da schoss eine Hand aus dem dunklen Abgrund empor und packte mich am Handgelenk. Ich schrie vor Angst auf und versuchte, mich loszureißen, indem ich den Arm verdrehte und mich zur Seite rollte. Die Bewegung löste eine wahre Schockwelle von Schmerz und Übelkeit aus. Meine Schulter. Sie brannte und pochte, erst war es nur ein dumpfes Ziehen, das im nächsten Moment zu einem stechenden Schmerz aufflackerte.

Undeutlich begriff ich, dass ich angeschossen war.

Die Finger schlossen sich noch fester um mein Handgelenk.

Ich spürte, wie sein Gewicht mich immer weiter an den Rand des Abgrunds zerrte. Ich tastete über den Boden, fand jedoch nichts, woran ich mich klammern konnte, keinen Anker, nur lose Erde, bröckeliges Geröll und der lange Sturz ins Nichts.

Ich blickte hinab und sah ihn. Er war auf dem Stamm eines toten Baumes gelandet, der über dem Abgrund hing. Die Rinde war schrundig, mit abgebrochenen Ästen bedeckt, und der ganze Stamm schwankte unter dem Gewicht des Mannes.

Wieder zerrte er an meinem Arm. Da ich mich nirgendwo festhalten konnte, rutschte ich unerbittlich auf den Abgrund zu. Schließlich fiel auch ich auf den Baumstamm und brachte Cleve aus dem Gleichgewicht. Er verlor den Halt und rutschte ab, doch irgendwie schaffte er es, sich an meinem Arm festzuhalten. Mein Schultergelenk verrenkte sich unter der Last, und ich brüllte vor Schmerzen.

Cleve schwebte jetzt über dem Nichts und griff mit der freien Hand ins Leere. Dann fand er einen Spalt im Felsen, wo er Fuß fassen konnte, doch der Abgrund unter uns – die belaubten Wipfel der Bäume mit dem unsichtbaren Bach darunter – war schwindelerregend. Jeden Moment würde sein Gewicht uns beide in die Tiefe zerren, und wir würden auf dem felsigen Grund aufprallen. Mein Körper zitterte heftig, während ich mich gegen sein Gewicht stemmte, doch meine Kräfte ließen schnell nach.

Wenn er fiel, würde auch ich fallen.

»Sag mir, wo sie ist«, krächzte ich. »Ich muss wissen, dass sie in Sicherheit ist.«

Cleve starrte zu mir hoch, sein Haar war mit Schlamm und Schweiß beschmiert, neben dem Ohr klaffte eine blutige Wunde. Er keuchte laut. Speichel klebte in seinen Mundwinkeln. Sein Gesicht war kreidebleich vor Angst, die dünnen Narben schienen sich auf seiner klammen Haut zu winden.

»Es ist zu viel Zeit vergangen. Du bist zu spät.«

»Wo ist sie?«

Ein einsamer Glockenvogel rief. Ansonsten war der Busch gespenstisch still. Nur unser abgehacktes Keuchen und das Ächzen des Baumstamms unter unserer Last waren zu hören.

»Es ist vorbei«, sagte Cleve, und seine Stimme klang erleichtert.

»Für dich vielleicht, aber nicht für mich.«

Es war überraschend einfach, die um den Baum geklammerten Beine zu lösen und den Körper erschlaffen zu lassen. Die Schwerkraft tat ihr Übriges. Cleves Gewicht zerrte mich über den Stamm nach vorn, und die leicht abwärtsführende Bewegung löste zugleich seinen Fuß aus dem Spalt. Er schlug wild um sich und versuchte, nach mir zu greifen, doch ich wich ihm aus. Mein Körper rutschte über die raue Oberfläche des Stamms, die Haut über meinen Rippen schürfte auf, und etwas Hartes bohrte sich in meinen Bauch. Kurz ehe sich mein Körper ganz von dem Baum lösen konnte, klammerte ich mich mit der freien Hand an einen abgesplitterten Ast, sodass unser Sturz abgebremst wurde.

Cleve schwang von der Felsenwand weg. Sein Gesicht war hohl von Todesangst, wieder griffen seine Finger ins Leere. Dann sah er zu mir auf, und seine Augen funkelten drohend.

»Du kommst mit mir, Audrey.«

Mit vor Schmerz zusammengebissenen Zähnen verdrehte ich den Oberkörper und zog den Arm nach oben. Cleves feuchte Hand rutschte über meinen Daumen, ich spürte, wie mein Handgelenk nachgab, und hörte das widerliche Geräusch berstender Knochen.

»Das hättest du wohl gern!«

»Warte nur, meine Liebe«, sagte Cleve zitternd, und ein

seltsames Lächeln huschte über sein Gesicht. »Du wirst schon sehen.«

Dann schloss er die Augen und öffnete die Finger. Ich hörte einen Schrei – ich glaube, es war mein eigener – und starrte auf die Lücke, wo einen Augenblick zuvor ein Mann gewesen war, doch jetzt … jetzt …

Jetzt war ich allein.

28

Das Krachen abbrechender Äste und abgerissener Blätter … das Poltern fallender Steine und Erde und das grauenhafte Rauschen eines schweren Körpers, der ins dunkle Herz der Schlucht hinabstürzte und auf die Felsen prallte.

Ich versuchte, es zu ignorieren und auszublenden – tastete nach einer Erinnerung, einem Traum, nach irgendetwas, in das ich mich flüchten konnte, doch meine Sinne schienen nur noch schärfer zu werden. Die Luft roch nach feuchter Erde, nach zerdrückten Farnen und Blut. Die feuchte Brise hinterließ eine Schweißschicht auf meiner Haut. Blätter raschelten, das ferne Plätschern des Bachs drang herauf.

Ich schwebte dahin – selbst so leicht wie ein Blatt.

Dann sah ich aus irgendeinem Grund auf. Drüben, auf der anderen Seite der Schlucht, stand eine Gestalt im Schatten eines bewaldeten Vorsprungs. Es war eine junge Frau. Sie trug ein weißes Kleid. Ich konnte ihr Gesicht nicht erkennen, stellte sie mir aber ungewöhnlich schön vor. In den vergangenen Monaten hatte ich so oft an sie gedacht, dass ich das Gefühl hatte, sie zu kennen. Obwohl wir durch ein Meer von Zeit und Dunkelheit getrennt waren, bildete ich mir einen Augenblick lang ein, dass auch sie mich kannte. Sie hob die Hand zum Abschied, dann drehte sie sich um und verlor sich zwischen den Bäumen.

Ich fuhr mit der Hand zum Gesicht und wusste nicht, ob das Nasse dort Blut war oder Tränen.

Als ich mich ein wenig beruhigt hatte, testete ich meine Gliedmaßen, eine nach der anderen. Irgendwie konnte ich alle bewegen, mit Ausnahme des linken Arms. Als ich die Schulter berührte, drehte sich alles um mich. Als der Schwindel nachließ, nahm ich die letzten Reste meiner Kraft zusammen und kletterte langsam zurück, angetrieben von einer Vision: Bronwyns Gesicht.

Ich verließ die Lichtung und bog in den Pfad ein, der zur Hütte der Siedler führte. Es fing wieder an zu regnen, schwarze Wolken zogen über das Gesicht des Mondes. Die Nacht schien ewig zu sein, doch ich schätzte, dass kaum mehr als eine Stunde vergangen war, seit ich von Luellas Haus losgelaufen war.

Ich trug nur einen BH und meine Jeans. Das T-Shirt hatte ich zerrissen, um mir damit die verletzte Schulter zu verbinden. Samuels Revolver, den ich vom Rand der Schlucht aufgehoben hatte, steckte hinten in meinem Hosenbund. Es war noch eine Kugel in der Trommel, und ich betete zu Gott, dass ich sie nicht benützen müsste.

Sobald ich das leiseste Geräusch hörte – Zweige, die unter dem Gewicht des Regens knackten, das unheimliche Kreischen eines Wippflöters, der in seinem Nest aufschreckte –, fuhr ich herum, suchte die dunklen Bäume ab, die nun zwischen mir und der Schlucht lagen, und fragte mich, ob Cleve tatsächlich hinuntergestürzt war oder ich es nur geträumt hatte. War er noch irgendwo da draußen? Folgte er mir?

Seine Worte ließen mich nicht los.

Du hast noch Zeit.

Während ich meinen geschundenen Körper den Hügel hinaufjagte, nagte die Angst an meinen Nerven. Ich hatte den Schuss, der zu Anfang die Nacht zerrissen hatte, nicht vergessen. Wieder stieg die Furcht in mir auf, dass Bronwyn die ganze Zeit tödlich verwundet auf dem Boden gelegen hatte, während das Leben sie verließ und zwischen den Ritzen verschwand. Dieses Bild zerriss mich, schaltete meine Vernunft aus, schoss wie eine giftige Mischung von Angst und Adrenalin durch meine Adern.

Ich kam zu der größeren Lichtung, rannte über das Gras und auf die Hütte zu und stürzte durch die Tür. Mir stockte das Herz. Hier drin war es viel zu still. Das schmale Bett mit der durchgelegenen Matratze, das leere Regal, der Tisch und die Stühle unter dem Fenster … Es war offenkundig, dass nach Danny und mir niemand mehr hier gewesen war. Ich ging wieder hinaus und blickte mich um, aber nichts wies auch nur im Entferntesten darauf hin, dass Bronwyn hier gewesen war.

Dann entdeckte ich auf der anderen Seite der Veranda einen ovalen Schatten, der aussah wie ein Haufen Erde. Ich lief hinüber. Hier hatte jemand gegraben, es roch streng nach frischer Erde, und an den Rändern, wo sich das Regenwasser gesammelt hatte, war es schlammig.

Irgendwas war hier verbuddelt worden.

Abermals musste ich an den Schuss denken, den wir gehört hatten. Nur ein einziger, der die Nacht mit einem durchdringenden Knall zerfetzt hatte. Und dann sah ich im Geiste, wie Bronwyn auf ihrem Rad die dunkle Straße entlangfuhr, während die Wimpel am Lenker gegen ihre schmalen Hände peitschten und ihr Haar im Wind flatterte.

Ich fiel auf die Knie und begann, mit bloßen Händen in der feuchten Erde zu scharren. Schlamm spritzte an meinen Armen hoch, meine Knie versanken in der durchweichten Erde, ich hörte ein panisches Keuchen ganz in der Nähe, ein atemloses Schluchzen, das nicht mehr aufhören wollte.

Dann berührten meine Fingerspitzen Fleisch.

Es war weich, noch warm.

Ich harkte mit den Fingern über den reglosen kleinen Körper und wusste, dass ich träumte, es musste ein Traum sein. Ich wünschte, ich könnte aufwachen, meine Gedanken sammeln und das, was ich sah, irgendwie einordnen …

Fell.

Ich schnappte nach Luft, füllte meine Lunge, versuchte, einen klaren Kopf zu behalten. Das panische Schluchzen nahm ab, verebbte. Ich spürte eine Welle heißer, fast schmerzlicher Erleichterung. Nach einer Weile zogen sich die grotesk verzerrten Dimensionen der Welt wieder zusammen.

Was da im Mondlicht vor mir lag, war Cleves Hund. An dem Tag, als er mich durch die Teebäume verfolgt hatte, war er mir groß und furchterregend vorgekommen. Jetzt sah ich, dass er nur ein Jack-Russell-Terrier war, sein plumper kleiner Körper war reglos, das weiße Fell war mit Schlamm beschmiert.

Cleve hatte seinen Hund erschossen. Vielleicht, weil er sein eigenes Schicksal in der Schlucht vorausahnte? Vielleicht aber hatte er mich warnen wollen. Wieder übermannte mich schiere Erleichterung, aber auch Angst … Wenn er das mit seinem treuen Gefährten hatte machen können, was mochte er dann meiner Tochter angetan haben?

Ich zwang mich auf die Beine, ging um die Hütte herum und rief ihren Namen. Dichte Regenschleier verhüllten die Bäume. Der Wassertank hinter der Hütte schwappte über. Das Wasser gurgelte durch den Überlauf auf den Boden des wieder aufgestellten Fasses.

Denk nach. Du musst nachdenken.

Cleve hatte gesagt, sie sei die Bürgschaft für seine Sicherheit und dass er sie irgendwo untergebracht hätte. Hatte er gelogen, war sie vielleicht doch in der Hütte? Gott, sie konnte überall sein …

»Audrey!«

Aus dem Schatten der Bäume löste sich eine Gestalt und rannte quer über die Lichtung auf mich zu. In meiner Verwirrung keimte ein Funke von Hoffnung auf. Bronwyn? Natürlich war es nicht sie. Durch den grauen Vorhang aus Regen erkannte ich eine große Gestalt mit breiten Schultern. Es war ein Mann. Und er kam sehr schnell auf mich zu. Wer war das? Cleve? Hatte er den Sturz überlebt?

Ich zog den alten Revolver aus dem Gürtel, umklammerte ihn mit beiden Händen und schrie: »Halt! Stehen bleiben!«

Doch er hörte nicht auf zu rennen.

Ich spannte den Abzug und zielte. Dann schrie ich erneut, doch der Kerl achtete nicht auf meine Warnung. Das laute Poltern seiner Stiefel kam immer näher, und mit jedem Schritt drohte mein Herz zu bersten.

Ich schrie noch einmal, doch er kam unaufhaltsam auf mich zu. Aus einem Reflex heraus drückte ich auf den Abzug. Die Waffe entlud sich mit einem markerschütternden Knall. Ein Blitz, Licht, Erinnerung oder Vorstellung, ich wusste nicht, was es war, und darin ein Gesicht. Breite Züge, umrahmt von wild zerzaustem Haar, ein voller Mund und dunkle Augen, die mich entsetzt anstarrten.

Er sprang zur Seite und verschwand.

Ich lief ihm nach, raste um die Hütte, blickte mich um und konzentrierte mich auf die Veranda. Niemand da. Ich wollte mich gerade wieder abwenden, als mich eiserne Arme von hinten packten. Ich warf den Kopf zurück und wehrte mich gegen den Angreifer, wobei mir ein derart stechender Schmerz durch die Schulter fuhr, dass ich sein überraschtes Stöhnen kaum wahrnahm.

Er hielt mich am ausgestreckten Arm fest. Eine Hand schloss sich um meine Finger, nahm mir die Waffe ab und schleuderte sie auf die schlammige Erde, außer Reichweite. Dann wandte er mich um, sodass ich sein Gesicht sah.

Es dauerte eine Ewigkeit, bis mein Kopf aufhörte, sich zu drehen. Und noch eine, bis ich verstand. Der Regen tropfte von seinem Haar, die grünen Augen glühten wild, sein Gesicht war verstört und bleich. Ich hatte ihn noch nie aufgebracht erlebt. Zuerst glaubte ich, seine Wut würde mir gelten. Auf seiner Schläfe klaffte eine Wunde, Blut rann über das Gesicht. Mir dämmerte, dass ich das gewesen sein musste.

Danny nahm mein Gesicht zwischen seine Hände und sah mich an, dann zog er mich an sich und hielt mich fest in den Armen. Ich hatte nicht gewusst, wie kalt mir war, bis seine Wärme mich einhüllte. Hitze wie ein Lichtstrahl, der den Fluch meiner Todesangst brach. Ich legte meinen unverletzten Arm um ihn und schmiegte mich so dicht wie möglich an ihn. Es war so lange her, und mein Bedürfnis nach Geborgenheit war so stark, dass ich mich wie ein kleines Mädchen an ihn klammerte und endlich spürte, wie die spröden Wände meines Schutzpanzers zerbarsten.

Dann ließen wir uns los, doch er blieb ganz dicht bei mir. Er strich mir mit den Fingerspitzen über das geschwollene Gesicht, runzelte die Stirn, als er das blutgetränkte Tuch um meine Schulter sah, und drückte meine kalten Hände.

»Ich kann Bronwyn nicht finden«, sagte ich mit klappernden Zähnen.

Die Polizei ist unterwegs.

»Wie?«

Luella ist zu Hobe gelaufen. Von dort haben sie erst die Polizei angerufen und dann mich.

»Vielleicht ist es zu spät.«

Nein. Er schüttelte heftig den Kopf. *Wir finden sie.*

Er nahm meine Hand und zog mich zur Hütte. Ich erinnerte mich daran, wie wir das letzte Mal zusammen hier gewesen waren, an unseren verpatzten Kuss auf dem steinigen Plateau und wie mir Danny die Zisterne gezeigt hatte, die die Siedler gebaut hatten, wo Tony und er…

»O Gott, nein!«

Ich raste los, um die Hütte herum nach hinten. Danny folgte mir. Die Zisterne unter der Erde war kaum zu sehen. Die niedrige Holzverschalung war schwarz vom Wasser, und die Regentropfen tanzten auf dem runden Deckel.

Ich zerrte an dem schweren Holzdeckel, meine nassen Finger rutschten nutzlos über dem zersplitterten Rand. Das Wasser pladderte unter dem Deckel heraus, die Wasserlache ringsum musste schon mehrere Stunden alt sein. Das konnte nur bedeuten, dass die Zisterne bis zum Rand vollgelaufen war…

Und Bronwyn war da drin.

Ich kam zu spät.

Danny hob den Deckel an, bis er ihn seitwärts über den Rand des Tanks schieben konnte.

Ich starrte in die Tiefe. Schwarzes Wasser schwappte über die runden Innenwände. Ein durchdringender Geruch nach Erde und Säure stieg mir in die Nase. Endlich brach ein Schrei aus mir heraus.

Blass und gespenstisch schwebte das Gesicht meiner Tochter auf der Oberfläche. Das Wasser umspülte ihre Wangen, und das milchblonde Haar breitete sich rings um sie aus. Es schien, als klammere sie sich an die Wand der Zisterne – aber sie sah so aschfahl aus, so klein und reglos, dass mir das Herz stockte. Der Anblick verschwamm vor meinen Augen, noch ehe ich eine Chance hatte, Anzeichen von Leben zu erkennen. Atmete sie? Hatte sie die Augen geöffnet? War sie… war sie überhaupt noch am Leben?

Ich sprang ins Wasser, ein kalter Schock, und schluckte schwarze Flüssigkeit. Bronwyns Haut war glitschig, als ich sie zu Danny hochhievte, der seine Hände zu uns herabstreckte.

»Mum?«

Ihre Stimme kam aus einer anderen Welt. Schrill und zittrig, ein gespenstisches, kaum hörbares Echo. Ich versuchte, sie zu greifen, versuchte, diesen dünnen Faden zu fassen und mich an ihn zu klammern, Bronwyn in dem Labyrinth der Finsternis festzuhalten, die mich nun umgab …

Danny wickelte sie in sein Hemd, dann stemmte er sich gegen die Holzverschalung des Tanks, umfasste mich und hob auch mich aus dem Wasser. Ich spürte wieder festen Boden unter mir und dann den zitternden Körper meiner Tochter in meinen Armen.

»O Mum!«

Ihr ganzer Körper bebte vor Schluchzen, ihre Haut war eiskalt. Während ich sie an mich drückte, schlang sie die Arme um meinen Nacken und presste sich an mich. Heiße Tränen verbrannten mein Gesicht, meine oder ihre, ich wusste es nicht. Alles, was zählte, war, dass sie hier bei mir war, atmete, lebte, in Sicherheit war.

»O Schätzchen, es tut mir leid, so leid.«

»Nein, Mum.« Ihre kalten Lippen berührten meine Wange, aber ihr Atem war warm. »Ich bin diejenige, der es leidtun muss. Ich hätte diese Dinge nicht sagen, ich hätte nicht weglaufen dürfen.« Plötzlich löste sie sich von mir. Ihre Augen waren weit aufgerissen, als sie mit ihren eiskalten Fingern über die Seite meines Kopfes strich. »Dein armes Gesicht. O Mum, es ist alles meine Schuld … Er hat gesagt, er würde dich verletzen.«

Ich nahm ihre Finger, versuchte, sie an meinen Lippen zu wärmen. »Es war nicht deine Schuld, Bronny, verstehst du?

Nichts von alledem hat etwas mit dir zu tun. Er war ein böser Mann, ein kranker Mann, aber jetzt ist er nicht mehr da. Du bist sicher … Wir beide sind sicher.«

Bronwyn nickte und legte die Hände über meinen Kopf. Ihr Gesicht war schmutzig und zerschrammt, ihre dunkelblauen Iriden riesig, fast schwarz. Tränen liefen ihr über die Wangen.

»Ich weiß, was er getan hat«, flüsterte sie und presste ihre Lippen auf mein Gesicht. »Er hat es mir gesagt. Er hat Dad getötet, nicht wahr?«

Mir lief es eiskalt über den Rücken, als ich sie so sachlich sprechen hörte, doch letzten Endes war sie schon immer die Praktischere von uns beiden gewesen, genau wie Tony. Dann fing sie wieder an zu weinen. Eines Tages würde ich ihr erzählen, was ich über Tony erfahren hatte und warum er das Gefühl gehabt hatte, sich von ihr zurückziehen zu müssen, aber nicht jetzt. Das hatte Zeit, viel Zeit. Stattdessen hielt ich sie einfach fest, versuchte nicht, ihre Tränen zu trocknen oder sie zu trösten. Ich ließ sie weinen und drückte sie nur an mich, bis sie fertig war.

Schließlich wischte sie sich mit dem Handgelenk über die Augen und legte dann zu meiner Überraschung mütterlich den Arm um meine Schultern. Sie zog mich an sich und küsste mich auf den Kopf, so wie ich es unzählige Male mit ihr gemacht hatte, als sie noch klein war.

Dann sah sie mich an. »Jetzt wird alles gut, nicht wahr, Mum?«

»Ja, Bron«, versprach ich. »Alles wird gut.«

Ich warf einen Blick über ihre Schulter und sah, wie Danny uns mit gerührter Miene beobachtete. Dann hob er den Daumen, und ich nickte. Ich wollte ihm zulächeln, doch meine Lippen zitterten zu sehr. Die Tränen, die ich, wie es mir schien, ein Leben lang zurückgehalten hatte, waren nicht mehr zu stoppen. Alles würde wieder gut, ich wusste es.

Ich drückte meine Tochter noch fester an mich, und einen kostbaren Augenblick erlaubte ich mir, es auch zu glauben.

29

Aylish, März 1946

Blätter und Himmel. Das war alles, was ich sehen konnte. Ich versuchte, den Kopf zur Seite zu drehen, doch eine schwere Last schien auf mir zu liegen. Ich schlafe, dachte ich.

Aber nein, meine Augen waren offen. Wie hätte ich sonst die Blätter und den Himmel sehen können?

Überall ringsum raschelte es im Busch, als er zum Leben erwachte. Der Morgen graute, die Zikaden sangen, und in einem fernen Schlammloch grummelte ein Ochsenfrosch.

Ich wandte den Blick zur Seite und sah ein Knäuel von langem Haar. Meinem Haar. Der Anblick machte mich irgendwie traurig. Das Haar war wirr, mit Blättern und Erde verschmutzt. Einzelne Strähnen waren mit Klumpen einer klebrigen, dunklen Substanz verfilzt und verströmten einen seltsamen Geruch. Über mir ragte ein Felsen in die Höhe, seine grauen Flanken waren mit Flechten gesprenkelt. Jenseits davon schlängelte sich der steinige Rand eines Feldweges. In der Nähe war der Boden mit dunklen Flecken bedeckt, die glänzten, als hätte man dort etwas verschüttet.

Erneut versuchte ich, mich zu bewegen. Vergebens. Ich lag auf dem Rücken, die Gliedmaßen waren unter mir verdreht. Mein Kopf ruhte auf Steinen. Ich fühlte nur Kälte. Tiefe beißende Kälte. Ich versuchte zu frösteln, doch mein Körper reagierte nicht. Es war nicht unbequem. Ich fühlte mich nur irgendwie zerrissen, als hätten sich die Knochen voneinander gelöst und wären nicht mehr mit mir verbunden. Ich wollte schreien, aber selbst, wenn ich dazu imstande gewesen wäre, hätte mich niemand gehört, das war mir klar.

Doch vielleicht hatte ich mich geirrt.

Plötzlich hörte ich Schritte. Dann kniete ein Mann neben mir. Seine schwieligen Finger tasteten mein Gesicht ab, berührten meine Schulter, fuhren über meine Arme. Sie strichen über meinen ganzen Körper. Ich fühlte die Wärme seiner Handflächen.

»Aylish«, sagte er. Dann sah ich sein Gesicht. Sein zärtliches Gesicht. Er lächelte. Hätte ich die Lippen bewegen können, hätte ich sein Lächeln erwidert und ihn gebeten, mich in die Arme zu nehmen, mich an ihn zu drücken, die Kälte mit seiner lebendigen Wärme zu vertreiben.

Als hätte er meine Gedanken gelesen, nahm er mich wie ein schlafendes Kind in die Arme. Dann beugte er sich vor und küsste mich. Sein Mund war so, wie ich ihn in Erinnerung hatte, warm und kräftig, voller Verheißung. Meine Lippen prickelten. Glühende Asche flackerte auf und entflammte mich, mein halb erfrorener Körper zuckte. Was für ein wohltuendes Gefühl. Meine Knochen fügten sich wieder zusammen, das Blut strömte durch meine Adern; langsam, sanft kam der Kreislauf wieder in Gang …

Samuel setzte sich in Bewegung, aber nicht den Hügel hinab zum alten Haus seines Vaters, sondern aufwärts. Er ging einen Pfad entlang, zwischen den ausgestreckten Armen des Adlerfarns, um große, mit Flechten bedeckte Felsen herum. Durch einen Korridor aus Kasuarinen, deren traurige Zweige sich verbeugten und in der Brise seufzten. Kühle Schatten umgaben uns, während die Wipfel der Bäume im Sonnenlicht schimmerten. Zwischen dem Laub blitzten münzgroße Medaillons des blauen Himmels auf.

Blätter und Himmel. Immer Blätter und Himmel.

»Samuel«, flüsterte ich. »Wohin gehen wir?«

»Zu unserem geheimen Ort natürlich.«

Natürlich.

Er küsste mich erneut, mein Körper prickelte noch mehr, die Wärme nahm zu. Dann stellte er mich zu meiner Überraschung auf die Beine. Zuerst schwankte ich ein bisschen, meine Beine zitterten, mein Kopf drehte sich, ich stand wacklig da wie ein neugeborenes Fohlen. Doch als Samuel meine Hand nahm und mich führte, ging ich neben ihm her und passte mich seinen großen, selbstsicheren Schritten an.

Beim Gehen atmete ich tief ein. Sog den durchdringenden Duft der Goldknöpfe und Eukalyptusbäume auf, den Duft nach Baumrinde und zerdrückten Blättern, schmeckte die dunkleren Aromen von Erde, Pflanzensaft und Stein.

Und mit jedem Atemzug wurde ich kräftiger.

Es wurde hell. Der Morgen brach an, und der Himmel schien immer näher zu kommen. Ich hörte, wie die Vögel ihren atemberaubenden Gesang in den strahlend blauen Morgen schmetterten, ein Chor glasklarer Töne, so rein und hoch wie der Himmel.

Glockenvögel, meine Glockenvögel, ihre Stimmen waren wie Sterne, die mich nach Hause geleiteten.

30

Audrey, März 2006

Über dem lutheranischen Friedhof brach ein perfekter Tag an. Ein Pärchen smaragdgrün und grau gezeichneter Dollarvögel flog vom Zweig eines roten Eukalyptus auf und schoss über den Himmel. Ich fragte mich, ob es dasselbe Pärchen war wie damals, als ich das erste Mal Aylishs Grab besucht hatte – und wenn ja, ob es vielleicht keine Vögel waren, sondern die Wächter einer verborgenen Welt.

Ich rutschte auf der Bank hin und her, im Schatten war es trotz der sengenden Sonne kühl. Drei Wochen waren vergangen seit jener Nacht in der Schlucht. In dieser kurzen Zeitspanne hatte ich versucht, die Ereignisse zu vergessen, die meine Tochter und ich fast mit dem Leben bezahlt hätten. Keine leichte Aufgabe, denn es hatte viele Fragen gegeben.

Zuerst die der Polizei und Ermittler. Dann die der Medien, die um einiges hartnäckiger waren. Wer er gewesen sei, wollten sie wissen. Ein Verwandter, ein Familienmitglied oder ein Freund? Warum er meine Tochter entführt habe und wie sie das verkraftet habe? Ob ich nach diesem schrecklichen Erlebnis in Magpie Creek bleiben oder das Haus verkaufen und wegziehen wolle?

Ich beantwortete die Fragen, so gut ich konnte. Meine Erinnerungen an jene Nacht waren bruchstückhaft und zerrissen. Die Albträume hielt ich mit Schlaftabletten in Schach. Bronwyn und ich hatten beschlossen, diese Nacht einfach zu vergessen und uns auf die besseren Zeiten zu konzentrieren, die vor uns lagen. Bei ihr schien es zu funktionieren – bei mir, nun ja, ich wusste, dass es eine Weile dauern würde, bis die Intensität des Erlebten nachließ und schließlich verschwand.

Nachdem sie Cleves Leiche in der Schlucht gefunden hatten und ich ihnen erzählt hatte, was ich wusste, machten sich die Gerichtsmediziner endlich an eine genauere Untersuchung der Leiche, die man in Cleve Jarmans Wagen gefunden hatte. Es war die eines Wanderers, der in Toowoomba vermisst wurde, ein junger Mann mit einem langen Strafregister wegen Drogenbesitzes. Offensichtlich war er im Busch zu einer entlegenen Stelle im Nationalpark unterwegs gewesen, wo er Marihuana angepflanzt hatte. Und dann war er Cleve begegnet. Das Skelett wies keine Spuren von Gewalteinwirkung auf; die Polizei hielt es für möglich, dass er erwürgt oder vergiftet worden war, doch dieses Detail blieb – wie so viele andere – für immer im unerforschlichen Abgrund der Vergangenheit begraben.

Die Polizei hatte die Briefe aus den dunklen Gefilden der Schlucht eingesammelt, wo ich sie während meines Kampfes mit Cleve verstreut hatte. Sie hatte sie kopiert und mir die Originale zurückgegeben. Später räumte der Beamte ein, dass die Ereignisse, die Aylish in ihren Briefen beschrieben hatte, nicht ausgereicht hätten, um Cleve des Mordes zu überführen – möglich, dass der junge Cleve die vermeintliche Tatwaffe gestohlen hatte, doch das bewies nicht, dass er sie auch benutzt hatte. Wichtiger für sie war der Teil eines Fingerabdrucks, den sie zusammen mit Tonys Blutspuren auf der Winchester gefunden hatten – Gurney Millers altes Gewehr, das Cleve aus dem versunkenen Wagen geborgen hatte, als er sein drogensüchtiges Double auf dem Fahrersitz festgeschnallt hatte. Der Fingerabdruck war das perfekte Gegenstück zu dem des Mannes, dessen leblosen Körper man in der Schlucht gefunden hatte, des Mannes, den der örtliche Sergeant als Cleve Jarman identifiziert hatte.

»Hey, Kleines, warum machst du so ein trauriges Gesicht?«

Die Bank knarzte, als Corey sich neben mich setzte. Sie legte einen riesigen Strauß Gerbera neben meine rosa und weißen Gänseblümchen. Dann gab sie mir einen flüchtigen Kuss auf die Wange und drückte sanft die Finger meiner unverletzten Hand.

»Du bist spät dran«, sagte ich, lächerlich froh, sie zu sehen, und überreichte ihr die Einladung.

»Was ist denn das?«, rief sie. »Hast du jetzt Dannys Manie übernommen?« Sie hielt das Blatt dicht vor die Augen und tat, als hätte sie Schwierigkeiten, meine winzige Krakelschrift zu lesen. »Corey und Eliza, Barbecue in Thornwood, Samstagnachmittag, für Tofuwürstchen ist gesorgt.«

Sie stieß mir sanft den Ellbogen in die Rippen. »Ach Audrey, ich bin so froh, dass du beschlossen hast hierzubleiben. Danny und Jade sind einfach …« Sie seufzte und verdrehte träumerisch die Augen.

Ich lachte, doch dann fluchte ich und legte die Arme um meine kaputten Rippen. Daraufhin mussten wir beide kichern. Kurz darauf war sie wieder ernst. »Nun? Du hast gesagt, du hättest ein Geschenk für mich.«

Ich nahm zwei flache Päckchen aus meiner Umhängetasche und drückte sie ihr in die Hand.

Corey öffnete das erste und entdeckte ein Buch. *Der Zauberpudding* von Norman Lindsay. Sie warf mir einen neugierigen Blick zu. »Als kleines Mädchen habe ich dieses Buch geliebt. Woher weißt du das?«

»Mach das andere auf.«

Auch das andere Päckchen enthielt ein Buch, kleiner, verzogen und voller Wasserflecken. Der fleckige Deckel mit dem flauschigen weißen Kätzchen und den roten Rosen wirkte brüchig im hellen Sonnenlicht.

Ihr Lächeln verflog. »Was ist das?«

»Ein Tagebuch«, antwortete ich. »Ich habe es gefunden – besser gesagt, Bronwyn hat es gefunden – auf Thornwood.«

Sie sah erst mich an, dann das Büchlein, dann wieder mich, vollkommen verblüfft. Dann schlug sie es auf, und ihre Augen überflogen neugierig die sauberen, handgeschriebenen Zeilen auf der ersten Seite.

»Ach«, sagte sie. »Ach Audrey.«

Lange Zeit saßen wir stumm da. Über uns hallte das laute Schnattern der Dollarvögel wider. Die Blätter der Gummibäume raschelten in der sanften Brise und schwängerten die Luft mit ihrem scharfen Duft. Corey betrachtete die Seiten, ohne zu lesen – das hatte Zeit –, aber sie strich mit den Fingern über die vom Wasser verwischte Tinte und schüttelte ungläubig den Kopf. Tränen standen ihr in den Augen, doch das zittrige Lächeln wich nicht von ihren Lippen.

Schließlich schlug sie das Tagebuch zu und drückte es mit einem Seufzer an ihre Brust. »Danke, Audrey! Du hast keine Ahnung, was es mir bedeutet.«

»Ich glaube doch«, gestand ich. »Manches wird schwer für dich sein, aber ich denke, dass Glenda es so gewollt hätte.«

Coreys Gesicht hellte sich auf. Sie wischte sich mit dem Handrücken über die Augen und schlang von der Seite den Arm um mich.

Dann hörten wir einen Schrei aus dem Friedhof und blickten auf.

Luella hatte eine Kamera mitgebracht und rief uns zu sich. Corey winkte ihr zu, doch wir blieben noch einen Augenblick sitzen und beobachteten sie hingerissen. Luella versuchte, Jade und Bronwyn dazu zu bringen stillzuhalten, damit sie sie fotografieren konnte. Die Mädchen liefen mal wieder wie aufgescheuchte Hühner umher – nur wurden sie dieses Mal von einer Meute übermütiger Kelpies verfolgt, die offenbar überall gleichzeitig sein wollten.

»Sieh sie dir nur an«, sagte Corey und lachte. »Typisch Hobe, endlich hat er eine Möglichkeit gefunden, seinen Überschuss an Welpen loszuwerden. Von heute an wird keine von uns mehr zur Ruhe kommen, wetten? Ich kann nur hoffen, dass Luella weiß, worauf sie sich da eingelassen hat.«

Ich warf einen Blick auf Bronwyns Großmutter. Sie hatte sich bereit erklärt, sich am späteren Nachmittag mit Hobe zu treffen. Ihr Gesicht glühte, und trotz ihres blauen Auges wirkte sie entspannt und schön. Kaum zu glauben, dass sie erst gestern die Briefe ihrer Mutter gelesen hatte. Am Anfang hatte ich gedacht, es wäre besser, sie ihr vorzuenthalten, um sie vor der Wahrheit zu schützen. Doch dann hatte ich mich an ihr Gesicht in der Nacht erinnert, als Bronwyn entführt worden war. An den anfänglichen Schock, dann das stählerne Leuchten in ihren Augen, als sie mir das Jagdmesser ihres Vaters in die Hand gedrückt hatte, und an die Worte, die wie ein Befehl klangen: *Tu, was du tun musst, Audrey. Hauptsache, du bringst sie unversehrt zurück.*

Ein entzücktes Kreischen lenkte meine Aufmerksamkeit wieder auf Bronwyn und Jade. Sie hatten sich endlich zu einem ineinander verschlungenen Knäuel aufgebaut, um sich fotografieren zu lassen, nur um quietschend wieder auseinanderzulaufen, als ein riesiger Schmetterling im Sturzflug in die Rosen segelte, die beide in den Händen hielten.

Corey stand auf, das Tagebuch noch immer an die Brust gedrückt. »Komm«, sagte sie, nahm unsere Blumensträuße und half mir hoch. »Wir wollen auch unseren Spaß.«

Und natürlich hatte sie recht.

Schließlich war es ein wunderschöner Tag. Der Himmel war wie eine kobaltblaue Kuppel, die Sonne brannte herrlich warm auf uns herab, und der Morgen sprudelte nur so vor Verheißung.

Es war Sonntag, und wir alle hatten Blumen für Aylish mitgebracht.

Später in der gedämpften Blase meines Arbeitszimmers rief ich Carol an. Sie hatte die Nachrichten im Fernsehen und in den Zeitungen verfolgt, und die Polizei hatte sie über die Ermittlungen zu Tonys Tod unterrichtet. Da die Presse so ein Theater machte, fand ich, dass sie es verdiente, die Wahrheit zu erfahren.

Ich erzählte ihr, wie ich Glendas Tagebuch gefunden und wie es mir geholfen hatte, die Wahrheit über den Mord an ihr herauszufinden. Und wie ich darüber entdeckt hatte, was Tony wirklich zugestoßen war.

Als ich fertig war, schluchzte sie leise. »Danke, Audrey«, sagte sie mit erstickter Stimme. »Tony hatte recht, was dich angeht.«

»Wie meinst du das?«

»Er hat immer gesagt: ›Eine Frau wie Audrey gibt es nur ein Mal auf der Welt.‹ Und jetzt weiß ich, was er meinte.«

Wir legten auf, und ich saß ganz still da. Das alte Haus knarzte. Draußen gab ein Elsternpaar ein kompliziertes Duett zum Besten. Von Carols Trauer und meiner eigenen überwältigt wusste ich erst nicht weiter. Doch irgendwann hörten meine Gedanken auf, sich im Kreis zu drehen. Ein Gefühl der Erleichterung überwältigte mich, warm und beruhigend wie heißes Badewasser. Ich schloss die Augen und sah im Halbdunkel hinter meinen Lidern die wunderschöne junge Frau, die ich auf der anderen Seite der Schlucht gesehen hatte.

Jetzt lächelte sie. Die Nachmittagssonne fiel auf ihr Haar und ließ ihre Haut aufleuchten, dann drehte sie sich um, trat durch die Bäume und verlor sich im Licht.

Epilog

Die Welt liegt im Schlaf, der Himmel hat den dunkelsten Punkt der Nacht erreicht. Das Fenster meines Schlafzimmers steht weit offen, die Vorhänge sind zurückgezogen. Die warme Nachtluft dringt herein und bringt das durchdringende Aroma von Gummibäumen und Rosen mit. Meilenweit gibt es keine Nachbarn, niemanden, der uns ausspionieren könnte, nur Beutelratten und Vögel.

Bald wird die Sonne aufgehen und die Nacht vertreiben. Vom milchigen Glanz des Morgengrauens geweckt zu werden steht mittlerweile ziemlich weit oben auf der Liste meiner Lieblingsbeschäftigungen.

Am allerschönsten aber ist es, dem Mann, der neben mir liegt, beim Schlafen zuzuhören.

Ich strecke die Hand aus, und er ist da. Groß und warm, verlässlich und wirklich. Ich gewöhne mich daran, zum Rhythmus seines Atems wegzudriften, im Schutz seiner Arme oder an seinen warmen Rücken geschmiegt. Und wenn dann der Schlaf endlich kommt, achte ich darauf, nur auf Zehenspitzen durch meine Träume zu wandern.

Ganz leise, um die Toten nicht zu wecken.

Letzte Nacht hat er wieder gesprochen. Ein Wort, das so leise war, dass ich es kaum hörte.

»Liebling«, sagte er, und dann schlossen sich seine Hände um die meinen, zogen mich an sich, und seine Arme hielten mich fest. Seine Stimme war schroff, träge, angenehm heiser.

Verrostet, sagt er, nachdem er sie ein Leben lang vernachlässigt hat. Ich finde, wenn er nur ein einziges Wort in seinem Leben sagen will, dann hat er sich genau das richtige ausgesucht.

Danksagung

Einen Roman zu schreiben ist keine einsame Aufgabe, deshalb möchte ich folgenden Menschen danken, deren Engagement dieses Buch möglich machte.

Meiner Agentin Selwa Anthony für ihre wertvollen Beiträge zu der Story, ihren schriftstellerischen Rat und ihren jahrelangen unerschütterlichen Glauben an mich. Selwa, du bist eine unschätzbare Freundin und Vorbild – ich danke dir von ganzem Herzen!

Meiner Verlegerin Larissa Edwards für ihre Hingabe, ihre harte Arbeit und die fantastische Mannschaft bei Simon & Schuster. Meinen engagierten Lektoren, deren Erfahrung mir behilflich war, eine bessere Schriftstellerin zu werden: Selena Hanet-Hutchins, Drew Keys, Kate O'Donnell und Roberta Ivers.

Russell Taylor dafür, dass er mein Fels in der Brandung war, und für seine Liebe, seinen Glauben und seine Unterstützung. Sarah Clarke, Merrilyn Gray und Julian Davies dafür, dass sie mich anspornten. Dan Mitchell, weil er mir ein Zuhause im Busch schenkte, Zuneigung, Freundschaft und Inspiration. Bet und Norm Mitchell für ihre liebenswürdige Gastfreundschaft und die Erlaubnis, in Norms wundervollen Kriegsmemoiren zu wühlen.

Ian Irvine, der mir eine Quelle literarischen Wissens war und mit einem gesunden Menschenverstand gesegnet ist; Josephine Pennicott, die mich unter ihre Fittiche nahm; Megan

Inwood, die mir gestattete, den Namen ihrer Tochter auszuleihen; Stuart Ruthven für die Einblicke in die Boonah-Region sowie Hailey und Luke, die mich daran erinnerten, dass Geschichten (und das Leben) Spaß machen sollten!

Meiner Mum Jeanette, der ich die Liebe zu Büchern verdanke, für ihre Weisheit und ihren unerschütterlichen Glauben an mich; meinem Dad Bernie für ein Leben voller denkwürdiger Geschichten und Seemannsgarn; meiner Schwester Katie für ihre endlosen Gesichtsmasken (gegen die Falten, weil sie mich so zum Lachen bringt) und meiner Schwester Sarah, die immer mein treuester Fan war – auch schon damals, als der Erfolg noch ein ferner, unerreichbarer Traum war.

Euch allen gilt meine Liebe und mein Dank.

Anna Romer